百年号外大观

（1884——2004）

张 挺 编撰

大连出版社
DALIAN PUBLISHING HOUSE

图书在版编目(CIP)数据

百年号外大观 / 张挺编撰 .—大连:大连出版社,2006
ISBN 978 - 7 - 80684 - 399 - 4

Ⅰ.百 ...　Ⅱ.张 ...　Ⅲ.新闻—作品集—中国—1884 ~ 2004　Ⅳ.I253

中国版本图书馆 CIP 数据核字(2006)第 124523 号

责任编辑:宋　军　卢　锋
封面设计:张　波　金啸宇
版式设计:张　波
责任校对:刘春艳　于孝锋

出版发行者:大连出版社
地址:大连市西岗区长白街 10 号
邮编:116011
电话:0411 - 83620941　83620442
传真:0411 - 83610391
http://www.dl-press.com
e-mail:cbs@dl.gov.cn
印 刷 者:沈阳新华印刷厂
经 销 者:各地新华书店

幅面尺寸:210mm × 285mm
印　　张:37.5
字　　数:800 千字

出版时间:2007 年 1 月第 1 版
印刷时间:2007 年 1 月第 1 次印刷
印　　数:1 ~ 2000
定　　价:160.00 元

如有印装质量问题,请与我社营销部联系

序言

罗同松

摆在我们面前让人爱不释手的这本《百年号外大观》，是由老新闻工作者、中国报业协会集报分会首届理事会常务理事张挺先生编撰的。

《百年号外大观》的出版，为我国集报成果宝库又添珍增彩，更为我国新闻史学研究填补了空白。我为张挺先生潜心研究报纸所取得的丰硕成果，特别是为他的力作《百年号外大观》的出版由衷高兴，对他为我国新闻事业做出的宝贵贡献深表钦佩。

我国的集报活动经过20余年的运作，虽说尚处于初级阶段，但是，业内研究之风盛行。许多报友由追求品种数量向讲究藏品质量转变，由收集欣赏向专心研究转变，而且成果甚丰，不少报友写出了很有分量的研报理论文章。据不完全统计，2000年至2004年，约有200篇见诸报端或者入书；一些报友还出版了集报、研报专著，2004年便有10本成书。中国集报界的丰硕成果，确实令人欣慰。

随着我国报业蓬勃发展和报纸读者日益增多，集报人队伍也在不断壮大。目前，全国集报爱好者数以万计，成立了一百多家报纸文化博物馆和家庭藏报馆（室），已经涌现出几十位收藏许多稀有珍贵报纸和进行收藏研究富有成果的集报家。为了推动集报事业的发展，经国家有关部门批准，全国民间集报组织——中国报业协会集报分会于2003年6月在北京成立。各地方民间集报组织也纷纷成立，并组织会员举办报展和进行交流研讨等各项活动，受到各方好评，促进了我国集报事业的繁荣和健康发展。

当前，集报界涌动着一股号外报收藏热潮。卓有成就的号外报收藏家，当数张挺、黄安国、吴耀军、孔发龙、程庆光、银熙军等。他们的收藏宝库中，有许多早期出版的号外报，是国家图书馆、档案馆所没有的，非常珍贵。由于张挺等集报名家的艰辛劳动和巨大付出，将相当多的早期号外报收集归库，使我国历史上一批宝贵的报纸文化遗产保存下来，成为稀世宝藏、国家文物，得以永久流传。他们的功勋，定将永载中国集报事业史册和中国文博事业史册！

号外报是报纸文化的精品，它不仅以稀为贵，更重要的是，它蕴藏着丰富的历史信息，刊载着时代重大新闻，记录着外敌入侵铁证，浮现着五洲四海风云，记载着我国民族屈辱史和走向富强的历程，特别是改革开放以来，祖国日新月异的巨大变化。头几年，我在整理集藏的号外报的时候，一时兴起，本来不会吟诗，却信口哼哼，居然也得顺口溜一首：

莫言故纸分量轻，字里行间有雷声；

世界风云看号外，青史存真重千钧。

2000年10月下旬，我遵吴耀军报友之命，将顺口溜中“世界风云看号外”七字书写成条幅献丑，也算是我对号外报的认识、评价、赞美吧。

在硕果累累的号外报收藏大军中，张挺先生首出号外报集研专著。翻开精美、厚重、大气的《百年号外大观》，顿感浓烈的研报新风扑面而来！他写的“前言”，本身便是一篇内容丰富、内涵深厚、文采亮丽的研究论文；立论、事实、说理诸要素跃然纸上，令人阅读不厌，深受启迪。张挺先生对入编的每份号外报一一加注，这是一件纷繁复杂的工作。每条说明词虽短，然而底蕴深厚，条条都是从实实在在的研报中得来，条条都是对历史的记述，更应当说，条条都是他心血汗水的结晶！

《百年号外大观》是一本纪实性、史料性、直观性很强的珍品。自1884年至2004年，跨越一个多世纪的风风雨雨，既充分展示了我国报纸事业的辉煌进程，更真实展现了100多年来，神州大地一幕幕惊心动魄的画面，尤其是我国正在崛起走向辉煌的崭新面貌。此书既是可供收藏的珍贵史料，更是启迪、激励人们思前想后、承前启后、为中华民族的伟大复兴贡献自己力量的生动教材。

我和张挺先生都是从事新闻工作几十年的老报人，又都是热心报纸收藏的爱好者。宋代思想家、文学家陈亮在《耘斋铭》中说过：“工贵其久，业贵其专。”张挺先生的可贵之处，就是他把功夫下在做学问上，踏踏实实研究，勤勤恳恳笔耕，当然必得累累果实。张挺先生这种潜心研究、孜孜求索的可贵精神，值得我们集报人学习。

集报爱好者肩负传承先进文化的神圣使命，要在当代报业的大发展中，大显身手，大有作为。要用邓小平理论、“三个代表”重要思想和胡锦涛总书记的一系列重要讲话，指导我们的思想和行动，指导我们的集报实践，永远坚持正确的集报方向，大力弘扬先进文化，以科学发展观推进集报事业，为构建社会主义和谐社会做出贡献。

2005年8月下旬于北京

前言

张挺

中国报纸文化，历史悠久，底蕴深厚。早在公元八世纪初叶，唐玄宗开元年间（即公元713—741年）就已经出现报纸，当时叫做《邸报》。到明朝后期和清朝初期，京城开始出版民间《京报》。民间创办的《京报》，逐渐代替了官办的《邸报》。但真正属于近代报纸形态，应当说是在晚清时期。据考证，最早创办近代中文报刊的是英国人马礼逊和米怜，他们先在广州传教，后来在1815年8月于马六甲创办了《察世俗每月统记传》（月刊，册报）。这是第一份中文近代报刊。紧接着，国人和外国人先后在香港、澳门、广州、上海等地，纷纷办起多家报刊。随着我国近代报刊的兴起，为了迅速及时发布重要新闻，于是号外报应运而生，形成了这种在第一时间临时出版的没有编号的特殊性报纸新闻印刷品。

何谓“号外”报？《辞海》是这样解释的：“定期出版的报刊在前一期已经出版、后一期尚未出版的一段时间内，对发生的重大新闻和特殊事件，为迅速及时地向读者报道而临时编印发行的报刊，因不列入原有的编号，故名。”由此可见，号外报是在两期报纸之间，报社为最新发生的重大新闻和突发事件，而在第一时间临时出版的没有编号的一种特殊性报纸新闻印刷品。

号外报是独具魅力的报纸文化精品，体现了丰富的报纸新闻内涵，可以说是报纸文化最吸引人的亮点之一。号外报记录了时代风云，留下了历史印记，是最有说服力的历史见证。正如我国报界资深高级编辑、著名集报家罗同松先生所说“世界风云看号外”。号外报大都是为报道当时国内外所发生的重大新闻和突发性事件，而临时紧急出版的，堪称为“历史风云的见证”和“时代大事的记录”。所以，号外报不仅有吸引人的可读性，而且极具史料价值和投资增值价值。特别是历史年代较久的稀有珍贵的号外报，即号外报珍品，具有很高的文物价值和文献价值。中国共产党和党所领导下的人民政府、军队和人民团体等在进行革命斗争中，早期出版的报纸号外，很多属于历史文物和历史文献，已被作为红色革命历史档案收藏。因此，在报刊中，号外报普遍受到人们青睐，成为收藏热门。不久前，一份1948年11月3日出版的《辽宁日报》“解放沈阳”号外，经鉴定为国家二级文物，被辽宁近现代史博物馆收藏。在报刊拍卖市场上，一些稀有的号外报珍品，交易价格持续上扬。如在2003年一次国内报刊拍卖会上，一份1949年2月1日出版的《关东日报》“人民解放军解放北平”号外，竞拍底价高达48000元。一份1964年10月16日出版的《人民日报》“我国第一颗原子弹爆炸成功”号外报，拍卖价突破5800元。两年前，各地报纸出版的号外“我国首次载人航天飞行取得圆满成功”，当时只几角钱一份，现在有的已上涨到一百多元一份。这都说明，号外报正在受到人们关注，有着广阔的市场前景和发展空间，必将在社会上进一步掀起新的收藏热潮。

据史料记载，世界上最早出版报纸号外的是英国《泰晤士报》。这家报馆于1805年首次出版号外，报道奥地利前线的将军向拿破仑投降的消息。中国是世界上报业比较发达的国家之一，蕴藏着深厚的报纸号外资源。我国号外报的产生和发展，同报业的兴衰密切相关，是中国近现代历史变迁的反映。中国最早发行号外的报纸，是英商早期在华出版的英文报纸《广州周报》。《广州周报》于1835年9月在广州创刊，周刊，由弗兰克林担任主编。1836年，清太常寺少卿许乃济上奏要求严禁鸦片，《广州周报》于同年10月13日为此刊发了一份号外，转载了是年7月24日《京报》上的文件奏折。我国出版发行最早的中文报纸号外，则是上海《申报》在中法战争期间，于1884年8月间连续出版发行的几种号外，笔者收藏其中一份，是1884年8月27日（光绪十年）出版的号外“福州马江又大战，我扬武号等数船沉矣”。从英文《广州周报》出版发行的第一份号外起，迄今已有一百多年的历史，经历了由外国人到国人创办的报纸出版号外、从沿海报纸开始风行发展到中西部地区报纸出版号外、由少数报纸运作逐步变成众多报纸遇有重大新闻首选出版号外的发展过程。随着报业印刷技术的进步，号外报的印刷和编辑质量也在不断提高，从铅印发展到胶印，由黑白变为套红，并进一步实行彩印，版面也由32开、16开、8开扩大到4开乃至对开大版，使号外报迈上一个个新台阶。凡遇到盛事、喜事、大事或重要突发事件，各报社都争相在第一时间出版发行号外。号外报已经成为我国近现代报业发展史上一大特色，遗产极其丰富，数量较为可观。这些报纸号外，记录着与时俱进的历史脚步。近现代，我国报纸一共出版发行多少种号外，至今很难作出一个准确的权威统计。笔者从一些报纸史料来看，中国近现代一百多年来，全国各地报刊，出版发行的号外报，粗略估计多达近万种，现在尚存世的号外报可能约有5000种左右（含香港、澳门和台湾地区以及海外华文报纸号外）。

此外，一百多年来，国外出版的外文号外报流传到我国的，约有数百种，主要是日本出版的报纸号外。从日本流传到我国的号外报，最早始于中日甲午战争，从日俄战争起明显增多。在这两次战争中，当时日本有几十家报社派出近百名记者随军采访，报道战况，作为宣传品，他们每到一处都要散发号外报。在这之后，到“七七”事变日本军国主义发动全面侵华战争，日本人除在东北和平津、上海等地创办报馆出版报纸及号外，还将日本国内的主流报纸，如《东京日日新闻》、《大阪朝日新闻》等出版的战报“号外”，散发到日伪占领区。日本侵华战争，给中国人民带来了深重灾难。这些所谓战报“号外”，如今已经成为日本军国主义侵华战争的罪行录，为侵华日军犯下的暴行添加了铁证。

我国当代报纸文化，是社会主义文化的重要组成部分。报纸是报道新闻、传播信息、增长知识、启迪教育、记录历史的主要载体之一，在社会发展进程中有着重要的地位和作用。今天的报纸，明天的历史。报纸记录和印证历史，标示着历史岁月的变迁。报纸文化，日渐普及和深入人心。为了坚持先进文化的前进方向，适应读者需要，我国报纸不断进行改革，而号外报已经成为平面媒体所特有的具有竞争力的新闻精品。近几年出版的号外报内容丰富，版面大方，编排亮丽，文图并茂，力求具备快速、鲜明、新颖、美观等时代特点，深受读者欢迎。目前，全国集报爱好者数以万计，他们热心收藏各类报纸，尤其是喜爱集号外报，在收藏与研究方面出现了令人振奋的可喜局面。有人说，“集报，就是集知识”，“收藏号外，就是收藏历史”，这话是有一定道理的。我国当前出现的前所未有的集号外报热现象，并不是偶然的。它是人民群众文化生活普及、社会进步、国家兴旺、报业发展的必然趋势，是一种健康的高雅的精神文明追求。通过集号外报，对观察时事、增长知识、开阔视野、陶冶情操大有益处，并有利于保护和利用报纸文化遗产。可以预见，随着我国经济的快速发展和人们文化素质的提高、报纸文化底蕴与影响力的不断扩大，将会给民间集报带来新的历史机遇，相信集号外报热不但不会降温，而且会吸引更多人参与，把收藏报纸文化活动推向一个新的发展阶段。

笔者从上个世纪50年代中期开始从事新闻工作。集报，特别是集号外报亦有几十年。到2004年，收藏号外报总数已逾2000种，其中有1100余种是1949年建国前的早期号外报。长期以来，笔者一直致力于号外报的收藏与研究。收藏不是目的，更重要的是在于研究和利用。经过多年潜心研究，从自己收藏的号外报中，遴选出各个不同历史时期的号外报552种（其中有部分首次发现的鲜为人知的号外），采取图录的形式，编成这本《百年号外大观》。这是我国第一本关于号外报的图书。采用号外报原版，能够增强直观性，引人入胜，符合现代读者的阅读需求，激发读者阅读的兴趣。回眸报纸号外，荟萃号外报，其目的就是通过展现各个不同历史时期的号外报，使广大读者得以直观了解我国近现代历史所发生的一些重大新闻和突发事件号外报的原貌，启迪人们以史为鉴，奋发图强，努力实现中华民族的伟大复兴。同时，满足集号外报爱好者的阅读、研究、观赏和收藏的需求，保护和传承报纸文化遗产，以利于弘扬社会主义先进文化。

书中选编的号外报，从分布地域来看，包括30多个省、自治区、直辖市和香港、澳门、台湾地区出版的报纸号外，还有部分海外华文报纸号外和涉及到我国历史的外国有关号外报。已编入书中的号外报，从笔者收藏的我国最早的中文报纸上海《申报》1884年8月27日出版的号外报起，即上限起自1884年，下限截止2004年，跨越一个多世纪（从19世纪末到21世纪初）。在曲折的历史长河中，各种号外报无不打上时代的烙印，反映了当时的不同政治倾向和思想观点，尤其是国民党政府统治时期和日本侵华战争时期，一些反动报纸出版的号外，总是对中国人民革命和中国共产党进行诋毁、污蔑、攻击，极力歪曲事实，欺骗读者。本书选编的号外报，多数为正面的进步的革命内容号外报，但按着历史发展进程和所发生的重要事件，也编用了部分旧中国在国民党政府统治时期和日本侵华战争时期出版的号外报，主要是为了揭露旧社会的丑恶和日本军国主义侵华战争的罪行，以进一步了解旧中国的黑暗、没落和民族屈辱史，警示国人，勿忘国耻，励精图治，开拓进取，建设强大的社会主义国家。

在本书撷录的建国以后出版的号外报中，“文革”阶段的号外不多，内容主要反映的是这一时期社会主义建设事业的成就。正如《中国共产党中央委员会关于建国以来党的若干历史问题的决议》（一九八一年六月二十七日中国共产党第十一届中央委员会第六次全体会议一致通过）中指出：“文革”期间，“正是由于全党和广大工人、农民、解放军指战员、知识分子、知识青年和干部的共同斗争，使‘文化大革命’的破坏受到了一定程度的限制。我国国民经济虽然遭到巨大损失，仍然取得了进展。粮食生产保持了比较稳定的增长。工业交通、基本建设和科学技术方面取得了一批重要成就，其中包括一些新铁路和南京长江大桥的建成，一些技术先进的大型企业的投产，氢弹试验和人造卫星发射回收的成功，籼型杂交水稻的育成和推广，等等。在国家动乱的情况下，人民解放军仍然英勇地保卫着祖国的安全。对外工作也打开了新的局面。当然，这一切决不是‘文化大革命’的成果，如果没有‘文化大革命’，我们的事业会取得大得多的成就。”由于当时流行出喜报，因此可供辑选的号外比较少，但这些烙有鲜明时代印记的号外报，还是为我们记录传递了那段刻骨铭心的特殊历史时期的一些重要信息。

笔者认为，号外报应该准确界定，切不可外延号外报所含的本意，出现随意。号外报概念上的模糊，将使号外报本质变味，无益于号外报的收藏，必然导致号外报走向“贬值”。凡是报社没有作为特定的号外载体出版的报纸新闻印刷品，包括具有号外报某些特征的报纸印刷品，都不能随意称作是报纸号外。号外报就是号外报，不能把临时出版的没有编号的所有报纸印刷品都看作“号外”。号外报的认定毋庸置疑，早有清晰的界定，不能杂乱无章，包罗万象，难以区分。目前，有必要规范，严格区分，明确号外报的定位。我们通常称作号外报，其定位贵在“号外”两个字上。可以肯定地说，在任何情况下，没有公开标明“号外”的特定报纸新闻印刷品，都不能算作真正意义上的号外报。这一点很重要。按照这样的理解，《百年号外大观》书中所有号外报，全部是笔者收藏的正式报纸号外，不包括没有编入报纸期号的各种快报、特报、急报、捷报、简报、另册、快讯、速递、传单、附录、急电、加页、特稿、专辑、特印小纸、今日看点、特别报道、最新消息、最新新闻、增刊（增号）、特刊（特号）、专刊（专号）、纪念刊（纪念号）和在“文革”期间出版的喜报、喜讯、特大喜报、特大喜讯等，也不包括内部刊号报纸号外以及作为广告宣传品的“号外”。

书中号外报按年代时间顺序编辑，一共分为七个时期：

第一编 清末时期号外报（1884年8月—1911年12月）；

第二编 民国早期号外报（1912年1月—1937年7月）；

第三编 抗日战争时期号外报（1937年7月—1945年9月）；

第四编 解放战争时期号外报（1945年9月—1949年9月）；

第五编 新中国成立初期号外报（1949年10月—1966年6月）；

第六编“文化大革命”时期号外报（1966年7月—1976年10月）；

第七编 改革开放新时期号外报（1976年11月—2004年12月）。

《百年号外大观》书中选编的号外报，穿越百年时空，阐释百年历史，从一个侧面反映出近代帝国主义列强侵华和中国人民革命斗争的重大历史事件，再现了我国近现代120年来，风风雨雨和走向辉煌的历程，特别是中共十一届三中全会以来，在改革开放新时期日新月异的面貌和正在崛起的巨大变化。这些号外报，内容较为丰富，对我国近现代历史上所发生的一些重大新闻和突发事件，大都有所展现。如记载中法战争、中日甲午战争、日俄战争、民国成立、反对袁世凯称帝、“五四”运动、“三一八”惨案、中东路事件、“九一八”事变、“一二八”事变、日本策划成立伪“满洲国”、长征、“一二九”运动、西安事变、“七七”事变、南京大屠杀、皖南事变、纳粹德国进攻苏联、日军偷袭美国珍珠港、盟军在法国诺曼底登陆、抗日战争胜利、审判日本战犯、重庆谈判、国共停战协定、人民解放战争、三大战役（辽沈、平津、淮海）、中共七届二中全会、中共中央及解放军总部迁到北平、和平谈判、南进大军过长江、解放城市（石家庄、辽阳、营口、四平、临汾、济南、锦州、长春、沈阳、徐州、张家口、天津、北平、南京、苏州、武汉、杭州、长沙、西安、南昌、上海、青岛、福州、兰州、西宁、广州、厦门、汕头、柳州、重庆、南宁、贵阳、成都等三十多个城市解放）、西部和平解放省区（新疆、云南、西康、西藏等）、国民党军相继起义、中国人民政协会议选举毛泽东为中央人民政府主席、中华人民共和国开国大典、中苏建交、镇反、抗美援朝、三反运动、我国自己制造飞机成功、1958年大跃进、原子弹和氢弹爆炸成功、导弹发射、卫星上天、文化大革命、中美建交、粉碎“四人帮”、中共十一届三中全会、香港回归、党的十五大、三峡工程大江截流胜利实现、澳门回归、进入新千年、加入世贸组织、申奥成功、足球出线、申博成功、党的十六大、战胜非典、载人航天飞行成功、奥运夺金、中国—东盟博览会以及伊拉克战争等号外报，都编入书中。每张号外报下面，都有一个简介。但由于笔者个人收藏条件局限，加之清末和民国时期的号外报，现今存世稀少，有的重要新闻号外报原件，至今也没有搞到，因此没有编入书中，对此实在感到遗憾。而中华人民共和国成立后，各个时期的号外报，包括重大新闻和突发事件的号外报，具有一定代表性的，基本上收集较齐全，大都编入书中。对于这些号外报的简介，也可能有不妥之处，欢迎批评指正。还有一些号外报，由于年久破损，文图模糊，不够清晰，亦请谅解。

为了出版这本书，笔者从开始集号外报起到研究编撰成书，用了40年（占用的是大部分业余时间，退休以后才集中精力编书）。在这个漫长的岁月里，为了收集号外报，所经历的艰辛和付出的代价，是可想而知的，但这一切努力都是值得的，终于圆了自己一个梦——编撰成了《百年号外大观》。本书面世以后，只要读者感到对解读我国百年来历史有一定益处，有幸得到报界和集报人的关注，笔者就知足矣。

笔者能够如愿编成这本《百年号外大观》，得益于多位报业同仁和集报朋友以及一些古旧书报店、文物商的大力支持与帮助。他们是：罗同松、马振予、黄安国、孔发龙、魏润生、程庆光、王起君、吴耀军、卢汉旺、银熙君、刘广金、吕树翔、李润波、马志春、许锡良、张贵、刘满、严祥立、赵贤杰、张玉春、张建华、常新成、薛增强、杨春利、古向东、赵斯华、王宝山、苏留曾、李彬、戴玮东、姚林祥、贺业伟、陶春林、王金周、丛培军、隋忠林、李宏志、李明、牟蔚、曹宝、姜忠强、杨树林、范禄、赵雨、吕世英等先生。多年来，这些同仁和朋友有的同笔者交流号外报，有的向笔者惠赠号外报，有的为笔者收购号外报，有的经常提供号外报有关信息和资料，使笔者收藏的号外报不断增多，其中不乏稀有珍贵的号外报。大连图书馆还提供了部分东北老报纸有关资料，书中日文号外报，笔者请教和咨询了该馆历史文献研究所王小川先生，得到了王先生的具体帮助。

这本《百年号外大观》的出版，特别是得到中国报业协会集报分会会长、《人民日报》高级编辑罗同松先生的关心、重视和指导。这位报业老前辈不仅对如何编好本书提出了宝贵的意见，而且对笔者给予热情鼓励，亲自为本书撰写了见解深刻的序文。

应该说，本书集纳了多位收藏家对号外报的收藏和研究成果，不少同仁都为这本书尽了力。没有以上各位先生和朋友们的大力支持，这本书是很难编成的。在此，谨向对本书给予支持和协助的所有同志表示深切的谢意！

在本书出版过程中，得到了大连出版社领导和责任编辑的重视，给予具体指导和帮助，封面版式设计、校对以及印刷厂员工也付出了辛勤的劳动。特向大连出版社领导和有关同志表示衷心感谢！

2005年10月28日

目录

目录

目录

目录

目录

目录

第一编

清末时期号外报

（1884年8月——1911年12月）

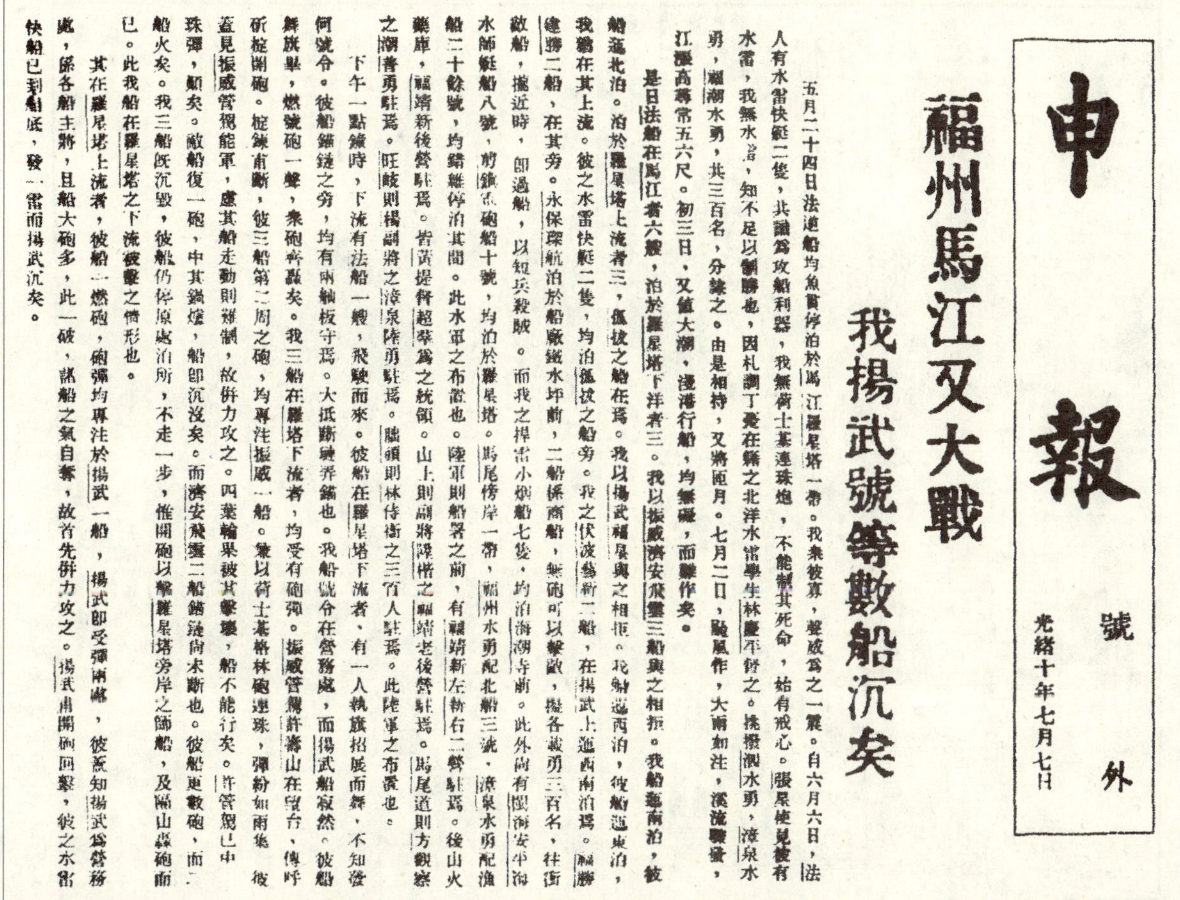

申報

號外

光緒十年七月七日

福州馬江又大戰

我揚武號等數船沉矣

五月二十四日法逆船均魚貫停泊於馬江羅星塔一帶。我衆彼寡，聲威爲之一震。自六月六日，法人有水雷快艇二隻，共誼爲攻船利器，我無荷士基連珠炮，不能制其死命，始有戒心。張星使見彼有水雷，我無水雷，知不足以制勝也，因札調丁憂在籍之北洋水雷學生林慶平督之。挑撥潮水勇，漳泉水勇，福潮水勇，共三百名，分隸之。由是相持，又將匝月。七月二日，颶風作，大雨如注，溪流驟發，江灘高幕常五六尺。初三日，又值大潮，淺港行船，均無礙，而難作矣。

是日法船在馬江者六艘，泊於羅星塔下洋者三。我以振威濟安飛雲三船與之相拒。我船靠南泊，彼船靠北泊。泊於羅星塔上流者三，孤拔之船在焉。我以揚武福星與之相拒。我船迤西泊，彼船迤東泊，我船在其上流。彼之水雷快艇二隻，均泊孤拔之船旁。我之伏波藝新二船，在揚武上迤西南泊焉。福勝建勝二船，在其旁。永保琛航泊於船廠鐵水坪前，二船係商船，無砲可以擊敵，擬各裁勇三百名，往衝敵船，攏近時，即過船，以短兵殺賊。而我之捍雷小輪船七隻，均泊海潮寺前。此外尚有閩海安平海水師艇船八號，前鎮□砲船十號，均泊於羅星塔。馬尾傍岸一帶，福州水勇配北船三號，漳泉水勇配漁船二十餘號，均錯雜停泊其間。此水軍之布置也。陸軍則船署之前，有福靖新左營右二營駐焉。後山火藥庫，福靖新後營駐焉。皆黃提督超羣爲之統領。山上則副將陸桂之福靖老後營駐焉。馬尾道則方觀察之潮普勇駐焉。旺岐則楊副將之漳泉陸勇駐焉。館頭則林侍衛之三百人駐焉。此陸軍之布置也。

下午一點鐘時，下流有法船一艘，飛駛而來。彼船在羅星塔下流者，有一人執旗招展而舞，不知發何號令。彼船錨鏈之旁，均有兩舢板守焉。大抵斷鏈弃錨也。我船號令在營務處，而揚武船寂然。彼船舞旗畢，燃號砲一聲，衆砲齊轟矣。我三船在羅塔下流者，均受有砲彈。振威管駕許壽山在望台，傳呼斫椗開砲。椗鍊甫斷，彼三船第二周之砲，均專注振威一船。兼以荷士基格林砲連珠，彈紛如雨集。彼蓋見振威管駕能軍，慮其船走動則難制，故併力攻之。四葉輪果被其擊壞，船不能行矣。許管駕已中珠彈，頫矣。敵船復一砲，中其鍋爐，船即沉沒矣。而濟安飛雲二船錨鏈尚未斷也。彼船更數砲，而二船火矣。我三船既沉毀，彼船仍停原處泊所，不走一步，惟開砲以擊羅星塔旁岸之師船，及隔山轟砲而已。此我船在羅星塔之下流被擊之情形也。

其在羅星塔上流者，彼船一燃砲，砲彈均專注於揚武一船，揚武即受彈兩處，彼蓋知揚武爲營務處，係各船主將，且船大砲多，此一破，諸船之氣自奪，故首先併力攻之。揚武甫開砲回擊，彼之水雷快船已到船底，發一雷而揚武沉矣。

鸦片战争后，帝国主义列强趁清政府软弱可欺，纷纷侵入中国。1884年8月23日，侵入福建沿海的法国舰队，突然袭击我福州马尾港兵舰，我舰有7艘被击沉。图为1884年8月27日出版的上海《申报》号外。这是我国最早出版的中文报纸号外。

1842年8月29日，英国强迫清政府签订中国近代史上第一个不平等条约《中英南京条约》，规定广州、福州、厦门、宁波和上海等五个口岸对外通商开埠。图为上海《新闻报馆画报》为了庆贺通商50周年，于1893年11月17日出版的号外。

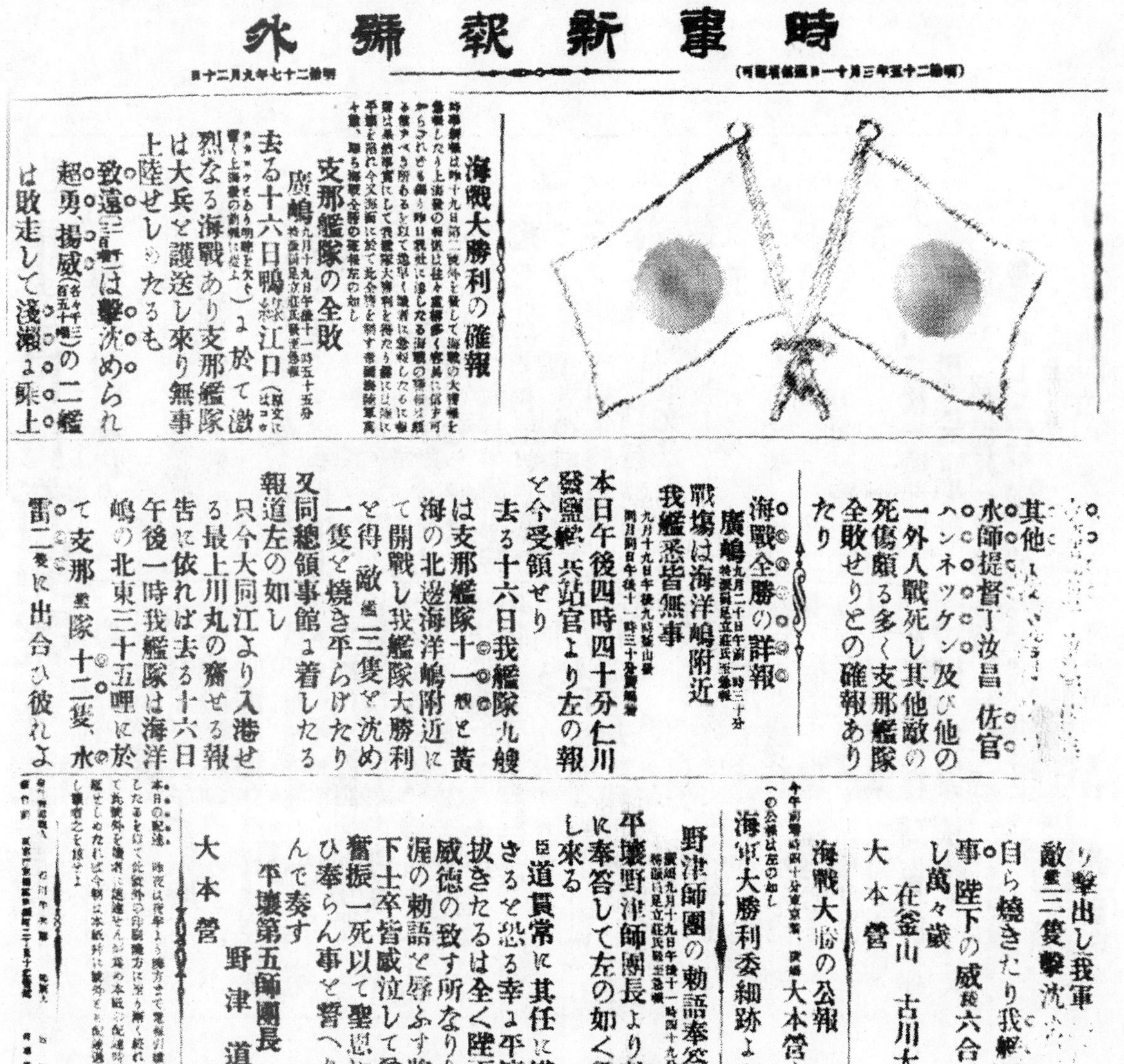

時事新報號外

明治二十七年九月二十日

海戰大勝利の確報

支那艦隊の全敗

廣嶋 九月十九日午後十一時五十五分

去る十六日鴨綠江口（原文にはコーとあり明瞭を欠く）に於て激烈なる海戰あり支那艦隊は大兵を護送し來り無事上陸せしめたるも○○○○致遠（三百噸）は擊沈められ○○○超勇、揚威（各々千三百五十噸）の二艦は敗走して淺瀨に乘上○○○

其他……

水師提督丁汝昌、佐官○○ハンネッケン及び他の一外人戰死し其他敵の死傷頗る多く支那艦隊全敗せりとの確報ありたり

海戰全勝の詳報

廣嶋 九月二十日午前一時三十分

戰場は海洋嶋附近

我艦悉皆無事

九月十九日午後九時釜山發

本日午後四時四十分仁川發監艦兵站官より左の報を今受領せり

去る十六日我艦隊九艘は支那艦隊十一艘と黃海の北邊海洋嶋附近にて開戰し我艦隊大勝利を得、敵艦三隻を沈め一隻を燒き平らげたり

又同總領事館ゟ着したる報道左の如し

只今大同江より入港せる最上川丸の齎せる報告に依れば去る十六日午後一時我艦隊は海洋嶋の北東三十五哩に於て支那艦隊十二隻、水雷二隻に出合ひ彼れより擊出し我軍敵艦三隻擊沈……自ら燒きたり我艦……事○陛下の威稜六合に……し萬々歲

在釜山　古川大尉

大本營

海戰大勝の公報

今午前零時四十分東京發、廣嶋大本營より

（○公報は左の如し

海軍大勝利委細跡より

野津師團の勅語奉答

平壤野津師團長より勅語に奉答して左の如く電報し來る

臣道貫常に其任に堪へきるを恐る幸ゟ平壤を拔きたるは全く陛下御威德の致す所なり今優渥の勅語を辱ふす將校下士卒皆感泣して益々奮振一死以て聖恩に酬ひ奉らん事を誓へり謹んで奏す

平壤第五師團長　野津道貫

大本營

1894年8月1日，中日甲午战争爆发。同年9月17日，日本联合舰队在鸭绿江口外黄海，向清军北洋舰队发动袭击，北洋舰队损失惨重。图为1894年9月20日出版的日本《时事新报》号外“海战大胜利”、“支那舰队全败”。

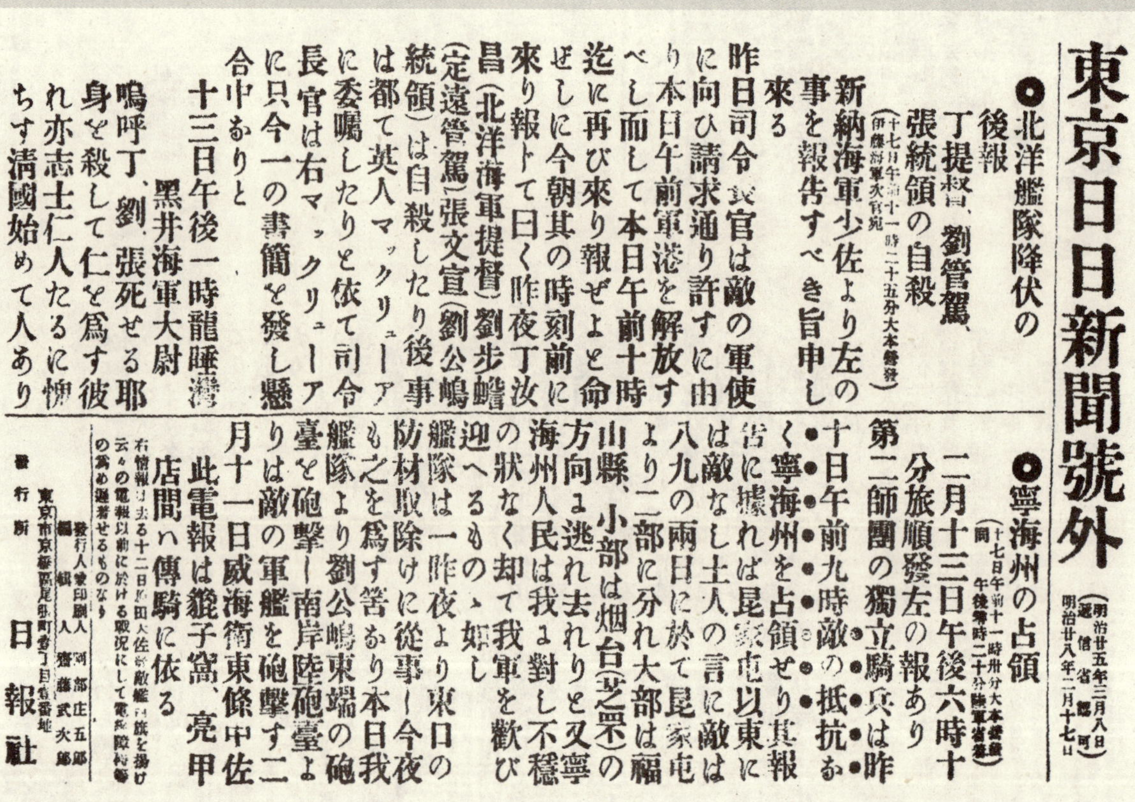

東京日日新聞號外

（明治廿五年三月八日 遞信省認可）
明治廿八年二月十七日

◎北洋艦隊降伏の後報

丁提督、劉管駕、張統領の自殺

（十七日午前十一時二十五分大本營發 伊藤海軍次官宛）

新納海軍少佐より左の事を報告すべき旨申し來る

昨日司令長官は敵の軍使に向ひ請求通り許すに由り本日午前軍港を解放すべし而して本日午前十時迄に再び來り報ぜよと命ぜしに今朝其の時刻前に來り報じて曰く昨夜丁汝昌（北洋海軍提督）劉步蟾（定遠管駕）張文宣（劉公嶋統領）は自殺したり後事は都て英人マックリューアに委囑したりと依て司令長官は右マックリューアに只今一の書簡を發し懸合中なりと

十三日午後一時龍睡灣　黑井海軍大尉

嗚呼丁、劉、張死せる耶身を殺して仁を爲す彼れ亦志士仁人たるに愧ぢず清國始めて人あり

◎寧海州の占領

（十七日午前十一時卅分大本營發 同 午後零時二十分陸軍省着）

二月十三日午後六時十分旅順發左の報あり

第二師團の獨立騎兵は昨十日午前九時敵の抵抗なく寧海州を占領せり其報告に據れば昆家屯以東には敵なし土人の言に敵は八九の兩日に於て昆家屯より二部に分れ大部は福山縣、小部は烟台（芝罘）の方向に逃れ去れりと又寧海州人民は我に對し不穩の狀なく却て我軍を歡び迎へるものゝ如し

艦隊は一昨夜より東口の防材取除けに從事し今夜も之を爲す筈なり本日我艦隊より劉公嶋東端の砲臺を砲擊し南岸陸砲臺よりは敵の軍艦を砲擊す二月十一日威海衛東條中佐

此電報は鷄子窩、亮甲店間は傳騎に依る

右情報は去る十二日[illegible]田大佐が敵艦白旗を揭げ云々の電報以前に於ける戰況にして電[illegible]障碍の爲め延着せるものなり

發行人兼印刷人 渡部庄五郎
編輯人 齋藤武次郎
東京市京橋區尾張町壹丁目壹番地
發行所 日日報社

1894年10月24日，日本侵略军在辽东半岛花园口登陆。日军侵占旅顺口后，连续四天，野蛮屠杀我同胞近两万人，犯下了滔天罪行。图为1895年2月17日出版的日本《东京日日新闻》号外“北洋舰队降伏的后报”、“宁海州的占领”。

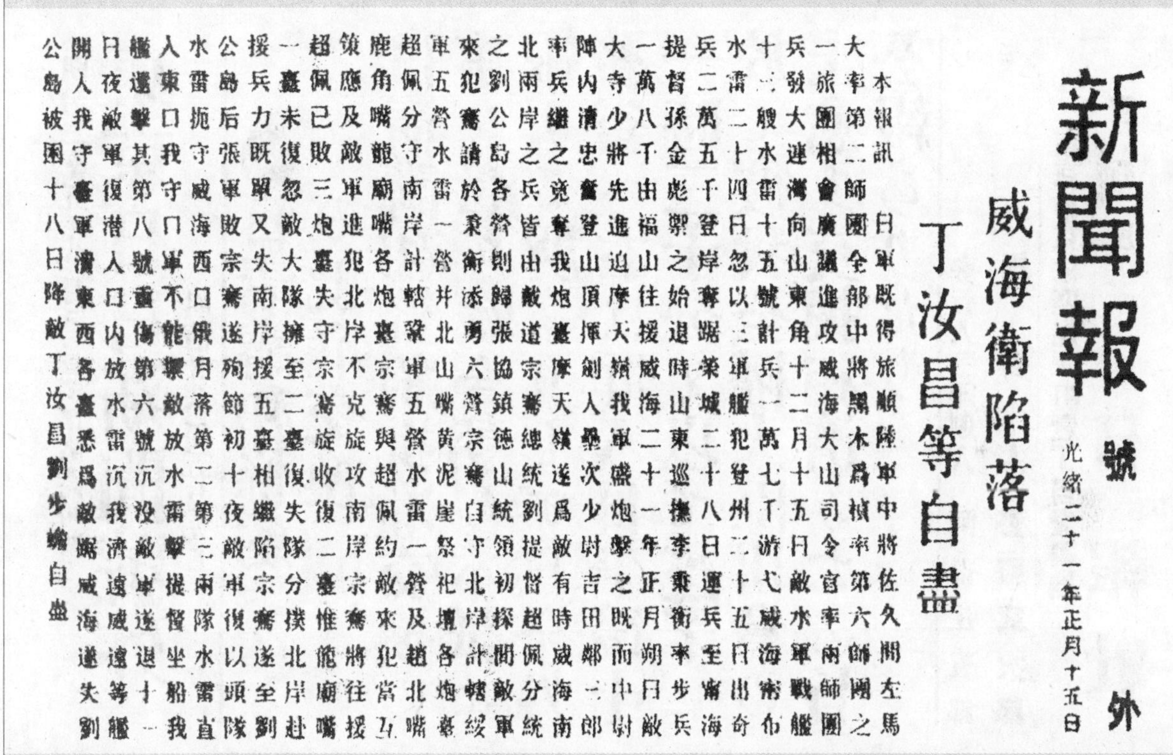

新聞報 號外

光緒二十一年正月十五日

威海衛陷落

丁汝昌等自盡

本報訊　日軍既得旅順陸軍中將佐久間左馬大率第二師團全部中將黑木爲楨率第六師團之一旅團相會廣議進攻威海大山司令官率兩師團兵發大連灣向山東角十二月十五日敵水軍戰艦十一艘水雷十五號計兵一萬七千游弋威海衛布水雷二十四日忽以三軍艦犯登州二十五日出奇兵二萬五千登岸奪踞萊城二十八日運兵至甯海提督孫金彪鄭之始退時山東巡撫李秉衡率步兵一萬八千由福山往援威海二十一年正月朔日敵大寺少將先進追摩天嶺我軍盛炮擊之既而中尉陣內清忠奮登山頂揮劍入壘次少尉吉田鄭一郎率兵繼之竟奪我炮臺摩天嶺遂爲敵有時威海南北兩岸之兵皆由戴道宗騫總統劉提督超佩分統之劉公島各營則歸張協鎮德山統領初探聞敵軍來犯騫請於乘衛添勇六營宗騫自守北岸計轄綏軍五營水雷一營并北山嘴黃泥崖祭祀壇各炮臺超佩分守南岸計轄鞏軍五營水雷一營及趙北嘴鹿角嘴龍廟嘴各炮臺宗騫與超佩約敵來犯當互策應及敵軍進犯北岸不克旋攻南岸宗騫將往援超佩已敗三炮臺失守宗騫旋收復二臺惟龍廟嘴一臺未復忽敵大隊擁至二臺復失隊分撲北岸赴援兵力既單又失南岸援五臺相繼陷宗騫遂全劉公島后張軍敗宗騫遂殉節初十夜敵軍復以頭隊水雷扼守威海西口俟月落第二第三兩隊水雷直入東口我守口軍不能禦敵放水雷擊提督坐船我艦還擊其第八號轟傷第六號沉沒敵單遂退十一日夜敵軍復潛入口內放水雷沉我濟遠威遠等艦開入我守臺軍潰東西各臺悉爲敵蹤威海遂失劉公島被圍十八日降敵丁汝昌劉步蟾自盡

日本侵略军不仅登陆侵入辽东半岛，紧接着又侵犯烟台、威海一带，向刘公岛和北洋舰队发动进攻，清军北洋舰队将士英勇抗击，海军提督丁汝昌等宁死不降，最后殉国。图为1895年2月20日出版的《新闻报》号外“威海卫陷落，丁汝昌等自尽”。

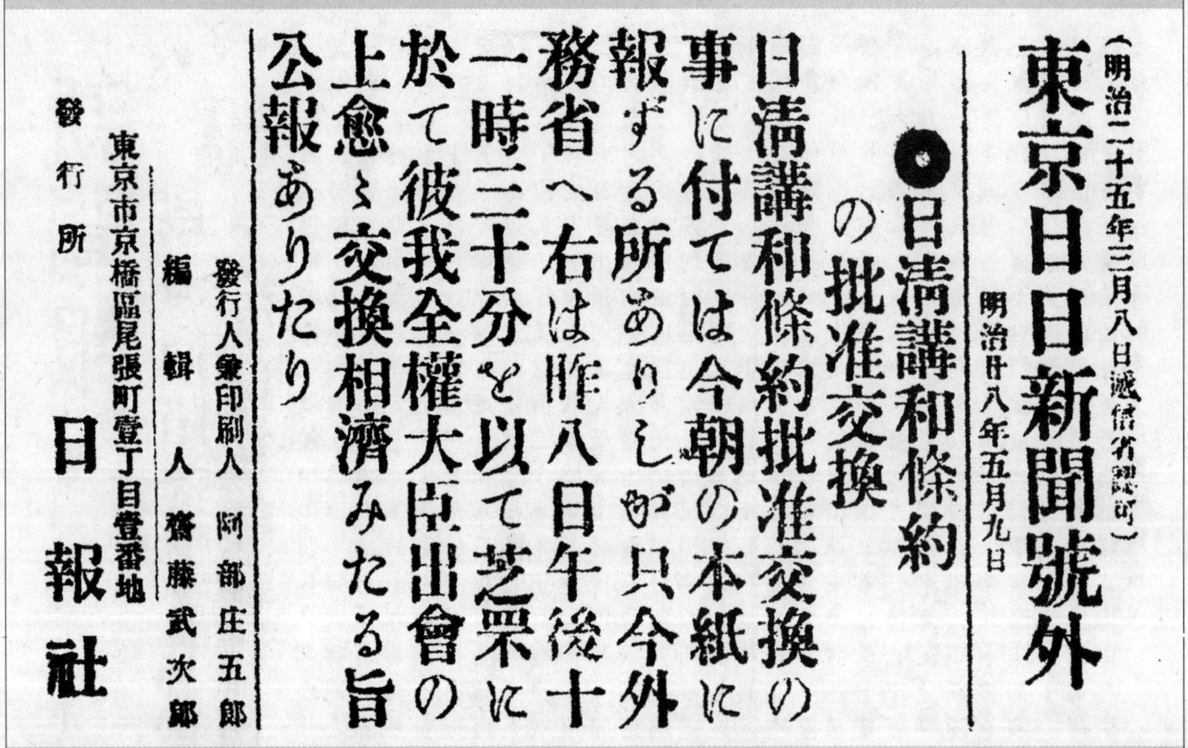

（明治二十五年三月八日遞信省認可）

東京日日新聞號外

明治廿八年五月九日

●日清講和條約の批准交換

日清講和條約批准交換の事に付ては今朝の本紙に報ずる所ありしが只今外務省へ右は昨八日午後十一時三十分を以て芝罘に於て彼我全權大臣出會の上愈々交換相濟みたる旨公報ありたり

發行人兼印刷人　阿部庄五郎
編輯人　齋藤武次郎
東京市京橋區尾張町壹丁目壹番地
發行所　日報社

甲午战争，清军海陆皆败。清政府被迫同日本签订了丧权辱国的《马关条约》，将辽东半岛和台湾及附属岛屿割让给日本，在中国近代史上写下了屈辱的一页。图为1895年5月9日出版的日本《东京日日新闻》号外“日清讲和条约的批准交换”。

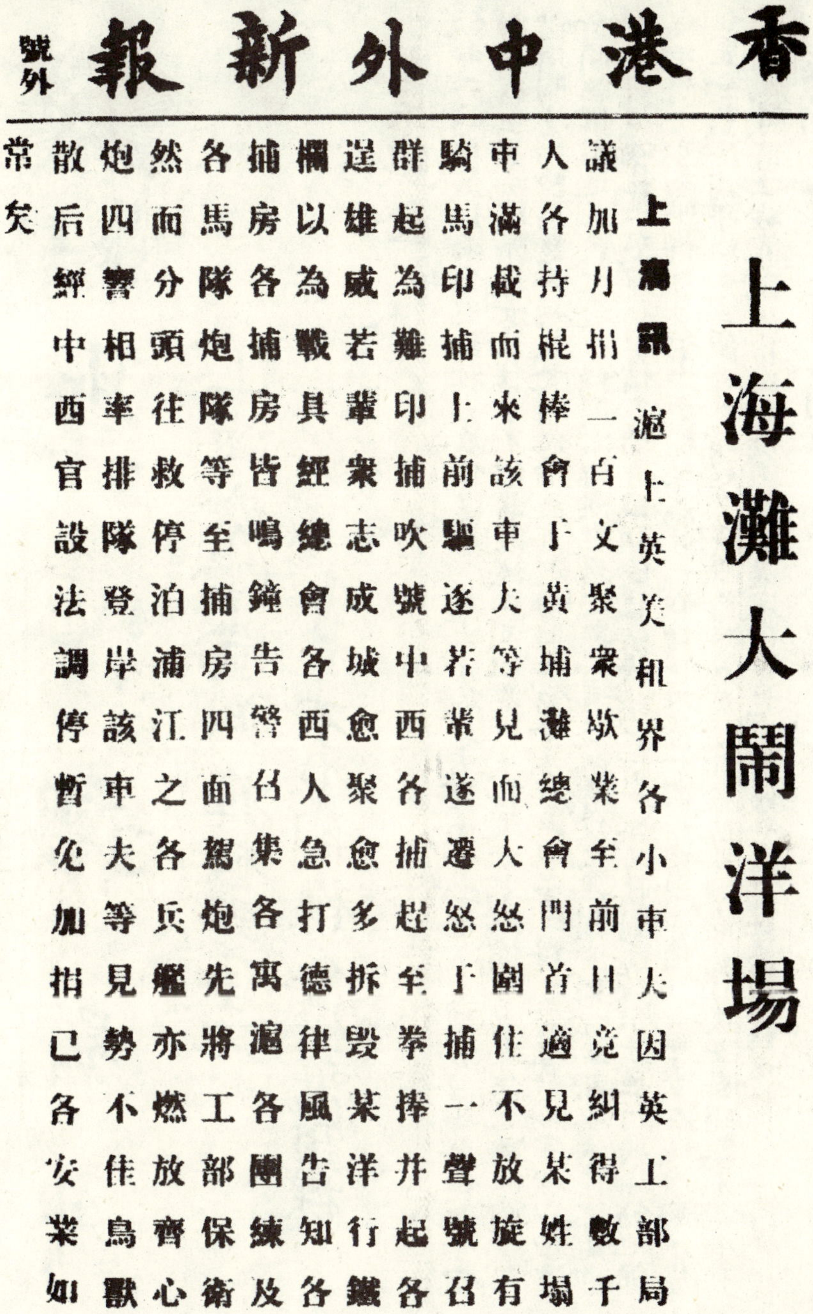

香港中外新報 號外

上海灘大鬧洋場

上海訊 滬上英美租界各小車夫因英工部局議加月捐一百文聚衆欲業至前日竟糾得數千人各持棍棒會于黃埔灘總會門首適見某姓場車滿載而來該車夫等見而大怒鬨住不放旋有騎馬印捕上前驅逐若輩遂遷怒于捕一聲號召群起為難印捕吹號中西各捕起至拳捧并起各逞雄威若輩衆志成城愈聚愈多拆毀某洋行鐵欄以為戰具經總會各西人急打德律風告知各捕房各捕房皆鳴鐘告警召集各寓滬各團練及各馬隊炮隊等至捕房四面總炮先將工部保衛然而分頭往救停泊浦江之各兵艦亦燃放齊心炮四響相率排隊登岸該車夫等見勢不佳鳥獸散后經中西官設法調停暫免加捐已各安業如常矣

1897年4月1日至5日，上海英、美租界爆发小车夫反抗加捐税的斗争，遭到英、美帝国主义海陆军的镇压。后经各方调停，暂免加捐。图为1897年4月7日出版的《香港中外新报》号外“上海滩大闹洋场”。

聖心報號外

上海女學堂僻在桂墅里
不准閒襍人游蕩窺探

道示照登

欽命二品頂戴江南分巡蘇松太兵備道蔡 為出示諭禁事據女公學董事提調教習等稟稱女學堂僻在桂墅里去城稍遠女生往來不便議在城內及租界地方各設分塾以備年幼女生就讀城內一塾借用陶沙場陳忠愍公祠後之時化堂於月之初七日飭令木石泥水等工擇要修理尅期完竣以便速行開課惟附近居民之遊手好閒者鄉愚往來之無知者流氓青皮之無賴者難保無藉端滋事之處即現在興功修葺土木磚石堆積亦恐有匪類偷竊滋擾請出示嚴禁等情到道除批示並行縣諭飭地保舖甲隨時妥為照料外合行出示諭禁為此示仰諸色人等一體知悉爾等須知女學堂在城內陶沙場設立分塾係為年幼女生便於就讀起見現在修理房屋固宜嚴防匪類偷竊日後女學開塾尤不准有閒襍人等前往遊蕩窺探藉端滋擾倘敢故違定行拿究不貸其各懔遵毋違切切特示

光緒貳拾肆年七月拾捌日 示

《圣心报》于1887年7月21日在上海创刊，是由法国人创办的天主教会中文报刊。上海是我国较早开办女学堂的城市。图为1898年7月18日出版的《圣心报》号外“上海女学堂僻在桂墅里，不准闲杂人游荡窥探”。

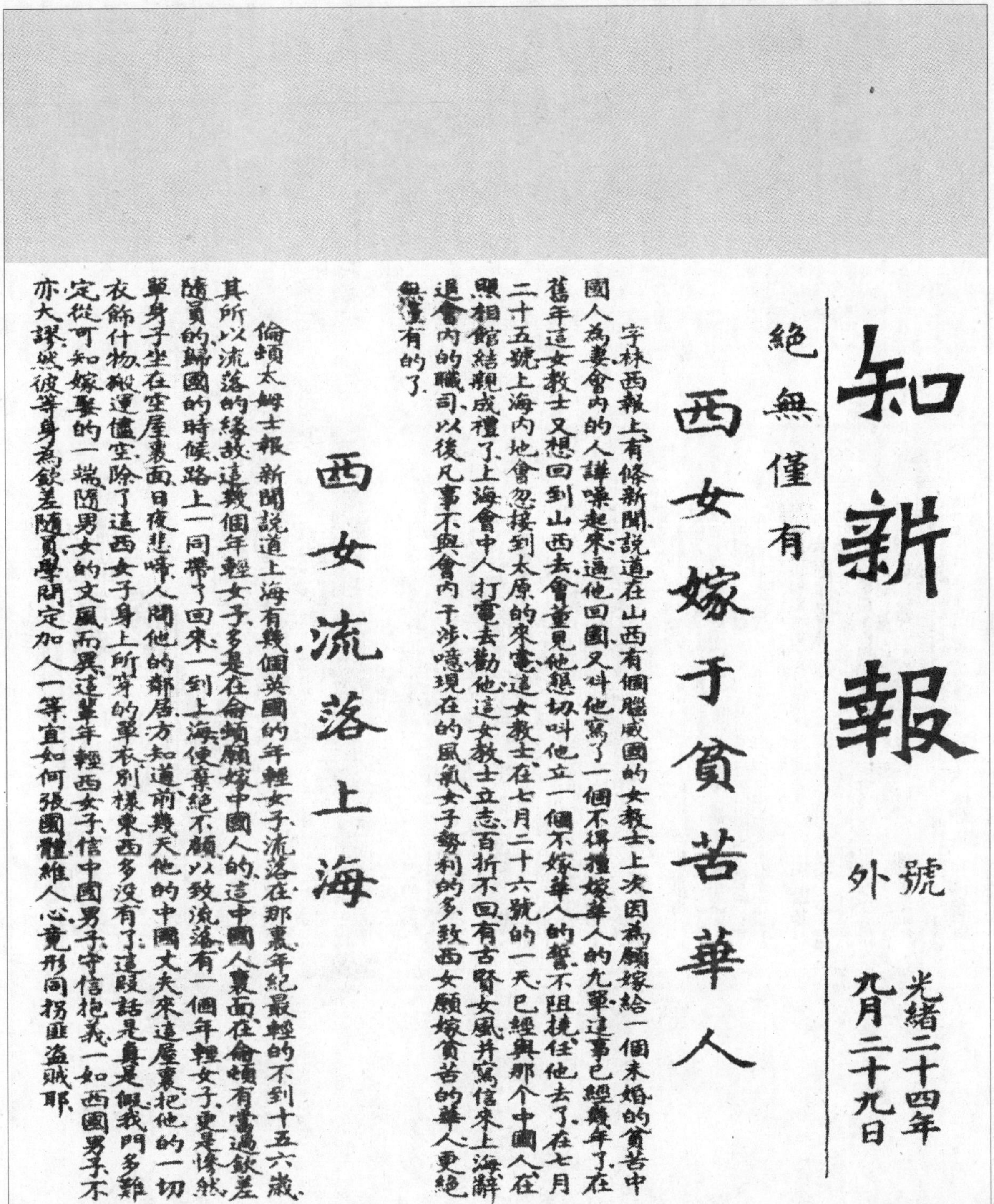

知新報

號外

光緒二十四年九月二十九日

絕無僅有 西女嫁于貧苦華人

字林西報上有條新聞、說道在山西有個腦威國的女教士、上次因為願嫁給一個未婚的貧苦中國人為妻、會內的人譁噪起來、逼他回國、又叫他寫了一個不得擅嫁華人的九單、這事已經幾年了、在舊年這女教士又想回到山西去、會董見他懇切、叫他立一個不嫁華人的誓、不阻撓、任他去了、在七月二十五號上海內地會忽接到太原的來電、這女教士在七月二十六號的一天、已經與那个中國人在照相館結親成禮了、上海會中人打電去勸他、這女教士立志百折不回、有古賢女風、并寫信來上海、辭退會內的職司、以後凡事不與會內干涉、噫、現在的風氣、女子勢利的多、致西女願嫁貧苦的華人、更絕無僅有的了。

西女流落上海

倫頓太姆士報新聞說道上海有幾個英國的年輕女子、流落在那裏、年紀最輕的不到十五六歲、其所以流落的緣故、這幾個年輕女子、多是在倫頓願嫁中國人的、這中國人裏面、在倫頓有當過欽差隨員的、歸國的時候、路上一同帶了回來、一到上海、便棄絕不顧、以致流落、有一個年輕女子、更是慘然單身子坐在空屋裏面、日夜悲啼、人問他的鄰居、方知道前幾天他的中國丈夫來這屋裏、把他的一切衣飾什物、搬運儘空、除了這西女子身上所穿的單衣、別樣東西多沒有了、這段話是真是假、我們多難定、從可知嫁娶的一端、隨男女的文風而異、這輩年輕西女子、信中國男子守信抱義、一如西國男子、不亦大謬然、彼等身為欽差隨員、學問定加人一等、宜如何張國體、維人心、竟形同拐匪盜賊耶、

《知新报》于1897年2月22日创刊，由康有为亲自策划在澳门创办。图为1898年11月10日出版的《知新报》号外“绝无仅有，西女嫁于贫苦华人”。

（明治二十五年三月十七日第三種郵便物認可）

大阪朝日新聞 號外

明治三十七年三月十三日

戰報 （十三日發）

東京電報 左の公報ありたり

◎旅順第四回攻擊

東鄉聯合艦隊司令長官發三月十二日午後八時十分東京着

聯合艦隊は豫定の如く行動して更に昨十日旅順口の敵を攻擊せり驅逐隊の二隊は同日午前零時旅順港外に達し港外を搜索して敵艦を見ず黎明まで港外に止まりて乙驅逐隊は各所に特種の機械水雷を沈置せしが敵の探海燈は之に對し時々砲擊したるも我驅逐隊は無事其目的を達するを得たり然るに午前四時三十分頃甲驅逐隊は老鐵山の南方に於て約六隻より成る敵の驅逐隊に會し近距離に於て約二十分間激戰し朝汐、霞、曉の三艦は敵の艦艇を縱々相際せんとするが如く接戰し敵の三四艦は征然なる損火を加へたるを以て敵は或は機關を破損し或は火災を起し或は煙筒を墜け多大の損害を負ふて敗走せり我三艦も亦敵彈のため多少の損害を蒙り死傷十五名（内戰死下士卒七名負傷霞大機關士府澤安雄の外下士卒七名ありたり就中曉は機關の補助機管を破壊せられ一時漂流したるゆゑに機關兵四名熱傷に依り戰死せり）但各艦共に戰闘航海に支障あらず又乙驅逐隊は午前七時港外を去らんとする際偶洋中より旅順口に入らんとする敵の驅逐艦二隻を發見し直に其歸路を遮りて之を攻擊し戰鬪約一時間多大の損害を與へたる後其一隻を逸したるも他の一隻ステレフシチー號を擊破し敵の恐懼砲火の下に於て漣は之を捕獲曳行しつゝありしも浸水甚しく且波浪高く曳綱切斷せしを以て捕虜兵四名を收容して捕獲艦を放棄せり該役午前十時十五分に至りステレフシチー號は全く沈沒せり此戰鬪に於て乙驅逐隊の諸艦にも損傷ありしも多大ならず漣曙の二艦に戰死卒二名、負傷曙の少尉以下士卒三名ありたり

之より先戰艦ノーヴヰク及びバヤンは港外に出で來りて我乙驅逐隊に向ひ進行し來りしが我巡洋艦隊の港外に接近せるを見て港内に退却せり

我主力艦隊及巡洋艦隊は同日午前八時旅順口沖に達し巡洋艦隊は直に港口正面に進み我驅逐隊を援護し尋で主力艦隊も亦老鐵山附近に至り午前十時より午後一時四十分迄遂次港口に對し間接射擊を行へり巡洋艦の一隊が港口正面より右的報告する所に據れば其彈着は概して良好にして其効果少からざりしもの、如し我砲擊中敵の要塞も時々砲擊したるも我艦隊の諸艦は一の損傷なかりき又巡洋艦の他の一隊は大連灣外に至り港口三山島に於ける敵の建設物を破壊燒せり又高砂、千早は歟に旅順口半島の岸西を索敵せしも敵を見ず前回の攻擊に於て我巡洋艦に擊破せられ擱坐したる敵の驅逐艦はウヌシーセリヌイにして今や檣及び煙筒の上部を水面上に現はして沈沒し居れり我各部隊は午後二時戰鬪を止め一旦豫定地に集合したる後引揚げたり（本報告は三月十二日認めたるものなり）

發行兼印刷人 長野一枝　編輯人 上月一雄

發行所 大阪市北區中之島三丁目十四番屋敷 村山 合名 大阪朝日新聞會社

甲午战争后，俄、德、法国逼迫日本向清政府退还辽东半岛。俄国又强迫清政府签订了《旅大租地条约》，占领了辽东半岛。1904年2月9日，日本舰队突然袭击旅顺口外沙俄舰队，日俄战争爆发。图为1904年3月13日日本《大阪朝日新闻》号外。

（明治二十五年三月十五日第三種郵便物認可）

新愛知 明治三十七年五月二日 第二號外

東京電話 （二日午前）

陸軍萬歲!!!

九連城安東縣占領公報

五月一日午後十一時二十分黑木大將發電
五月二日午前十時二十分大本營着

敵は九連城西北の高地に於て再び抵抗を試みしも午後一時五十分より退却を始め軍の右翼隊は大廟房、中央隊は蛤蟆塘左翼隊は安東縣に向ひ叉軍の總豫備隊は遼陽街道を前進し安東縣より虎古溝を經て梨樹溝に亘る線を占領す特に老古溝附近にて三面より包圍し激烈なる戰闘の後砲二十門馬匹車輛共悉皆將校二十餘名下士卒多數を捕虜とし我に對せし敵は狙擊步兵第三師團の全部及び同第六師團の第二十二第二十四聯隊ミスチエンコノ騎兵旅團砲兵四十門機關砲十八門にて鳳凰城の方向に敗走せり

我軍の死傷は多くも將校以下七百[illegible]らん目下取調中なり

戰利品速射砲二十八門小銃及び彈藥等多數なり我砲兵の効力は頗る偉大にして捕虜將校の言に據れば昨今兩日の防戰に於て敵の軍團長サシリチー師團長カシタルンスキーー共に負傷す其他捕虜騎兵中佐の言に據れば敵の死傷は八百以上なりと云ふ

摩耶艦隊は午前十時より安東縣の下流に溯り敵の砲兵と約三十五分激戰の後之を退却せしむ午後二時龍巖浦に歸れり

當軍司令部は午後五時三十分九連城に到る殿下以下各將校極めて元氣軍隊の士氣大に振ふ

以上取敢へず報告す

日军从海上向沙皇俄国军舰攻击的同时，还派兵从朝鲜攻入安东（丹东）和在辽东沿海登陆，向九连城、奉天（沈阳）和大连、旅顺口方向俄军发起进攻。图为1904年5月2日出版的日本《新爱知》号外“九连城安东县占领公报”。

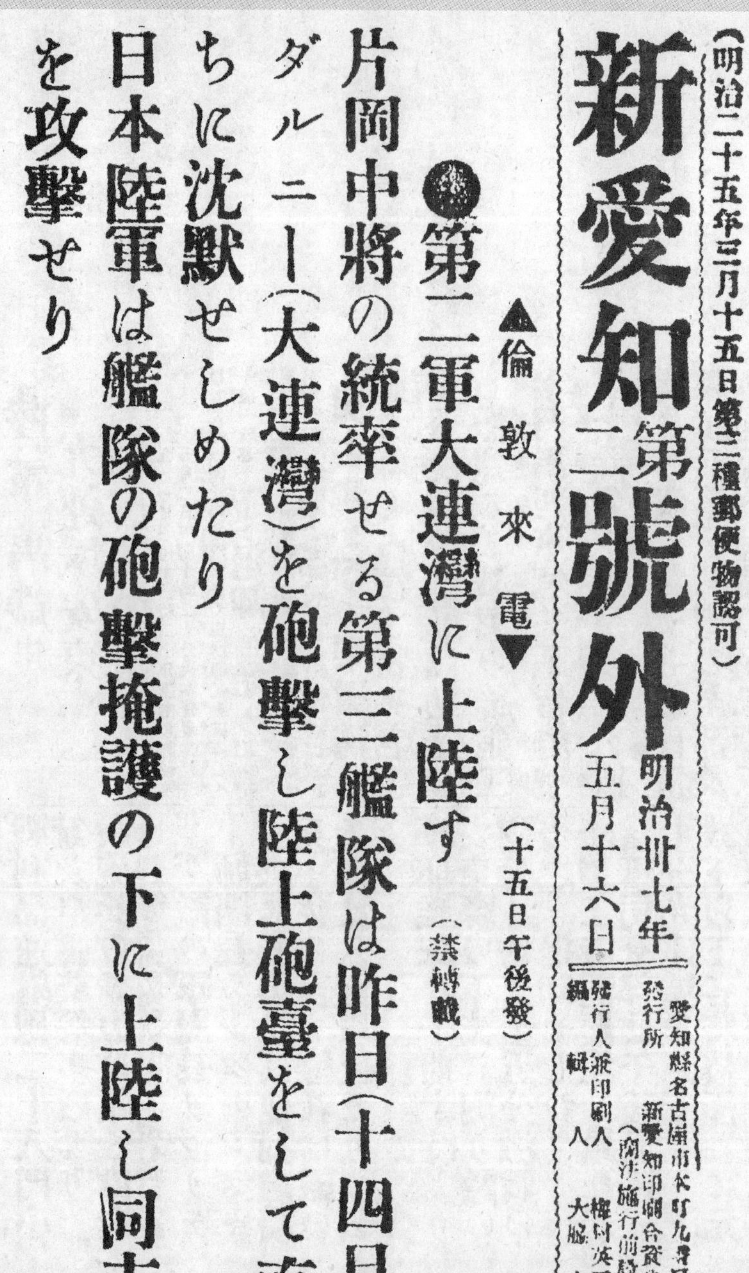

（明治二十五年三月十五日第三種郵便物認可）

新愛知第二號外

明治卅七年五月十六日

愛知縣名古屋市本町九番戸
發行所 新愛知印刷合資會社（商法施行前設立）
發行人兼印刷人 梅村英三郎
編輯人 大脇九吉

（十五日午後發）

▲倫敦來電▼

●第二軍大連灣に上陸す（禁轉載）

片岡中將の統率せる第三艦隊は昨日（十四日）ダルニー（大連灣）を砲擊し陸上砲臺をして直ちに沈默せしめたり

日本陸軍は艦隊の砲擊掩護の下に上陸し同市を攻擊せり

1904年5月14日，日本海军片冈中将统率第三舰队炮击大连湾炮台。在炮火掩护下，日本陆军第二军在大连湾登陆，攻占大连湾俄军炮兵阵地。图为1904年5月16日出版的日本《新爱知》号外“第二军大连湾上陆”。

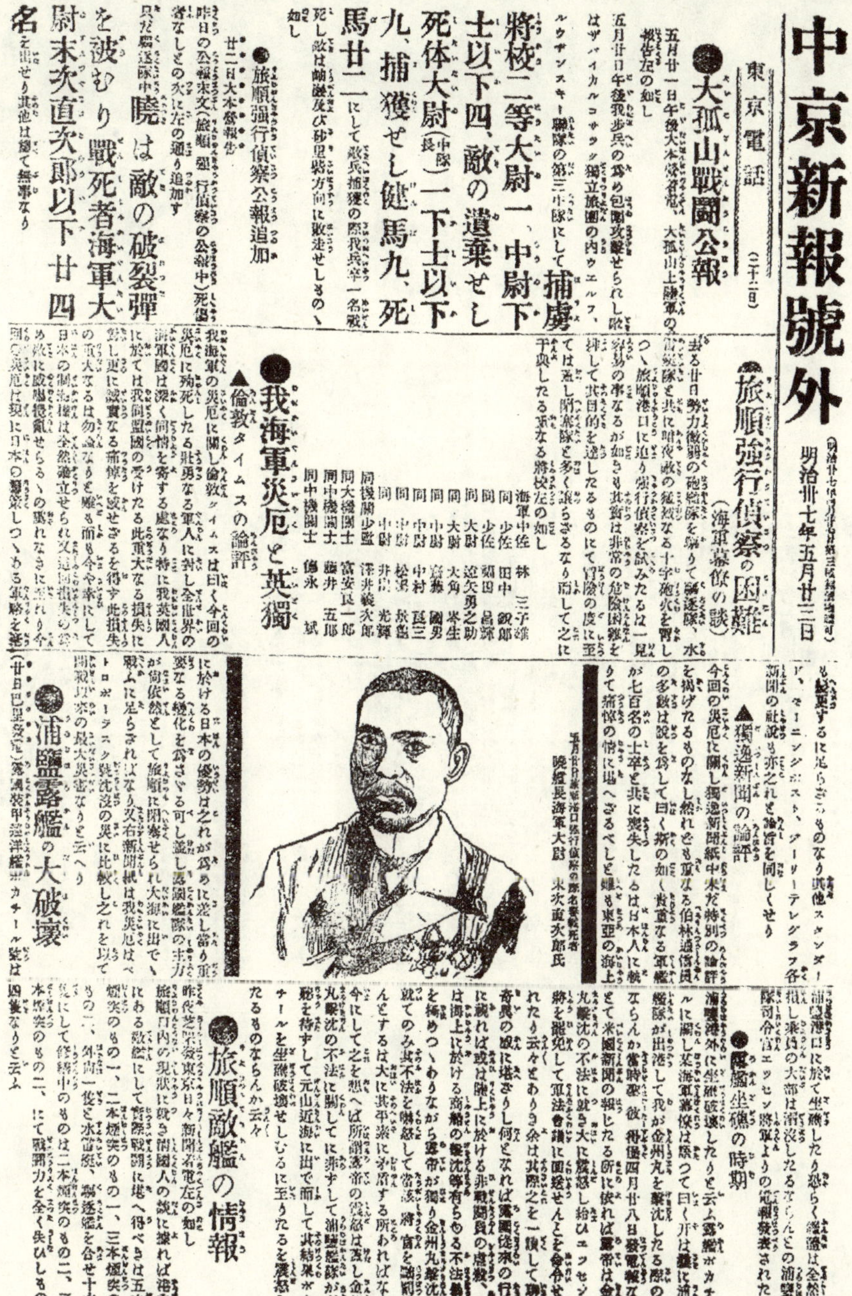

中京新報號外

明治卅七年五月廿三日

東京電話（二十二日）

●大孤山戰鬪公報

五月廿一日午後大本營着電、大孤山上陸軍の報告左の如し

五月廿日午後我歩兵の爲め包圍攻擊せられし敵はザバイカルコサック獨立旅團の内ウエルフ、ルウザンスキー聯隊の第三中隊にして捕虜將校二等大尉一、中尉下士以下四、敵の遺棄せし死体大尉（中隊長）一下士以下九、捕獲せし健馬九、死馬廿一にして敵兵捕獲の際我兵卒一名戰死し敵は岫巖及び砂里寨方向に敗走せしもの、如し

●旅順強行偵察公報追加

廿二日大本營報告

昨日の公報末文（旅順強行偵察の公報中）死傷者なしとの次に左の通り追加す

只だ驅逐隊中曉は敵の破裂彈を被むり戰死者海軍大尉末次直次郎以下廿四名を出せり其他は總て無事なり

●旅順強行偵察の困難（海軍幕僚の談）

●我海軍災厄と英獨

▲倫敦タイムスの論評

▲獨逸新聞の論評

五月廿日旅順港口強行偵察の際名譽戰死者　曉艦長海軍大尉　末次直次郎氏

●浦鹽露艦の大破壞

●露艦坐礁の時期

●旅順敵艦の情報

日军从海上、陆上向俄军全面进攻，遇到了困难。双方均有死伤。图为1904年5月23日出版的日本《中京新报》号外“大孤山战斗公报”、“旅顺强行侦察困难”。

大阪朝日新聞 號外

明治三十七年五月二十九日

東京電話（二十九日發）

金州攻略詳報

激烈の肉戰▲敵の艦船と陸戰隊▲敵步兵の頑強▲第三師團の奮鬪▲第一師團の苦戰▲艦隊の有力なる援助▲第四師團の高地攀先登▲劍尖接戰▲敵兵退却▲大勇身火藥庫爆發▲吶喊追擊▲敵死屍五百以上戰利砲六十八門▲我死傷三千五百

从东部沿海登陆向金州方面进攻的日军，遭到俄军的顽强阻击。俄军战死500余，日军死伤3500多。图为1904年5月29日出版的日本《大阪朝日新闻》号外“金州攻略详报”。

（明治十五年三月十七日第三種郵便物認可）

扶桑新聞 第一號外 明治卅七年七月十日

東京來電（十日發）

○蓋平占領公報

第二軍は昨九日蓋平附近の敵を撃退して正午頃全く同地を占領せり其經過如左

△其一（七月六日午後大本營着電）奥大將報告

本日午前九時最後に於て軍の一部は四方台の東北方約一里の山顛及四方台の北方約一里の山顛を守備せし敵歩兵約一千六百名を驅逐して該山顛の線に止まれり

該地に在りし敵は北方に敗走せり

軍の主力は其進路上に在りし敵騎を驅逐しつゝ前進し金家勾より小藍旗を經て二道河子線に達し東よりの一部は山隼家屯の高地を占領せり

我損害は岩崎少佐（初太郎）重傷一下士以下即死二負傷十にして敵は屍体約二十を遺棄したり

軍の右翼方面に破れし敵は蓋平附近に退却せり

△其二（七日午後大本營着電）

軍は本日沙崗臺附近に在りし敵を驅逐して正午頃塔子溝より大石海樂の東方の高地に亘る線に達せる敵の歩騎兵の若干は我軍の進路上に在る隘路に於て逐次に抵抗を試みつゝ北方に退却せり

土人の言に據れば蓋平附近に約二萬海山塞に約二千蕩地附近に約一萬の敵ありて蓋平の北方高地及び西台附近の高地には砲兵を備へ又大石橋附近にも依然敵兵駐屯し漸次增加の模樣ありと

七月五日以來の死傷左の如し

步兵少佐岩崎初太郎重傷少尉森田貞助輕傷下士以下戰死四重傷十一輕傷七合計二十四

△其三（八日午後大本營着電）

敵は海山塞附近より蓋平附近に亘る間及び西台北方高地附近を占領す

午後一時頃よりは鐵道列車を以て海山塞附近に軍隊を下車せしめつゝあり

蕩地南方約二里の花紅溝附近にも敵兵あるもの如し

軍は豫定の計畫により此敵を攻擊せんとす

△其四（九日午前大本營着電）

軍は本日午前五時二十分より蓋平附近に在る敵に向つて砲撃を開始し午前八時頃大平山屯高地孫家屯高地東方頂山に在りし敵を驅逐して該地を占領せり

敵は石門及び海山塞附近に砲列を敷き頑強なる抵抗を續けつゝあり

△其五（九日午後大本營着電）

蓋平附近の敵は昨夜來著るしく其兵力を減じ蓋平附近の陣地を我軍の爲に奪取せられたる後石門、海山塞、高家屯附近の險要に據り再度抵抗を爲したるも正午頃我軍は更に此敵を攻擊して同高地の線を占領せり

敵の砲兵其後紅旗溝嶺子西佛寺の高地に在りて我追擊隊を砲擊せしが午後三時に至り砲兵は殆ど沈默せり

此戰鬪に於て小泉少將は大腿に重傷を受けたり他は取調中

發行兼編輯人 白井雄三郎　印刷人 下山寅三郎　發行所 名古屋市榮町六丁目十一番地 扶桑新聞社

在日军猛烈攻击下，沙俄北线陆军接连败退，1904年7月9日，日军占领盖平（盖县）。图为1904年7月10日出版的日本《扶桑新闻》号外“盖平占领公报”。

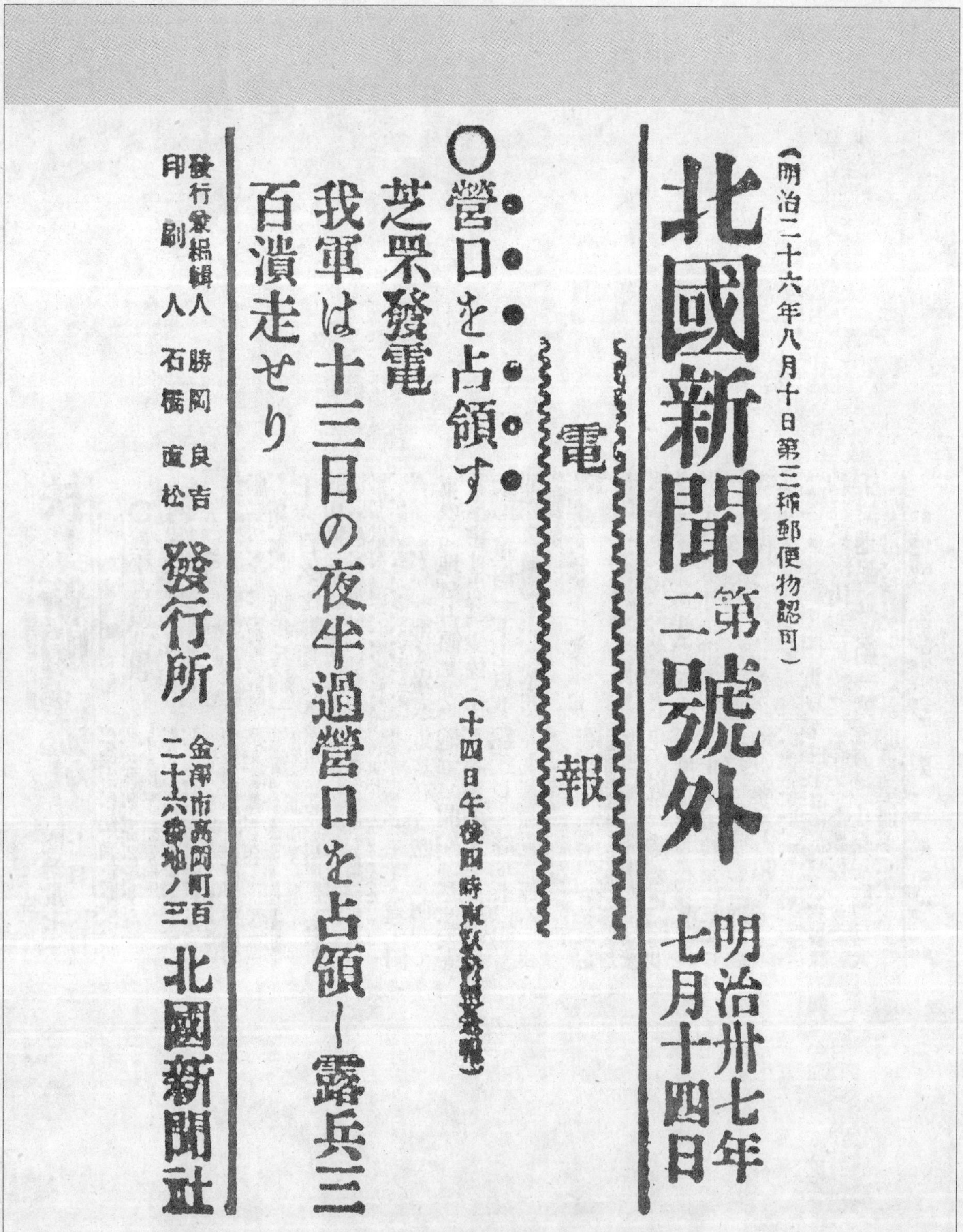

（明治二十六年八月十日第三種郵便物認可）

北國新聞 第二號外

明治卅七年七月十四日

電報

○營口を占領す

（十四日午後四時東京發[illegible]）

芝罘發電

我軍は十三日の夜半過營口を占領し露兵三百潰走せり

發行兼編輯人 勝岡良吉
印刷人 石橋直松
發行所 金澤市高岡町百二十六番地ノ三 北國新聞社

1904年7月13日，日军占领营口。图为1904年7月14日出版的日本《北国新闻》号外“我军13日夜半占领营口，露兵（俄军）三百溃走”。

明治二十五年三月二十六日(第三種郵便物認可)

大阪新報 號外

明治三十七年 九月六日

東京電話(六日)

遼陽占領詳報

九月六日午前大本營着電。滿州軍總司令部
我諸軍は八月下旬鞍山站、遼家沿附近の攻擊運動を開始せりその經過左の如し
右翼軍は八月廿四日に運動を開始し廿六日夜より廿七日に亘る激戰の後ち敵を擊退して紅沙嶺孫家寨、高峯寺に亘る線を占領して尚ほ追擊を續行し廿九日英守堡、石夾子、腩山子の線に達し三十日夜より卅一日に亘り軍はその主力を鎖刀灣において太子河右岸に移しその一部を太子河左岸に殘置し中央軍と連繋して動作せしめたり、軍の主力は九月一日より黒英臺西方附近にある敵に向ひ攻擊を開始せしが敵の抵抗頑強にして且つ前日より兵力を增加せしを以て攻擊容易に進捗せず然れども四日間に亘る激戰の後ち九月四日正午過遂に敵の陣地を略取せり、九月四日太子河右岸にありし同軍の一部を更に太子河右岸官屯に移したり
中央および左翼軍は廿六日より運動を開始し敵を壓迫して廿七日下石橋、侯家屯、蘇馬臺の線に達す然るに其日下房身、鞍山站防禦陣地に據れる强大なる敵は遼陽方向へ退却を始めたり、依て中央左翼軍は直ちに進擊に轉じ敵の一部隊を驅逐しつゝ廿九日中央軍は潘家嶺、沙河の線左翼軍は沙河、瀛家臺の線に達し敵はヤユチ北方高地より早飯屯南方高地及び新立屯東西の兩高地を經て首山堡西方高地に亘り堅固なる陣地を構成しあり、故に中央軍は更にこれが攻擊に着手せり、この狀況において左翼軍は首山堡附近の敵を攻擊し以て中央軍の戰況に應じ協力敵を攻擊せり
三十日中央軍の右翼は右翼軍の左翼たる一部と共にヤニテある北方高地より早飯屯南方高地に

裏面へ續く

1904年9月4日，日军占领辽阳。图为1904年9月6日出版的日本《大阪新报》号外“辽阳占领详报”。

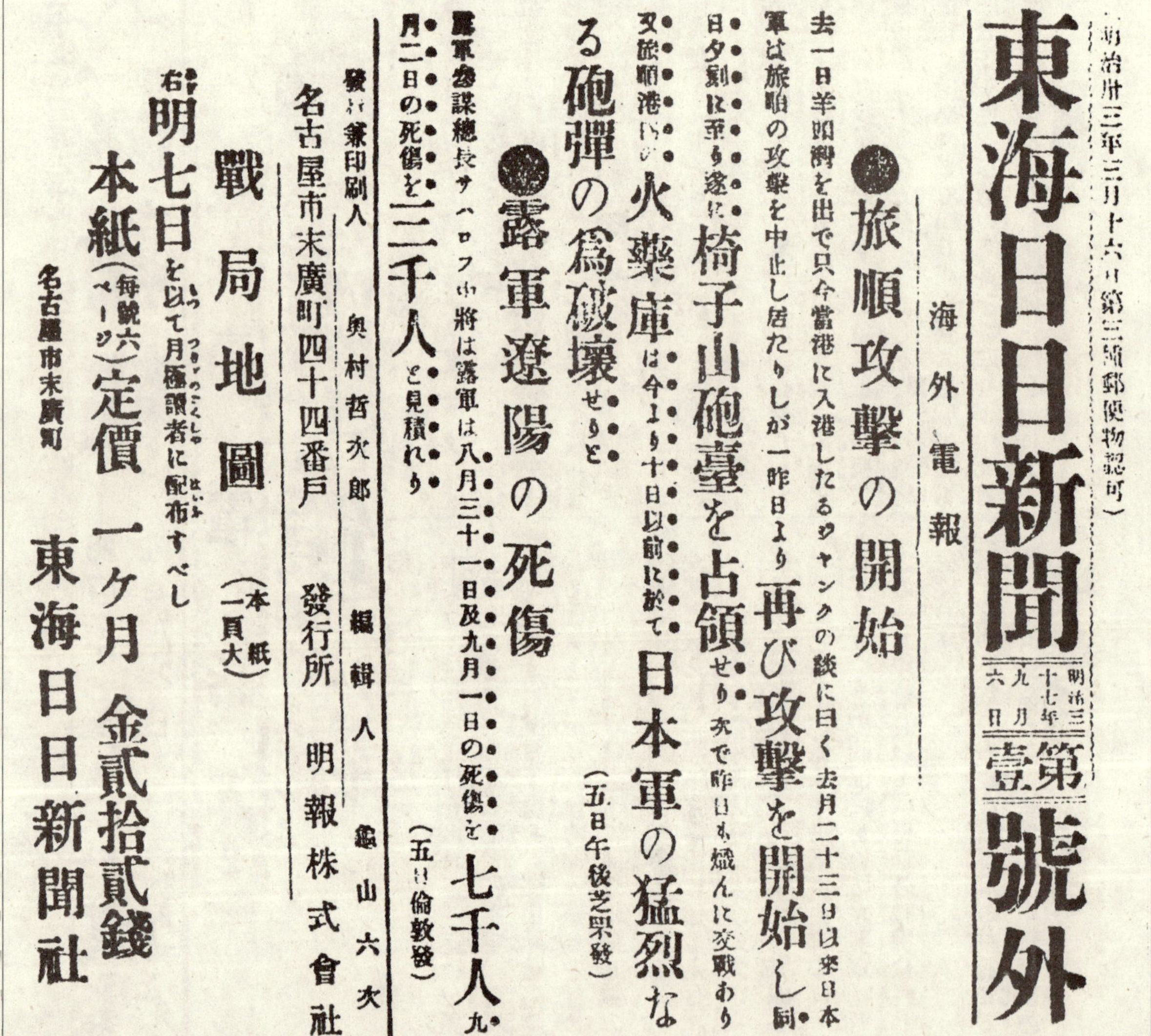

（明治卅三年三月十六日第三種郵便物認可）

東海日日新聞　第壹號外

明治三十七年九月六日

海外電報

●旅順攻擊の開始

去一日芋頭灣を出で只今當港に入港したるジャンクの談に曰く去月二十三日以來日本軍は旅順の攻擊を中止し居たりしが一昨日より再び攻擊を開始し同日夕刻に至り遂に椅子山砲臺を占領せり次で昨日も熾んに交戰あり又旅順港内の火藥庫は今より十日以前に於て日本軍の猛烈なる砲彈の爲破壞せりと（五日午後芝罘發）

●露軍遼陽の死傷

露軍參謀總長サハロフ中將は露軍は八月三十一日及九月一日の死傷を七千人九月二日の死傷を三千人と見積れり（五日倫敦發）

發行兼印刷人　奥村哲次郎　編輯人　龜山六次

名古屋市末廣町四十四番戸　發行所　明報株式會社

戰局地圖（本紙一頁大）

右明七日を以て月極讀者に配布すべし

本紙（每號六ページ）定價　一ヶ月　金貳拾貳錢

名古屋市末廣町　東海日日新聞社

1904年9月8日，由乃木希典率领的日本陆军，完成了对沙俄旅顺口要塞的包围，宣布“旅顺攻击开始”。图为1904年9月6日出版的日本《东海日日新闻》号外。

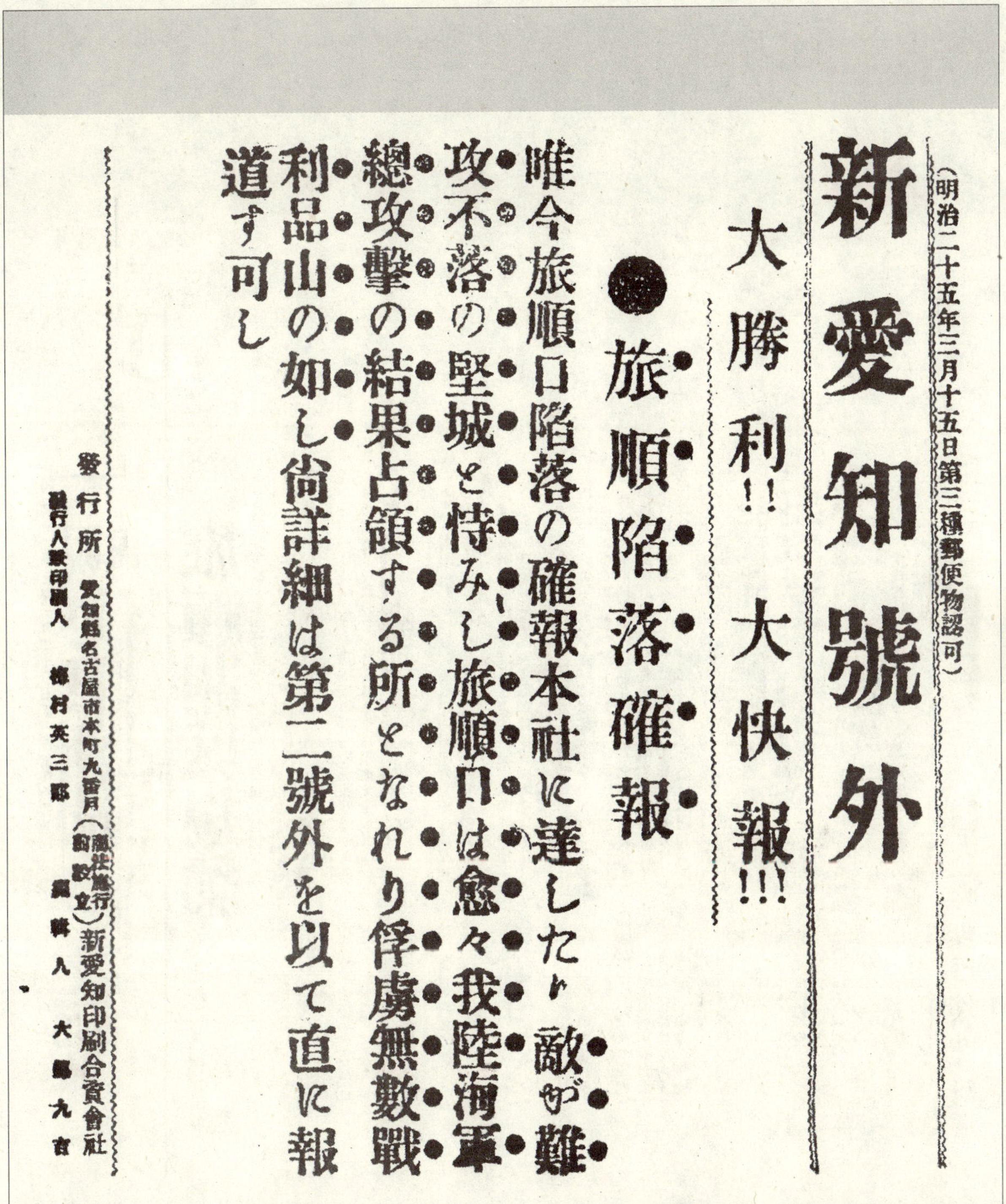

（明治二十五年三月十五日第三種郵便物認可）

新愛知號外

大勝利!! 大快報!!!

●旅順陷落確報

唯今旅順口陷落の確報本社に達したり敵が難攻不落の堅城と恃みし旅順口は愈々我陸海軍總攻擊の結果占領する所となれり俘虜無數戰利品山の如し尚詳細は第二號外を以て直に報道す可し

發行所 愛知縣名古屋市本町九番戶（[illegible]）新愛知印刷合資會社
發行人兼印刷人 榊村英三郎 編輯人 大島九吉

1905年1月2日，沙俄驻旅顺口要塞司令斯特塞尔中将同日军司令官乃木希典大将在旅顺水师营会见，俄方在投降书上签字（即所谓《旅顺开城规约》），旅顺口陷落。图为1905年1月2日出版的日本《新爱知》号外“旅顺陷落确报”。

（日刊）明治二十五年三月二十五日第三種郵便物認可

大阪毎日新聞 第四號外

明治三十八年一月三日

東京電話（三日）

旅順開城規約

一月三日午後大本營着電、旅順攻圍軍司令官報告

昨日午後九時四十五分を以て永調印を終りし開城規約本文左の如し

第一條 旅順要塞および該港にある露國の陸海軍々人及び義勇兵并に官吏は凡て之を捕虜とす

第二條 旅順口における全堡壘砲臺艦船艇兵器彈藥馬匹その他一切の軍用諸材料官舍官有諸物件は現狀のまゝ之を日本軍に引渡すものとす

第三條 全二ヶ條を承諾するにおいては其擔保として來る一月三日正午までに椅子山、小案子山、大案子山およびその東南一帶の高地にある堡壘砲臺の守備を撤し日本軍に交附すべし

第四條 露國陸海軍において本規約調印の當時に現存せる第二條の諸物件を破壞し又はその他の方法において現狀を變更すと認むる時は談判を廢止し日本軍は自由の行動を執るべし

第五條 在旅順口露國陸海軍官憲は旅順要塞配置圖地雷水雷その他危險物の敷設圖および在旅順口陸海軍編制表陸海軍將校官職等級氏名簿文官々職氏名簿軍隊艦船艇名簿およびその乘組人員名簿普通人民の男女人種職業員數表を調製し日本軍に交附すべし

第六條 兵器（各自の攜帶兵器を含む）彈藥軍用諸材料官舍官有諸物件馬匹艦船艇及び其內部の諸物件（民有物を除く）は悉く之を現在の位置に整置すべし其授受の方法に關しては日露兩軍の委員に於て規定するものとす

第七條 日本軍は露軍の勇敢なる防禦を名譽とするにより露國陸海軍の將校及び所屬官吏に帶劍及び直接生活に必要なる私有品の攜帶を許す又前記將校官吏及義勇兵にして本戰役の終局に至るまで武器を執らず如何なる方法に於ても日本軍の利益に反對する行爲をなさゞることを筆記宣誓するものは本國に歸還することを承諾す陸海軍將校には各人一名宛の從卒を隨行せしむることを許す此從卒は特に宣誓解放をなす

第八條 武裝を解除したる下士兵卒及義勇兵は其制服を着用し攜帶天幕及び所要の私有物件を攜へ所屬將校の指揮を以て日本軍の指示する集合地に至るべし但其詳細に關しては日本軍の委員に於て之を指示す

第九條 旅順口にある露國陸海軍の衛生部員及び經理部員は病傷者及俘虜の救護休養のため日本軍に於て必要と認むる時機まで日本軍の衛生部員及經理部員指揮の下に殘留して引續き勤務に服せしむべし

第十條 普通人民の處置市の行政會計事務及之に關する書類の引繼其他本規約執行に關する細則は本規約附錄に於て規定す

右附錄は本規約と同一の効力を有す

第十一條 本規約は日露兩軍に於て各一通を製し調印の時より直に効力を有す

開城附錄は之を略す

發行兼編輯人 中村謙三
印刷人 橋本定吉

發行所 大阪市東區大川町五拾五番屋敷 合資會社大阪每日新聞社

1905年1月3日，公布了俄、日双方签订的所谓《旅顺开城规约》。按照这个“规约”，俄军立即解除武装，向日军移交旅顺口要塞所有军事设施、舰船、炮台、武器、弹药、车辆和马匹等。图为1905年1月3日出版的日本《大阪每日新闻》号外“旅顺开城规约”。

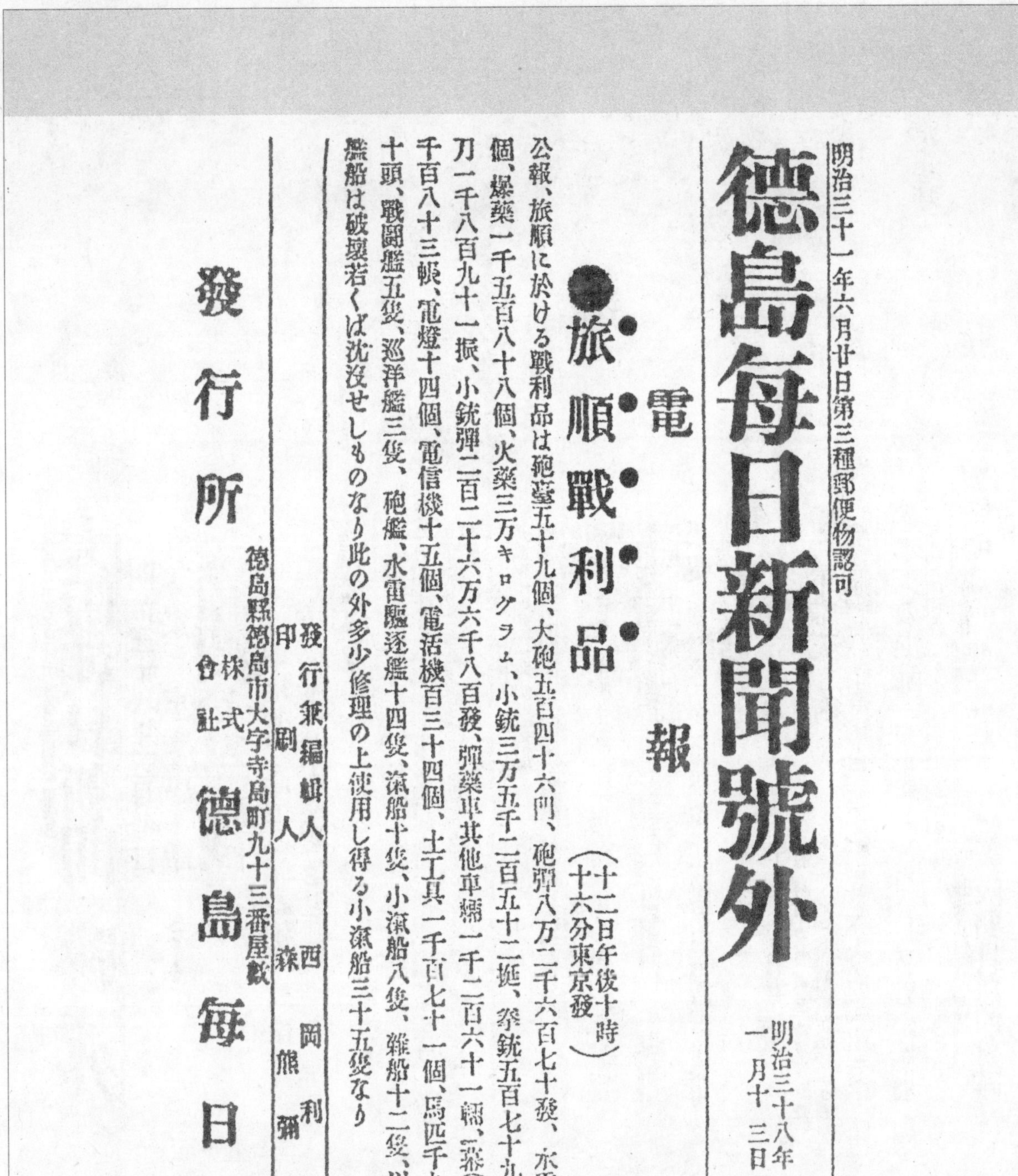

明治三十一年六月廿日第三種郵便物認可

德島每日新聞號外

明治三十八年一月十三日

電報

（十二日午後十時十六分東京發）

●旅順戰利品

公報、旅順に於ける戰利品は砲臺五十九個、大砲五百四十六門、砲彈八万二千六百七十發、水雷六十個、爆薬一千五百八十八個、火薬三万キログラム、小銃三万五千二百五十二挺、拳銃五百七十九挺、軍刀一千八百九十一振、小銃彈二百二十六万六千八百發、彈薬車其他車輛一千二百六十一輛、一蒸(?)二千百八十三帳、電燈十四個、電信機十五個、電話機百三十四個、土工具一千百七十一個、馬匹千九百二十頭、戰鬪艦五隻、巡洋艦三隻、砲艦、水雷驅逐艦十四隻、滊船十隻、小滊船八隻、雜船十二隻、以上の艦船は破壞若くば沈沒せしものなり此の外多少修理の上使用し得る小滊船三十五隻なり

發行兼編輯人 西岡利吉

印刷人 森熊彌太

發行所 德島縣德島市大字寺島町九十三番屋敷 株式會社 德島每日社

驻旅顺口俄军投降，使日军获得了大量战利品。日俄争夺旅顺口战役中，沙俄军队有3.1万人被俘虏；日军攻打旅顺口也付出惨重代价，共死伤6万余人。图为1905年1月13日出版的日本《德岛每日新闻》号外“旅顺战利品”。

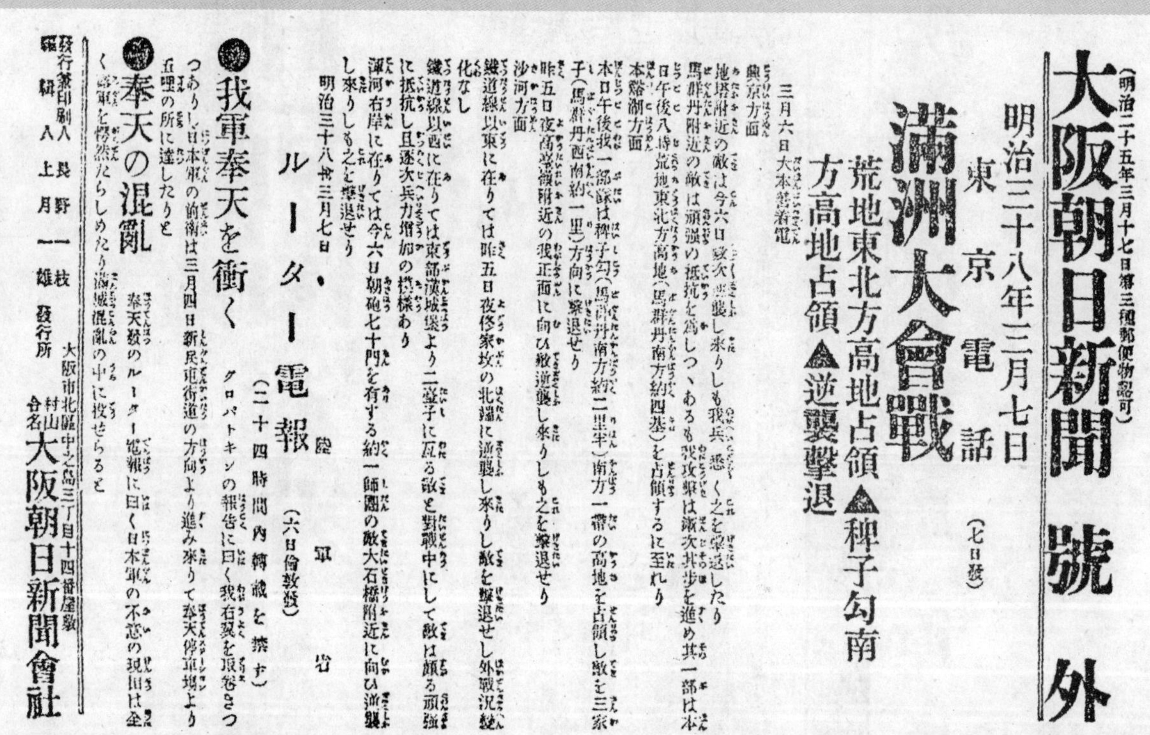
大阪朝日新聞 號外（明治二十五年三月十七日第三種郵便物認可）

明治三十八年三月七日

東京電話（七日發）

満洲大會戰

荒地東北方高地占領▲稗子勾南方高地占領▲逆襲擊退

三月六日大本營着電

興京方面

地塔附近の敵は今六日屢次逆襲し來りしも我兵悉く之を擊退したり

馬群丹附近の敵は頑強の抵抗を爲しつゝあるも我攻擊は漸次其歩を進め其一部は本日午後八時荒地東北方高地（馬群丹南方約四基）を占領するに至れり

本溪湖方面

本日午後我一部隊は稗子勾（馬群丹南方約二里半）南方一帶の高地を占領し敵を三家子（馬群丹西南約一里）方向に擊退せり

沙河方面

昨五日夜高台嶺附近の我正面に向ひ敵逆襲し來りしも之を擊退せり

鐵道線以東に在りては昨五日夜佟家坟の北端に逆襲し來りし敵を擊退せし外戰況變化なし

鐵道線以西に在りては東部漢城堡より二臺子に亙る敵と對戰中にして敵は頗る頑強に抵抗し且逐次兵力增加の模樣あり

渾河右岸に在りては今六日朝砲七十門を有する約一師團の敵大石橋附近に向ひ逆襲し來りしも之を擊退せり

明治三十八年三月七日　陸軍省

ルーター電報（六日倫敦發）

（二十四時間内轉載を禁ず）

クロパトキンの報告に曰く我右翼を取巻きつゝありし日本軍の前衛は三月四日新民屯街道の方向より進み來りて奉天停車場より五哩の所に達したりと

●我軍奉天を衝く

●奉天の混亂

奉天發のルーター電報に曰く日本軍の不意の現出は全く露軍を愕然たらしめたり滿城混亂の中に投ぜらると

發行兼印刷人 長野一枝

編輯人 上月一雄

發行所 大阪市北區中之島三丁目十四番屋敷 合名 村山 大阪朝日新聞會社

1905年1月2日，驻旅顺口俄军投降后，日军迅速占领了整个辽东半岛。从同年3月1日开始，日军集结10余万军队，在辽阳、沈阳地区，同俄军进行“满洲大会战”。图为1905年3月7日出版的日本《大阪朝日新闻》号外“满洲大会战”。

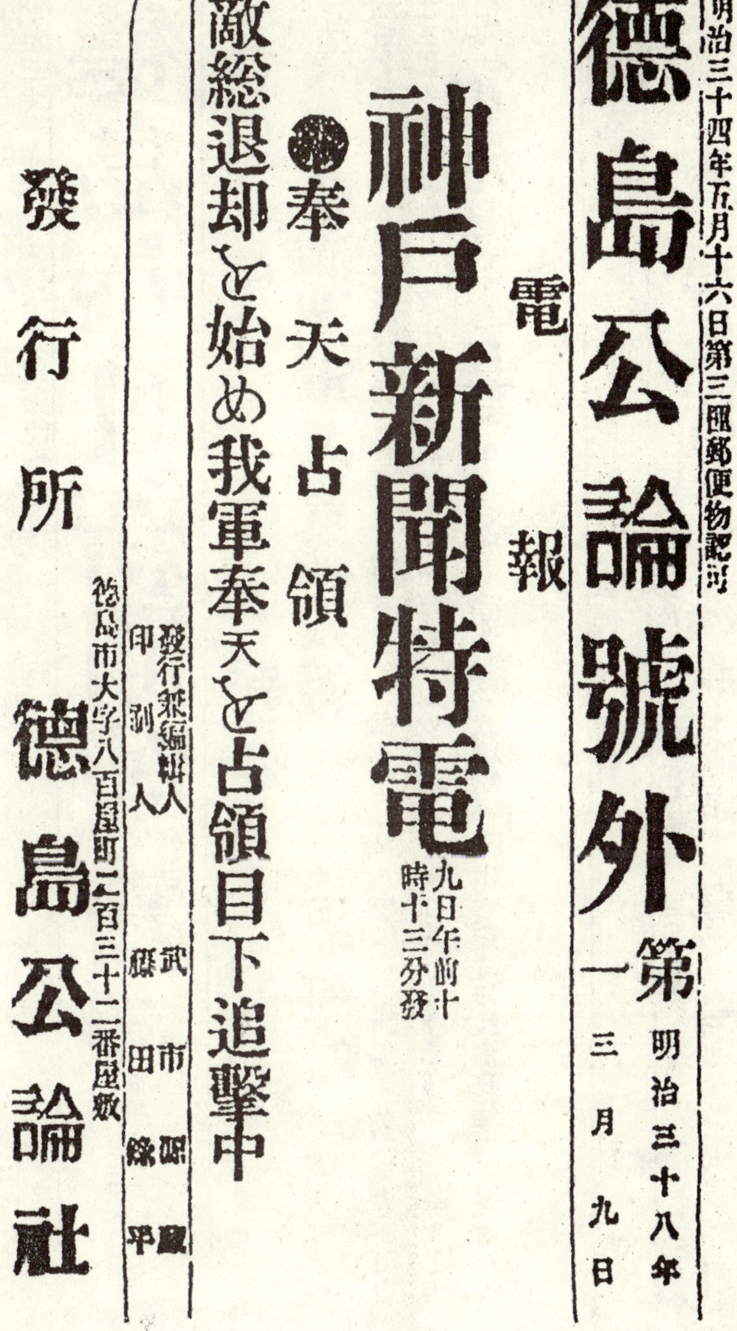

明治三十四年五月十六日第三種郵便物認可

德島公論號外 第一

明治三十八年三月九日

電報

神戸新聞特電 九日午前十時十三分發

●奉天占領

敵總退却を始め我軍奉天を占領目下追撃中

發行兼編輯人 武市源藏

印刷人 篠田綠平

德島市大字八百屋町二百三十二番屋敷

發行所 德島公論社

1905年3月9日，日军占领奉天（沈阳），俄军退却。图为1905年3月9日出版的日本《德島公论》号外“奉天占领”。

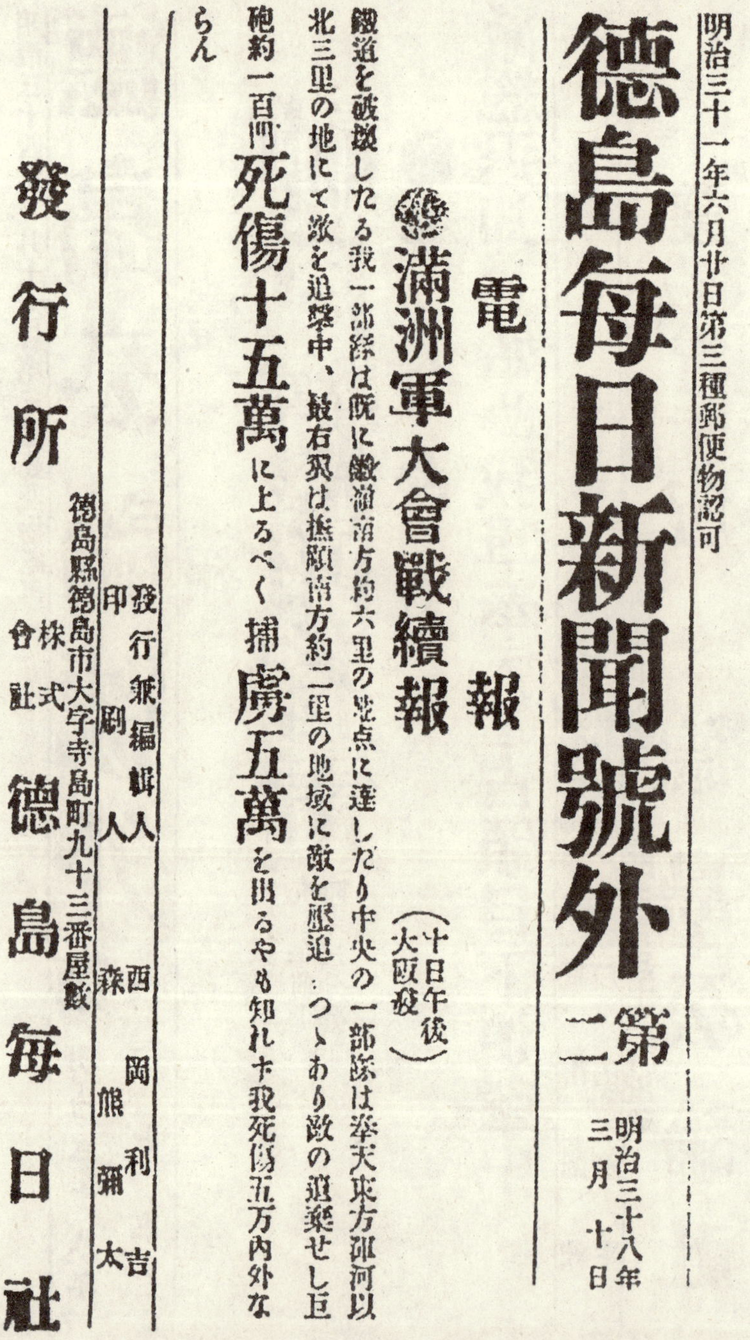

明治三十一年六月廿日第三種郵便物認可

德島每日新聞號外 第二

明治三十八年三月十日

電報

滿洲軍大會戰續報（十日午後大阪發）

鐵道を破斷したる我一部隊は既に鐵嶺南方約六里の要点に達したり中央の一部隊は奉天東方渾河以北三里の地にて敵を追擊中、最右翼は撫順南方約二里の地域に敵を壓迫しつゝあり敵の遺棄せし巨砲約一百門死傷十五萬に上るべく捕虜五萬を出るやも知れず我死傷五万内外ならん

發行兼編輯人 西岡利吉
印刷人 森熊彌太

德島縣德島市大字寺島町九十三番屋敷
發行所 株式會社 德島每日社

日军发布满洲军大会战公报：俄军死伤达15万人，被俘5万人；日军死伤5万人。图为1905年3月10日出版的日本《德島每日新闻》号外“满洲军大会战续报”。

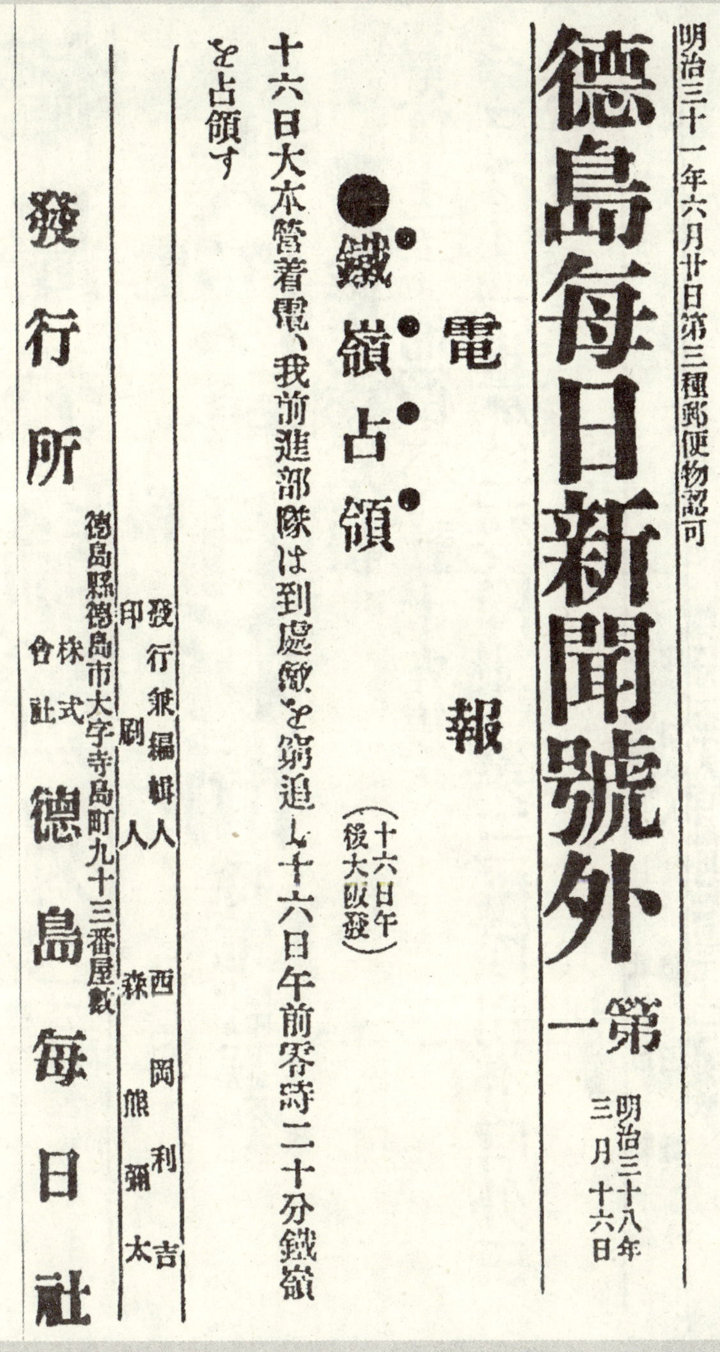

明治三十一年六月廿日第三種郵便物認可

德島毎日新聞號外 第一

明治三十八年三月十六日

電報

●鐵嶺占領●●●

（十六日午後大阪發）

十六日大本營着電、我前進部隊は到處敵を窮追し十六日午前零時二十分鐵嶺を占領す

發行兼編輯人 西岡利吉
印刷人 森熊彌太
德島縣德島市大字寺島町九十三番屋敷
發行所 株式會社 德島毎日社

1905年3月16日，日军占领铁岭。至此，在辽沈地区的俄军完全战败。在日俄战争中，这两个帝国主义强盗毁坏我国城镇、村庄，屠杀无辜百姓，给中国人民带来极大灾难。图为1905年3月16日出版的日本《德岛每日新闻》号外“铁岭占领”。

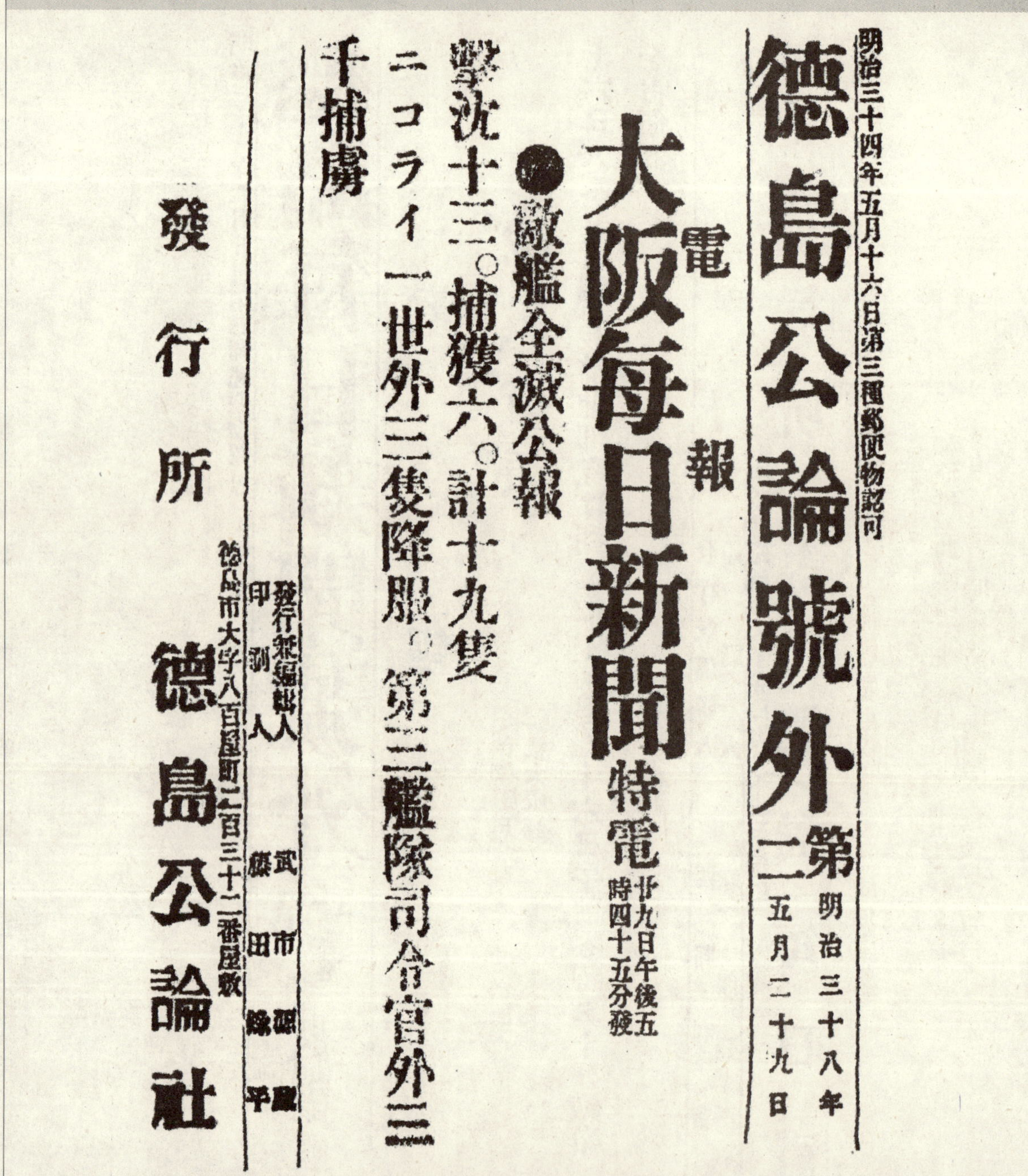

明治三十四年五月十六日第三種郵便物認可

德島公論號外第二　明治三十八年五月二十九日

電報　大阪每日新聞特電　廿九日午後五時四十五分發

●敵艦全滅公報

擊沈十三。捕獲六。計十九隻

ニコライ一世外三隻降服。第三艦隊司令官外三千捕虜

發行兼編輯人　武市源[illegible]

印刷人　藤田[illegible]平

德島市大字八百屋町二百三十二番屋敷

發行所　德島公論社

1905年5月27日，原定从波罗的海开来增援旅顺口守军的沙俄舰队，在对马海峡同日本联合舰队遭遇，打了一场大海战，史称“日本海大海战”。这次大海战，以沙俄舰队大败告终。图为1905年5月29日出版的日本《德岛公论》号外“敌舰全灭公报”。

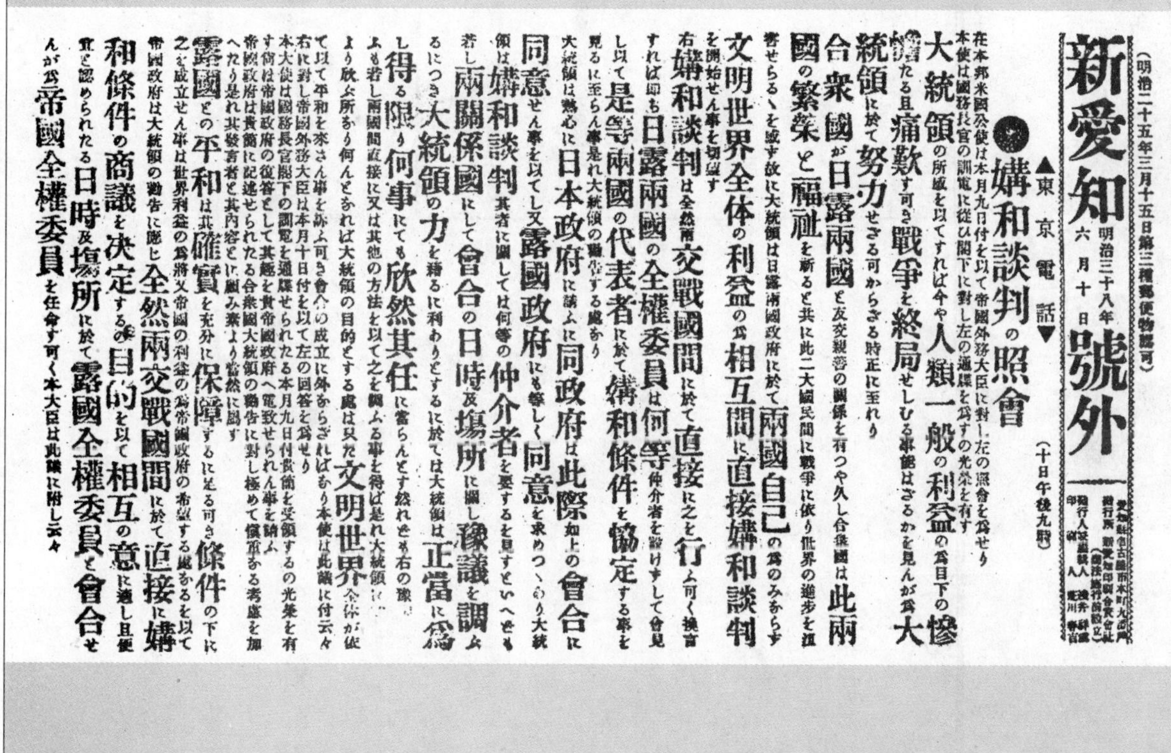

（明治二十五年三月十五日第三種郵便物認可）

新愛知 明治三十八年六月十日 號外 （十日午後九時）

▲東京電話▼

●媾和談判の照會

在本邦米國公使は本月九日付を以て帝國外務大臣に對し左の照會を為せり

本使は國務長官の訓電に從ひ閣下に對し左の通牒を為すの光榮を有す

大統領の所感を以てすれば今や人類一般の利益の為目下の慘憺たる且痛歎す可き戰爭を終局せしむる事能はざるかを見んが為大統領に於て努力せざる可からざる時正に至れり

合衆國が日露兩國と友交親密の關係を有つや久し合衆國は此兩國の繁榮と福祉を祈ると共に此二大國民間に戰爭に依り世界の進歩を沮害せらるゝを感ず故に大統領は日露兩國政府に於て兩國自己の為のみならず文明世界全体の利益の為相互間に直接媾和談判を開始せん事を切望す

右媾和談判は全然兩交戰國間に於て直接に之を行ふ可く換言すれば即ち日露兩國の全權委員は何等仲介者を藉けずして會見し以て是等兩國の代表者に於て媾和條件を協定する事を見るに至らん事是れ大統領の勸告する處なり

大統領は熱心に日本政府に請ふに同政府は此際如上の會合に同意せん事を以てし又露國政府にも等しく同意を求めつゝあり大統領は媾和談判其者に關しては何等の仲介者を要するを見ずといへども若し兩關係國にして會合の日時及場所に關し豫議を調ふるにつき大統領の力を藉るに利ありとするに於ては大統領は正當に為し得る限り何事にても欣然其任に當らんとす然れども右の豫[illegible]ふも若し兩國間直接に又は其他の方法を以て之を調ふる事を得ば是れ大統領に[illegible]より欣ふ所なり何んとなれば大統領の目的とする處は只た文明世界全体が依て以て平和を來さん事を希ふ可き會合の成立に外ならざればなり本使は此議に付云々

右に對し帝國外務大臣は本月十日付を以て左の回答を為せり

本大使は國務長官閣下の訓電を通牒せられたる本月九日付貴簡を受領するの光榮を有す倚は帝國政府の復答として其趣を貴帝國政府へ電致せられん事を請ふ

帝國政府は貴簡に記述せられたる合衆國大統領の勸告に對し極めて慎重なる考慮を加へたり是れ其發言者と其内容とに顧み素より當然に屬す

露國との平和は其確實を充分に保障するに足る可き條件の下に之を成立せん事は世界利益の為將又帝國の利益の為帝國政府の希望する處なるを以て帝國政府は大統領の勸告に應じ全然兩交戰國間に於て直接に媾和條件の商議を決定するの目的を以て相互の意に適し且便宜と認められたる日時及場所に於て露國全權委員と會合せんが為帝國全權委員を任命す可く本大臣は此議に附し云々

日俄战争结束，沙俄背着清政府同日本在美国签订《朴茨茅斯和约》，将其在旅顺、大连地区的租借权转让给日本。图为1905年6月10日出版的日本《新爱知》号外。

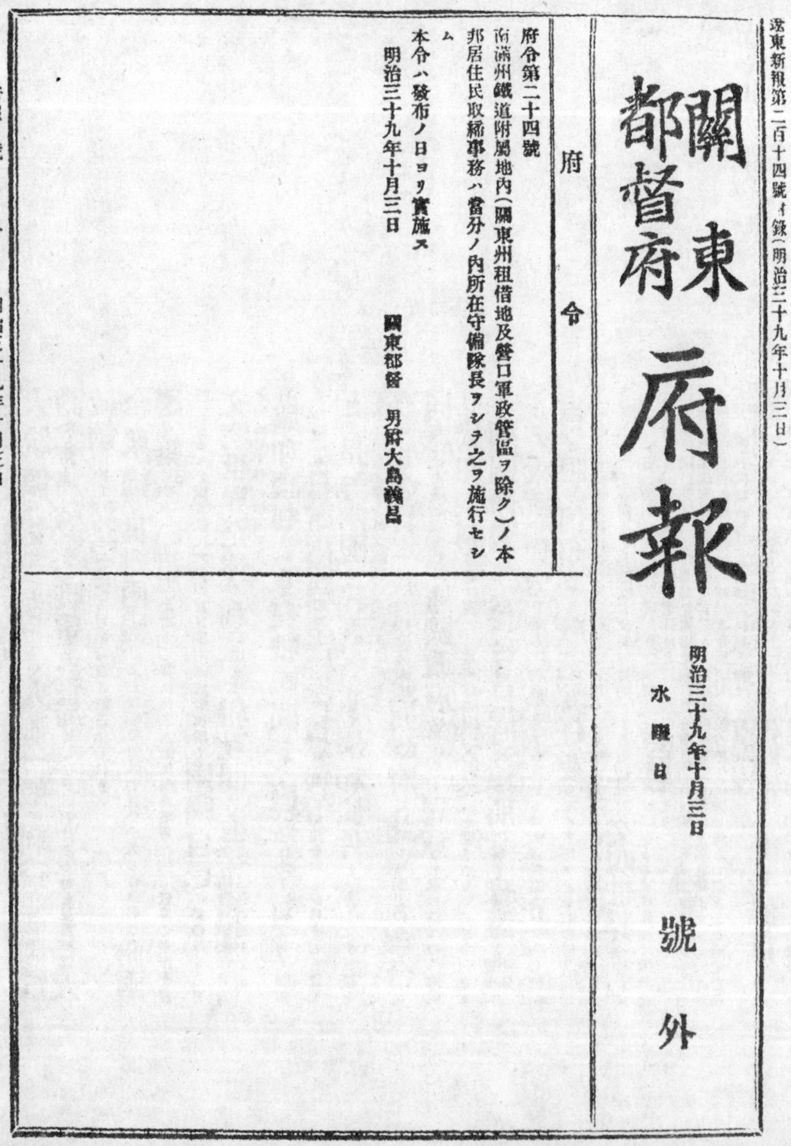

遼東新報第二百十四號ノ錄(明治三十九年十月三日)

關東都督府 府報

明治三十九年十月三日 水曜日

號外

府令

府令第二十四號

南滿州鐵道附屬地內(關東州租借地及營口軍政管區ヲ除ク)ノ本邦居住民取締事務ハ當分ノ內所在守備隊長ヲシテ之ヲ施行セシム

本令ハ發布ノ日ヨリ實施ス

明治三十九年十月三日

關東都督 男爵大島義昌

府報 號外 明治三十九年十月三日

俄军退出后，日军从此侵占了大连地区长达40年之久。1905年，日本在旅顺成立了最高殖民统治机关——“关东都督府”。“关东都督府”创办了府报。图为1906年10月3日出版的《关东都督府府报》号外“府令”。“府令”由第一任“关东都督”大岛义昌签发。

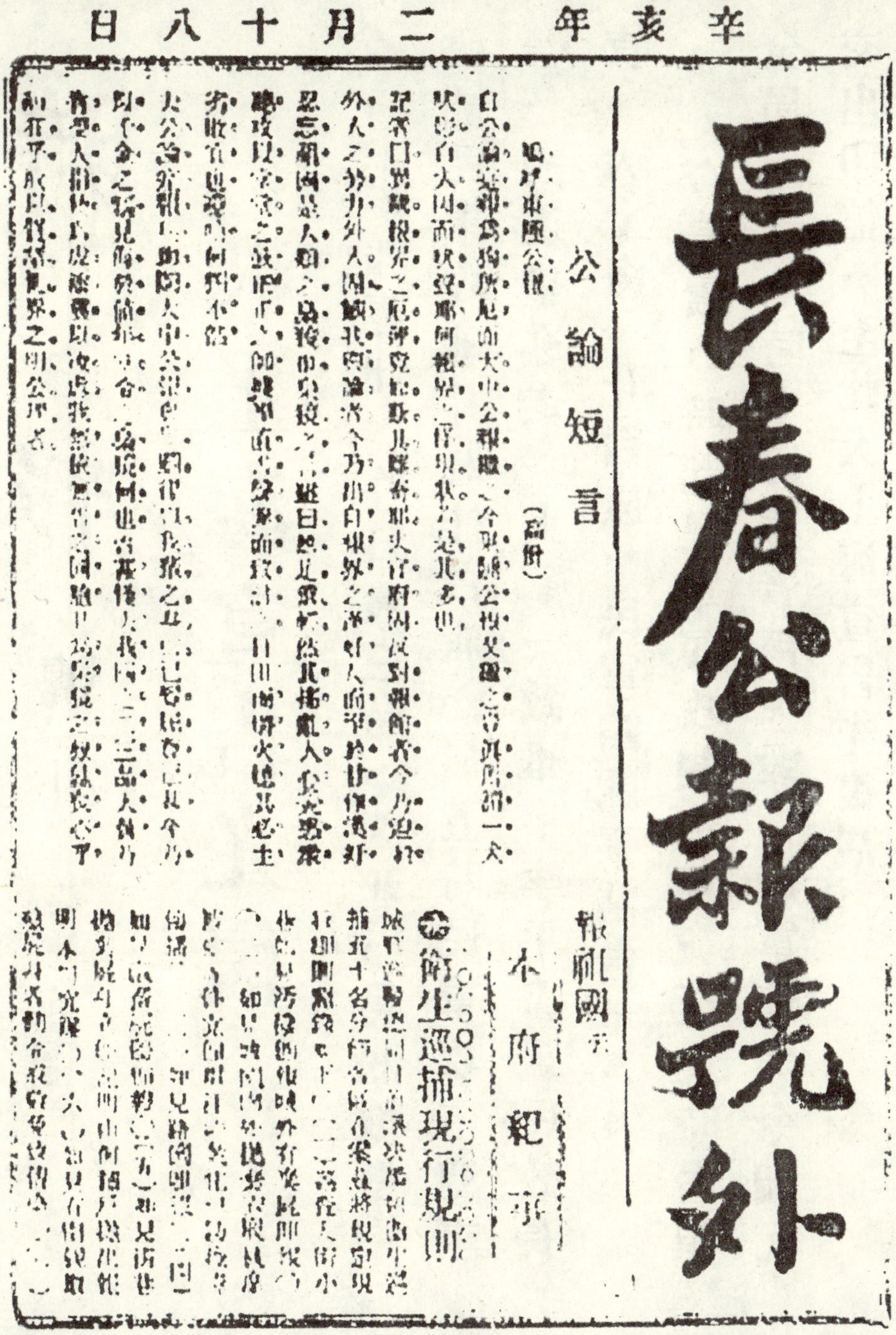

辛亥年二月十八日

長春公報號外

公論短言

本府紀事

衛生巡捕現行規則

1911年2月18日，《长春公报》出版号外“公论短言”，声援哈尔滨《东陲公报》。《东陲公报》是一家爱国报纸，中俄当局勾结，派警察查封了该报，造成一起迫害新闻报纸事件。

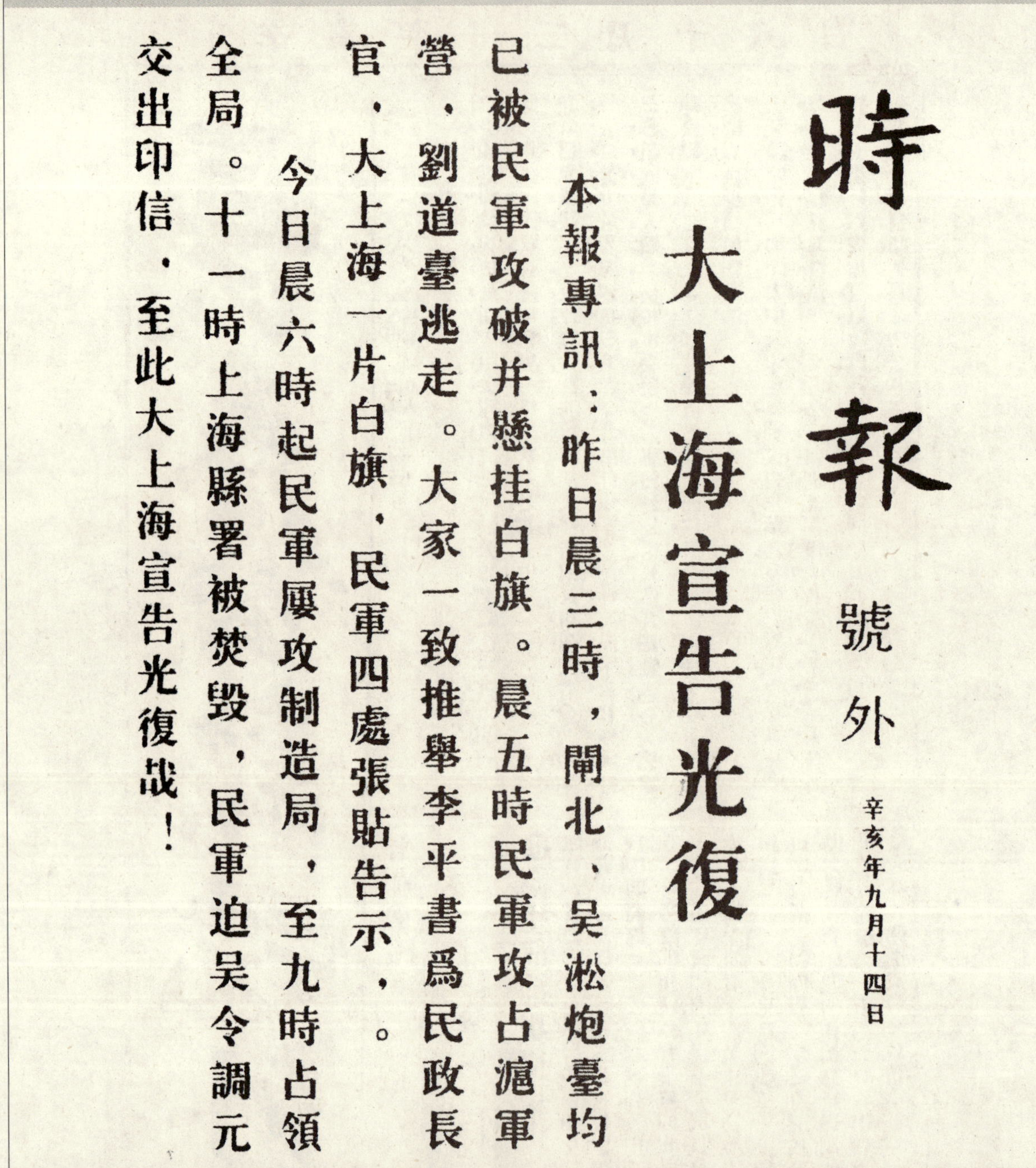

時報

號外

辛亥年九月十四日

大上海宣告光復

本報專訊：昨日晨三時，閘北、吴淞炮臺均已被民軍攻破并懸挂白旗。晨五時民軍攻占滬軍營，劉道臺逃走。大家一致推舉李平書爲民政長官，大上海一片白旗，民軍四處張貼告示，。

今日晨六時起民軍屢攻制造局，至九時占領全局。十一時上海縣署被焚毁，民軍迫吴令調元交出印信，至此大上海宣告光復哉！

辛亥革命爆发后，1911年11月3日至4日，上海革命党人起义胜利，闸北、吴淞炮台和沪军营、制造局等被民军攻克，上海县署被焚毁，刘道台逃走，上海宣告光复。图为1911年11月4日出版的《时报》号外“大上海宣告光复”。

第二编

民国早期号外报

（1912年1月——1937年7月）

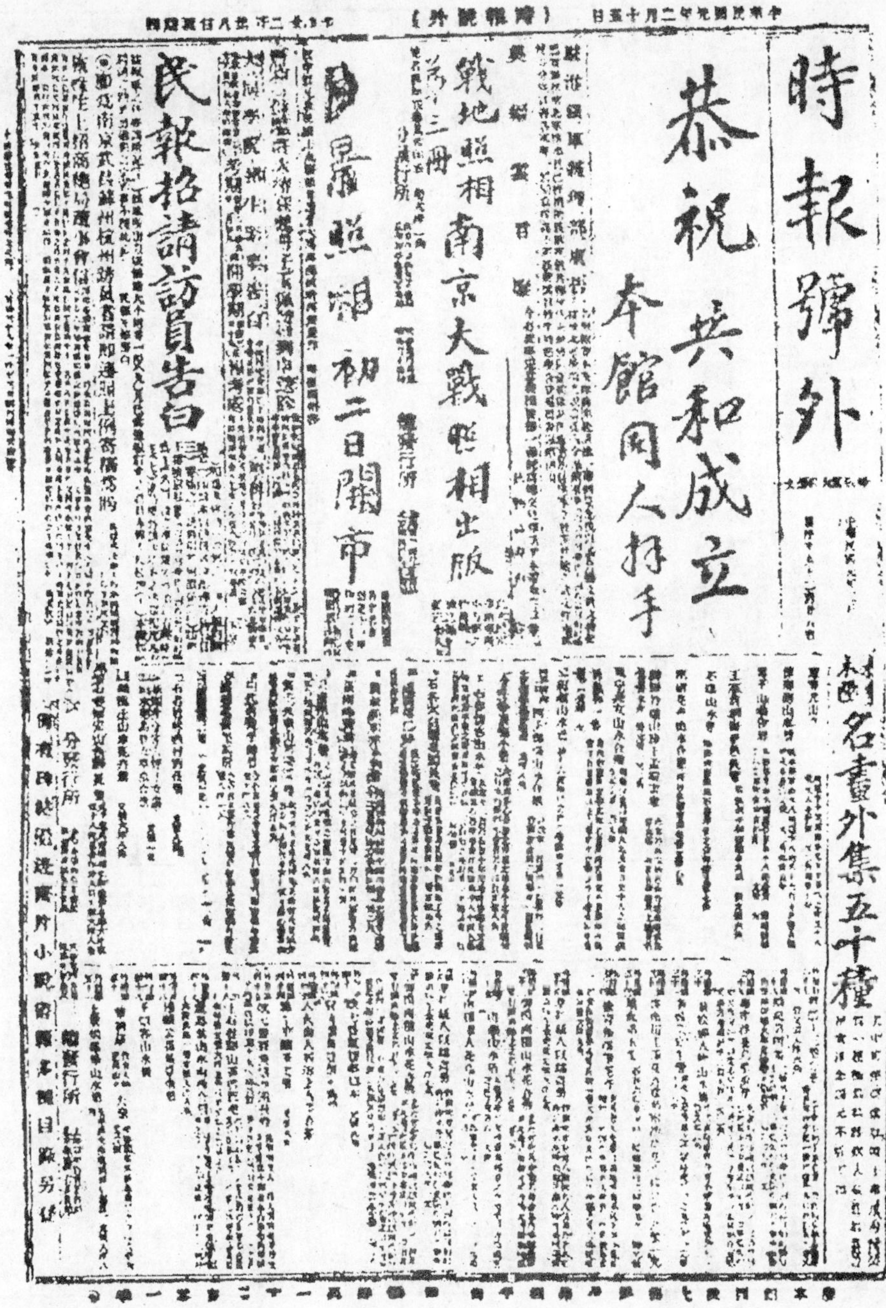
時報號外

恭祝共和成立

本館同人拜手

戰地照相南京大戰照相出版

名畫外集五十種

民報招請訪員告白

1912年1月1日，孙中山先生在南京就任临时大总统，正式宣告中华民国成立。图为1912年2月15日出版的《时报》号外“恭祝共和成立”。

大阪毎日新聞

號外

大正三年 九月廿七日

膠州灣封鎖戰記

大膽なる強行偵察＝驅逐隊と敵砲臺との砲戰＝封鎖作業完了

大公嶋 塔連嶋占領

陸軍の上陸開始

裏面へ續く

1914年9月，日本乘第一次世界大战之机，对以租借为名占领我国青岛的德国军队发动攻击，侵占了青岛。日本强迫袁世凯接受“二十一”条，继承德国在山东的一切特权。图为1914年9月27日出版的日本《大阪毎日新闻》号外“胶州湾封锁战记”。

貴州公報號外

中華民國五年二月九號

護國軍四川劉總司令自納谿來電

貴陽劉都督雲南唐都督永寧蔡總司令並轉各省軍民長官鑒敝軍劉柏心支隊已於本月六號攻克納溪奪獲逆軍山砲四尊機關槍一支各種子彈及軍用品無算逆軍死傷甚衆向自流井潰退現正追擊中特聞

護國軍四川總司令劉存厚叩陽印

陰曆丙辰年正月初七日

1915年12月13日，袁世凯称帝，废除民国年号，改为“洪宪”元年，遭到全国各地强烈反对。云南、贵州、四川等省，纷纷成立护国军，讨伐袁世凯。图为1916年2月9日出版的《贵州公报》号外“护国军四川刘总司令自纳溪来电”。

時報

號外

中華民國五年五月十一號發

黑龍江確已宣布獨立

襄鄖鎮守使兼陸軍第十一師師長黎天才確已全部宣告獨立

浙江都督屈映光辭職公推嘉湖鎮守使呂公望繼任業于本月六日正式就職并通電各省即日出師北伐

在讨袁护国期间，不少省宣布独立，东北黑龙江省亦宣布独立。图为1916年5月11日出版的《时报》号外“黑龙江确已宣布独立”。

外交團浙江獨立

北京二三公使館接到電報杭州軍隊全體本日宣言獨立向稱最忠實於袁總統之朱瑞將軍所在不明現尚未得詳報惟該省突然獨立可知獨立軍之勢力漸次擴至長江沿岸已有實證誠足喚起注意袁氏所企需之調停及武力討伐兩策恐終至無効云

大公報

◉外號◉

民國五年五月十二號

袁世凱威靈掃地

1916年5月1日，两广护国军都司令部成立。5月7日，护国军政府设立军务院，宣布黎元洪为民国大总统，与北洋政府相对抗，继续讨袁战争。图为1916年5月12日出版的《大公报》号外“外交团浙江独立”、“袁世凯威灵掃地”。

新聞報

號外

民國五年六月二日發

◎◎◎◎◎◎◎◎◎◎◎◎◎

馮將軍迫袁退位之嚴詞

江蘇將軍馮國璋勸告袁氏退位於二十六日電致黎元洪徐世昌段祺瑞王士珍等乞其轉達并云袁氏四圍近多奸邪恐余誠意或不能通諸公務鑒微衷速爲轉達促其應决等語其電文大意如左

袁氏在位已及四年内外人之信賴日厚正爲中國得優越之統治者喜不圖帝制事起人心皆去内則各省不奉其命外則友邦日離威信日墜遂至不可挽回余與袁氏公私提攜業已多年關係極深茲者促其退位誠非得已私情雖有所不忍然大厦將傾非一木所能支袁氏若念國家之前途四億民生之幸福速採自决之途云云

◉蔡總司令否認允許袁氏留職

總司令蔡通電否認外間所傳允許袁氏留職之說且要求袁氏即日退位發言若不速去則休戰期滿即舉兵進攻云

袁世凯在四面楚歌声中，被迫取消帝制，恢复民国年号和内阁制，但仍窃据总统职位。南方各省一些军政官员，均要求袁世凯退位，不许留职。图为1916年6月2日出版的《新闻报》号外“冯将军迫袁退位之严词”、“蔡总司令否认允许袁氏留职”。

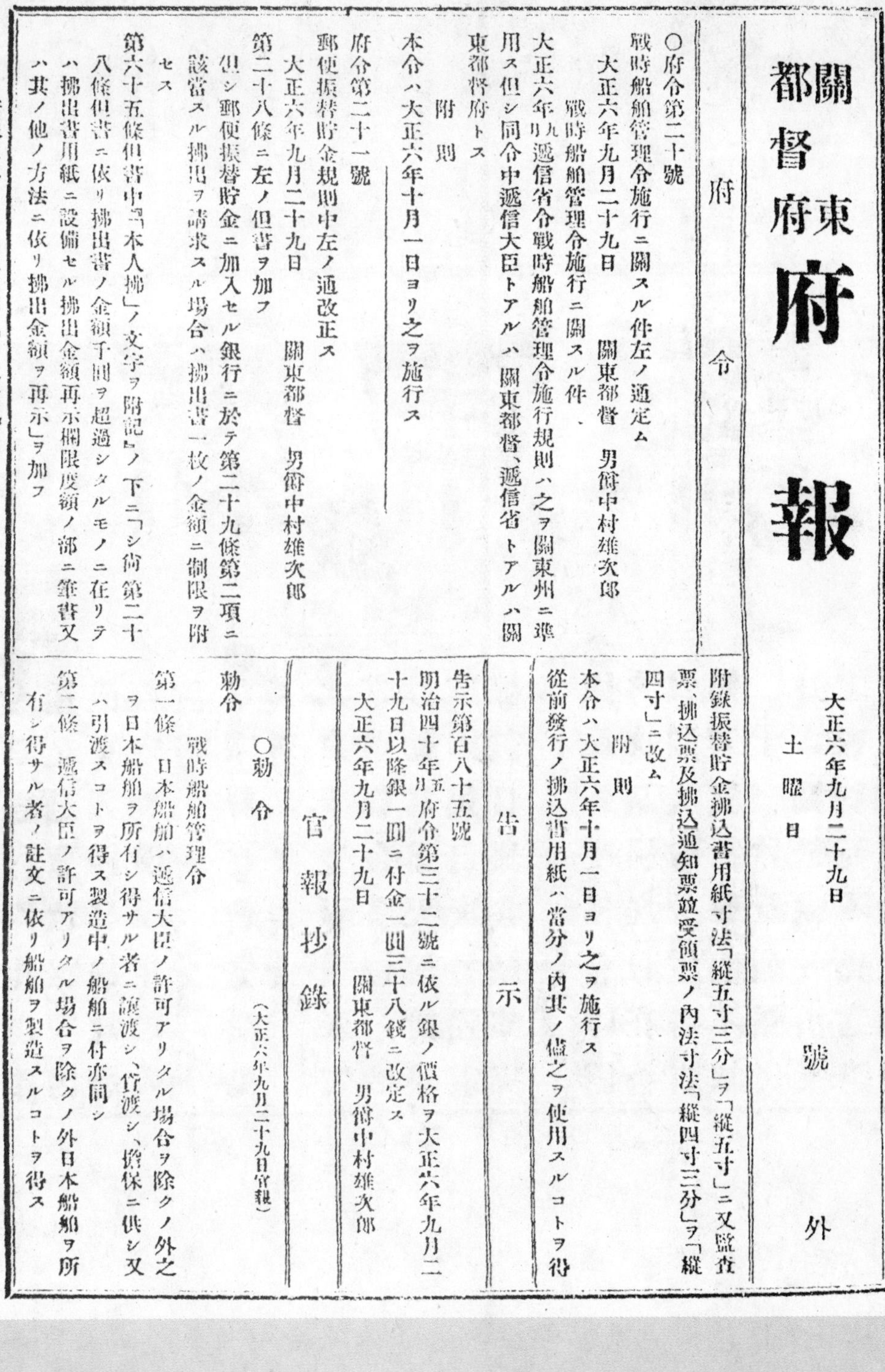

滿洲日日新聞第三千五百四十八號附錄（大正六年九月二十九日）（明治四十年十二月十日第三種郵便物認可）

關東都督府 府報

大正六年九月二十九日 土曜日 號外

府令

○府令第二十號

戰時船舶管理令施行ニ關スル件左ノ通定ム

大正六年九月二十九日　關東都督　男爵中村雄次郎

戰時船舶管理令施行ニ關スル件

大正六年九月遞信省令戰時船舶管理令施行規則ハ之ヲ關東州ニ準用ス但シ同令中遞信大臣トアルハ關東都督、遞信省トアルハ關東都督府トス

附　則

本令ハ大正六年十月一日ヨリ之ヲ施行ス

府令第二十一號

郵便振替貯金規則中左ノ通改正ス

大正六年九月二十九日　關東都督　男爵中村雄次郎

第二十八條ニ左ノ但書ヲ加フ

但シ郵便振替貯金ニ加入セル銀行ニ於テ第二十九條第二項ニ該當スル拂出ヲ請求スル場合ハ拂出書一枚ノ金額ニ制限ヲ附セス

第六十五條但書中「本人拂」ノ文字ヲ附記」ノ下ニ「シ尙第二十八條但書ニ依リ拂出書ノ金額千圓ヲ超過シタルモノニ在リテハ拂出書用紙ニ設備セル拂出金額再示欄限度額ノ部ニ筆書又ハ其ノ他ノ方法ニ依リ拂出金額ヲ再示」ヲ加フ

府報號外　大正六年九月二十九日

附錄振替貯金拂込書用紙寸法「縱五寸三分」ヲ「縱五寸」ニ又監査票、拂込票及拂込通知票竝受領票ノ內法寸法「縱四寸三分」ヲ「縱四寸」ニ改ム

附　則

本令ハ大正六年十月一日ヨリ之ヲ施行ス

從前發行ノ拂込書用紙ハ當分ノ內其ノ儘之ヲ使用スルコトヲ得

告示

告示第百八十五號

明治四十年五月府令第三十二號ニ依ル銀ノ價格ヲ大正六年九月二十九日以降銀一圓ニ付金一圓三十八錢ニ改定ス

大正六年九月二十九日　關東都督　男爵中村雄次郎

官報抄錄

○勅　令　（大正六年九月二十九日官報）

勅令

戰時船舶管理令

第一條　日本船舶ハ遞信大臣ノ許可アリタル場合ヲ除クノ外之ヲ日本船舶ヲ所有シ得サル者ニ讓渡シ、貸渡シ、擔保ニ供シ又ハ引渡スコトヲ得ス製造中ノ船舶ニ付亦同シ

第二條　遞信大臣ノ許可アリタル場合ヲ除クノ外日本船舶ヲ所有シ得サル者ノ註文ニ依リ船舶ヲ製造スルコトヲ得ス

1917年9月29日，“关东都督”中村雄次郎为配合日本侵略战争需要，签发“府令”，公布“战时船舶管理令”。图为1917年9月29日出版的《关东都督府府报》号外公布“战时船舶管理令”。

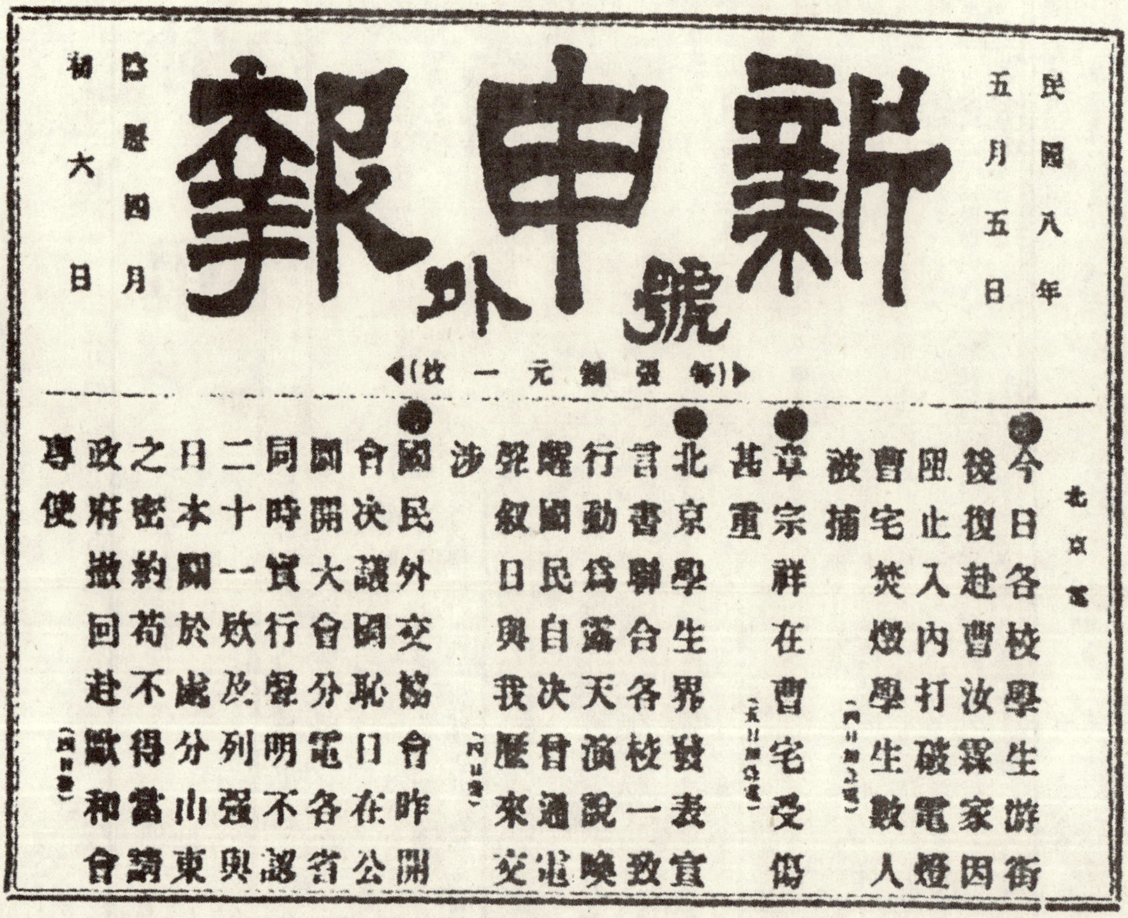

民國八年五月五日

新申報號外

陰歷四月初六日

（每張銅元一枚）

北京電

●今日各校學生游街後復赴曹汝霖家因阻止入內打破電燈曹宅焚燬學生數人被捕（四日加急電）

●章宗祥在曹宅受傷甚重（五日加急電）

●北京學生界發表宣言書聯合各校一致行動爲露天演說喚醒國民自決曾通電發叙日與我歷來交涉（同日電）

●國民外交協會昨開會決議國恥日在公園開大會分電各省同時實行聲明不認二十一款及列強與日本關於處分山東之密約苟不得當請政府撤回赴歐和會專使（同日電）

1919年5月4日，北京学生3000多人集会游行，遭到北洋军阀政府军警的镇压，先后逮捕学生近千人，激起全国人民的愤怒，“五四”运动爆发。在全国人民的声讨下，卖国贼曹汝霖等被免职，释放了被捕学生。图为1919年5月5日出版的《新申报》号外。

濱江時報號外

未列號

隨報附送 不另取資

行政長官公署佈告第一號 二月二十三日

為佈告事近閱本埠俄文報載華人開會議決驅逐俄僑等語言之鑿鑿一似確而有徵以致旅哈俄僑均有惴惴之心交相告語顯係有人從中造謠煽惑殊屬有碍治安除令警察管理處濱江警察廳飭屬查禁外為此布告旅哈俄僑一體知悉凡此均係奸人煽惑之言切勿自相驚擾本長官對於中外人民視同一體斷不使有此妨碍邦交之事發現也此布

◎鄒主任與俄報記者之談話

《滨江时报》在哈尔滨出版。图为1922年2月23日《滨江时报》号外，发表哈尔滨行政长官公署布告，申明不要听信谣言，当局不会驱逐俄侨，对有碍治安者，滨江警察厅将予查禁。

在日本殖民统治时期，大批韩国爱国人士流亡中国，并在上海成立韩国临时政府。图为1924年7月9日出版的《新闻报》号外“驻沪韩政府声明，注意日本诡计，打倒东亚祸首”。

順天時報(第七千五百二十八號)號外

(民國十四年三月十二日發行)

孫中山先生千古

孫中山今晨九時二十五分逝世

茲將國民黨中央執行委員會發表錄下

敬啓者本黨總理孫中山先生客冬北上本求實現主張召集國民會議及廢除不平等條約以謀民族之獨立與民權之確定乃自抵津京所疾日劇[illegible]於本月十二日上午九時[illegible]分在北京鐵獅子胡同行轅[illegible]革命尚未成功同志遽失導師[illegible]同志

中國國民黨中央執行委員會

發行所 北京化石橋 順天時報社

1925年3月12日，杰出的爱国主义者和民族英雄、中国民主革命的伟大先行者孙中山先生在北京逝世。国民党和共产党联合发动各界举行追悼会，形成了一次反帝反封建的政治宣传运动。图为1925年3月12日出版的《顺天时报》号外“孙中山先生千古”。

北京慘案續報

●院前男屍二十四具、查明爲宋瀏[illegible]、時長福、陳科生、王慶竹、趙從玉、姚崇賢、劉寶璋、黃克仁、周錫齡、張夢炎、唐日坤、陳時芬、彭廷規、周正銘、張仲超、張良君、李行儉、李閣學等十八人、餘六人未詳、女屍劉和珍魏士毅二人、（二十日八時北京電）

●中大校迎接趙鍾鈺之靈柩回校、暫厝大禮堂、定期追悼、各團體議決（一）覓定地點停放靈柩、（二）定期召集各界、將柩抬出遊行全市、（三）天安門開追悼大會、現悉死者國務院前二十六人、官醫院協和醫院各九人、二十日協和院又死二人、北新橋某宅死一人、共四十七人、（二十日八時北京電）

●李鳴鐘語大此次舉事、並無軍警在場、僅開會遊行時、曾由警察維持秩序、（二十日六時北京電）

●二十日李鳴鐘在警衛部召集會議、對於慘案因雙方均難排解、未定辦法、（二十日六時北京電）

●民黨多赴津開會、（二十日六時北京電）

●二十日各校代表會同紅十字會、將國務院無名死屍十一具領出、暫停紅十字會、（二十日八時北京電）

●二十日各校代表會同紅十字會、將國務院無名死屍十一具領出、暫停紅十字會（二十日八時北京電）

●章士釗啓事、聲明衛隊開槍、事後方知、並起訴某報、（二十日二時北京電）

●十八日夜、馮玉祥曾與李鳴鐘通電話、談民衆請願慘案、國民軍擬採用和平手段、辦理此事、

●十九日夜、法部令地檢廳搜集慘案證據、並函陸部調查行兇之人犯、依法辦理、（二十日八時北京電）

號外

中華民國十五年三月二十日

晶報

1926年3月18日，北京各界群众在李大钊等人领导下，召开大会和游行，要求段祺瑞执政府拒绝日、英、美等国提出的撤除大沽口国防设备最后通谍，遭到段祺瑞镇压，史称“三一八”惨案。图为1926年3月20日出版的《晶报》号外“北京惨案续报”。

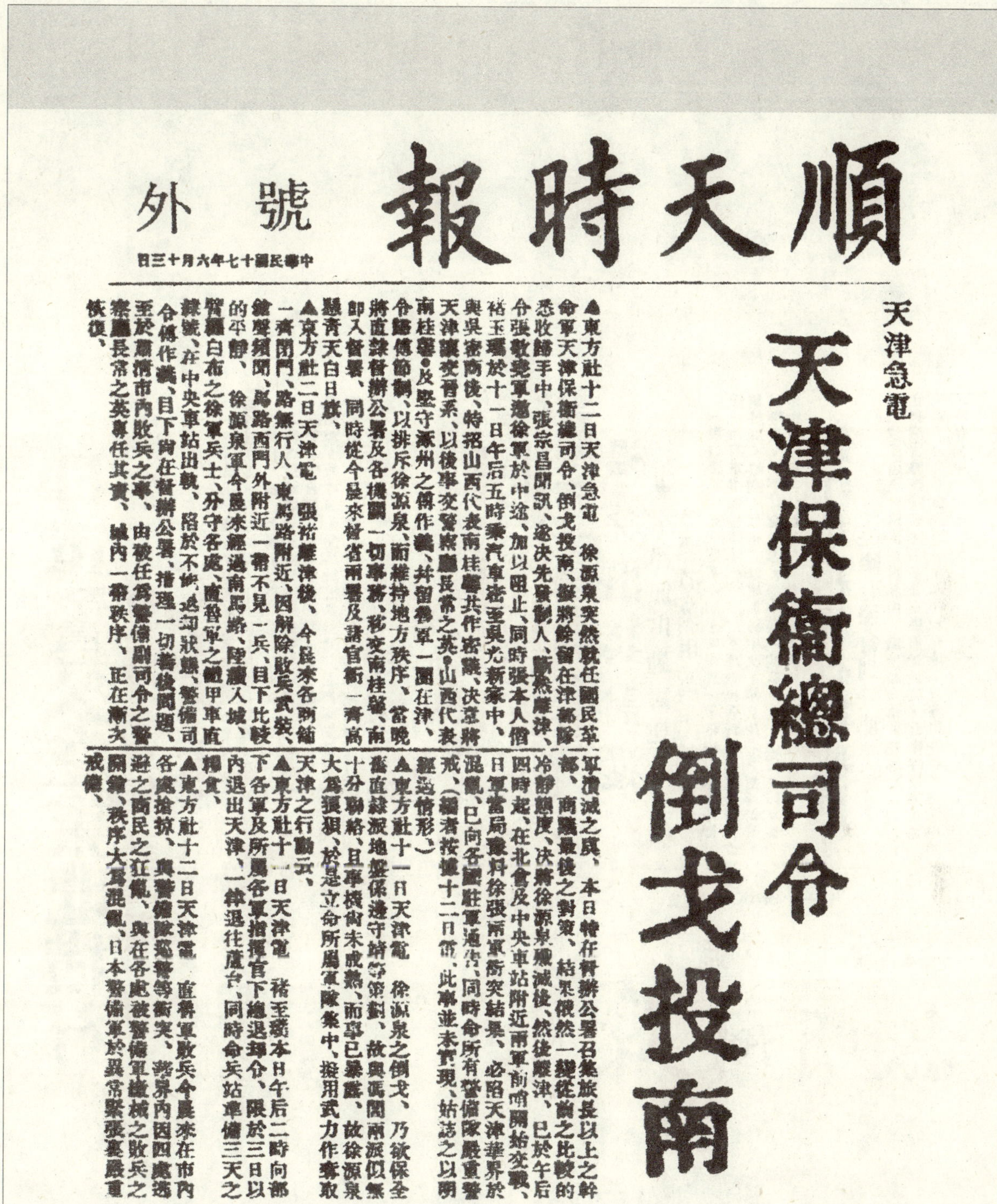

順天時報 號外

中華民國十七年六月十三日

天津急電

天津保衛總司令 倒戈投南

▲東方社十二日天津急電 徐源泉突然就任國民革命軍天津保衛總司令、倒戈投南、擬將餘留在津部隊悉收歸手中、張宗昌聞訊、遂決先發制人、斷然離津、令張敬堯軍邀徐軍於中途、加以阻止、同時張本人偕褚玉璞於十一日午后五時乘汽車密至吳光新家中、與吳密商後、特招山西代表南桂馨共作密議、決意將天津讓交晉系、以後事交警察廳長常之英。山西代表南桂馨。及堅守涿州之傅作義、并留參軍一團在津、令歸傅節制、以排斥徐源泉、而維持地方秩序、當晚將直隸督辦公署及各機關一切事務、移交南桂馨、南即入督署、同時從今晨來督省兩署及諸官衙一齊高懸青天白日旗、

▲東方社十二日天津電 張褚離津後、今晨來各商舖一齊閉門、路無行人、東馬路附近、因解除敗兵武裝、鎗聲頻聞、馬路西門外附近一帶不見一兵、目下比較的平靜、 徐源泉軍今晨來經過南馬路、陸續入城、臂纏白布之徐軍兵士、分守各處、直魯軍之鐵甲車直隸號、在中央車站出軌、陷於不能運動狀態、警備司令傅作義、目下尚在督辦公署、措置一切善後問題、至於維持市內敗兵之事、由被任為警備副司令之警察廳長常之英專任其責、 城內一帶秩序、正在漸次恢復、

軍潰滅之際、本日特在督辦公署召集旅長以上之幹部、商議最後之對策、結果依然一致從前之比較的冷靜態度、決將徐源泉殲滅後、然後離津、已於午后四時起、在北倉及中央車站附近兩軍開始交戰、日軍當局豫料徐張兩軍衝突結果、必陷天津華界於混亂、已向各國駐軍通告、同時命所有警備隊嚴重警戒、(編者按據十二日電、此事並未實現、姑誌之以明經過情形。)

▲東方社十一日天津電 徐源泉之倒戈、乃欲保全舊直隸派地盤保境守境等策劃、故與馮閻兩派似無十分聯絡、且事機尚未成熟、而事已暴露、故徐源泉大為狼狽、於是立命所屬軍隊集中、擬用武力作奪取天津之行動云、

▲東方社十一日天津電 褚玉璞本日午后二時向部下各軍及所屬各軍指揮官下總退卻令、限於三日以內退出天津、一律退往蘆台、同時命兵站準備三天之糧食、

▲東方社十二日天津電 直魯軍敗兵今晨來在市內各處搶掠、與警備隊巡警等衝突、華界內因四處逃避之商民之狂亂、與在各處被警備軍繳械之敗兵之開鎗、秩序大為混亂、日本警備軍於異常緊張裏嚴重戒備、

1928年6月11日，北洋将领徐源泉突然倒戈，投向南方北伐军，就任国民革命军天津保卫总司令。北洋军阀张宗昌闻讯，加以阻止。图为1928年6月13日出版的《顺天时报》号外“天津保卫总司令，倒戈投南”。

蘇州明報

號外

民國十八年十一月一日

日軍警又在東北橫行

一，毒毆新聞記者

▲復加綑縛

▲鱗傷遍體

（濟南通訊）延邊民聲報駐防員蔡俊陶，於月（十月）之二十日，因事擬赴電報局，騎自轉車行抵日領館附近東地區，途遇武裝日警百餘名，在街遊巡。蔡君以該警等依列前進，不便趨越，乃緩行於後，日警竟誣為偵察該隊行動，立即拘捕，不加詢問，即拳足交施，並用槍托痛擊，致蔡君遍體鱗傷。毆畢復綑縛擁至日總領事館樓上，威逼誥誘，必使其承認為韓國人而後已。蔡君百般分辯，並出名片相示，經盤詰二句鐘之久，始行放出。自下午六時捕去八時釋放，自轉車亦遭打壞，聞該社已具呈龍井村商埠局請求嚴重交涉，並提出三項條件：一道歉，二賠償醫藥費，三保證此後不得再有此等類似舉動之發生。

二，鎗殺守田農民

▲連發四槍

▲傷重斃命

（遼寧通訊）遼寧營口縣田莊台，距街五十里之夏家屯，有守田人李殿元，於月（十月）之二十五日下午五時許，身帶洋砲槍一支，在地邊巡邏，適遇日本守備隊四人，見李身帶槍枝，即向其開槍射擊，連發四槍，致李打傷腿部甚重。該守備隊等自覺抱歉，乃施其鬼蜮伎倆，至該村會誣冒李某先開槍，強逼出結簽押，當被村會拒絕而去，嗣李某腿部受傷過重，流血太多，當晚十二時斃命。事為日兵所聞，因復至該地中國警區，要求出具與彼無關之結押，經警區長嚴拒，該日兵等始語塞，但去時咆哮殊甚。

楊森出兵討逆

▲全部即出動討逆

▲經竹梁由萬上輪

（漢口通訊）此次馮系軍閥，破壞統一，阻撓編遣，舉國共憤，所有軍事領袖莫不一致聲討。茲悉楊森近有治電復駐漢之劉桂卿。略謂：欽重悉我軍擁護中央，早具決心，無論時局如何變化，決不有渝初志，（中略）並電前途，指定路線，經竹梁由萬上輪，立即全部出動効命中央也云云

鎮江英租界行將收回

▲英國有照會到外部

（鎮江通訊）鎮江英租界內，關於自來水電燈等項，最近均已次第收歸該縣管理；惟警察權尚屬於英，茲據外交部消息，英國方面有照會到部，允派代表商議，該縣租界如何交還中國之辦法云。

1929年10月20日，日本军警在延边毒殴《民声报》记者蔡俊陶，打得他遍体鳞伤。同月25日，日本守备队在营口县枪杀农民李殿元，激起国人愤怒。图为1929年11月1日出版的《苏州明报》号外“日军警又在东北横行”。

中央日報

號外

民國十八年十一月二日

首都警察廳昨告成立

姚琮及各局長均先行視事

俟任命狀頒到再定期宣誓

首都公安局，昨日已改稱爲首都警察廳，姚琮及各局長，均先行視事，姚氏俟任命狀正式頒到，再行定期宣誓就職，昨並委林映清爲保安科長，吳甫蒼爲總務科長，王事曾爲督察處長，至該廳如何改組，須俟預算由國府預算委員會通過，再根據辦理云。

通告原文 該廳昨日發出通知如下，逕啟者，案奉內政部警字第四八八號訓令內開，爲令遵事，案奉行政院第三六一七號訓令開，爲令知事，現奉國民政府第一〇二〇號訓令開，爲令知事，查首都警察廳組織法，業經制定，明令公布，應即通飭施行，除分令外，合行抄發原條文，令仰知照，並轉飭所屬，一體知照，此令等因，計抄發首都警察廳組織法一分，奉此，除分令外，合行抄發原條文，令仰知照，並轉飭所屬一體知照等因，計抄發首都警察廳組織法一份，奉此，除分令外，合行抄發原條文，令仰該局長於本年十一月一日起，即將首都公安局改組爲首都警察廳，依照新頒組織法辦理，至廳長一職，仍由該局長暫行接任，以資熟手，；一俟呈准簡命，及印信到後，再行宣誓就職，仰即遵照，並將改組情形，隨時具報，爲要，此令，計抄發首都警察廳組織法一份等因，奉此，遵於本年十一月一日，將首都公安局改組爲首都警察廳，琮暫行接任廳長職務，除分別呈報函令布告外，相應函請查照爲荷。

《中央日报》于1927年3月在汉口创刊，是中国国民党机关报。图为1929年11月2日出版的《中央日报》号外“首都警察厅昨告成立”。

中東路

號外

民國十八年十一月五日

日本乘中俄形勢緊張聲中 竟在南滿沿路築砲台

狼子野心復企圖出兵援華

速合力肅清國內反動勢力亟禦外侮

東北之大危機

遼寧快訊

……正式開戰，日本必藉口保僑及防止赤化爲掩飾，而出兵南滿。今日之東北誠危險已極，深望國人加以深刻之注意，并能于最短期間，合力肅清國內反動勢力後，一致以禦外侮也。

吉林民聲報記者蔡俊陶 橫遭日警無理荼毒

擅行拘捕二小時痛加毆辱遍體鱗傷

綁縛擁至日領館威逼計誘迫認韓人

1929年7月，东北地方当局在南京国民党政府支持下，以武力接管中东铁路，破坏了1924年中苏共管中东铁路的协定。8月，东北军与苏军在边境发生战斗。日本乘机在南满铁路沿线修筑炮台。图为1929年11月5日出版的《中东路》号外。

新聞報

號外 十八年十一月念八日

赤俄目標在奪回東鐵

滿札戰事華人死傷六千
鑛工病人醫生均遭慘殺
穆稜博克圖均有失陷訊

▲本社二十七日上海專電 瀋陽電，（一）[illegible]，（二）據海拉爾逃出之外人談，赤軍佔領扎蘭諾爾時，除淹斃及槍殺礦工二千人外，尚有該處病院內之病人三十名，連醫士一律被殺。（三）[illegible]，華人共死傷六千。

▲本社二十七日上海專電 [illegible]，中國使署發表致駐俄德使致俄政府牒文，內敘俄軍侵擾事實，[illegible]，中國為維持和平計，提議兩國立將邊境駐軍，同時撤退三十哩，並宣告中國願遵照非戰公約，將中俄爭端提交公正之第三者斷處。

▲本社二十七日北平專電 哈訊，俄軍主力集中海拉爾，圖謀奪東鐵線，我軍刻在博克圖駐重防禦，又派兵駐防興安嶺側面，刻俄軍集東鐵東西線，計有步兵四師騎砲各一師。

▲本社二十七日北平專電 哈訊，[illegible]（二十五）[illegible]，赤俄餘黨，定有（廿五）宵（廿六）在哈大暴動，經事先發覺，捕獲多人，未釀出慘案，胡毓坤在博克圖佈防，傳博克圖形勢吃緊，穆稜有失守訊。

▲本社二十七日北平專電 [illegible] 大舉進攻，係取聲東擊西策略，目的[illegible]，進方對俄已籌有具體應付辦法，[illegible]某國由海參崴輸入，俄後確有國際背景云。

▲本社二十七日北平專電 哈訊，[illegible]（二十五）[illegible]，俄軍退海拉爾為預定計劃，現第一軍十二旅向穆稜開進，第四旅[illegible]哈綏線，一面坡吉電局宥（二十六）起停發海拉爾商電，只發官電。

▲（中央社）連日赤俄侵犯我東北國界，[illegible]，我國外交部為明瞭真相起見，特由王外長向國際表示，請各國組織國際調查團體，親往東北實際考察赤俄之殺戮慘狀，即可明瞭彼方反宣傳之為欺騙世界，若國際果有此種團體組織，中國方面願擔負一切招待費用云。

（本報消息）[illegible]

中东路事件发生后，苏军迅速摧毁了东北军的边防线，边境重要门户几乎全部被苏军占领。东北军失败后，最后签订了“中苏伯力协定”，恢复了冲突前的两国共管中东铁路状态。图为1929年11月28日出版的《新闻报》号外。

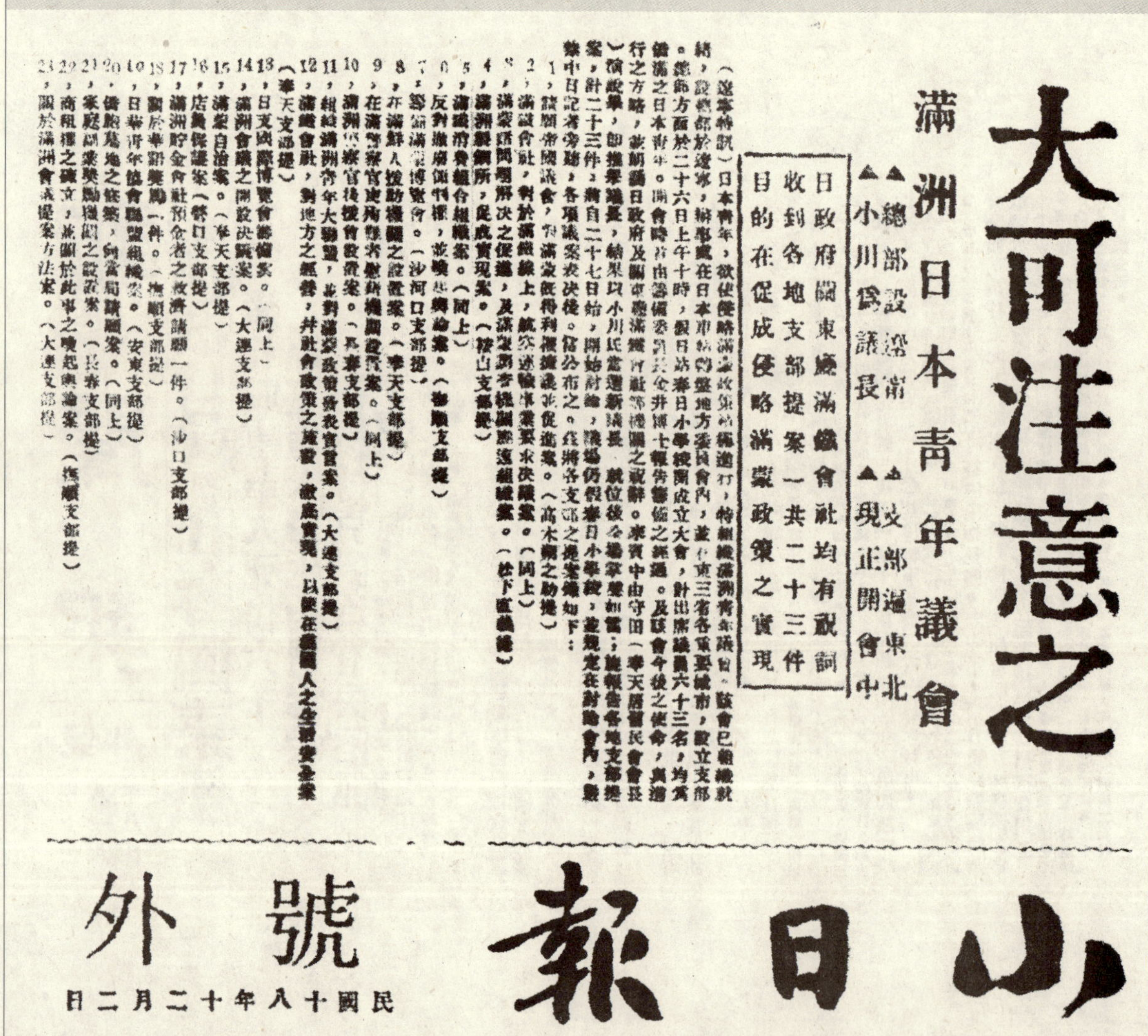

大可注意之

滿洲日本青年議會

▲總部設遼甯 ▲支部遍東北

▲小川爲議長 ▲現正開會中

日政府關東廳滿鐵會社均有祝詞
收到各地支部提案一共二十三件
目的在促成侵略滿蒙政策之實現

（遼寧特訊）日本青年，欲使侵略滿蒙政策積極進行，特組織滿洲青年議會，該會已組織就緒，設總部於遼寧，辦事處在日本[illegible]，並在東三省各重要城市，設立支部。總部方面於二十六日上午十時，假日站奉日小學校開成立大會，計出席議員六十三名，均爲僑滿之日本青年。開會時首由[illegible]委員長金井博士報告籌備之經過。及該會今後之使命，與進行之方略，並朗讀日政府及關東廳滿鐵會社等機關之祝辭。來賓中由守田（奉天居留民會會長）演說畢，即推舉議長，結果以小川氏當選新議長，就位後全場掌聲如雷；旋報告各地支部提案，計二十三件，將自二十七日始，開始討論，議場仍假奉日小學校，並規定在討論會內，[illegible]除中日記者旁聽，各項議案表決後，俟公布之。茲將各支部之提案錄如下：

1，設關帝國議會，與滿蒙[illegible]得利權擴張促進案。（高木[illegible]之助提）
2，滿鐵會社，對於滿鐵線上，航空運輸事業要求決議案。（同上）
3，滿蒙懸案問題解決之促進，及滿蒙調查機關擴張組織案。（松下[illegible]提）
4，滿洲製鋼所，促成實現案。（鞍山支部提）
5，滿鐵府費組合組織案。（同上）
6，反對撤廢領事裁判權，並喚起輿論案。（撫順支部提）
7，籌備滿蒙博覽會。（沙河口支部提）
8，在滿鮮人援助機關之設置案。（奉天支部提）
9，在滿警察官吏內鮮者懇親機關設置案。（同上）
10，滿洲警察官後援會設置案。（[illegible]支部提）
11，組織滿洲青年大聯盟，並對滿蒙政策發表宣言案。（大連支部提）
12，滿鐵會社，對地方之經營，并社會政策之施設，徹底實現，以謀在滿日本人之生活安全案（奉天支部提）
13，日支國際博覽會籌備案。（同上）
14，滿洲會議之開設決議案。（大連支部提）
15，滿蒙自治案。（奉天支部提）
16，店員保護案（營口支部提）
17，滿洲貯金會社預金者之救濟請願一件。（沙口支部提）
18，關於[illegible]獎勵一件。（撫順支部提）
19，日華青年協會聯盟組織案。（安東支部提）
20，僑胞墓地之修築，向當局請願案。（同上）
21，家庭副業獎勵機關之設置案。（長春支部提）
22，商租權之確立，並關於此事之喚起輿論案。（撫順支部提）
23，關於滿洲會議提案方法案。（大連支部提）

小日報 號外

民國十八年十二月二日

1929年11月26日，进入我国东北地区的一些日本青年，在日本政府支持下，成立所谓“满洲日本青年议会”，支部遍东北，公开提出“目的在促成侵略满蒙政策之实现”。图为1929年12月2日出版的《小日报》号外“大可注意之”。

中東路 號外

民國十八年十二月十五日

討唐軍昨日下令總攻
對西北殘逆取封鎖勢
鄭州人心動搖龔浩有被殺說

▲本社十四日漢口專電 南段討唐軍約四師以上，元(十三)沿東雙河旱途北進，蔣鼎文陳誠等寒(十四)北上，總攻令准删(十五)下。

▲本社信陽十四日專電 (一)二路軍集中信陽，聞派夏斗寅軍任前鋒，向駐馬店許昌推進。(二)蔣鼎文師元日(十三)由武勝關出發，參加討逆，務以最短期間解決唐逆。(三)西北逆軍經大創後，在豫西方面潰退潼關北方面則退白河商南，因損失過重，無力掙扎，我軍對於此項殘部，本迫擊潼，求根本解決，因唐逆背叛，遂緩追擊，以萬選才劉茂恩王均等師，聯合軍，在潼關佈防，與西北逆軍對峙，取封鎖形勢；另以楊虎城軍扼守荊紫關，范石生等師固守白河，其餘各部回師討唐。(四)楊杰文日(十二)調徐源泉王金鈺啓旭初從洛陽出發，進迫鄭州。(五)據探報：唐逆灰日(十日)在鄭召集逆部各將開會，五十一師師長龔浩主張對中央不宜輕舉妄動，意見與唐逆不合，唐逆不悅，散會後將龔浩拘押，聞有槍斃說。(六)劉襲兩師各將領，對唐深抱不滿，有不聽指揮消息。

▲中央社徐州十四晚電 鄭州逆部因登封臨汝被王金鈺徐源泉兩部佔領，節節進攻，唐生智恐慌異常，鄭州人心動搖，外人紛將眷屬移居教堂，唐部晏勛甫等各要人眷屬，亦由平漢路轉送津，連日并徵集現金車騾，以供軍用，市面金融混亂，商民多已歇業。

▲復旦社漢口十五日電 夏斗寅蒸電何成濬，文云：投何主席雪公鈞鑒。由濟南發原電敬悉，唐逆叛變，誠無信無義，又為小人之尤者，此獠不除，匪特鄉邦重罹浩劫，即黨國亦必受無窮之累，自當遵照來電，協同友軍，竭力討伐。逆方前曾捏名通電，並妄委名義，自己不肯，復強迫人亦不肯，黔驢之技，亦復可笑。敝師與九師，現已集中於武勝平尤九里各關一帶，佈置就緒，異常鞏固，萬旅蒸日(十日)可到應援，我十一師六師文日(十二)可集中廣水花園惟恐鐵路消息：逆軍之流甲東與先頭部隊，已由偃河悉數撤回，許昌漯河無逆踪，當以楊耿光督率徐王劉魏各師，由洛攻其後路忠，度逆已成孤城落日之勢，不十日當可一鼓而殲滅，鄂西萬倚昔，被范師奪潰，俘獲甚多，武漢亦甚安謐，特聞，弟寅蒸午印。

1929年到1930年，阎锡山、冯玉祥等发动了反对蒋介石的战争，又称“中原大战”，是中国近代史上最大的军阀混战。图为1929年12月15日出版的《中东路》号外。

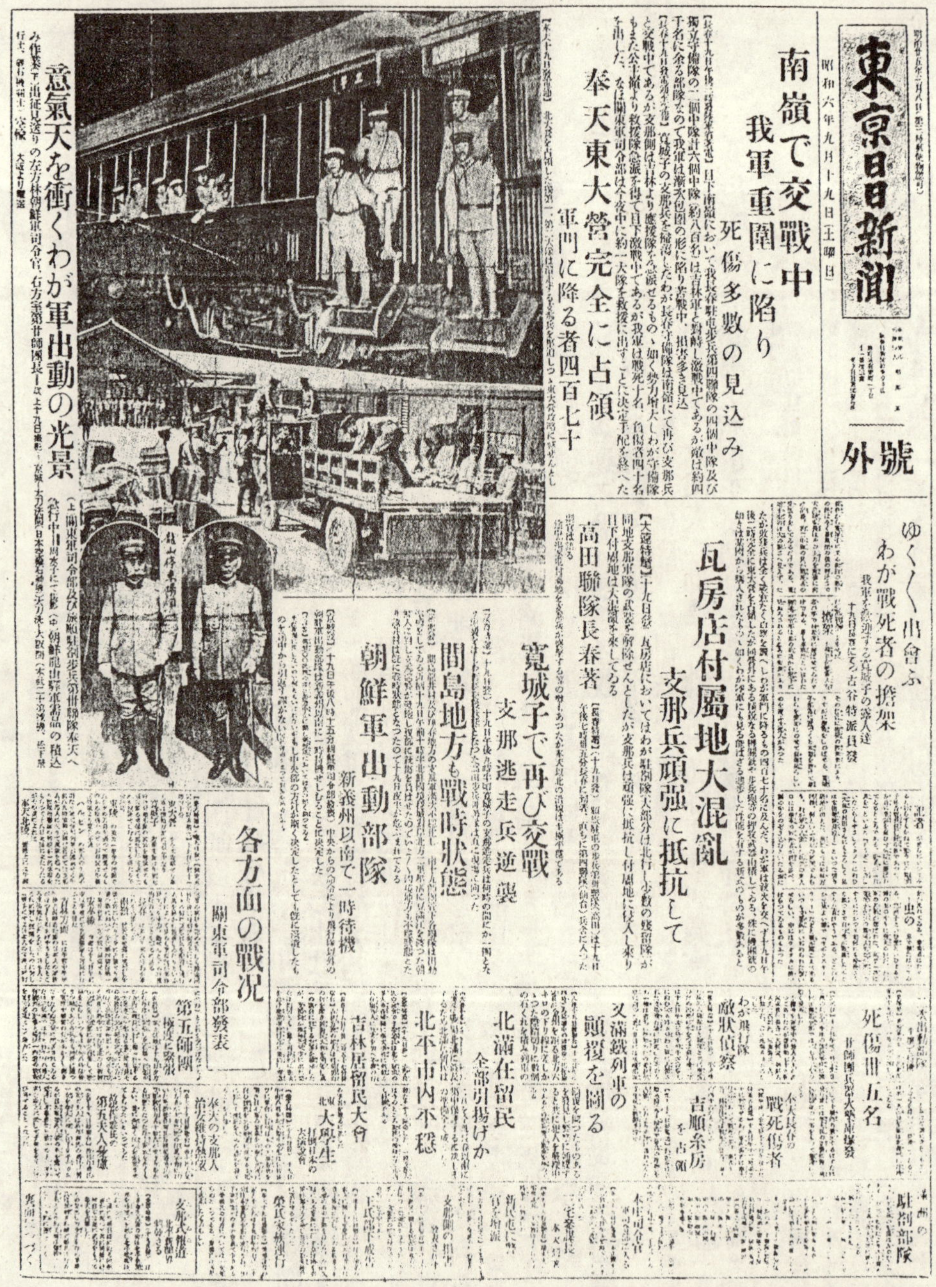

東京日日新聞

號外

昭和六年九月十九日

南嶺で交戰中

我軍重圍に陷り

死傷多數の見込み

奉天東大營完全に占領

軍門に降る者四百七十

意氣天を衝くわが軍出動の光景

ゆくゆく出會ふ

わが戰死者の擔架

瓦房店付屬地大混亂

支那兵頑强に抵抗して

高田聯隊長春着

寬城子で再び交戰

支那逃走兵逆襲

間島地方も戰時狀態

朝鮮軍出動部隊

新義州以南で一時待機

各方面の戰況

關東軍司令部發表

死傷卅五名

敵狀偵察

わが戰死傷者

北滿在留民

全部引揚げか

北平市内不穩

吉林居留民大會

1931年9月18日，日本关东军策划了“九一八”事变，向驻沈东北军发动攻击，侵占了东北最大城市奉天（沈阳）。图为9月19日出版的日本《东京日日新闻》号外。这张“号外”暴露：9月18日这天，不仅沈阳，在长春、瓦房店等地，日军都挑起战斗。

大阪每日新聞

號外

昭和六年九月廿二日

最激戰地長春方面の戰況

今曉到着せる滿洲事變寫眞【第四報】

本社飛行便

この號外は本紙に再錄しませぬ

“九一八”事变后，尽管国民党政府向东北军下达了不抵抗命令，但东北许多地方军民并不屈服，奋起抗击日军，坚决同日本侵略者进行英勇战斗。图为1931年9月22日出版的日本《大阪每日新闻》号外“最激战地长春方面的战况”。

東京日日新聞

昭和六年九月二十三日(水曜日)

號外

この號外は本紙に再録しません

満洲事變

長春=寛城子=南嶺畫報

日军侵占奉天（沈阳）后，继续向长春、宽城子、南岭等地发动进攻。图为1931年9月23日出版的日本《东京日日新闻》号外“满洲事变：长春、宽城子、南岭画报”。

報知新聞 號外

昭和六年九月廿四日

滿洲事變畫報

(1)紅頂山支那兵營の爆破 (2)我が重砲隊の敵陣射擊 (3)三臺子山頂より紅頂山の敵狀觀測 (4)北大營の物凄い彈痕 (5)慘たる同兵營の燒跡

日军用重炮和炸弹，疯狂破坏我国东北各地驻军的营地，炸毁许多民房，激起广大军民强烈愤怒。图为1931年9月24日出版的日本《报知新闻》号外“满洲事变画报”。这些图片暴露了日军炸毁我国军队营地和民房的惨状。

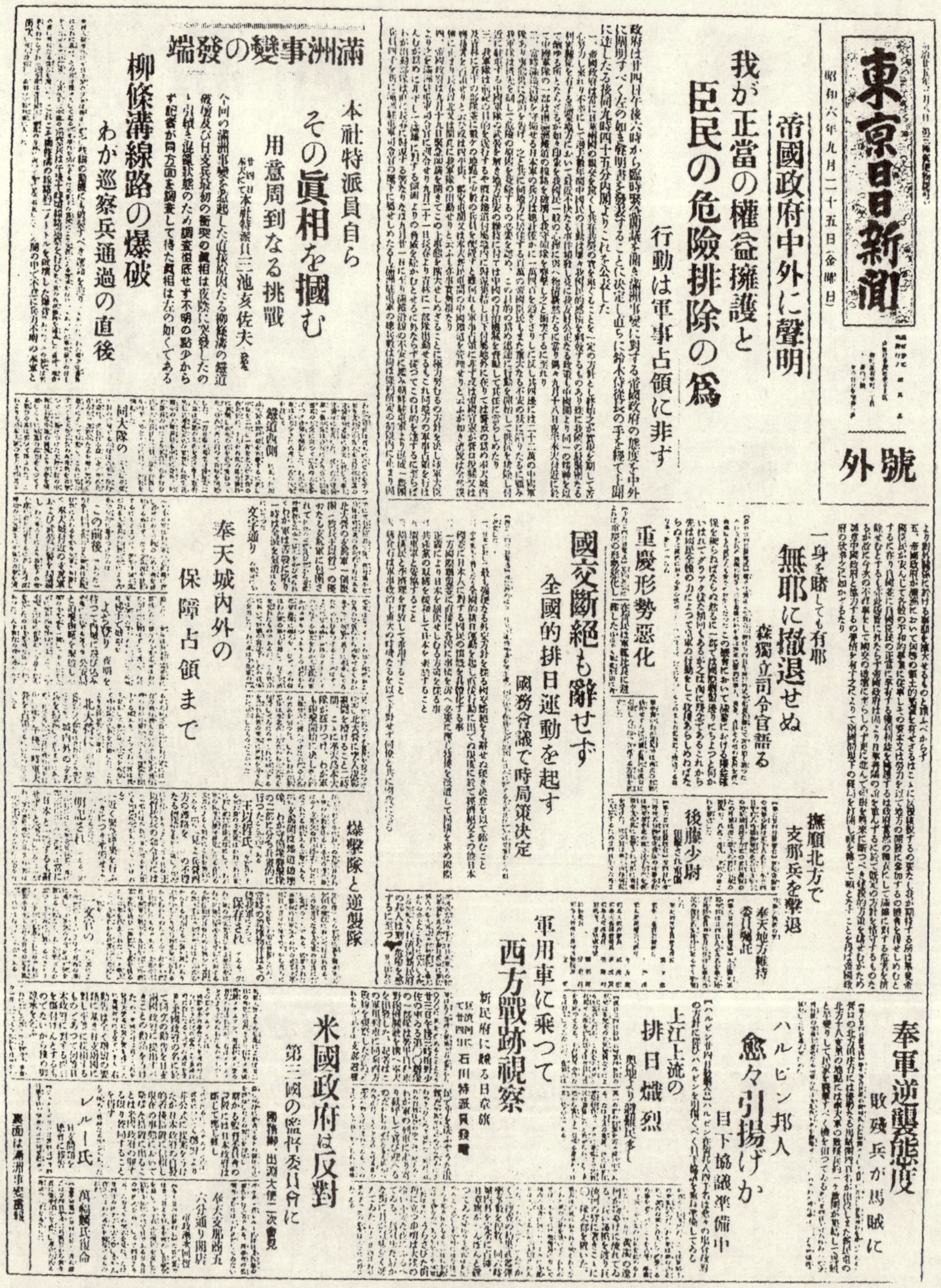
東京日日新聞
昭和六年九月二十五日(金曜日)
號外
帝國政府中外に聲明
我が正當の權益擁護と臣民の危險排除の爲
行動は軍事占領に非ず
滿洲事變の發端
本社特派員自ら
その眞相を摑む
用意周到なる挑戰
柳條溝線路の爆破
わが巡察兵通過の直後
奉天城內外の保障占領まで
國交斷絶も辭せず
全國的排日運動を起す
國務會議で時局策決定
重慶形勢惡化
一身を賭しても有耶無耶に撤退せぬ
森獨立司令官語る
撫順北方で支那兵を擊退
爆擊隊と逆襲隊
西方戰跡視察
軍用車に乘つて
米國政府は反對
第三國の監督委員會に
奉軍逆襲態度
敗殘兵が馬賊に
ハルビン邦人愈々引揚げか
目下協議準備中
上江上流の排日熾烈

1931年9月24日，日本政府发表声明，把日本的军事侵略辩解为“正当的权益拥护”，本是日本关东军精心策划炸毁沈阳北郊柳条沟南满铁路一处，反诬是中国军队所为，掩盖“九一八”事变真相。图为9月25日出版的日本《东京日日新闻》号外。

東京日日新聞

昭和六年十月十日（土曜日）

號外

陸軍の對滿蒙策
依然極めて强硬
若槻首相の要求に基いて
陸相きのふ提示

我軍の錦州攻撃は
當然の正當防衛
各大公使へ外相說明

對日戰意を抱く張氏

この號外は本紙に再錄しません

滿洲獨立運動
各派積極的に動く

南京政府は
三巨頭政治樹立か
廣東派軍隊南京入り

聯盟理事會
十二日に繰上げか
錦州攻撃に驚いて

天津の排日
取締嚴重

武漢貿易の
恐慌時代

直ちに急航

若槻內閣排擊へ
政友會御輿を上ぐ

各省の整理對策

整理案實施

官吏減員の內幕

図为1931年10月10日出版的日本《东京日日新闻》号外。这张“号外”报道，日本陆相发表谈话，强调“陆军对满蒙政策，依然极度强硬”。“号外”报还颠倒黑白，把日军对锦州的攻击，竟说成是“当然正当防卫”。

生活週刊「小言論」緊急號外　二十年十月二十二日

請國人嚴重注意

亡國條件的慘酷內容　尤其是立可淪亡全國的第二條

韜奮

據路透社二十日電訊：『日本在撤回鐵路區域外軍隊以前，必欲中國在原則上承認之基本要點五項，已送交國聯行政會議長白里安，國聯秘書長德蒙及美國國務卿史汀生，據可恃方面傳出之消息，此五點如下：(一)中日相互擔保各不侵略，並保障彼此之土地完整，(二)中國境內各種排日形式，連抵制在內，須永遠取消，(三)保障中國境內日人生命與財產之安全，(四)償付用以敷造滿洲各鐵路之日款，並承認滿洲敷造鐵路之現有條約，(五)承認現有之條約權利，連日人在滿租地之問題在內。』

同日該社電訊：『聞國聯行政會議長白里安已表示其意，渠自信能勸中國接受日本所提出根本要點五項之四，而可無多大困難，惟中國須承認日本鐵路權，以此為開始談判之先決辦法一項，則勸日本放棄之，就今晚此間可靠方面所傳出之消息觀之，白里安似以為中國最後亦可承認此項要求，惟亟欲使中國在原則上接受此點，殊感困難。今晚日本官場頗抱更大樂觀，咸以為全部問題之難點，現集於日本之要求中國先承認其滿洲之條約權利，連同四二十一條要求而得之一九一五年條約權利在內。』

看上面電訊所述，白里安已替我國答應了四條，並說其餘一條『中國最後亦可承認』，簡直完全替我國全部答應了。我國在日內瓦的總代表口口聲聲說把中國完全置於國聯掌握之中，絕對服從國聯的辦法，現在我們打算怎樣？在他方面據我們所探悉，我國政府對此五條件，有已內定妥協之傳說，如果老外交家直說『前三條是空話（按立可淪亡全國的第二條在內），不成問題，第四第五兩條雖有困難，但均是二十一條原有的，一點沒有新要求』。嗚呼！除第一第三無關緊要的兩條為日本有意雜入以混亂我們的耳目心思外，其餘三點都是亡國條件，第二條尤其是淪亡全國國民為日本順民永遠不得翻身的慘酷條件，而我國政府大有甘之如飴拱手簽押於賣國賣民族賣全國國民的賣身契之傾向！我們一方面仍望號稱革命的政府不至於如此之昏憒，一方面哀痛於形勢之急迫，結果之悲慘，不得不大聲疾呼，喚起全國同胞的注意，以死力爭。

我們決無意而且在目前也決不能侵略到日本的國土裏去，第一條當然不成問題，保障外僑的生命與財產之安全，這是在國際公法上凡屬獨立的國家所當盡的當然的義務，簡直無另列為特殊條約之必要，所以第三條也當然不成問題，這都是日本人有意加以淆亂世人對於其他各條的注意。二十一條的背景條件，在我民因為日本是用哀的美敦書壓迫簽字的，始終未予以承認，日本亦以做賊心虛，未敢十分放膽做去，故曾派人往美運動，訂其所謂藍辛石井條約，承認日本在滿蒙的特殊權利地位，又曾派人運動英國承認他在滿蒙特殊地位，但國際並未一致加入承認，現在他把這第四第五兩條通過於國聯，便得到國際間的一致承認，加上一重極有力的保障，日本以強盜行為而得飽大欲以去，無怪他們『頗抱更大樂觀』，但在坐待宰割的中國是否無須掙扎奮鬥，『亦可承認』？

尤其慘酷的是第二條，承認了這條，以後中國教科書裏有了抗日救國的意味，報紙刊物乃至演說有了批評日本的言詞，抵制日貨乃至振興國貨的文字言詞，日本都可根據條約提出抗議，加以懲治。他可以干涉我們的教育，我們的言論，我們的愛國運動，乃至我們的經濟。第四第五兩條固慘酷，但多少在目前僅局部的物質損失（雖其將來影響也足制全國的死命）第二條則以全國全民族為範圍，立刻淪為朝鮮第二，永遠不得翻身，其為慘酷，何以復加？歐戰時，奧國對塞爾維亞的酷虐條件有干涉塞國教科書內容一條，塞雖小國，終以死拒，現在中國竟俯首貼耳自願做日本的順民嗎？我們願傾其熱淚，竭其至誠，求全國同胞，加以嚴重的注意，對政府加以嚴厲的監督，如政府甘心亡國，我們不能坐視偕亡，當起而自救。

日军侵占我国东北领土，却提出中国必须承认五项原则，方可撤军。因而，激起全国人民愤慨。1931年10月22日《生活周刊》出版紧急号外，发表了邹韬奋先生的文章：“请国人严重注意：亡国条件的惨酷内容，尤其是立可沦亡全国的第二条”。

東京日日新聞

號外

昭和六年十一月六日（金曜日）

馬占山軍猛烈に逆襲

わが軍危地に陥る

死者十五名 負傷四十名

後續隊の來援を待つ

黑龍江軍の絶滅を期す

關東軍司令部重大決意

わが軍激戰の後

先づ第一陣地を占據

今事變第一の苦戰

支那側の死傷者二百名

馬、露國の援助を恃む

盛んに地雷火敷設

負傷にひるまず

この用意と挑戰ぶり

米國も諒解

わが軍の鐵橋修理

排日貨問題で釘をさす

聯盟當局憂色深し

友情變らず

昔ながらの英人

佛國の輿論も好轉

日本の態度を諒解

米宣教師殺害さる

海城危險

張宗昌 張學良と密議

緊急會議

停止命令

杉村聯盟事務次長

個人として打開策に奔走

聯盟對策

あす閣議で協議

原案通り

整理案を可決

日本侵略军向吉林省、黑龙江省各地大举进攻，遭到黑龙江省代主席、省防军司令马占山率领的抗日部队顽强抵抗。图为1931年11月6日出版的日本《东京日日新闻》号外“马占山军猛烈逆袭”。

東京日日新聞 號外

昭和六年十一月七日(土曜日)

我飛行機猛襲し
馬軍全く潰亂狀態
我軍の死傷は二百餘

三日に亘る嫩江激戰

長谷部少將報告

馬軍更に大部隊集中

露國の馬軍援助露骨
魔手ますます延ぶ
武器と彈藥を供給

露軍東支鐵占領計畫
馬軍の鐵道破壞をきつかけに

馬軍挑戰の裏
張學良の命を受け
露國の援助を賴む
陸軍當局の談

敗報に馬占山大狼狽
下野勸告

チチハル邦人
安否氣遣はる

増援部隊
前進中止か

堂々とブ氏を反駁
帝國の眞意を明にして
芳澤大使より昨夜傳達

我軍擊退

滿洲の新政權を
直接交涉の相手
事變解決には苦慮

支那側またも
日本に責任を轉嫁
蔣府で早くも逆宣傳
理事會十六日開催

無策の日本

對日經濟封鎖
米政府避けん
平和的解決を希望

聯盟は支那の
弁護士か!

大神田氏の
當選は適法

尽管日军派大量部队和飞机袭击马占山部队，但马占山部队坚持英勇战斗，使日军伤亡200余人。图为1931年11月7日出版的日本《东京日日新闻》号外“我飞行机猛袭，马军处溃乱状态，我军死伤二百余”。

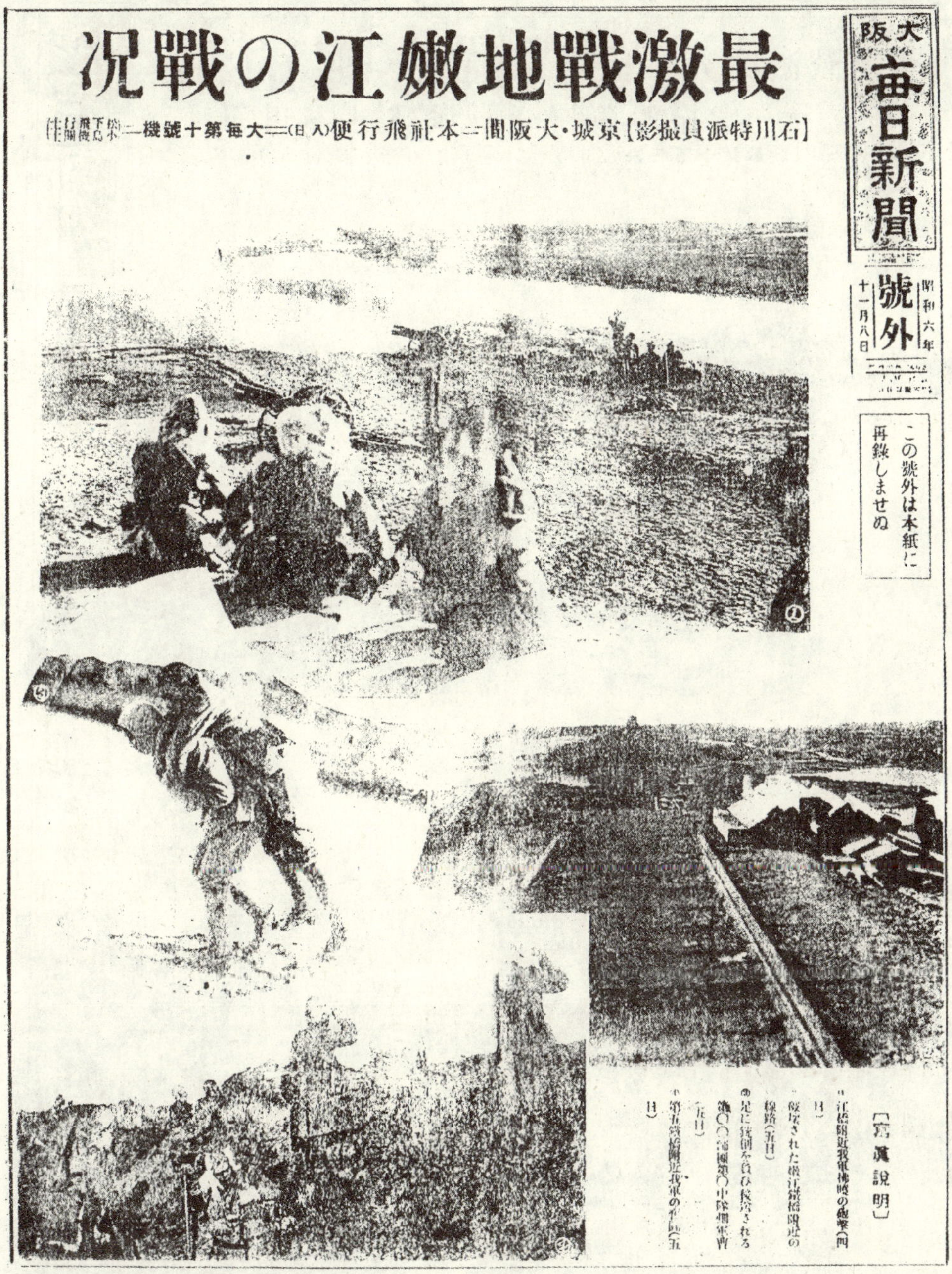

最激戰地嫩江の戰況

【石川特派員撮影】京城・大阪間＝本社飛行便（八日）＝大每第十號機＝

大阪每日新聞

號外 昭和六年十一月八日

この號外は本紙に再錄しませぬ

【寫眞說明】

黑龙江省嫩江地区是当时反对日军侵略的最激烈战区。在嫩江大桥保卫战中，马占山指挥的部队毙伤敌军千余人。全国人民掀起抗日援马运动。图为 1931年11月8日出版的日本《大阪每日新闻》号外“最激战地嫩江的战况”。

大阪每日新聞 號外

最前線を縱横に 大興激戰畫報

石川本社特派員の冒險的撮影

本社飛行便（十日）京城・大阪間 大每第十號機

この號外は本紙に再錄しませぬ

【寫眞說明】

❶ 敵の最後の陣地を陥る

❷ 輝く日章旗（大興高地山上）

❸ 涙の中に戰友を葬る

1931年11月10日出版的日本《大阪每日新闻》号外“大兴激战画报”（石川特派员冒险的摄影）。两幅大照片形成极大讽刺：上图是一群日本兵高举双手得意忘形；下图则是低头流泪埋下被我抗日部队打死的士兵。日本侵略军遭到了应得的惩罚。

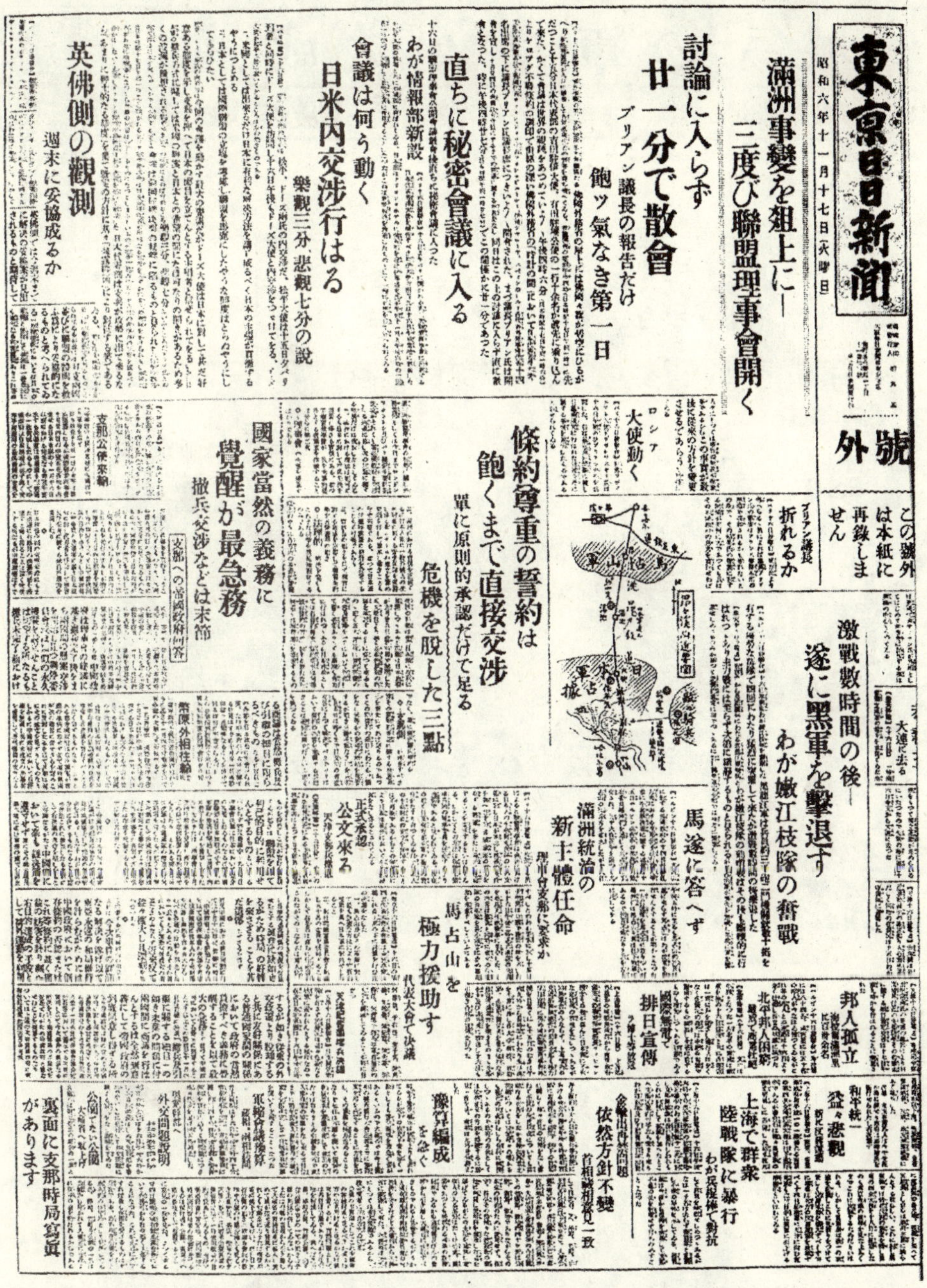

東京日日新聞

昭和六年十一月十七日（火曜日）

號外

この號外は本紙に再録しません

滿洲事變を俎上に—三度び聯盟理事會開く

討論に入らず 廿一分で散會

ブリアン議長の報告だけ 飽ッ氣なき第一日

直ちに秘密會議に入る

わが情報部新設

會議は何う動く 日米内交渉行はる

樂觀三分 悲觀七分の説

英佛側の觀測

週末に妥協成るか

ブリアン議長折れるか

ロシア大使動く

條約尊重の誓約は 飽くまで直接交渉

單に原則的承認だけで足る

危機を脱した三點

國家當然の義務に 覺醒が最急務

撤兵交渉などは末節

激戰數時間の後— 遂に黑軍を撃退す

わが嫩江枝隊の奮戰

馬遂に答へず

滿洲統治の新主體任命

馬占山を極力援助す

邦人孤立

排日宣傳

上海で群衆 陸戰隊に暴行

依然方針不變

裏面に支那時局寫眞があります

“九一八”事变后，中国在国际联盟起诉日本。1931年11月16日，“国联”理事会开会，讨论日军侵犯中国东北领土议案。图为1931年11月17日出版的日本《东京日日新闻》号外“国际联盟理事会开会讨论满洲事变”。

大阪朝日新聞

武威堂々皇軍の入城

チチハル占據寫眞畫報

【二十日 チチハルにて】横田、丸山、佐野特派員撮影

大阪朝日新聞

號外 第二

昭和六年十一月廿二日

この號外は本紙に再錄しません

【上右】チチハル南大營に飜へる日章旗

【上左】皇軍堂々チチハル市中を示威行進

【下】南大營旅長室にて朝食中の長谷部旅團長（向つて右）宮島副官（左）

1931年11月20日，日军侵占齐齐哈尔。图为1931年11月22日出版的日本《大阪朝日新闻》号外“齐齐哈尔占据写真画报：武威堂堂皇军的入城”。

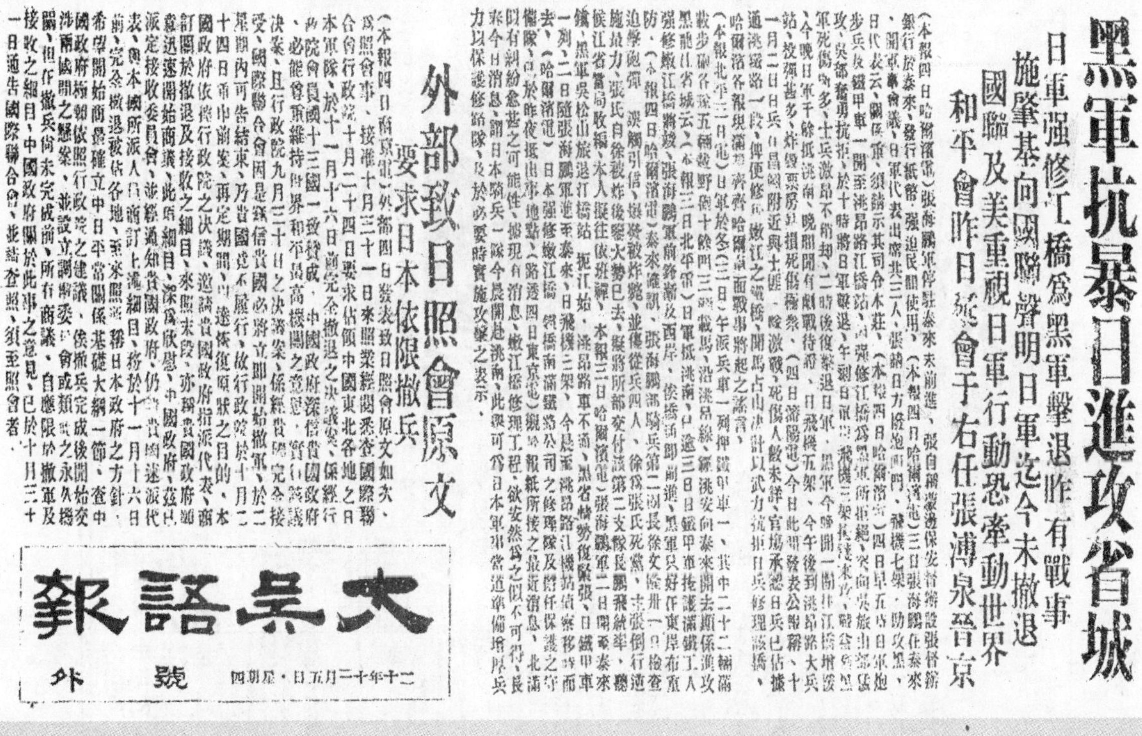

黑軍抗暴日進攻省城

日軍强修江橋爲黑軍擊退昨有戰事

施肇基向國聯聲明日軍迄今未撤退

國聯及美重視日軍行動恐牽動世界

和平會昨日議會于右任張溥泉晉京

外部致日照會原文

要求日本依限撤兵

大吳語報

號外

二十年十二月五日·星期四

“国联”通过议案，要求日军从我东北撤兵，但日军置之不理，继续向哈尔滨地区派兵。黑龙江守军坚决抗击日军进攻省城。外交部致日照会，要求日本依限撤兵。图为1931年12月5日出版的《大吴语报》号外“黑军抗暴日进攻省城”。

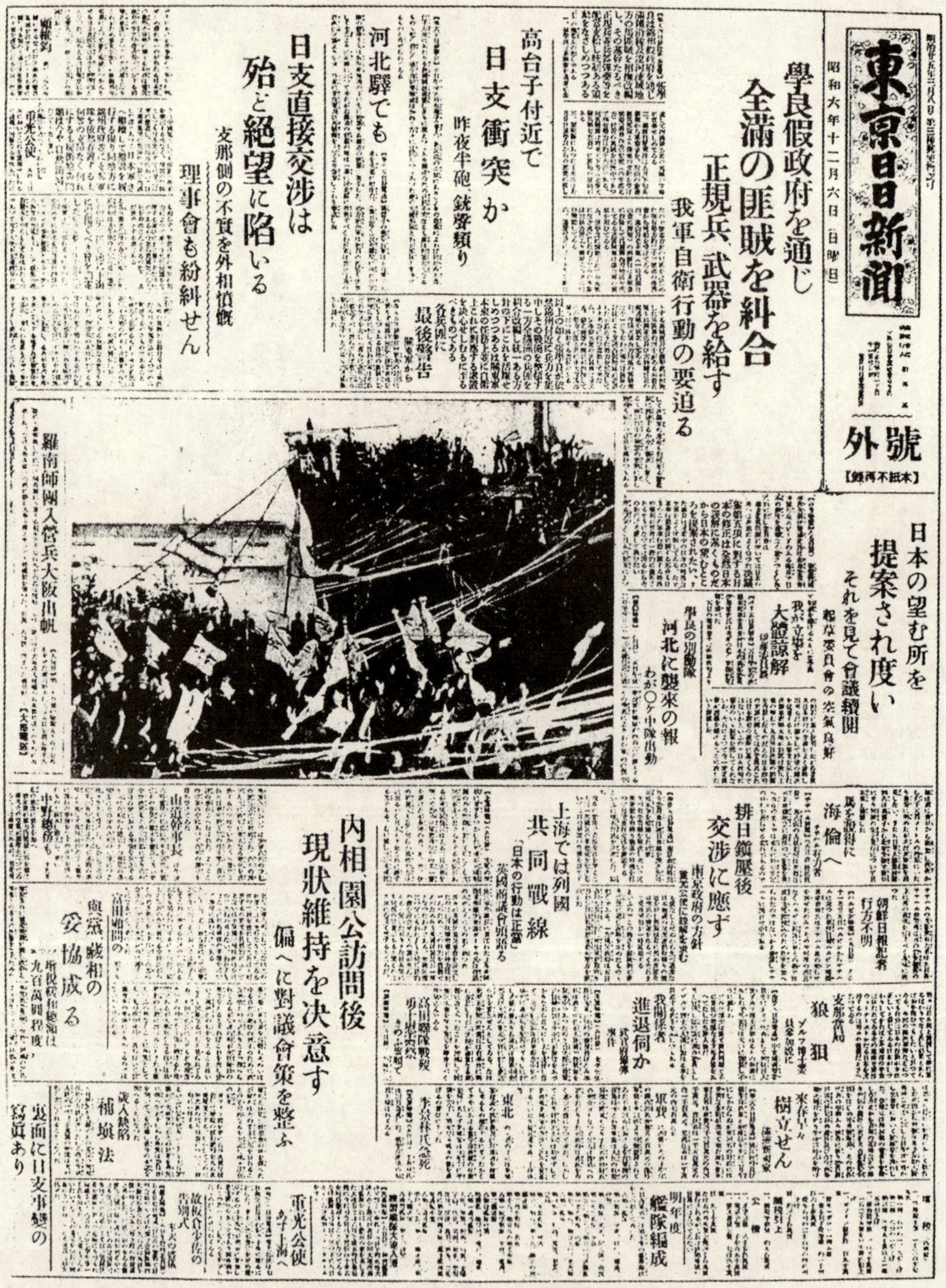

東京日日新聞

昭和六年十二月六日（日曜日）

號外

學良假政府を通じ全滿の匪賊を糾合

正規兵、武器を給す

我軍自衛行動の要迫る

高台子付近で日支衝突か

昨夜半砲、銃聲頻り

河北驛でも

日支直接交渉は殆ど絶望に陥いる

支那側の不實を外相憤慨

理事會も紛糾せん

日本の望む所を提案され度い

それを見て合議續開

起草委員會の空氣良好

我が立場を大體諒解

學良の別動隊河北に襲來の報

わが〇ケ中隊出動

羅南師團入營兵大阪出帆

內相園公訪問後

現狀維持を決意す

偏へに對議會策を整ふ

上海では列國共同戰線

「日本の行動は正當」

排日鎮壓後交渉に應ず

海倫へ

狼狽

樹立せん

進退伺か

艦隊編成

與黨妥協成る

補塡法

裏面に日支事變の寫眞あり

重光公使

图为日本《东京日日新闻》1931年12月6日出版的号外，报道了东北军张学良将军支持东北各地抗日武装活动，发给正规武器，反抗日军侵略，收复失地。

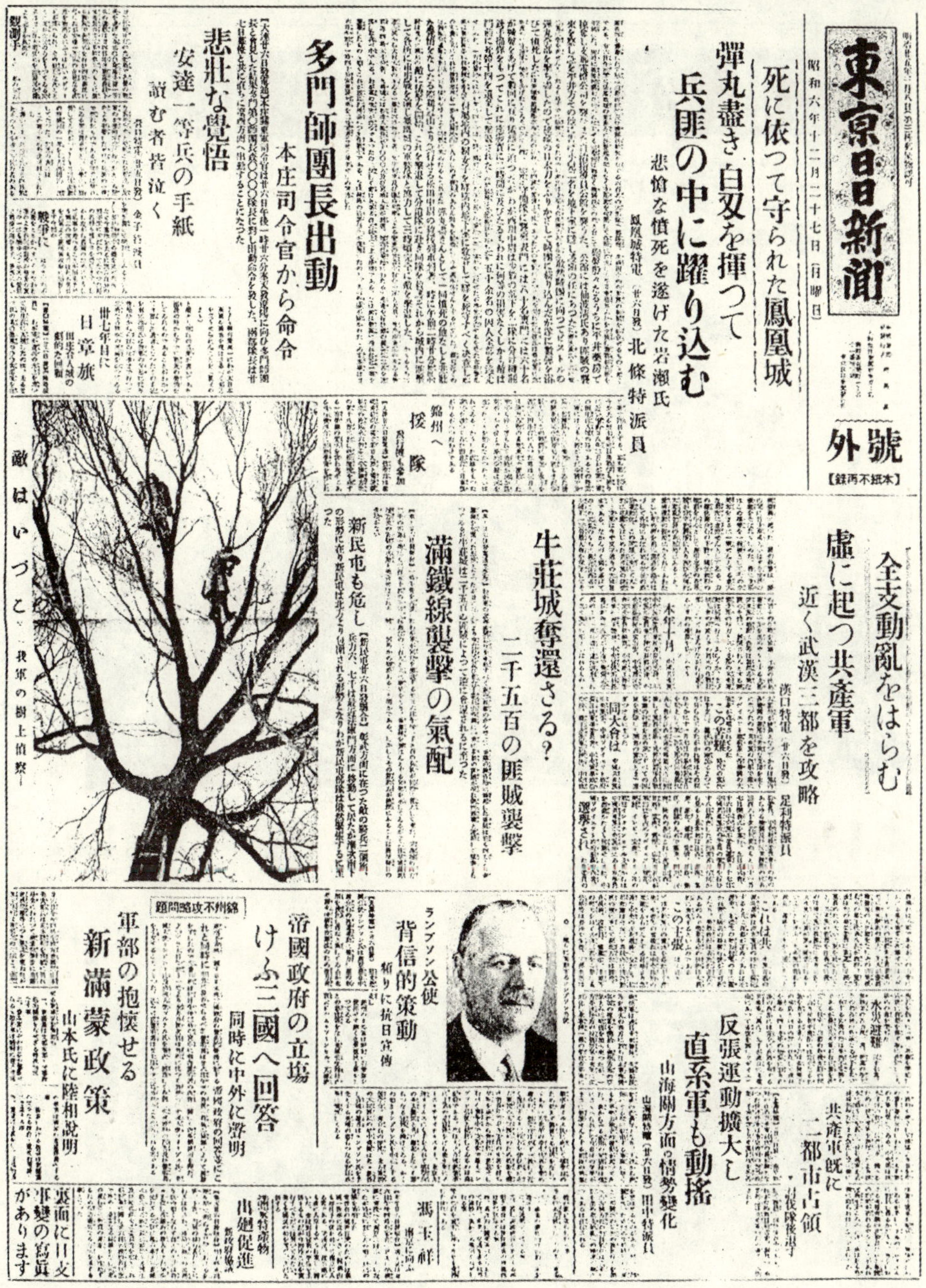

東京日日新聞

昭和六年十二月二十七日（日曜日）

號外

死に依つて守られた鳳凰城

彈丸盡き白刃を揮つて兵匪の中に躍り込む

悲愴な憤死を遂げた岩瀨氏

北條特派員

多門師團長出動

本庄司令官から命令

悲壯な覺悟

安達一等兵の手紙 讀む者皆泣く

全支動亂をはらむ

虚に起つ共產軍

近く武漢三都を攻略

足利特派員

牛莊城奪還さる？

二千五百の匪賊襲撃

滿鐵線襲撃の氣配

新民屯も危し

敵はいづこ—我軍の樹上偵察—

ランプソン公使

背信的策動

頻りに抗日宣傳

帝國政府の立場

けふ三國へ回答

同時に中外に聲明

錦州不攻略問題

新滿蒙政策

軍部の抱懷せる

山本氏に陸相說明

反張運動擴大し

直系軍も動搖

山海關方面の情勢變化

共產軍既に

二都市占領

裏面に日支事變の寫眞があります

1931年12月27日出版的日本《东京日日新闻》号外透露出，我东北军民纷纷奋起反抗日军的侵略，正如这期报纸号外提到的诸如凤凰城抗日勇士白刃保卫战、2500名抗日战士坚守牛庄城、抗日部队袭击满铁线路汽配等等。

大阪朝日新聞

號外 第二

昭和七年一月四日

此の號外は本紙に再錄しません

我軍錦州入城の壯觀

占據後の第一報

長谷川・西橋・角野・河村・喜多特派員
錦州にて三日撮影

（上）錦州東大門上にて聲高らかに萬歳を三唱する鎮南部隊（三日午前九時）

（下）威風堂々錦州へ入城する我騎兵隊（三日午前七時）

1932年1月3日，日军侵占锦州。同年2月5日，日本侵略军占领了北满最大城市哈尔滨，至此东北三省全部沦陷，变成日本殖民地。图为1932年1月4日出版的日本《大阪朝日新闻》号外“锦州占据后第一报：我军锦州入城的壮观”。

大阪朝日新聞

號外

昭和七年一月廿九日

此の號外は本紙に再錄しません

上海の日支兩軍衝突續報

我が軍突撃して支那諸街を占據す

頑强に抵抗の支那兵と激戰

掃蕩の目的ほぼ達す

紙上で作戰

司令部發表

三千の敵を撃退す

耳を聾する銃、砲聲

戰場と化した租界北部一帶

巡警、密集部隊で我が軍に抵抗

わが兵一名負傷す

飽まで敵對

1932年1月28日晚，日军在上海制造了“一·二八”事变。日军调集数万士兵，从海、陆、空向上海闸北我国驻军发动攻击，淞沪驻防的19路军官兵奋起顽强抵抗。图为1932年1月29日出版的日本《大阪朝日新闻》号外“上海日支两军冲突续报”。

昨晨中日空軍大戰

我戰無不克如風掃殘葉但見倭機落 以寡勝衆外報記者歡呼中國人爭氣

▲日機受重創墜落

▲虹橋擊墜日機

▲一敵機墜閘北

▲海寧路再毀敵

▲敵機毀荒田中

▲我方到處佔優

▲眞茹射落三艘

外委會集議

上海好現象

哈爾濱戰訊

匪刦難民輪

汕報號外

中華民國念一年二月六日

图为1932年2月6日出版的《汕报》号外“昨晨中日空军大战，我战无不克，如风扫残叶，但见倭机落，以寡胜众，外报记者欢呼中国人争气”。

蘇州中報 號外

民國二十一年二月六日

日增援再戰仍慘敗

閘北寺各處激戰昨夜未止

敵添主力今日戰事將更劇

日再炮攻閘北

江灣我軍大勝

虹口戰事猛烈

我軍突圍殲敵

吳淞在相持中

學生拚死殺敵

我獲日鐵甲車

生擒大批日軍

日襲砲台敗退

我決死隊增防

五路克敵詳情

“一·二八”事变之初，日军曾扬言“4个钟头占领上海”。但日军增兵10万人，三易主帅，用一个月时间，伤亡逾万，仍未攻占上海。图为1932年2月6日出版的《苏州中报》号外报道：日增援再战仍惨败。

汕報

民國二十一年二月十六日

號外

日軍定今日總攻擊 以高麗兵充作前鋒

敵猛攻炮台無進展 炮聲震動上海全市

今晨日機又出擲彈 我軍準備取大包圍

中大義軍加入前線 法租界防禦亦嚴密

▲今晨六時日艦七艘、向我吳淞砲台方面開放大炮一百餘響、全鎮房屋均被轟毀、日陸戰隊乘機上岸、被我軍擊退、我亦猛炮迎擊、雙方激戰甚烈、敵方並用飛機擲彈，機槍掃射、至午後始稀、

▲今晨十一時，日機五艘、飛往劉行近擲彈，時有[illegible]一架落下，放日奸細二名、為我軍擒獲、

▲昨晚九時四十分、日軍砲猛攻，砲聲震動全市、

▲日軍陸第九師團昨到滬二萬餘人、分駐狄思威路二處、該團餘部一萬人、在昨晨十時從橫須賀出發赴滬，乘日商輪五艘、遊日艦一艘、仍在黃浦江碼頭登岸，

▲閘北方面昨下午無戰事、祇有炮聲數響、或係日軍示威、但我軍鎮靜、至晚七時後、炮聲甚烈、日軍以輕重炮向我天通庵路轟擊、八時許開野炮四五響、聲似雷響、及小鋼炮連絡不絕、我軍以鐵甲車截迎擊砲回擊、彈丸並無虛發，閘北方面、日軍陸軍攻打、海陸蔽塗進行後方駐紮、陣線仍在虬江路寶興路、天通庵路一帶，日以最無進展、新戰路、敵炮位設於紀子場內、用重炮轟擊、及便衣隊擾亂後方、

▲上海標金開市六五八兩，洋厘七錢三分四厘、

▲日艦昨晚三次猛攻砲台灣，無進展，

▲日軍定今日三次總攻擊、將高麗兵數千人衝前鋒、後殿以馬隊過山砲、末由日陸戰隊、其目標在吳淞江灣一帶、閘北以少數兵力擊之、

▲法界老北門麥底安路民國路口法兵堆放沙袋、在鐵門內離開念碼、沙袋後離開十碼、左右檔有竹籬、沙袋堆置、▲新北門永安街亦有竹籬沙袋、▲朱家橋一帶亦有布設、其範圍甚廣、亦今晨亦在堆置沙袋、其實業公司門口、至高而堅固，未明其故、

▲日軍經美領抗議，從此後日機不到租界天空飛行、

▲青島有日艦兩艘將開滬、

▲今日上午八時、又有日本飛機八只、在閘北租界五處、[illegible]翔擲彈、外人到滬、日機飛如例公事，每日至天空[illegible]、

▲我軍因敵方砲火亂轟、故已移至離蘊藻浜港口十餘里地方、以避敵軍砲火、如敵前鋒、即立取包圍式、圍我包圍時、敵方恐傷及己方，亦不敢開炮、

▲昨晚戰事砲聲、至今晨一時方息、槍聲仍繼續不斷、

▲中央大學義勇軍與四川旅行隊義勇軍、今日下午三時開赴前線，

▲孫光銘兼鐵部長、電兩路車務處以一二九淞滬、各車站遇日軍來破壞、各路局長[illegible]江南鐵路局長應領導之下、逐日在槍彈中冒險修路、搶運往來、愛國熱忱、殊堪嘉尚，應分別嘉獎、予以獎勵、並先行傳諭嘉勉，

▲車務處因此次日兵殘暴、凡乘上受有影響，特令各段站、嗣當注意節用以期持久，

▲在吳淞開設旅社之某國老人大衛、現該旅社被日炮彈炸毀、老人不知下落，

▲昨晨六時許、日艦開大炮轟擊我吳淞、我方初無動靜、後日本即駛商輪三艘、假日兵擬在午灣沙灘登陸、我軍當開機關槍掃射、日兵無一生還，

▲日軍昨晚在天通庵路開砲四十餘發、後用步兵向我衝鋒、我軍以機槍還擊、至今晨一時始止，

图为1932年2月16日出版的《汕报》号外“日军定今日总攻击”、“以高丽兵充作前锋”、“敌猛攻炮台无进展”、“炮声震动上海全市”、“今晨日机又出掷弹”。

皇軍最後の總攻擊

大場鎮江灣鎮
閘北方面戰況

東京日日新聞

號外

爱国将领张治中、蔡廷锴率领军队英勇抗战，击退了日军的进攻，保卫了上海。图为1932年3月4日出版的日本《东京日日新闻》号外“皇军最后总攻击”，图片暴露大批日军低着头抬着伤员撤退。

東京日日新聞

昭和七年五月五日（木曜日）

號外

日支停戰協定 正式に調印終る

日支停戰協定と付屬書全文

問題は排日取締り

依然勵行の誠意なければ 圓卓會議の即開要求

協定全文

付屬書

中國政府の自發的聲明

由于南京国民党政府实行对日妥协政策，1932年5月5日，中国和日本政府在上海正式签订“淞沪停战协定”。这是国民党政府签订的“卖国协定”。图为1932年5月5日出版的日本《东京日日新闻》号外“日支停战协定正式签字”。

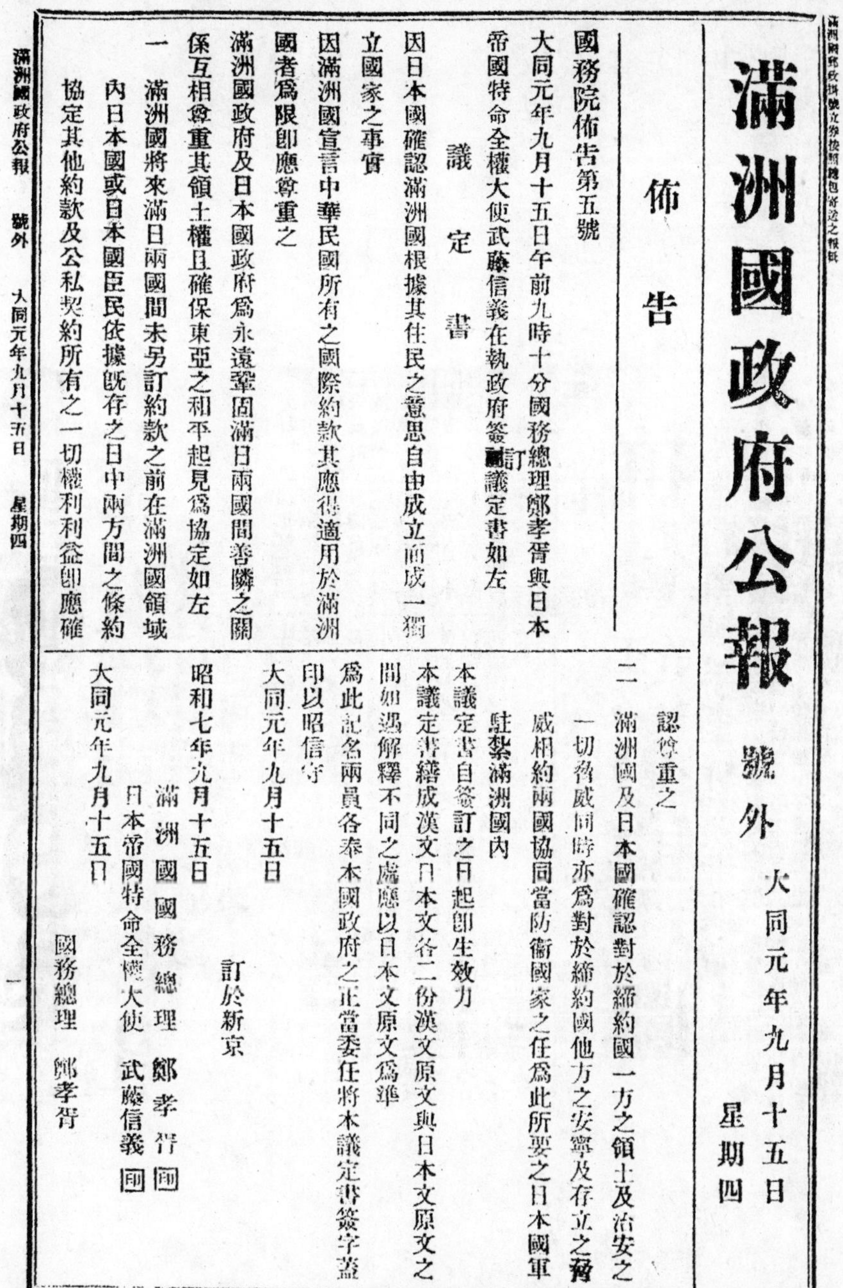

滿洲國政府公報 號外 大同元年九月十五日 星期四

佈告

國務院佈告第五號

大同元年九月十五日午前九時十分國務總理鄭孝胥與日本帝國特命全權大使武藤信義在執政府簽訂議定書如左

議定書

因日本國確認滿洲國根據其住民之意思自由成立而成一獨立國家之事實

因滿洲國宣言中華民國所有之國際約款其應得適用於滿洲國者爲限卽應尊重之

滿洲國政府及日本國政府爲永遠鞏固滿日兩國間善鄰之關係互相尊重其領土權且確保東亞之和平起見爲協定如左

一 滿洲國將來滿日兩國間未另訂約款之前在滿洲國領域內日本國或日本國臣民依據既存之日中兩方間之條約協定其他約款及公私契約所有之一切權利利益卽應確認尊重之

二 滿洲國及日本國確認對於締約國一方之領土及治安之一切脅威同時亦爲對於締約國他方之安寧及存立之脅威相約兩國協同當防衛國家之任爲此所要之日本國軍駐紮滿洲國內

本議定書自簽訂之日起卽生效力

本議定書繕成漢文日本文各二份漢文原文與日本文原文之間如遇解釋不同之處應以日本文原文爲準

爲此記名兩員各奉本國政府之正當委任將本議定書簽字蓋印以昭信守

大同元年九月十五日 訂於新京

昭和七年九月十五日

滿洲國國務總理 鄭孝胥 印

日本帝國特命全權大使 武藤信義 印

大同元年九月十五日

國務總理 鄭孝胥

滿洲國政府公報 號外 大同元年九月十五日 星期四 一

1932年3月1日，日本关东军同溥仪策划建立伪满洲国。伪满政府和日本签订了所谓“议定书”。该议定书确认日本在满“一切权利和义务应尊重”、“日本国军驻扎满洲国内”，把我国东北变成了日本殖民地。图为9月15日伪满《政府公报》号外。

中南報

號外

北寧交通車昨晨開出

蘆台以東橋樑多破壞 今日可正式通車

馮玉祥表示

抗日工作不能中斷

察事棘手李炘返平復命

1933年1月，日军攻占山海关，5月下旬直逼平津。图为1933年7月4日出版《中南报》号外“北宁交通车昨晨开出”、“冯玉祥表示：抗日工作不能中断”。

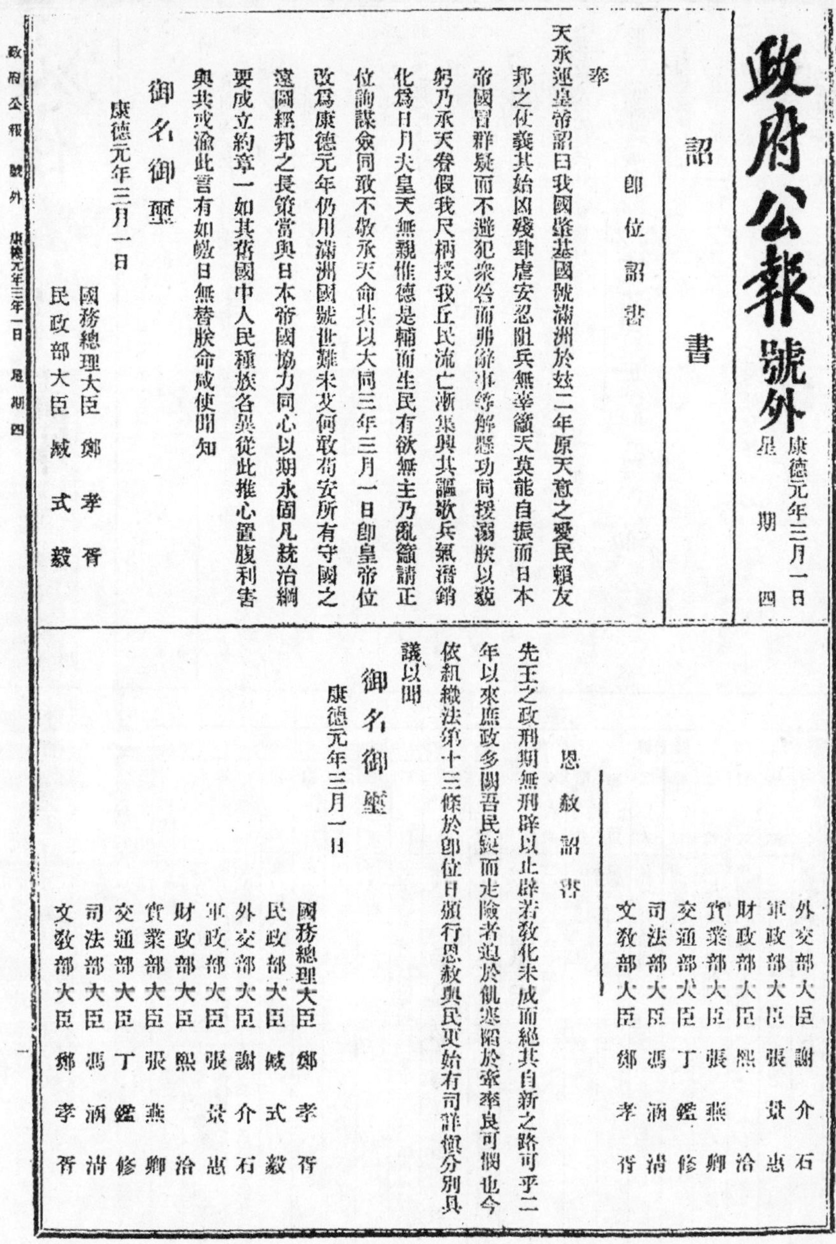

政府公報號外 康德元年三月一日 星期四

詔書

即位詔書

奉

天承運皇帝詔曰我國肇基國號滿洲於玆二年原天意之愛民賴友邦之仗義其始凶殘肆虐安忍阻兵無辜籲天莫能自振而日本帝國冒群疑而不避犯衆咎而弗辭事等解懸功同援溺朕以藐躬乃承天眷假我尺柄援我丘民流亡漸集興其謳歌兵氣潛銷化爲日月夫皇天無親惟德是輔而生民有欲無主乃亂籲請正位詢謀僉同敢不敬承天命其以大同三年三月一日卽皇帝位改爲康德元年仍用滿洲國號世難未艾何敢苟安所有守國之遠圖經邦之長策當與日本帝國協力同心以期永固凡統治綱要成立約章一如其舊國中人民種族各異從此推心置腹利害與共戒渝此誓有如皦日無替朕命咸使聞知

御名御璽

康德元年三月一日

國務總理大臣 鄭孝胥
民政部大臣 臧式毅
外交部大臣 謝介石
軍政部大臣 張景惠
財政部大臣 熙洽
實業部大臣 張燕卿
交通部大臣 丁鑑修
司法部大臣 馮涵清
文教部大臣 鄭孝胥

恩赦詔書

先王之政刑期無刑辟以止辟若教化未成而絕其自新之路可乎二年以來庶政多闕吾民鋌而走險者迫於饑寒陷於牽率良可憫也今依組織法第十三條於卽位日頒行恩赦與民更始有司詳愼分別具議以聞

御名御璽

康德元年三月一日

國務總理大臣 鄭孝胥
民政部大臣 臧式毅
外交部大臣 謝介石
軍政部大臣 張景惠
財政部大臣 熙洽
實業部大臣 張燕卿
交通部大臣 丁鑑修
司法部大臣 馮涵清
文教部大臣 鄭孝胥

政府公報 號外 康德元年三月一日 星期四

1934年3月1日，日本关东军扶持溥仪当上伪满洲国傀儡“皇帝”，发表“即位诏书”，称“满洲帝国”，年号为“康德”。这是日本军国主义为了永久占领我国东北地区导演的一场闹剧。图为1934年3月1日出版的伪满洲国《政府公报》号外。

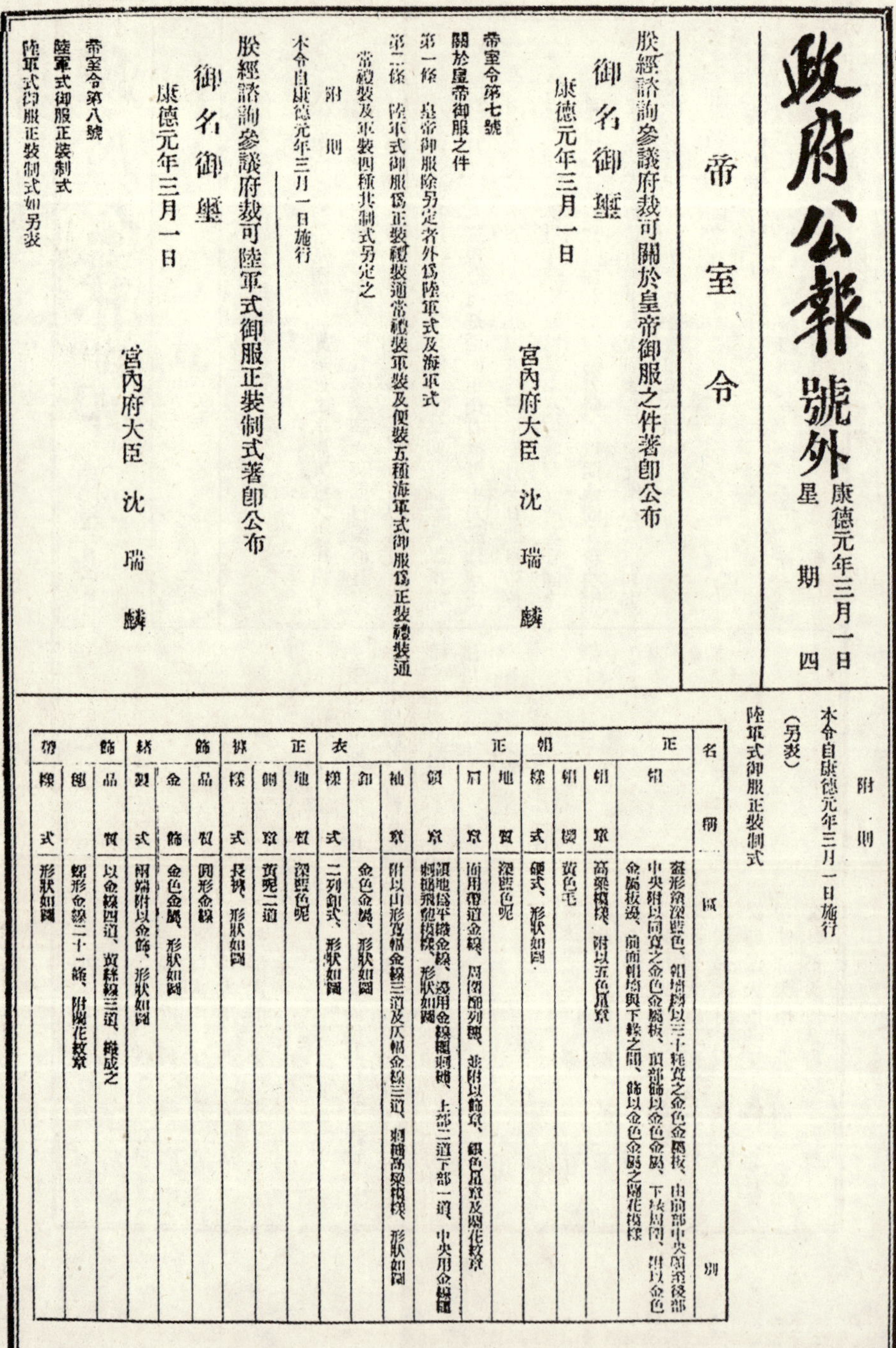

昭和八年三月十六日第三種郵便物認可
康德元年三月一日發行

政府公報

號外

康德元年三月一日
星期四

帝室令

朕經諮詢參議府裁可關於皇帝御服之件著即公布

御名御璽

康德元年三月一日

宮內府大臣　沈瑞麟

帝室令第七號

關於皇帝御服之件

第一條　皇帝御服除另定者外爲陸軍式及海軍式

第二條　陸軍式御服爲正裝禮裝通常禮裝軍裝及便裝五種海軍式御服爲正裝禮裝通常禮裝及軍裝四種其制式另定之

附　則

本令自康德元年三月一日施行

朕經諮詢參議府裁可陸軍式御服正裝制式著即公布

御名御璽

康德元年三月一日

宮內府大臣　沈瑞麟

帝室令第八號

陸軍式御服正裝制式

陸軍式御服正裝制式如另表

附　則

本令自康德元年三月一日施行

（另表）

陸軍式御服正裝制式

名稱		區別
正帽	帽	盔形爲深藍色、帽墻周以三十粍寬之金色金屬板、由前部中央[illegible]後部中央附以同寬之金色金屬板、頂部飾以金色金屬、下接周圍、附以金色金屬板邊、前面帽墻與下緣之間、飾以金色金屬之蘭花模樣
	帽章	高粱模樣、附以五色星章
	帽纓	黃色毛
	樣式	硬式、形狀如圖
正衣	地質	深藍色呢
	肩章	兩用[illegible]金線、[illegible]列[illegible]、並附以飾章、銀色星章及蘭花紋章
	領章	領地爲平織金線、透用金線[illegible]、上部二道下部一道、中央用金線[illegible]飛龍模樣、形狀如圖
	袖章	附以山形寬幅金線三道及[illegible]幅金線三道、[illegible]高粱模樣、形狀如圖
	鈕	金色金屬、形狀如圖
	樣式	二列鈕式、形狀如圖
正褲	地質	深藍色呢
	側章	黃呢二道
	樣式	長褲、形狀如圖
飾緒	品質	圓形金線
	金飾	金色金屬、形狀如圖
	製式	兩端附以金飾、形狀如圖
飾帶	品質	以金線四道、黃絲線三道、織成之
	[illegible]	螺形金線二十一條、附蘭花紋章
	樣式	形狀如圖

政府公報　號外　康德元年三月一日　星期四

1934年3月1日，伪满洲国宫内府大臣沈瑞麟发表“帝室令”，公布伪满皇帝御服。图为1934年3月1日出版的伪满《政府公报》号外。

1934年7月4日，世界著名的法国女科学家居里夫人逝世。为追悼这位科学家，1934年7月5日《新天津》报出版号外“居里夫人逝世”。

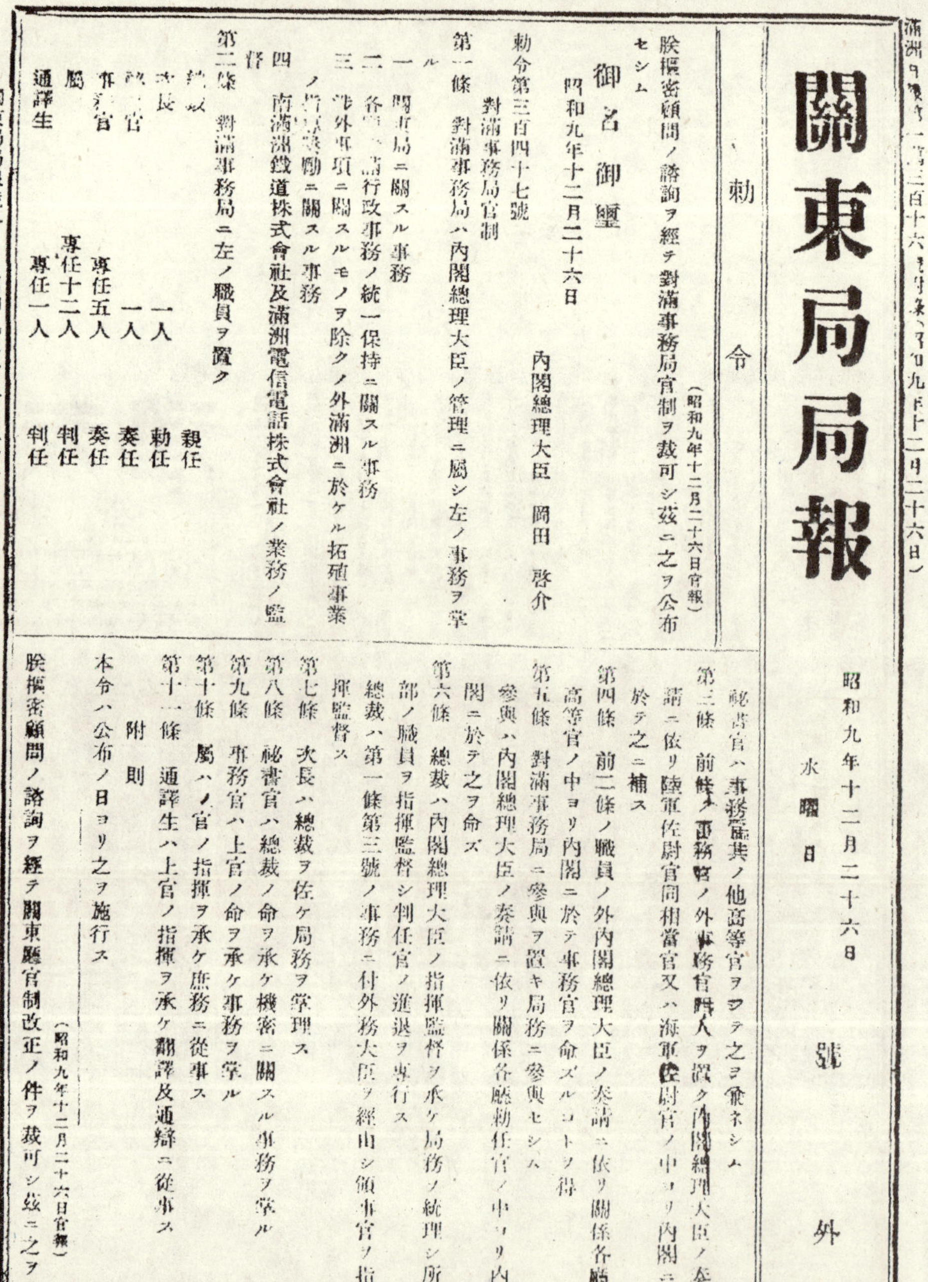

關東局局報

昭和九年十二月二十六日 水曜日

號外

勅令

朕樞密顧問ノ諮詢ヲ經テ對滿事務局官制ヲ裁可シ玆ニ之ヲ公布セシム

（昭和九年十二月二十六日官報）

御名御璽

昭和九年十二月二十六日

内閣總理大臣 岡田啓介

勅令第三百四十七號

對滿事務局官制

第一條 對滿事務局ハ内閣總理大臣ノ管理ニ屬シ左ノ事務ヲ掌ル

一 關東局ニ關スル事務

二 各廳ノ對滿行政事務ノ統一保持ニ關スル事務

三 涉外事項ニ關スルモノヲ除クノ外滿洲ニ於ケル拓殖事業ノ指導獎勵ニ關スル事務

四 南滿洲鐵道株式會社及滿洲電信電話株式會社ノ業務ノ監督

第二條 對滿事務局ニ左ノ職員ヲ置ク

總裁 一人 親任

次長 一人 勅任

秘書官 一人 奏任

事務官 專任五人 奏任

屬 專任十二人 判任

通譯生 專任一人 判任

秘書官ハ事務官其ノ他高等官ヲ以テ之ヲ兼ネシム

第三條 前條ノ職員ノ外事務官專任一人ヲ置ク内閣總理大臣ノ奏請ニ依リ陸軍佐尉官同相當官又ハ海軍佐尉官ノ中ヨリ内閣ニ於テ之ニ補ス

第四條 前二條ノ職員ノ外内閣總理大臣ノ奏請ニ依リ關係各廳高等官ノ中ヨリ内閣ニ於テ事務官ヲ命ズルコトヲ得

第五條 對滿事務局ニ參與ヲ置キ局務ニ參與セシム

參與ハ内閣總理大臣ノ奏請ニ依リ關係各廳勅任官ノ中ヨリ内閣ニ於テ之ヲ命ズ

第六條 總裁ハ内閣總理大臣ノ指揮監督ヲ承ケ局務ヲ統理シ所部ノ職員ヲ指揮監督シ判任官ノ進退ヲ專行ス

總裁ハ第一條第三號ノ事務ニ付外務大臣ヲ經由シ領事官ヲ指揮監督ス

第七條 次長ハ總裁ヲ佐ケ局務ヲ掌理ス

第八條 秘書官ハ總裁ノ命ヲ承ケ機密ニ關スル事務ヲ掌ル

第九條 事務官ハ上官ノ命ヲ承ケ事務ヲ掌ル

第十條 屬ハ上官ノ指揮ヲ承ケ庶務ニ從事ス

第十一條 通譯生ハ上官ノ指揮ヲ承ケ翻譯及通辯ニ從事ス

附則

本令ハ公布ノ日ヨリ之ヲ施行ス

（昭和九年十二月二十六日官報）

朕樞密顧問ノ諮詢ヲ經テ關東廳官制改正ノ件ヲ裁可シ玆ニ之ヲ

關東局局報號外 昭和九年十二月二十六日

1934年12月26日，日本政府颁布《关东局官制》，废关东厅，改设关东州厅，受关东局管辖。《关东厅厅报》改为《关东局局报》。图为1934年12月26日出版的《关东局局报》号外“敕令”。日本内阁总理大臣冈田启介公布“对满事务局官制”。

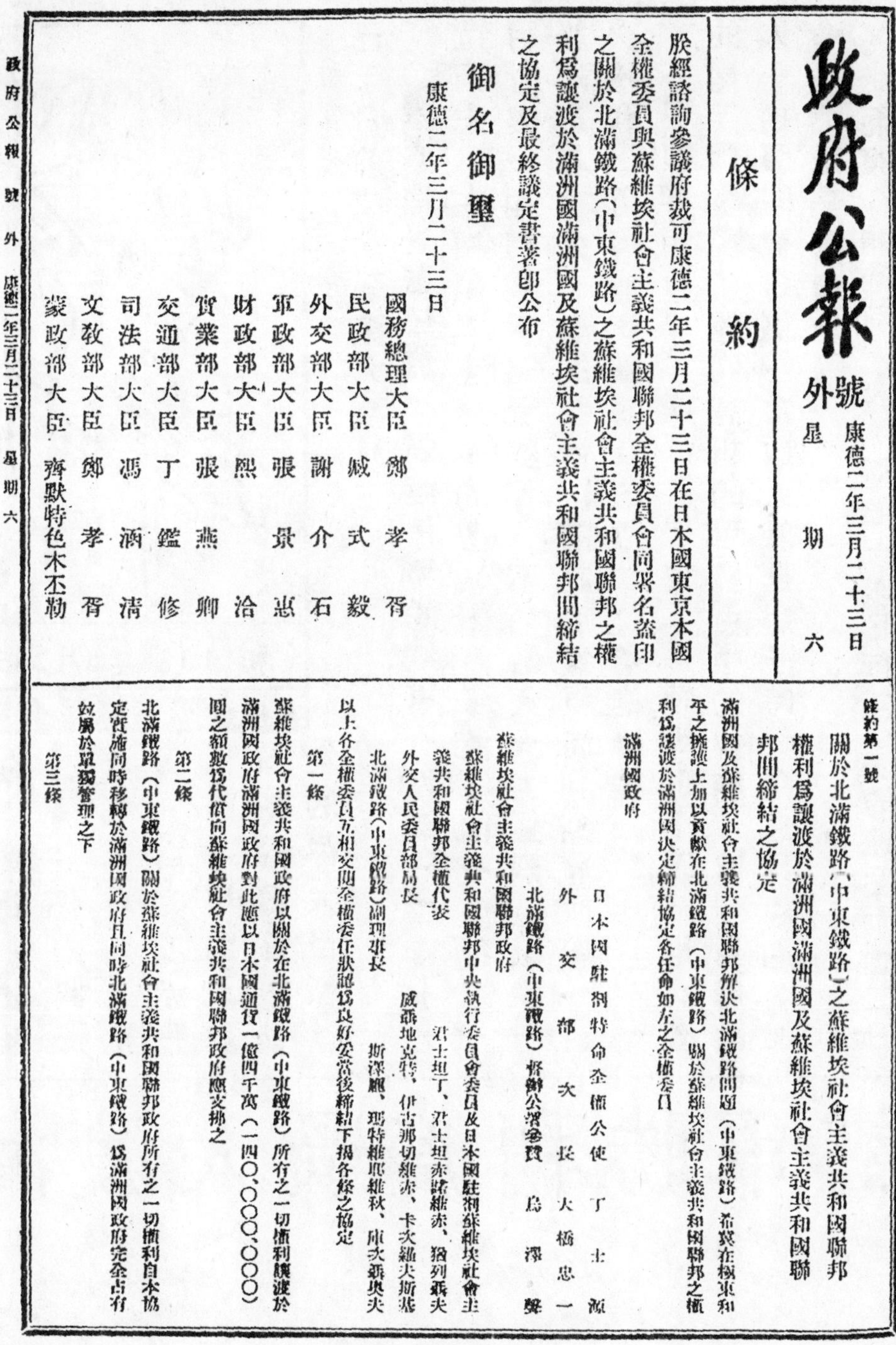

政府公報

號外 康德二年三月二十三日 星期六

條約

朕經諮詢參議府裁可康德二年三月二十三日在日本國東京本國全權委員與蘇維埃社會主義共和國聯邦全權委員會同署名蓋印之關於北滿鐵路(中東鐵路)之蘇維埃社會主義共和國聯邦之權利爲讓渡於滿洲國滿洲國及蘇維埃社會主義共和國聯邦間締結之協定及最終議定書著即公布

御名御璽

康德二年三月二十三日

國務總理大臣 鄭孝胥
民政部大臣 臧式毅
外交部大臣 謝介石
軍政部大臣 張景惠
財政部大臣 熙洽
實業部大臣 張燕卿
交通部大臣 丁鑑修
司法部大臣 馮涵清
文教部大臣 鄭孝胥
蒙政部大臣 齊默特色木丕勒

條約第一號

關於北滿鐵路(中東鐵路)之蘇維埃社會主義共和國聯邦權利爲讓渡於滿洲國滿洲國及蘇維埃社會主義共和國聯邦間締結之協定

滿洲國及蘇維埃社會主義共和國聯邦解決北滿鐵路問題(中東鐵路)希冀在極東和平之擁護上加以貢獻在北滿鐵路(中東鐵路)關於蘇維埃社會主義共和國聯邦之權利爲讓渡於滿洲國決定締結協定各任命如左之全權委員

滿洲國政府

日本國駐剳特命全權公使 丁士源
外交部次長 大橋忠一
北滿鐵路(中東鐵路)督辦公署參贊 烏澤聲

蘇維埃社會主義共和國聯邦政府

蘇維埃社會主義共和國聯邦中央執行委員會委員及日本國駐剳蘇維埃社會主義共和國聯邦全權代表 君士坦丁、君士坦赤諾維赤、猶列乖夫
外交人民委員部局長 威乖地克特、伊古那切維赤、卡次納夫斯基
北滿鐵路(中東鐵路)副理事長 斯深顧、瑪特維耶維秋、庫次乖奥夫

以上各全權委員互相交閱全權委任狀認爲良好妥當後締結下揭各條之協定

第一條

蘇維埃社會主義共和國政府以關於在北滿鐵路(中東鐵路)所有之一切權利讓渡於滿洲國政府滿洲國政府對此應以日本國通貨一億四千萬(一四〇、〇〇〇、〇〇〇)圓之額數爲代價向蘇維埃社會主義共和國聯邦政府應支拂之

第二條

北滿鐵路(中東鐵路)關於蘇維埃社會主義共和國聯邦政府所有之一切權利自本協定實施同時移轉於滿洲國政府且同時北滿鐵路(中東鐵路)爲滿洲國政府完全占有並歸於單獨管理之下

第三條

政府公報 號外 康德二年三月二十三日 星期六

1935年3月23日，伪满洲国务总理郑孝胥在日本同苏维埃社会主义共和国联邦签订北满铁路（中东铁路）协定之最终议定书。图为1935年3月23日出版的伪满《政府公报》号外“条约”。

少年先鋒

號外 1935年5月28日

★共青團商城縣委員會★

紅軍勝利渡過大渡河

據紅軍「堅政治部」出版的「戰士」報報道稱：我中國工農紅軍爲北上抗日，爲完成赤化川西、川西北創造新的蘇區根據地的偉大目標，已于日前成功强渡大渡河。

報道稱：擔任這次强渡任務的紅軍「牲部」二連十七位同志，在模範二連連長的帶領下，于渡江前夜急行軍一百廿裏。他們置生死于度外，不怕敵人火力猛烈，以鐵一般的意志，火一般的熱情，前赴后繼，勝利到達彼岸。這次勝利，可與前突破烏江的廿二位英雄媲美。

渡河開始時，"勝部"機連三個特等射手以及炮兵營的炮手們表現了他們高超的百發百中的技能，以使對岸敵人一抬頭即被打倒。當敵人躲進房子時，我炮兵兩炮全部命中，敵傾喪命。

而渡江開始前，我「衛部」以日行160裏的速度于廿二日分別占領了相關地區，爲保證大軍渡河掃清了屏障奠定了基礎，紅軍戰士可謂神人也。

在中国共产党领导下，1927年8月1日举行了南昌起义，打响了武装反抗国民党反动派的第一枪，并在井冈山创建了革命根据地。1934年10月，红军为北上抗日，开始了战略性大转移——长征。图为1935年5月28日出版的《少年先锋》号外。

殷汝耕罔顧一切 宣佈戰區獨立

▼組織所謂冀東防共自治會

▼中央已嚴正表示決不容許

◆殷汝耕◆

號外

中華民國廿四年十一月廿六日

新天津

1935年11月，大汉奸殷汝耕投靠日本军国主义，组织所谓冀东防共自治会，受到国人强烈谴责。图为1935年11月26日出版的《新天津》号外“殷汝耕罔顾一切，宣布战区独立，组织所谓冀东防共自治会，中央已严正表示决不容许”。

小學通訊

號外

通訊處

中華民國二十五年二月二日

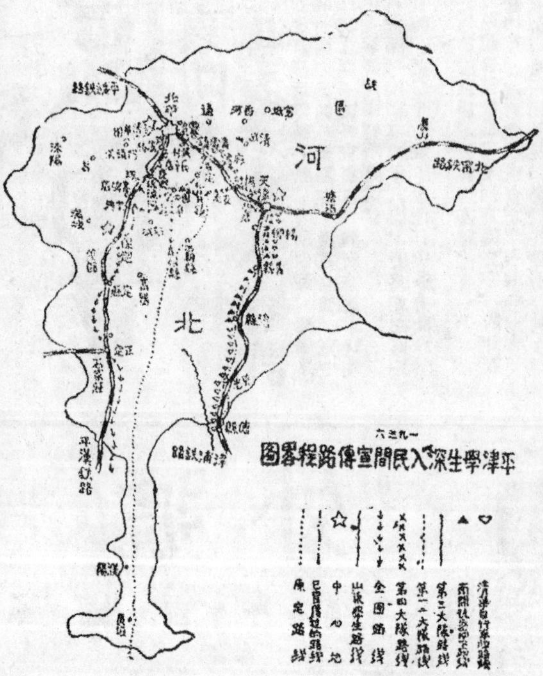

北平學聯會的繼續努力

北平學生於萬分艱危的環境中發動學生救亡運動，風聲所播，震動寰宇，全國學生紛紛響應，使漢奸塞膽，民众感奮，已以英勇的犧牲和沸騰的熱血，寫成中華民族解放史上最光榮的一頁。在非常時的寒假中，平津學生擴大民間宣傳，雖遭民族敵人的走狗們多方壓迫，仍努力苦幹，不畏艱辛，這是很值得我們欽敬的。

最近消息，北平學聯會議決組織全國學生聯合會，並於各校開學時，一律到校上課。有的報上喧傳北平學生復課了，好像他們已俯首貼耳地到課堂裏去讀死書，把救亡的任務置之腦後，聽任「埋頭賣國」的漢奸們可以毫無顧忌地蠻橫地「賣」！其實依我們所得到的真確消息全不是這回事。關於全國學生聯合會的組織，是努力使全國學生結成有組織的聯合戰線，這是我們早所主張的，學生諸君能注意到這點，這是對於救亡工作仍在繼續努力的明證。至於寒假後一律到校上課，這原是寒假後的向例，無所謂復課；而且散漫的個人沒有力量，只有集體的行動，才有力量，寒假後的重新集聚，正是可以用集體的力量，要求實行國難教育方案（和讀死書絕對不同）同時計劃規定救亡工作的繼續進行。「埋頭賣國」的漢奸們，不要太樂觀了！

1935年12月9日，在中共北平党组织的领导下，北平学生6000余人集合向国民党政府提出六项要求：反对所谓“防共自治运动”等，停止内战，一致抗日。“一二·九”运动掀起全国抗日救亡运动高潮。图为1936年2月2日《小学通讯》号外。

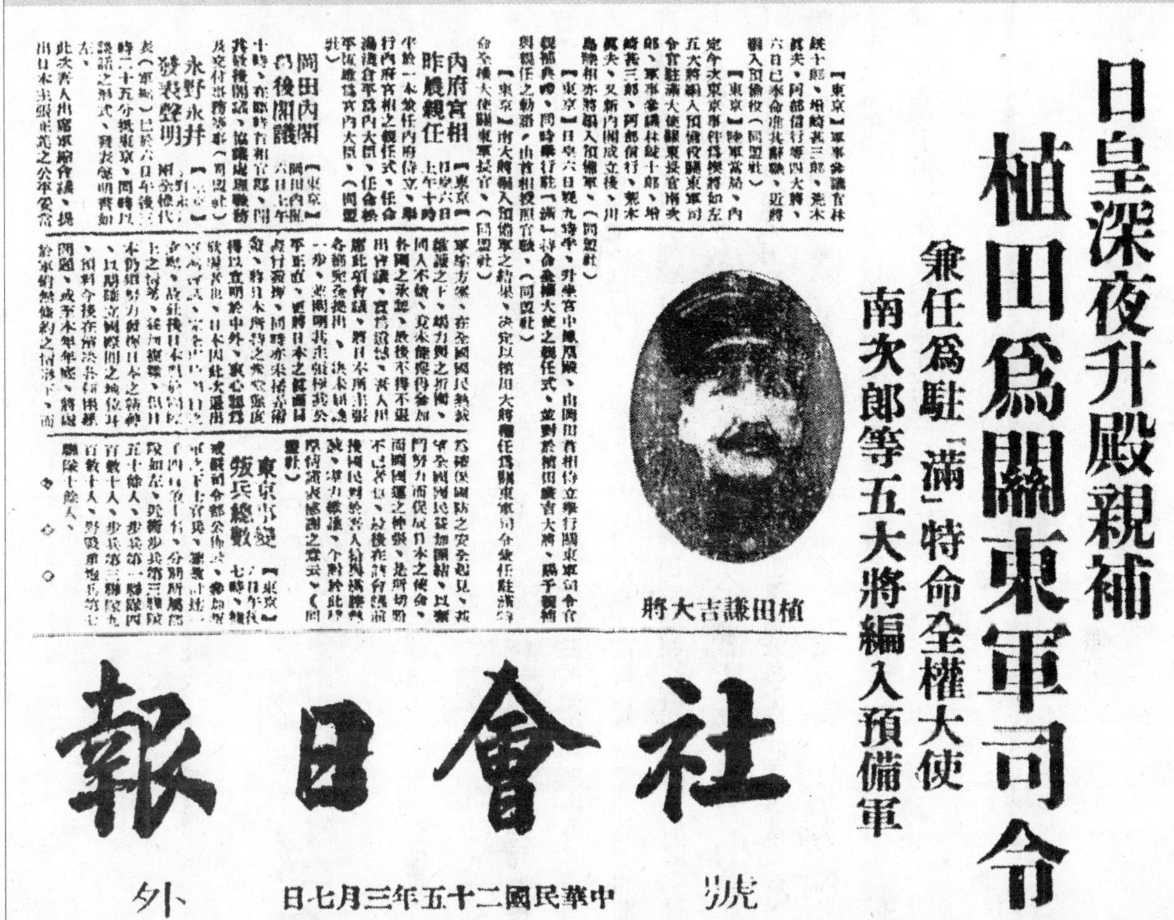

日皇深夜升殿親補

植田爲關東軍司令

兼任爲駐「滿」特命全權大使

南次郎等五大將編入預備軍

植田謙吉大將

內府宮相昨晨親任

岡田內閣爲後閣議

永野永井發表聲明

東京事變叛兵總數

社會日報

號外　中華民國二十五年三月七日

1936年3月6日，日本政府任命植田谦吉大将为关东军司令兼任伪满特命全权大使。植田利用手中的军政大权，在满指挥一切，为所欲为，是伪满洲国“太上皇”。图为1936年3月7日出版的《社会日报》号外“植田为关东军司令”。

永生週刊 號外

民國二十五年五月二十九日

韜奮為創辦日報招股啓事

國難嚴重，已到了最後關頭；死裏求生，全靠萬衆一心，各盡各有的力量，對準民族解放的大目標邁進。我們想根據這個宗旨，創辦日報，同時附辦星期增刊，對國內外時事作深刻的研究和正確的分析，對民族解放的各問題作細密的檢討和積極的建議，希望藉此喚起民族意識，促進羣力奮鬥，達到最後的勝利。日報內容注重正確輿論的貢獻和國內外時事的有系統的論述及分析，以應劇變時勢的要求，星期增刊內容注重每週國內外時事和重要問題的切實研究和評述，可離開日報單獨訂閱，以供國內外讀者因時間和經濟關係而未能閱看日報者的參攷。如此兼程並進，收效較宏。資本定為十萬圓，公開招股，積極進行。國內收股期七月三十一日截止，國外八月三十一日截止。股款委託上海甯波路上海商業儲蓄銀行、北京路浙江興業銀行、江西路新華信託儲蓄銀行、九江路華僑銀行及四家各大埠分支行代收。通信處：上海北京路興業大廈四樓立信會計師事務所及香港利源東街二十號。（招股章程及認股書請向上列各處索取，函索請附回件郵票二分。）

1936年5月29日，《永生周刊》出版号外，发表“韬奋为创办日报招股启事”。其招股创办报纸宗旨是“国难严重，已到了最后关头；死里求生，全靠万众一心，各尽各有的力量，对准民族解放的大目标迈进”。

辛報號外

中華民國二十五年九月六日

黃水暴漲 水頭即將到魯

魯河局電各縣長嚴防

◎濟南五日電、河務局接陝縣水文站報告、該處自五日零時至十二時、河水陡漲二公尺餘、水位爲三百九十六公尺五寸、流量爲一萬七千三百秒立方公尺、水位與去年董莊決口相同、流量則尙多三百秒立方公尺、河務局已通電沿河各縣長、上堤關夫、會同總分段長、各防汛員各堡長等嚴加防範、本省各段水位、除上游李升屯落水一公寸五分外、其餘均續漲、洛口水位三十公尺二寸二分、陝水預計七日晨可到魯境當更增漲、王慨如定六日偕科長潘鎰芬秘書張如蘊等、赴上游視察并攜帶大宗款項督導防護、

◎濟南五日電、韓復榘因政務紛繁、特委王慨如爲河務局長、以專責成、王氏五日晨九時到局視事、

◎開封五日中央社電、豫黃河陝縣五日水位陡漲、午後二時水位爲二九六五七公尺流量一七七〇〇秒立方公尺、黃水會特派河防主任劉秉忠追隨水頭視察指導防範、並分電冀魯豫各河局加意防守、

永定河突漲三尺

◎北平五日電、永定河五日因大雨、突漲三尺、合原水位爲一丈七尺、至晚間尙有續漲之勢、

平津大雨市街成河

◎北平五日電、平入秋以來、暑氣雖消、而近兩日復悶熱異常、三日晚雖降小雨、但氣候仍未轉涼五日晨九時、天氣突變、陰雲四合、旋即大雨傾盆、至晚未止、市內低窪之處、積水甚深、電車亦因而停駛、行人甚感不便、惟平郊經此霖雨、禾稼可望豐收、

◎天津五日電、津市五日下午四時驟雨傾盆、迄晚九時許始止、市內窪處均成澤國、

津市區設稽查分卡

◎天津五日電、津海關擬在市區附近各水陸要衝、設立稽查分卡、現已與公安局商派警保護事宜、同時勘查房舍、預定最近期內當可分別成立云、

新任駐華英大使抵日 將訪晤有田

◎東京五日路透社電、新任駐華英國大使許閣森爵士、偕其夫人子女等、已於今日乘「加奈大皇后」號輪抵此、並定星期二日、與日外相有田氏同進午餐、許氏擬於九月十一日由神戶啓程赴滬、

國府命令

胡故主席國葬日期 十月二十五日

◎南京五日電、國府五日令、據胡故主席國葬典禮籌辦事處呈報、擬定民國二十五年十月二十五日爲中國國民黨第九屆中央執行委員會常務委員會胡故主席國葬之期、並經擇定廣東番禺縣[illegible]爲墓園、除令准照辦、飭即妥愼籌備外、著全國各機關暨全體人民、一體知悉、屆時停止娛樂、並下半旗一天、以誌哀悼、此令、

滸浦口江潮上陸 徐六涇海塘沖坍

常熟訊、前晚此間颶風過境、風勢猛烈、加以潮汛又大、因之在滸浦口江潮突然上陸、鎮上積水成渠、江邊幸少居民、惟所植田稻、多被沖毀、同時徐六涇一帶之海塘、亦被沖毀崩坍、海塘巡員張山甫、於四日下午代恒呈報縣政府、請求轉呈江南水利工程處、將徐六涇險要工段、趕速搶修、以防萬一、

图为1936年9月6日出版的《辛报》号外：黄水暴涨，水头即将到鲁；永定河突涨三尺；平津大雨市街成河。

中華民國二十五年九月廿二日　救亡情報　（星期二）　第一版

救亡情報

九一八五週年紀念血案號外

本期共一大張　每份售價一分

發行及編輯
上海文化界救國會
上海婦女界救國會
上海職業界救國會
上海各大學教師救國會
上海國難教育社

本期要目
一　九一八五週年紀念血案紀詳
二　爲上海市民衆紀念九一八發生慘案告全國同胞

九一八五週年紀念血案紀詳

第一報告

宋慶齡 何香凝 爲九一八慘案發快郵代電

第二報告

說些什麼好呢

1936年9月22日，《救亡情报》出版“九一八”事变五周年纪念血案号外。在这张号外报上，发表了“九一八”事变五周年纪念血案纪详文章,宋庆龄、何香凝为“九一八”惨案发快邮代电。

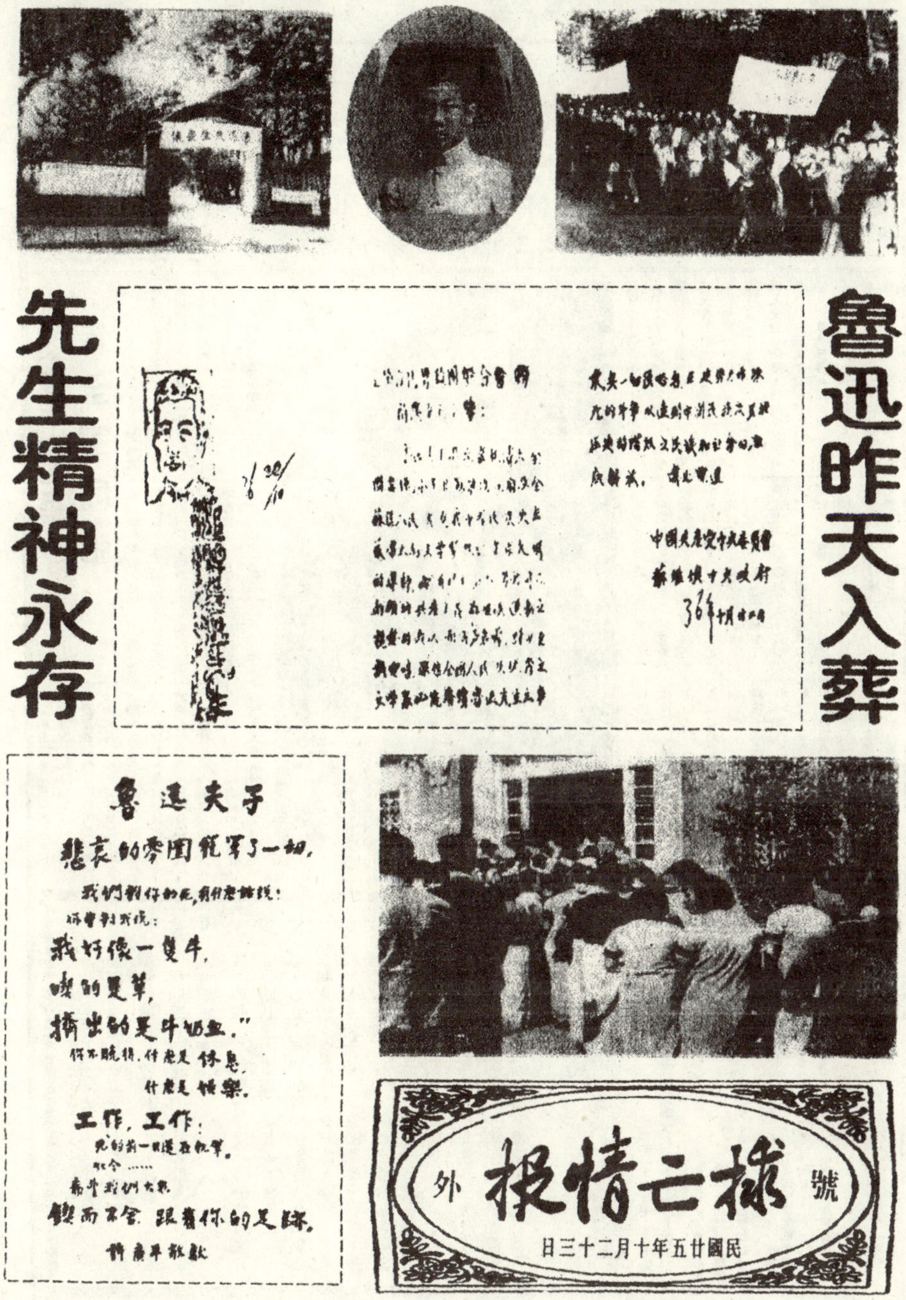

1936年10月19日，我国现代文学大师鲁迅先生病逝。鲁迅先生遗体在上海虹桥万国公墓入葬。鲁迅的灵柩上覆盖一面绣着“民族魂”的旗子。图为1936年10月23日出版的《救亡情报》号外“鲁迅昨天入葬，先生精神永存”。

中華民國二十五年十一月十二日　救亡情報　（星期四）　第一號

救亡情報

九七叟 相伯

徵求會員

一切願意參加救國會的民衆們！

各救國團體都是廣大人民的救亡聯合戰線團體，歡迎一切不願做亡國奴的人們參加。凡願加入救國會或者和救國會發生關係的，請寄信給各救國團體的領袖。

發行及編輯

上海文化界救國會
上海婦女界救國會
上海職業界救國會
上海各大學教師救國會
上海國難教育社

中山先生誕辰紀念號外

本期共一大張　每份售價一分

爲紀念孫中山先生誕辰告全國同胞

十一月十二日，是我們的革命導師孫中山先生的誕辰。我們在山河破碎的今日，想起了這位歷史上偉大的革命導師，是如何的傷感？如何的追慕？

特別的，在現階段的救國運動當中，我們不能不想到先生三大政策的偉大。救國陣線一再提議聯合英、美、法、蘇成立太平洋反侵略的集體安全制度：這就是先生當時聯俄政策的發展。救國陣線一再提議聯合全國各黨各派及社會各階層，建立全民族的抗日統一戰線：這就是先生當時容共政策的發展。救國陣線一再提議改善工農生活，以增強抗日的力量：這就是先生當時保護工農政策的發展，自然，政策是隨時改變的，然而，民族解放的路線，是一貫的。所以在現階段的救國運動當中，我們師承了先生的遺教，增加了豐富的新的內容，以求配合現時代的客觀條件，是一點都不會錯的。先生的三大政策，在一九二五——二七年間的北伐戰爭中，已經取得極大的勝利；目下救國陣線師承先生的遺教，決定正確的策略，將來的勝利，也是必然的。

先生除了能以遠大的目光，決定最完美的策略之外，還有過人之一點，就是四十年從事革命至死不屈的精神。這種不屈不撓的精神，要使許多在威逼利誘之下屈服了的人們慚愧。目下日本帝國主義威逼利誘的手段，要比當時的民族敵人還要高強十倍。我們需要救國陣線中每一個戰士都能至死不屈；我們需要全國的大衆，每一個人都抱寧死不做漢奸順民的決心，以取得抗日戰爭的最大勝利。先生這種至死不屈的精神，自然就成爲救國陣線的道德信條——一個偉大的力量。

我們今天紀念孫中山先生，僅僅傷感是沒有用的；我們要用行動來紀念他。華北中日經濟合作協定，已經簽字了，綏遠已經在敵軍的攻襲之下了；敵人還在要求我們合作「防共」，使我們對內繼續自相殘殺，對外去做敵人驅使下的炮灰！我們要對付這種新的危機，一面要加緊執行我們的三大策略，一面要以先生至死不屈的精神，團結一氣和敵人拚一個你死我活！

讓我們高喊：

一、援助綏遠抗日軍隊！
二、要求政府立刻動員全國抗日！
三、反對中日合作防共，要求立刻停止剿共！
四、聯合英美法蘇，建立太平洋集體安全制度！
五、聯合國內各黨各派，一致對外！
六、中日兩國人民聯合起來，打倒日本帝國主義！
七、要求國民黨恢復孫中山先生的民族革命精神！
八、反對政府默認日本侵略華北！
九、孫中山先生革命精神不死！
十、中華民族解放萬歲！

上海各界救國聯合會
二十五年十一月十二日

孫中山先生遺像

宋慶齡先生紀念詞

全國同胞紀念中山先生，要繼續先生的遺志，爭取中華民族的解放。在目前的一個階段當中，我們應該認定我們的最大敵人是日本帝國主義和漢奸賣國賊。

我們要聯合全世界一切愛好和平的國家，參加反侵略的國際陣線：尤其要聯合英、美、法、蘇，建立太平洋集體安全制度，共同制裁日本帝國主義。我們要聯合日本，朝鮮，台灣各地愛好和平的大衆，建立國際統一戰線，共同打倒日本法西斯軍閥。我們要聯合國內各黨各派及社會各階層人物，建立民族統一戰線，打倒日本帝國主義和漢奸賣國賊。

這種正確的策略，中山先生的三大政策，已經啓示我們。我們只要不屈不撓，勇往直前，鐵和血一定可以鑄造出來燦爛輝煌的民族解放功業。

二十五年十一月十日

宋慶齡

1936年11月12日，《救亡情报》出版了“中山先生诞辰纪念号外”。在号外上，上海各界救国联合会发表了“为纪念孙中山先生诞辰告全国同胞”，以及“宋庆龄先生纪念词”。宋庆龄在纪念词中，提出“要继续先生的遗志，争取中华民族的解放”。

中華民國二十五年十一月十九日　救亡情報　（星期三）　第一版

救亡情報

援助日廠華工罷工號外

本期共一大張　每份售價一分

發行及編輯

上海文化界救國會
上海婦女界救國會
上海職業界救國會
上海各大學教授救國會
上海國難教育社

徵求會員

一切願意參加救國會的民衆們！

上海各界救國聯合會籲請全國同胞

援助日商紗廠罷工工人

上海學生界救國會

爲日紗廠華工人聯合罷工宣言

社評

援助日紗廠反日同盟罷工

1936年11月19日，《救亡情报》出版援助日厂华工罢工号外：上海各界救国联合会号召全国同胞援助日商纱厂罢工工人；上海学生界救国会为日纱厂华工人联合罢工宣言。社评：援助日纱厂反日同盟罢工。

大公報 號外

中華民國二十五年十二月十七日

北平第二次大示威運動

在本月九日北平大中小學學生聯合遊行請願之後，不曾給帝國主義者和在帝國主義者指揮下的漢奸以很嚴重的一個打擊，所以在當日晚間駐平日武官高橋向[illegible]宋哲元提出抗議，並要求以後決不許再有此項行動，而我方軍警當局除日夜全體出動，加緊戒備外，並在各學校駐紮監視，另一方各大學校長連日會議，作積極勸導學生復課的運動，但同時，不但北平市全體學生的組織更為嚴密，戰線更為集中，並且全體市民亦經該月運動之後，皆有一致的覺悟和認識，站在打倒帝國主義民族革命的立場上，整個北平的市民都吼起來了。所以雖在統治者的最嚴重的壓迫下，又在今天爆發了第二次大示威運動。

住在城外的學生，因鑒於前次統治者的閉門政策，一部分於昨晚潛伏城內，一部分於今早三時在各該校集合，改由平漢車道順鐵軌入西便門，（此門雖亦由軍警臨時關閉，但由於群众的圍攻之後，也已打開了）而住在城內的多數學生，在今早五時左右，有的固已衝破了軍警包圍着的學校的門而全體出動，有的雖衝出來了，但反而被軍警們照匪類把他們打傷了，捉獲了。軍警們對待手無寸鐵的學生的兇殘如臨大敵的氣概，雖然他們是受着上級的命令，但凡是我中華民族的人民，都不免發生着很悲痛的感想：就是對待騷擾我們的帝國主義者，搶奪我們東北四省領土的敵人，何其那樣謙恭遜讓，而對待自己的同胞的不犯罪的愛國行動，何其這般殘忍勇敢！

且慢，被打得頭破血流和無罪拘捕，還還不算驚奇的事實，出人意料之外的倒是開槍情形是這樣的：

除了校門被包圍無法子出來的學生而外，有的雖衝破校門出來，而沿路被打散，逮捕，設法阻礙，不令匯聚，並把各內外城緊閉，和平門，宣武門，崇文門都下鎖，紮重兵，務使城內外學生裏外不能相應。但是雖然防備如此嚴密，設施如此周詳，而此時城外的學生却已經有三萬众匯聚齊了，連民众參加者不下十萬人，在天橋集齊之後，整隊到達前門，當開市民大會時，除了人類表現着在死要求生的時候是不會有這樣壯烈的，激昂慷慨的情緒和發揚齊整的陣容，在歷史上民众運動所僅見。在這樣的愛國的民众的熱血沸騰之下，不特漢奸們已先喪膽，對壓迫民众者，當然也是一最大威脅，所以前後受[illegible]民众者所指揮，即接受帝國主義者所指示的武裝軍警，開始了，當時，前門一帶東西河沿交氣緊張，秩序大亂，民众紛紛逃竄，各鋪戶亦將掩門拾戶，打傷若干，死亡若干，失蹤若干，這時還未得到詳細的報告。

男女學生從早晨三時（現有的五時）起，示威，吶喊，一直到下午十時，水米不入口，外加武力壓迫，寒風侵襲，同學已經嘶力竭，而壯烈的情緒却絲毫不減，在神聖的號光下，斜陽的西北風下，嘶啞的口號貫徹了雲霄。

多數的學生是住在城內的，城門既不開，他們只有在風頭的深夜中過着深夜，此時，有多數民众者竟[illegible]自動[illegible]，但又為軍警驅散。

同在反帝國主義為民族求生存的戰線上，北平市的民众已經由學校而聯合着了，這力量，不但不能為任何惡勢力所消滅，恐怕繼續不斷的三次四次以至無數次更為壯烈的鬥爭就會來的，全國不願做奴隸的民众一致覺醒啊！

继1936年12月9日北平大中小学生联合游行请愿之后，12月17日北平大中小学生再次举行大示威运动，遭到了军警的包围，有的被打得头破血流，无罪拘捕。图为1936年12月17日出版的《大公报》号外“北平第二次大示威运动”。

救亡情報

西安事變號外

全國各界救國聯合會為當前時局緊急宣言

全國各界救國聯合會為七領袖被捕事件宣言

1936年12月12日，张学良同杨虎城将军指挥的东北军和西北军发动“兵谏”，逼蒋介石抗日。同年12月18日《救亡情报》出版“西安事变号外”，发表了“全国各界救国联合会为当前时局紧急宣言”。宣言要求停止内战，集中力量对付日本帝国主义。

蔣委員長迄駐西安 授命討伐張學良

何應欽劉峙顧祝同分別就討逆總司令

張學良部調動頻繁

省會各界紛電請

中央討伐張學良

同時並電張宜速悔過

號外

吳縣日報

中華民國二十三年十二月十八日

西安事变发生后，中共中央派周恩来同志去西安进行调解，争取和平解决，共同抗日。而国民党政府鼓动全国舆论讨伐张学良。图为1936年12月18日出版的《吴县日报》号外“蒋委员长迄驻西安授命讨伐张学良”。

東京日日新聞

昭和十一年十二月廿六日 號外

蔣介石氏釋放さる

張學良に見送られ飛行機で洛陽到著

【南京本社特電】(廿五日發) 張學良に監禁されて以來十四日、その生命さへ疑はれてゐた蔣介石氏は廿五日午後五時半自家用飛行機で宋美齡夫人、ドナルド氏と共に別の飛行機に搭乘の張學良に送られ洛陽に到著、廿六日飛行機で南京に歸來することになつた旨、政府に公電があつた、これによつて事態は急轉機を見ることになつた、なほ張學良は洛陽に止まらず直ちに西安に引返したと

外交部發表

抗日政策の一段强化 注目すべき妥協條件

妥協條件

(裏面へ續く)

1936年12月25日，蒋介石在张学良的陪送下离开西安，返回南京，西安事变和平解决。但到南京后，蒋介石不顾原先承诺，立即把张学良拘留起来。图为1936年12月26日出版的日本《东京日日新闻》号外“蒋介石释放，张学良陪同回南京”。

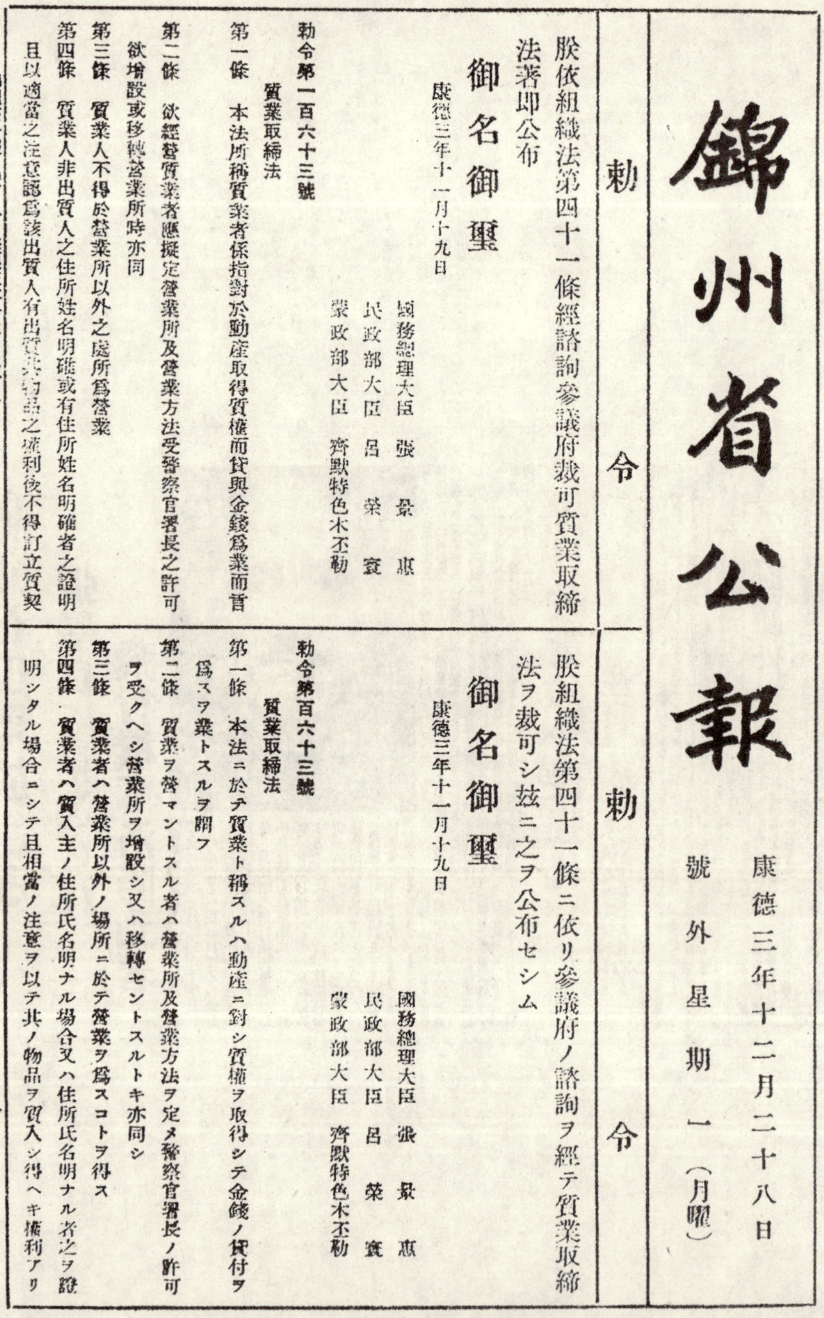

（康德三年十二月二十三日郵可第四十五號）（滿洲帝國郵政特准掛號認爲新聞紙類）

錦州省公報

康德三年十二月二十八日 號外 星期一（月曜）

勅令

朕依組織法第四十一條經諮詢參議府裁可質業取締法著即公布

御名御璽

康德三年十一月十九日

國務總理大臣 張景惠

民政部大臣 呂榮寰

蒙政部大臣 齊默特色木丕勒

勅令第一百六十三號

質業取締法

第一條 本法所稱質業者係指對於動產取得質權而貸與金錢爲業而言

第二條 欲經營質業者應擬定營業所及營業方法受警察官署長之許可欲增設或移轉營業所時亦同

第三條 質業人不得於營業所以外之處所爲營業

第四條 質業人非出質人之住所姓名明確或有住所姓名明確者之證明且以適當之注意認爲該出質人有出質其物品之權利後不得訂立質契

錦州省公報 號外 康德三年十二月二十八日

勅令

朕組織法第四十一條ニ依リ參議府ノ諮詢ヲ經テ質業取締法ヲ裁可シ茲ニ之ヲ公布セシム

御名御璽

康德三年十一月十九日

國務總理大臣 張景惠

民政部大臣 呂榮寰

蒙政部大臣 齊默特色木丕勒

勅令第百六十三號

質業取締法

第一條 本法ニ於テ質業ト稱スルハ動產ニ對シ質權ヲ取得シテ金錢ノ貸付ヲ爲スヲ業トスルヲ謂フ

第二條 質業ヲ營マントスル者ハ營業所及營業方法ヲ定メ警察官署長ノ許可ヲ受クヘシ營業所ヲ增設シ又ハ移轉セントスルトキ亦同シ

第三條 質業者ハ營業所以外ノ場所ニ於テ營業ヲ爲スコトヲ得ス

第四條 質業者ハ質入主ノ住所氏名明ナル場合又ハ住所氏名明ナル者之ヲ證明シタル場合ニシテ且相當ノ注意ヲ以テ共ノ物品ヲ質入シ得ヘキ權利アリ

一

在东北沦陷时期，日伪将东三省划分为奉天省、安东省、锦州省、四平省、间岛省、滨江省、黑河省、三江省、兴安南省等10多个省。各省公署均出版有“公报”。图为1936年12月28日出版的《锦州省公报》号外。

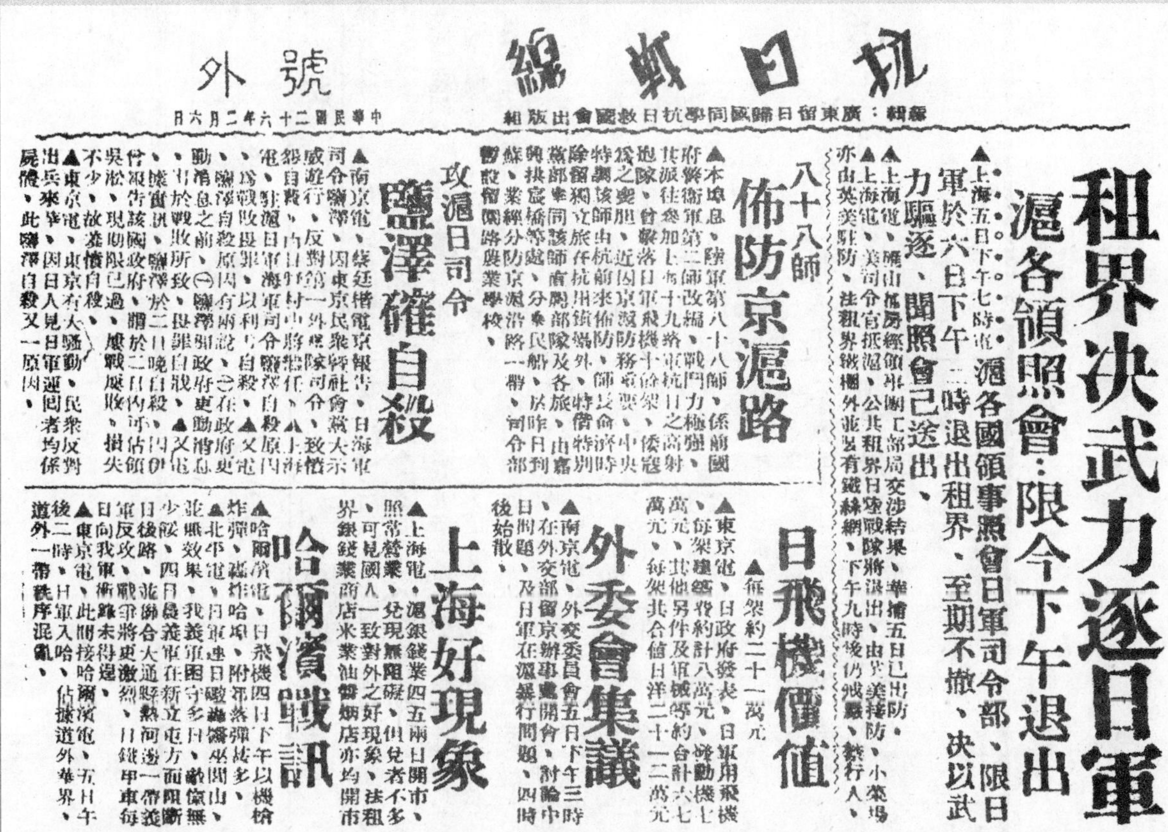

抗日戰線 號外

編輯：廣東留日歸國同學抗日救國會出版組

中華民國二十六年二月六日

租界決武力逐日軍

滬各領照會：限今下午退出

▲上海五日下午七時電、滬各國領事照會日軍司令部、限日軍於六日下午二時退出租界、至期不撤、決以武力驅逐、聞照會已送出、

八十八師佈防京滬路

攻滬日司令 鹽澤確自殺

日飛機價值

外委會集議

上海好現象

哈爾濱戰訊

1937年2月5日，驻上海各国领事馆照会日军司令部，限日军于6日下午2时退出租界，至期不撤，决以武力驱逐。图为1937年2月6日由广东留日归国同学抗日救国会编辑出版的《抗日战线》号外。

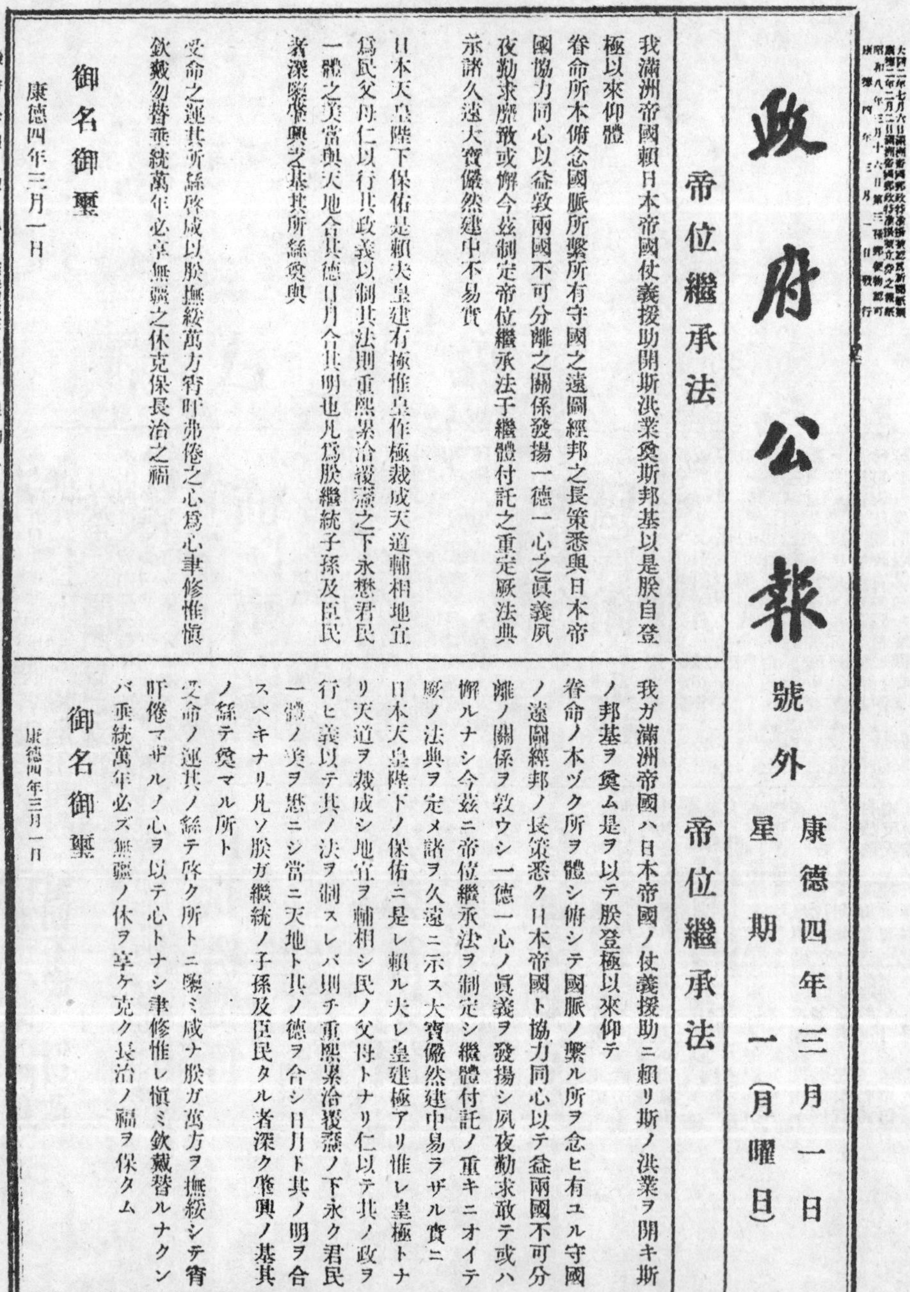

政府公報

號外 康德四年三月一日 星期一（月曜日）

帝位繼承法

我滿洲帝國賴日本帝國仗義援助開斯洪業奠斯邦基以是朕自登極以來仰體

眷命所本俯念國脈所繫所有守國之遠圖經邦之長策悉與日本帝國協力同心以益敦兩國不可分離之關係發揚一德一心之眞義夙夜勤求靡敢或懈今茲制定帝位繼承法于繼體付託之重定厥法典示諸久遠大寶儼然建中不易實

日本天皇陛下保佑是賴夫皇建有極惟皇作極裁成天道輔相地宜爲民父母仁以行其政義以制其法則重熙累洽覆燾之下永懋君民一體之美當與天地合其德日月合其明也凡爲朕繼統子孫及臣民者深繫隆興之基其所係奠與

受命之運其所係啓咸以朕撫綏萬方宵旰弗倦之心爲心聿修惟愼欽藏勿替垂統萬年必享無疆之休克保長治之福

御名御璽

康德四年三月一日

帝位繼承法

我ガ滿洲帝國ハ日本帝國ノ仗義援助ニ賴リ斯ノ洪業ヲ開キ斯ノ邦基ヲ奠ム是ヲ以テ朕登極以來仰テ

眷命ノ本ヅク所ヲ體シ俯シテ國脈ノ繫ル所ヲ念ヒ有ユル守國ノ遠圖經邦ノ長策悉ク日本帝國ト協力同心以テ益兩國不可分離ノ關係ヲ敦ウシ一德一心ノ眞義ヲ發揚シ夙夜勤求敢テ或ハ懈ルナシ今茲ニ帝位繼承法ヲ制定シ繼體付託ノ重キニオイテ厥ノ法典ヲ定メ諸ヲ久遠ニ示ス大寶儼然建中易ラザル實ニ

日本天皇陛下ノ保佑ニ是レ賴ル夫レ皇建極アリ惟レ皇極トナリ天道ヲ裁成シ地宜ヲ輔相シ民ノ父母トナリ仁以テ其ノ政ヲ行ヒ義以テ其ノ法ヲ制スレバ則チ重熙累洽覆燾ノ下永ク君民一體ノ美ヲ懋ニシ當ニ天地ト其ノ德ヲ合シ日月ト其ノ明ヲ合スベキナリ凡ソ朕ガ繼統ノ子孫及臣民タル者深ク隆興ノ基其ノ係テ奠マル所ト

受命ノ運其ノ係テ啓ク所トニ鑒ミ咸ナ朕ガ萬方ヲ撫綏シテ宵旰倦マザルノ心ヲ以テ心トナシ聿修惟レ愼ミ欽藏替ルナクンバ垂統萬年必ズ無疆ノ休ヲ享ケ克ク長治ノ福ヲ保タム

御名御璽

康德四年三月一日

政府公報 號外 康德四年三月一日 星期一

1937年3月1日，伪满洲国公布所谓“帝位继承法”。在“帝位继承法”中，溥仪竟提出“日本天皇陛下保佑”、“成天道辅相地宜”、“朕继统子孙”等，梦想依靠日本人扶持，世代永远当“皇帝”。图为1937年3月1日伪满《政府公报》号外。

臺灣佛教新報 號外

中華民國二十六年五月二日

中國佛教會呈院部
取締侮辱佛教戲劇
自漢唐傳入有裨民族文化
禮樂風俗文學美術受薰陶
涉有毀辱戲劇應一律查禁

中國佛教會昨呈行政院及內政部文爲請通令各省市縣、對於含有毀辱佛教及僧侶之各種戲劇、一律查禁、以維宗教、而保文化、其原呈如下、竊查佛教、自漢唐傳入我國以後、於我民族文化、有極偉大之裨益、凡禮樂風俗文學美術建築各方面、莫不深受薰陶浸潤、中國古代文明、所以光耀於歷史者、佛教之功、不可泯滅、蓋二千年來、佛教已爲中華民族文化本位之一部份、昔先總理稱佛教爲救世之仁、又言佛學足以補科學之偏、遠稽史乘、近遵遺教、我國社會人民、對於佛教、宜如何尊重保護、乃迭見各地戲劇、對於佛教及僧侶、每多故意侮辱譭謗之處、其貽誤佛教、固不待言、而影響社會人心、至爲可慮、伏維我政府、近年積極提倡民族固有道德、發揚固有文化、對於此種自伐根本之舉動、自宜加意防止、爲特具文呈請鈞院部鑒核、敬懇賜予通令各省市縣、對於含有毀辱佛教及僧侶意識之各種戲劇、一律查禁、以維宗教而保文化、實爲德便、

图为1937年5月2日出版的《台湾佛教新报》号外“中国佛教会呈院部取缔侮辱佛教戏剧”。

本社已遵於二十六年一月二十八日呈請登記

中華郵政登記認爲第一類新聞紙類

少年畫報

號外

中華民國二十六年七月一日

孔使晉謁羅斯福

接見記者闡述我國現狀 歡迎投資完成經濟建設

中央社華盛頓二十九日電：羅斯福二十九日晨延見孔祥熙，據羅斯福在白宮接見記者時表示，孔氏擬於最近赴沃伯倫及紐約一遊，孔氏遊罷歸來時，將再度與之會見，其期約爲七月六日或七日云，美財長摩根索二十九日晚在首都俱樂部宴孔氏及王正廷，美國務卿赫爾，美國務院遠東司司長洪佩克，美參院議員畢特門，建設銀公司總裁瓊斯等要人，均被邀作陪，至十時賓主始盡歡而散。

中央社華盛頓三十日電：美財長摩根索三十日晚假首都俱樂部舉行盛大宴會，歡迎孔副院長祥熙，美國務卿赫爾，我駐美大使王正廷，美參院議員畢特門、及其他美政府要人，均被邀參與盛會，席間充滿美國特殊之友好，與不拘泥禮節之空氣。宴後各人並未發表演說，主人與三十一賓客環一巨圓桌而坐，入席後，孔副院長畢特門赫爾衆議院議員布魯姆與王大使，均被請簡略致詞，當彼此非正式交換意見時，充份表現中美友誼之敦睦，孔席間曾敍述中國年來之進步，遂至幣制改革時，孔對美國之合作尤其是羅斯福總統與赫爾之協助，表示謝忱，王大使亦曾發言，於答復摩根索所提之問題時，指出中國近年來修築公路之進步，謂十六年前中國僅有一千公里左右之公路，但目前公路網已增至十二萬公里，在最新築路運動中，孔曾得閻錫山之協助，在山西建築中國第一條新式之公路云云。

中央社華盛頓二十九日電：孔副院長今晨於晉謁羅斯福後，接見美國重要報紙及通訊社訪員約四十餘人，對於我國財政及預算問題，闡述頗詳，孔首謂中國雖未計劃向國外舉債，但對於建築鐵路及建設程序所需之商業借款，如能有低利率之借款，中國極感興趣，緣重申中國此際不特需要資金，且亦需要科學智識及專門技術，以完成經濟建設及工業發展之五年計劃，孔氏旋謂此次赴美目的有三，一，爲向美總統羅斯福與國務卿赫爾財長摩根索致敬，並表示謝意，蓋諸氏對中國幣制改革均曾予以合作也。二，爲解決中國外債問題，最近余已完成太平洋拓業公司借款之解決辦法，可資明證。三，爲考察歐美經濟及工業發展情形，孔氏又告新聞記者，謂美國對中國所處地位極爲有利，因一，中美兩國傳統之友誼從未中斷，二，中美兩國爲比鄰，對於民主政治之意見與理想均相同，是故兩國任何合作事業，均可保持和諧，君等如以剩餘資本投於中國，吾人可保證君等之安全，且能獲得較在貴國國內更高之利率也，孔氏又謂中國幣制之改革已告成功，二十六年度之預算亦已製成，孔氏於此卽對預算略加解釋，未後孔氏於答復各記者問時，謂中國於一九三七年關稅之收入，可達四萬五千萬元，其中一萬萬元爲償還外債之担保，二萬萬元爲國內公債之担保，故尚有一萬五千萬元之剩餘，中國或擬將國內公債二十萬萬元之利率，由八厘減爲四厘，此舉中國政府每年可省去八千萬萬元，而可以此作爲建設事業之用，可減低國內利息，當爲中國所願爲也云云

日僞軍擊沉俄艦

事態一時難解決

東京三十日電：日「滿」砲艦，今日午後三時在黑龍江城察資島附近，與蘇聯砲艦三艘，發生衝突，蘇聯砲艦一艘被日「滿」砲艦開砲擊沉，另一艦損壞甚大，第三艦則逃逸，據東京發表公報稱，出事地點，在城察資島南一海岸，此大規模之衝突，一時似恐不易解決云。

1937年6月29日，美国总统罗斯福在华盛顿白宫接见孔祥熙。图为1937年7月1日出版的《少年画报》号外“孔使晋谒罗斯福”。

第三编

抗日战争时期号外报

（1937年7月——1945年9月）

明治廿五年三月八日 第三種郵便物認可

讀賣新聞

昭和十二年七月十一日（日曜日）

第三號外

東京市京橋區銀座西三ノ一
發行所 讀賣新聞社
編輯兼發行兼印刷人 田邊

北支派兵決定

政府、中外に聲明

政府は閣議決定に基き今次事變に對する帝國の方針を十一日午後六時廿五分聲明した

相踵ぐ支那側の侮日行爲に對し支那駐屯軍は隱忍靜觀中の處從來我と提携して北支の治安に任じありし第二十九軍の七月七日夜半蘆溝橋付近に於ける不法射撃に端を發し該軍と衝突の已むなきに至れり爲に平津方面の情勢逼迫し我在留民は正に危殆に瀕するに至りしも我方は和平解決の望を棄てず事件不擴大の方針に基き局地的解決に努力し一旦第廿九軍側に於て和平的解決を承諾したるに不拘突如七月十日夜に至り彼は不法にも更に我を攻撃し再び我軍に相當の死傷を生ずるに至らしめ而も頻りに第一線の兵力を增加し更に西苑の部隊を南進せしめ中央軍に出動を命ずる等武力的準備を進むると共に平和的交渉に應ずるの誠意なく遂に北平に於ける交渉を全面的に拒否するに至れり以上の事實に鑑み今次事件は全く支那側の計畫的武力抗日なること最早疑ひの餘地なし

思ふに北支治安の維持が帝國及滿洲國にとり緊急の事たるは茲に贅言を要せざる處にして支那側が不法行爲は勿論排日侮日行爲に對する謝罪を爲し及び今後斯かる行爲なからしむる爲の適當なる保障等をなすことは東亞の平和維持上極めて緊要なり

仍て政府は本日の閣議に於て重大決意を爲し北支派兵に關し政府として執るべき所要の措置をなす事に決せり

然れども東亞平和の維持は帝國の常に顧念する所なるを以て政府は今後共局面不擴大の爲め平和的折衝の望を捨てず支那側の速かなる反省によりて事態の圓滿なる解決を希望す又列國權益の保全に就ては固より十分之を考慮せんとするものなり

1937年7月7日，驻扎北平丰台的日军向卢沟桥发动进攻，炮轰宛平县城。我国守军第29军奋起抵抗，“七七”事变爆发，日本挑起全面侵华战争。图为7月11日日本出版的《读卖新闻》号外“日本政府发表声明决定向北支派兵”。

THE SHENG CHING SHIH PAO

盛京時報

七月十八日 號外

本號外不再誌本紙第一面有重要記事請讀者注意是荷

大城戶訪何應欽 要求撤退中央軍

（南京十七日電）駐在南京陸軍武官大城戶中佐十七日午後六時，奉本省訓令，前往軍政部訪見何應欽，略告關聯與此次事變中央派大部隊經由平漢路使北上，此事以為中央蹂躪梅津、何應欽協定，日帝國陸軍將出以重大決意之旨，嚴重要求中央軍之即時撤收云

日政府之態度 列國必能諒解

國府向九國條約國乞靈

故田代將軍葬儀 昨日嚴肅舉行

哈爾長官發表聲明 闡明美國態度

日招集五相會議 再確認對華方針

中央軍漸北上

華北事變畫報

華北事變費 撥出一千萬圓

友田關長談話 旅滬日僑緊張

美報論事變 強硬派支配大勢

不認一切華北約定

前途難許樂觀 國府激劃猛烈

堅持現地解決 國府策謀遷延

國府向津派遣 民衆訓練班

華方節節備準抗戰 共產黨開始反日運動

各地言論界實行猛然抗日宣傳

圍繞此次華北事變 英對華借款成絕望

副島伯爵在美 發表世運見解

“七七”事变第二天，中国共产党向全国发出通电，指出：“平津危急！华北危急！中华民族危急！只有全民族实行抗战，才是我们的出路！”图为1937年7月18日出版的沈阳《盛京时报》号外“华方节节备准抗战，共产党开始反日运动”。

THE SHENG CHING SHIH PAO

盛京時報

華北事變畫報

廿日日軍攻擊宛平縣城時

七月廿三日

號外

本號外不再誌本紙第面有重要記事請讀者注意是荷

1937年7月23日，由日本人主编的《盛京时报》出版了号外“华北事变画报”（20日日军攻击宛平县城时）。这张“号外”刊登的图片，充分暴露了日军穷凶极恶的侵略者丑行，是日军攻击卢沟桥和炮轰我宛平县城、制造“七七”事变的罪证。

東京日日新聞

昭和十二年七月廿七日

號外

北平で日支遂に交戰

我が軍を奸計に陷れ 廣安門城壁より亂射

外門入城の廣部部隊苦戰

櫻井顧問等憂慮

交戰中のため聯絡不能

“七七”事变后，日军大举进犯北平（北京），遭到城内驻军的反击。图为1937年7月27日出版的日本《东京日日新闻》号外“北平日支两军交战”。

日军在进攻北平的同时，猛烈进攻天津。日军飞机狂轰乱炸，天津遭到严重破坏，南开大学、天津电话局炸毁，亚细亚煤油公司中弹起火，天津铁路车站在燃烧中。图为1937年7月28日出版的沈阳《盛京时报》号外。

THE SHENG CHING SHIH PAO

盛京時報

七月廿八日 號外

本號外不再誌本紙第二面有重要記事請讀者注意是荷

日政府發表聲明 向中外闡明方針

東鄰衆議院本會議 討論華北事變 近衛首相率直披瀝所信

獨立卅九旅 完全被殲滅

華北事變畫報

經濟界之不安

北平外城戒嚴

在貴院本會議席上 杉山說明華北事變

貴院本會議 平穩中進行

米内海相談 華中南方面

櫻井少佐 談脫險時

1937年7月27日，日本政府就“七七”事变，发表所谓声明。“声明”竟把日军发起的进攻，说成是“采取自卫手段之不得已”、“帝国政府毫无领土的野心”等，歪曲真相，以掩盖日寇发动侵略战争的罪行。图为7月28日出版的《盛京时报》号外。

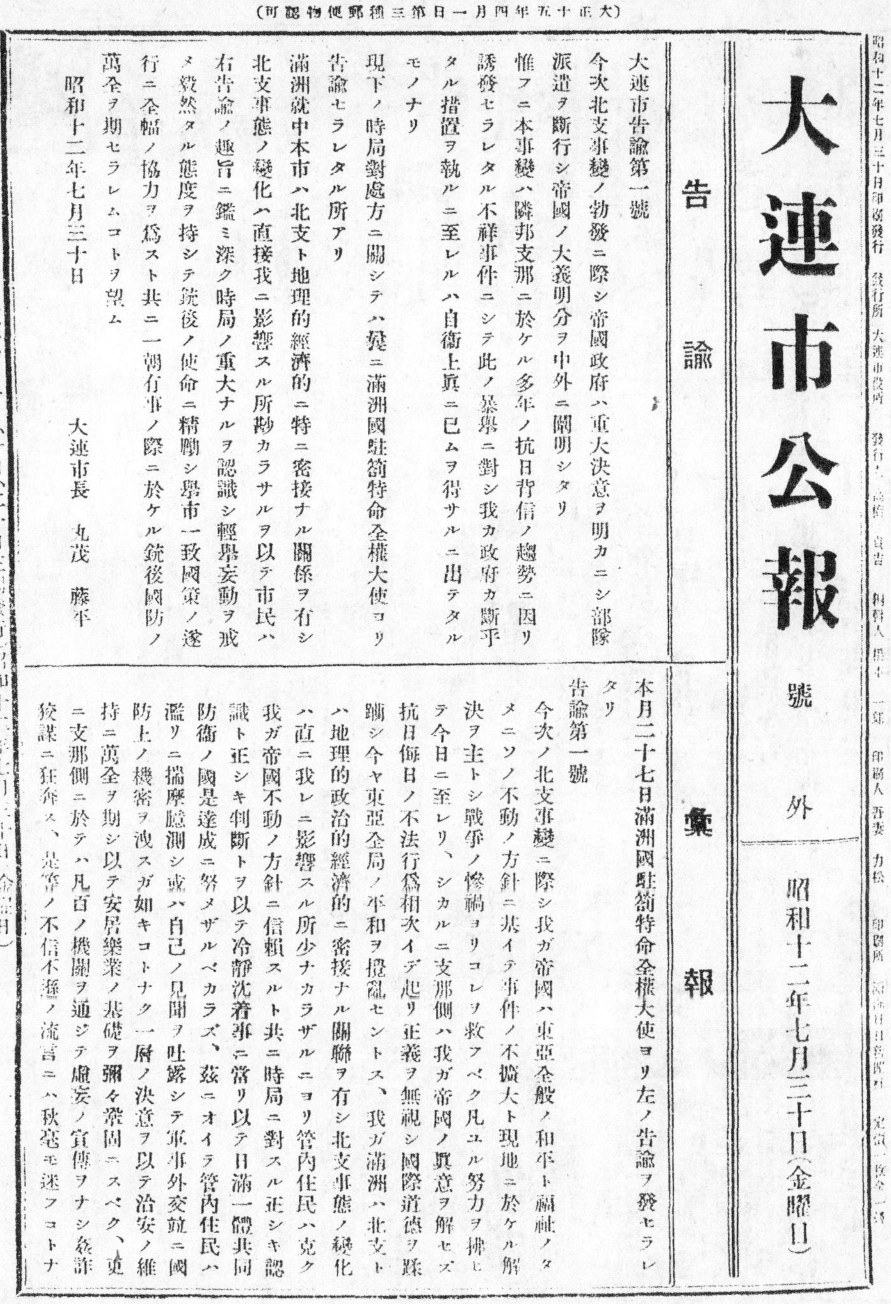

大連市公報

號外

昭和十二年七月三十日(金曜日)

昭和十二年七月三十日印刷發行 發行所 大連市役所 定價一枚金一錢

(大正十五年四月一日第三種郵便物認可)

告諭

大連市告諭第一號

今次北支事變ノ勃發ニ際シ帝國政府ハ重大決意ヲ明カニシ部隊派遣ヲ斷行シ帝國ノ大義明分ヲ中外ニ闡明シタリ

惟フニ本事變ハ隣邦支那ニ於ケル多年ノ抗日背信ノ趨勢ニ因リ誘發セラレタル不祥事件ニシテ此ノ暴擧ニ對シ我カ政府カ斷乎タル措置ヲ執ルニ至レルハ自衛上眞ニ已ムヲ得サルニ出テタルモノナリ

現下ノ時局對處方ニ關シテハ曩ニ滿洲國駐箚特命全權大使ヨリ告諭セラレタル所アリ

滿洲就中本市ハ北支ト地理的經濟的ニ特ニ密接ナル關係ヲ有シ北支事態ノ變化ハ直接我ニ影響スル所尠カラサルヲ以テ市民ハ右告諭ノ趣旨ニ鑑ミ深ク時局ノ重大ナルヲ認識シ輕擧妄動ヲ戒メ毅然タル態度ヲ持シテ銃後ノ使命ニ精勵シ擧市一致國策ノ遂行ニ全幅ノ協力ヲ爲スト共ニ一朝有事ノ際ニ於ケル銃後國防ノ萬全ヲ期セラレムコトヲ望ム

昭和十二年七月三十日

大連市長 丸茂 藤平

彙報

本月二十七日滿洲國駐箚特命全權大使ヨリ左ノ告諭ヲ發セラレタリ

告諭第一號

今次ノ北支事變ニ際シ我ガ帝國ハ東亞全般ノ和平ト福祉ノタメニソノ不動ノ方針ニ基イテ事件ノ不擴大ト現地ニ於ケル解決ヲ主トシ戰爭ノ慘禍ヨリコレヲ救フベク凡ユル努力ヲ拂ヒテ今日ニ至レリ、シカルニ支那側ハ我ガ帝國ノ眞意ヲ解セズ抗日侮日ノ不法行爲相次イデ起リ正義ヲ無視シ國際道德ヲ蹂躙シ今ヤ東亞全局ノ平和ヲ攪亂セントス、我ガ滿洲ハ北支トハ地理的政治的經濟的ニ密接ナル關聯ヲ有シ北支事態ノ變化ハ直ニ我レニ影響スル所少ナカラザルニヨリ管內住民ハ克ク我ガ帝國不動ノ方針ニ信賴スルト共ニ時局ニ對スル正シキ認識ト正シキ判斷トヲ以テ冷靜沈着事ニ當リ以テ日滿一體共同防衛ノ國是達成ニ努メザルベカラズ、茲ニオイテ管內住民ハ濫リニ揣摩臆測シ或ハ自己ノ見聞ヲ吐露シテ軍事外交竝ニ國防上ノ機密ヲ洩スガ如キコトナク一層ノ決意ヲ以テ治安ノ維持ニ萬全ヲ期シ以テ安居樂業ノ基礎ヲ彌々鞏固ニスベク、更ニ支那側ニ於テハ凡百ノ機關ヲ通ジテ虛妄ノ宣傳ヲナシ姦詐狡謀ニ狂奔ス、是等ノ不信不遜ノ流言ニハ秋毫モ迷フコトナ

大連市公報(號外)(每月一日、十日、二十日三回發行)昭和十二年七月三十日(金曜日)

在“七七”事变后，大连“市长”丸茂藤平，向全市发出所谓“告谕”第一号。胡说什么“北支事变”是“大义明分”，要求“日满一体，共同防卫”，并威胁市民“不准轻举妄动”。图为1937年7月30日出版的《大连市公报》号外。

112

盛京時報

THE SHENG CHING SHIH PAO

八月一日號外

本號外不再誌本紙第二面有重要記事請讀者注意是荷

津市治安維持會一日已告成立

高凌蔚就任該會主席

復興工作現今節節進展

北寧鐵路開車

平津僅開軍用列車

日軍佈告民衆保護電線鐵路

冀東保安隊與日軍協力攻擊大沽華軍

對冀東第三·四保安隊香月司令官贈予感謝狀

杉山陸相說明通州狀況

同盟特派員安藤安然抵平

鈴木部隊繳械卅九旅三千名

池宗墨冀東代理長官對記者團吐露心境

華北農民喜形於色

日軍警備北平城外

宋哲元自稱患病下野

馮治安充廿九軍指揮

北平城内依然警戒

魯韓訪劉胡協議軍事案

中央軍參戰已屬於事實

遠東情勢不穩羅作週末休養

全國省長會議

經濟部大臣訓示

民生部大臣訓詞

在日本陆军和空军疯狂攻击下，1937年7月29日，北平沦陷。同日，天津也被日军侵占。在日军支持下，8月1日天津成立了所谓治安维持会，由大汉奸高凌蔚就任该会“主席”。图为1937年8月1日出版的《盛京时报》号外。

盛京時報

八月十六日 號外

本號外不再送本紙第二面有重要記事請讀者注意是荷

以上海為中心 確保制空權矣

日僑生命財產危險暫時解消

果敢的日機 壓制閘北

中國爆炸機 五機行方不明

工部局向華方抗議

日飛機空襲南京 加予重大損害

敵飛機若攔擲來襲 敢然反攻而殲滅之

駐上海日本海軍武官室發表

寫真說明

外人讚賞 日軍果敢

敵側屍体達數百具

被日空軍轟炸 華空軍已潰滅

華飛機炸死傷 華人一千六百

上海派遣憲兵隊 發表容疑者案

華兵擬突入租界

俞市長對華軍行動 向四國總領事通告

華側暴言 事實無根

對華在滬越軌行為 美英法均對華嚴抗

美報非難華態度

十五日戰鬪狀況

日側詳細說明事情 拒絕英艦長之提言

日注視英態度

英美兩提督

長谷川長官訪

沈青島市長 訪大鷹道歉

日军占领平津后，便蓄意在上海挑起战争。1937年8月13日夜，日军由租界向闸北、虹口、江湾等地发起攻击，淞沪战争爆发，抗日战争全面展开。图为1937年8月16日出版的《盛京时报》号外“以上海为中心，确保制空权矣”。

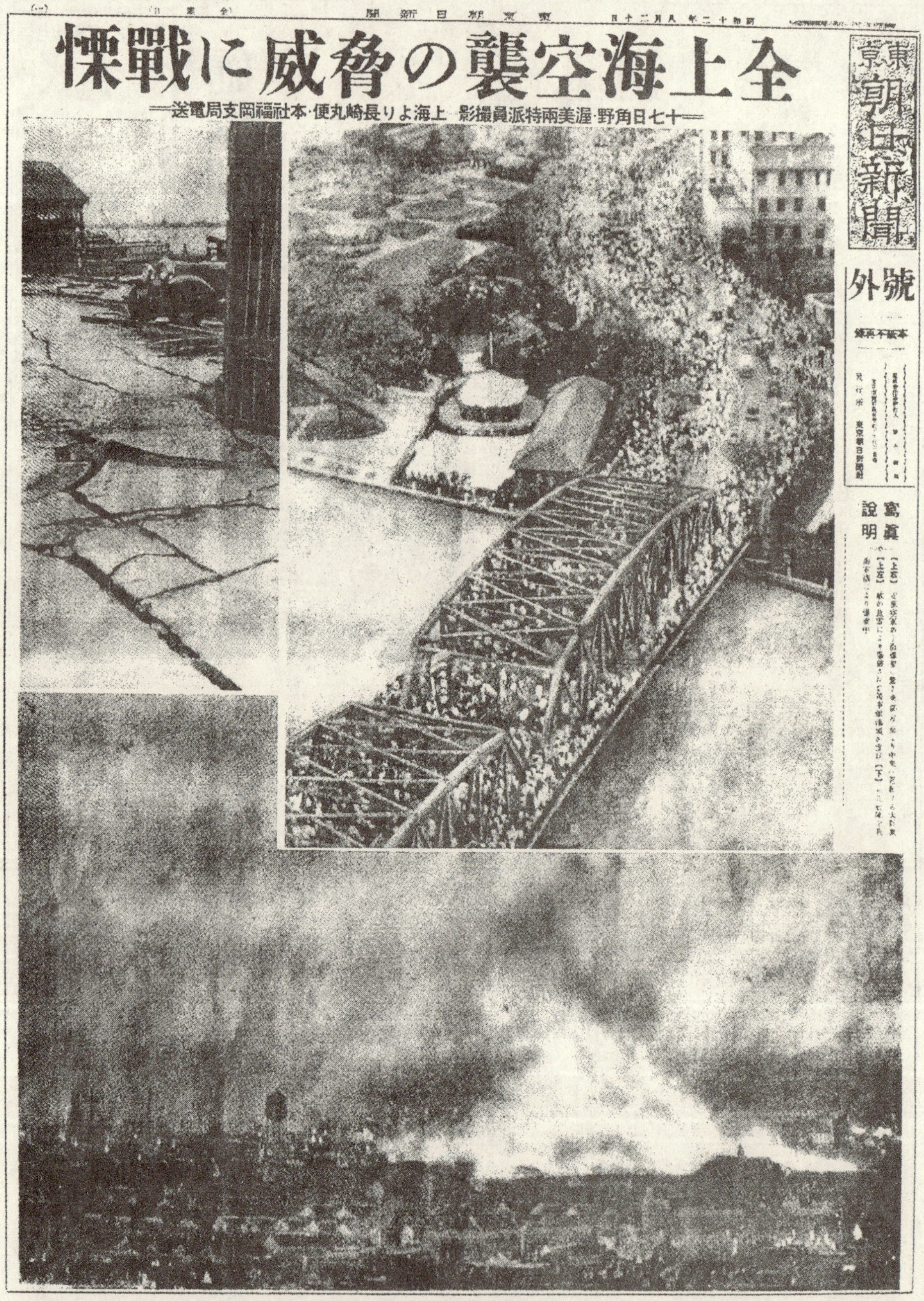

全上海空襲の脅威に戰慄

—十七日角野・渥美兩特派員撮影　上海より長崎丸便・本社福岡支局電送—

東京朝日新聞

號外

寫眞說明

日本侵略军每天出动大批飞机，对上海进行轰炸，市区黑烟滚滚，马路和桥上到处是避难的人群，人民生命财产遭受巨大损失。图为1937年8月20日出版的日本《东京朝日新闻》号外“全上海空袭的胁威”。

盛京時報

八月二十三日 號外

本號外不再誌本紙第二面有重要記事請讀者注意是荷

膺懲空攻擊愈激烈

日飛機炸浦東 對敵予以重大損失

（上海廿二日電）午后一時半許、日軍海軍機〇架、出現於浦東附近之空中、對華陣地、敢行轟炸、破壞敵陣、對敵與以重大損失、

楊樹浦激戰結果 華軍棄屍達三百

（上海廿二日電）昨日晚間、楊樹浦激戰之結果、華軍將約三百屍體放棄在〇〇部隊前面、潰散逃跑、

日軍捕獲坦克車 月岡部隊立奇功

日軍占領良鄉 擊退逆襲之華軍

青島方面之情勢 愈趨險惡途徑 郊外日人工場休止操業

駐英美大使 為連絡返國

日華事變費 突破二千億 決以公債充財源

華軍糧食極度缺乏 正規軍露出馬腳

喪失戰意開始掠奪民家

傳蘇聯與國府間 成立武器供給合同

蘇聯得蘇華鐵路敷設權

對滬僑 急送慰問品

日军对上海市区的攻击愈演愈烈，向浦东等地猛烈轰炸。图为1937年8月23日出版的《盛京时报》号外“膺惩空攻击愈激烈，日飞机炸浦东”。

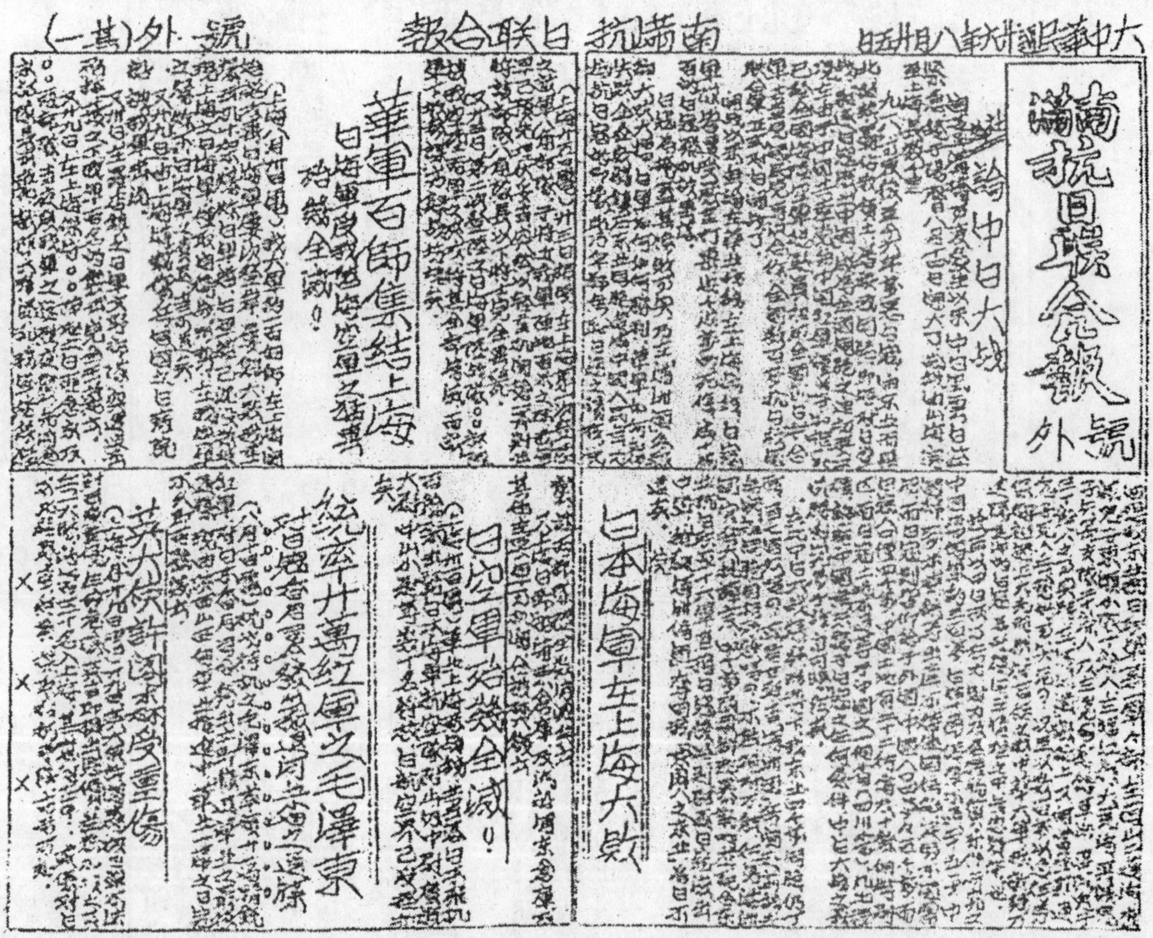

大中華民國廿六年八月廿五日　南滿抗日聯合報　號外(其一)

南滿抗日聯合報 號外

論中日大戰

華軍百師集結上海

日本海軍在上海大敗

日空軍飛機全滅

統率廿萬紅軍之毛澤東

英大使許閣森受重傷

《南满抗日联合报》由东北抗日联军第一路军和中共南满省委于1936年7月创办，8开2版，单面油印。在创刊号上，东北抗联第一路军总司令杨靖宇挥笔写下了“南满抗日联合报万岁！”几个大字。图为该报1937年8月25日出版的号外。

盛京時報

八月二十九日 號外

本號外不再誌本紙第二面有重要記事請讀者注意是荷

因日機之轟炸 滬南站歸灰燼

敵側死者五百名受傷二百餘名

日登陸部占領羅店鎮

戰渦之上海 夜間頗肅然

日機在滬廣續 炸燬華軍陣地 炸毀新立花站

滬敵軍難支日軍猛攻 向〇〇第二陣退却中

日軍對京滬沿線敵軍加以砲擊

華軍必歸壞滅

紐約泰晤士滬支局長電報

日陸軍在敵前 登陸作戰概要

衆議院 開各派交涉會

國府內部情勢 竟呈險惡空氣

以漢奸名義被槍斃者達數千名

華蘇締結不侵畧條約

孔與意會社締結契約

對向蔚縣退却之敵 日空軍加以轟炸矣

日軍某部隊入延慶縣城

琉璃河北岸華石片 被日軍〇〇支隊佔領

英大使於六週間 可能痊癒出院

蒲地機以自爆戰術 爆炸華軍 壯烈陣亡

日寇派出大批海军、陆军和空军疯狂攻击上海，海、陆、空配合，大肆破坏城市和军事阵地，罪行累累。图为1937年8月29日出版的《盛京时报》号外“因日机之轰炸，沪南站归灰烬”。

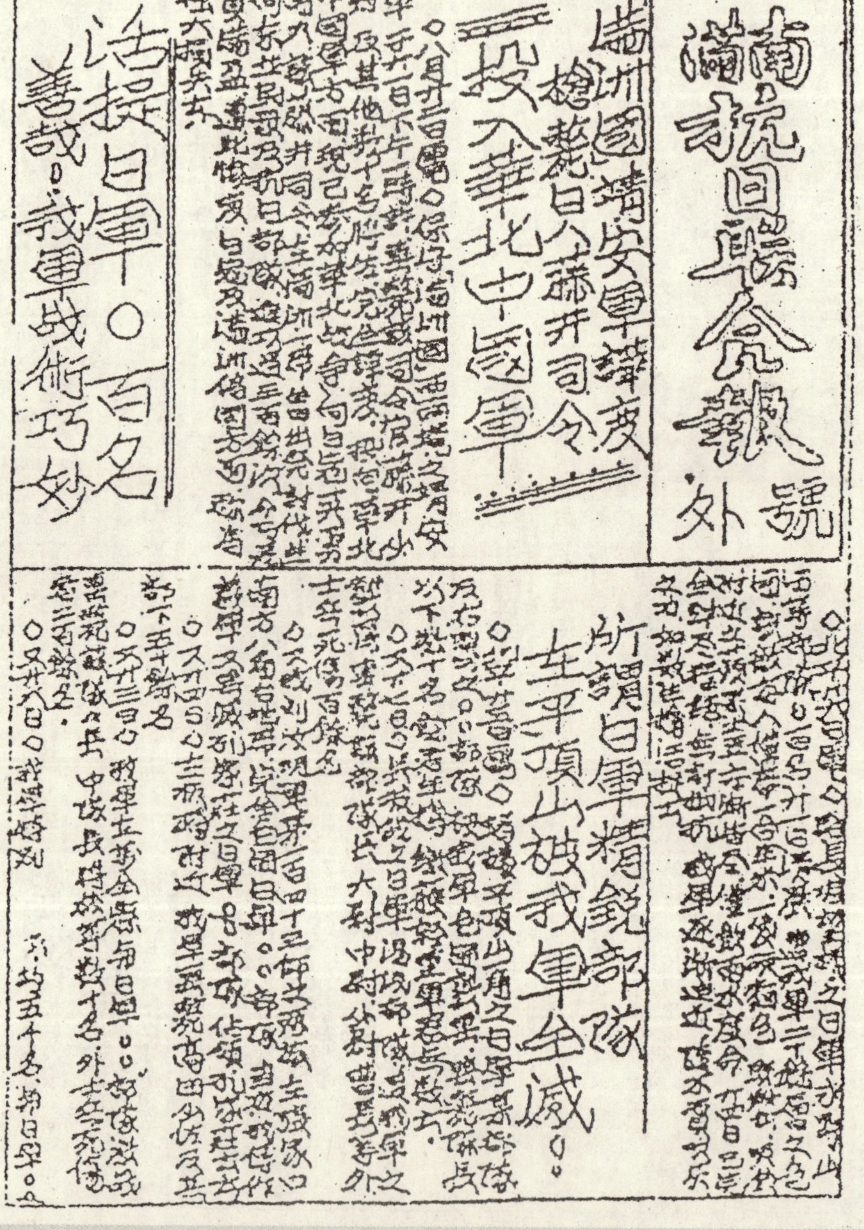
南满抗日联合报 号外

中华民国廿六年八月卅日

南满抗

"满洲国"靖安军哗变 枪毙日人藤井司令 投入华北中国军

活捉日军○百名 善哉。我军战术巧妙

所谓日军精锐部队 在平顶山被我军全灭！

为了及时传递抗战信息，鼓舞斗志，《南满抗日联合报》经常出版号外。图为该报1937年8月30日出版的号外"'满洲国'靖安军哗变，枪毙日人藤井司令，投入华北中国军"、"所谓日军精锐部队，在平顶山被我军全灭！"。

盛京時報

九月一日號外

日軍開始總攻擊

空陸海軍相呼應

殲滅浦東華軍！

日軍完全發揮其威力

日本軍確保租界線

華軍反攻始終未果

吳淞方面日陸軍戰局有利進展

日空軍復炸廣州

市內陷於大混亂

黃浦軍需工廠完全炸壞

日航空隊異常活躍

轟炸福建廣州各地

王口鎮歸日軍手中

日空軍復空襲滄州

追擊長城以南華敗殘兵

日人之財產權益

必盡其全力保護

沈市長對大鷹以文書確約

日軍在敵前渡河

已佔領○○鎮

日軍砲攻吳淞砲台

一擊落華飛機二架

痛擊吳淞鎮江灣鎮華軍陣地

日軍占領黃浦江下流要地

殲滅二百華兵

日軍發布佈告

青島日人全部決定撤回本國

1937年9月1日，日军在上海开始总攻击，同时战火很快从华北、华东向华南延伸。图为1937年9月1日出版的《盛京时报》号外“日军开始总攻击，空陆海军相呼应，歼灭浦东华军”、“日空军复炸广州，市内陷于大混乱”。

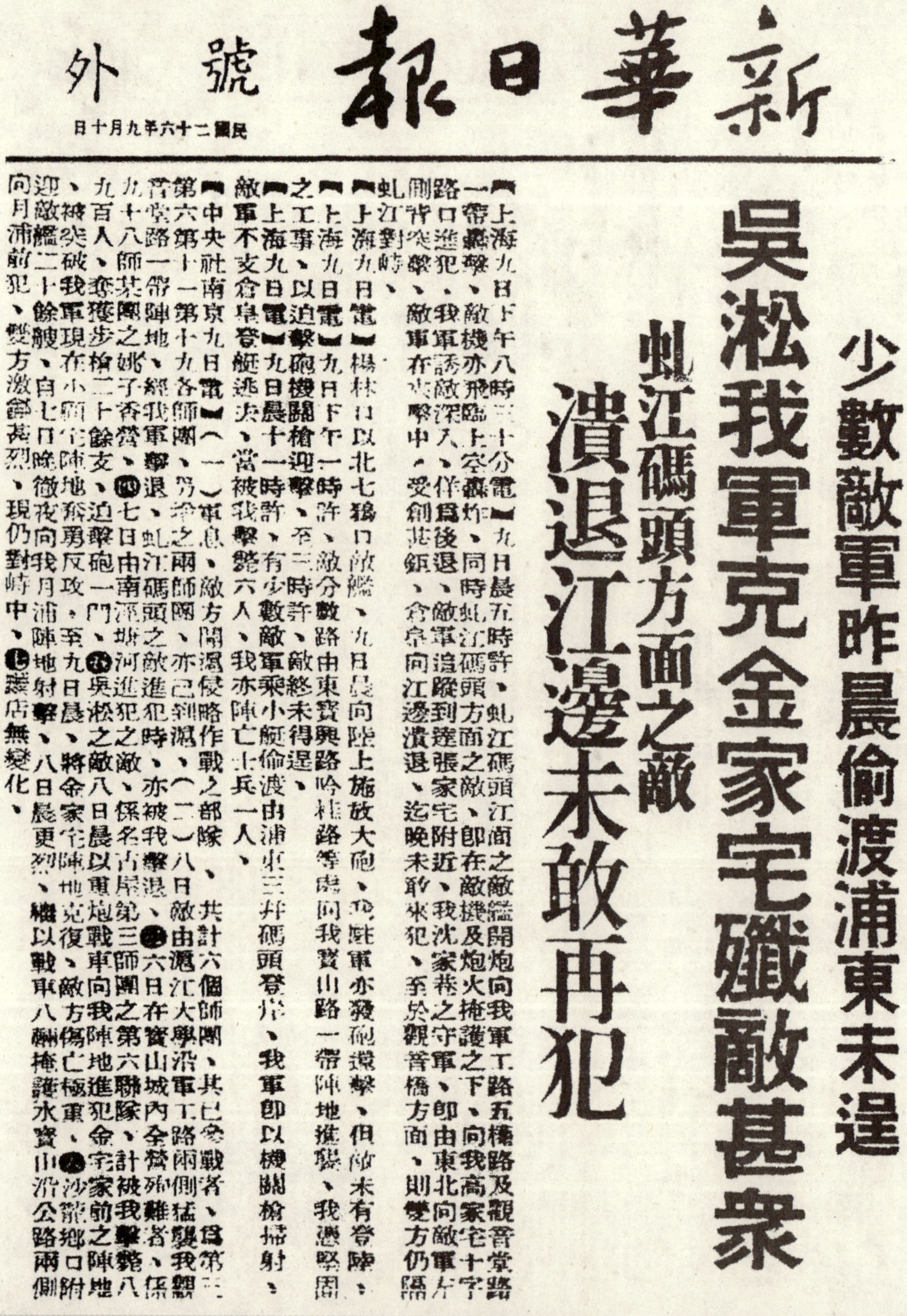

新華日報

號外

民國二十六年九月十日

少數敵軍昨晨偷渡浦東未逞

吳淞我軍克金家宅殲敵甚衆

虬江碼頭方面之敵

潰退江邊未敢再犯

在日军的猛烈攻击下，上海我军顽强坚持战斗，全力阻击日军进犯，歼灭敌军甚众。图为1937年9月10日出版的《新华日报》号外“少数敌军昨晨偷渡浦东未逞，吴淞我军克金家宅歼敌甚众”。

抗日戰綫 號外

民國二十六年九月二十五日

上海戰況

日軍猛攻劉行附近

——敵人死傷二千餘——

中央突破企圖終未實現

上海電：數日來上海戰事中心，仍然在羅店劉行一帶。自十九日起日軍以重兵向劉行方面我軍進攻，激戰兩晝夜，我軍乘敵人疲勞的時候，大舉反攻，把敵人打坍，結果日軍傷亡二千餘人。同時羅店之敵亦向東移動，企圖中央突破我軍陣地，均未得逞，被我軍擊退，江灣劉河方面之敵，也集中大兵向我軍進攻，均被我軍擊退，敵人傷亡甚重。

現在雙方戰綫尚沒有多大變更。江灣已落入日軍的手裏，我軍仍然固守嘉定，羅店以南，劉行北站之綫。

南京電：日軍這次在上海戰爭中，死傷重大，約二三萬人，近來日軍企圖突破我軍第二道新陣地，又編成了混合主力一師團及一旅團。

日軍的增援部隊，仍然繼續向上海運送。二十一日有日軍萬餘噸的巡洋艦三隻及運輸艦多隻到吳淞口。裝有敵援軍萬餘人。聞後面尚有敵軍三萬餘人繼續向上海增援云。

图为1937年9月25日出版的《抗日战线》号外“日军猛攻刘行附近，敌人死伤二千余，中央突破企图终未实现”。

抵抗號外

民國二十六年十月六日

察哈爾抗戰時的軍歌

察哈爾抗日戰爭在我們民族解放史上是佔着相當重要的一頁。到現在想起來，也還令人興奮。關於那一回抗戰的歷史，是有待於將來的史家的執筆，我們在這裏，則僅能就那個巨大的行動中，翻出一些片斷的記憶來。

那時，士兵的抗敵情緒是十分激昂；所以養成了那些激昂的情緒的原因，固然是多方面的；但對於士兵的教育之努力，實應居為首功。記得那時的士兵中，流行着許多抗日的軍歌，歌詞通俗簡潔，曲譜也易於上口。這裏，抄錄幾首於後：

・早起歌・

快起快起，快起快起，好兄弟，好兄弟，不把日本打倒，不把失地回復，不休息，不休息！

・吃飯歌・

這些飲食，人民供給。我們應該，為民努力。東北淪亡，軍人之恥；收復失地，我們天職！

・就寢歌・

國土未復心不甘。要雪恥，勤操練，努力一日，天已晚，明天再幹！

・新軍歌・

抗倭抗倭，還我舊山河。十萬健兒，奮首馳遼左。殺退了倭奴，才免亡國禍！殺倭殺倭，手執劍橫磨。挺身入陣，齊把敵頭操！大刀隊英名，遠向天涯播！擒倭擒倭，生擒又活捉。優待俘虜，於理不為錯。教他們自己覺悟自己過！射倭射倭，霹靂箭如梳。隊隊飛機，全內平地墜。他放火燒身，那得怨恨我？挫倭挫倭，義勇軍何多，國家興亡，匹夫有担荷。縱死在沙場，精神也快活！戰倭戰倭，戰敗帝國魔。東亞民族，從此相連合，不教他三島，自覺夜郎大。

・抗日救國軍歌・

日本，日本，無理佔我東三省。日兵又野蠻，到處姦淫。同胞在那裏，日夜都受驚。父母妻子都散亡，哭哭啼啼不忍聽。痛苦傷心成奴隸，這都是不肯抵抗所造成。漢奸要亡國，我們要救民，爭，爭，爭，爭此人格起義軍。民衆，民衆，抗日一致甚忠勇。組織義勇軍，個個是先鋒。壯氣吞強虜，個個願為英雄。饑寒交迫都不怕，惟拿槍口對外衝。殺盡賊兵救國亡。還只靠慷慨赴義的好弟兄。退后是無恥，攻，攻，攻，攻破敵人建奇功！飲馬長城，大聲疾呼喚國魂。漢奸不抵抗，我們要拚命，要作個好男兒，殺敵須齊心。灑此英雄壯烈血，收回康保及多倫。雄兵鐵騎爭先進，我們還要努力爭回東三省。高歌動天地，且驚醒睡獅。醒，醒，醒，重整河山謀太平。

・有賊無我・

有賊無我，有我無賊。非賊殺我，即我殺賊。半壁河山，業已改色。是好男兒，捨身報國。

・張垣起義・

好男兒，壯志堅，抗日義軍舉張垣，忠勇畢聚同盟立，誓以鐵軍抒國難！力雖薄，義憤伸，收復察北克多倫，驅寇雪辱非不能，興起興起我國人。（累猴）

122

在中国共产党的影响和推动下，爱国将领冯玉祥等组织的察哈尔民众抗日同盟军，坚决打击日本侵略者，流传着许多抗日救国军歌，鼓舞人们进行英勇战斗。图为 1937年10月6日出版的《抵抗》号外“察哈尔抗战时的军歌”。

葫蘆 號外

中華民國二十六年十月十五日

大場血戰繼續進展

津浦平漢線上我軍反攻
娘子關前敵人碰壁

金仲華

在大場的北面和西面幾天幾夜的血戰現在還是繼續着；但有一點可以斷定，敵人要在短期內攻佔大場，決不可能。我們的軍隊是太勇敢了，敵人差不多已經用足了他們的火力，却還是不能把我們防禦的堅壁衝破。在大場北面的馬橋宅，在葛家牌樓與黃港，在顧悟寺西面的陳家巷，在廣福東面的我軍陣地，都曾經被敵人的炮火轟毀一角；但是敵人即使佔得了一個村莊，却不能再佔我們的第二個村莊。要一直衝下，更是沒有可能。我們有着一道道防禦的堅壁，橫在敵人前面；他們不是消耗了千萬顆彈子，犧牲了千百條生命，休想進展一步。所以，現在馬橋宅的敵人，離大場二公里；葛家牌樓的敵人，離大場也有二公里，離眞茹則有六公里；陳家巷的敵人，離南翔也有六公里：道些距離在地圖上看來是一些些；而在實際作戰上，也許會等於數百里。

不過，過分的張皇雖然不需要，幾天來大場方面的血戰，實在可算是最險惡的。上期我們講過，敵人進攻的戰略，是避開了大場的正面，而由黑大黃宅向南，以尖端插入的方式，企圖直取眞茹。但是，從二十 日起，我軍開始了全面的反攻。這反攻特別注意於大場正面，譚門頭宅東北，及廣福東面三點，準備把敵軍的尖端完全截斷。結果，我軍差不多把敵人打回到村塘北，在廣福方面，進達新木橋。但是後來敵人仍拼命進攻，我軍因爲在攻克的地點，不及建築防禦工事，仍舊退回原處。

目前敵我在大場方面對峙的陣線在：大場正面，沿滬太公路，兩軍相持於馬橋宅南；在大場西面，兩軍對峙於葛家牌樓及小池園之間；在蘊藻浜北岸顧悟寺方面，敵軍前線在陳家巷；在廣福方面，我軍據守廣福四周的陣地。照現狀看，敵人的注意點，不在葛家牌樓方面的一直進取，而在由馬橋宅南下，由陳家巷西進，以增强他的尖端插入的形勢。在我們方面，則是以穩紮穩打的戰略，使敵人的每一步進展，都不得不付下最重的代價。除了大場以外，淞滬其他戰線，都沒有變動。現在我們再看華北的戰局。

沿津浦線，我軍一面由右翼襲擊敵人後路，到達東光、張莊，另一面於廿三日渡徒駭河，開始正面的反攻。在這方面，敵軍力量本來不强，最近關東軍只有兩師團由天津開出關外，在津浦線前方，主要還是僞軍李守信的部下。所以，只要山東方面能作眞正的全力反攻，可以把敵人打回去的。

平漢路上，敵軍在數日前已入河南境，渡過漳河，向彰德進攻。這方面敵軍的南下，似乎是太快了。但我們可有兩種解說：（一）我軍退出石家莊，主力移向西面，守娘子關；（二）石家莊以南無險可守，故由此南退的我軍，集中於彰德附近的堅强防禦線。不過，據最近消息，在彰北磁縣，我軍仍在扼阻敵軍的南下。

然而，目前華北決戰的重心，仍在山西。娘子關前的敵人，最近猛攻核桃園、大小蔚苑及北峪一帶高地，又攻擊娘子關南的舊關，都沒有得手。在晉北，敵軍正與我軍爭奪着忻口東西兩面的山頭；這方面敵人配置的兵力，約在八萬人以上，他的野心是算得厲害的。但是自從最近我們大批生力軍開入山西，第八路軍的遊擊隊又迅速擴展而原平以南的陣地戰，已經完全變成了山地戰，使敵人的機械化部隊，不能發揮力量。

據廿三日美聯社隨軍記者從晉北所發消息，目前晉北正在大量訓練遊擊隊、別動隊，在二個月中間，可將山西農民完全組織起來，訓練起來，成爲阻止敵人進展的最堅强力量。這個步驟，乃是保衛山西的最根本辦法；在其他各省，也應當同樣實行起來！

1937年10月15日，《葫芦》报出版号外，发表金仲华的文章“大场血战继续进展”。他在文章中，赞扬了上海西部大场镇守军的勇敢战斗精神，并鼓励他们继续坚守阵地，同日本帝国主义侵略者血战到底。

盛京時報

十月十八日 號外

本號外不再誌本紙第二面有重要記事請讀者注意是荷

日軍川村先遣部隊
佔領包頭城矣
京綏戰線異常迅速進展

【錦口十七日急電】日本川村先遣隊、十七日晨五時五十分、佔領包頭、城頭上已高懸日本國旗矣、（附錄包頭車站）

如馳驅無人之境
日軍南進京漢路
日內必突破冀豫省境

在京漢線各部隊
猛烈追擊潰走兵

魯軍在養馬島
構築碉堡式塹壕

島田部隊〇〇機
空襲太谷飛行場

今田部隊
進出井里堡

遠山部隊
猛擊敵軍

谷關長談

1937年10月17日，日军侵占包头。图为1937年10月18日出版的《盛京时报》号外“日军川村先遣部队占领包头城矣，京绥战线异常迅速进展”。

盛京時報

號外

突破蘇州河防禦線

一舉迫及龔家宅

現敵我兩軍在激戰中

漸次壓迫南翔大軍

安達部隊佔領楊家宅

敢行敵前渡河而攻敵

北部戰線大進擊

敵軍敗色難掩飾

日軍向陽曲猛進

佔領平定韋池村

掃蕩靜津殘敵

佔領該地

陸海空軍

轟炸〇〇

共同租界

飛來流彈

1937年10月31日，日军突破上海苏州河防线，迫及龚家宅，占领杨家宅。图为1937年11月1日出版的《盛京时报》号外“突破苏州河防御线，一举迫及龚家宅”、“渐次压迫南翔大军，安达部队占领杨家宅”。

陣中日報

專供陣中將士 號外

中華民國廿六年十一月六日

通訊：蘇州郵政轉《陣》方后通訊處

敵兩聯隊向蘇州河南劉宅增援

我軍沐血阻敵南進

池川及薛家庫兩失兩得·將展開更烈戰鬬

聽頭張宅我軍殺出重圍

朱家浜 我敵隔河對峙

敵二聯隊犯江橋鎮

我切斷敵聯絡

竹園激戰六時我陣地無變化

敵兩犯八字橋均被擊退

廣福新木橋敵傷亡殆盡

金山嘴擊沉敵艦

敵軍登陸我已予分別包圍痛剿

1937年11月6日出版的《阵中日报》号外（专供阵中将士）报道：敌两联队向苏州河南刘宅增援，我军沐血阻敌南进，池川及薛家库两失两得，将展开更烈战斗。

盛京時報

十一月十日 號外

日軍佔領龍華一帶

步武堂皇開入南市

完全遮斷上海陸上之交通

完全把握上海全市

西南地區敵軍潰亂

鑑於上海新事態

領事團開臨時會議

日軍占領太谷祁縣

完全遮斷敵軍退路

四手井侍從武官

傳達聖旨

回憶山西制覇戰

予抗日戰大打擊

論九國條約會議

張訪日答禮使

在福岡發表聲明

太原城內之敵軍

判明係七十三、八十四兩師

步砲工戰車協力

摧破彰德城堅陣

張總理訪日途中

訪南總督會談

太原陷落瞬間

嘉善、嘉興起大火災

對日軍之實力

遼東赤軍恐慌

图为1937年11月10日出版的《盛京时报》号外“日军占领龙华一带，步武堂皇开入南市，完全遮断上海陆上之交通”、“完全把握上海全市，西南地区敌军溃乱”。

葫蘆 號外

民國二十六年十一月十三日

上海 半淞園附近我守軍苦戰

平漢線敵犯衡水被殲滅 ·向大名前進之敵在舊魏縣被我軍包圍·

劉湘抵京 將赴前方督師

敵機肆擾杭嘉等地

無錫連遭轟炸 美醫院被擊中

敵廿二機襲洛

在上海市街争夺战中，守军艰苦抗战。南市陆家浜路以南、车站路以东至浦边半淞园附近一带，我守军一部数百人面临三面被敌包围，占据各处高楼，以机关枪密集向敌军扫射，决心与阵地共存亡。图为1937年11月13日出版的《葫芦》号外。

我大上海陷落日本之手

新聞夜報 號外

中華民國二十六年十一月十三日

日軍殘暴 老百姓逃入租界

1937年11月12日，日军侵占上海。图为1937年11月13日出版的《新闻夜报》号外“我大上海陷落日本之手”。

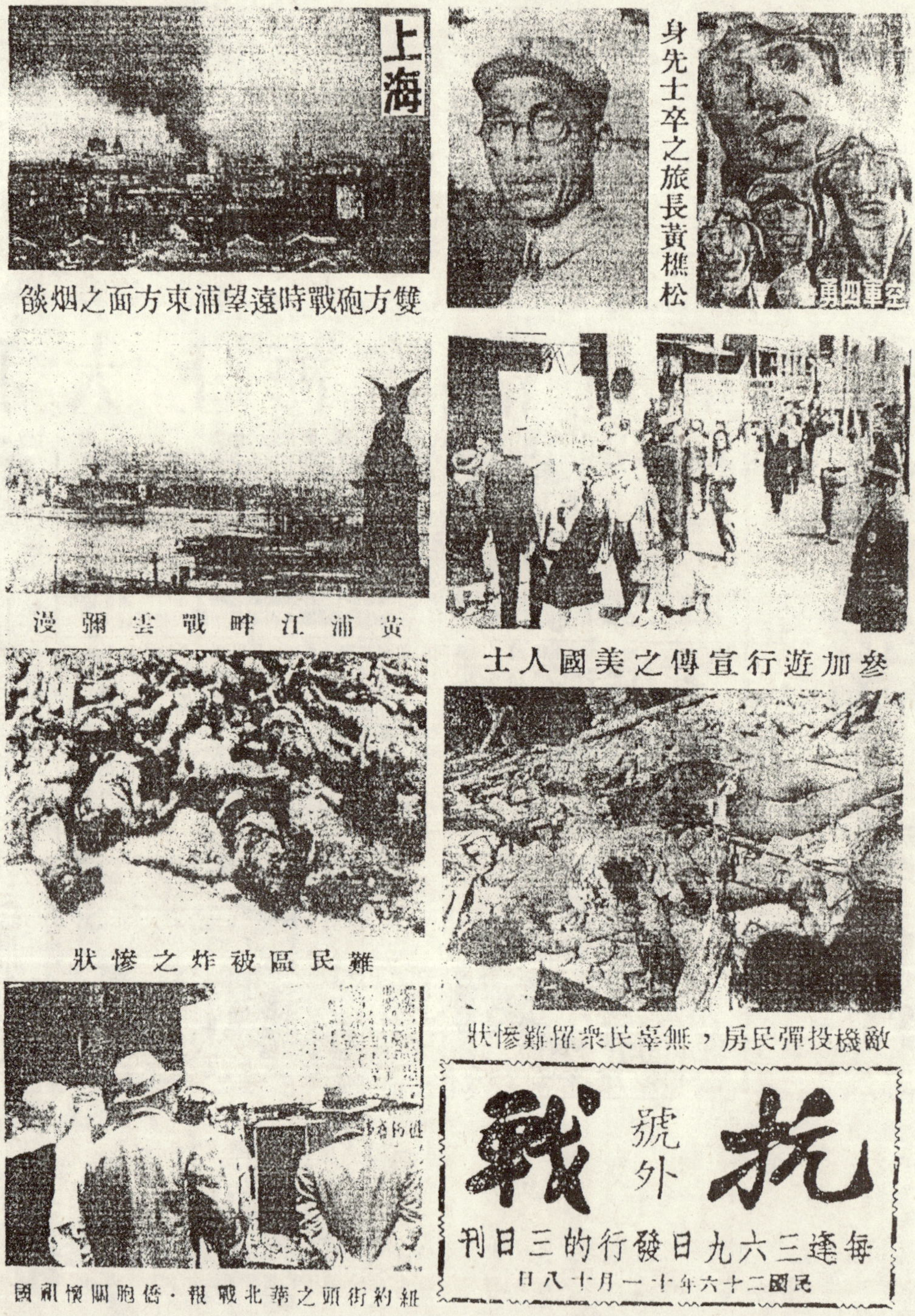
上海

雙方砲戰時遠望浦東方面之烟燄

身先士卒之旅長黃樵松

空軍四勇

黃浦江畔戰雲彌漫

參加遊行宣傳之美國人士

難民區被炸之慘狀

敵機投彈民房，無辜民衆罹難慘狀

紐約街頭之華北戰報·僑胞關懷祖國

抗戰 號外

每逢三六九日發行的三日刊

民國二十六年十一月十八日

图为1937年11月18日出版的《抗战》号外。这张号外报共发表8幅抗战图片，其中有黄浦江畔战云弥漫、难民区被炸之惨状、敌机投弹民房无辜民众罹难惨状、身先士卒之旅长黄樵松等。

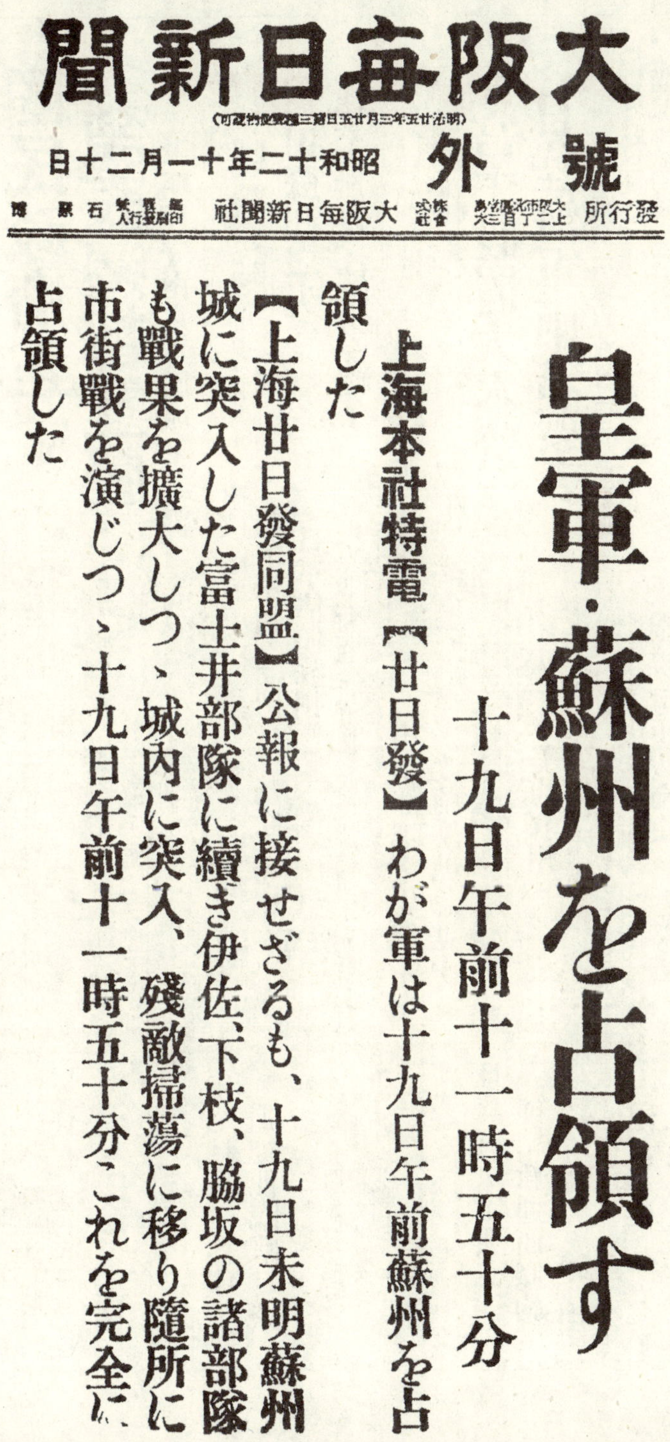

大阪毎日新聞

（明治廿五年三月廿五日第三種郵便物認可）

號外　昭和十二年十一月二十日

發行所　株式會社　大阪毎日新聞社

皇軍・蘇州を占領す

十九日午前十一時五十分

上海本社特電【廿日發】わが軍は十九日午前蘇州を占領した

【上海廿日發同盟】公報に接せざるも、十九日未明蘇州城に突入した富士井部隊に續き伊佐、下枝、脇坂の諸部隊も戰果を擴大しつゝ、城内に突入、殘敵掃蕩に移り隨所に市街戰を演じつゝ、十九日午前十一時五十分これを完全に占領した

1937年11月19日，日军侵占苏州。图为11月20日出版的日本《大阪每日新闻》号外“皇军占领苏州”。

盛京時報

號外

國民政府正式發表遷都重慶

表明死守南京不屈城下之盟

（上海二十日急電）國民政府於今日正午，正式發表遷都重慶，下午四時，復聲明死守南京，絕對不能容應屈辱之構和，於此發表之同時，駐華外交團，一齊開始行動，遷往漢口。

戰局因蘇州之失守 移至無錫江陰之線

在宮中設置大本營 日陸海軍兩省發表

整備統帥陣容向目的貫澈邁進

陸海軍部當局談

華軍不知之間 日軍佔領蘇州

圍繞寧市防衛案 蔣·白意見對立

川崎部隊之先鋒 渡南溪塘急進中

華美的蘇州竟成爲死都

攻略蘇州堅城 更掃蕩敗敵

什麼是人民戰線

希望日人之移住 張總理臨離日談

日政府決定與意締結新通商條約

在日军侵占上海、苏州之后，南京国民政府于1937年11月20日宣布，国民政府迁都重庆。图为1937年11月21日出版的《盛京时报》号外“国民政府正式发表迁都重庆”。

盛京時報

十一月廿六日 號外

本號外不再誌本紙第二面有重要記事請讀者注意是荷

日德意邦交愈臻親密

東京柏林·羅馬樞軸告竣

防共戰線高奏凱歌

日德防共協定一週年紀念誌盛

日德意「親善之夕」將在日比谷舉行

蘇州城已無敵影

山東大黃河畔 戰雲愈告緊急

列國對華政策遭逢重大轉換期

因戰局稀有之進展 愈步履微妙動向

日精銳空軍發揮威力 震撼華南各地！

南京長沙粵漢路遭徹底的爆炸

天冷無食無家可歸 滬避難民彷徨死線

死者激增犯罪有增無減

法兵原是個「洋宋江」 腰裏的錢光桿大吉！

華兵纔知道強中更有強中手

華軍啞吧吃黃連

以全世界人民为敌，日、德、意三个法西斯国家结盟，形成所谓“枢轴”。图为1937年11月26日出版的《盛京时报》号外“日德意邦交愈臻亲密，东京、柏林、罗马枢轴告竣，防共战线高奏凯歌”。

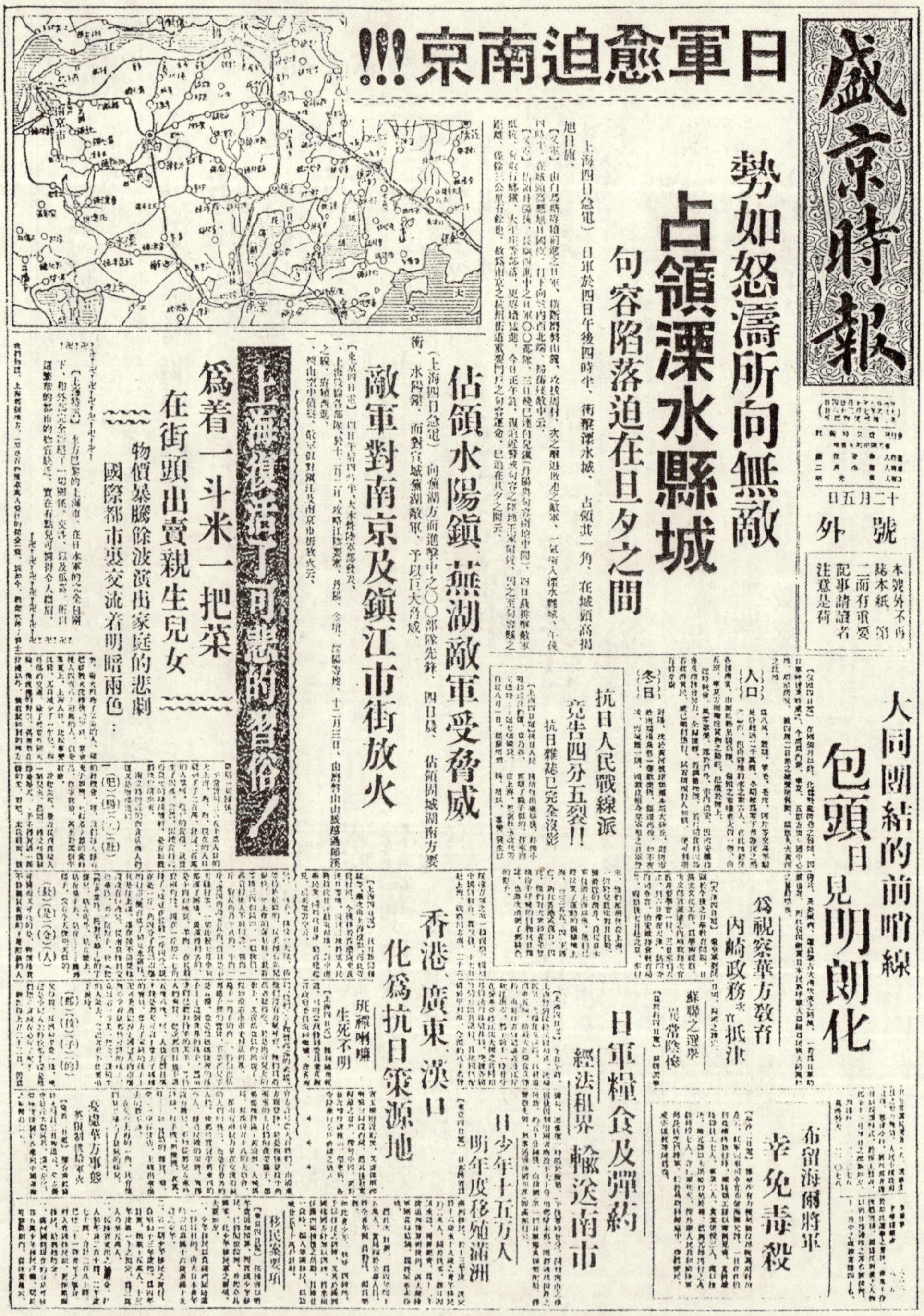

盛京時報

號外

日軍愈迫南京!!!

勢如怒濤所向無敵

占領溧水縣城

句容陷落迫在旦夕之間

本號外不再插入本紙第二面有重要記事請讀者注意是荷

估領水陽鎮 蕪湖敵軍受脅威

敵軍對南京及鎮江市街放火

為着一斗米一把菜 在街頭出賣親生兒女

物價暴騰餘波演出家庭的悲劇 國際都市要交流着明暗兩色

大同團結的前哨線 包頭日見明朗化

為視察華方教育 内崎政務次官抵津

抗日人民戰線派 竟告四分五裂!!

抗日雜誌已完全沒影

日軍糧食及彈藥 經法租界輸送南市

香港、廣東、漢口 化為抗日策源地

日少年十五万人 明年度移殖滿洲

布留海爾將軍 幸免毒殺

日军大举进犯南京地区，占领溧水县城，逼近南京郊外。图为1937年12月5日出版的《盛京时报》号外“日军愈迫南京，势如怒涛所向无敌，占领溧水县城”。

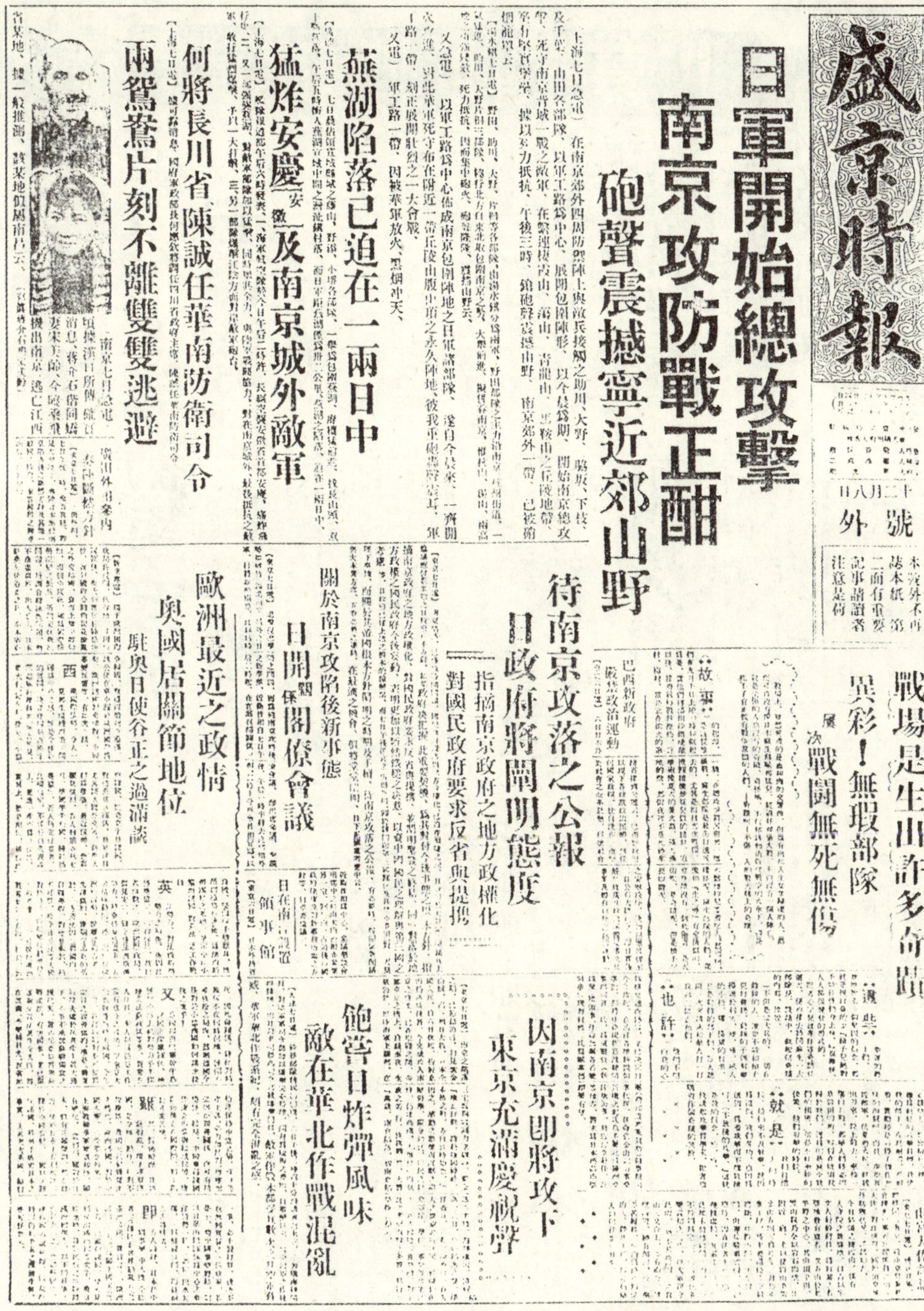

盛京時報

外號

日軍開始總攻擊

南京攻防戰正酣

砲聲震撼寧近郊山野

蕪湖陷落已迫在一兩日中

猛炸安慶（安徽）及南京城外敵軍

何將長川省陳誠任華南防衛司令

兩鴛鴦片刻不離雙雙逃避

戰場是生出許多奇蹟

異彩！無瑕部隊

屢次戰鬪無死無傷

待南京攻落之公報

日政府將闡明態度

指摘南京政府之地方政權化

對國民政府要求反省與提携

因南京即將攻下

東京充滿慶祝聲

關於南京攻陷後新事態

日開（閣僚）會議

砲兵日炸彈風味

敵在華北作戰混亂

歐洲最近之政情

奧國居關節地位

駐奧日使谷正之過滬談

1937年12月7日，日军开始发动南京总攻击。图为1937年12月8日出版的《盛京时报》号外“日军开始总攻击，南京攻防战正酣，炮声震撼宁近郊山野”。

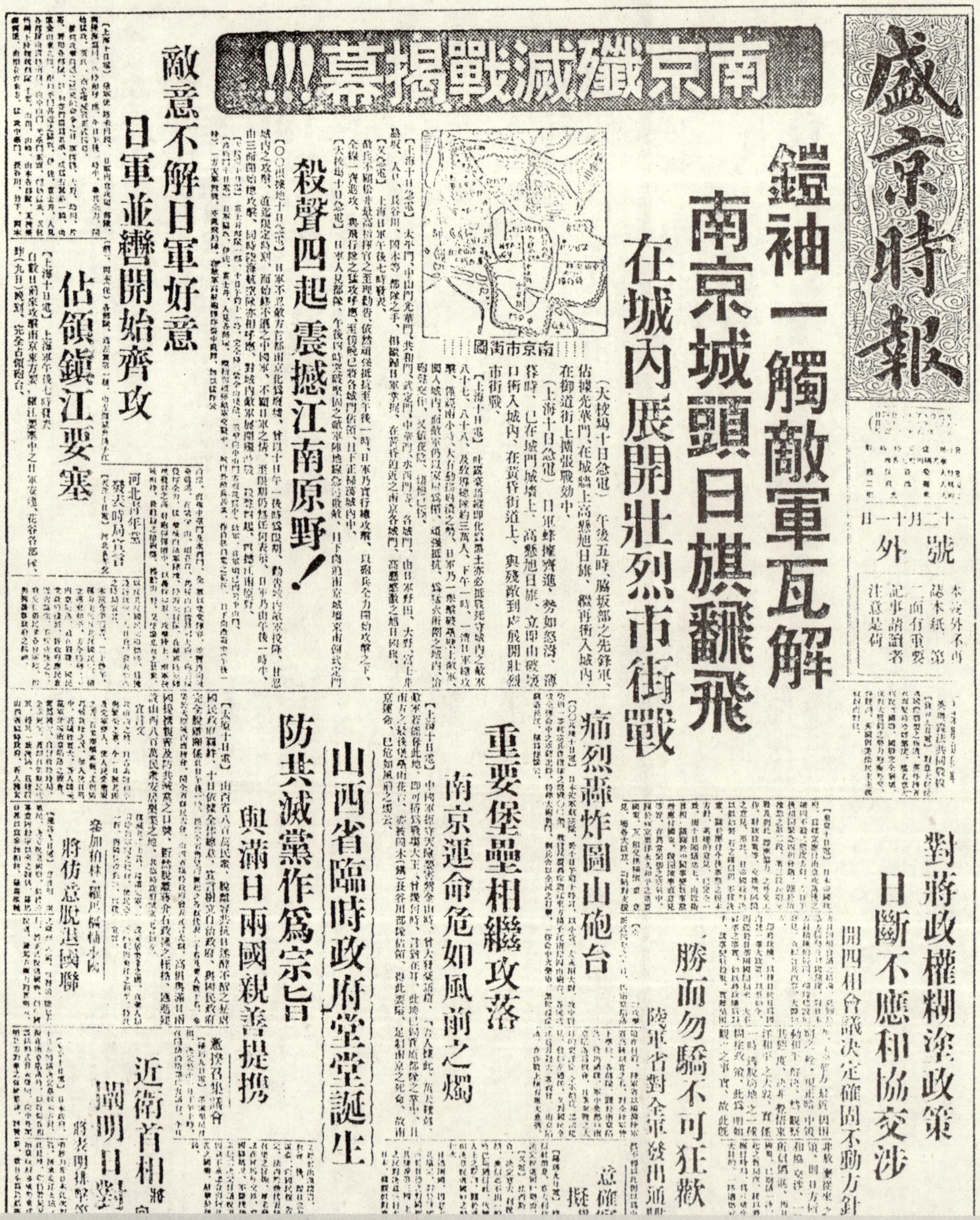
盛京時報

十二月十一日

號外

南京殲滅戰揭幕!!!

鎧袖一觸敵軍瓦解

南京城頭日旗飜飛

在城內展開壯烈市街戰

殺聲四起震撼江南原野!

敵意不解日軍好意

日軍並轡開始齊攻

佔領鎮江要塞

痛烈轟炸圓山砲台

重要堡壘相繼攻落

南京運命危如風前之燭

山西省臨時政府堂堂誕生

防共滅黨作爲宗旨

與滿日兩國親善提携

對蔣政權糊塗政策

日斷不應和協交涉

開四相會議決定確固不動方針

勝而勿驕不可狂歡

陸軍省對全軍發出通牒

近衛首相

將仿意脫退國聯

图为1937年12月11日出版的《盛京时报》号外“南京歼灭战揭幕”、“杀声四起震撼江南原野”。这张号外报充分暴露了日军入侵南京，进行了疯狂大屠杀。“杀声四起震撼江南原野”，这是日军侵入南京进行大屠杀的又一铁证。

大阪毎日新聞

(明治廿五年三月廿五日第三種郵便物認可)

第二號外　昭和十二年十二月十三日

發行所　大阪毎日新聞社

國民政府を占領
片桐、大野両部隊

【中山路路上十三日發同盟】中山門より進撃した大野、片桐両部隊は本日午前九時半軍事委員會、中央軍官學校、蔣介石官邸を占領つゞいて十一時國民政府を占領した

【中山路路上十三日發同盟】大野、片桐両部隊は國民政府を占領、さらに逃ぐる敵を追うて下關方面に壓迫しつつある

1937年12月13日，日军侵占南京。日本法西斯在南京进行了人类历史上罕见的大屠杀，30万中国人被杀害。这是日本法西斯在中华大地犯下的滔天罪行。图为1937年12月13日出版的日本《大阪每日新闻》号外“片桐、大野的部队占领国民政府”。

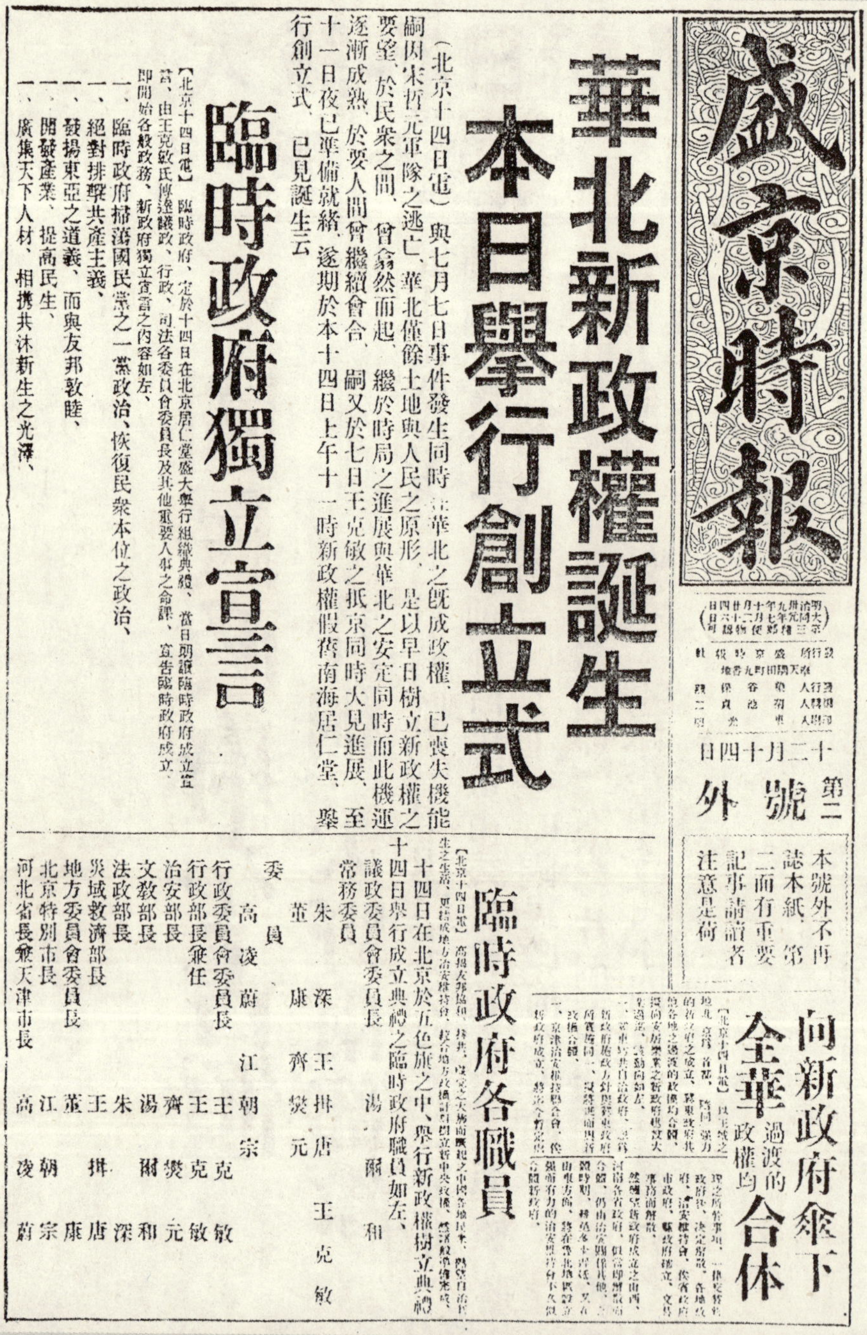

盛京時報

十二月十四日

第二號外

本號外不再誌本紙第二面有重要記事請讀者注意是荷

華北新政權誕生 本日舉行創立式

（北京十四日電）與七月七日事件發生同時、在華北之既成政權、已喪失機能、嗣因宋哲元軍隊之逃亡、華北僅餘土地與人民之原形、是以早日樹立新政權之要望、於民衆之間、曾翕然而起、繼於時局之進展與華北之安定同時而此機運逐漸成熟、於要人間曾繼續會合、嗣又於七日王克敏之抵京同時大見進展、至十一日夜已準備就緒、遂期於本十四日上午十一時新政權假舊南海居仁堂、舉行創立式、已見誕生云

臨時政府獨立宣言

【北京十四日電】臨時政府、定於十四日在北京居仁堂盛大舉行組織典禮、當日明證臨時政府成立宣言、由王克敏氏傳達議政、行政、司法各委員會委員長及其他重要人事之命課、宣告臨時政府成立、即開始各般政務、新政府獨立宣言之內容如左、

一、臨時政府掃蕩國民黨之一黨政治、恢復民衆本位之政治、
一、絕對排擊共產主義、
一、發揚東亞之道義、而與友邦敦睦、
一、開發產業、提高民生、
一、廣集天下人材、相携共沐新生之光澤、

臨時政府各職員

十四日在北京於五色旗之中、舉行新政權樹立典禮之臨時政府職員如左、

議政委員會委員長　湯爾和
常務委員　朱深　王揖唐　王克敏
　董康　齊燮元
委員　高凌霨　江朝宗
行政委員會委員長　王克敏
行政部長兼任　王克敏
治安部長　齊燮元
文教部長　湯爾和
法政部長　朱深
災域救濟部長　王揖唐
地方委員會委員長　董康
北京特別市長　江朝宗
河北省長兼天津市長　高凌霨

向新政府傘下 全華過渡的政權均合体

“七七”事变后，日本军国主义纠集北平、天津等被占领城市的汉奸卖国贼，成立伪“华北临时政府”。图为1937年12月14日出版的《盛京时报》号外“华北新政权诞生，本日举行创立式”。

1937年12月27日，日军侵占济南。图为1937年12月28日出版的《盛京时报》号外“济南城内扫荡完了，城头高悬日章旗”。

汕報 號外

中華民國二十七年二月七日

日艦昨又大舉襲粵

虎門要塞仍為日艦砲擊目標

唐家灣附近日方陸戰隊登陸

粵垣平靖昨宣佈解嚴

【廣州六日電】路透社訊：據向來可靠之華方消息，今日侵晨日艦數艘，[illegible]駛澳門西南之唐家灣孜，派兵若干在鷄洲島附近登陸，此間若干人士，以為日軍或將在該處設立根據地，以圖攻入腹地。惟廣州並未因此驚惶，據謂該處防軍，力殊强厚。

【廣州六日電】美聯社訊：據官方電話稱：今晨有日本海軍陸戰隊一百人，在軍艦三艘掩護之下，在唐家灣海面外某島登陸。據華方當局表示，日本在該島建立軍事根據地，其目的在阻止華方由鐵路向海岸增援。據此間一般諸傳消息，日本擬在廣州煽動風潮，並有廣東綏靖主任余漢謀氏部下，曾得日方賄賂款項二十萬元之說。嗣以消息走漏，被捕者達數十人之多。

【本報香港六日專電】六日晨六時五十分，日艦三艘，率武裝漁船數艘，炮擊虎門要塞，華方沉着應戰，激戰三刻鐘許，日艦即遁去，聞一艦受傷。又七時許唐家灣方面駛來日艦五艘，武裝漁船十餘艘，載有水兵三百，炮擊中山縣屬，企圖登陸，被華軍擊退。廣州自宣佈戒嚴後，漢奸機關多處全已破獲，現狀安謐，六日已解嚴，虎門封鎖綫有七日開放說。（A）

【本報香港六日專電】廣州至虎門電話，下午三時起不通，詳情未悉。唐家灣日艦亦開炮轟後灣，旋經擊退，華方無損失。華方粵省部負責人談：日艦日機連日攻犯虎門，實係探試性質，無大量陸軍南侵意，華方沿海防務鞏固，決可無虞。（A）

1938年2月6日，日本海军陆战队在广州唐家湾登陆，向广州发动进攻。图为1938年2月7日出版的《汕报》号外“日舰昨又大举袭粤，虎门要塞仍为日舰炮击目标，唐家湾附近日方陆战队登陆”。

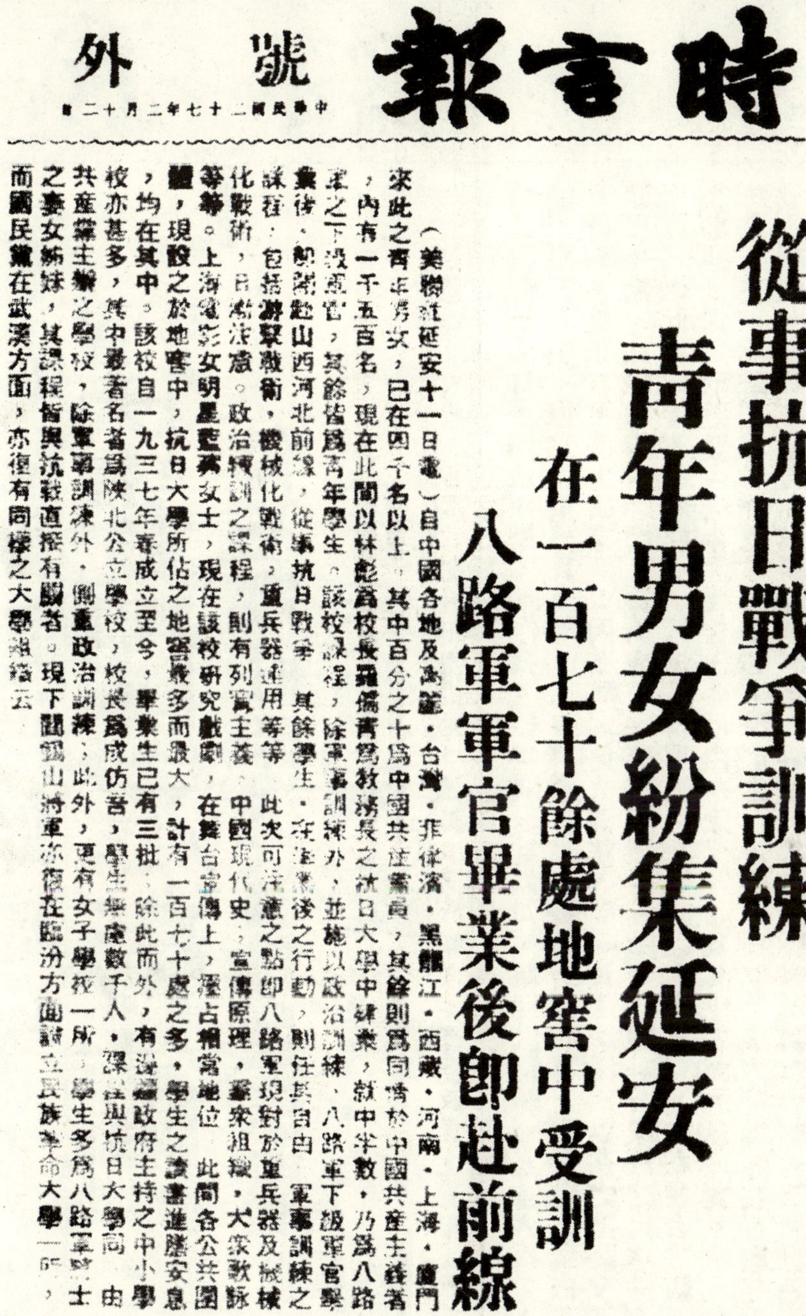

時言報　號外

中華民國二十七年二月十二日

從事抗日戰爭訓練
青年男女紛集延安
在一百七十餘處地窖中受訓
八路軍軍官畢業後即赴前線

（美聯社延安十一日電）自中國各地及高麗・台灣・菲律濱・黑龍江・西藏・河南・上海・廈門來此之青年男女，已在四千名以上。其中百分之十爲中國共產黨員，其餘則爲同情於中國共產主義者，內有一千五百名，現在此間以林彪爲校長羅偏青爲教務長之抗日大學中肄業，就中半數，乃爲八路軍之下級軍官，其餘皆爲青年學生。該校課程，除軍事訓練外，並施以政治訓練，八路軍下級軍官畢業後，即開赴山西河北前線，從事抗日戰爭。其餘學生，在畢業後之行動，則任其自由。軍事訓練之課程，包括游擊戰術，機械化戰術，重兵器運用等等，此次可注意之點即八路軍現對於重兵器及機械化戰術，已特注意。政治講訓之課程，則有列寧主義、中國現代史，宣傳原理，羣衆組織，大衆歌詠等等。上海電影女明星藍蘋女士，現在該校研究戲劇，在舞台宣傳上，獲占相當地位。此間各公共團體，現設之於地窖中，抗日大學所佔之地窖最多而最大，計有一百七十處之多，學生之讀書進膳安息，均在其中。該校自一九三七年春成立至今，畢業生已有三批，除此而外，有邊區政府主持之中小學校亦甚多，其中最著名者爲陝北公立學校，校長爲成仿吾，學生無慮數千人，課程與抗日大學同。由共產黨主辦之學校，除軍事訓練外，側重政治訓練；此外，更有女子學校一所，學生多爲八路軍將士之妻女姊妹，其課程皆與抗戰直接有關者。現下閻錫山將軍亦復在臨汾方面設立民族革命大學一所，而國民黨在武漢方面，亦復有同樣之大學組織云

抗日战争开始后，中共中央发出抗日救国的号召，得到了全国各界青年的热烈响应，纷纷云集延安，接受抗日战争军事训练，毕业开赴前线，打击日本侵略者。图为1938年2月12日出版的《时言报》号外。

民報 號外

中華民國廿七年二月十二日

平漢綫華軍開始總攻

撲襲保定彰德

傳石家莊附近曾發生激戰

保定以南交通已中斷

【美聯社北平十一日電】據今日此間華人及日人方面消息：平漢路上之華軍，已向彰德，保定，石家莊等處之日軍開始總攻擊。據日方報告：萬福麟部下之華軍，已於今日清晨向彰德之日軍開始攻擊。唯作戰之結果則未曾發表。據自保定歸來之華人報告：在過去兩三日中，保定之東部及南部，均有劇烈戰事。據聞一部華軍，曾對保定城內加以攻擊云。據今日可靠方面宣稱：因華軍之屢次襲擊，自昨日起，保定以南之鐵路交通，業已中斷。在鐵軌被毀之處，當尚有小戰事繼續發生。今日有開赴石家莊之火車一列，自保定返此，同時有運載枕木，軍需品及軍隊赴石家莊之火車多列，亦在豐台被阻，不得前進。保定附近發生戰事之報告，亦已由中國交通界及其他方面加以證實。唯保定本身是否亦被攻擊，則未知也。據華方未證實之報告稱：日軍及華方遊擊隊在石家莊附近發生劇戰。唯此等報告均未經證實。今日瀋陽至北平之快車遲到四小時。遲到原因，當係平津線車輛擁擠之結果。

1938年2月11日，平汉路上的我国军队，向彰德、保定、石家庄等处的日军开始总攻击。图为1938年2月12日出版的《民报》号外“平汉线华军开始总攻，扑袭保定彰德”。

八路軍遊擊隊橫截平漢路

克復新樂望都定縣三地

當地日軍全被殲滅路軌亦遭破壞

虹橋路上戰後景象

壯士殘軀戰馬骸骨暴露田野

鄉民歸去房屋盡燬生活維艱

淞滬戰爭火線的爆發點

羅賓漢

號外

民國二十七年二月十四日

以冀西太行山脉为根据地的八路军游击队，从1938年2月9日起，袭击自正定至保定之平汉路沿线日本驻军，攻克新乐、望都、定县三地，当地日军全部被歼。图为2月14日出版的《罗宾汉》号外“八路军游击队克复新乐望都定县三地”。

少年画報

號外

民國廿七年二月十九日

二·一八武漢空戰大獲全勝

我軍打破歐空戰紀錄

中華民國二十七年二月十八日午後一時頃，前方二千里的戰線正在流血，光華燦爛的早春之艷陽還在大武漢的頭上，當是時也，英雄而年青的中國空軍××大隊全體戰士們，在祖國美麗的青天之上，和侵略我土地殘殺我同胞的日本帝國主義者的空中强盜們，機對機，槍對槍，呼號壯烈，在一百五十萬愛市民焦急翹望的視界中猛烈的碰上了！這場自八一三來所未曾有的惡戰的結果，我們當場加給日本强盜們以慘重的打擊。在十二分鐘之內，擊落敵機十二架，爲民族爭光，爲抗戰盡粹，爲萬千死難同胞呼出一大口冤氣！這是年青的中國空軍爛大勝利的破曉，英雄的××大隊永垂不朽的奇蹟。

但勝利不是僥倖換來的，白熱的興奮過去後，悲涼的感慨便跟隨而來：我們那位英勇豪俠的青年大隊長——李桂丹同志（保持擊落敵機八架紀錄），鵬程夭逝，永不再飛了，爲個人計，李大隊長雖是償了生平宿願，男兒死得壯烈。爲國家民族和抗戰前途，終是一個悲哀永恆的損失。

青年戰士的熱血飄揚在大武漢的青空，灑落在祖國的大地。英雄的「二一八」悲沉的「二一八」啊！四萬萬五千萬人仰望蒼空，爲青年將士一灑哽咽感激的熱淚。犧牲的「二一八」，壯烈的「二一八」，永遠成爲寇方空軍之「喪節」的「二一八」，××大隊的「二一八」啊！我們永遠紀念中國雲中的翼陣，領空的長城！

1938年2月18日，日本空军轰炸武汉市，中国空军给日本空中强盗迎头痛击，在12分钟内击落日机12架，为民族争光，为抗战死难烈士报仇。图为1938年2月19日出版的《少年画报》号外“二·一八武汉空战大获全胜”。

盛京時報

三月十七日 號外

"余若有八十萬兵 必能打破日本軍"

可嗤！毛澤東大言欺人

德意軍事同盟成立歟？

意默認德合併奧國

德援助意在地中海制覇

爲備歐洲緊迫事態 法開緊急國防會議

盛傳法政府已決定强硬對策

西亂將告大團圓？

人民戰線軍喪失戰意

屈伏之時日已僅爲時間之問題

德國外交奏凱歌

英法策謀已歸畫餅 德奧合邦終告成功

中歐外交戰舞台揭幕

德奧合邦經過

環繞財政·和平兩懸案 歐美派軋轢日熾！

孔宋互相極力卸避責任

日華經濟協議會 定廿二日許成立

上海華財界萎縮

中國銀行之名義 移於外國銀行

北各地大見復興

治安維持會相繼成立

波立兩國間國交 孕藏破裂危機

國境紛爭案重大化！

西戰有進展

图为《盛京时报》1938年3月17日出版的号外。刊载中共领袖毛泽东同志预言“余若有八十万兵，必能打破（败）日本军”。毛泽东的预言是正确的，正是毛泽东的持久战思想和人民战争思想，指导中国军民共同抗日，赢得了抗日战争的彻底胜利。

大阪朝日新聞

號外

昭和十三年三月廿八日

「中華民國維新政府」

けふ南京で華かに成立

反共標榜、中外に宣明

中支に新政權

この號外は本紙に再録しません

三權分立、三院七部制

津浦、隴海の鎮定後 北支政權と合併

新政府の成立宣言

日支の敦睦を促進

更生目指す政綱大要

1938年3月28日，日本导演的伪“中华民国维新政府”在南京成立。图为1938年3月28日出版的日本《大阪朝日新闻》号外“中华民国维新政府在南京成立”。

盛京時報

四月二十日

號外

對晉山岳地帶共軍

日軍不斷掃蕩

大本營陸軍部發表（十九日午後四時）

日軍占領沂州城

萬目睽睽英法會談議題

法國參加英意協定

再軍備問題爲主要

日本海軍航空隊

技術乃冠於世界

宣城附近敗敵蠢動

華北再建前途遼遠

派奈號案圓滿解決

計上豫算二千五百萬圓

保護院事業計劃

中共领导的八路军、新四军和各地抗日武装纷纷开赴前线，英勇抗击日军侵略。1937年9月，首战平型关大捷，共歼灭日军1000余人，使日军遭受重大损失。图为1938年4月20日出版的《盛京时报》号外“对晋山岳地带共军，日军不断扫荡”。

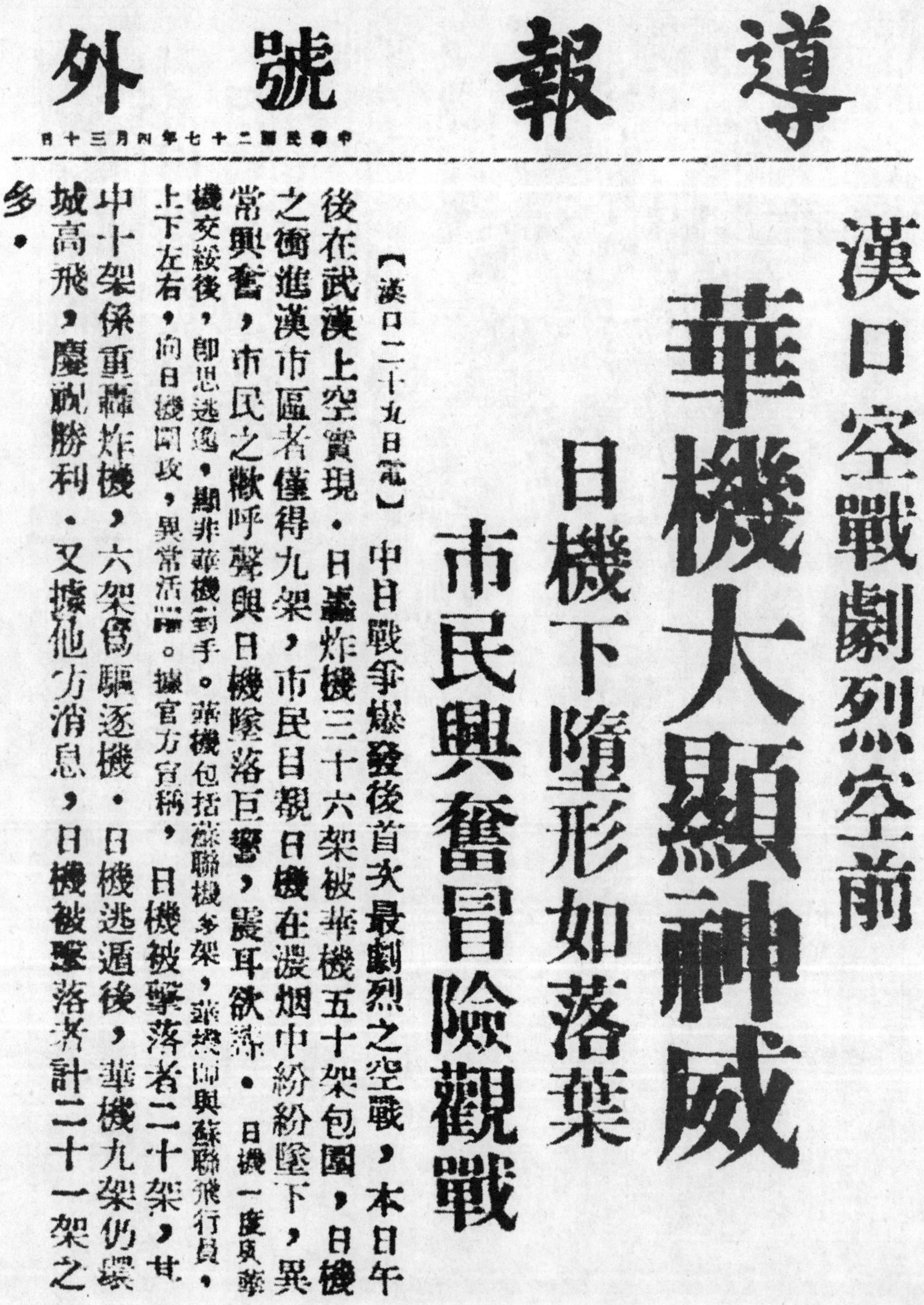

導報號外

中華民國二十七年四月三十日

漢口空戰劇烈空前

華機大顯神威

日機下墮形如落葉

市民興奮冒險觀戰

【漢口二十九日電】中日戰爭爆發後首次最劇烈之空戰，本日午後在武漢上空實現．日轟炸機三十六架被華機五十架包圍，日機之衝進漢市區者僅得九架，市民目覩日機在濃烟中紛紛墜下，異常興奮，市民之歡呼聲與日機墜落巨響，震耳欲聾．日機一度與華機交綏後，即思逃遁，顯非華機對手。華機包括蘇聯機多架，華機師與蘇聯飛行員，上下左右，向日機圍攻，異常活躍。據官方宣稱，日機被擊落者二十架，其中十架係重轟炸機，六架係驅逐機．日機逃遁後，華機九架仍環城高飛，慶祝勝利．又據他方消息，日機被擊落者計二十一架之多．

1938年4月29日，中日战争爆发后首次最剧烈之空战，在汉口上空实现，日军飞机被击落20架。图为1938年4月30日出版的《导报》号外“汉口空战剧烈空前，华机大显神威”。

新中華報

陝甘寧邊區政府機關報

號外 一九三八年五月十一日

蔣委員長在漢

發表手書

嘉勉朱德彭德懷

【美聯社漢口十日電】蔣委員長今日於此間發表一致八路軍總司令朱德副司令彭德懷手書一通，對八路軍抗日戰功，表示嘉勉，其言曰：「予對君等屢創强敵，深爲歡忭，尚望鼓其餘勇，殲破寇敵」。按最近國民黨報紙常見獨裁之論，朱德亦於昨日發表其針對此項主張之論文一篇，於此可見國共兩黨之關係，日來不無隔閡之處，故蔣委員長於此期間發表此一手書，足見蔣氏實欲以其個人之威望，力謀兩派之協調，加强抗日之共同陣線也。

《新中华报》是陕甘宁边区政府机关报。1938年5月10日，蒋介石发表致八路军总司令朱德、副总司令彭德怀手书，对八路军抗日战功表示嘉勉。图为5月11日出版的《新中华报》号外“蒋委员长在汉发表手书，嘉勉朱德彭德怀”。

盛京時報
號外 五月十四日

徐州戰酣砲火四起
李宗仁決背城一戰
日軍圍逼戰局緊張達沸點

忍渡泥濘奪城馳進
遠途大戰一氣呵成
攻取蒙、永二城馬拉孩追擊戰

空軍轟炸徐東
岩中隊猛攻〇〇

乘夜炸城衝鋒
大宮隊首建奇功

美陸戰隊
登鼓浪嶼

陸上空軍襲永城
痛炸敵陣主力軍

交襲猛炸
渦河敵軍

敵機通過英領空
反復來襲被擊退

厦門市全平定
福州人心惶惶

黨府政委會改革
組織·人事決定
新改定五專門委員會

遠東政策無變動
德外交部情報部長聲明

捷克德民族黨首
突抵倫敦訪英
少數民族問題達最高潮

血雨腥風肉搏疆場
捨命馳驅越河搶陣

蒙古軍成立
二周年典禮

臨時政府聘定
顧問及補佐官

本號外不再
誌本紙第
二面有重要
記事

1938年春天，在军事要地徐州，李宗仁率领军队同日军展开大会战，台儿庄和徐州战役中，歼灭侵华日军两万余人。图为1938年5月14日出版的《盛京时报》号外“徐州战酣炮火四起，李宗仁决背城一战，日军围逼战局紧张达沸点”。

盛京時報

六月一日 號外

日機冒砲火空襲廣州 炸毀粵省政府 亘連日在華南各地活躍

對外國均有利 日外務省發表談話

新稅率制定之特長

維新政府向列國 通告改正關稅率

敵軍全難恢復戰鬪力 徐州會戰鹵獲品無數 對敵軍所予死傷達二十四萬

日軍脅威背後 蘭封附近敵軍退却

與友好諸國共協力 對貿易期萬無遺憾 關於關稅改正維新政府當局談

在新生統一政府下 採用聯邦國家制 兩政權近決設置歸併委員會

臨時政府積極的 開始教育工作

巴特拉勞働局長提倡 招集亞細亞勞働會議

上海各交易所 現金圖復業

上海日僑之見解

市町村選舉結果

从1938年夏季开始，日军大肆进攻华南地区。图为1938年6月1日出版的《盛京时报》号外“日机冒炮火空袭广州，炸毁粤省政府，亘连日在华南各地活跃”。

盛京時報

六月十六日 號外

日海軍航空部隊長驅轟炸桂林

對沒落國府予以甚大影響

翔破鵬程二千粁

海軍荒鷲猛炸各處

決潰黃河堤防

爲黨軍計劃的行爲

上海軍當局論駁黨府宣傳

因破壞黃河堤防 現出人間地獄

慘禍絕於言語形容日軍救濟難民

因日軍果敢進擊 漢口市民準備避難

朝暮聽到防空警報 市民呻吟如在地獄

安慶治安已恢復 近將成立自維會

派電力開發調查隊 根絕華北中水禍

擬在上流建長城築堤防

《盛京时报》是日本军国主义在我国东北地区的主要喉舌，积极鼓吹对华侵略战争。从1937年7月至1938年6月，该报先后出版“号外”200余种。这些所谓战报“号外”，成为日本侵华战争的罪行录。图为6月16日出版的《盛京时报》号外。

北岸戰事有新發展

華方大軍雲集

全綫猛烈反攻

花涼亭日軍向宿松退卻

太湖之役日軍死傷近萬

【浠水七日電】據華方報告華軍六日晨向黃梅反攻甚烈，正午前將鄧三橋下吳橋克復，斃日軍甚多，遺屍約四十餘具，日軍退入城內，華軍正圍攻中。另一部已收復蔴河橋向黃梅攻擊，又一部由花涼亭經家橋涼河向東猛烈攻擊，日軍不支，正向宿松退卻中。

【浠水七日電】據華方報告：長江北岸西犯之日軍，原有兩師團，上月底與華軍在太湖以西發生猛烈戰，死亡慘重，旋增援一師團以上，猛力突進，華軍以戰略關係，一月三日先後放棄宿松黃梅，總計此役，日軍死傷近萬，大砲被華軍擊毀甚多，現被華軍阻截於黃梅附近之日軍約兩旅團以上，不時向山地砲轟作攻。黃梅迤西華方大軍雲集，復得優越之地勢，不惟足以阻軍前進，近日且有新發展。劉華軍某某數部，正向舒城桐城懷寧潛山一帶推進中。

【本報漢口八日專電】據華方報告：北岸之日軍連日未作積極活動，惟日來九江方面之日軍，曾向北岸移動，顯係應援黃梅之日軍，觀諸日軍行動，欲於南北兩岸同時平行。窺伺武漢。

泊海豐日艦

發砲轟擊少沙灣

華軍未予理會

【本報香港八日專電】七日晨六時許，泊海豐日艦一艘，突向少沙灣發砲十數響，並以機槍掃射，華軍未予理會，又六日下午五時許，日艦艇十餘猛犯鏡平屬大澳企關登陸，卒被擊退，又下午四時許有日艦一艘在瓊崖萬寧縣烏坟港窺探。

號外 民國二十七年八月八日

大英夜報

1938年8月8日，《大英夜报》出版号外“北岸战事有新发展，华方大军云集，全线猛烈反攻，太湖之役日军死伤近万”。

大阪毎日新聞

號外

昭和十三年十月廿六日

この號外は本紙に再録しません

南支皇軍・輝く廣東入城〔寫眞第一報〕

廿二日松尾・山上両本社特派員撮影・廣東―台北・福岡間空輸・福岡から本社電送

寫眞說明

上 古莊最高指揮官先頭 晴れの廣東入り

下 隊伍堂々廣東市政府に入る本田部隊

1938年10月26日，日军侵占广州。图为1938年10月26日出版的日本《大阪每日新闻》号外“南支皇军广东入城”。

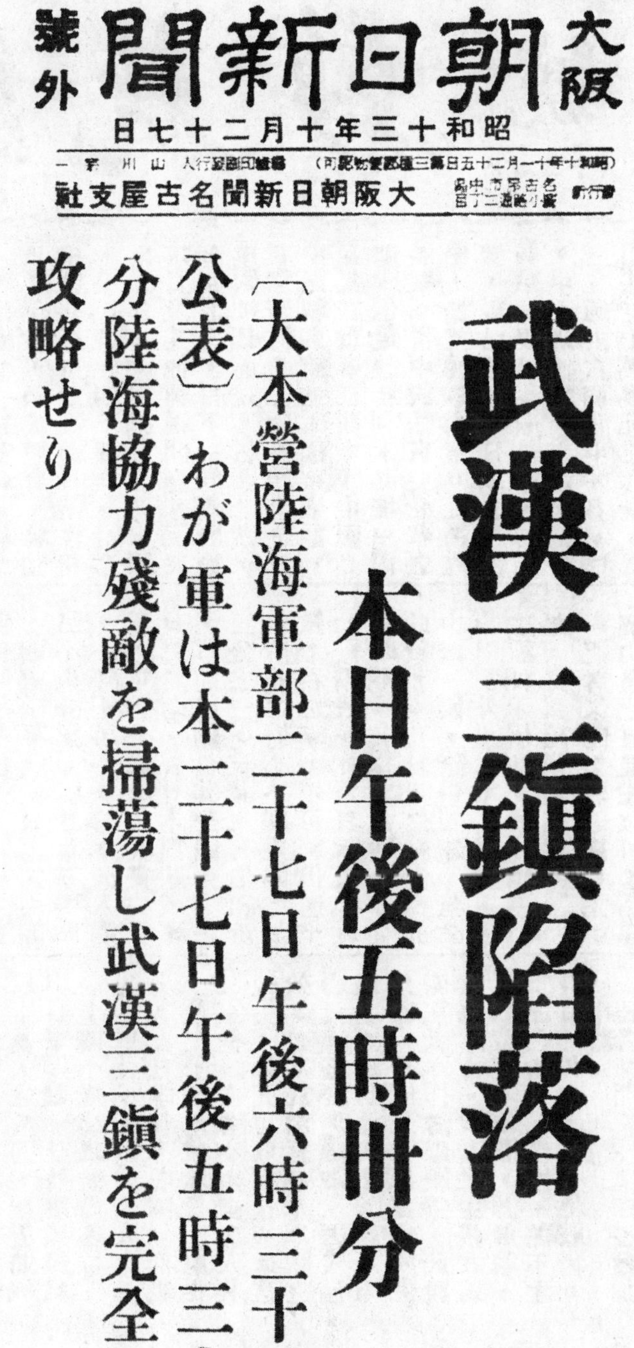

大阪朝日新聞 號外

昭和十三年十月二十七日

大阪朝日新聞名古屋支社

武漢三鎮陥落

本日午後五時卅分

〔大本營陸海軍部二十七日午後六時三十分公表〕わが軍は本二十七日午後五時三十分陸海協力殘敵を掃蕩し武漢三鎮を完全に攻略せり

1938年10月27日，日军侵占武汉三镇。图为1938年10月27日出版的日本《大阪朝日新闻》号外“武汉三镇陷落”。

全民抗戰 號外

民國二十八年二月十一日

毛澤東談抗戰前途
最後勝利屬中國
日本種種弱點已漸暴露

【延安十一日電】美聯社訊：今日美聯社記者，特訪中國共產黨最高領袖毛澤東，毛氏現年四十五歲，精神極爲強健，與記者詳談中國抗日及其他種種問題。記者首詢毛氏，目下一般人對於中國抗日前途，皆甚悲觀，君意若何？毛氏答稱：余意中國戰事前途，極可樂觀。當然在戰事初期中，中國必敗，但最後勝利，必屬中國無疑。再中國惟有於此戰之中，始能轉弱爲強。此種趨勢，現已確定，日本之種種弱點，現已逐漸暴露，同時，中國之優點，亦逐漸呈露。

在過去六個月中，日本已用去二十萬萬元之戰費，故在此後十二個月中，非有四十萬萬元之戰費不可。目下日本，在國際間之信用，已逐漸下跌，於此可知其決不能無止境之戰爭。在軍事方面，日本目前在華陣綫，已自包頭延至杭州，陣綫之長，達數千英哩。日本兵力顯已不敷分配，其各軍事要點，亦守不勝守。日本深入過猛，軍力分散，故其實力已日見降落。查日本對華戰事，目前已動員其全國兵力之三分之一，設其更有佔領漢口廣州之野心，則更非增加數十萬之軍力不可。但進至此一階段，亦爲日本最困難之時期，其極大危險，亦於此發生。蓋日本之敵人，不止中國一國，除中國外，無論對內對外，日本皆有其可慮之種種矛盾點，故其唯一結果，必爲總崩潰無疑。

記者又問：君適纔曾謂中國力量已日見增強可否詳其說？毛氏答稱：根據過去七個月中經驗，我人確能將運動戰陣地戰及游擊戰之三種戰術，相互運用，則必能使敵人陷入極困難之地位。依余主張，中國應組織七八個運動戰軍團，每一軍團配以十萬人之兵力，配置前綫與日軍作戰。此外更須組織三十個小規模之游擊單位，每一單位，配以四千人之兵力，在日本後方各陣地活動。此三十個游擊單位，應從日軍全綫之各空隙處透入其後方，如此可取前後夾擊之效，必易於消耗日本軍隊之力量。至於陣地戰，吾人應發展國防重工業，輸入重兵器。外間人士以爲中國共產黨祇主作游擊戰爭，此說實屬誤會。我人之主張在將運動戰，陣地戰，游擊戰三種戰術，交互參用，並不主張用其中之某一種戰術。

〔中略〕

記者又問：外蒙是否參加抗戰陣綫？外間人士對於外蒙之迄未出兵頗多疑問、君意如何？毛氏答稱：余意外蒙應於民族立場上，參加國人之抗戰陣綫。余深信外蒙遲早必將加入戰局。蓋外蒙早有抵抗日本侵略之決心。

1939年2月11日，美联社记者特访中共领袖毛泽东。毛泽东对记者答称，“中国战事前途，极可乐观”，“最后胜利，必属中国无疑”。图为1939年2月11日出版的《全民抗战》号外“毛泽东谈抗战前途，最后胜利属中国”。

滿洲日日新聞號外

二月二十日

支那事變情況

巧妙奇襲卒奏効

日軍佔領海南島

陸海緊密協同作戰

十日午前九時五十五分大本營陸海軍部公表＝日陸、海軍精銳部隊、今曉在緊密協同之下、奇襲海南島、登陸成功、目下進擊中

(在○○灣十日發國通) 日陸軍精銳部隊、與海軍緊密連絡之下、十日午前二時五十分、在○○西方之○○灣、敵前登陸成功、擴張戰果中

莊稼人惡運告終

東北大學退校之獰猛抗日匪

山村討伐隊等樹立殊勳

在三角地帶逞綠林行徑而發揮猛威之匪首莊稼人(三二)去冬以來、因坂井部隊麾下山村、大西兩部隊並警察當局之徹底峻烈治安工作、喪失許多心腹部下、惟潛行流竄以延殘命、一月二十六日拂曉、其岫巖縣硝子河西北山中山寨被襲、僅隻身脫出鳳城縣、二十八日再被討伐隊急襲、遂竄至鳳城縣第四區刀窩堡子(白旗西南十基羅)之地點、當被警察隊逮捕、莊稼人、當滿洲事變時、曾在奉天東北大學肄業、與事變勃發同時退校、即匪化卽爲抗日匪、以鄉里岫巖縣下爲根據、在三角地帶猶行執拗匪行

對於歸順匪七首領

授與金一封及感狀

由日部隊長激賞武勳

李司令以下之歸順式

《满洲日日新闻》于1907年11月3日在大连创刊。1938年，为进一步推行日本军国主义侵略政策，制造舆论，迁至沈阳出版，从此成为所谓“满洲言论之雄”。图为1939年2月20日出版的《满洲日日新闻》号外“日军占领海南岛”。

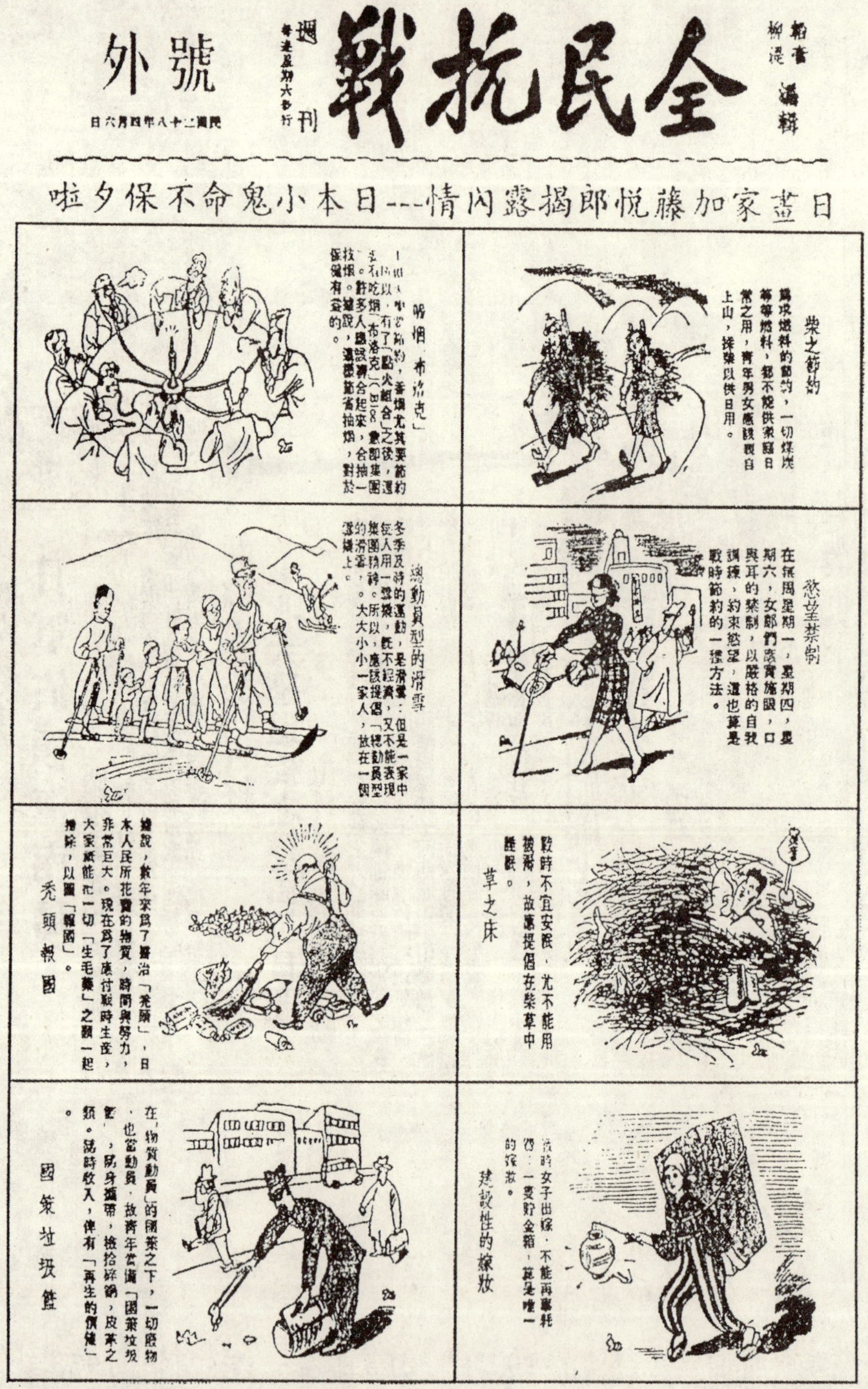

號外

民國二十八年四月六日

週刊 每逢星期六發行

全民抗戰

韜奮 柳湜 編輯

日畫家加藤悅郎揭露內情---日本小鬼命不保夕啦

图为1939年4月6日出版的《全民抗战》周刊号外（由韬奋、柳提编辑）“日画家加藤悦郎揭露内情——日本小鬼命不保夕啦”。

（[illegible]）（日刊除日曜日、祝日、祭日及會社休業日翌日）

南滿洲鐵道株式會社 社報

號外　昭和十四年四月十七日　月曜日

訓諭

今次事變勃發以來今ヤ一年有十箇月、皇軍ノ戰果燦トシテ輝キ、既ニ北支及中支ニハ新政府ノ力强キ誕生アリ、日滿支相提携シテ東亞新秩序建設ニ邁進セントスルノ秋ニ方リ、華北交通株式會社ノ誕生ヲ見タルハ誠ニ慶賀ニ堪ヘサル所ナリ

顧レハ一昨年七月事變勃發スルヤ、我社ハ皇軍ノ負託ヲ受ケテ軍事輸送ノ重責ニ任シ、多數有能ノ社員ヲ現地ニ派シテ、或ハ鐵道ノ復舊、建設、運營ニ、或ハ經濟、宣撫ノ工作ニ、凡有協力ヲ爲シ以テ國策ノ遂行ニ寄與シ來レルカ、本日華北交通株式會社ノ設立ニ伴ヒ、會社ハ其ノ輝シキ成果ヲ同社ニ繼承セシメ、北支ニ於ケル會社ノ重任ヲ全ウスルヲ得タリ

是偏ニ社員諸氏カ事變勃發以來克ク困苦缺乏ニ耐ヘ、三十年來培ハレタル滿鐵魂ヲ發揮シテ、業務遂行ニ健闘セラレタル賜物ニシテ、茲ニ厚ク之ヲ感謝スルト共ニ、不幸殉職セラレタル英靈ニ對シ深甚ナル敬悼ノ意ヲ表ス

今ヤ東亞ニ於ケル百般ノ事態ハ急角度ヲ以テ一大躍進期ニ際會シ、東亞秩序建設ノ大旆ノ下ニ、政治、經濟、交通、文化其ノ他凡ユル部門ノ人的物的資源ヲ總動員シテ之カ達成ニ邁進スヘキ秋ナリ。而シテ大陸ニ於ケル交通ハ國防、防共ニ至大ノ關係ヲ有スルト共ニ、政治、經濟、文化ノ向上發展ノ根幹トシテ最重要ナル使命ヲ有シ、之カ運營如何ハ實ニ日滿支三國ノ國運ニモ影響スル所尠カラス。仍テ大陸交通ノ擔當者タル我社及華北交通株式會社ハ其ノ使命ノ重大ナルニ鑑ミ、一層ノ努力奮勵ヲ以テ社業ニ精進スヘキハ勿論、又常ニ緊接ナル連繫ヲ保持シテ相協力援助セサルヘカラス

社報號外　昭和十四年四月十七日

訓諭

此次事變勃發以來迄今已逾一年十箇月、皇軍之戰果燦然光被海內、且已於北支及中支誕生強力之新政府矣、方當日滿支相提携向此東亞新秩序建設上邁進之秋、乃見有華北交通株式會社之誕生此誠至堪慶賀者

回顧前年七月事變勃發之際、我社受皇軍之負託任軍事輸送之重責、並特多數幹練之社員派赴現地、或對於鐵道之復舊、建設、運營、或對於經濟、宣撫之工作、已既盡凡有之協力貢獻於國策之遂行矣、今日隨諸華北交通株式會社之設立、會社因將此既得之絢爛成果悉委由該社繼承之、庶期得全會社在北支所有之重任也

惟是則全賴社員諸氏於事變勃發以來即不憚困苦缺乏、勁々發揮三十年來所培植之滿鐵魂、健鬭以遂行業務之所賜也、茲特在鄭重容感之同時、並對不幸殉職之英靈表示深甚敬悼之至意

今者東亞之百般事態已臨於以急角度爲一大躍進期會、即應立於建設東亞秩序之大旆下、舉行政治、經濟、交通、文化等凡有部門之人的物的資源總動員而向其達成上邁進之秋也、且在大陸上之交通不獨對於國防、防共有至大之關係、同時對於作爲政治、經濟、文化等向上發展之根幹亦有其最重要之使命、蓋其運營之如何、實於日滿支三國之國運上影響匪鮮、故任大陸交通擔當者之我社及華北交通株式會社應鑑於其使命之重大、更加一層努力奮勉以求社業之精進自不待言、並不得不保持緊密之連絡以期互相協力援助爲

南满洲铁道株式会社，是日本政府直接控制的在满经济财团。不仅经营“满铁”，还涉足其他各个领域，大肆掠夺我国东北地区的经济资源。图为1939年4月17日出版的《南满洲铁道株式会社社报》号外“训谕”。

山西新民報

號外

建設世界新秩序强化防共陣線

召開亞洲防共會

以日義德爲中心將在東京舉行

亞細亞防共國家均派代表參加

滿蒙邊境俄機七十架

復被日軍一舉擊潰

擊潰之外蒙兵已無反攻能力

英人留難港民返粵

妨害廣州建設工作

日當局考慮有效對策

日海軍航空部隊

襲擊長江上流

轟炸奉節巫山巴東各地

为了发动第二次世界大战，建立法西斯同盟，日、德、意在东京召开所谓亚洲防共会。图为1939年7月14日出版的《山西新民报》号外“建设世界新秩序，强化防共阵线，召开亚洲防共会”。

全民抗戰

號外

民國二十八年七月二十一日

打倒日本帝国主义！

在华日反战同盟会成立

鄂前綫反战同盟支部亦告成立

抗战三年以来，在华日本反战人民日益增多，团結一致援助与参加我国抗战，打倒共同敌人日本帝国主义，据重庆二十日电：「在华日本人民反战革命同盟会，于二十日午后四时举行成立大会，同时并举行俘虏解放式，会场情緒，甚为激昂，俘虏咸願参加中国抗战工作，俾促进日本民族之解放云。」又据鄂北×地二十日电：「日本反战同志伊藤口、井村、芳口等多人，在鄂前綫組织在华日本人民反战革命同盟第四战区支部云。」

單枪独馬深入敌区

开辟县政功績卓著

巨野吴县长受褒奖

【魯西通訊】巨野县长吴克，于数月前，奉魯西主任公署命令，前往巨野开辟工作，巨野为敌占区，情况恶劣异常，吴县长于到达巨野时，只带有特务員一名，枪一枝，終以艰苦不拔之精神，冒极大危险，深入敌区，短期之內，发动建立民主区乡政权多处，发展武装部队一連以上，巨野一部分地区民众，在吴县长积极領导下，从敌寇鉄蹄下解脫，进行了各种抗战工作，功績至为卓著，魯西主任公署，頃特传令嘉奖。

图为1939年7月21日出版的《全民抗战》号外“在华日反战同盟会成立”。

坚持华北抗战轉战河北全省

八路軍捷报頻传

冀南我荣副团长光荣殉国

晋冀豫 突出奇兵克复观台 漳河鉄桥全部炸毁

（新华社华北分社八日电）晋冀豫我八路軍×部于上月二十三日，突出奇兵向安阳西北观台之敌进襲，与敌激战数小时，当将观台克复，并将漳河鉄桥全部炸毁，敌寇死伤甚众。同日，在北綫方面，我一度攻占辽县以北之韓王鎮，俘伪自卫团长及伪軍甚众。二十八日我×支再襲安阳西水冶南之下坡鎮，我一度攻入鎮内，經半时之激战，毙敌甚众，生俘敌伪軍二十余名，获步枪十余枝，手枪一枝，战馬七匹，弹药文件一部。

晋冀察 配合民众破坏公路 猛攻坡头敌寇潰敗

（同日新华社电）晋冀察上月二十一日电：我八路軍×部十七日配合民众千余，将盂县北襄池至上庄間公路破坏十余里。十八日盂县敌向东北进犯，被我奋勇击潰。同日，我另一部猛攻潭源以南之坡头敌据点，激战一小时，敌不支潰退，我当即克复該村。

冀中 連克龙固店等据点 白馬圈毙敌百余人

（新华社华北分社七日电冀中四日电）二十日×部于河間南又連克龙固店、西九吉、黄村三据点，毙伤敌百余，缴获步枪十三枝，手枪二支、子弹千余发，自行车三十余輛，騾馬十五匹。本月一日×部又攻入固安南陲据点，将守敌全部解决。」

冀南 旬日破路一六〇里 收电綫三七〇〇斤

【新华社七日电】冀南八路軍××等部队，旬日来于石德沿綫，极为活跃，并获极大之战果。总計旬日来共破路百六十余里，挖沟百余条，砍电杆七百九十余根，收电綫三千七百余斤，燒毁木桥二座，并将德县西北已筑成之鉄道路基一段，彻底破坏，并救出被敌强迫修路之工人六百余人。作战二十一次，毙敌三百余，（內有中尉及少尉二名）俘日軍少尉官二名，缴获小炮口門，枪械弹药一部，其他自行车，望远鏡，手表，鋼笔等甚伙。我×团副团长荣学文同志在此次战斗中，身先士卒，光荣殉国。

渤海日報 號外 民國二十八年八月八日

晋冀豫八路军坚持华北抗战，转战河北全省，捷报频传。冀南八路军某部副团长荣学文同志在战斗中，身先士卒，光荣殉国。图为1939年8月8日出版的《渤海日报》号外“八路军捷报频传”。

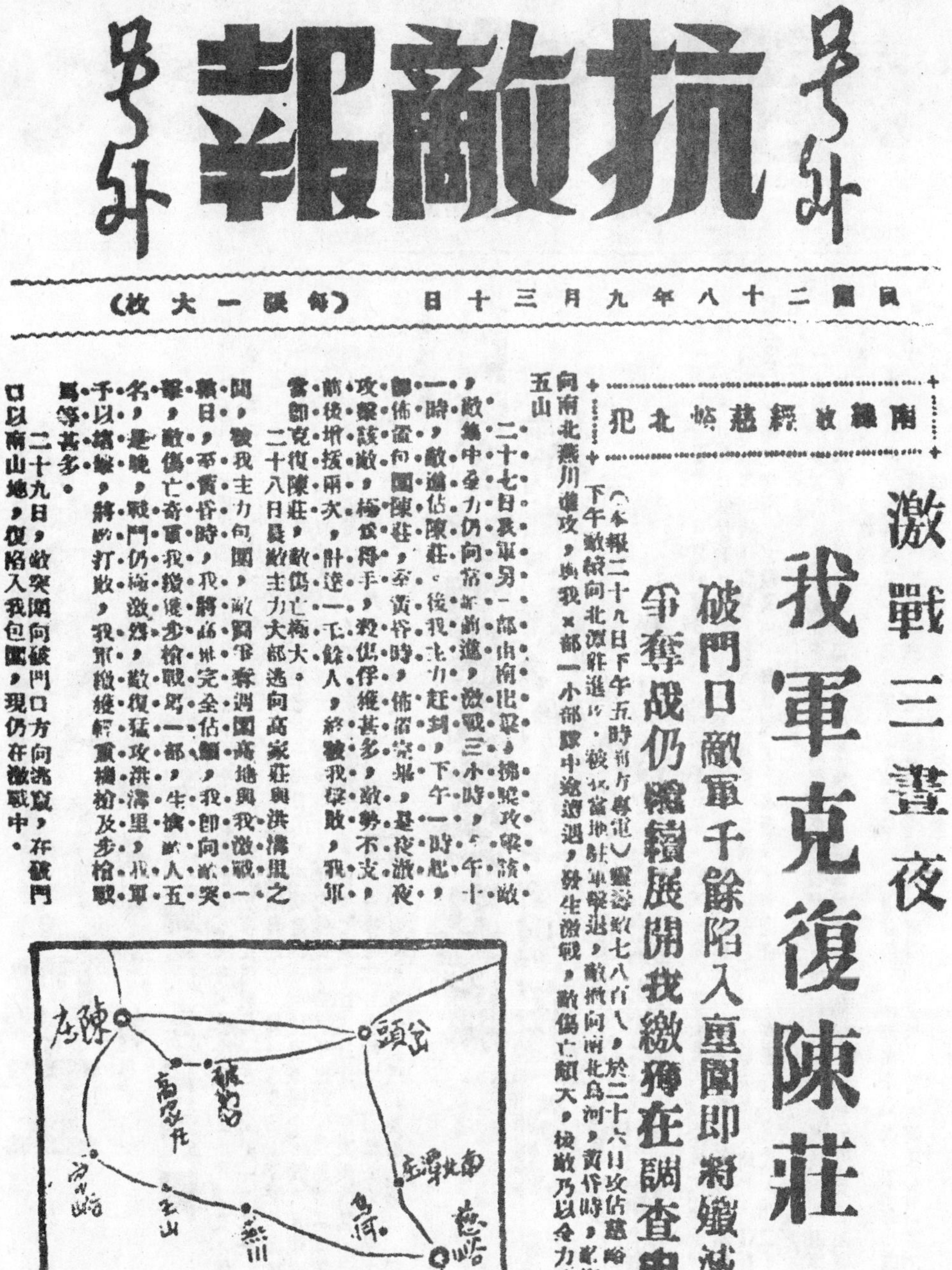

抗敵報 号外

民國二十八年九月三十日 （每張一大枚）

附錄攻殲慈峪北犯

激戰三晝夜

我軍克復陳莊

破門口敵軍千餘陷入重圍即將殲滅

爭奪戰仍繼續展開我繳獲在調查中

（本報二十九日下午五時前方專電）靈壽敵七八百人，於二十六日攻佔慈峪，下午敵續向北潭莊進攻，被我當地駐軍擊退，敵撤向南北烏河，黃昏時，敵復向南北燕川進攻，與我×部一小部隊中途遭遇，發生激戰，敵傷亡頗大，後敵乃以全力攻五山

二十七日晨，敵軍另一部由南北聚，拂曉攻擊該敵，敵集中全力仍向陳莊前進，激戰三小時，至午十一時，敵遂佔陳莊。後我主力趕到，下午一時起，一部佈置向陳莊，至黃昏時，佈置完畢，是夜激戰，攻擊該敵，極為得手，殲偽俘獲甚多，敵勢不支，前後拼拔兩次，計逆一千餘人，終被我擊敗，我軍當即克復陳莊，敵偽傷亡極大。二十八日晨敵主力大部逃向高家莊與洪溝里之間，被我主力包圍，敵為爭奪週圍高地與我激戰一整日，至黃昏時，我將高地完全佔領，我即向敵突擊，敵傷亡奇重，我繳獲步槍戰馬一部，生擒敵人五名，是晚，戰鬥仍極激烈，敵復猛攻洪溝里，我軍予以猛擊，將敵打敗，我軍繳獲輕重機槍及步槍戰馬等甚多。二十九日，敵突圍向破門口方向逃竄，在破門口以南山地，復陷入我包圍，現仍在激戰中。

《抗敌报》是中共晋察冀分局机关报，由邓拓主编，后改为《晋察冀日报》。该报认真贯彻中国共产党提出的《抗日救国十大纲领》，为争取抗日战争胜利作出了贡献。图为1939年9月30日出版的《抗敌报》号外“我军克复陈庄”。

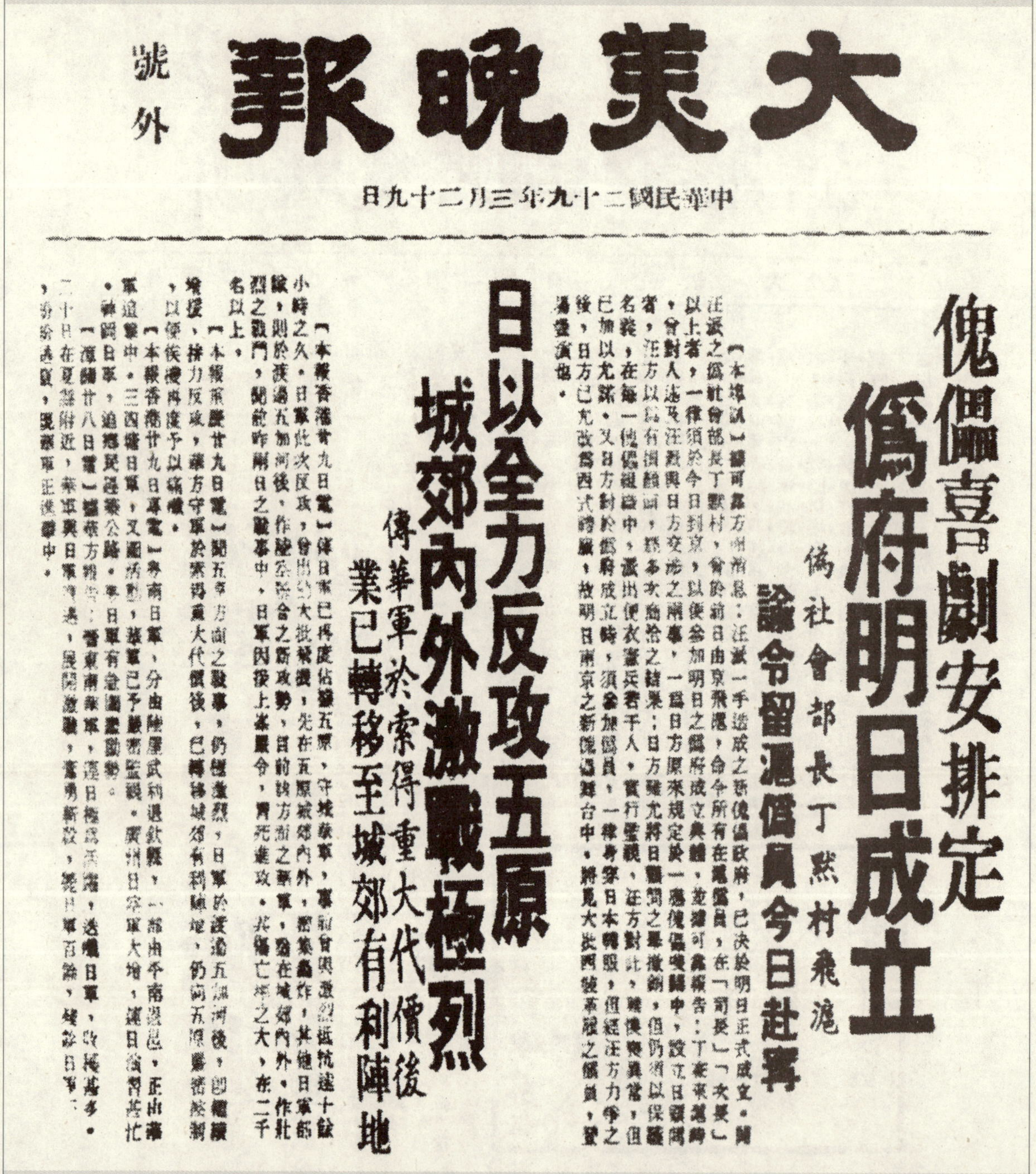

大美晚報 號外

中華民國二十九年三月二十九日

傀儡喜劇安排定
僞府明日成立
僞社會部長丁默村飛滬
諭令留滬僞員今日赴寧

【本埠訊】據可靠方面消息：汪派一手造成之新傀儡政府，已決於明日正式成立。聞汪派之僞社會部長丁默村，曾於前日由京飛滬，命令所有在滬僞員，在「司長」「次長」以上者，一律須於今日到京，以便參加明日之僞府成立典禮，並據可靠報告：丁在京返滬時，曾對人述及汪派與日方交涉之兩事，一為日方原來規定於一應傀儡機關中，設立日籍顧問者，汪方以為有損顏面，經多次磋洽之結果；日方雖允將日籍顧問之舉撤銷，但仍須以保護名義，在每一傀儡機關中，派出便衣憲兵若干人，實行監視，汪方對此，雖感異常，但已加以允諾。又日方對於僞府成立時，須參加僞員，一律身穿日本軍服，但經汪方力爭之後，日方已允改為西式禮服，故明日南京之新傀儡舞台中，將見大批西裝革履之僞員，登場表演也。

日以全力反攻五原
城郊內外激戰極烈
傳華軍於索得重大代價後
業已轉移至城郊有利陣地

【本報香港廿九日電】傳日軍已再度佔據五原，守城華軍，事前曾與激烈抵抗達十餘小時之久。日軍此次反攻，曾出動大批飛機，先在五原城郊內外，輪番轟炸，其他日軍部隊，則於渡過五加河後，作總合之新攻勢，目前該方面之華軍，猶在城郊內外，作壯烈之戰鬥，聞於昨兩日之戰事中，日軍因奉上峰嚴令，冒死進攻，其傷亡之大，在二千名以上，

【本報東勝廿九日電】關五原方面之戰事，仍極激烈，日軍於渡過五加河後，即繼續增援，猛力反攻，華方守軍於索得重大代價後，已轉移城郊有利陣地，仍向五原嚴密控制，以便俟機再度予以痛擊。

【本報香港廿九日專電】粵南日軍，分由陸屋武利退欽縣，一部由平南退邕，正由華軍追擊中。三四儀日軍，又圖蠢動，華軍已予嚴密監視。廣州日空軍大增，連日猛襲粵北，韶關日軍，迫近公路。粵日軍有企圖蠢動勢。

【某地廿八日電】據該方報告：晉東南華軍，連日極為活躍，迭襲日軍，收穫甚多。二十日在夏縣附近，華軍與日軍遭遇，展開激戰，當場斬殺，擊斃日軍百餘，俘獲日軍二十，於是日，現華軍正追擊中。

1940年3月30日，投降日本的大汉奸汪精卫宣告所谓“国民政府”成立。伪南京国民政府是由南京维新政府同北京华北临时政府合并，在日本人直接导演和操纵下成立的傀儡政权。图为1940年3月29日出版的《大美晚报》号外。

星洲日報 號外

民國二十九年五月十二日

鄂豫邊境敵勢大挫

我突破棗陽周圍敵陣地收復雙溝

豫南克武勝關鷄公山又殲寇萬餘

皖南我軍克復繁昌

晉東南晉城寇北竄

津浦膠濟沿線我軍活躍

鄂豫边境敌势大挫，我军突破枣阳周围敌阵地，收复双沟，豫南攻克武胜关鸡公山，又歼日寇万余。皖南，我军克复繁昌。图为1940年5月12日出版的《星洲日报》号外“鄂豫边境敌势大挫”。

血戰近週殲敵逾萬

晉南再造大勝利

我肉搏蔭城衝入市內巷戰

國府頒給勛章

傅作義謙辭

蔣委長覆電令誠敬領受

皖報

號外

抗日战争中，我国军民不断取得胜利。图为1940年6月9日出版的《皖报》号外“血战近周，歼敌逾万，晋南再造大胜利，我肉搏荫城，冲入市内巷战”、“国府颁给勋章，傅作义谦辞”。

京報 號外

中華民國二十九年六月二十四日

協助陸軍殲滅宜昌敵 我神勇空軍大批出動

當陽西北展開激烈爭奪戰 大洪山麓我續獲驚人戰果

法甘向倭寇低頭

我先後兩次提出嚴重抗議 越南禁止物資輸入我國

滬徐家匯法軍警將撤退

图为1940年6月24日出版的《京报》号外“协助陆军歼灭宜昌敌，我神勇空军大批出动，当阳西北展开激烈争夺战，大洪山麓我续获惊人战果”。

豫东前綫連传捷报
敌师团长被我击毙
我軍英勇攻入商丘

豫东方面，我軍自克服开封、鹿邑后，据郑州五日电称：「我軍刻又攻入商丘，与敌展开猛烈之街巷战，城外之敌已被我另一部包围。」又据洛阳六日电：「我軍已进逼通許，毙敌极伙，并将通許北七里湾至小培集間公路破坏，并在蔣庄船山間炸毁鉄桥一座，鉄軌七里。」敌此次在豫东一带，伤亡惨重，据香港六日电：「平訊，敌軍第三十五师团长前田治，在开封之役为我击毙，聞敌大本营已改派原田继任云。」

张自忠殉国
蒋委員长亲临祭奠

【重庆六日电】第三十三集团軍总司令张自忠，上月十六日在鄂中督战忠勇殉国，其灵柩已于本日抵渝，蔣委員长亲临祭奠，并通电全国述其毕生事迹，頒发撫恤費十万元云。

生活週刊 號外 民國二十九年七月六日

1940年7月5日，日本侵略军第35师团长前田治，在开封之役被我国军队击毙。抗日名将、第33集团军总司令张自忠将军，在鄂中督战，英勇殉国。图为1940年7月6日出版的《生活周刊》号外。

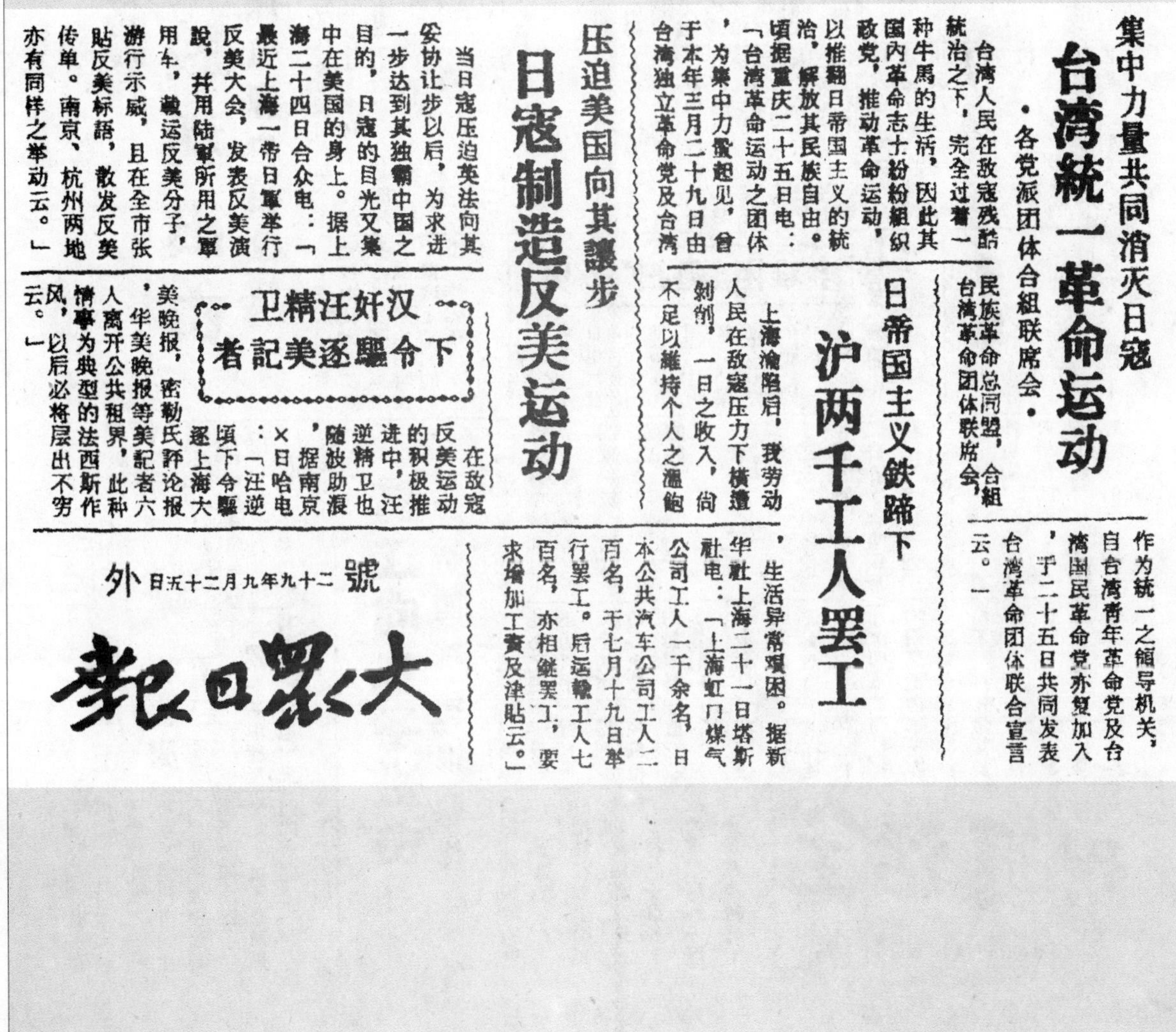

大众日报

號外　二十九年九月二十五日

集中力量共同消灭日寇

台湾統一革命运动

·各党派团体合組联席会·

台湾人民在敌寇残酷統治之下，完全过着一种牛馬的生活，因此其國內革命志士紛紛組织政党，推动革命运动，以推翻日帝国主义的統治，解放其民族自由。頃据重庆二十五日电：「台湾革命运动之团体，为集中力量起见，曾于本年三月二十九日由台湾独立革命党及台湾民族革命总同盟，合組台湾革命团体联席会，作为統一之領导机关，自台湾青年革命党及台湾国民革命党亦复加入，于二十五日共同发表台湾革命团体联合宣言云。」

日帝国主义鉄蹄下

沪两千工人罢工

上海淪陷后，我劳动人民在敌寇压力下横遭剝削，一日之收入，尚不足以維持个人之溫飽，生活异常艰困。据新华社上海二十一日塔斯社电：「上海虹口煤气公司工人一千余名，日本公共汽车公司工人二百名，于七月十九日举行罢工。后运输工人七百名，亦相继罢工，要求增加工資及津貼云。」

压迫美国向其讓步

日寇制造反美运动

当日寇压迫英法向其妥协让步以后，为求进一步达到其独霸中国之目的，日寇的目光又集中在美国的身上。据上海二十四日合众电：「最近上海一带日軍举行反美大会，发表反美演說，并用陆軍所用之軍用车，載运反美分子，游行示威，且在全市张貼反美标語，散发反美传单。南京、杭州两地亦有同样之举动云。」

汉奸汪精卫　下令驅逐美記者

在敌寇反美运动的积极推进中，汪逆精卫也随波助瀾，据南京×日哈电：「汪逆頃下令驅逐上海大美晚报，密勒氏評论报，华美晚报等美記者六人离开公共租界，此种情事为典型的法西斯作风，以后必将层出不穷云。」

1940年3月29日，台湾各党派团体联合组成台湾革命团体联合会，集中力量，共同消灭日寇。图为1940年9月25日出版的《大众日报》号外。

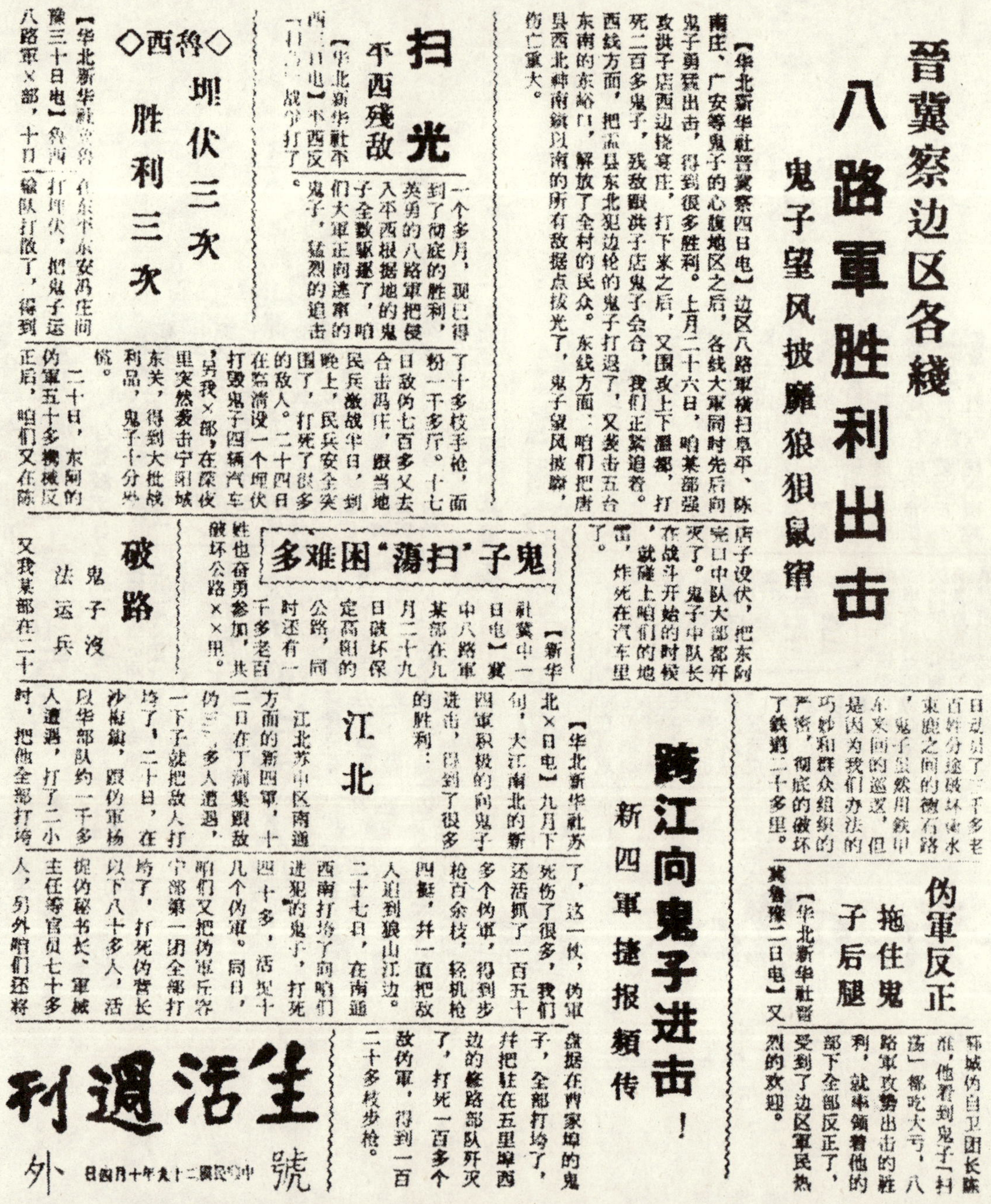

晋冀察边区各线 八路軍胜利出击

鬼子望风披靡狼狈鼠窜

【华北新华社晋冀察四日电】边区八路軍横扫阜平、陈南庄、广安等鬼子的心腹地区之后，各线大軍同时先后向鬼子勇猛出击，得到很多胜利。上月二十六日，咱某部强攻洪子店西边捻窝庄，打下来之后，又围攻上下温都，打死二百多鬼子，残敌跟洪子店鬼子会合，我们正紧追着。西线方面，把盂县东北犯边北的鬼子打退了，又袭击五台东南的东峪口，解放了全村的民众。东线方面：咱们把唐县西北神南镇以南的所有敌据点拔光了，鬼子望风披靡，伤亡重大。

扫光 平西残敌

【华北新华社平西三日电】平西反"扫荡"战争打了一个多月，现已得到了彻底的胜利，英勇的八路軍把侵入平西根据地的鬼子全数驱逐了，咱们大軍正向逃窜的鬼子，猛烈的追击。

◇鲁西◇ 埋伏三次 胜利三次

【华北新华社冀鲁豫三十日电】鲁西八路軍×部，十日在东平东安冯庄间打埋伏，把鬼子运输队打散了，得到了十多枝手枪，面粉一千多斤。十七日敌伪七百多又去合击冯庄，跟当地民兵激战半日，到晚上，民兵安全突围了，打死了很多的敌人。二十四日在临清设一个埋伏，打毁鬼子四辆汽车，另我×部，在深夜里突然袭击宁阳城东关，得到大批战利品，鬼子十分恐慌。

二十日，东阿的伪軍五十多携械反正后，咱们又在陈店子设伏，把东阿完口中队大部都歼灭了。鬼子中队长在战斗开始的时候，就碰上咱们的地雷，炸死在汽车里了。

鬼子"扫荡"困难多

【新华社冀中一日电】冀中八路軍某部在九月二十九日破坏保定高阳的公路，同时还有一千多老百姓也奋勇参加，共破坏公路××里。

破路 鬼子没法运兵

又我某部在二十日动员了二千多老百姓分途破坏衡水束鹿之间的德石路，"鬼子"虽然用铁甲车来回的巡逻，但是因为我们办法的巧妙和群众组织的严密，彻底的破坏了铁路二十多里。

伪軍反正 拖住鬼子后腿

【华北新华社晋冀豫二日电】又环城伪自卫团长陈准，他看到鬼子"扫荡"都吃大亏，八路軍攻势出击的胜利，就率领着他的部下全部反正了，受到了边区軍民热烈的欢迎。

跨江向鬼子进击！ 新四軍捷报频传

【华北新华社苏北×日电】九月下旬，大江南北的新四軍积极的向鬼子进击，得到了很多的胜利：

江北

江北苏中区南通方面的新四軍，十二日在丁溜集跟敌伪三[illegible]多人遭遇，一下子就把敌人打垮了，二十日，在沙梅镇，跟伪軍杨以华部队约一千多人遭遇，打了二小时，把他全部打垮了，这一仗，伪軍死伤了很多，我们还活抓了一百五十多个伪軍，得到步枪百余枝，轻机枪四挺，并一直把敌人追到狼山江边。二十七日，在南通西南打垮了向咱们进犯的鬼子，打死四十多，活捉十几个伪軍。同日，咱们又把伪軍丘容宁部第一团全部打垮了，打死伪营长以下八十多人，活捉伪秘书长、軍械主任等官员七十多人，另外咱们还将盘据在西家埠的鬼子，全部打垮了，并把驻在五里埠西边的条路部队歼灭了，打死一百多个敌伪軍，得到一百二十多枝步枪。

生活週刊 号外 中华民国二十九年十月四日

日本侵略者的枪炮声，唤起了中华民族的觉醒，从局部抗战到全民抗战，大刀砍向鬼子，粉碎了日军"三个月灭亡中国"的狂妄梦想。图为1940年10月4日出版的《生活周刊》号外"晋冀察边区各线八路军胜利出击，鬼子望风披靡狼狈鼠窜"。

大众日报

号外

中华民国廿九年十一月卅日

晋冀豫边区各抗日民众团体联名号召

华北人民武装起来

▲抗战必生 屈辱必死▼

▲血债必须用血来还▼

以刺刀和炸药来抗议敌寇暴行

敌寇残酷凶狠之状 超出一切黑暗史实

抗日战争已进入决战阶段，各地战场开始组织反攻。图为1940年11月30日出版的《大众日报》号外“晋冀豫边区各抗日民众团体联合号召华北人民武装起来，抗战必生，屈辱必死，血债必须用血来还”。

蒙疆新聞

號外

十一月三十日

大同支社

歷史的調印完了

日華共同コンミユニケ發表

【南京三十日發蒙通至急報】日華新關係目指し今次事變に明確なる新段階を劃する日華條約の歷史的調印は三十日午前十時二十五分完了せる旨日本大使館國民政府宣傳部より次の如く共同コンミユニケが發表された

日華兩國共同コンミユニケ

七月五日以降日華兩國間に愼重協議を遂げたる結果、兩國國交調整に關する約條は十一月三十日午前十時廿五分南京において阿部特命全權大使と汪國民政府行政院長との間に署名調印を了せり

1940年11月30日，日本政府宣布承认汪精卫伪政权。南京汪伪国民政府行政院长与日本政府驻华大使发表联合声明，签订所谓“日华条约”。图为1940年11月30日出版的《蒙疆新闻》号外“历史性签字完毕，日华共同发表声明”。

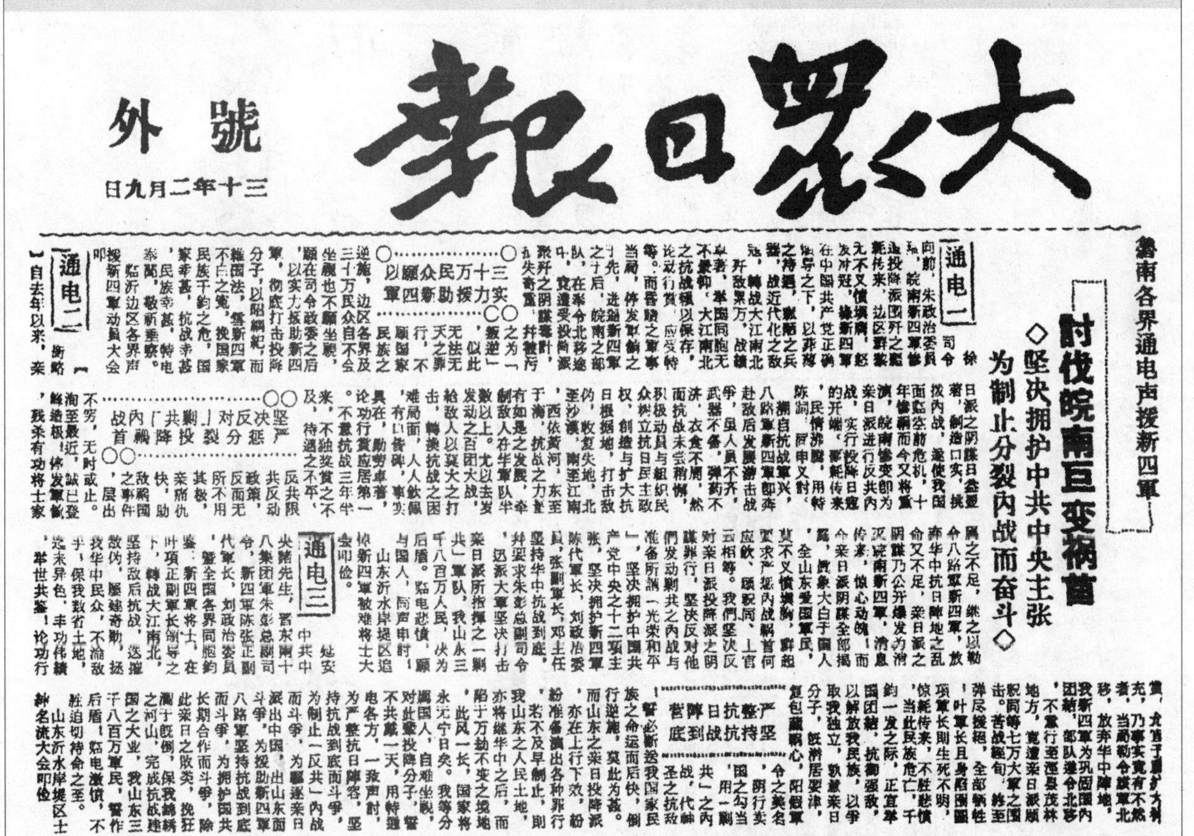

号外

大众日报

三十年二月九日

鲁南各界通电声援新四军

讨伐皖南巨变祸首

◇坚决拥护中共中央主张 为制止分裂内战而奋斗◇

1941年1月4日，新四军九千多人奉命北移抗日，行至皖南泾县茂林地区，突遭国民党军七个师八万余人包围袭击。新四军除二千人突围外，大部壮烈牺牲。这就是震惊中外的“皖南事变”。图为1941年2月9日出版的《大众日报》号外“讨伐皖南巨变祸首”。

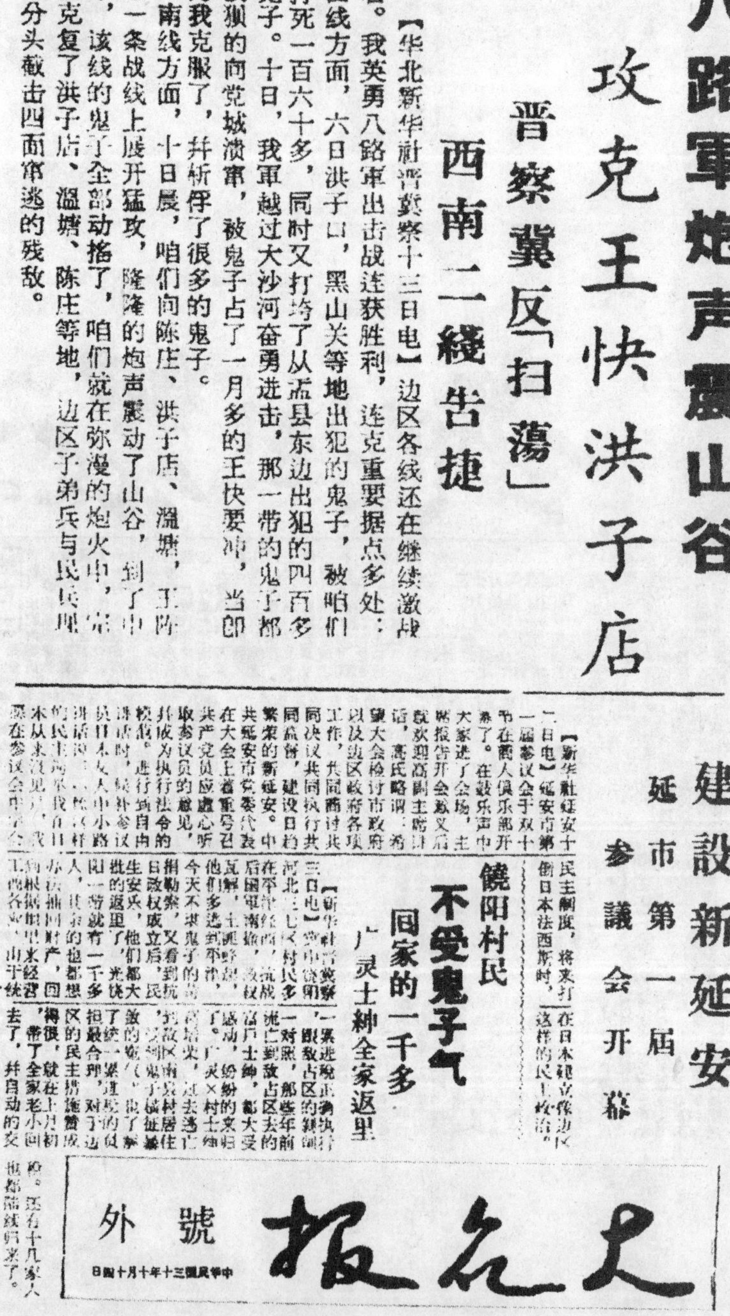

八路軍炮声震山谷
攻克王快洪子店
晋察冀反"扫蕩"
西南二綫告捷

【华北新社晋冀察十三日电】边区各线还在继续激战着。我英勇八路軍出击战连获胜利，连克重要据点多处：西线方面，六日洪子口，黑山关等地出犯的鬼子，被咱们打死一百六十多，同时又打垮了从孟县东边出犯的四百多鬼子。十日，我軍越过大沙河奋勇进击，那一带的鬼子都狼狈的向党城溃窜，被鬼子占了一月多的王快要冲，当即为我克服了，并斩俘了很多的鬼子。

南线方面，十日晨，咱们向陈庄、洪子店、淵塘、王陈庄一条战线上展开猛攻，隆隆的炮声震动了山谷，到了中午，该线的鬼子全部动摇了，咱们就在弥漫的炮火中，完全克复了洪子店、温塘、陈庄等地，边区子弟兵与民兵哩正分头截击四面窜逃的残敌。

建設新延安
延市第一届参議会开幕

饒阳村民不受鬼子气
广灵士紳全家返里 同家的一千多

大众报 號外

中華民國三十年十月十四日

在晋察冀边区，我八路军英勇出击，进行反“扫荡”，连续取得胜利。图为1941年10月14日出版的《大众报》号外“八路军炮声震山谷，攻克王快洪子店”。

莫斯科決戰將爆發

加里寧陣線內德軍受重創

號外　中華民國三十年十月二十六日

正氣日報

1941年6月22日，法西斯德国突然向苏联发动了侵略战争。德军在莫斯科附近和斯大林格勒方向受挫，遭到苏军的猛烈反击。在著名的莫斯科和斯大林格勒保卫战中，苏军打退了纳粹军队的疯狂进攻。图为1941年10月26日出版的《正气日报》号外。

大衆日報 號外

日軍偷襲珍珠港

一九四一年十二月七日，日本進攻後之珍珠港美海軍航空根據地，[illegible]

一九四一年十二月七日，日本突向美國不宣而戰，以艦機進襲駐泊珍珠港之美國太平洋艦隊，八艘主力艦中之三艘被擊中。左至右，西佛琴亞號受傷至重，田納斯號亦受傷，阿里桑那號被擊沉沒。

狗急跳墻　日寇必亡

1941年12月7日，日军偷袭珍珠港，使停泊在珍珠港内的美国太平洋舰队遭受重大损失。图为1941年12月7日出版的《大众日报》号外“日军偷袭珍珠港，狗急跳墙，日寇必亡”。

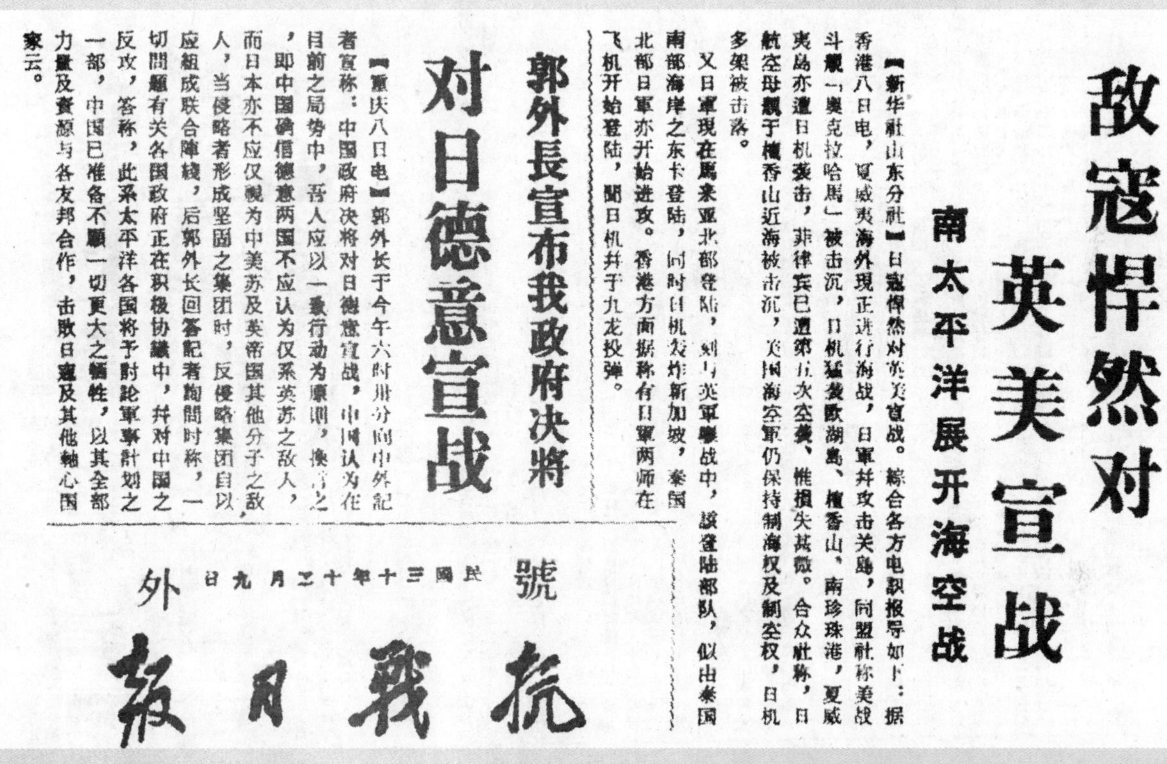

抗戰日報

號外　民國三十年十二月九日

敌寇悍然对英美宣战

南太平洋展开海空战

【新华社山东分社】日寇悍然对英美宣战。综合各方电讯报导如下：据香港八日电，夏威夷海外现正进行海战，日軍并攻击关島，同盟社称美战斗艦「奥克拉哈馬」被击沉，日机猛袭欧湖島、檀香山、南珍珠港，夏威夷島亦遭日机轰击，菲律宾已遭第五次空袭，惟损失甚微。合众社称，日航空母艦于檀香山近海被击沉，美国海空軍仍保持制海权及制空权，日机多架被击落。

又日軍現在馬来亚北部登陆，刻与英軍激战中，該登陆部队，似由泰国南部海岸之东卡登陆，同时日机轰炸新加坡，泰国北部日軍亦开始进攻。香港方面据称有日軍两师在飞机开始登陆，聞日机并于九龙投弹。

郭外長宣布我政府决將对日德意宣战

【重庆八日电】郭外长于今午六时卅分向中外記者宣称：中国政府决将对日德意宣战，中国认为在目前之局势中，吾人应以一致行动为原则，换言之，即中国确信德意两国不应认为仅系英苏之敌人，而日本亦不应仅视为中美苏及英帝国其他分子之敌人，当侵略者形成坚固之集团时，反侵略集团自以应組成联合陣綫，后郭外长回答記者詢問时称，一切問題有关各国政府正在积极协議中，并对中国之反攻，答称，此系太平洋各国将予討論軍事計划之一部，中国已准备不顧一切更大之犧牲，以其全部力量及資源与各友邦合作，击敗日寇及其他軸心国家云。

1941年12月8日，日寇悍然对英美宣战，太平洋战争爆发。12月9日，美国对日本宣战。图为1941年12月9日出版的《抗战日报》号外“敌寇悍然对英美宣战”。

我對日德意宣戰
美宣佈對日宣戰
中英美荷聯合陣線事實形成

抗戰日報 號外

中華民國三十年十二

1941年12月9日，中国政府发表宣战布告，正式对日、德、意宣战。图为1941年12月9日出版的《抗战日报》号外“我对日德意宣战，美宣布对日宣战”。

抗戰日報

號外

中華民國三十年十二月十日

中共中央關於太平洋反日統一戰線的指示

（一）如同本黨中央對太平洋戰爭的宣言所說英美及太平洋各國的抗日戰爭是正義的解放的戰爭，英美對日的勝利，就是民主與自由的勝利。因此，我全國人民全體海外僑胞，及南洋各民族在抗日戰爭中的中心任務就是建立與開展太平洋各民族反日法西斯的廣泛統一戰線。這個統一戰線的組成部份，應當包括反對日本侵略的一切民族的政府黨派及一切階層的人民，日本國內的反戰人民和日本殖民地朝鮮台灣越南的人民在內。這個統一戰線應當是上層的同時又是下層的，是政府的同時也是人民的聯盟。應當實現中英美及其他太平洋各國的反日軍事同盟，應當建立民主國政府與土著民族的親密合作，同時應當改善各土著民族的經濟地位，組織其民衆，提高其積極性，并開展一切日本佔領區內的游擊戰爭，沒有這些，戰勝日寇是不可能的。

（二）中國人民與中國共產黨對英美統一戰線特別有重大的意義，一方面在與英美合作之下消滅日寇，是中國民族解放的必要前提，他方面中國內部團結一致，改革政治軍事積極牽制打擊敵人，積極準備戰略反攻，又是英美戰勝日寇的重要條件，為此目的，中國共產黨應該在各種場合與英美人士作誠懇坦白的通力合作，以增加英美抗戰力量并改進中國抗戰狀況。

（三）必須大大的開展南洋與英美各地的華僑工作，華僑工作的方針應當是團結全體華僑，團結其各階層各黨派共同進行反日鬥爭，宣傳并擁護祖國的團結抗戰，贊助並參加當地改進一切抗日的設施與行動，應該糾正僑胞中及一部分共產黨員的過左傾向，要求他們與中國當地使館領事館及國民黨部合作，但對親日親德份子分裂僑胞團結，妨害抗日工作的行為，必須堅決的但又是適當的反對。

（四）必須努力開展華南敵佔區海南島越南及日本在南洋一切佔領區域的抗日游擊戰爭，並應盡可能與各抗日友軍及英美等抗日友邦的軍事行動協同一致，及取得他們在各方面的贊助，游擊隊所實施的各種政策，應該符合於反日統一戰線的要求，應該注意防止並糾正各種左的傾向。

（五）在南洋各地的工作應與當地民族、共產黨取得聯系，并幫助他們糾正存在着的左的傾向，廣泛的開展統一戰線的工作。

（中華民國三十年十二月九日）

1941年12月9日，中共中央发出关于太平洋反日统一战线的指示。图为1941年12月10日出版的《抗战日报》号外“中共中央关于太平洋反日统一战线的指示”。

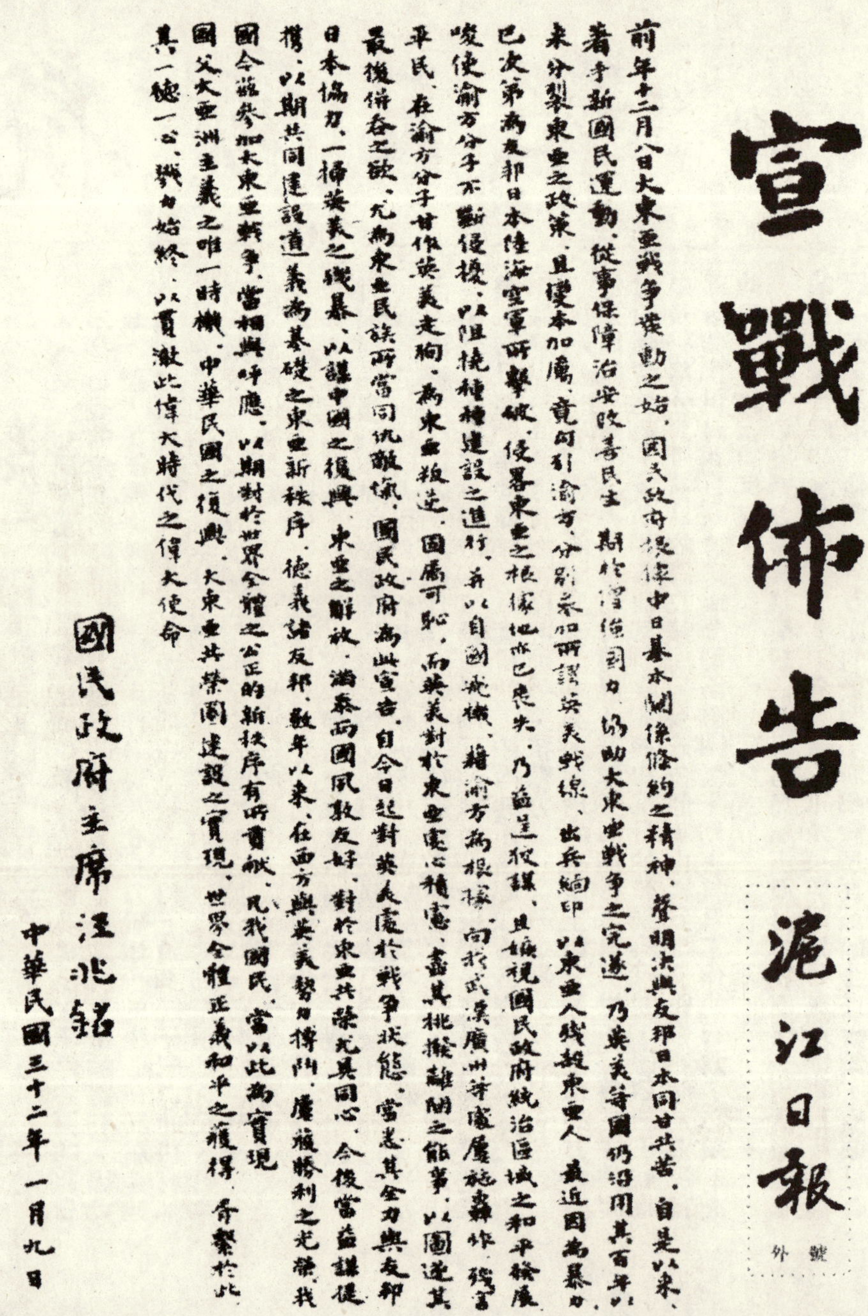

宣戰佈告

滬江日報

號外

前年十二月八日大東亞戰爭發動之始，國民政府根據中日基本關係條約之精神，聲明決與友邦日本同甘共苦。自是以來，着手新國民運動，從事保障治安改善民生，期於增強國力，協助大東亞戰爭之完遂。乃英美等國仍沿用其百年以來分裂東亞之政策，且變本加厲，竟用引渝方，分別參加所謂英美戰線，出兵緬印，以東亞人殘殺東亞人。最近因為暴力已次第為友邦日本陸海空軍所擊破，侵略東亞之根據地亦已喪失，乃益逞狡謀，且敵視國民政府統治區域之和平發展，唆使渝方分子不斷侵擾，以阻撓種種建設之進行，并以自國飛機，藉渝方為根據，向於武漢廣州等處屢施轟炸，殘害平民。在渝方分子甘作英美走狗，為東亞叛逆，固屬可恥，而英美對於東亞處心積慮，盡其挑撥離間之能事，以圖逞其最後併吞之欲，尤為東亞民族所當同仇敵愾。國民政府為此宣告，自今日起對英美處於戰爭狀態，當悉其全力與友邦日本協力，一掃英美之殘暴，以謀中國之復興，東亞之解放。滿泰兩國夙敦友好，對於東亞共榮尤具同心，今後當益謀提攜，以期共同建設道義為基礎之東亞新秩序。德義諸友邦，數年以來，在西方與英美努力搏鬥，屢獲勝利之光榮，我國今茲參加大東亞戰爭，當相與呼應，以期對於世界全體之公正的新秩序有所貢獻。凡我國民，當以此為實現國父大亞洲主義之唯一時機，中華民國之復興，大東亞共榮圈建設之實現，世界全體正義和平之獲得，胥繫於此，其一德一心，戮力始終，以貫澈此偉大時代之偉大使命

國民政府主席汪兆銘

中華民國三十二年一月九日

1943年1月9日，伪国民政府主席汪兆铭（汪精卫）追随日本军国主义，为“大东亚共荣圈建设之实现”，宣布“自今日起对英美处于战争状态”。图为1943年1月9日出版的《沪江日报》号外“宣战布告”。

滿洲日日新聞 號外

大東亞戰爭壽入第三年

中日滿泰菲緬印決擊滅英美

東亞七國締盟益臻鞏固

偉哉！大東亞共同宣言

大東亞共同宣言

1943年11月16日，日本召集“六国”举行大东亚会议，日、中（汪伪）、满（伪满）、泰、菲、缅、印发表所谓“大东亚共同宣言”。图为1943年11月16日出版的《满洲日日新闻》号外“中日满泰菲缅印决击灭英美”。

諾曼底戰鬥仍甚烈

戰線重點在聖羅地區

提利西南反軸心軍進攻未逞

瑟堡半島德軍隊向南方後退

號外

中華民國三十三年六月二十二日

新申報

1944年6月6日，盟军在法国北部诺曼底登陆。诺曼底登陆战役成功开辟欧洲第二战场，加速了德国法西斯的灭亡。图为1944年6月22日出版的《新申报》号外“诺曼底战斗仍甚烈”。

新申報

號外　民國三十三年十一月二十三日

岡村大將奉命任日派遣軍總司令

畑俊六元帥調任教育總監

▲東京二十二日中央社電　日本陸軍省二十二日發表，任命陸軍大將畑俊六元帥爲教育總監，任命陸軍大將岡村寧次爲中國派遣軍總司令官，任命陸軍中將下村孔爲華北方面陸軍最高指揮官，任命陸軍中將橫山勇爲西部軍司令官。

▲華南前綫二十二日中央社電　日軍自攻陷桂林，佔領該縣後，判明於該方面所獲戰果如次：渝軍遺棄屍體二四一二具，俘虜五六人，鹵獲品計有迫擊砲一，輕迫擊砲七，重機槍十，步槍三五三支，速射砲彈一三四五枚，平擊砲彈一〇〇五枚，重輕機彈三二〇九〇枚，步槍彈四七二〇〇枚。

▲瑞典京城二十二日中央社電　據英國電訊交換社重慶二十日訊，因日軍作戰之進展，重慶政府將遷都。蓋由於華南日軍之加速進攻，渝方已屆遷都他處之時。羅斯福總統特使納爾遜抵重慶以來，曾屢與蔣會議重慶軍事之危機，因之重慶遷都之廣汎措置，即將實行。四川之成都，及甘肅之蘭州，似較適宜，然若遷都蘭州，則與蘇聯勢力接近，故推測重慶政府將遷入西康省云。

为了扭转日军在中国战场上走向失败的局面，1944年11月22日，日本陆军省任命陆军大将冈村宁次为侵华日军总头目（中国派遣军总司令官）。图为1944年11月23日出版的《新申报》号外“冈村大将奉命任日派遣军总司令”。

日機冒惡劣天氣猛攻摩羅島及雷伊泰灣

敵機場艦船等遭重大損害

▲東京二十五日中央社電 日大本營二十五日下午三時三十分發表：菲律賓方面日軍航空隊，冒惡劣天氣，於二十二、三兩日猛攻摩羅泰島敵機場及雷伊泰灣內敵艦船，二十四日猛攻雷伊泰島敵機場及登陸地點等，所獲戰果如次：㈠摩羅泰島中彈起火者二十五處以上，爆炸者二十處以上。㈡雷伊泰灣擊沉運輸船二艘，登陸用舟艇兩艘，擊毀驅逐艦一艘，運輸船一艘。㈢雷伊泰島中彈起火者九處以上（內一處大爆炸）。日機損害：自炸一架，未歸者十七架。

▲菲律賓前綫基地二十五日中央社電 日空軍戰鬥轟炸機聯合編隊，二十二日夜半奇襲摩羅泰島敵機場，突破敵熾烈防空砲火，投下巨彈多枚，機場滑翔路及掩護體二十數處起火，日機全部歸還。二十三日夜，再以戰鬥轟炸機聯合編隊，強襲該島，予以重創後，全機安返。此次攻擊戰果，計炸毀及焚毀敵軍設施二十餘處，大型機起火者五十二架，中型機起火者二十架，重創者二架，小型機起火者二架，此外並炸毀地上敵機多數。

▲菲島前綫日軍基地二十五日中央社電 日戰鬥機隊，二十三日上午冒惡劣天氣，空襲雷伊泰島，呼應日軍陸地部隊之猛烈進擊，除制壓加里加拉方面之上空外，更急襲敵據點之巴爾哥。又是夜日軍轟炸機隊再度進攻雷伊泰島，猛攻塔克羅班，塔克拉中間之敵軍登陸地點，全彈命中，對敵方探照燈陣地，物資堆積地，以及其他軍事設施，加以澈底轟炸後，全機安返基地。更於二十四日晨強襲雷伊泰島塔克羅班敵機場，對該機場反覆施以痛烈之俯衝轟炸，除炸毀其滑翔路外，更使地上敵機炸，使附屬施設一處大爆炸，於此次攻擊，日機一架未飛返。

號外 中華民國三十三年十一月二十六日

滬江日報

从1944年开始，盟军加强了空中优势，日军逐渐失去了制空权。尽管日机“冒恶劣天气猛攻”也没有用，正如这张 “号外”提到“此次攻击，日机一架未飞返”。图为1944年11月26日出版的《沪江日报》号外。

天聲日報

號外

民國三十三年十二月五日

蘇軍大捷

全球振奮

在苏德战场上，苏军进行全面大反攻，不断取得大捷。德军损失惨重，全线溃退。图为1944年12月5日出版的《天声日报》号外“苏军大捷，全球振奋”。

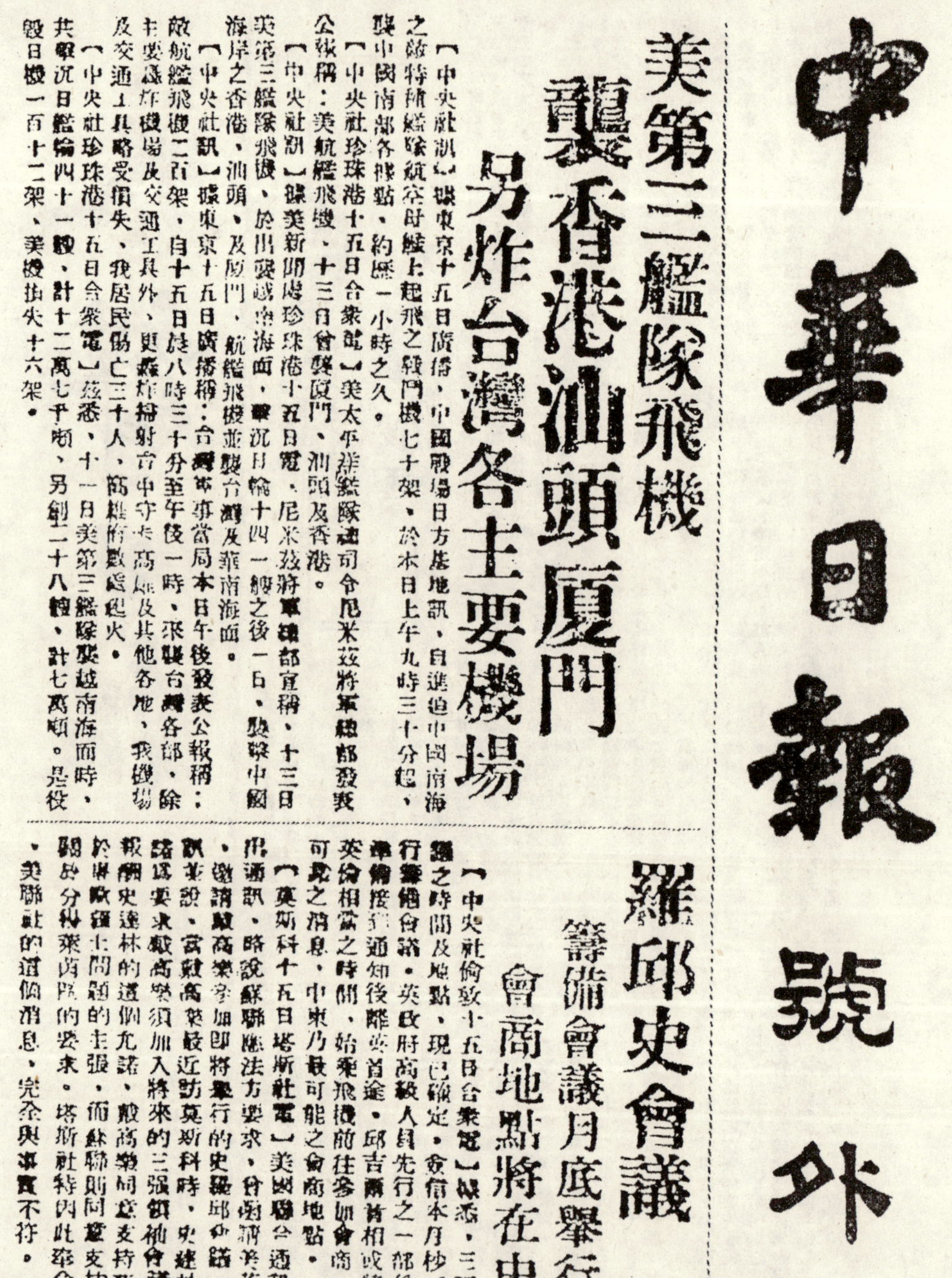

中華日報 號外

中華民國三十四年一月十六日

美第三艦隊飛機 襲香港汕頭廈門 另炸台灣各主要機場

【中央社訊】據東京十五日廣播，中國戰場日方基地訊，自進迫中國南海之敵特種艦隊航空母艦上起飛之戰鬥機七十架，於本日上午九時三十分起，襲中國南部各據點，約歷一小時之久。

【中央社珍珠港十五日合衆電】美太平洋艦隊總司令尼米茲將軍總部發表公報稱：美航艦飛機，十三日曾襲廈門、汕頭及香港。

【中央社訊】據美新聞處珍珠港十五日電，尼米茲將軍總部宣稱，十三日美第三艦隊飛機，於出襲越南海面，擊沉日輪十四一艘之後一日，襲擊中國海岸之香港、汕頭，及廈門，航艦飛機並襲台灣及華南海面。

【中央社訊】據東京十五日廣播稱：台灣軍事當局本日午後發表公報稱：敵航艦飛機二百架，自十五日晨八時三十分至午後一時，來襲台灣各部，除主要爲炸機場及交通工具外，更轟炸掃射台中守夫高雄及其他各地，我機場及交通工具略受損失，我居民傷亡三十人，商權附數處起火。

【中央社珍珠港十五日合衆電】茲悉，十一日美第三艦隊襲越南海面時，共擊沉日艦輪四十一艘，計十二萬七千噸，另創一十八艘，計七萬噸。是役毀日機一百十二架、美機損失十六架。

羅邱史會議 籌備會議月底舉行 會商地點將在中東

【中央社倫敦十五日合衆電】據悉，三巨頭會議之時間及地點，現已確定，並信本月杪可能舉行籌備會議。英政府高級人員先行之一部份，已準備接到通知後離英首途。邱吉爾首相或將逗留英倫相當之時間，始乘飛機前往參加會商。據設可靠之消息，中東乃最可能之會商地點。

【莫斯科十五日塔斯社電】美國聯合通訊社發出通訊，略說蘇聯應法方要求，曾函請美英當局，邀請戴高樂參加即將舉行的史羅邱會議。該通訊並說，當戴高樂最近訪莫斯科時，史達林曾允諾戴要求戴高樂須加入將來的三強領袖會議，以報酬史達林的這個允諾，戴高樂同意支持蘇聯關於東歐疆土問題的主張，而蘇聯則同意支持法國關於分裂萊茵區的要求。塔斯社特因此奉命聲明，美聯社的這個消息，完全與事實不符。

盟军对日军进行大反攻，日军遭到重大打击。图为1945年1月16日出版的《中华日报》号外“美第三舰队飞机袭香港、汕头、厦门，另炸台湾各主要机场”。

華美晚報 號外

民國三十四年一月二十七日

美機襲北平機場

中美機炸平漢隴海路

兩日計擊毀敵機車六十七輛

【中央社訊】中國戰區美軍司令部二十六日發表第四八七號公報稱：第十四航空隊北方基地之P－51式機，二十五日奇襲北平機場，擊毀敵機四十架，共中戰鬥機五架，在空中被毀。可能擊毀六架，擊創二架。我戰鬥機歸途擊毀鐵路機車四輛，擊創一輛。第十四航空隊在本月中共擊毀敵機三百零五架（此次襲擊北平之役在內）。中美混合機隊之戰鬥機，廿五日襲擊石家莊及隴海路上開封之鐵路車場、蚌埠之鐵路修理廠、及平漢路駐馬店之鐵路車場。共毀機車四十二輛。并擊毀石家莊機場中敵機兩架。我戰鬥機轟炸各鐵路中心地之後，復遍襲各鐵路線，擊毀平漢路上之機車十三輛。在蚌埠南京間，擊毀十八輛。在駐馬店車場擊毀三輛。我P－51式機，廿四日襲擊鄭州洛陽及新鄉以北之平漢鐵路沿線，共擊毀敵機車廿一輛。兩日以來，總計擊毀敵機車六十七輛。凡此諸役，我機三架未返基地。

美潛艇一週戰績

毀敵船艦廿四艘

三年沉敵船艦近千艘

【中央社訊】據美新聞處華盛頓二十五日電、美海軍部宣佈：美潛艇於迄十八日止之一週內、擊沉日方船艦二十四艘。共中有驅逐艦一艘、護航驅逐艦三艘、大型運貨運輸艦一艘、大型油船二艘、中型運貨運輸艦一艘、中型貨輪八艘、中型油船兩艘、中型運輸艦一艘、小型貨輪四艘、小型油船一艘。自一九四一年十二月七日以來、美潛艇共擊沉日船艦九五八艘。麥克阿瑟公報、海軍公報及東南亞[illegible]宣佈日方船艦損失如下：軍艦沉者七四〇艘、可能沉沒者三六〇艘、傷者五八〇艘、非作戰艦艇沉者一、五九五艘、可能沉沒者四六五艘、傷者一、五三〇艘、共計沉沒者二、三三五艘、可能沉沒者八二五艘、傷者一、五三〇艘。日方自一九四四年一月一日至本年一月二十四日損失飛機如次：被毀者六、一九〇架、可能被毀者九七〇架。

日军在各个战场连遭惨败，损失巨大。图为1945年1月27日出版的《华美晚报》号外“美机袭北平机场，中美机炸平汉陇海路，两日计击毁敌机车六十七辆”。

陪都明日公祭美故總統

蔣主席親臨主祭

國府令全國公務員停宴誌哀

巨機四百架炸東京

向工業區投彈二千噸燃燒極烈

大琉球美軍擊退敵反撲

新聞報

中華民國三十四年四月十五日　號外

1945年4月13日，美军四百架飞机轰炸日本东京，向工业区投弹二千吨，燃烧极烈。大琉球美军击退敌反扑。图为1945年4月15日出版的《新闻报》号外“巨机四百架炸东京”。

教育陣地

號外

中華民國三十四年八月九日

毛主席爲蘇聯對日宣戰的聲明

〔新華社延安八月九日電〕關於蘇聯對日宣戰所引起的變化，中共中央委員會主席毛澤東發表聲明如下：八月八日，蘇聯政府宣佈對日作戰，中國人民表示熱烈的歡迎。由於蘇聯這一行動，對日戰爭的時間將大大縮短。對日戰爭已處在最後階段，最後地戰勝日本侵略者及其一切走狗的時間已經到來了。在這種情況下，中國人民的一切抗日力量應舉行全國規模的反攻，密切而有效地配合蘇聯及其他同盟國作戰。八路軍、新四軍及其他人民軍隊，應在一切可能條件下，對於一切不願投降的侵略者及其走狗實行廣泛的進攻，殲滅這些敵人的有生力量，奪取其武器與資財，猛烈地擴大解放區，縮小淪陷區。放手組織武裝工作隊，成百隊成千隊地深入敵後之敵後，組織人民，破襲敵人的交通線，配合正規軍作戰。放手發動淪陷區的千百萬民衆，立即組織地下軍，準備武裝起義，配合從外部進攻的軍隊消滅敵人。解放區的鞏固工作仍應注意。今冬明春，應在現有一萬萬人民中普遍地實行減租減息，發展生產，組織人民政權與人民武裝，加強民兵工作，加強軍隊的紀律，堅持各界人民的統一戰線，防止浪費人力物力，一部分地區（例如某些沿海地區）暫時還應注意粉碎敵人的『掃蕩』。凡此一切，都是爲着加強對敵人的進攻。全國人民必須注意制止內戰危險，努力促成民主的聯合政府之建立。中國民族解放戰爭的新階段已經到來了，全國人民應加強團結，爲奪取最後勝利而鬥爭。

1945年8月8日，苏联对日宣战。为配合苏军的进攻行动，中国共产党中央委员会主席毛泽东发表声明。图为1945年8月9日出版的《教育阵地》号外“毛主席为苏联对日宣战的声明”。

酆都日報

緊急號外

中華民國三十四年八月十日

蘇日戰幕揭開

中蘇邊境蘇軍正式攻進

轟炸偽滿敵方戰略據點

陸空協同作戰預料戰局一週可結束

中央社據東京九日廣播 長春訊：蘇軍昨晚午夜後不久，突在蘇滿東部邊界日軍，向日軍發動進攻，據長春關東軍司令部今晨三時三十分發表公報稱：蘇軍突於今晨十二時十分起，以地面部隊在東部邊境向日軍進攻，公報並稱：小隊飛機開始轟炸「滿洲國」境內各戰略據點。

1945年8月9日，苏联红军分三路进入我国东北地区，向日本关东军发动猛烈进攻。图为1945年8月10日出版的《酆都日报》紧急号外“苏日战幕揭开”。

中華日報

和平號外

日接受波茨坦三國宣言
世界全面和平實現

託瑞士瑞典向中英美蘇轉達照會
特魯曼總統昨召集特別內閣會議

新聞報 中華民國三十四年八月十日

1945年8月10日，《中华日报》出版和平号外“日本接受波茨坦三国宣言，世界全面和平实现”。中国军民抗战八年，浴血奋战抵抗侵略，大小战斗近20万次，歼灭日军154万余人、伪军118万人，为战胜日本法西斯起到决定性作用。

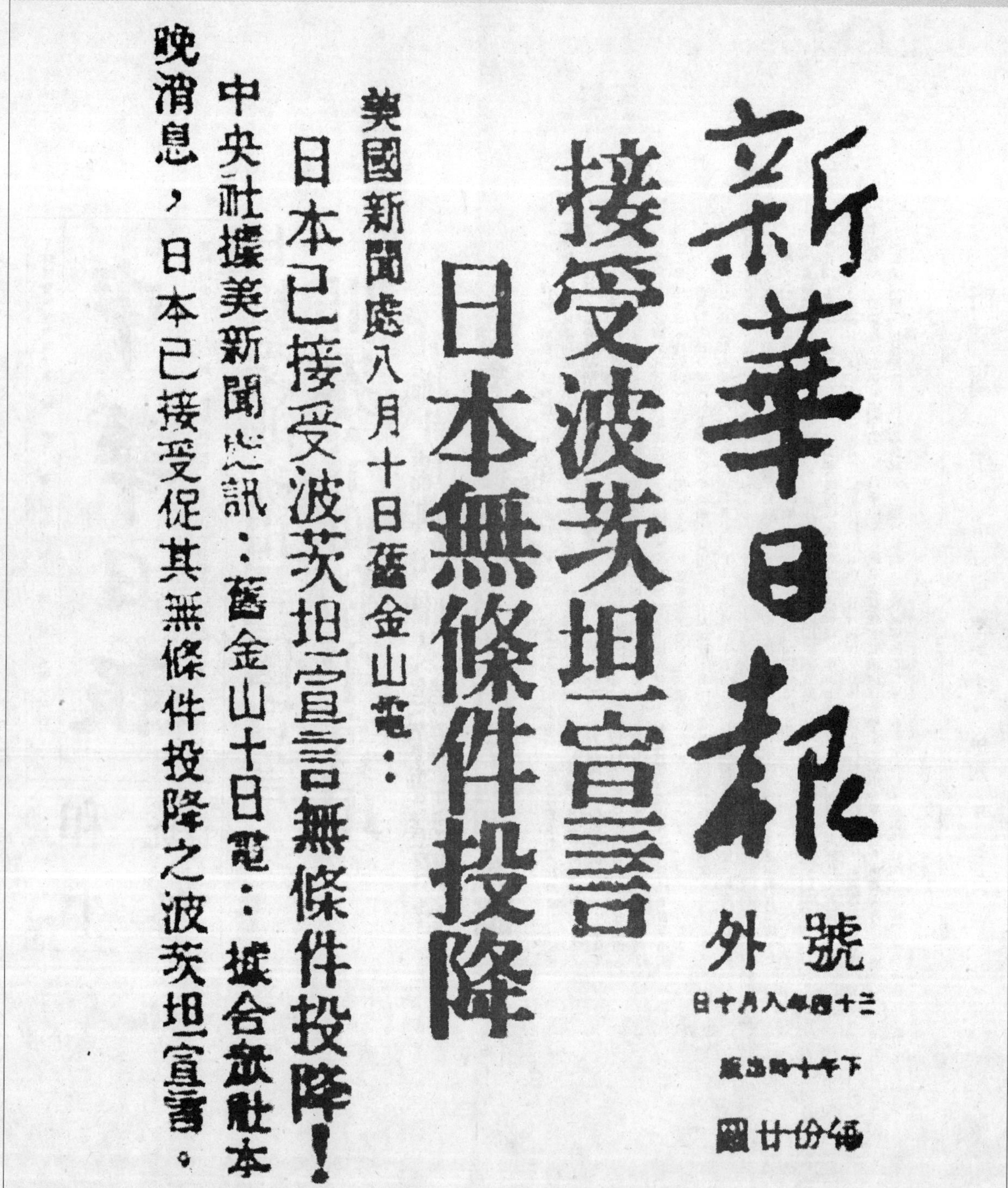

新華日報

號外

三十四年八月十日

下午十時出版

每份廿圓

接受波茨坦宣言

日本無條件投降

美國新聞處八月十日舊金山電：

日本已接受波茨坦宣言無條件投降！

中央社據美新聞處訊：舊金山十日電：據合衆社本晚消息，日本已接受促其無條件投降之波茨坦宣言。

图为1945年8月10日出版的《新华日报》号外“接受波茨坦宣言，日本无条件投降”。抗日战争胜利，是近代史上中国人民抵御外侮取得的最彻底胜利。

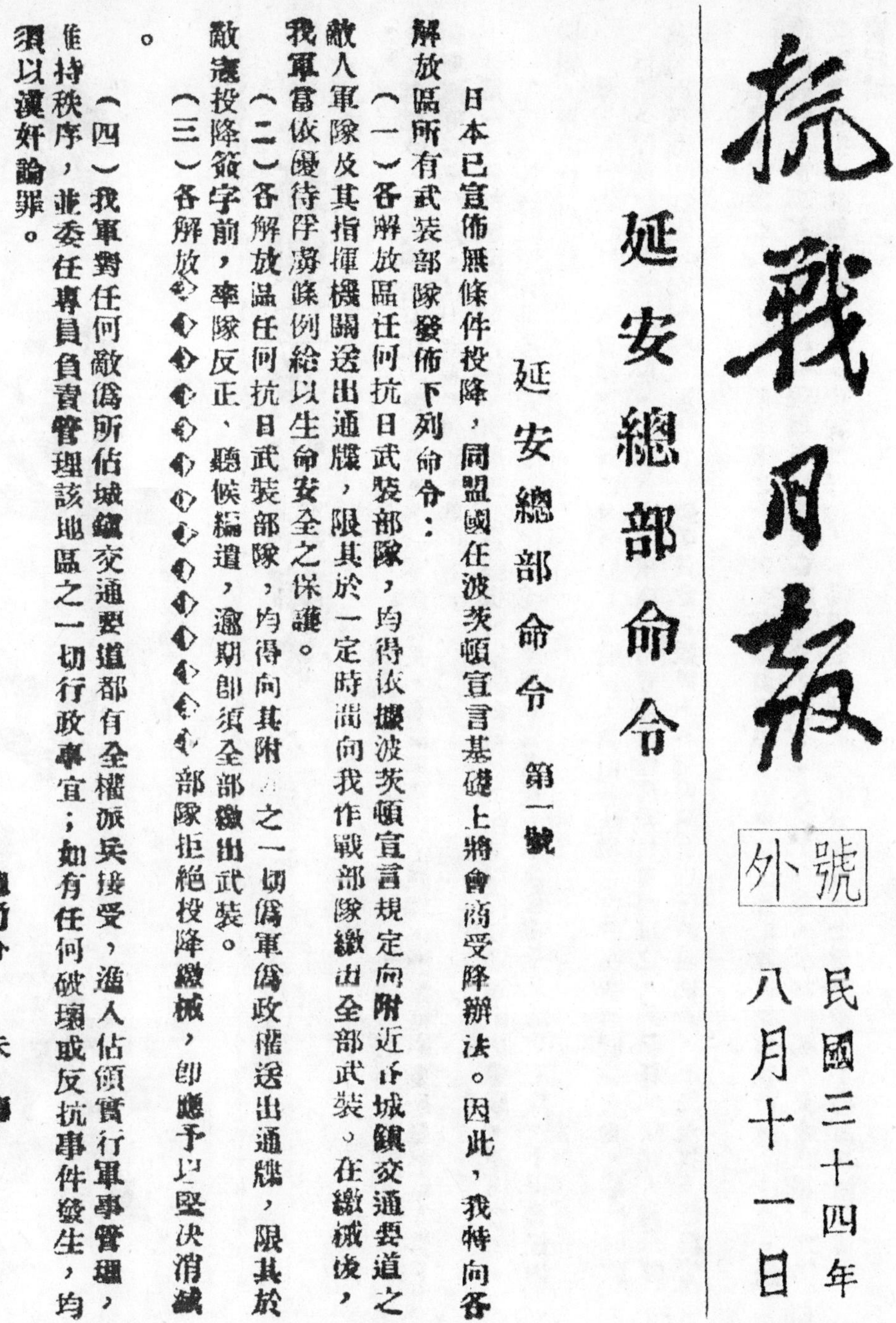

抗戰日報

號外

民國三十四年八月十一日

延安總部命令

延安總部命令 第一號

日本已宣佈無條件投降，同盟國在波茨頓宣言基礎上將會商受降辦法。因此，我特向各解放區所有武裝部隊發佈下列命令：

（一）各解放區任何抗日武裝部隊，均得依據波茨頓宣言規定向附近各城鎮交通要道之敵人軍隊及其指揮機關送出通牒，限其於一定時間向我作戰部隊繳出全部武裝。在繳械後，我軍當依優待俘虜條例給以生命安全之保護。

（二）各解放區任何抗日武裝部隊，均得向其附近之一切偽軍偽政權送出通牒，限其於敵寇投降簽字前，率隊反正，聽候編遣，逾期即須全部繳出武裝。

（三）各解放◇◇◇◇◇◇◇◇◇◇◇◇◇部隊拒絕投降繳械，即應予以堅決消滅。

（四）我軍對任何敵偽所佔城鎮交通要道都有全權派兵接受，進入佔領實行軍事管理，維持秩序，並委任專員負責管理該地區之一切行政事宜；如有任何破壞或反抗事件發生，均須以漢奸論罪。

總司令 朱德

民國三十四年八月十日二十四時

1945年8月10日24时， 中国解放区抗日军总司令朱德发表延安总部命令第一号。图为1945年8月11日出版的《抗战日报》号外“延安总部命令”。

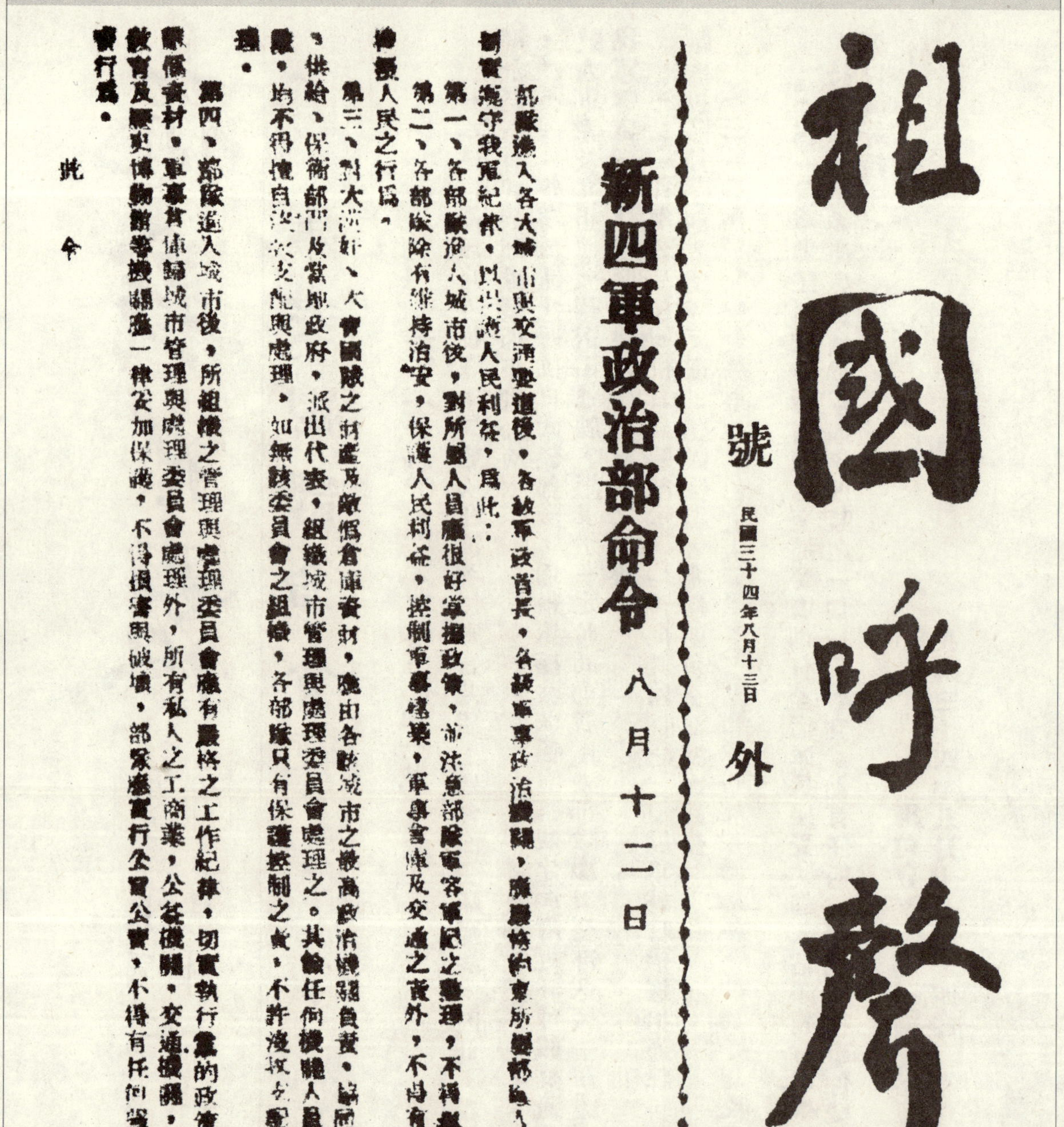

祖國呼聲

號外

民國三十四年八月十三日

新四軍政治部命令

八月十二日

部隊進入各大城市與交通要道後，各級軍政首長，各級軍事政治機關，應嚴格約束所屬部隊人員，切實遵守我軍紀律，以保護人民利益，爲此：

第一、各部隊進入城市後，對所屬人員應很好掌握政策，並注意部隊軍容軍紀之整理，不得騷擾。

第二、各部隊除有維持治安，保護人民利益，控制軍事建築，軍事倉庫及交通之責外，不得有任何侵犯人民之行爲。

第三、對大漢奸、大賣國賊之財產及敵僞倉庫資材，應由各該城市之最高政治機關負責，除開財政、供給、保衛部門及當地政府，派出代表，組織城市管理與處理委員會處理之。其餘任何機關人員及部隊，均不得擅自沒收支配與處理，如無該委員會之組織，各部隊只有保護控制之責，不許沒收支配與管理。

第四、部隊進入城市後，所組織之管理與處理委員會應有嚴格之工作紀律，切實執行黨的政策。除敵僞資材，軍事資材歸城市管理與處理委員會處理外，所有私人之工商業，公益機關，交通機關，文化教育及歷史博物館等機關應一律妥加保護，不得損害與破壞，部隊應實行公買公賣，不得有任何強買強賣行爲。

此令

1945年8月12日，新四军政治部发出命令，要求部队进入各大城市与交通要道后，切实执行党的政策，遵守我军纪律，保护人民利益。图为1945年8月13日出版的《祖国呼声》号外“新四军政治部命令”。

日本簽訂無條件投降書

日本簽訂無條件投降書全文

（中央社九月二日東京電）日本對協約國無條件投降書全文如下：

（一）我們，受日本政府天皇和日本帝國大本營命令并代表日本政府天皇和日本帝國大本營，接受由美利堅合衆國、中華民國與大不列顛三國政府首袖於七月二十六日在波茨坦所發出，及其後由蘇維埃社會主義聯邦共和國參與的宣言的條款，上述四大強國以下稱爲協約國。

（二）我們以是聲明：日本帝國大本營及日本一切武裝力量及在日本控制下駐於任何地點之一切武裝力量對協約國投降。

（三）我們以是命令不論駐於任何地點之日本一切武裝力量，及日本人民，立時停止敵對行爲，保護一切船隻，飛機，軍事及平民財產不使有所損毀，並服從一切協約國最高總司令或在其監督下之日本政府代理人所可能課加之要求。

（四）我們以是命令日本帝國大本營立即發佈命令，令日本一切武裝力量及在日本控制下，不論駐於任何地點，之一切武裝力量之司令官，彼等及在彼等指揮下之一切武裝力量無條件投降。

（五）所有文官、軍事和海軍官員必須服從和實現投降之佈告、命令及指示及由最高總司令或在其指揮下之官吏所發之佈告、命令及指示，同時我們命令一切文官、陸軍及海軍官員各留原位，繼續執行彼等非戰鬥任務；除非協約國最高總司令或其指揮下之官吏有令予已特別解除。

（六）我們以是擔承日本政府及其後繼者忠實實行波茨坦宣言之條款，並發佈及採取協約國最高總司令部或任何其他協約國之指定代表爲實施宣言之目的所可能要求之任何命令及任何動作。

（七）我們以是命令日本帝國政府及日本帝國大本營立即釋放一切現在日本控制下之協約國戰俘及被俘平民，並供給彼等以保護、當心、給養和立時運送至指定之地點。

（八）天皇及日本政府對協約國最高總司令部負責管理日本國家，並採取任何在協約國最高總司令認爲適於實現投降條件之步驟。

日大本營受命發佈第一道命令

（中央社二日東京電）日本帝國大本營所發之第一號命令稱：茲奉麥克阿瑟訓令，凡日本國內外各將領「應令部隊立即停止作戰，放下武器，並留駐原地，向協約軍將領無條件投降。」

中國國內東三省除外、台灣、北緯十六度以北之安南日軍，應向蔣介石將軍投降。東三省、北緯十八度以北之朝鮮、以及千島之日軍須向蘇聯將領投降。

至於安達曼、尼科巴、緬甸、泰國、北緯十六度以南之安南，馬來亞、婆羅洲、荷屬東印度、新幾內亞、俾斯麥群島、所羅門群島等地之日軍，則應向蒙特巴頓海軍上將或澳軍將領投降。

太平洋各島之日軍將領應向太平洋美國艦隊總司令投降。

日本本土、北緯三十八度以南之朝鮮、菲列賓，應向美陸軍司令投降。

日軍將領須全部解除國內各部隊之武裝，僅留警察負責維持秩序。

「各軍火工廠，軍需品製造業應立即停止工作。」

戰俘及被俘平民應送至安全地帶交與協約軍。

「凡不遵守上述命令及嗣後諸命令，或故意延宕者，協約軍當局及日本政府定予嚴懲不貸。」

光華日報 號外

中華民國三十四年九月三日

1945年9月2日，日本无条件投降书在东京正式签订。至此，日本、德国和意大利三个法西斯国家全部战败。世界反法西斯战争和中国人民抗日战争取得了最后胜利。图为1945年9月3日出版的《光华日报》号外“日本签订无条件投降书”。

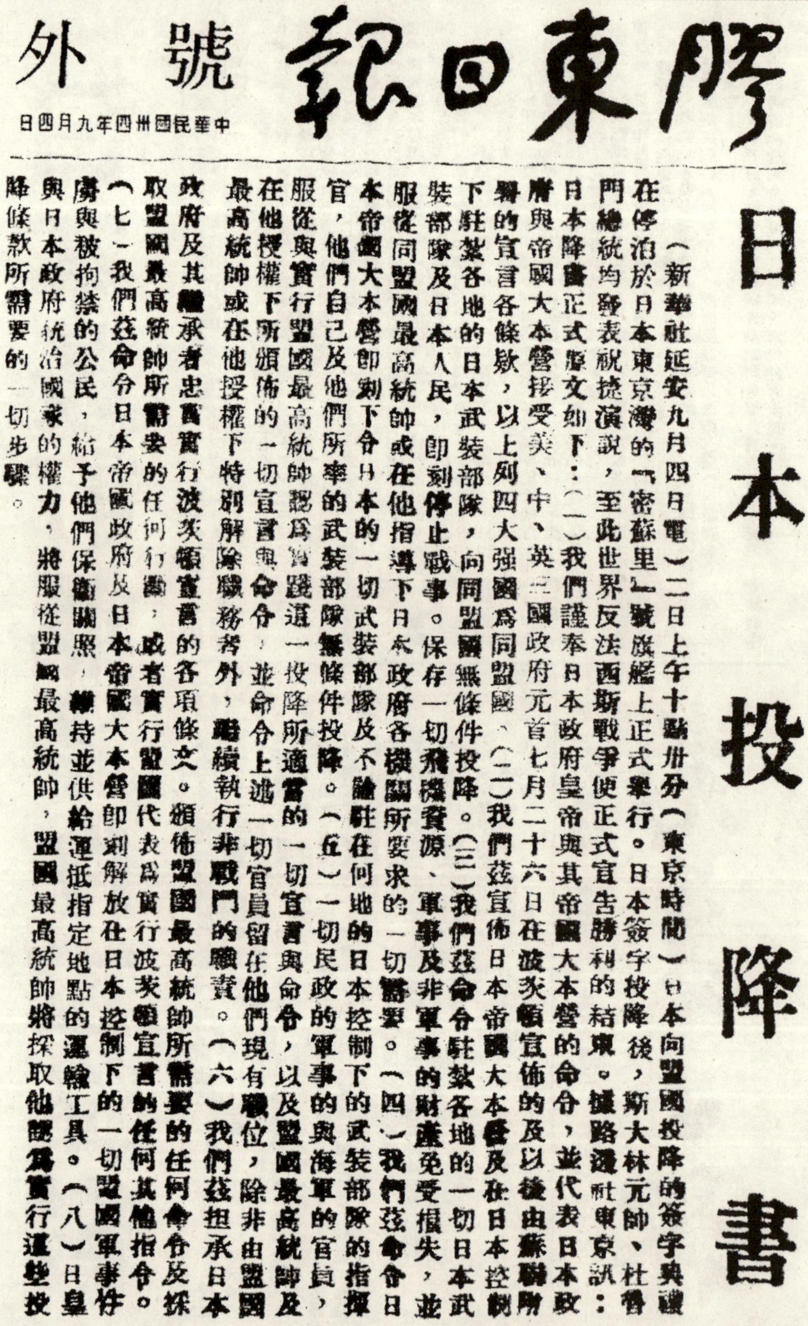

膠東日報　號外

中華民國卅四年九月四日

日本投降書

（新華社延安九月四日電）二日上午十點卅分（東京時間）日本向盟國投降的簽字典禮在停泊於日本東京灣的「密蘇里」號旗艦上正式舉行。日本簽字投降後，斯大林元帥、杜魯門總統均發表祝捷演說，至此世界反法西斯戰爭便正式宣告勝利的結束。據路透社東京訊：日本降書正式原文如下：（一）我們謹奉日本政府皇帝與其帝國大本營的命令，並代表日本政府與帝國大本營接受美、中、英三國政府元首七月二十六日在波茨頓宣佈的及以後由蘇聯附署的宣言各條欵，以上列四大強國為同盟國。（二）我們茲宣佈日本帝國大本營及在日本控制下駐紮各地的日本武裝部隊，向同盟國無條件投降。（三）我們茲命令駐紮各地的一切日本武裝部隊及日本人民，即刻停止戰事。保存一切飛機資源、軍事及非軍事的財產免受損失，並服從同盟國最高統帥或在他指導下日本政府各機關所要求的一切需要。（四）我們茲命令日本帝國大本營即刻下令日本的一切武裝部隊及不論駐在何地的日本控制下的武裝部隊的指揮官，他們自己及他們所率的武裝部隊無條件投降。（五）一切民政的軍事的與海軍的官員，服從與實行盟國最高統帥認為實踐這一投降所適當的一切宣書與命令，以及盟國最高統帥及在他授權下所頒佈的一切宣書與命令，並命令上述一切官員留在他們現有職位，除非由盟國最高統帥或在他授權下特別解除職務者外，繼續執行非戰鬥的職責。（六）我們茲担承日本政府及其繼承者忠實實行波茨頓宣言的各項條文。頒佈盟國最高統帥所需要的任何命令及採取盟國最高統帥所需要的任何行動，或者實行盟國代表為實行波茨頓宣言的任何其他指令。（七）我們茲命令日本帝國政府及日本帝國大本營即刻解放在日本控制下的一切盟國軍事俘虜與被拘禁的公民，給予他們保衛關照，維持並供給運抵指定地點的運輸工具。（八）日皇與日本政府統治國家的權力，將服從盟國最高統帥，盟國最高統帥將採取他認為實行這些投降條款所需要的一切步驟。

日本军国主义发动的侵略战争，给亚洲人民带来了空前浩劫和巨大灾难，仅中国死伤人数就多达3500万。我们要牢记历史、不忘过去、珍爱和平、开创未来。图为1945年9月4日出版的《胶东日报》号外“日本投降书”。

第四编

解放战争时期号外报

（1945年9月——1949年9月）

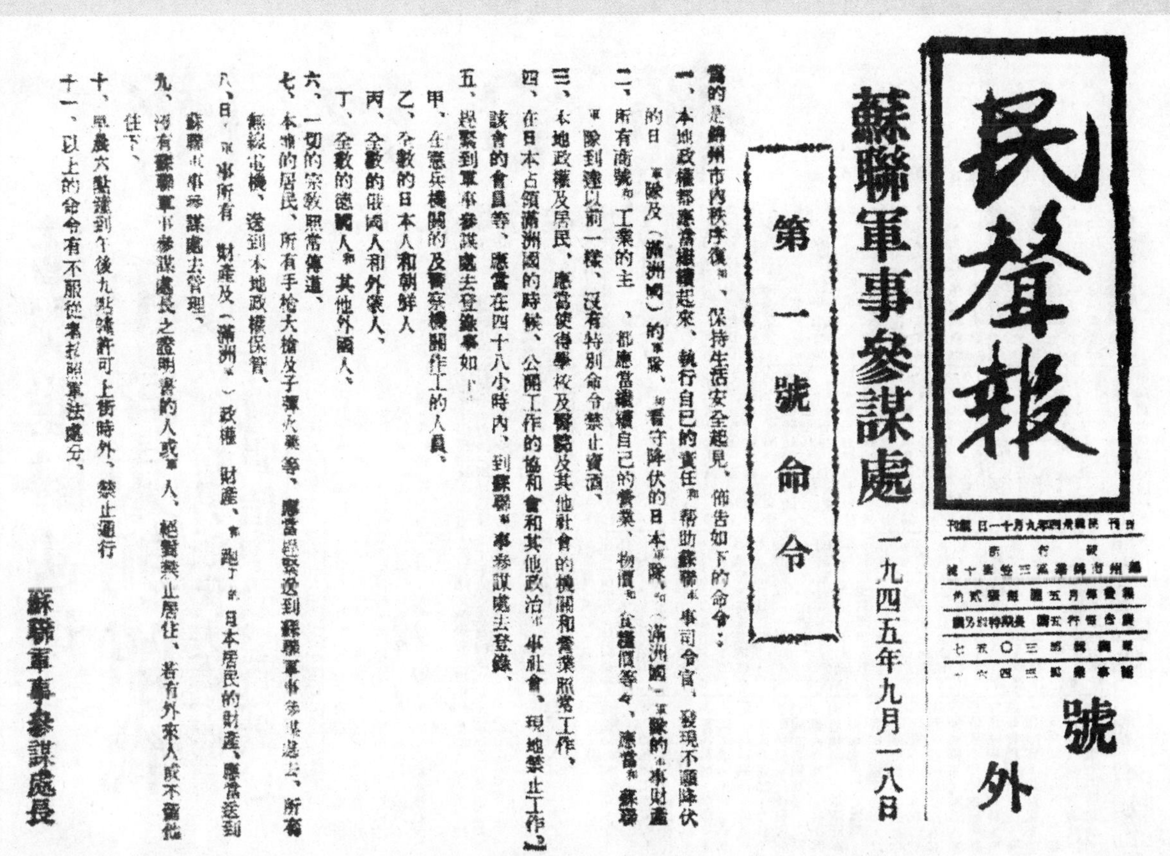

民聲報

號外

蘇聯軍事參謀處

一九四五年九月一八日

第一號命令

為的是錦州市內秩序復和、保持生活安全起見、佈告如下的命令：

一、本地政權都應當繼續起來、執行自已的責任和幫助蘇聯軍事司令官，發現不願降伏的日軍隊及（滿洲國）的軍隊、和看守降伏的日本軍隊、和（滿洲國）軍隊的軍事財產

二、所有商號和工業的主、都應當繼續自己的營業、物價和食糧價等令、應當和蘇聯軍隊到達以前一樣、沒有特別命令禁止賣酒、

三、本地政權及居民、應當使得學校及醫院及其他社會的機關和營業照常工作、

四、在日本占領滿洲國的時候、公開工作的協和會和其他政治軍事社會、現地禁止工作、該會的會員等、應當在四十八小時內、到蘇聯軍事參謀處去登錄、

五、趕緊到軍事參謀處去登錄事如下：

甲、在憲兵機關的及警察機關作工的人員、

乙、全數的日本人和朝鮮人

丙、全數的俄國人和外蒙人、

丁、全數的德國人和其他外國人、

六、一切的宗教照常傳道、

七、本地的居民、所有手槍大槍及子彈火藥等、應當趕緊送到蘇聯軍事參謀處去、所有無線電機、送到本地政權保管、

八、日軍事所有財產及（滿洲國）政權財產、和跑了的日本居民的財產、應當送到蘇聯軍事參謀處去管理、

九、沒有蘇聯軍事參謀處長之證明書的人或軍人、絕對禁止居住、若有外來人或不當他住下、

十、早晨六點鐘到午後九點鐘許可上街時外、禁止通行

十一、以上的命令有不服從者按照軍法處分、

蘇聯軍事參謀處長

1945年8月下旬，苏军先后进抵哈尔滨、长春、沈阳、大连等地。1945年9月初，我冀热辽部队进驻锦州，并建立了人民政权。中共辽西地委于9月11日创办了《民声报》。图为1945年9月18日出版的《民声报》号外“苏联军事参谋处第一号命令”。

1945年8月28日，应国民党政府蒋介石邀请，中共中央主席毛泽东同志抵渝。在重庆经过多次会谈，达成协议，签订《政府与中共代表会谈纪要》（即双十协定）。毛泽东在谈判结束后，即离重庆回延安。图为1945年10月8日出版的《浙江日报》号外。

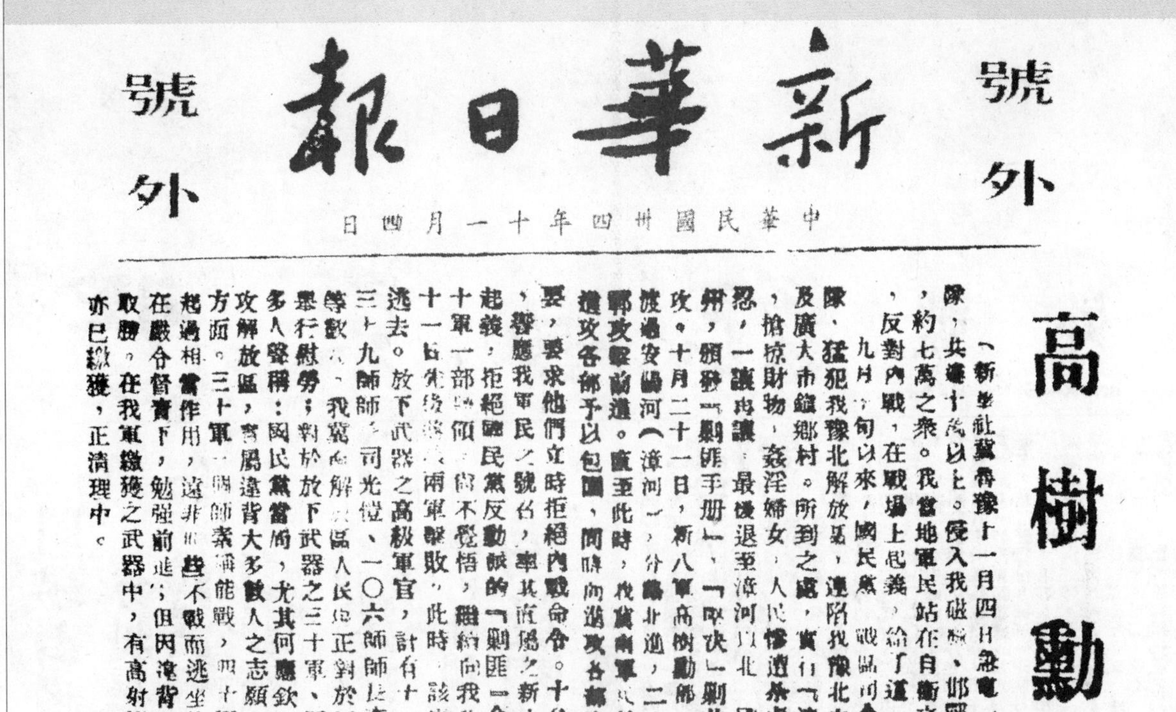

號外

新華日報

號外

中華民國卅四年十一月四日

高樹勳將軍起義

〔新華社冀晉豫十一月四日急電〕沿平漢鐵路北犯侵佔我豫北、冀南解放區之國民黨部隊，共達十萬以上。侵入我磁縣、邯鄲地區者，有第三十軍、第四十軍及新八軍，共八個師，約七萬之衆。我當地軍民站在自衛立場上，舉行反攻，取得偉大勝利，進攻軍中之新八軍，反對內戰，在戰場上起義，給了這一自衛戰以有力的援助。

九月下旬以來，國民黨戰區司令長官胡宗南，在何應欽授以密令之後，從各地調集軍隊，猛犯我豫北解放區，連陷我豫北之封邱、延津、原武、武陟、獲嘉、輝縣、湯陰等七城及廣大市鎮鄉村。所到之處，實行『清剿』，摧毀民選政府，屠殺抗日幹部及抗日軍人家屬，搶掠財物，姦淫婦女，人民慘遭荼毒，憤不能忍，但我八路軍爲和平團結大計，仍一忍再忍，一讓再讓，最後退至漳河以北。國民黨當局猶以各軍進得太慢，命令胡宗南秘密飛赴鄴州，頒發『剿匪手册』、『必決』剿共，强迫十一戰區司令長官孫連仲氏所屬各部，限期進攻。十月二十一日，新八軍高樹勳部、四十軍馬法五部、三十軍魯崇義部，在嚴令督責下，渡過安陽河（漳河），分路北進，二十三日佔我磁縣，二十四日佔我馬頭鎮，并向武安、邯鄲攻擊前進。直至此時，我冀南軍民始起而自衛。十月二十五日，我軍反攻，收復磁縣，并遣攻各部予以包圍，同時向進攻各部官兵實行勸告，請他們共體國內和平、民主、團結之重要，要求他們立時拒絕內戰命令。十月三十日，十一戰區副司令長官高樹勳將軍，深明大義，響應我軍民之號召，率其所屬之新八軍（包括暫二十九師、新六師兩個師）全體官兵舉行起義，拒絕國民黨反動派的『剿匪』命令，停止內戰，站在中國人民方面來，但四十軍與三十軍一部則仍不覺悟，繼續向我攻擊，三十日晚，我軍被迫總反攻，激戰一晝夜，於三十一日先後將該兩軍擊敗，此時，該兩軍多數官兵願意放下武器，僅少數部隊二三千人向南逃去。放下武器之高級軍官，計有十一戰區副司令長官馬法五、十一戰區參謀長宋肯唐、四十軍三十九師師長司光愷、一〇六師師長李振清、三十軍三十師師長王震、六十七師師長李學正等數人。我冀南解放區人民正對於反對內戰、站在人民方面之高樹勳將軍及其全軍將士，舉行慰勞；對於放下武器之三十軍、四十軍各高級將領及全體官佐士兵，給予優待。其中許多人聲稱：國民黨當局，尤其何應欽、胡宗南二人，藉恢復交通爲名，實行『剿匪』，及進攻解放區，實屬違背大多數人之志願。他們願意詳述被迫進攻之經過，從此站在和平民主方面。三十軍一個師素稱能戰，四十軍亦有善戰聲名，他們和新八軍一樣，在抗日戰爭中均起過相當作用，這次非由於不戰而逃，坐待勝利的腐敗軍隊可比。此次被迫『剿匪』舉行內戰，在嚴令督責下，勉强前進；但因違背多數官兵的意願，故一戰即敗，雖有美國武器，亦不能取勝。在我軍繳獲之武器中，有高射炮火箭炮多門，國民黨發給他們的許多『剿匪』文件，亦已繳獲，正清理中。

国共重庆谈判刚结束，蒋介石即破坏停战协定，调动大批国民党军队进攻各解放区。此举不得人心，遭到全国人民的强烈反对，包括国民党军队也不都支持，高树勋将军宣布起义。图为 1945 年11月4日出版的《新华日报》号外。

膠東日報 號外

中華民國三十四年十一月十四日

閻錫山將山西日軍分批編入晉綏軍中

青漳河畔閻部校級軍官座談

揭發閻錫山劉造內戰罪行

一致表示：全力反對國民黨發動內戰

阎锡山将山西的日军分批编入国民党晋绥军中。阎部许多校级军官揭发阎锡山制造内战罪行。图为1945年11月14日出版的《胶东日报》号外。

魯中日報

號外　中華民國卅四年十二月十七日

昆明卅四學校告全國同胞書

全國同胞們：

抗戰剛剛勝利，全國人民都渴望和平的時候，內戰爆發了，這是千萬人所最痛心的事，我們打了八年，還要再打內戰嗎？內戰再拖下去，中國將變成一個什麼局面？全國人民應當怎樣起來制止內戰？為了這一個最嚴重最迫切的問題，昆明聯大，雲大，中法，英專四校乃於十一月二十五日晚，主辦時事晚會，討論內戰問題，呼籲和平，不料竟被當地駐軍以手槍鋼炮射擊破壞，同學忍無可忍，乃於二十六日起相繼罷課，堅決反對內戰，及爭取人民基本自由。

當局竟命令中央社發佈不正確消息，指開槍為「圍剿土匪」，以欺騙人民，污蔑青年學生的愛國運動，而在我們罷課之後更遭當局之武力壓迫，十一月三十日即有聯大雲大同學在街上向民衆說明真相，竟遭軍警及由當局指揮之特務流氓毆打，并以手槍擊傷同學，搶刼同學財物等事情。十二月一日上午十一時，復有武裝兵士百餘人，隨同大批便衣特務，攻擊雲南大學聯大新校舍，聯大師院工院，聯大附中等，在衝入聯大新舍時，以木棍鐵器毆擊，系傷同學十餘人，復擲手榴彈一枚，重傷南菁教師于再先生，當晚即傷重逝世，在聯大師院，除開槍射擊外又投擲手榴彈三枚當場炸死聯大同學李魯連，重傷女同學潘琰，與前來援救之民工及十七歲的同學荀極中，及其餘同學十餘人，暴軍人等復以刺刀石塊猛擊傷者，潘荀二同學於當日五時即重傷逝世，這就是一二·一慘案，在當局指揮下，特務兵士屠殺學生，幾位戰士為反對內戰，爭取人民基本自由而犧牲生命的經過情形。

我們謹以血淚，向全國同胞正式呼籲：反對內戰為全國人民一致的要求，言論集會，為人民應有之基本自由，當局竟命令軍警開槍射擊，我們為反對內戰爭取自由而罷課，原是合理之舉動，當局既偽造謠諑復又加暴力威脅毒打我們，搗毀我們的學校，復以機關手榴彈肆意屠殺，青年何罪？人民愛國運動何罪？民主國家人民爭取人民基本自由更有何罪？而負責保護人民之黨政軍當局，竟視人民為敵，任意屠殺，國法何在？公理何在？正義更何在？

昆明學生，為了已犧牲的戰士，為了反對內戰爭取自由，決定堅持罷課，堅持我們的要求：

（一）立即制止內戰，要求和平。

（二）反對外國助長中國內戰，美國政府應立即撤退駐華美軍。

（三）組織聯合政府。

（四）切實保障人民的言論，集會，結社，人身等自由。

並堅持我們對雲南省黨政軍當局的要求：

（一）追究十一月二十五日晚射擊晚會事件的責任問題。

（二）立即取消十一月二十五日雲南省黨政軍聯席會議之禁止集會遊行的非法禁令。

（三）保障同學之身體自由，不得任意逮捕。

（四）要求中央社更正誣蔑我們的消息，並向當晚參加大會人士致歉。

對于十二月一日的慘案，我們更提出要求：

（一）嚴懲十二月一日的主謀兇犯關麟徵，李宗黃，邱淸泉。

（二）當局負責死難同學之撫卹暨受傷同學醫藥費。

（三）賠償一切公私損失。

我們要求全國同胞，維護正義，主持公道，熱望你們同情，熱望你們支持及援助！

國立西南聯合大學　國立雲南大學　雲南省立英語專科學校　私立中法大學　昆明[illegible]專科學校　國立西南中山中學　中國[illegible]中學

聯大附中　雲大附中　雲南省立昆華工校　雲南省立昆華農校　雲南省立昆華商校　雲南省立昆華女師　雲南省立昆華女中

昆明市立一中　昆明市立二中　私立中法附中　私立長城中學　私立[illegible]中學　私立[illegible]中學　私立[illegible]中學

私立求實中學　私立[illegible]中學　私立天祥中學　私立五華中學　私立[illegible]中學　私立培文中學　私立南英中學

私立大同中學　金江中學　龍淵中學　私立[illegible]中學　昆華醫校　惠滇高級護士助產學校

全體學校謹啓

1945年11月25日、12月1日，昆明学生集会，反对蒋介石国民党政府打内战，遭到军警毒打和枪击，死伤多人，昆明学校举行罢课，要求严惩凶手。图为1945年12月17日出版的《鲁中日报》号外“昆明三十四学校告全国同胞书”。

華美晚報 號外

地址上海南京東路二四一號
中華民國卅五年一月六日

國府承認外蒙獨立

（新華社延安一月六日電）據中央社重慶五日電：國府於一月三日發表承認外蒙獨立的公告如下：外蒙古人民於民國三十四年十月廿日舉行公民投票，中央曾派內政部次長雷法章前往視察，近據外蒙古主持投票事務人員的報告，公民投票結果已證實外蒙古人民贊成獨立，茲照國防最高委員會的審議，決定承認外蒙古的獨立。除由行政院飭令內政部將此項決議正式通知外蒙古政府外 特此公告（按外蒙面積爲一百萬方英里，人口約一百萬，去年十月廿日舉行公開投票，結果百分之百的選民都贊成獨立）。

外蒙人民關於獨立問題的投票

（新華社延安十月二十三日電）據塔斯社外蒙二十二日電：爲外蒙古人民獨立問題而舉行的全民投票，即將最後揭曉，負責管理投票的中央委員會報導：共和國的十八個省中三個省的全民投票初步結果已經收到。在這些省份中，有三十八萬一千二百四十三人參加投票，所有投票人均贊成外蒙的獨立，沒有一票是反對的。

（新華社延安十月二十三日電）塔斯社庫倫二十二日電稱：二十日午夜後，中央城市委員會已總結庫倫的投票，計登記參加全民投票者二六六五五人，其中實際投票者二四六八〇人。所有投票人一致贊成蒙古人民共和國的獨立，其餘一九七五人因不在該城，故在其他縣投票。蒙古人民共和國的所有公民，熱烈祝賀投票的勝利進行，一個佛教寺廟的僧正爾多尾爾，他代表教徒們祈禱獨立蒙古人民共和國的繁榮。蒙古議會主席團主席倍納買德在二十二日中的廣播中，他代表政府與人民革命黨中央委員會向蒙古人民慶賀全民投票的勝利進行，他說：『全民投票將活生生地證明我們國家的精神與政治的統一與我們國家的愛好獨立與自由。』蒙古新聞界廣泛地評論全民投票，『由寧新聞報』的社論說：『我們人民爲獨立而鬥爭已達到了我們所希望的目的。久懷的聖潔的夢想，渴望着我們國家的自由、強盛、獨立與被其他國家尊重，已經變成了現實。我們對我們的老朋友蘇聯人民表示懇誠的感謝之情。』

图为1946年1月6日出版的《华美晚报》号外“国府承认外蒙独立”、“外蒙人民关于独立问题的投票”。

《新华日报》于1938年1月11日在汉口创刊，是中国共产党在国统区公开创办的报纸，后在重庆等地出版。1946年1月10日，国共签订停战协定。图为1946年1月10日出版的《新华日报》号外“停止内战命令颁布”。

DUNGBEI RHBAO

中華民國三十五年一月十三日（星期日）

東北日報

號外

政治協商會議 在重慶正式開幕

國共停戰問題已獲協議

國共雙方向所屬部隊 分別頒發停戰命令

各方代表名單

在政治協商會議上 周恩來致詞全文

中共代表團 歡宴中外人士

澳洲新威爾士工人 罷工三月終獲勝利

意大利共產黨 全國大會閉幕

1946年1月10日，政治协商会议在重庆正式开幕。图为1946年1月13日出版的《东北日报》号外。

DUNGBEI. RHBAO

東北日報

號外

毛主席發令 各解放區部隊停戰

中國共產黨中央委員會關於停止國內軍事衝突之通告

蔣介石氏 命令所屬軍隊停戰

美報論中國形勢 在內戰停止後 嚴重問題仍在

政治協商會議第一日 各方代表致詞

蔣介石在政治協商會議上 宣佈推行地方自治 依法實行由下而上之普選

國共停戰 延安各界熱烈歡迎

對三外長會議協定 杜魯門表示滿意

馬歇爾向杜魯門 隨時報告中國情勢

《东北日报》是中共中央东北局机关报。1946年1月10日，中国共产党中央委员会发布关于停止国内军事冲突之通告。该通告由中共中央主席毛泽东同志签字。图为1946年1月14日出版的《东北日报》号外“毛主席发令，各解放区部队停战”。

停战协定生效后，国民党政府违约背信，破坏停战协定，再次耍弄两面政策，国民党军仍进犯解放区。最高军事当局密令可作铁证。图为1946年1月17日出版的《东北日报》号外。

唯一華僑喉舌！

僑聲報

網羅全球新聞！

號外

中華民國三十五年四月二十三日

言論超然 · 編制新穎

社址 上海泗涇路一號

電話 一三六一五·編輯部 一六七四三·陽六三二九

絞刑台上

日戰犯五名伏法

各由神父佛僧舉行宗教儀式

「本報訊」一九四四年十二月在漢口以絞刑焚屍種種殘酷手段，殺害三美籍飛行員之日戰犯前漢口日二十四軍參謀長鏑木正隆等五名，經上海軍法庭判處絞刑，昨晨在提籃橋監獄絞刑室秘密執行。各犯受刑前，態度甚爲鎭靜，頻頻與在旁之神父，和尙交談，當美軍官讀畢各犯罪狀後，問彼等有無話說，其中四人均搖頭不語，僅軍曹增井昌三請求將其遺囑之日期由四月二十日改爲四月二十二日。五日犯分別絞死後，經軍醫官驗明確已斷氣，乃將屍體解下，裝入木棺，運出監獄，舉行火葬後，其骨灰及個人遺物將交由上海日戰犯聯絡官保存。

昨晨八時，五日犯照其軍階之大小，依次步出獄室，領頭者爲鏑木正隆少將。各犯於步出獄室後，均先至附近之小房間，由憲兵將其雙手縛住，然後由漢[illegible]上尉用日語宣讀彼等之罪狀，完畢後步上絞台。行刑時，再將每一日犯之雙足緊牢，並蒙蔽其雙目，然後調整頸圈，發動機關，於是一新鮮之活人在轉瞬間變爲死屍。

昨晨行刑時，於八時十七分開始，鏑木正隆第一個上絞台，繼之藤井力准尉，上等兵白川與三郎，曹長增井昌三，軍曹增田耕一依次上台就刑。在行刑前增井昌三曾在教會學校攻讀，故由本市西班牙天主教神父江樂拉士爲之舉行洗禮，另外四人因奉佛教，由本地僧人誦經超度。第七〇一暫美憲兵監獄官巴藤克中尉（前艾帥之私人衛士）爲昨日絞刑之執行者，監視行刑之證人；有美憲兵司令韋斯門中校，美新聞聯絡組主任凱說中校，美戰犯審判委員會法官威林斯少校，加蘭特上尉及美憲兵五人。

1946年4月22日，经上海军事法庭审判，1944年12月于汉口曾杀害三名美军飞行员的日本5名战犯被处以绞刑。图为1946年4月23日出版的《侨声报》号外“绞刑台上，日战犯五名伏法”。

浙江日報 號外

中華民國三十五年五月三日

東條今日受審

猶作無恥狡辯

否認侵略戰事狡辯自衛

辯訴狀將陳述全部歷史

東條英機曾自殺未遂

图为1946年5月3日出版的《浙江日报》号外“东条今日受审，犹作无耻狡辩”。

華美晚報 號外

中華民國三十五年五月十日

艾森豪威今飛東京

昨晚由京抵滬

對京滬美軍聯絡團訓話

蔣主席昨設宴歡迎

共軍企圖佔領南通

進而威脅上海

何總司令招待記者透露

陳納德將軍月內返華

組空運隊飛運救濟物資

图为1946年5月10日出版的《华美晚报》号外“艾森豪威尔今飞东京，昨晚由京抵沪，对京沪美军联络团训话”。

司徒雷登出任美國駐華大使

飛機一架被迫降落延安被扣

全國將普設防空司令部

空軍各軍區司令均已內定

劉牧羣將出任空軍訓練司令

青年中國 號外

民國三十五年七月十一日

1946年7月9日，美国总统杜鲁门提名曾任北京燕京大学教务长的司徒雷登出任美国驻华大使。图为1946年7月11日出版的《青年中国》号外“司徒雷登出任美国驻华大使”。

渤海日報　號外

中華民國三十五年七月二十二日

中共中委關向應同志在延逝世

毛主席朱總司令等組織治喪委員會

【新華社延安二十二日電】中共中央宣佈，中國共產黨中央委員、中國共產黨最好的領導者之一、第八路軍一二〇師政治委員關向應同志，於七月二十一日下午十時，在延安因病逝世，享年四十四歲。中共中央已由毛澤東、朱德、劉少奇、任弼時、彭德懷、康生、林伯渠、徐向前、賀龍、[illegible]石、習仲勛等十一人，組織治喪委員會，處理治喪事宜。並於二十三日上午，在延安東門外[illegible]機場墓地安葬，二十八日舉行追悼。

蔣軍三面進攻蘇皖解放區

全體軍民堅決自衛還擊

◇晉南我軍打垮四千進犯軍◇

【新華社淮陰二十一日電】蔣介石對蘇皖解放區的攻勢，已由長江北岸之南通縱至西起（津浦路）、北起（隴海路），普遍展開。蘇中地區以南通、靖江、泰州為基地之蔣軍，共約七萬人，[illegible]，以三面包圍形勢向如皋、泰州[illegible]分進合擊，我新四軍正在如皋、泰州附近予以阻擊。淮南地區[illegible]自來安、六合分路進犯之蔣軍，[illegible]九日復在飛機掩護下，進佔天長以南三十里之冶山、大井[illegible]。十八日下午，[illegible]五十里之烏衣上空，[illegible]。蔣軍分兩路（[illegible]）向天長[illegible]。徐州以南[illegible]沱河集、新橋（車站）向東出犯，侵佔[illegible]。北線自徐州、[illegible]出犯之蔣軍及偽軍徐繼泰部，攻佔我蕭山、上房[illegible]。現蘇皖全體軍民正堅決還擊中。

又訊：配合晉南胡宗南軍對同蒲路南段之猛攻，侵佔[illegible]、四十四師及[illegible]共四千餘人，[illegible]十四、十五兩日，繼續向東猛犯。當經八路軍堅決阻擊，[illegible]，俘[illegible]，四十九人放下武器，餘均倉皇潰退。[illegible]，亦相繼收復，[illegible]。

山東[illegible]，配合[illegible]路之大舉猛攻，連日[illegible]，轟炸[illegible]解放區[illegible]。自六月十八日至七月十五日止，濟南、青島、徐州等地蔣機共出動二百餘次。

1946年7月21日，中共中央宣布：中共中央委员、党最好的领导者之一、第八路军120师政治委员关向应同志，因病在延安逝世。毛主席、朱总司令等组成治丧委员会。图为7月22日出版的《渤海日报》号外“中共中委关向应同志在延逝世”。

新華日報

號外　民國三十五年七月二十三日

爲李聞二先生被暗殺事件 中華文協總會召開大會

到會作家沉痛發言，紀念爲人民而死的二烈士，并歷述各地特務暴行，要求大家團結一致，粉碎法西斯統治。

并通過宣言及告世界學者和作家書

▲上海通訊　爲了李公樸、聞一多兩先生的被暗殺，中華文藝協會總會，特於七月廿一日開了一個臨時大會，到會的有郭沫若、茅盾、葉聖陶、鄭振鐸、許廣平、周建人、胡風、夏衍、田漢、洪深、歐陽予倩、熊佛西、潘梓年、丁聰、吳祖光、陳烟橋、馮乃超、白薇、孔另境、錢君匋、馮雪峯、潘子農、趙清閣、葉以群、林煥平、于伶、吳仞之、徐調孚、張光宇、張正宇、袁水拍、曹聚仁、姚蘇鳳、顧仲彝、沈櫻、任鈞、[illegible]、馬彥祥、辛笛、崔萬秋、戈寶權、鳳子、陳敬容、葛一虹、駱賓基、[illegible]、許傑、蔡儀、柯靈、唐弢、魏金枝、李建吾、徐遲、郭紹虞等先生及各報記者五十餘人。

大會是在沉痛、悲憤的嚴肅空氣中開始。每一個與會的人都有千言萬語要傾吐出來。那是對暴徒的控訴，那是對兇手的詛咒。大會主席葉聖陶先生請大家發言後，大家在爭着發言。

郭沫若先生首先起立，臨時動議向被暗殺的李聞兩先生靜默三分鐘。跟着大家也起立了，空氣頓轉沉寂，嚴肅和悲哀的氣氛籠罩了整個會場。李聞兩民主戰士的死，如親人死了一樣，這是無比的悲哀。

1946年7月21日，为李公朴、闻一多两先生被暗杀事件，中华文协总会召开大会，抗议国民党特务罪行，并通过宣言及告世界学者和作家书。图为1946年7月23日出版的《新华日报》号外。

正言報

民國三十五年九月十五日

號外

叛國巨奸難逃一死
梅逆思平昨槍決
臨刑前以屏條轉遺兒女 勉以努力讀書忠貞報國

陳納德昨離牯飛滬
在廬尋覓直昇飛機基地無着 組空運機構事備蒙主席嘉許

1946年9月14日，大汉奸、汪伪政府内政部长、浙江省长梅思平，被判死刑，执行枪决。图为1946年9月15日出版的《正言报》号外“叛国巨奸难逃一死，梅逆思平昨枪决”。

群众日报

號外

民國三十五年十一月十日

中共中央發言人廖承志發表聲明

蔣介石聲明是分裂的步驟

違背政協決議與全國民意召開「國大」

粉飾決心長期獨裁內戰 偽稱「停戰令」。

1946年11月9日，中共中央发言人廖承志发表声明。声明指出，蒋介石11月8日发表的声明，违背政协决议与全国民意召开所谓“国大”，目的是为长期独裁，打内战。图为11月10日出版的《群众日报》号外“蒋介石声明是分裂的步骤”。

魯中日報

號外

中華民國三十六年一月七日

臨沂外圍大殲滅戰勝利結束

我殲蔣軍三個半旅

生俘一萬三千繳重砲四十餘門

【新華社山東六日急電】魯南臨沂外圍大殲滅戰，已於四日下午三時以殲敵三個半旅之驚人戰績而勝利結束。據新四軍山東野戰軍指揮部發表第二號公報稱：進犯魯南之蔣軍二十六師師部、四十旅、一六九旅、二十八師之八十旅直屬砲兵第六團及戰車營，已全部就殲，僅有[illegible]及汽車十餘輛，狼狽向西突圍。初步統計除斃傷外，俘虜蔣軍即達一萬三千餘人，繳獲榴彈砲、野砲、山砲、戰車防禦砲四十餘門，汽車百餘輛、[illegible]裝甲戰車十餘輛，其他武器裝備[illegible]如山。

呂梁我軍再捷

掃滅蔣軍兩千餘人

活捉六一七旅副旅長陳誠武

【新華社[illegible]】我晉綏八路軍於十二月三十日下午六時，[illegible]

綏遠南部我收復清水河縣城

【新華社[illegible]】[illegible]

在中国共产党领导下，解放区军民英勇战斗，打退了国民党军队的猖狂进攻，消灭了大量蒋军，保卫了解放区。国民党军全面进攻被迫停止。图为1947年1月7日出版的《鲁中日报》号外“我歼蒋军三个半旅”。

新民晚報

號外 民國三十六年四月三日

滿城風雨 雞犬不寧

臺灣二二八事件

二月廿八日

三月一日

三月二日

1947年2月28日，台湾省发生“二·二八”事件。在一片指责声中，台湾省行政长官兼台湾省警备总司令陈仪被迫提出辞职。图为1947年4月3日出版的《新民晚报》号外“台湾二·二八事件”。

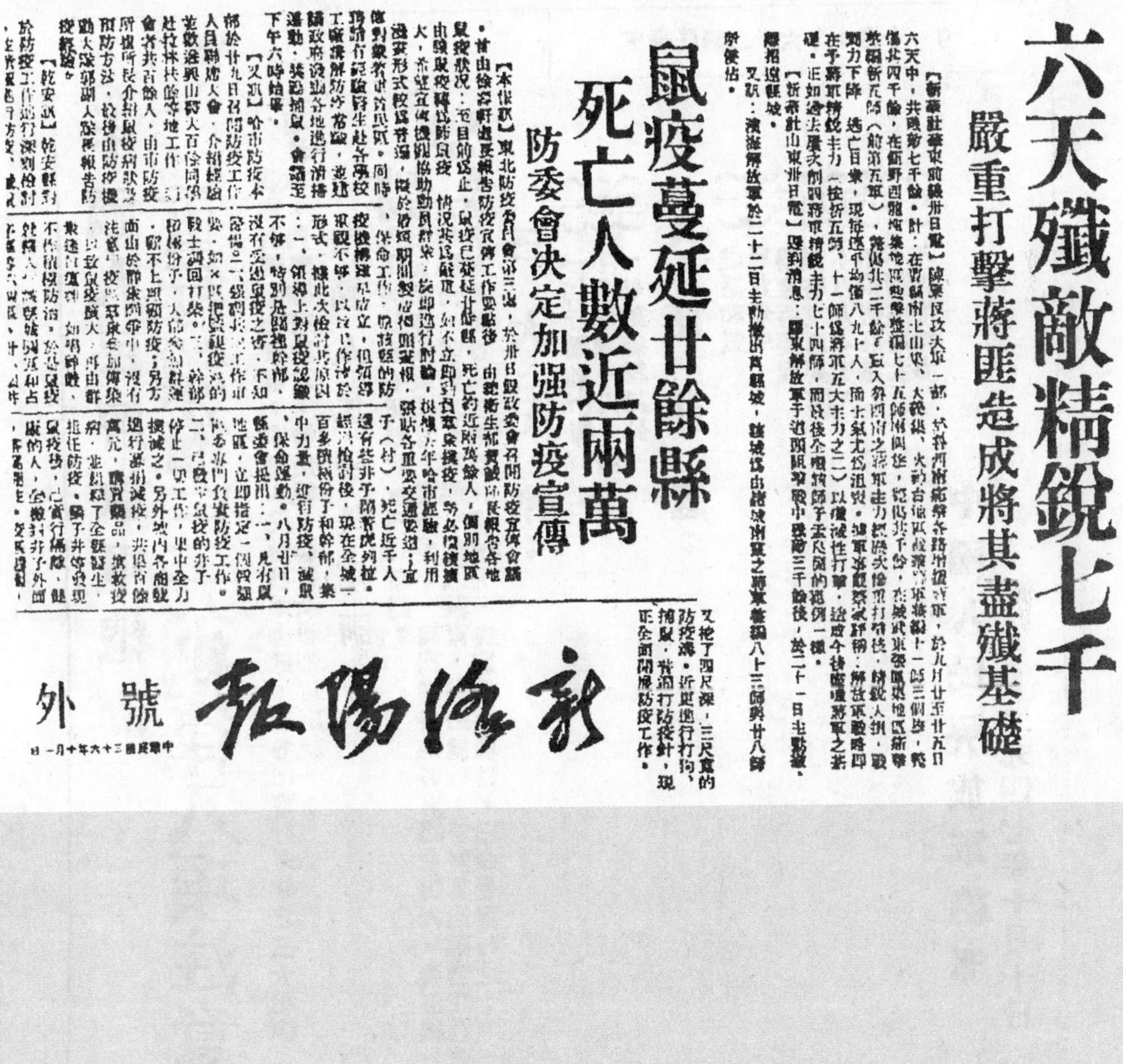

六天殲敵精銳七千

嚴重打擊蔣匪造成將其盡殲基礎

鼠疫蔓延廿餘縣 死亡人數近兩萬

防委會決定加强防疫宣傳

新洛陽報 號外

中華民國三十六年十月一日

人民解放军一部，于鲁西南痛击蒋介石反动军队，1947年9月20日至25日六天中，共歼敌精锐部队七千人。图为1947年10月1日《新洛阳报》号外“六天歼敌精锐七千，严重打击蒋匪，造成将其尽歼基础”。

大眾日報

中華民國三十六年十月十一日

號外

中國人民解放軍總部

重行頒佈三大紀律八項注意

新華社陝北九日電：中國人民解放軍總部，為各地實行多年之三大紀律八項注意，內容略有出入，特於雙十節重新頒佈以求統一：

中國人民解放軍訓令

中國人民解放軍各級軍政首長同志們：

本軍三大紀律八項注意，實行多年，其內容各地各軍略有出入。現在統一規定，重行頒佈，望即以此為準，深入教育，嚴格執行，至於其他應當注意事項，各地各軍最高首長可根據具體情況，規定若干項目，以命令實行之：

三大紀律：

（一）一切行動聽指揮

（二）不拿群眾一針一線

（三）一切繳獲歸公

八項注意：

（一）說話和氣

（二）買賣公平

（三）借東西要還

（四）損壞東西要賠

（五）不打人罵人

（六）不損害莊稼

（七）不調戲婦女

（八）不虐待俘虜

中國人民解放軍總部

一九四七年十月十日

1947年10月10日，中国人民解放军总部重行颁布三大纪律八项注意。图为1947年10月11日出版的《大众日报》号外。

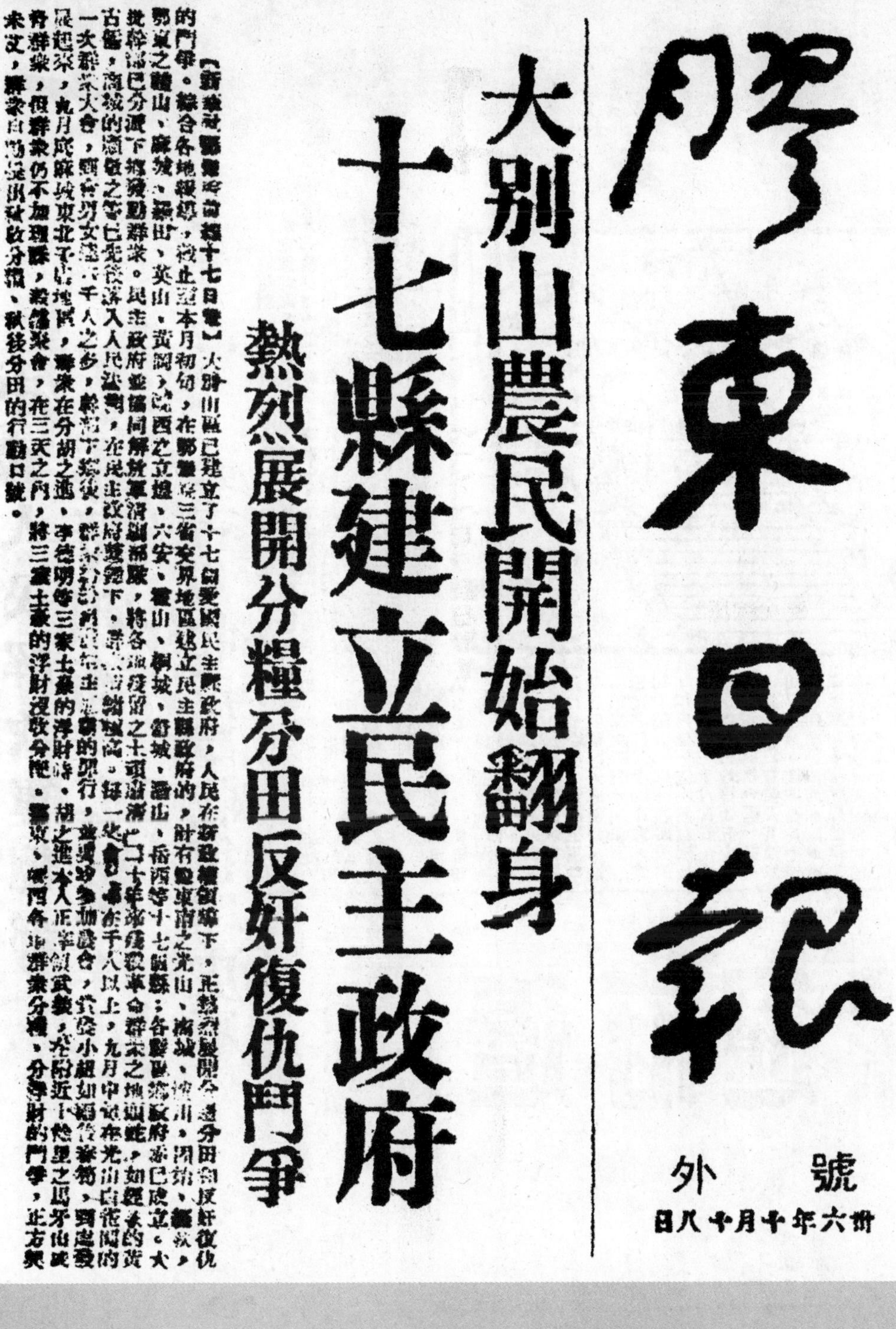

膠東日報

號外

卅六年十月十八日

大別山農民開始翻身
十七縣建立民主政府
熱烈展開分糧分田反奸復仇鬥爭

【新華社鄂豫皖前線十七日電】大別山區已建立了十七個愛國民主縣政府，人民在新政權領導下，正熱烈展開分糧分田與反奸復仇的鬥爭。綜合各地報導，截止至本月初旬，在鄂豫皖三省交界地區建立民主縣政府的，計有豫東南之光山、商城、潢川、固始、[illegible]，鄂東之禮山、麻城、羅田、英山、黃岡，皖西之立煌、六安、霍山、桐城、舒城、潛山、岳西等十七個縣；各縣區鄉政府亦已成立。大批幹部已分派下鄉發動群衆。民主政府並協同解放軍清剿部隊，將各地殘留之土頑游擊[illegible]十餘股殲滅，革命群衆之[illegible]，如經過多年的黃古[illegible]，商城的[illegible]等已先後落入人民法網，在民主政府號召下，群衆[illegible]高，每一集會多在千人以上，九月中旬在光山白雀園的一次群衆大會，與會男女達[illegible]千人之多，經過[illegible]後，群衆[illegible]主[illegible]的罪行，當場即參加農會，貧農小組如雨後春筍，到處發展起來，九月底麻城東北[illegible]地區，群衆在分胡之進、李德明等三家土豪的浮財時，胡之進本人正率領武裝，在附近十[illegible]里之周家山威脅群衆，但群衆仍不加理睬，繼續集會，在三天之內，將三家土豪的浮財沒收分配。黃安、[illegible]各地群衆分糧、分浮財的鬥爭，正方興未艾，群衆自動提出秋收分糧、秋後分田的行動口號。

解放战争中，大别山农民开始翻身，至1947年已有17个县建立了民主政府。在新政权领导下，热烈展开分粮分田、反奸复仇斗争。图为1947年10月18日出版的《胶东日报》号外。

東北我軍報捷

收復工業重鎮阜新城

各綫殲匪寇三團一營

永吉以北反擊收復樺皮廠

號外 民國三十六年十月十九日

邊府通報

1947年10月17日，东北人民解放军一部，攻克工业重镇阜新。图为1947年10月19日出版的《边府通报》号外“东北我军报捷，收复工业重镇阜新城，各线歼匪寇三团一营，永吉以北反击收复桦皮厂”。

海南島我軍聲勢浩大
馮白駒同志任省主席
現擁有三個縣及武裝萬餘
一部越海創建雷州新解放區

【新華社陝北二十一日電】馮白駒同志所率領的海南島人民解放軍聲勢日益浩大，並向瓊山儋縣及海口市進攻，與海南島毗連的雷州半島亦實行戒嚴。據美聯社廣州十五日電稱：海南島人民武裝現擁有保亭、白沙、樂東等三縣，並已選舉馮白駒為省主席。當地人民武裝已達萬餘，自九月二十九日夜以來開始威脅海南島蔣匪之主要港口海口，並有三千人民武裝現已越海而抵雷州半島，建立新的解放區。

京杭杭徽公路斬斷後
蔣匪心驚增防滬寧路

【新華社陝北二十一日電】據二十日美聯社南京電訊透露，江南人民游擊隊斬斷南（京）杭（州）公路及杭（州）徽（州）公路後，蔣匪心驚膽戰，忙派其「鐵路警衛隊」增援滬（上海）寧（南京）鐵路，蔣匪「國防部」並派與漢英（譯音）者「視察沿路防禦」，並強佔民間房屋以作「增援部隊」之營房。

號外　卅六年十月廿二日

晉察冀日報

1947年，冯白驹所率领的海南岛人民解放军声势日益浩大，已拥有三个县及万余人民武装，被选举为省主席。还有三千人民武装部队越海登陆雷州半岛，建立新的解放区。图为1947年10月22日出版的《晋察冀日报》号外。

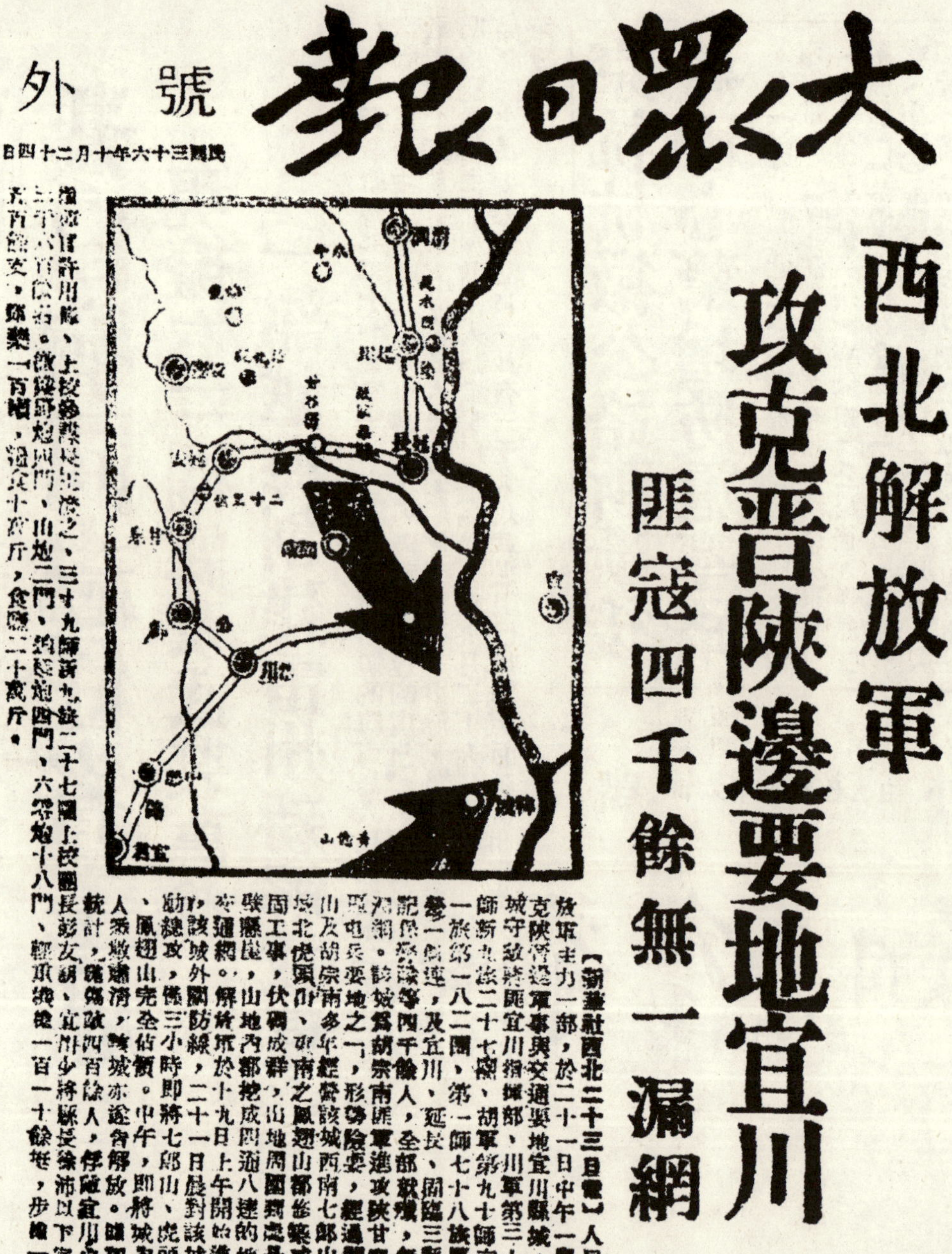

號外

大眾日報

民國三十六年十月二十四日

西北解放軍攻克晉陝邊要地宜川

匪寇四千餘無一漏網

【新華社西北二十三日電】人民解放軍主力一部，於二十一日中午一舉攻克陝晉邊軍事與交通要地宜川縣城，該城守敵胡匪宜川指揮部、川軍第三十九師新九旅二十七團、胡軍第九十師六十一旅第一八二團、第一師七十八旅野炮營一個連，及宜川、延長、閻臨三縣蔣記保安隊等四千餘人，全部被殲，無一漏網。該城爲胡宗南匪軍進攻陝甘寧邊區屯兵要地之一，形勢險要，經過胡匪山及胡宗南多年經營該城西南七郎山、城北虎頭山、東南之鳳翅山都修築成嶺固工事，伏碉成群，山地周圍到處是絕壁懸崖，山地內都挖成四通八達的地下交通網。解放軍於十九日上午開始進攻，該城外圍防綫，二十一日晨對該城發動總攻，僅三小時，即將七郎山、虎頭山、鳳翅山完全佔領。中午即將城內敵人悉數肅清，該城亦途告解放。據初步統計，斃傷敵四百餘人，俘敵宜川中將指揮部指揮官許用修、上校參謀長岳燦之、三十九師新九旅二十七團上校團長彭友胡、宜川少將縣長徐沛以下官兵五千六百餘名。繳獲野炮四門、山炮二門、迫擊炮四門、六零炮十八門、輕重機槍一百一十餘挺，步槍一千五百餘支，彈藥一百噸，糧食十萬斤，食鹽二十萬斤。

1947年10月21日，西北人民解放军一举攻克晋陕边军事与交通要地宜川县城。该城守敌四千余人无一漏网，全部被歼。图为1947年10月24日出版的《大众日报》号外“西北解放军攻克晋陕边要地宜川”。

南僑日報

號外

民國三十六年十月二十七日

國際學聯致中國學生書

同情中國學生反蔣鬥爭 鼓勵組成全國統一團體

「新華社陝北二十六日電」（遲到消息）今年八月間與「世界民主青年聯盟」第二屆理事會同時在布拉格舉行之「國際學聯」理事會，發表「致中國學生書」，全文如下：「親愛的中國朋友們！國際學聯理事會在學聯成立一週年剛完成其第二屆理事會的時候，向目前正為改善其生活情況與反抗國民黨政府所採取之緊迫手段而奮鬥的中國學生致敬！

在我們以前的會議，中國國民黨政府強迫我們接受所謂「中國大學生聯合會」為中國代表的——現在我們知道這是一個完全偽造的團體。很明顯的，其目的在於阻止中國的民主學生與世界的一切民主學生取得聯繫，在於使世界學生不能瞭解中國學生的真實情況。

學聯理事會揭露國民黨政府的此種行為，並宣稱今後當竭盡一切力量增進與中國民主學生間的聯繫。此種聯繫，已由於你們真正代表的參加會議而開始了。

今年我們第一次與中國學生的真正代表取得聯繫，理事會議中已有了解放區學生聯合會籌委會及蔣管區學生聯合會的代表，你們的代表告訴了我們今天中國「蔣管區」學生可怕的生活情形，饑餓正在殺害你們許多人，你們當中的大部份正受營養不足的磨折，你們生活得十分痛苦，由於學費、膳費等等的增加，使你們遭遇到巨大的經濟困難。但是他們也告訴了你們反抗這些遭遇的奮鬥方法，和國民黨各種勢力壓迫以及你們活動的情形，我們現在知道在你們國家許多地方舉行的龐大的示威遊行，以及軍警用武器殺傷監禁學生的殘酷。

我們聽說國民黨政府正竭盡所能去制止民主學生團體的發展，但是我們深信除非你們最低條件的生活權利已經獲得，你們國家內部的教育制度已經完全民主化，你們已經有權組織你們自己的團體，不受任何當局的干涉，否則你們的鬥爭是不會停止的。我們也相信，你們將奮鬥不息反對繼續內戰。在抗日戰爭結束以後的內戰，正在你們國家內造成巨大的災難。

我們呼籲你們，鼓勵你們國家的學生組成一個單一的統一的鬥爭團體，並且繼續你們在國際學聯內的世界民主學生當中就任你們的席位。我們立誓支持你們英勇進行的戰鬥。特別要盡我們的權力把你們目前的情況告訴全世界的學生。

全世界民主學生團結萬歲！

國際學聯主席 約瑟格·魯曼
秘書 托馬斯·馬丁

在世界民主青年联盟第二届理事会期间，国际学联发表致中国学生书，同情中国学生反蒋斗争，鼓励组成全国统一团体。图为1947年10月27日出版的《南侨日报》号外“国际学联致中国学生书”。

晉察冀野戰軍公佈保定南北戰果

我殲俘蔣匪一萬七千

僅生俘即達一萬一千餘人

繳獲：

各種炮：七十二門
輕重機槍：四八九挺
坦克：三輛
擊落飛機：兩架
長短槍：四三三八枝
其他武器物資無算

【新華社晉察冀前線分社一日電】晉察冀野戰軍司令部頃發表第四號公報。公佈自十月十日開始至廿二日清風店大捷，保定南北戰役詳細綜合戰果如下：（一）斃傷俘蔣匪官兵一七、二五三人，內計斃傷六一五五人，生擒第三軍中將正副軍長羅歷戎楊光鈺，第七師少將師長李用章以下官兵一一、零九八人。（二）繳獲各種炮七十二門，計山炮六門，步兵炮二門，平射炮四門，迫擊炮廿五門，六零炮三十三門，火箭筒二個；坦克三輛，火焰噴射器四個，輕重機槍四八九挺，計重機槍八十二挺，輕機槍三八八挺，飛機機槍十四挺，坦克重機槍五挺；擲彈筒一一三個，槍榴筒五八個，長短槍四三三八支，衝鋒槍一七四支，戰刀三四把，刺刀九二八把；各種彈藥：計炮彈一〇八七發，重機彈三三、九八〇發，輕機彈一二八、四四三發，步槍彈二〇四、九二三發，手榴彈三、四〇八枚，槍榴彈六〇、三四二發；電台十四部，無線電話二架，電話機一二五架，總機九架，馬達十三部，飛機電台四部，戰馬二二二匹，汽車五輛，自行車九十輛，望遠鏡五六架；（三）破路四二四〇〇米，破壞木橋十一座，碉堡三四座，擊落飛機二架，P51、B25各一，其他戰利品無算。

渤海日報 號外

中華民國三十六年十一月二日

1947年人民解放军已由战略防御转入战略进攻。1947年11月1日，晋察冀野战军公布保定南北战役详细战果：我歼俘蒋匪军一万七千，仅生俘即达一万一千余人。图为1947年11月2日出版的《渤海日报》号外。

太南導報

號外

民國三十六年十一月三日

東北冀東各地青年

五萬餘人湧入主力

『要澈底打倒蔣介石賣國賊

保衛翻身哥兒們的好日子』

东北、冀东各地青年争先参军，提出“要彻底打倒蒋介石卖国贼，保卫翻身哥儿们的好日子”。图为1947年11月3日出版的《太南导报》号外“东北冀东各地青年五万余人涌入主力”。

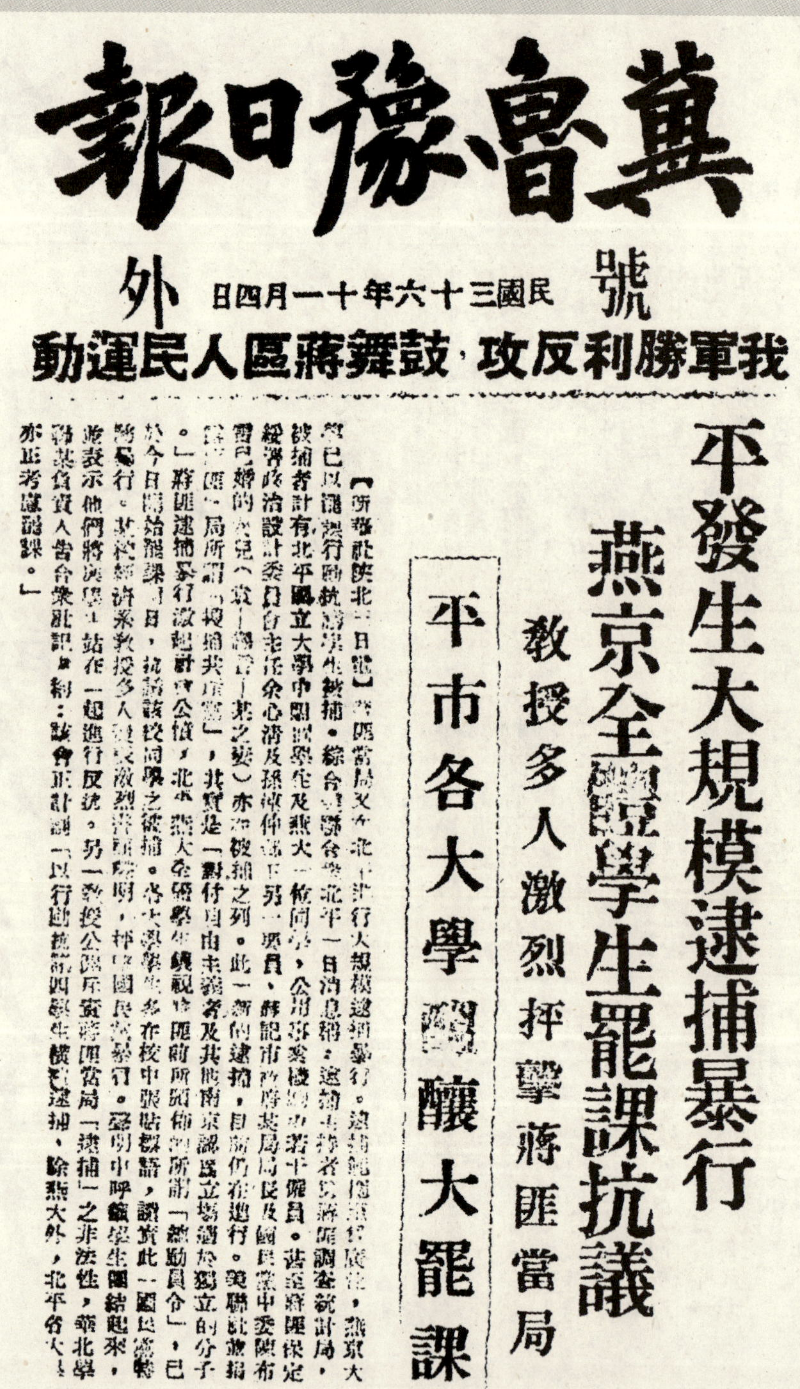

冀魯豫日報

號外　民國三十六年十一月四日

我軍勝利反攻，鼓舞蔣區人民運動

平發生大規模逮捕暴行

燕京全體學生罷課抗議

教授多人激烈抨擊蔣匪當局

平市各大學醞釀大罷課

【新華社陝北二日電】蔣匪當局又在北平進行大規模逮捕暴行。逮捕範圍[illegible]，燕京大學已以「游行示威抗議學生被捕」。綜合[illegible]聯合報北平一日消息稱：逮捕手持者[illegible]調查統計局，被捕者計有北平國立大學中[illegible]及燕大一位同學，公用事業機關中若干職員。蔣匪保定綏靖公署政治設計委員會主任余心清及孫連仲部下另一要員，蔣記市政府某局局長及國民黨中委陳布雷已婚的女兒（[illegible]）亦在被捕之列。此一新的逮捕，目前仍在進行。美聯社據報導：[illegible]局所謂「搜捕共匪黨」，其實是「對付自由主義者及其他南京認爲立場過於獨立的分子。」蔣匪逮捕暴行激起社會公憤，北平燕京大學全體學生[illegible]蔣匪政府所頒佈的所謂「總動員令」，已於今日開始罷課一日，抗議該校同學之被捕。各大學學生多在校中張貼標語，譴責此一國民黨特務暴行。燕大[illegible]許多教授多人並發表激烈[illegible]聲明，抨擊國民黨暴行。聲明中呼籲學生團結起來，並表示他們將與學生站在一起進行反抗。另一教授公開斥責蔣匪當局「逮捕」之非法性，華北學聯某負責人告合衆社記者稱：該會正計劃「以行動援助[illegible]學生被逮捕，除燕大外，北平各大學亦正考慮罷課。」

1947年11月3日，北平发生大规模逮捕暴行，燕京大学全体学生罢课抗议，教授激烈抨击当局。图为11月4日出版的《冀鲁豫日报》号外。

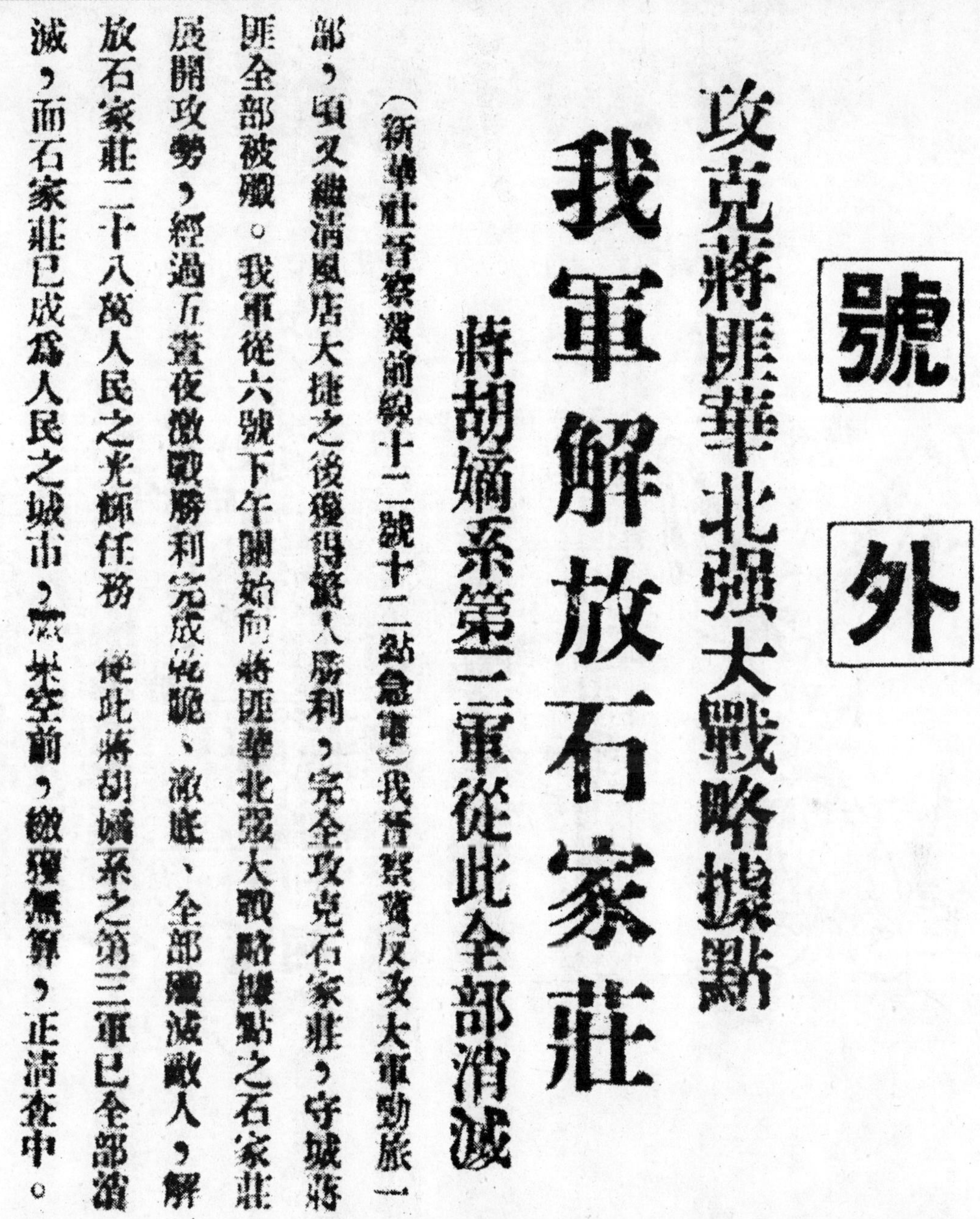

號外

攻克蔣匪華北强大戰略據點

我軍解放石家莊

蔣胡嫡系第三軍從此全部消滅

（新華社晉察冀前線十二號十二點急電）我晉察冀反攻大軍勁旅一部，頃又繼清風店大捷之後獲得驚人勝利，完全攻克石家莊，守城蔣匪全部被殲。我軍從六號下午開始向蔣匪華北强大戰略據點之石家莊展開攻勢，經過五晝夜激戰勝利完成乾脆、徹底、全部殲滅敵人，解放石家莊二十八萬人民之光輝任務　從此蔣胡嫡系之第三軍已全部消滅，而石家莊已成爲人民之城市，戰果空前，繳獲無算，正清查中。

晉察冀日報社

中華民國卅六年十一月十二日

1947年11月12日，我晉察冀解放大军劲旅一部，攻克华北重要战略据点石家庄，守城国民党军全部被歼。图为1947年11月12日出版的《晋察冀日报》号外“我军解放石家庄”。

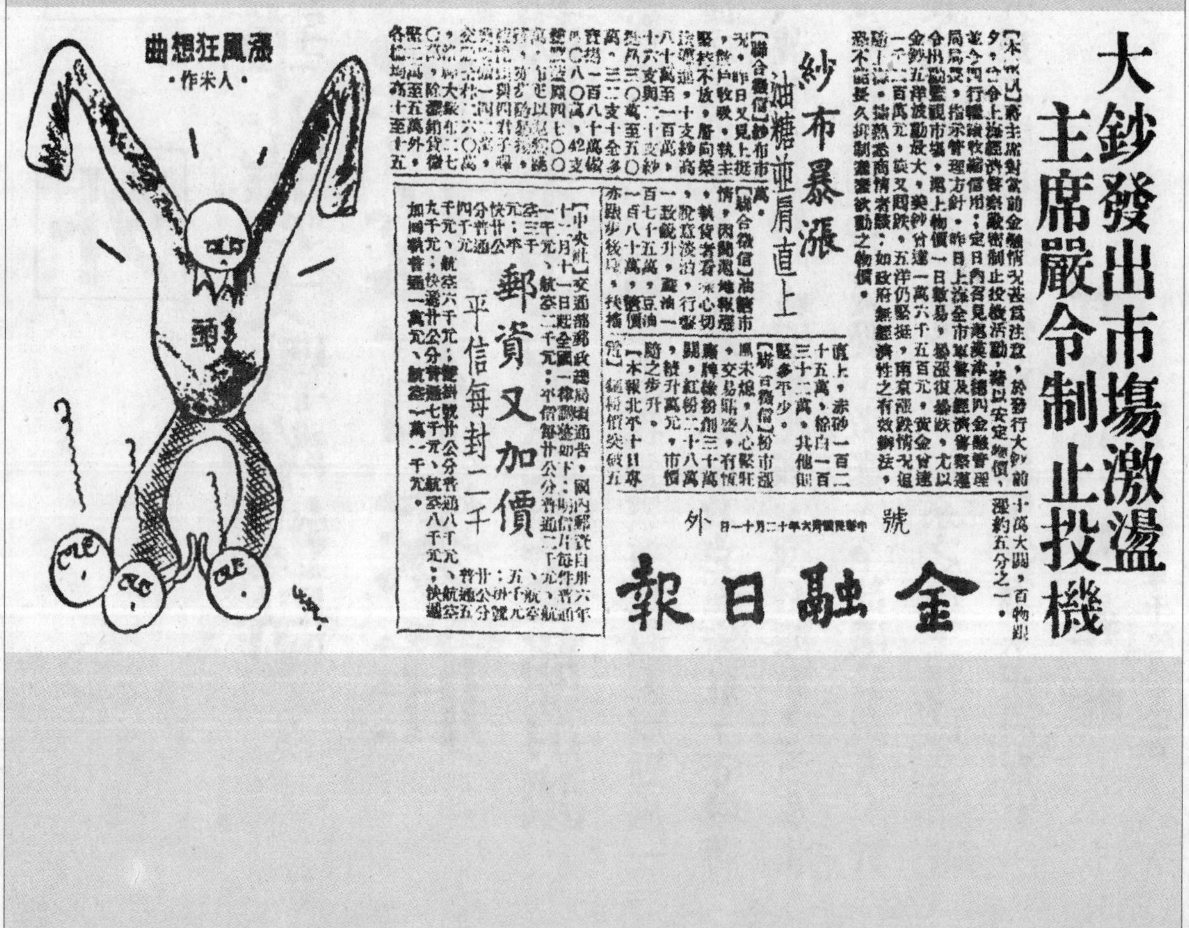

大鈔發出市場激盪
主席嚴令制止投機

金融日報
號外

紗布暴漲
油糖並肩直上

郵資又加價
平信每封二千

国民党政府为了打内战，大量发行钞票，造成国统区物价暴涨，市场投机活动猖獗，出现金融危机，使百姓生活更加困苦。图为1947年12月11日出版的《金融日报》号外。

中美海軍轉讓協定簽字

中央社・行政院新聞局攝

中國新報 號外

民國三十六年十二月十七日

国民党军大肆购买美国军事装备，疯狂进攻解放区，1947年12月，国民党政府外长王世杰同美国驻华大使司徒雷登签订转让美国部分海军船舰及装备协定。图为1947年12月17日出版的《中国新报》号外“中美海军转让协定签字”。

軍事法庭審日戰犯
三殺人元兇處死刑
殘殺無辜當庭猶圖狡賴
庭諭高橋坦改期續審訊

百人斬り超記錄
向井106—105野田
両少尉さらに延長戰

浦聯報 號外

1947年12月18日，审判日本战犯军事法庭，判处向井敏明、野田毅和田中三人死刑。刽子手向井和野田罪大恶极，曾在南京进行杀人比赛，分别屠杀中国人106人、105人（有日本报纸报道为证）。图为12月19日出版的《浦联报》号外。

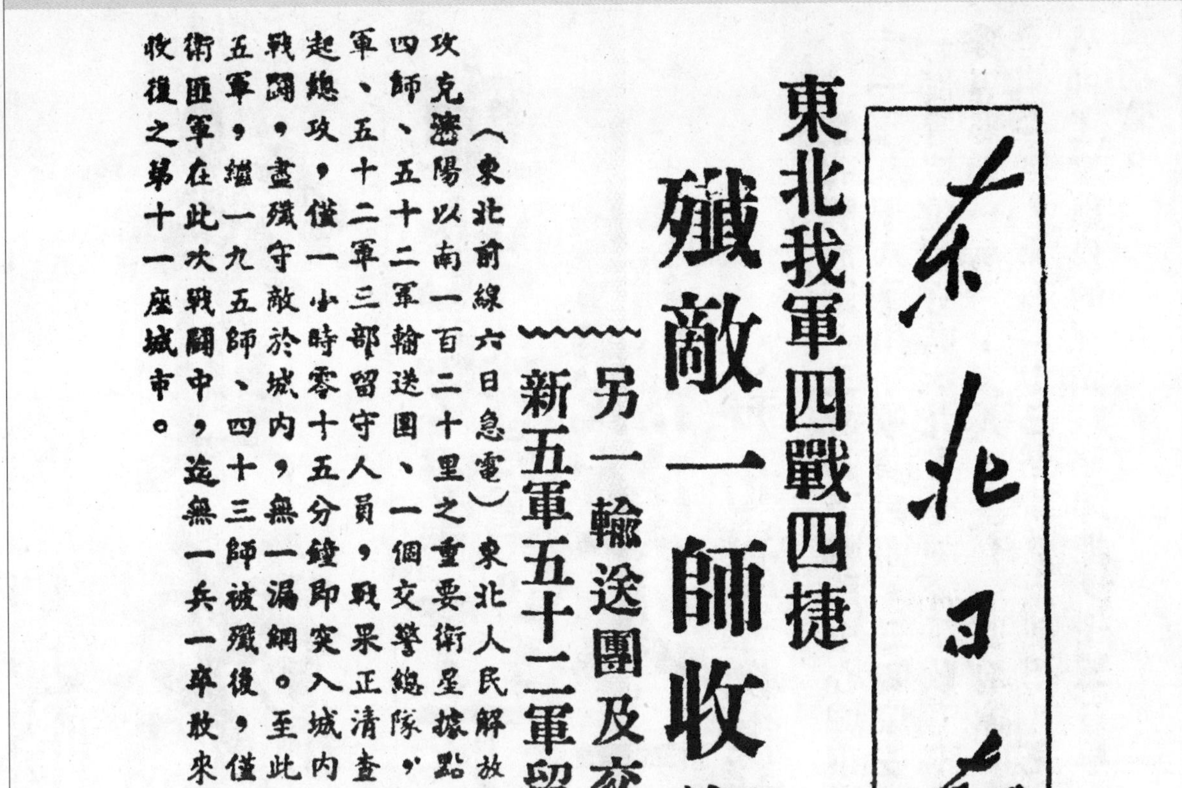

东北日报 號外

中華民國三十七年二月七日

東北我軍四戰四捷

殲敵一師收復遼陽

另一輸送團及交警總隊與新六軍新五軍五十二軍留守人員均無一漏網

（東北前線六日急電）東北人民解放軍四戰四捷，於六日十五時半攻克瀋陽以南一百二十里之重要衛星據點遼陽城，全殲敵新五軍暫五十四師、五十二軍輸送團、一個交警總隊，及留駐該城之敵新六軍、新五軍、五十二軍三部留守人員，戰果正清查中。此役我軍係於清晨七時發起總攻，僅一小時零十五分鐘即突入城內，共歷八個半鐘頭，全部解決戰鬥，盡殲守敵於城內，無一漏網。至此，敵在我冬季攻勢前組成之新五軍，繼一九五師、四十三師被殲後，僅一個月，即全軍覆沒。而陳、衛匪軍在此次戰鬥中，迄無一兵一卒敢來應援。按遼陽為我冬季攻勢中收復之第十一座城市。

东北人民解放军取得三下江南、四保临江战役胜利后，已转入反攻阶段，于1948年2月6日收复辽阳。至此，在东北地区，国民党军不得不压缩在沈阳、长春和锦州三个城市孤守。图为1948年2月7日出版的《东北日报》号外。

實話報

號外

民國三十七年二月十四日

東北我軍打下四平 消滅敵人一萬六千

◇西北我軍收復甘泉縣城◇

東北解放軍十三日打下戰略中心城市四平街，全部乾淨消滅敵人七十一軍八十八師和一個騎兵團、三個保安團，七十一軍八十七師、九十一師等單位留守處，九十一師幹部教導隊，僞遼北省政府和他的保安部隊等部共一萬六千多人，沒有一個跑掉的。我軍是在十二日上午八點鐘開始總攻，經過二十三點鐘激烈戰鬥，完全打毀了這個修築有現代化永久性工事堡壘的強固戰略陣地，十三日早上全部解決戰鬥。詳細戰果正在清查。

1948年2月13日，东北人民解放军解放战略中心城市四平，共消灭敌人一万六千余人（包括国民党军四个师留守处、伪辽北省政府和保安部队等）。图为1948年2月14日出版的《实话报》号外“东北我军打下四平，消灭敌人一万六”。

人民解放軍攻克要港營口

暫五十八師光榮起義

東北人民解放軍一部，於二月廿六日晨攻克遼東灣要港營口，該港駐守將軍五十二軍暫五十八師全部，在師長王家善率領下光榮起義，毅然退出反人民內戰，備受解放區全體軍民之熱烈歡迎。

按暫五十八師原係東北保安第四總隊，後改編為獨立十九師，三區保安部隊，去年九月改編為暫五十八師。師長王家善近照（上）

馳電林彪將軍

王家善頭率該師全體官兵馳電人民解放軍東北軍區司令員林彪、副政委羅榮桓將軍，報告起義經過，稱：「家善等痛感蔣介石獨裁賣國，製造內戰，反對民意，消滅異己，素懷參加革命陣容，苦無良機，茲於二月廿五日下午七時，毅然率部萬人起義，同時逮捕營口市之軍、政、警、團首腦鄭明新、袁鴻逵等卅餘名，並參加解除反動武裝，而解放營口重港。今後誓在鈞座領導下，打倒蔣介石，擁護中共土地改革主張，為人民解放而奮鬪到底，並祈格外指導訓誨，至禱，謹電奉聞。王家善率全體官兵同叩。」

羣众日報 號外 民國三十七年二月二十七日

在我东北人民解放军强大攻势下，1948年2月26日，辽东湾要港营口解放。驻守营口的蒋军52军暂58师全部，在师长王家善率领下光荣起义，毅然退出反人民内战。图为1948年2月27日出版的《群众日报》号外“人民解放军攻克要港营口”。

群力報 號外

民國三十七年三月二十四日

膠濟西段我軍攻勢戰果

七天中解放城市十座

殲滅蔣匪兩萬四千餘

山東克淄川殲匪近萬

蘇北下益林殲敵六千

兩役活捉蔣匪正副旅長三個

山东胶济西段我军七天中解放城市十座，歼灭蒋军两万四千余，克淄川歼敌近万。苏北下益林歼敌六千。图为1948年3月24日出版的《群力报》号外。

新民報

中華民國三十七年四月十九日（售價每份五千元）

發行人 南京新民報股份有限公司

（北平版第三年 一〇七號 本報創刊於民國十八年九月九日）

號外

國大今午大選投票

蔣中正當選大總統

獲票二四三〇擊敗居正

不经全国各界人民和各民主党派代表协商同意，蒋介石召开所谓“行宪国大”，非法选为“中华民国行宪第一任大总统”。图为1948年4月19日出版的《新民报》号外“国大今午大选投票，蒋中正当选大总统，获票二四三〇击败居正”。

解放軍越過西蘭公路
大踏步向蔣管區挺進
連下靈台扶風等四城

我軍收復延安
匪窩南京嚇慌

三千工人臥軌罷工
京滬鐵路不通三小時

學生運動力量壓力下
北平蔣匪向師生道歉

晉察冀日報
號外

中華民國三十七年四月廿四日

我西北人民解放军越过西（安）、兰（州）公路，大踏步向前挺进，于4月21日到22日两天，连下长武、灵台、扶风等四座县城。图为1948年4月24日出版的《晋察冀日报》号外“解放军越过西兰公路，连下灵台、扶风等四城”。

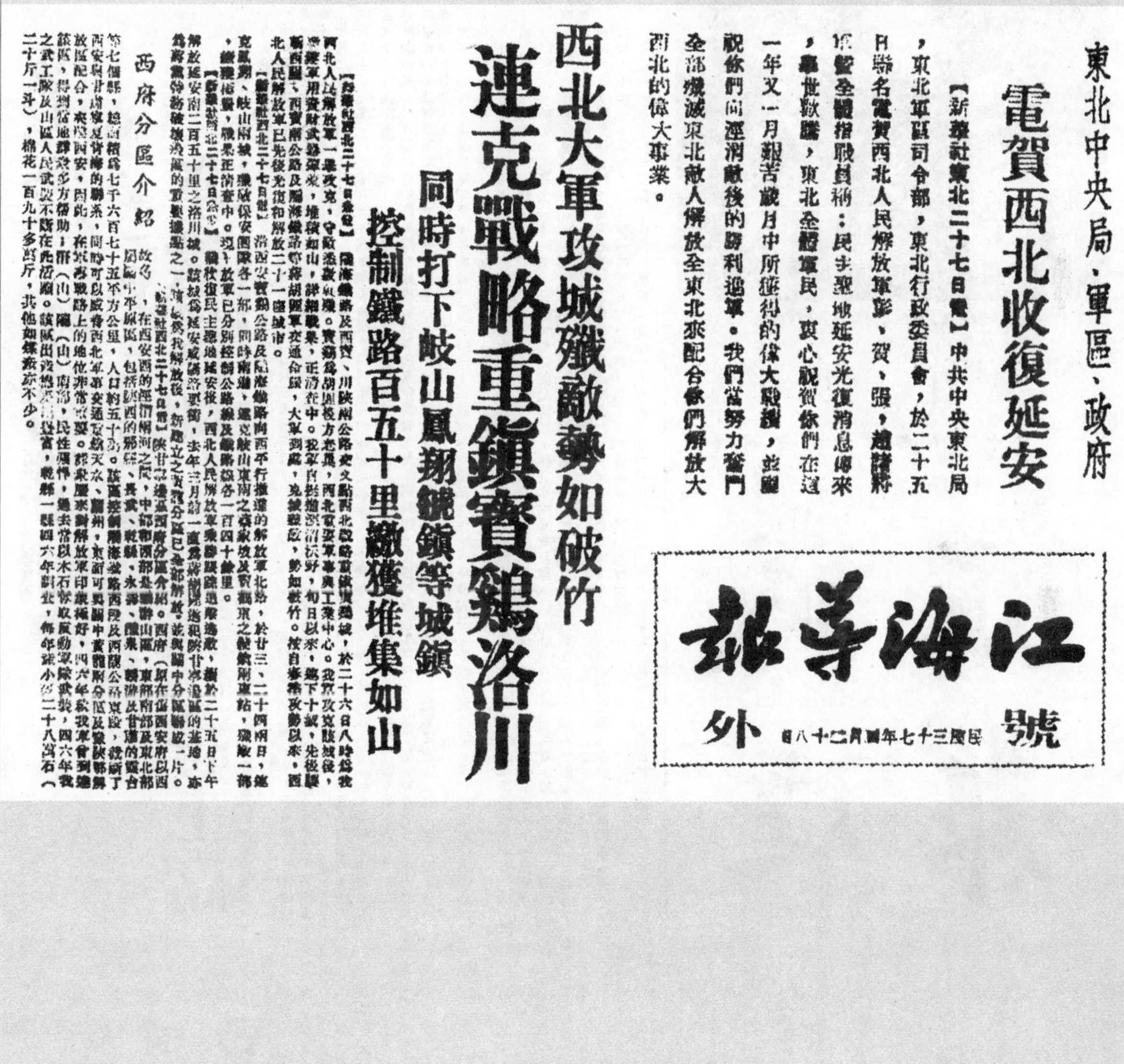

江海導報

號外　民國三十七年四月二十八日

東北中央局、軍區、政府

電賀西北收復延安

【新華社東北二十七日電】中共中央東北局，東北軍區司令部，東北行政委員會，於二十五日聯名電賀西北人民解放軍彭、賀、張，趙諸將領暨全體指戰員稱：民主聖地延安光復消息傳來，舉世歡騰，東北全體軍民，衷心祝賀你們在這一年又一月艱苦歲月中所獲得的偉大戰績，並願祝你們向逕消敵後的勝利進軍。我們當努力奮鬥全部殲滅東北敵人解放全東北來配合你們解放大西北的偉大事業。

西北大軍攻城殲敵勢如破竹

連克戰略重鎮寶鷄洛川

同時打下岐山鳳翔虢鎮等城鎮

控制鐵路百五十里繳獲堆集如山

西府分區介紹

1948年4月24日，我西北人民解放军收复革命圣地延安，连克战略重镇宝鸡、洛川。图为1948年4月28日出版的《江海导报》号外“东北中央局、军区、政府电贺西北收复延安”、“西北大军攻城歼敌势如破竹，连克战略重镇宝鸡、洛川”。

李宗仁昨膺選副座

李以一四三票之差壓倒孫科

當選後即午晉謁 蔣主席

【本報南京二十九日專電】中華民國首任副總統，業經今日第四次複選選出，李宗仁以一四三八票多數擊倒孫科而榮膺當選，另一合法候選人孫科得票一二九五張，以少數票而名落孫山。

【本報南京二十九日專電】副總統選舉今日已臨最後決戰階段，合法候選人李宗仁、孫科之角逐選戰，早於昨日深夜已趨緊張白熱化了，今晨九時卅七分繼續進行第四次投票選舉程序時，與代表已不若前數日之忙亂及情感，大抵胸有成竹，誰家之天下無須診斷矣。

今日之會，主席團昨日會議推定于斌担任主席。宣佈開會後，洪蘭友秘書長首先報告截至今晨為止，報到代表為二八四〇人，出席人數為二六八〇名，洪氏並宣讀主席團報告事項：㊀二十八日選舉副總統第三次投票結果，副總統候選人李宗仁，孫科，程潛三人仍無人足法定過半數之票數，依照總統副總統選舉罷免法第十四條第三項第二款之規定，應就第三次得票比較多數之首二名李宗仁孫科圈選一名。㊁抽籤決定第四次選舉副總統投票開票監察員名單，洪氏隨即宣佈監察員名單後，主席于斌，答復兩件臨時動議；㊂關於國大代表[illegible]之組織，業經國務會議通過，但主持人選尚未決，轉載已予內定為不確。㊃關於職掌之確定，經主席團擬定標準，然後將爭行。

十時十七分，主席宣佈發票，并開始投票，仍分十二區分票位投票，至十一時零五分，全部選票投畢，進行投票之時，會場秩序，井井有條，毫不紊亂，較已往歷次投票選舉，顯有驚人進步。

今日我中各報輿論復趨之緩和，估主權者成大萬龍之候選人宣傳廣告，顯然縮小，且僅留下李孫二人之單調場面矣。

投票完畢，休息二十分鐘，旋又繼續大會，進行開票程序，開票時，李宗仁所得票數，一直保持領先優勢，至第十一個票匭，孫科票數猛追，較李宗仁多出三十一票，打破一向之沉悶局面，孫之啦啦隊均狂歡不已，殆至全部選票開畢，結果李宗仁得一四三八票，佔多數優選，孫科得一二九五票，較李宗仁少一四三票落選。今日共發出二七六六票，投票二七六一張，除廢票二八張外，有效合法票計二七三三張。

最後主席于斌宣佈，根據總統副總統選舉罷免法第四條第三項第二款之規定，今日第四次複選結果，李宗仁得票較多，當選，孫科得票較少，落選，于下午一時零五分散會前，主席并宣佈報告，明日繼續舉行大會。

當主席宣佈李宗仁當選為首任副總統時，全體一致熱烈鼓掌歡呼，慶祝選出得人及未來新中國進入真正民主憲政之境域矣。

李宗仁先生與其夫人郭德潔於國大門首

號外

民國三十七年四月三十日

武進正報

在所谓“行宪国大”会上，李宗仁以143票之差压倒孙科，当选“中华民国首任副总统”。图为1948年4月30日出版的《武进正报》号外“李宗仁昨膺选副座”。

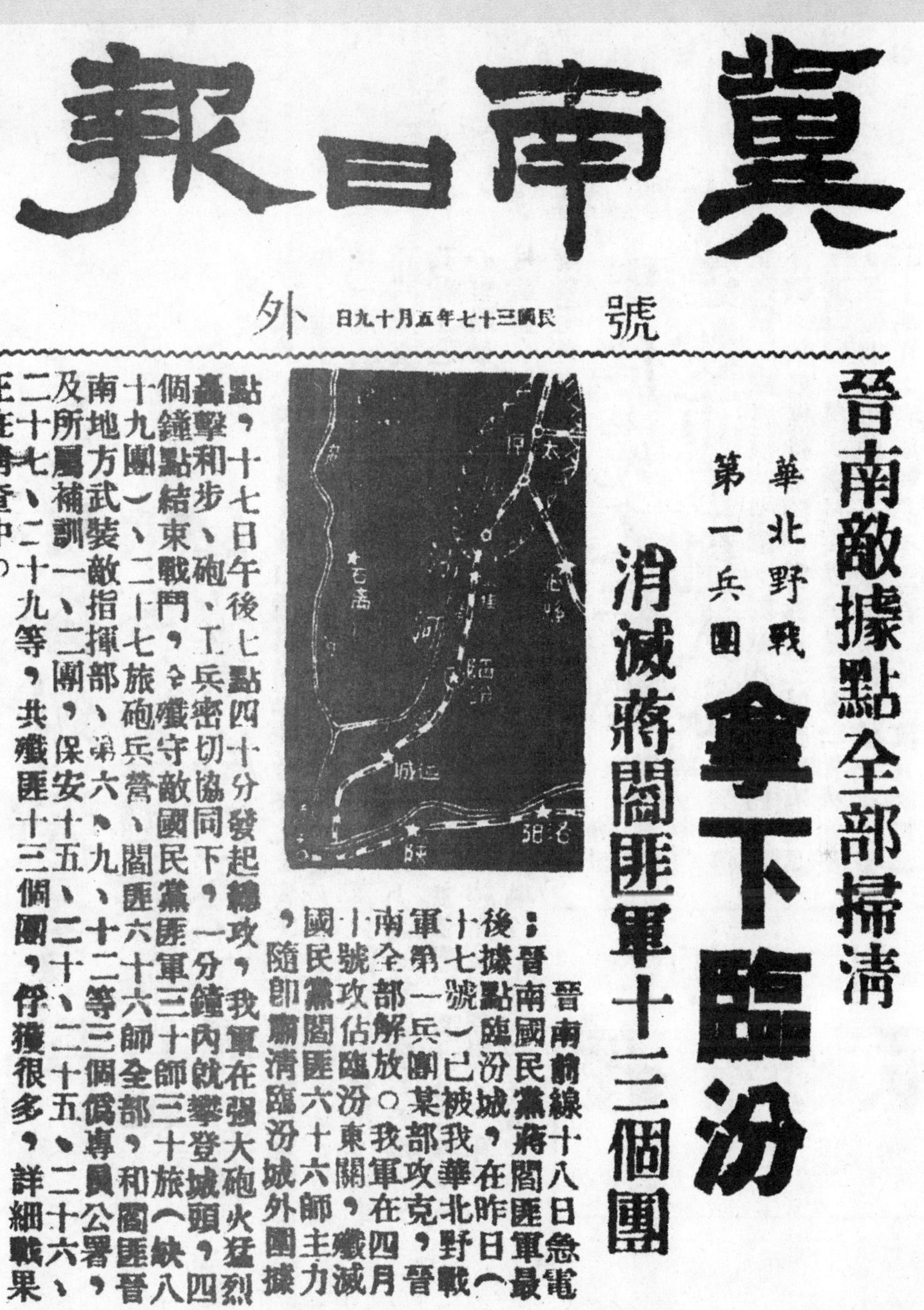

冀南日報

號外 民國三十七年五月十九日

晉南敵據點全部掃清

華北野戰第一兵團 拿下臨汾

消滅蔣閻匪軍十三個團

晉南前線十八日急電：晉南國民黨蔣閻匪軍最後據點臨汾城，在昨日（十七號）已被我華北野戰軍第一兵團某部攻克，晉南全部解放。我軍在四月十號全攻佔臨汾東關，殲滅國民黨閻匪六十六師主力，隨即肅清臨汾城外據點，十七日午後七點四十分發起總攻，我軍在強大砲火猛烈轟擊和步、砲、工兵密切協同下，一分鐘內就攀登城頭，四個鐘點結束戰鬥，全殲守敵國民黨匪軍三十師三十旅（缺八十九團）、二十七旅砲兵營、閻匪六十六師全部，和閻匪晉南地方武裝指揮部、第六、九、十二等三個偽專員公署，及所屬補訓一、二團，保安十五、二十、二十五、二十六、二十七、二十九等，共殲匪十三個團，俘獲很多，詳細戰果正在清查中。

1948年5月17日，我华北野战军攻克晋南国民党蒋、阎军队最后据点临汾城。图为1948年5月19日出版的《冀南日报》号外“晋南敌据点全部扫清，华北野战第一兵团拿下临汾”。

賢明當局縱容下 白米果然破千萬

昨市各級每担普漲百萬 每粒價格已達二元五角

由於民調會及其他有關當局袖手旁觀之縱容下，食米漲勢如脫韁之馬，貨主堅持不放，產地報價亦升，錢根鬆濫，昨早市喊價混亂，特高粳一度喊高至一千〇五十萬，白粳亦曾衝出千萬大關，惟少交易，後市正式成交價白粳，薄稻各為九百九十萬，但非上品，特高粳在千萬外，約較上週六狂漲一百萬元，刷漲價之新紀錄，經濟警員雖上市監視，人心堅昂如初，有人曾將近千萬之米價，作一有趣而含沉痛用之計算法，目前食米每粒之價格，已達二元五角云，兩市場各米亦漲一百萬，昨日客貨登記共有五七五二石。

中信突又停拋 麵粉市混亂大漲

麵粉因米價動跳，中信局突然停止拋售，原料價格飛漲，刺激人心，場內交易停頓，依然擯持不開，僅蘇桃三號粉稍有交易，開二〇五萬，場外交易混亂，漲勢如火如荼，兵船前市少數開三百十萬，後更喊高至三百二十萬元，老車粉高至三百二十五萬元，蘇桃二號粉二百〇五萬，各狂升四五十萬元，麩皮大包二八三萬，小麥新貨四百四十萬元。

號外
糧食日報
民國三十七年六月二十五日

在国统区当局纵容下，市场混乱，粮价大涨，白米破千万，每粒价值达二元五角。图为1948年6月25日出版的《粮食日报》号外“贤明当局纵容下，白米果然破千万，昨市各级每担普涨百万”。

臨汾人民報　號外

中華民國三十七年八月三日

香港各民主黨派民主人士致電毛主席
擁護中共五一時局主張
毛主席覆電邀請共商具體步驟

【新華社陝北三日電】中共中央頃發表香港各民主黨派與民主人士致中共中央毛澤東主席電及毛澤東主席覆電如下：

（一）來電（通訊）

中國共產黨毛澤東先生，並轉解放區全體同胞鑒：南京獨裁者窮兵黷武，史無先例。近復與美帝國主義互相勾結，欲以偽裝民主，欺蒙世界。人民雖未可欺，名器不容假借。當民解放軍隊所至，簞食壺漿於道途，國土重光，大計宜早定。同人等奔衛中外，正欲主張。乃讀貴黨五一勞動節口號第五項：『各民主黨派、各人民團體及社會賢達，迅速召開政治協商會議，討論並實現召集人民代表大會，成立民主聯合政府』，適合人民時勢之要求，尤符同人等之本旨，何勝欽企。除通電國內外各界暨海外僑胞共同實施完成大業外，特此奉達，即希賜教。

李濟深、何香凝（中國國民黨革命委員會）
馬叙倫、王紹鏊（中國民主促進會）
彭澤民（中國農工民主黨）
蔡廷鍇（中國國民黨民主促進會）
郭沫若（無黨派）
沈鈞儒、章伯鈞（中國民主同盟）
陳其尤（致公黨）
李章達（中國人民救國會）
譚平山（三民主義同志聯合會）

五月五日

（二）覆電

李濟深、何香凝、沈鈞儒、章伯鈞、馬叙倫、王紹鏊、陳其尤、彭澤民、李章達、蔡廷鍇、譚平山、郭沫若諸先生，並轉香港各民主黨派、各人民團體及無黨派民主人士公鑒：

五月五日電示，因交通阻隔，今始奉悉。諸先生贊同敝黨五月一日關於召開新的政治協商會議、討論並實現召集人民代表大會、成立民主聯合政府一項主張，並熱心促其實現，極為欽佩。現在革命形勢日益發展，一切民主力量亟宜加強團結，共同奮鬥，以期早日消滅中國反動勢力，制止美帝國主義的侵略，建立獨立、自由、富強和統一的中華人民民主共和國。為此目的，實有召集各民主黨派、各人民團體及無黨派民主人士的代表們共同協商的必要。關於召集此項會議的時機、地點、何人召集、參加會議者的範圍以及會議應討論的問題等項，希望諸先生及全國各界民主人士共同研討，並以卓見見示，曷勝感荷。謹電奉復，即祈諒察。

中國共產黨中央委員會主席毛澤東　八月一日

1948年5月5日，香港各民主党派与民主人士致电毛主席，拥护中共五一时局主张。8月10日，毛主席复电邀请香港各民主党派与民主人士，共商成立民主联合政府事宜。图为1948年8月3日出版的《临汾人民报》号外。

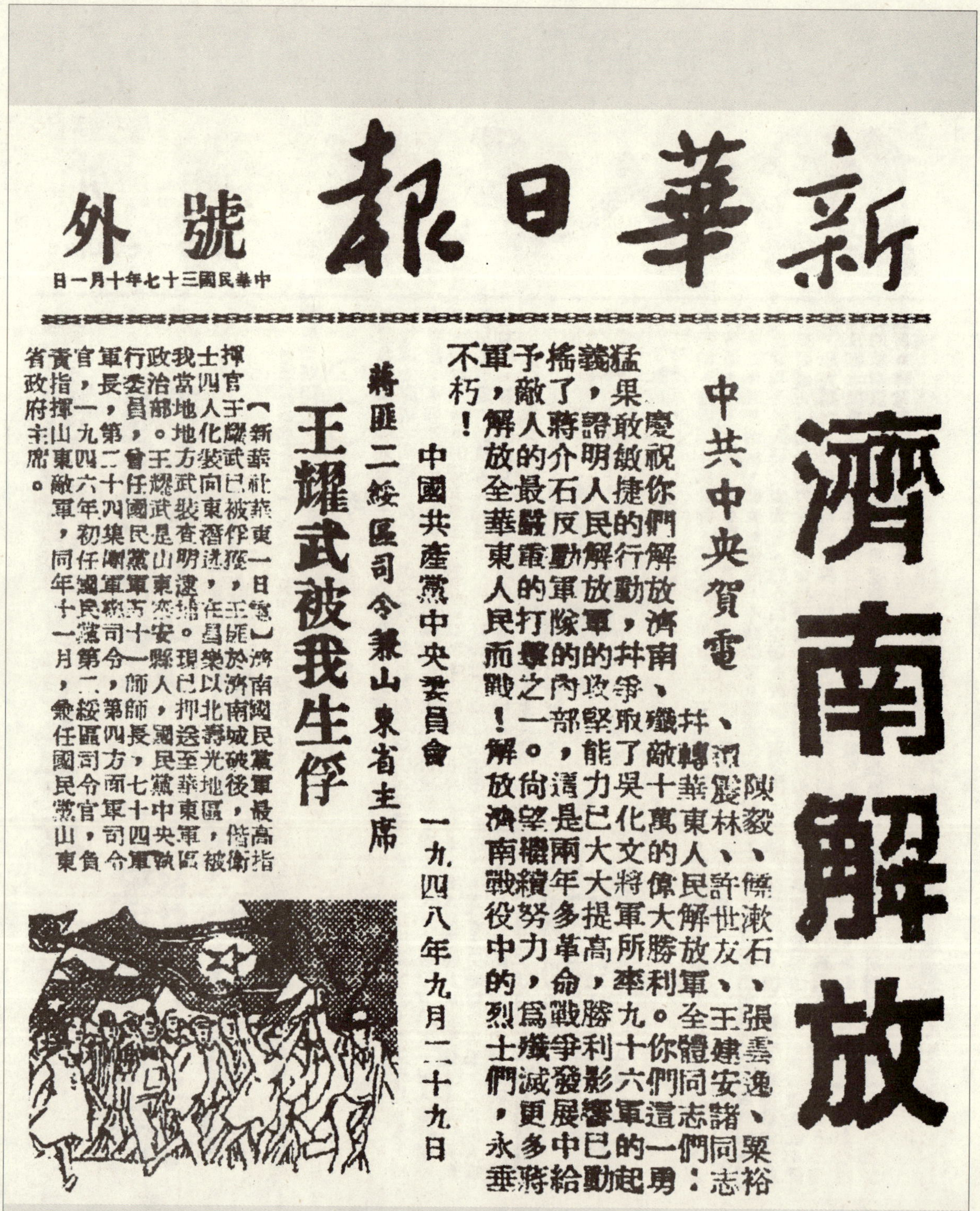

新華日報

號外

中華民國三十七年十月一日

濟南解放

中共中央賀電

陳毅、饒漱石、張雲逸、粟裕、譚震林、許世友、王建安諸同志并轉華東人民解放軍全體同志們：慶祝你們解放濟南、殲敵十萬的偉大勝利。你們這一勇猛果敢敏捷的行動，并爭取了吳化文將軍所率九十六軍的起義，證明人民解放軍的攻堅能力已大大提高，勝利影響已動搖了蔣介石反動軍隊的內部，這是兩年多革命戰爭發展中給予敵人的最嚴重的打擊之一。尚望繼續努力，為殲滅更多蔣軍，解放全華東人民而戰！解放濟南戰役中的烈士們，永垂不朽！

中國共產黨中央委員會

一九四八年九月二十九日

蔣匪二綏區司令兼山東省主席

王耀武被我生俘

〔新華社濟東一日電〕濟南國民黨軍最高指揮官王耀武已被俘獲，王匪於濟南城破後，偕衛士四人化裝向東逃竄，在昌樂以北壽光地區，被我當地地方武裝查明逮捕。現已押送至華東軍區政治部。王耀武是山東泰安縣人，國民黨中央執行委員，曾任國民黨軍五十一師師長，七十四軍軍長，第二十四集團軍總司令，第四方面軍司令官，一九四六年初任國民黨第二綏區司令官，負責指揮山東敵軍，同年十一月，兼任國民黨山東省政府主席。

1948年9月29日，华东人民解放军解放山东省会济南，歼敌十万人。蒋军二绥区司令兼山东省主席王耀武被俘。中共中央向华东人民解放军发去贺电。图为10月1日出版的《新华日报》号外“济南解放”。

号外

東北我軍大勝利

攻克錦州殲敵十萬

西北我軍又殲胡匪七千多

太行新華日報印行

十月十六日

1948年10月初，经中共中央毛泽东主席批准，东北人民解放军打响具有伟大历史意义的辽沈战役。10月16日，锦州解放。图为1948年10月16日出版的《太行新华日报》号外“东北我军大胜利，攻克锦州，歼敌十万”。

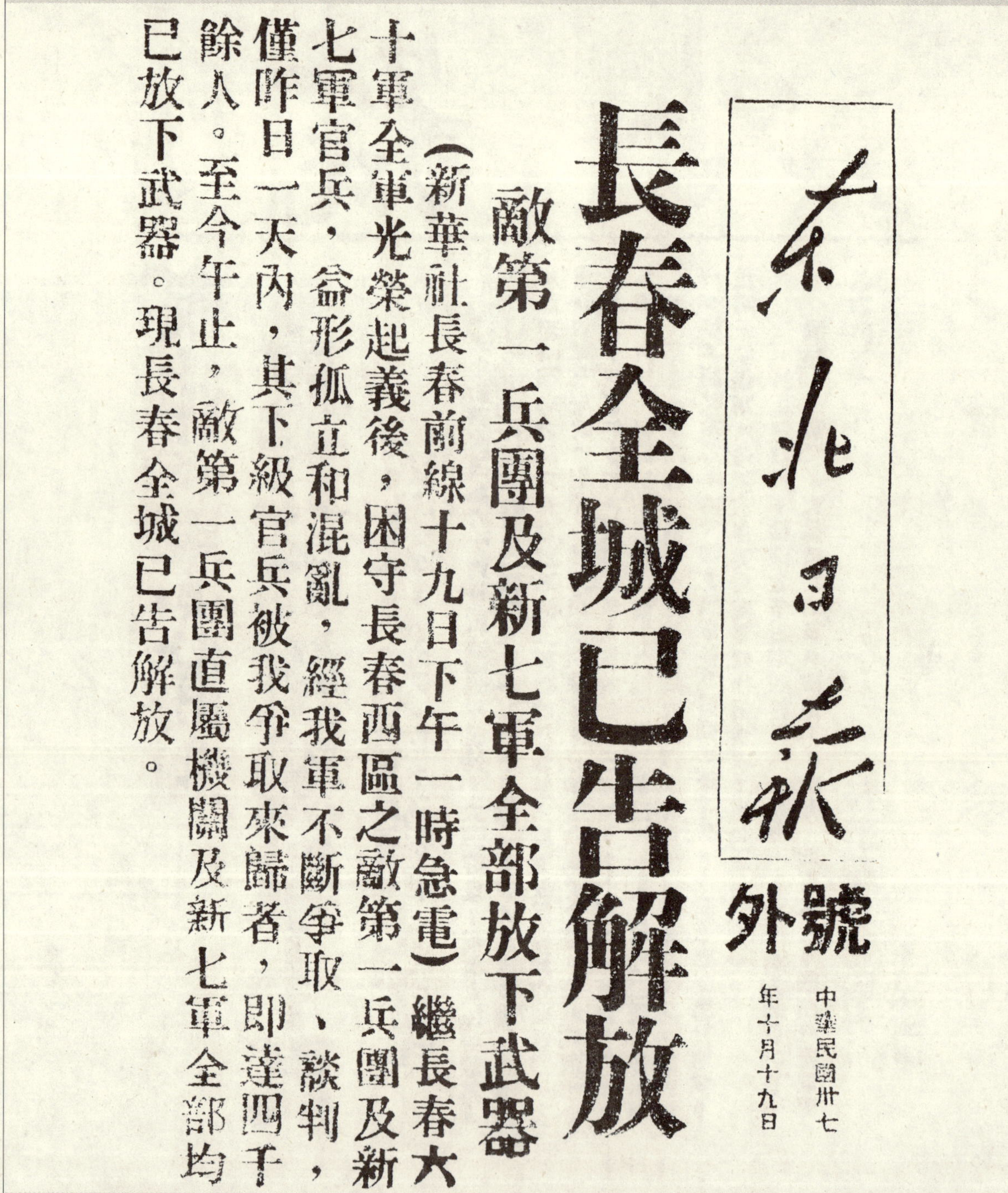
東北日報

號外

中華民國卅七年十月十九日

長春全城已告解放

敵第一兵團及新七軍全部放下武器

（新華社長春前線十九日下午一時急電）繼長春大十軍全軍光榮起義後，困守長春西區之敵第一兵團及新七軍官兵，益形孤立和混亂，經我軍不斷爭取、談判，僅昨日一天內，其下級官兵被我爭取來歸者，即達四千餘人。至今午止，敵第一兵團直屬機關及新七軍全部均已放下武器。現長春全城已告解放。

1948年10月19日，长春解放。图为1948年10月19日出版的《东北日报》号外“长春全城已告解放，敌第一兵团及新七军全部放下武器”。

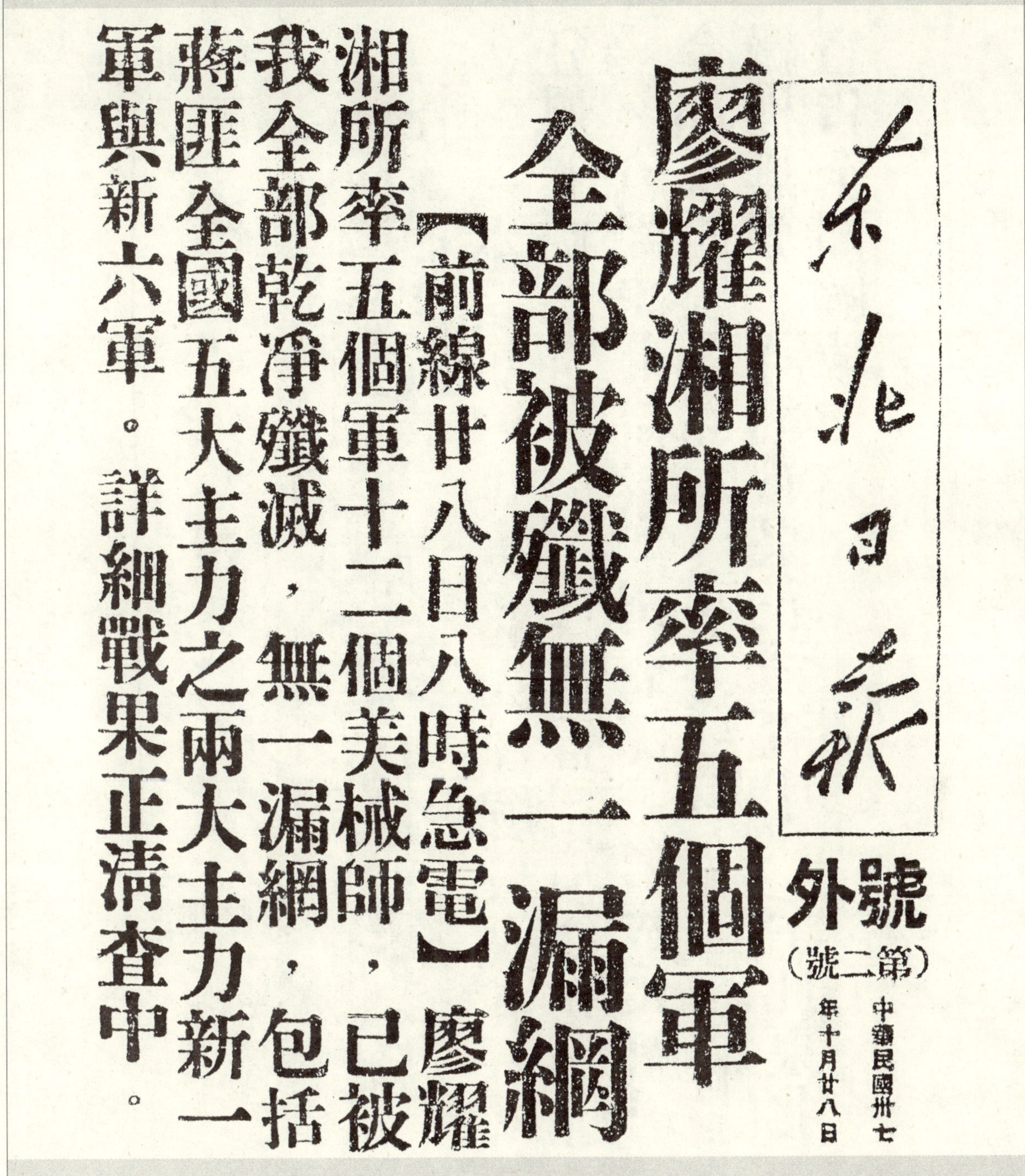

东北日报

號外

（第二號）

中華民國卅七年十月廿八日

廖耀湘所率五個軍

全部被殲無一漏網

【前線廿八日八時急電】廖耀湘所率五個軍十二個美械師，已被我全部乾淨殲滅，無一漏網，包括蔣匪全國五大主力之兩大主力新一軍與新六軍。詳細戰果正清查中。

1948年10月28日，由沈阳进至辽西地区的国民党军廖耀湘所率5个军11个美械师（包括蒋军两大主力新1军和新6军），全部被歼。图为1948年10月28日出版的《东北日报》号外“廖耀湘所率五个军，全部被歼无一漏网”。

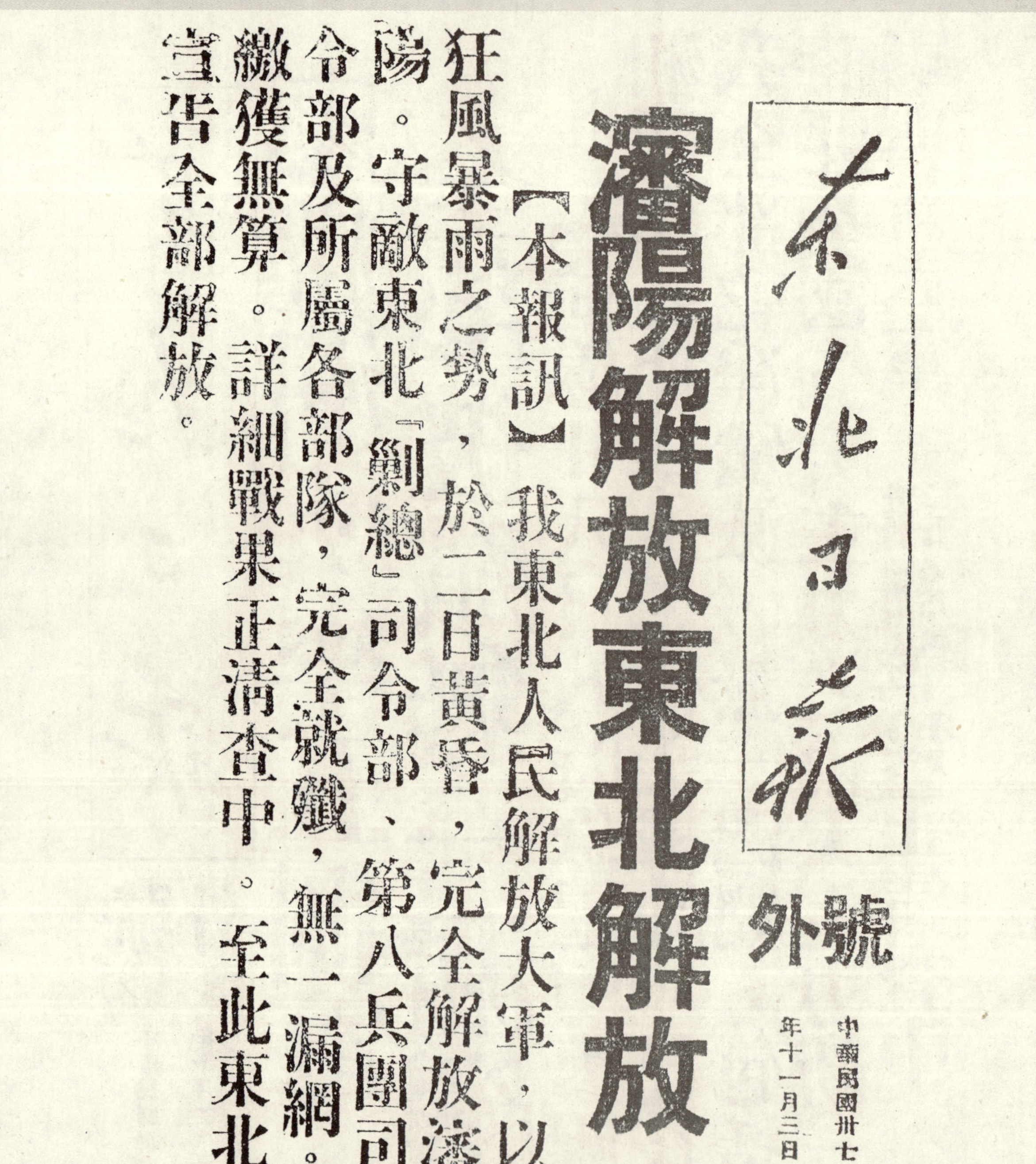

東北日報

外號

中華民國卅七年十一月三日

瀋陽解放東北解放

【本報訊】我東北人民解放大軍，以狂風暴雨之勢，於二日黃昏，完全解放瀋陽。守敵東北「剿總」司令部、第八兵團司令部及所屬各部部隊，完全就殲，無一漏網。繳獲無算。詳細戰果正清查中。至此東北宣告全部解放。

1948年11月2日，东北人民解放军以狂风暴雨之势，完全解放东北最大城市沈阳。至此，辽沈战役获得空前大捷，东北全境宣告解放。图为1948年11月3日出版的《东北日报》号外“沈阳解放，东北解放”。

遼寧日報

號外

中華民國三十七年十一月三日

解放瀋陽 全殲守敵

【新華社瀋陽前線二日電】東北人民解放軍今日完全解放東北最大城市瀋陽，守敵全部解決。我軍入城後，久受蔣匪壓迫的群衆夾道歡迎。城市秩序正迅速恢復中。

1948年11月3日，《辽宁日报》出版号外“解放沈阳，全歼守敌”。

號外 關東日報

中華民國三十七年十一月三日

東北偉大解放戰爭完全勝利

解放軍攻克瀋陽

東北全境同慶解放軍民歡欣若狂

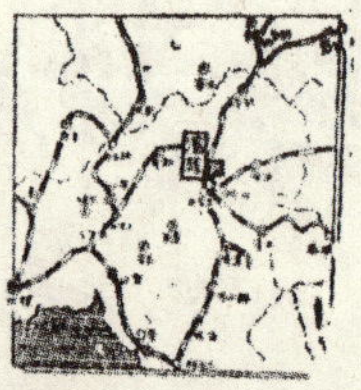

東北新華廣播電台二日廣播：東北人民解放軍在今天（二日）黃昏，解放東北國民黨軍最後巢穴——瀋陽，守城國民黨軍全部被解放軍解決。現在東北全境已經宣告解放，我東北戰場上的偉大解放戰爭，至此已獲完全勝利。

新華社瀋陽前線二日急電：東北野戰大軍，今天（二日）完全攻克瀋陽，東北全境已慶解放。解放軍野戰大軍在遼西大虎山以東地區消滅國民黨軍主力廖耀湘兵團之後，就以疾風暴雨之勢，接連收復瀋陽外圍衛星據點新民、鐵嶺、撫順、本溪、宮原、遼陽、鞍山、海城等處，追擊並截斷企圖由瀋陽南逃的國民黨軍歸路。解放軍前頭部隊當即於十月廿九日攻克東陵與北陵飛機場，隨後解放軍主力到達，就在卅一日四點由鐵西區開始突破，進攻國民黨軍最後巢穴瀋陽，遂於二日黃昏完全解決戰鬥。攻克擁有一百八十萬人口，被國民黨軍侵佔二年六個月零廿天的工業城市——瀋陽。

東北國民黨軍「剿總」司令部，第八兵團司令部，第二〇七師一、二兩旅，五三軍全部二個師：一一六師、一三六師、一三〇師一個團之大部，餘部前在新民、鐵嶺完全被殲。新一軍暫編五十三師，「剿總」司令部直屬警衛團，騎兵第一旅，第二旅，第三旅，砲兵第七團全部，十六團一部，重迫擊砲十一團，裝甲兵團，戰車團第二團第一營，工兵第十團、第十二團，迫擊砲第六團、第九團，憲兵第六團，第六補給司令部，瀋陽警備司令部，東北第一、第二警備總隊，瀋陽第一、第二守備總隊，遼寧保安旅等部及各雜色部隊，各地流亡政府，全部殲滅。除衛立煌、杜聿明及少數高級官吏倉惶乘美製飛機逃跑外，其餘無一漏網，繳獲無數，戰果正清查中。

至此，東北全境除殘留於營口，錦西狹窄灘頭的少數國民黨軍，或正被俘，就像營口，或狼狽逃竄，就像錦西、葫蘆島的國民黨軍以外，其餘均已肅清。東北九省幅員，同慶解放，軍民歡欣若狂。

《关东日报》是关东公署机关报。图为1948年11月3日出版的《关东日报》号外“东北伟大解放战争完全胜利，解放军攻克沈阳，东北全境同庆解放，军民欢欣若狂”。这张号外，相当于对开版面大小，是迄今为止我国出版的最大一张套红号外。

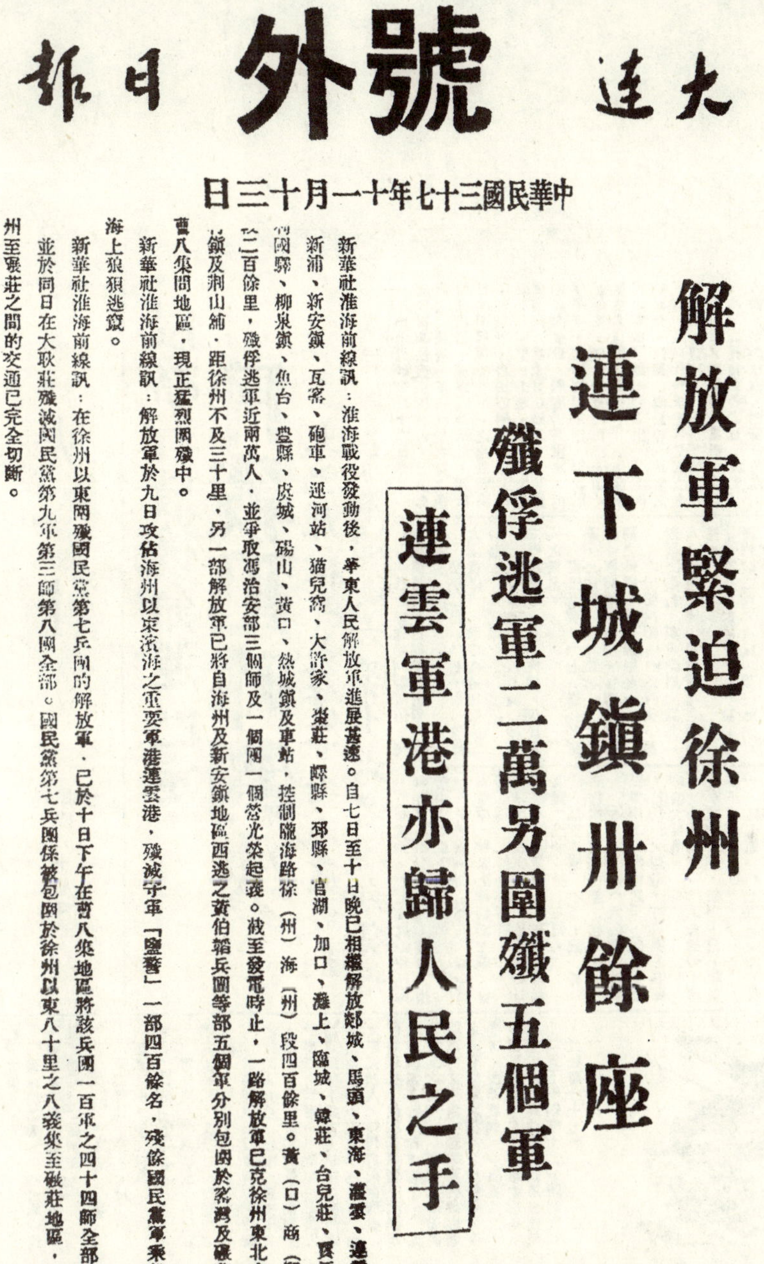

大連日報 號外

中華民國三十七年十一月十三日

解放軍緊迫徐州

連下城鎮卅餘座

殲俘逃軍二萬另圍殲五個軍

連雲軍港亦歸人民之手

新華社淮海前線訊：淮海戰役發動後，華東人民解放軍進展甚速。自七日至十日晚已相繼解放郯城、馬頭、東海、灌雲、連雲港、新浦、新安鎮、瓦窰、碾莊、運河站、猫兒窩、大許家、棗莊、嶧縣、邳縣、官湖、加口、灘上、臨城、韓莊、台兒莊、賈汪、利國驛、柳泉鎮、魚台、豐縣、虎城、碭山、黃口、熱城鎮及車站，控制隴海路徐（州）海（州）段四百餘里。黃（口）商（邱）段二百餘里，殲俘逃軍近兩萬人，並爭取馮治安部三個師及一個團一個營光榮起義。截至發電時止，一路解放軍已克徐州東北之茅村鎮及荊山舖，距徐州不及三十里，另一部解放軍已將自海州及新安鎮地區西逃之黃伯韜兵團等部五個軍分別包圍於窯灣及碾莊至曹八集間地區，現正猛烈圍殲中。

新華社淮海前線訊：解放軍於九日攻佔海州以東濱海之重要軍港連雲港，殲滅守軍「鹽警」一部四百餘名，殘餘國民黨軍乘船由海上狼狽逃竄。

新華社淮海前線訊：在徐州以東圍殲國民黨第七兵團的解放軍，已於十日下午在曹八集地區將該兵團一百軍之四十四師全部消滅，並於同日在大耿莊殲滅國民黨第九軍第三師第八團全部。國民黨第七兵團係被包圍於徐州以東八十里之八義集至碾莊地區，現徐州至碾莊之間的交通已完全切斷。

1948年11月初，由刘伯承、邓小平率领的中原人民解放军和陈毅、粟裕率领的华东人民解放军，发动了淮海战役。战役进展迅速，连下城镇30余座。图为1948年11月13日出版的《大连日报》号外“解放军紧迫徐州，连下城镇三十余座”。

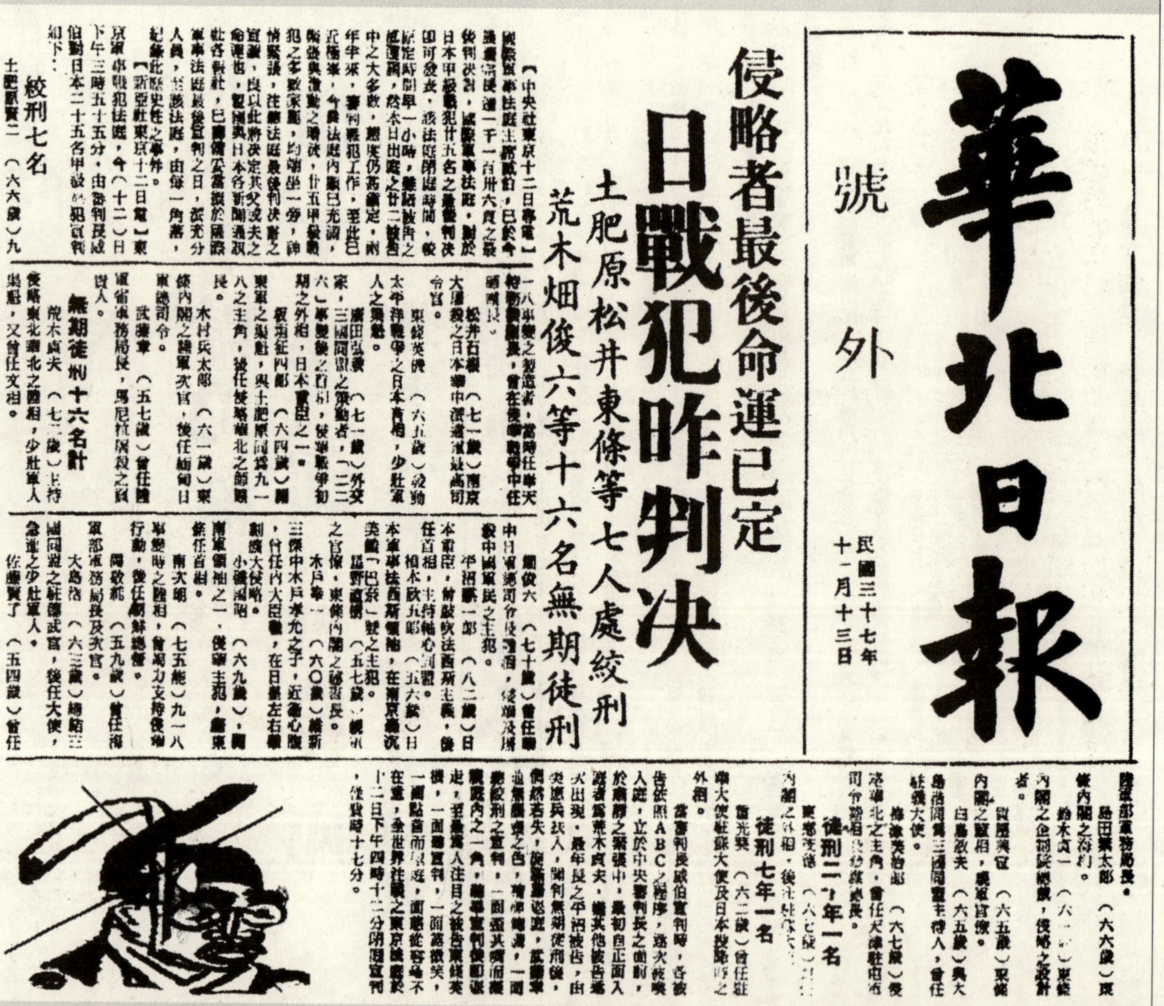

華北日報

號外

民國三十七年十一月十三日

侵略者最後命運已定

日戰犯昨判決

土肥原松井東條等七人處絞刑

荒木畑俊六等十六名無期徒刑

1948年11月12日，国际军事法庭对日本战犯最后判决，土肥原、松井、东条等7人处绞刑，荒木烟俊六等16人无期徒刑。这是日本侵略者的应得下场。图为1948年11月13日出版的《华北日报》号外“日战犯昨判决”。

蔣夫人飛抵華盛頓

顧使及馬卿夫人皆蒞機場歡迎

中華時報

號外

中華民國三十七年十二月二日

湯恩伯兼任京滬警備總司令

總統命令

【中央社南京一日電】總統十二月二日頒佈命令如下：（一）派湯恩伯兼京滬警備總司令，（二）徐州剿匪總司令部政務委員會委員陳韜東呈請辭職，陳韜東准免本職。

为了挽救蒋介石反动政权的败局，蒋介石派夫人宋美龄去美国“求援”。美官方明白表示“不愿卷入长期而代价惊人之事务”、“仍无应付中国危机之积极计划”。图为1948年12月2日出版的《中华时报》号外“蒋夫人飞抵华盛顿”。

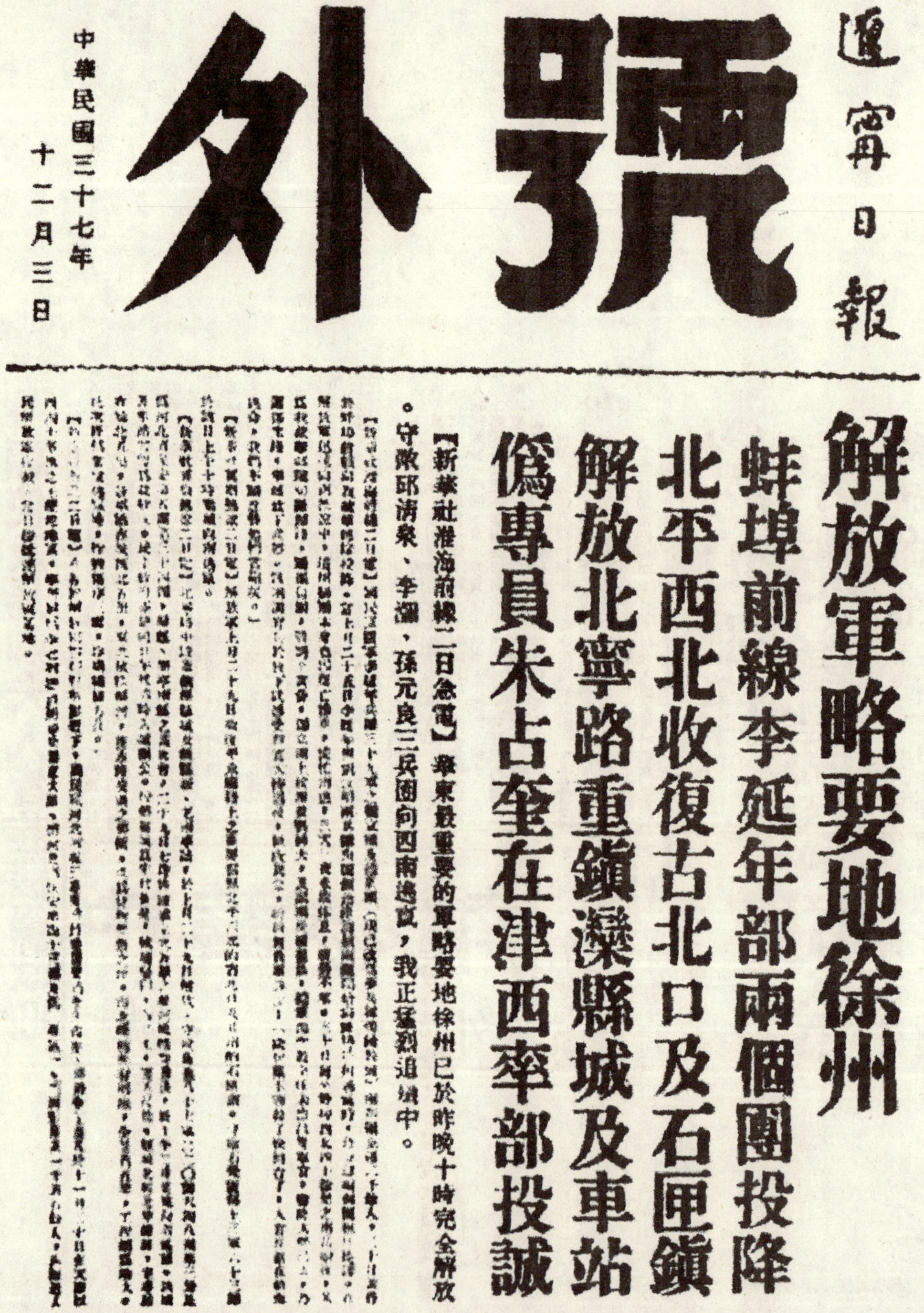

遼寧日報

號外

中華民國三十七年十二月三日

解放軍略要地徐州

蚌埠前線李延年部兩個團投降

北平西北收復古北口及石匣鎮

解放北寧路重鎮灤縣城及車站

偽專員朱占奎在津西率部投誠

【新華社淮海前線二日急電】華東最重要的軍略要地徐州已於昨晚十時完全解放。守敵邱淸泉、李彌、孫元良三兵團向西南逃竄，我正猛烈追擊中。

1948年12月2日，华东重要军事战略要地徐州解放。淮海战役共歼灭国民党军55万余人。图为1948年12月3日出版的《辽宁日报》号外“解放军略要地徐州”。

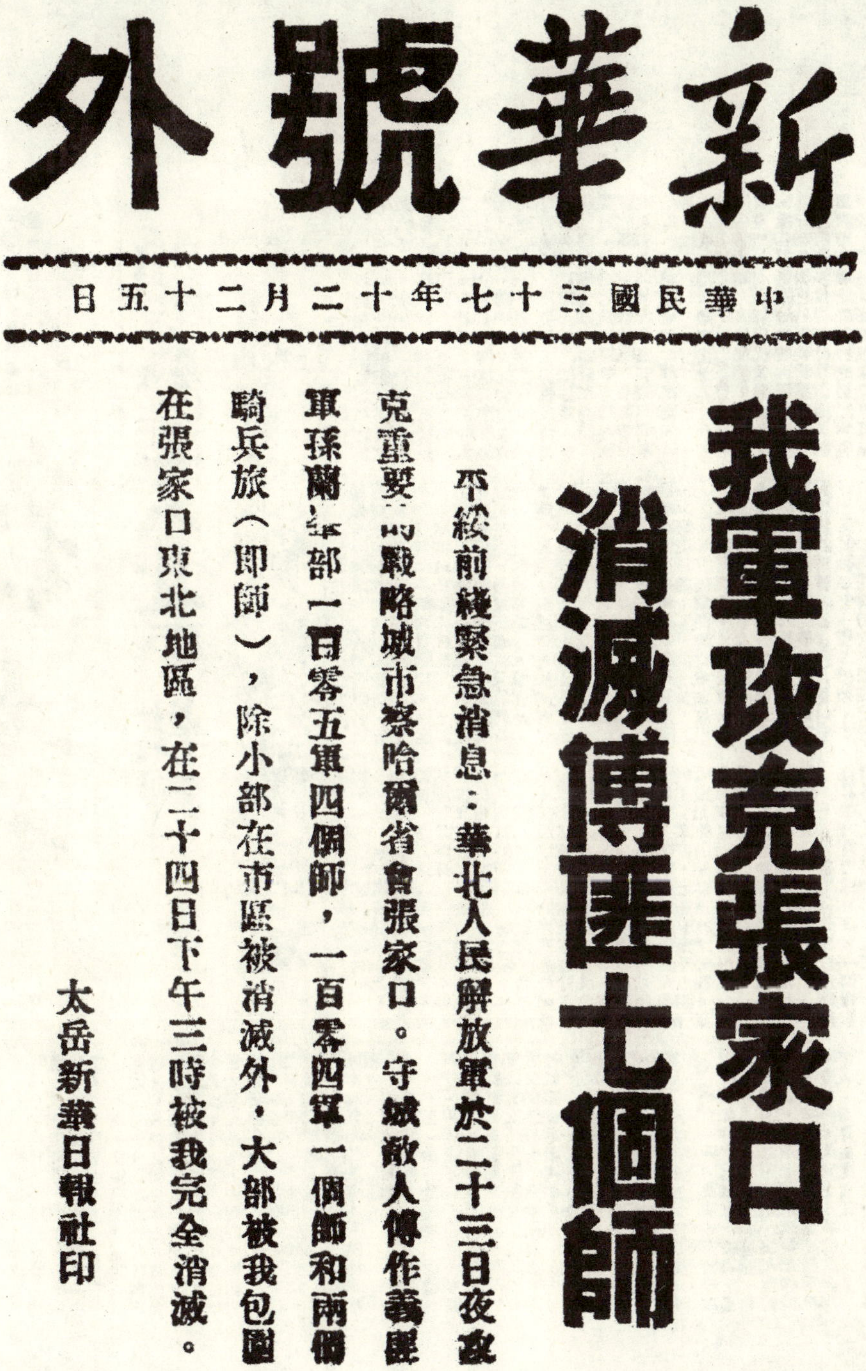

新華號外

中華民國三十七年十二月二十五日

我軍攻克張家口
消滅傅匪七個師

平綏前綫緊急消息：華北人民解放軍於二十三日夜攻克重要的戰略城市察哈爾省會張家口。守城敵人傅作義匪軍孫蘭峯部一百零五軍四個師，一百零四軍一個師和兩個騎兵旅（即師），除小部在市區被消滅外，大部被我包圍在張家口東北地區，在二十四日下午三時被我完全消滅。

太岳新華日報社印

1948年12月23日，华北人民解放军攻克重要的战略城市、察哈尔省会张家口。图为1948年12月25日出版的《太岳新华日报》号外“我军攻克张家口”。

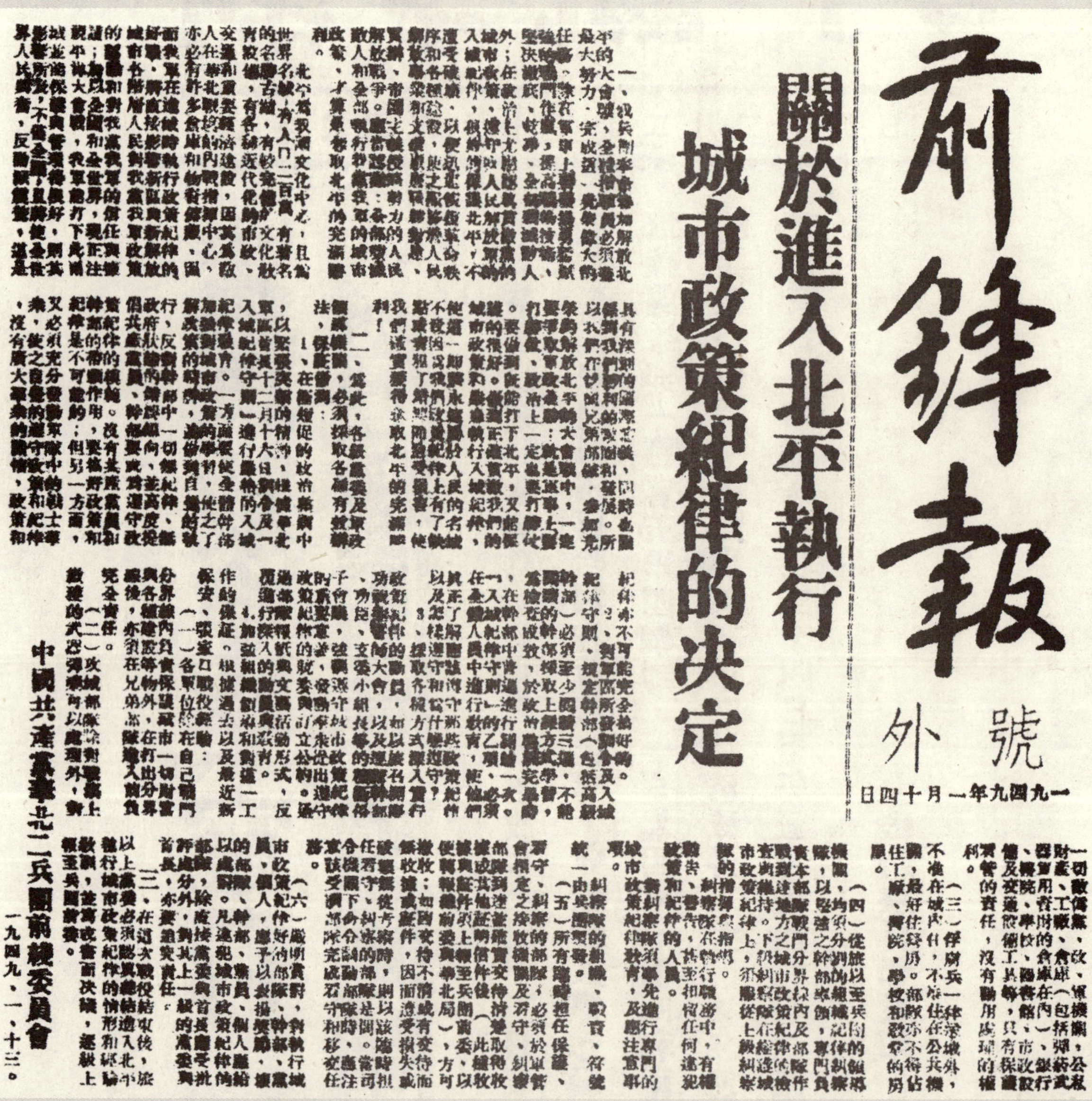
前鋒報

外號

一九四九年一月十四日

關於進入北平執行城市政策紀律的决定

中國共產黨華北二兵團前綫委員會

一九四九、一、十三。

平津战役开始后，1949年1月13日，中国共产党华北二兵团前线委员会作出“关于进入北平执行城市政策纪律的决定”。图为1949年1月14日出版的《前锋报》号外“。

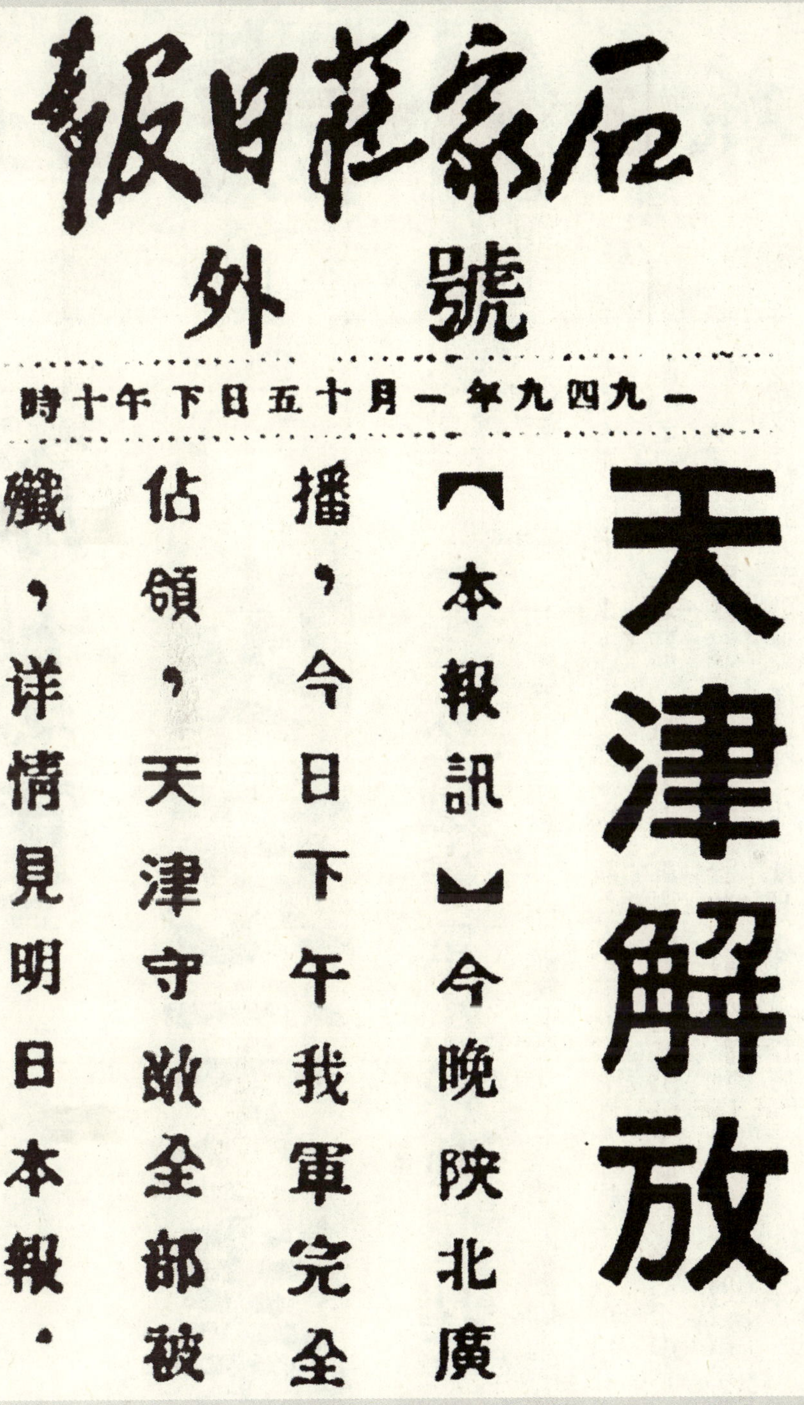

石家莊日報

號外

一九四九年一月十五日下午十時

天津解放

【本報訊】今晚陝北廣播，今日下午我軍完全佔領，天津守敵全部被殲，详情見明日本報。

人民解放军于1949年1月15日完全解放华北最大的工商业城市天津，守敌全部被歼，国民党天津警备司令陈长捷被俘。图为1949年1月15日下午10时出版的《石家庄日报》号外“天津解放”。

大連號外日報

中華民國三十八年一月十六日

解放軍攻克天津

全殲守軍生俘陳長捷

【新華社平津前線十五日下午三時急電】人民解放軍今日下午一時半完全佔領華北最大的工商業城市天津・守敵全部被殲。匪首天津警備司令陳長捷被生俘・市民對於天津的迅速解放・極為歡欣。對天津的攻擊開始於十四日上午十時・僅歷二十七個半小時・即完全解決戰鬬。天津的迅速解放給北平的傅作義和李文一個鮮明的教訓：如不接受解放軍的要求迅速率部投降　他們就只有等着做俘虜。

图为1949年1月16日出版的《大连日报》号外“解放军攻克天津，全歼守军，生俘陈长捷”。

人民報

號外

中華民國三十八年一月廿一日

戰犯蔣介石宣告引退

【蔣逃前對繼續反革命戰爭已作新的安排】

國民黨政府偽總統蔣介石在二十一日以「因故不能視事」的名義宣告引退，而把職務依據憲法交給偽副總統李宗仁「代理」。李宗仁是美國政府久已內定在必要時機代替蔣介石的工具，正是因爲這樣，美國人才支持他當了偽副總統。美國政府在去年十二月以來曾用各種方式將一促蔣介石退到幕後去。據去年十二月十八日合衆社上海電稱：杜魯門曾於去年十二月直接致函蔣介石，問他「是否已

中國共產黨發言人 評偽行政院決議

【新華社陝北二十一日電】南京國民黨反動政府的官方通訊社中央社十九日電稱：十九日上午九時行政院會議廣泛討論時局，決議如下：

「政府爲遵從全國人民之願望，謀求和平之早日實現，特慎重表示，願與中共雙方立即先行無條件停戰，並各指定代表進行和平商談。」中國共產黨發言人稱：南京行政院的這個決議沒有提到一月一日南京偽大總統蔣介石建議和平談判的聲明，也沒有提到一月十四日中國共產黨毛澤東主席建議和平談判的聲明，沒有表示對於這兩個建議究竟是擁護那一個，反對那一個，好像一月一日和一月十四日國共雙方並沒有提出過什麼建議一樣，却另外提出了自己的建議，這是完全令人不能理解的。在實際上，南京行政院不但完全忽視中共一月十四日的建議，而且直接推翻了偽大總統蔣介石一月一日的建議。蔣介石在其一月一日的建議中說：「只要共黨一有和平的誠意，能作確切的表示，政府必開誠相見，願與商討停止戰爭，恢復和平的具體方法。」過了十九天，同一個政府的一部分機構即南京政府的「行政院」，却推翻了這個政府的「大總統」的聲明，不是「必開誠相見願與商討停止戰爭恢復和平的具體方法」，而是「立即先行無條件停戰，並各指定代表進行和平商談」了。我們要問南京「行政院」的先生們，究竟是你們的建議爲有效呢，還是你們的「大總統」的建議爲有效呢？你們的「大總統」把「停止戰爭恢復和平」認爲是一件事，聲明必定開誠相見願與中共商討實行這件事的具體方法；你們則將戰爭與和平分割爲兩件事，不願意議出代表和我們商討停止戰爭的具體方法，而却異想天開地建議「先行立即無條件停戰」，然後再派代表「進行和平商談」，究竟是你們的建議對呢？還是你們「大總統」的建議對呢？我們認爲南京偽行政院是越出了自己的職權的，它沒有資格推翻偽大總統的建議而擅自作出自己的新建議。我們認爲南京行政院的這個新建議是沒有理由的，打了這麼久這麼大和這麼殘酷的戰爭，自然雙方派人商討和平的基本條件，並作出雙方同意的停戰協定，戰爭才能停得下來。不但人民有這種希望，就是國民黨方面亦有不少人表示了這種希望。如果照南京行政院的毫無理由的「決議」，不先行停戰就不願意進行和平談判，則國民黨的和平誠意在什麼地方呢？南京行政院的「決議」是做出來了，不先行停戰就沒有和平談判的可能了，和平之門從此關死了，而如果要談判，則只有取消這個毫無理由的「決議」，此二者必居其一。如果南京行政院不願意取消自己的「決議」，那就是表明南京國民黨反動政府並無與其對方進行和平談判的誠意。人們要問：南京方面果有誠意，爲什麼不願意商討和平的具體條件呢？南京的和平建議是虛偽的這樣一個論點，難道不是曾經證實了嗎？中共發言人說：南京現在實已陷入無政府狀態，偽大總統有一個建議，偽行政院又有一個建議，這叫人們和誰去打交道呢？

1949年1月21日，南京伪行政院会议决议与中共代表进行和平商谈。中国共产党发言人为此发表评论，主张真和平，反对假和平。图为1949年1月21日出版的《人民报》号外。

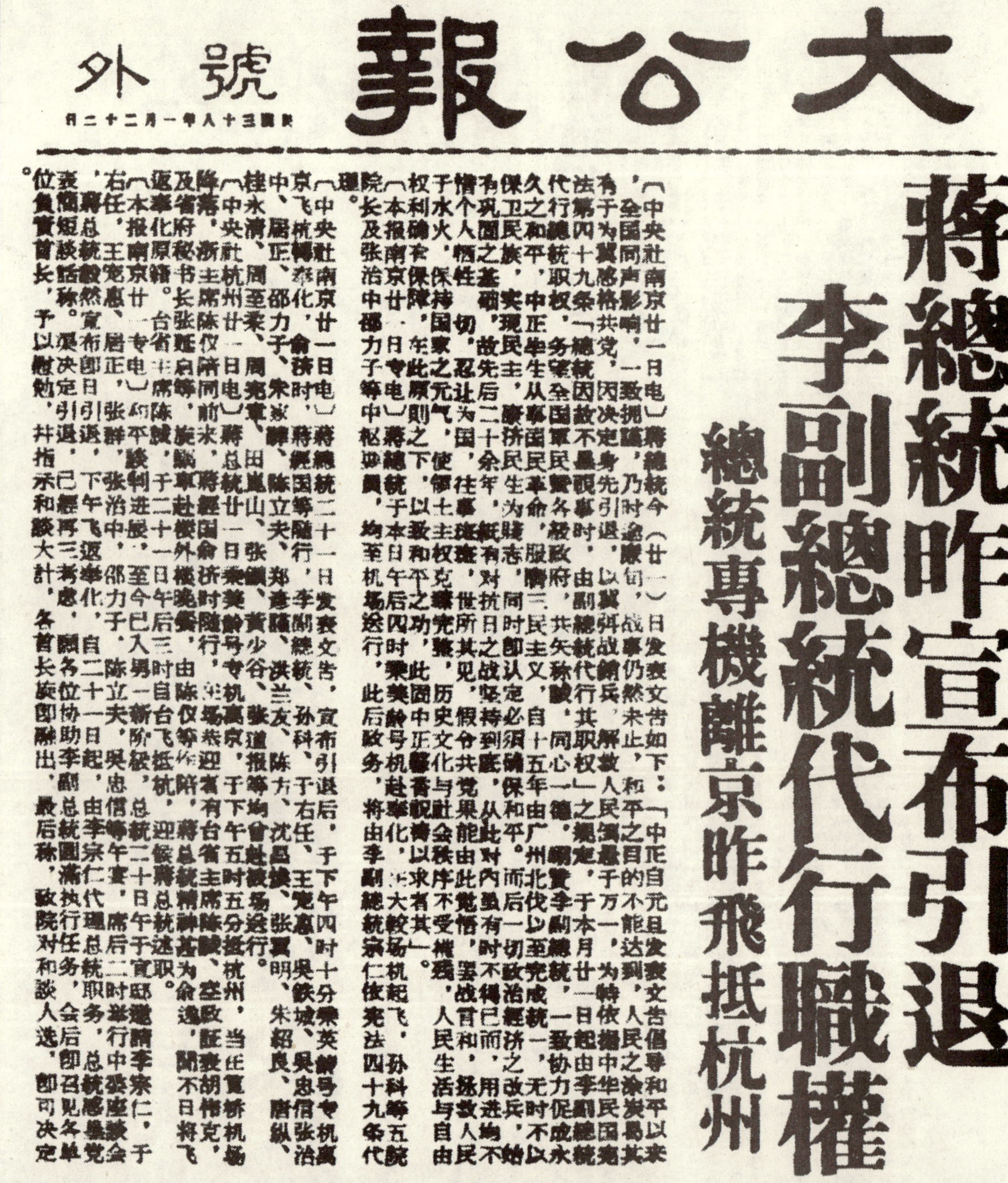

大公報 號外

民國三十八年一月二十二日

蔣總統昨宣布引退

李副總統代行職權

總統專機離京昨飛抵杭州

1949年1月21日，国民党政府伪总统蒋介石，以“因故不能视事”为名宣告引退，李宗仁接受“代理”总统。22日，李宗仁发表文告，宣称愿即开始和平谈判。图为1949年1月22日出版的《大公报》号外。

新民報 號外

傅總司令發表文告 雙方協議昨起休戰

設聯合辦事機構處理軍政 城內部隊移城外實行整編

各機關暫維現狀保障安全

（中央社本市訊）傅總司令作義，昨（廿二）日下午六時發表文告如次：為迅速縮短戰爭，獲致人民公認的和平，保全工商業基礎，與文物古蹟，使國家元氣不再受損傷，以期促成全國澈底和平之早日實現，經雙方協議公佈下列各項（有關軍事細節從略）：

（一）自本月二十二日上午十時起雙方休戰。（二）過渡期間雙方派員成立聯合辦事機構，處理有關軍政事宜。（三）城內部隊兵團以下（含兵團），原建制，原番號，自二十二日開始移駐城外，於到達駐地約一月後，開始實行整編。（四）城內秩序之維持，除原有警察及看守部隊外，根據需要，暫留必要部隊維持治安。（五）北平行政機構，及所有中央地方在平之公營公用企業，銀行，倉庫，文化機關，學校等，暫維現狀，不得損壞遺失，聽候聯合辦事機構處理，並保障其辦事人員之安全。（六）河北省政府及所屬機構，暫維現狀，不得破壞遺失，聽候[illegible]處理，並保障[illegible]人員之安全。（七）金圓券照常使用，聽候另訂兌換辦法。（八）一切[illegible]一律停止。（九）[illegible]（十）郵電信不停，繼續保持對外聯繫。（十一）各種新聞報紙，仍可繼續出刊，俟後重新登記審查。（十二）保護文物古蹟，及各種宗教之自由與安全。（十三）人民各安生業，勿相驚擾。

保全故都人民文物 促成全國澈底和平

1949年1月22日，傅作义将军在北平发表文告，为保全故都人民文物，促成全国彻底和平，同北平攻城解放军协议休战，城内部队移城外实行整编。图为1949年1月23日出版的《新民报》号外。

執行毛主席八項條件用和平方法結束戰爭頭一個榜樣

世界出名的文化古都

北平解放

新民報

號外

民國十八年九月九日創刊
發行號數第廿一年第二八號

內政部登記證警字第九一七九號
中華郵政登記認為第二類新聞紙類

社址：重慶青年路華康大廈
電報掛號：三〇四六號

世界驰名的文化古都，拥有二百余万人口的北平，1949年1月31日宣告解放。图为1949年1月31日出版的《新民报》号外“世界出名的文化古都北平解放”。

號外

中華民國三十八年二月一日

人民解放軍解放北平

傅作義率部出城聽候改編

關東日報

北平解放，我军入城，傅作义接受我方和平条件，守军将改编成人民解放军。图为1949年2月1日出版的《关东日报》号外“人民解放军解放北平”。

大連日報 號外

中華民國三十八年二月一日

解放軍解放北平

傅作義率部出城聽候改編

【關東社一日電】新華社陝北卅一日訊：世界馳名的文化古都，擁有二百餘萬人口的北平，本日宣告解放。北平的解放是偉大的中國人民革命運動中最重要的軍事發展和政治發展之一。原有國民黨反動軍隊及其軍事機構大約二十萬人左右據守的北平，乃是執行中國共產黨毛澤東主席所宣佈的八項和平條件以和平方法結束戰爭的第一個榜樣。這個事實的發生，是人民解放軍的十分強大，所向無敵，國民黨反動軍隊中的廣大官兵戰意消沉，不願再作毫無出路的抵抗，和北平廣大人民群衆堅決要求真正民主和平的結果。北平的國民黨軍主力現已開至城外指定地點，人民解放軍定於本日開始入城接防。北平的人民久已像親人一樣地渴望着人民解放軍；在知道了人民解放軍即將開入北平之後，北平的工人、學生、市民連忙熱鬧非凡地準備着盛大的歡迎儀式，並因國民黨軍全部出城之一再延期而感覺不耐。人民解放軍即將和平地開入北平的消息，使這個古城突然恢復了青春的活力。從一月二十三日起物價頓然下降，街道上從新擁擠着歡天喜地的行人，他們到處探聽着解放軍入城的確實日期，詢問着和傳說着解放軍和共產黨的宣傳品的內容。北平的和平談判曾經進行了一個很長的時間。事實上，從去年十二月人民解放軍包圍了北平的一天就已經開始接觸，但是直至天津解放的前夜，傅作義將軍還不願意接受人民解放軍的條件，因而使談判未獲結果。開始時期傅作義還夢想着作絕望的抵抗，隨後又夢想着率部逃跑到綏遠，或太原或青島，上海，並與蔣介石信使往還不絕，對於與人民解放軍的和平談判採取敷衍的態度。傅作義直系主力在新保安和張家口被殲，以及國民黨整個軍事政治形勢處於絕望境地，動搖了他的原定計劃。一月十四日，中共毛澤東主席宣佈八項和平條件，十五日天津迅速解放，十六日人民解放軍平津前線司令員林彪將軍，政治委員羅榮桓將軍向傅作義送出關於北平和平解決辦法的公函，這些事變，促使傅作義將軍決心接受解放軍的提議，談判才得到進展。雙方的談判決定：為了便於移交和接管，在過渡期間成立七人的臨時聯合委員會，人民解放軍方面四人，傅作義將軍方面三人，以葉劍英將軍為主任，這個委員會在人民解放軍平津前線司令部的領導之下工作，雙方協議：開出城外的傅作義將軍所部全軍在大約一個月後開始改編為人民解放軍。雙方又協議在過渡期間，北平市內的各級行政機關、企業機關、銀行、倉庫、郵電機關、報社、學校、文化機關等，一律暫維現狀，不得損壞，聽候處理。北平的解放基本上結束了華北的戰爭。中國北部的河北、察哈爾、山東、山西、綏遠五省及河南一部，現在只有太原、大同、歸綏、包頭、五原、臨河、青島、安陽、新鄉等少數地方尚未解放，這些地方的國民黨反動軍隊如果不願意跟隨北平的榜樣，就只有跟隨天津的榜樣。天津是在二十九小時內經過戰鬥解放的，守城的國民黨反動軍隊全部解決，其高級將領全部被俘，其中拒絕和平解決，堅持抵抗到底並嚴重破壞人民生命財產的首要分子，將被審訊判罪，北平的解放對於長江以南及其他地方的解放也指出了一個榜樣。全國人民要求由戰爭罪犯們統率的所有執行「戡亂剿匪」偽令，屠殺中國人民的一切反動軍隊，都能像傅作義將軍以及其所部一樣地接受人民解放軍的條件，這將證明他們確有誠意實現真正的和平。傅作義將軍在過去兩年中是積極執行「戡亂剿匪」偽令的一人，因此成為戰爭罪犯之一。但是人們相信，既然他現在接受人民解放軍的和平條件，率部出城聽候改編，那麼，只要他今後繼續向有利於人民事業的方向走去，他就有希望取得人民的諒解，允許他將功折罪。

上圖為北平前門 下圖為紫禁城全景 圖圈內為天壇

图为1949年2月1日出版的《大连日报》号外“解放军解放北平”。

哈尔濱日報

號外

民國卅八年二月一日

北平解放我軍入城

傅作義接受我方和平條件

守軍將改編爲人民解放軍

【新華社陝北卅一日電】世界馳名的文化古都，擁有二百餘萬人口的北平，本日宣告解放。北平的解放是偉大的中國人民革命運動中最重要的軍事發展和政治發展之一。原有國民黨反動軍隊及其軍事機構大約廿萬人左右據守的北平，乃是執行中國共產黨毛澤東主席所宣佈的八項和平條件以和平方法結束戰爭的第一個勝利。這個事實的發生，是人民解放軍的十分強大，所向無敵，國民黨反動軍隊中的廣大官兵[illegible]潮流，不願再作絕望的抵抗，和北平廣大人民要求堅決[illegible]真正民主和平的結果。北平的國民黨軍主力現已開至城外指定地點，人民解放軍定於本日開始入城接防。北平的人民久已渴望着人民解放軍。在知道了人民解放軍即將開入北平之後，北平的工人、學生、市民，連忙熱鬧非凡地舉行着盛大的歡迎儀式。並因國民黨軍全部出城之一再延期而感覺不耐。人民解放軍即將和平地開入北平的消息，使這個古城突然恢復了青春的活力。從一月二十二日起物價就急劇下降。街道上充斥擁擠着無數的行人。他們到處探聽着解放軍入城的確實日期，詢問着和傳說着解放軍和共產黨的宣傳品的內容。北平的和平談判曾經進行了一個很長的時間。事實上，從去年十二月人民解放軍包圍了北平的一天就已經開始接觸，但是直至天津解放的前夜，傅作義將軍還不願意接受人民解放軍的條件，因而使談判未能有結果。開始談判時傅作義還夢想着依靠他的抵抗，隨後又夢想着率部逃跑到綏遠，或太原或青島、上海，並與蔣介石信使往還不絕，對於與人民解放軍的和平談判採取敷衍的態度。傅作義直到主力在新保安和張家口被殲，以及國民黨整個軍事政治形式處於絕望境地，才動搖了他的原定計劃。一月十四日，中共毛澤東主席發表八項和平條件。十五日天津迅速解放。十六日人民解放軍平津前綫司令員林彪將軍，政治委員羅榮桓將軍向傅作義發出關於北平和平解決的公函。這些事實，促使傅作義將軍決心接受解放軍的提議，談判才得到進展。雙方的談判決定：爲了便於移交和接管，在過渡期間成立七人的臨時聯合委員會，人民解放軍方面四人，傅作義將軍方面三人，以葉劍英將軍爲主任。這個委員會在人民解放軍平津前綫司令部的領導之下工作。雙方協定：開出城外的傅作義將軍所部全軍在大約一個月後開始改編爲人民解放軍。雙方又協議在過渡期間，北平市內的各級行政機關、企業機關、銀行、倉庫、郵電機關、報社、學校、文化機關等，一律暫維現狀，不得損壞，聽候處理。北平的解放基本上結束了華北的戰爭。中國北部的河北、察哈爾、山東、山西、綏遠五省及河南一部，現在只有太原、大同、歸綏、包頭、五原、臨河、青島、安陽、新鄉等少數地方尚未解放，這些地方的國民黨反動軍隊如果不願意跟隨北平的榜樣，就只有跟隨天津的榜樣。天津是在二十九小時內經過戰鬥解放的。守城的國民黨反動軍隊全部解決，其高級將領全部被俘，其中拒絕和平解放、堅持抵抗到底並嚴重破壞人民生命財產的首要分子，將被嚴懲判罪。北平的解放對於長江以南及其他地方的解放也指出了一個榜樣。全國人民要求由戰爭罪犯們統帥的所有執行「戡亂剿匪」命令，屠殺中國人民的一切反動軍隊，都能像傅作義將軍及其所部一樣地接受人民解放軍的條件。這將證明他們確實有誠意實現真正的和平。傅作義將軍在過去兩年半中是積極執行「戡亂剿匪」命令的一人，因此成爲戰爭罪犯之一。但是人們相信，既然他現在接受人民解放軍的和平條件，率部出城聽候改編，那麼，只要他今後繼續向有利於人民事業的方向走去，他就有希望取得人民的諒解，允許他將功折罪。

图为1949年2月1日出版的《哈尔滨日报》号外“北平解放，我军入城”。

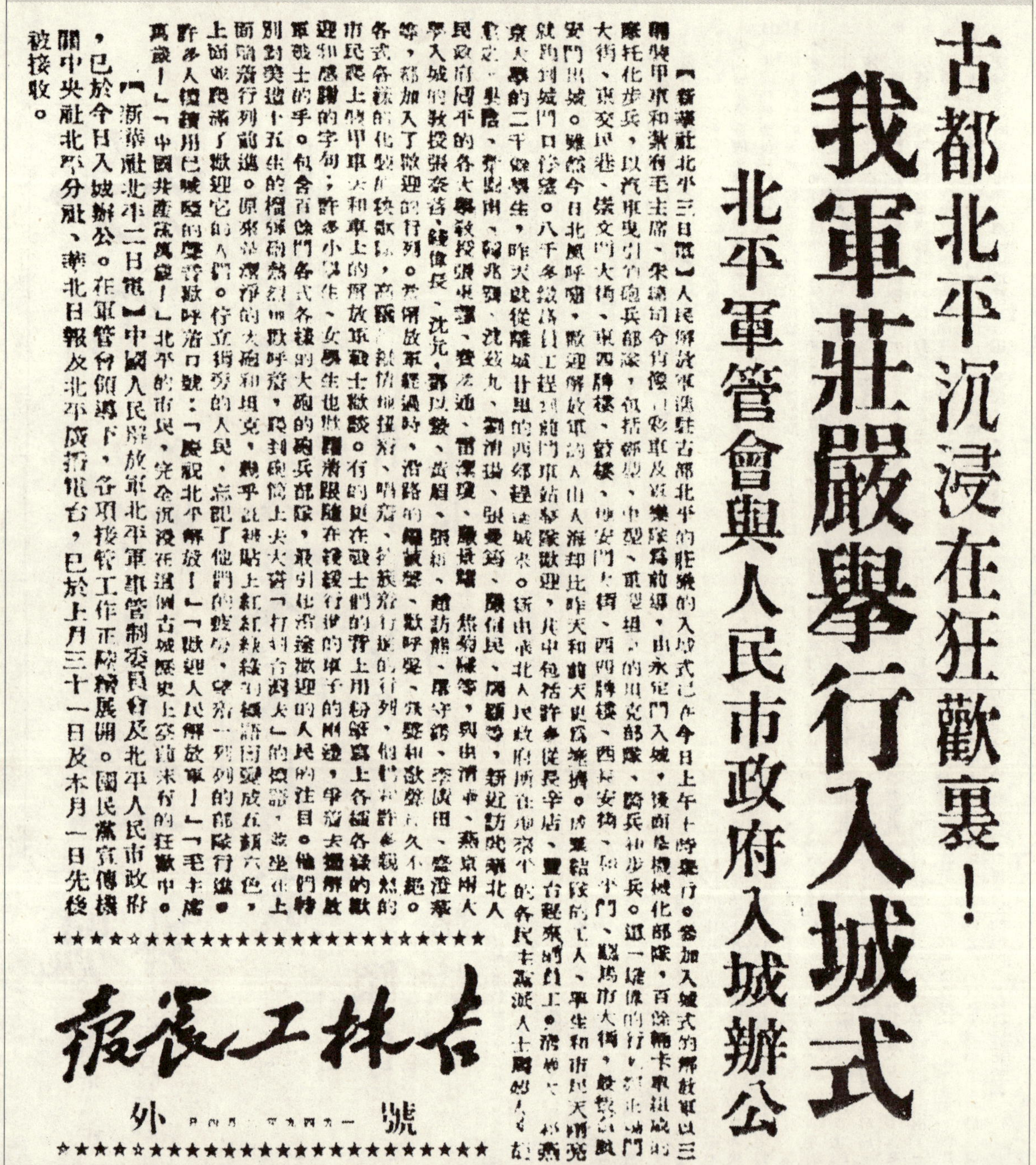

古都北平沉浸在狂歡裏！

我軍莊嚴舉行入城式

北平軍管會與人民市政府入城辦公

【新華社北平三日電】人民解放軍進駐古都北平的莊嚴的入城式已在今日上午十時舉行。參加入城式的解放軍以三輛裝甲車和載有毛主席、朱總司令肖像的彩車及軍樂隊爲前導，由永定門入城，後面是機械化部隊，百餘輛卡車組成的摩托化步兵，以汽車曳引的砲兵部隊，包括輕型、中型、重型組成的坦克部隊，騎兵和步兵。這一雄偉的行列經由前門大街、東交民巷、崇文門大街、東四牌樓、鼓樓、地安門大街、西四牌樓、西長安街、和平門、騾馬市大街，最後自廣安門出城。雖然今日北風呼嘯，歡迎解放軍的人山人海却比昨天和前天更爲擁擠。成羣結隊的工人、學生和市民天剛亮就跑到城門口等候。八千多鐵路員工趕到前門車站整隊歡迎，其中包括許多從長辛店、豐台趕來的員工。清華、燕京大學的二千餘學生，昨天就從離城廿里的西郊趕進城來。新由東北人民政府所在地瀋陽的各民主黨派人士周建人、[illegible]之、吳晗、楚圖南、韓兆鶚、沈茲九、劉清揚、張曼筠、嚴信民、周穎等，新近訪晤華北人民政府回平的各大學教授張東蓀、費孝通、雷潔瓊、嚴景耀、[illegible]等，與由清華、燕京兩大學入城的教授張奚若、錢偉長、沈元、[illegible]、[illegible]、張[illegible]、趙訪熊、屠守鍔、李廣田、盛澄華等，都加入了歡迎的行列。當解放軍經過時，沿路的鑼鼓聲、歡呼聲、爆竹聲和歡樂聲久久不絕。各式各樣的化裝秧歌隊，高蹺隊熱情地扭着、唱着，[illegible]的行列，他們和許多[illegible]的市民爬上裝甲車、大和車上的解放軍戰士歡談。有的更在戰士們的背上用粉筆寫上各種各樣的歡迎和感謝的字句；許多小學生、女學生也歡躍着跟隨在行進的車子的兩邊，爭着去握解放軍戰士的手。包含百餘門各式各樣的大砲的砲兵部隊，最引起沿途歡迎的人民的注目。他們特別對美造十五生的榴彈砲熱烈地歡呼着，跑到砲筒上去大書「打到台灣去」的標語，並坐在上面隨着行列前進。原來是灰淨的大砲和坦克，幾乎都被貼上紅紅綠綠的標語而變成五顏六色，上面並爬滿了歡迎它的人們。佇立街旁的人民，忘記了他們的身分，望着一列列的部隊行進，許多人繼續用已嘶啞的聲音歡呼着口號：「慶祝北平解放！」「歡迎人民解放軍！」「毛主席萬歲！」「中國共產黨萬歲！」北平的市民，完全沉浸在這個古城歷史上空前未有的狂歡中。

【新華社北平二日電】中國人民解放軍北平軍事管制委員會及北平人民市政府，已於今日入城辦公。在軍管會領導下，各項接管工作正陸續展開。國民黨宣傳機關中央社北平分社、華北日報及北平廣播電台，已於上月三十一日及本月一日先後被接收。

吉林工農報

號外

1949年2月3日，中国人民解放军举行庄严的进驻古都北平的入城式。北平市军事管制委员会与市人民政府亦同时入城办公。图为1949年2月3日出版的《吉林工农报》号外“我军庄严举行入城式，北平军管会与人民市政府入城办公”。

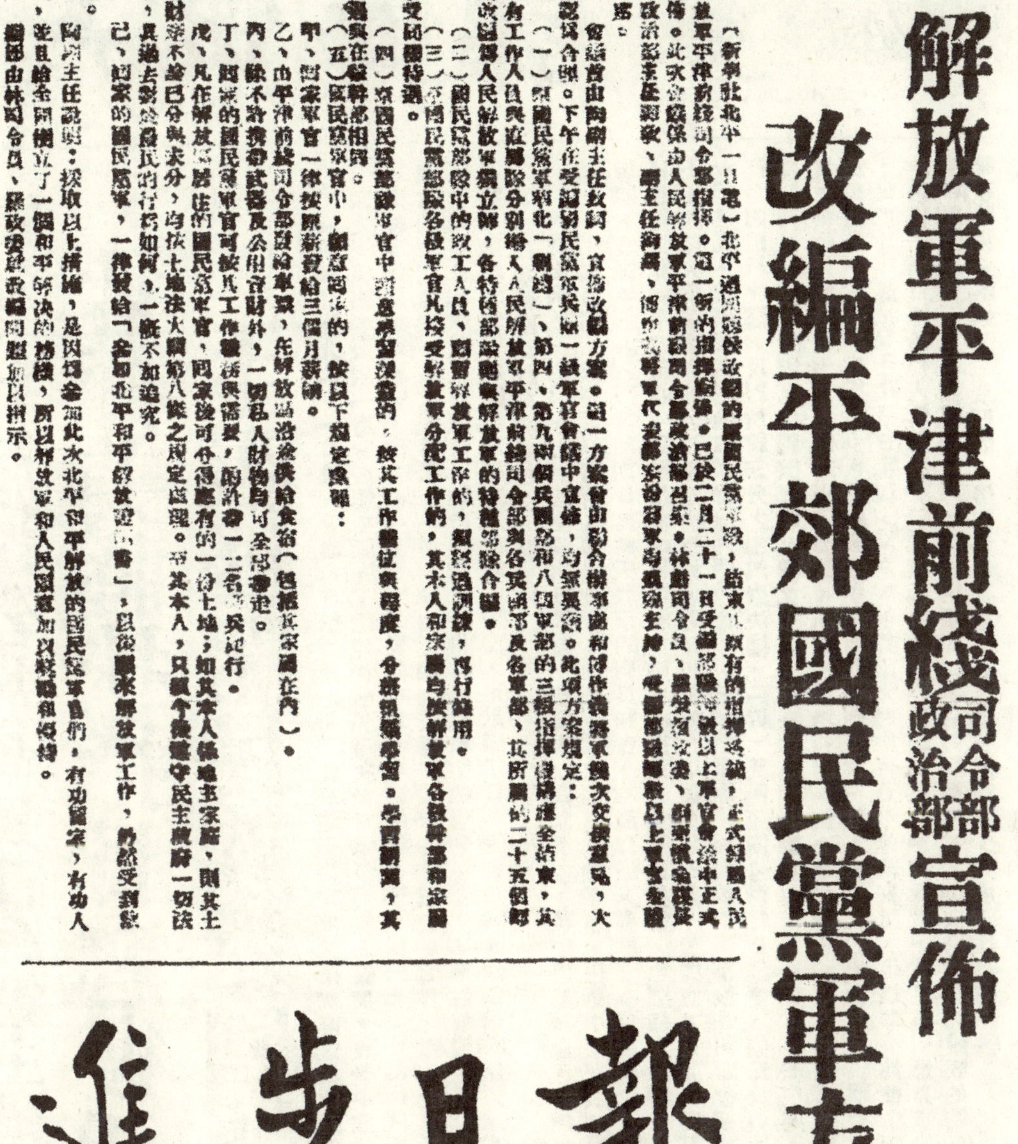

解放軍平津前綫司令部政治部宣佈改編平郊國民黨軍方案

〔新華社北平一日電〕北平過國處於改編的原國民黨軍隊，結束其原有的指揮系統，正式編入人民解放軍平津前綫司令部指揮。這一新的指揮關係，已於二月二十一日受編部隊師級以上軍官會議中正式宣佈。此次會議係由人民解放軍平津前綫司令部政治部召集。林彪司令員、羅榮桓政委、聶榮臻副司令員、政治部譚政主任、副主任陶鑄，傅作義將軍代表鄧寶珊將軍均親臨主持，受編部隊師級以上軍官全體出席。

會議首由陶鑄主任報告，宣佈改編方案。這一方案曾由聯合辦事處和傅作義將軍幾次交換意見，大家認為合理。下午在受編各民黨官兵之一級軍官會議中宣佈，均無異議。此項方案規定：

（一）原國民黨軍將北平（劃歸）、第四、第九兩個兵團部和八個軍部的三級指揮機構全部結束，其所有工作人員與直屬隊分別編入人民解放軍平津前綫司令部與各兵團部及各軍部，其所屬的二十五個師則改編為人民解放軍獨立師，各特種部隊則與解放軍的特種部隊合編。

（二）國民黨部隊中的政工人員，願留解放軍工作的，須經過訓練，再行錄用。

（三）原國民黨部隊各級軍官凡接受解放軍分配工作的，其本人和家屬均按解放軍各級幹部和家屬享受同樣待遇。

（四）原國民黨部隊軍官中願意學習深造的，按其工作職位與程度，分派到各學校學習。學習期間，其待遇與在職幹部相同。

（五）國民黨軍官中，願意回家的，按以下規定處理：

甲、國家軍官一律按照薪發給三個月薪餉。

乙、由平津前綫司令部發給車票，在解放區沿途供給食宿（包括其家屬在內）。

丙、除不許攜帶武器及公用資財外，一切私人財物均可全部帶走。

丁、回家的國民黨軍官可按其工作職務與需要，酌許帶一二名勤務兵同行。

戊、凡在解放區居住的國民黨軍官，回家後可分得應有的一份土地；如其本人係地主家庭，則其土地財產不論已分與未分，均按土地法大綱第八條之規定處理。至其本人，只須今後遵守民主政府一切法令，其過去對於農民的行為如何，一概不加追究。

己、回家的國民黨軍，一律發給「參加北平和平解放證明書」，以後願來解放軍工作，仍然受到歡迎。

陶鑄主任說明：採取以上措施，是因為參加此次北平和平解放的國民黨軍官們，有功國家，有功人民，並且給全國樹立了一個和平解決的榜樣，所以解放軍和人民願意加以照顧和優待。

最後由林司令員、羅政委就改編問題加以指示。

進步日報

號外　一九四九年三月二日

《进步日报》在天津出版。图为1949年3月2日出版的《进步日报》号外“解放军平津前线司令部、政治部宣布改编平郊国民党军方案”。

大衆日報

號外

民國三十八年三月二十二日

京滬平津各界聯名發表「對日政策主張」

猛抨美蔣扶持日寇復活

主張展開民族愛國運動

【新華社陝北二十一日電】天津六日訊：據此間報載京滬平津等地文化教育實業金融等各界人士一百二十四人，頃聯名發表「對日政策主張」，猛烈抨擊美帝扶助日本侵略勢力復興，威脅中國生存與蔣介石政府「犧牲整個國家民族」，作美帝「尾巴」的賣國行爲。主張全國展開一個糾正美國對日錯誤政策，保衛中華民族的愛國運動。該文件首稱：「獨佔管制大權的美國，並未遵守波茨坦宣言之遵重世界愛好和平人類的願望，縱容日本保留反動潛力，維持其獨佔財閥與封建地主的聯合統治，甚至在言論上公開誇稱日本爲美國在遠東「友誼」的儲藏處與未來對外戰爭的盟友，正鼓舞了日本帝國主義餘孽氣焰的囂張。在美國保護與扶植之下，日本帝國主義有捲土重來之勢。」

聲明繼稱，「全國人士不能坐視對日和會，出賣中華民族利益，重演巴黎和會，必須集合全國各界愛國人士，迅速展開一個糾正美國對日錯誤政策，制止日本法西斯殘餘抬頭，保衛中華民族的愛國運動。」並提出如下主張：「（一）目前對日管制與將來的對日和會，均應以徹底肅清日本反動勢力，保障中華民族生存和鞏與世界和平爲重心。對於任何縱容日本帝國主義復活的政策與措施，均應極力反對。（二）依據各盟國不得與敵人單獨媾和的戰時協定的精神，對日和會應在中美英蘇四國一致同意下召開，反對任何片面召集和會的建議。我們應拒絕參加蘇聯除外的和會。（三）尊重戰時國際協定，不論是預備會議或正式會議，都應堅持四强否決權，反對所謂三分之二的表決權。（四）英美集團包辦德日和會，固爲我們所反對，假如因中蘇堅持否決權，美國竟在獨攬管制大權之下，積極扶助日本反動勢力，協助日本經濟復興，以便造成既成事實，消極抵制中蘇兩國，針對這種陰謀，尤應勇敢地揭穿，堅決地抨擊。（五）我們反對日本復興，完全因爲現在日本政權仍掌握在少數侵略派手中，並非反對日本一般人民。反之，我們並很願與日本廣大人民合作，促成日本眞正民主化早日實現。（六）中美兩大民族有百年傳統友誼，但這卻不能使我們拿整個國家民族作犧牲，盲目地給他人作尾巴，美國積極扶助日本帝國主義餘孽的政策，實足導引世界走向另一戰爭。我們應和美國廣大人民團結起來，以共同糾正華爾街獨佔財閥操縱下之美政府現行的錯誤的對日政策，使依據美國戰時協定與四强一致原則，切實管制日本，並早日召開和會，完成對日和約。」

1949年3月21日，京沪平津各界联名发表“对日政策主张”，猛烈抨击美蒋扶持日寇复活，主张展开民族爱国运动。图为1949年3月22日出版的《大众日报》号外。

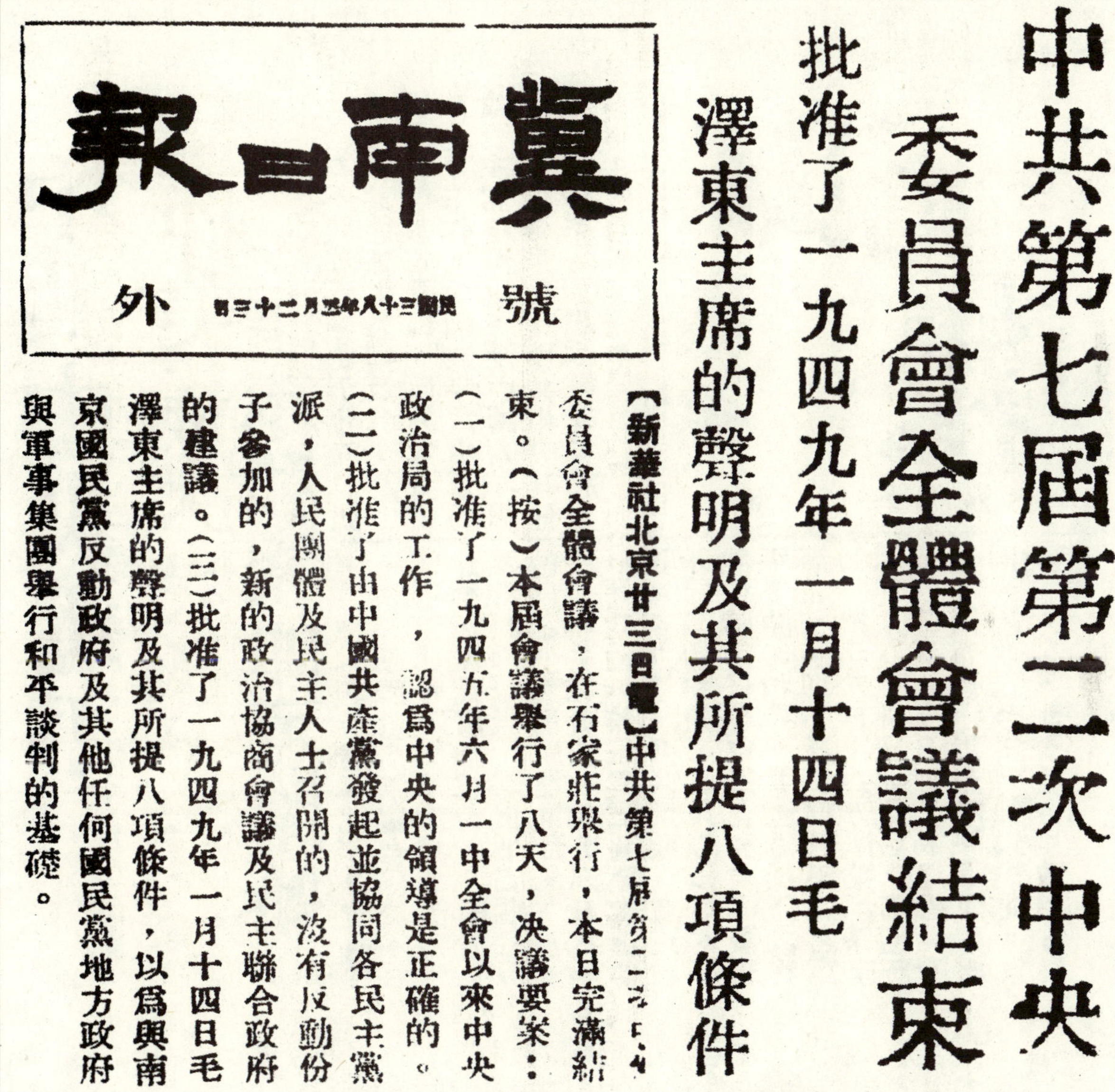

中共第七屆第二次中央委員會全體會議結束

批准了一九四九年一月十四日毛澤東主席的聲明及其所提八項條件

冀南日報

號外 民國三十八年三月二十三日

【新華社北京廿三日電】中共第七屆第二次中央委員會全體會議，在石家莊舉行，本日完滿結束。（按）本屆會議舉行了八天，決議要案：（一）批准了一九四五年六月一中全會以來中央政治局的工作，認爲中央的領導是正確的。（二）批准了由中國共產黨發起並協同各民主黨派，人民團體及民主人士召開的，沒有反動份子參加的，新的政治協商會議及民主聯合政府的建議。（三）批准了一九四九年一月十四日毛澤東主席的聲明及其所提八項條件，以爲與南京國民黨反動政府及其他任何國民黨地方政府與軍事集團舉行和平談判的基礎。

中共七届二中全会于1949年3月23日结束（历时8天）。图为1949年3月23日出版的《冀南日报》号外“中共第七届第二次中央委员会全体会议结束”。

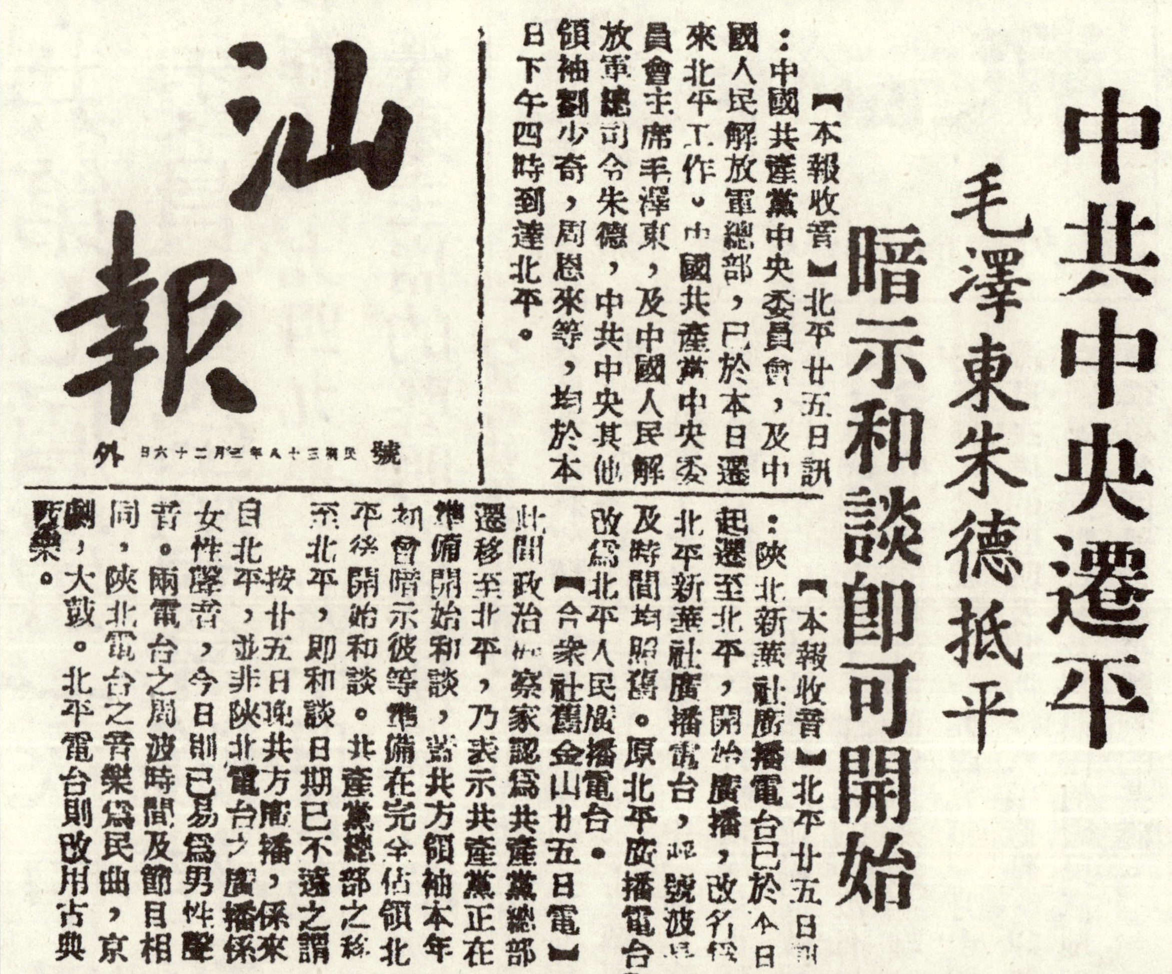

中共中央遷平

毛澤東朱德抵平

暗示和談即可開始

汕報

號外　民國三十八年三月廿六日

【本報收音】北平廿五日訊：中國共產黨中央委員會，及中國人民解放軍總部，已於本日遷來北平工作。中國共產黨中央委員會主席毛澤東，及中國人民解放軍總司令朱德，中共中央其他領袖劉少奇，周恩來等，均於本日下午四時到達北平。

【本報收音】北平廿五日訊：陝北新華社廣播電台已於今日起遷至北平，開始廣播，改名爲北平新華社廣播電台，呼號波長及時間均照舊。原北平廣播電台改爲北平人民廣播電台。

【合衆社舊金山廿五日電】此間政治觀察家認爲共產黨總部遷移至北平，乃表示共產黨正在準備開始和談，當共方領袖本年初曾暗示彼等準備在完全佔領北平後開始和談。共產黨總部之移至北平，即和談日期已不遠之謂。

按廿五日晚共方廣播，係來自北平，並非陝北電台之廣播，係女性聲音，今日則已易爲男性聲音。兩電台之周波時間及節目相同，陝北電台之音樂爲民曲，京劇，大鼓。北平電台則改用古典西樂。

1949年3月25日，中国共产党中央委员会及中国人民解放军总部，迁来北平工作。中共中央主席毛泽东、解放军总司令朱德以及中央其他领导刘少奇、周恩来等均同时到达北平。图为1949年3月26日出版的《汕报》号外。

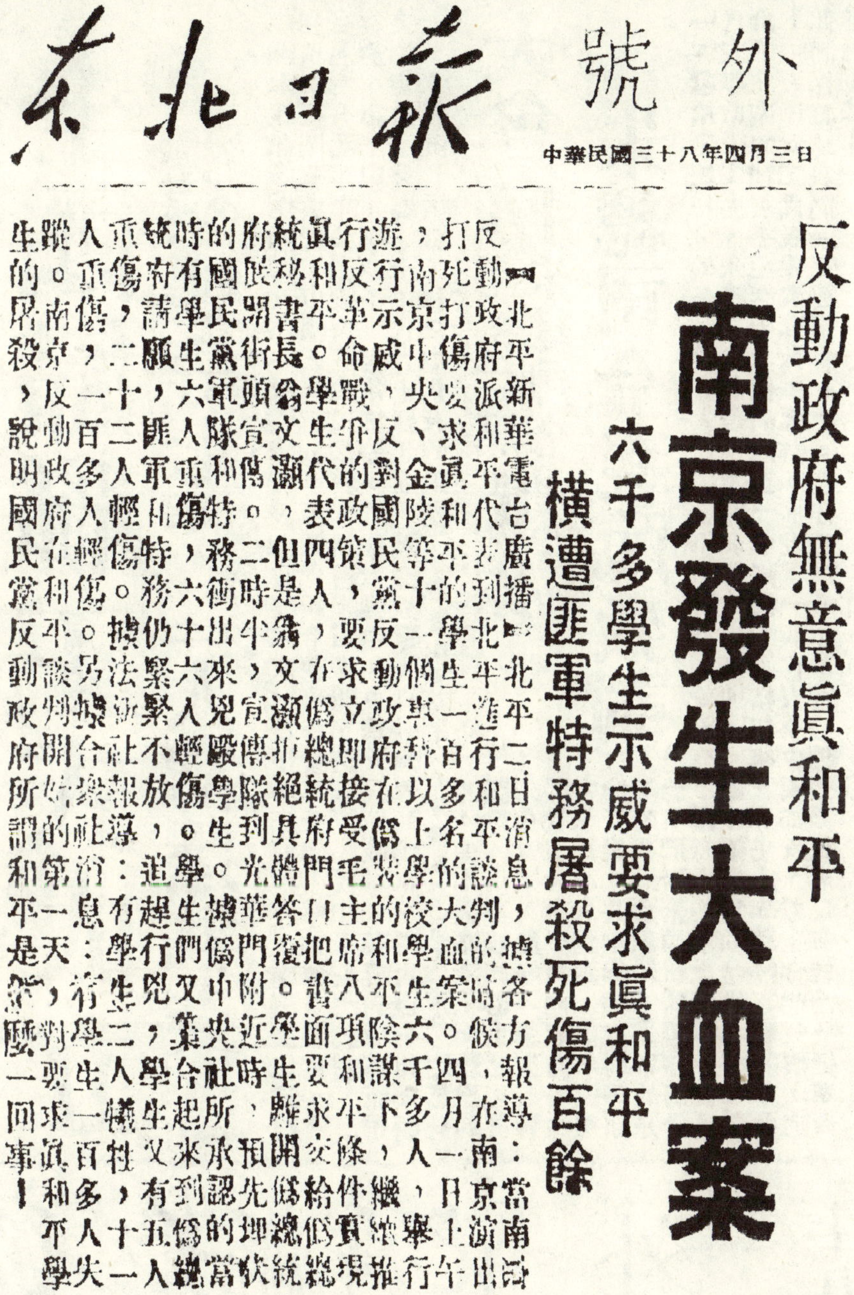

东北日报 號外

中華民國三十八年四月三日

南京發生大血案

反動政府無意眞和平

六千多學生示威要求眞和平

橫遭匪軍特務屠殺死傷百餘

1949年4月1日，南京中央、金陵等11所学校6000多名学生，举行游行示威，反对国民党反动政府假和平，要求立即接受毛主席八项和平条件实现真和平，遭到军警特务屠杀，发生大血案。图为1949年4月3日出版的《东北日报》号外。

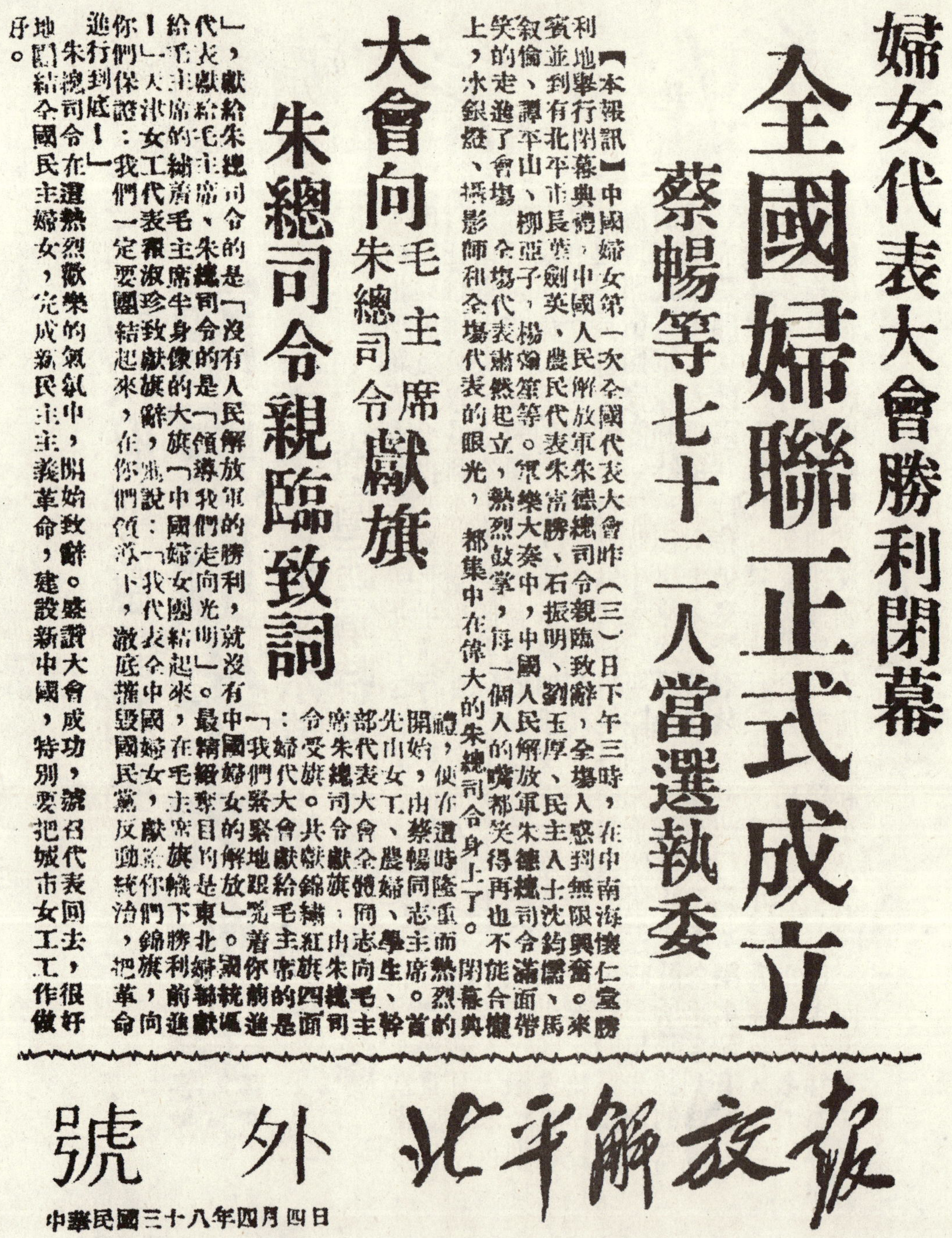

北平解放報 號外

中華民國三十八年四月四日

婦女代表大會勝利閉幕

全國婦聯正式成立

蔡暢等七十二人當選執委

【本報訊】中國婦女第一次全國代表大會昨（三）日下午三時，在中南海懷仁堂勝利地舉行閉幕典禮，中國人民解放軍朱德總司令親臨致辭，全場人感到無限興奮。來賓並到有北平市長葉劍英、農民代表朱富勝、石振明、劉玉厚、民主人士沈鈞儒、馬叙倫、譚平山、柳亞子，楊[illegible]箴等。軍樂大奏中，中國人民解放軍朱德總司令滿面帶笑的走進了會場，全場代表肅然起立，熱烈鼓掌，每一個人的嘴都笑得再也不能合攏上，水銀燈、攝影師和全場代表的眼光，都集中在偉大的朱總司令身上了。

大會向毛主席朱總司令獻旗

閉幕典禮，便在這時隆重而熱烈的開始，由蔡暢同志主席。首先由女工、農婦、學生、幹部代表大會全體同志向毛主席朱總司令獻旗：由朱總司令受旗。共獻錦繡紅旗四面：婦代大會獻給毛主席的是「我們緊緊地跟隨着你前進」，獻給朱總司令的是「沒有人民解放軍的勝利，就沒有中國婦女的解放」。蔣統區代表獻給毛主席、朱總司令的是「領導我們走向光明」。最精緻醒目的是東北婦聯獻給毛主席的繡肅毛主席半身像的大旗「中國婦女團結起來，在毛主席旗幟下勝利前進！」天津女工代表羅淑珍致獻旗辭，她說：「我代表全中國婦女，獻給你們錦旗，向你們保證：我們一定要團結起來，在你們領導下，徹底摧毀國民黨反動統治，把革命進行到底！」

朱總司令親臨致詞

朱總司令在這熱烈歡樂的氣氛中，開始致辭。盛讚大會成功，號召代表回去，很好地團結全國民主婦女，完成新民主主義革命，建設新中國，特別要把城市女工工作做好。

1949年4月3日，中国妇女第一次全国代表大会在北平中南海怀仁堂胜利闭幕。蔡畅等72人当选执委，全国妇联正式成立。图为1949年4月4日出版的《北平解放报》号外“全国妇联正式成立”。

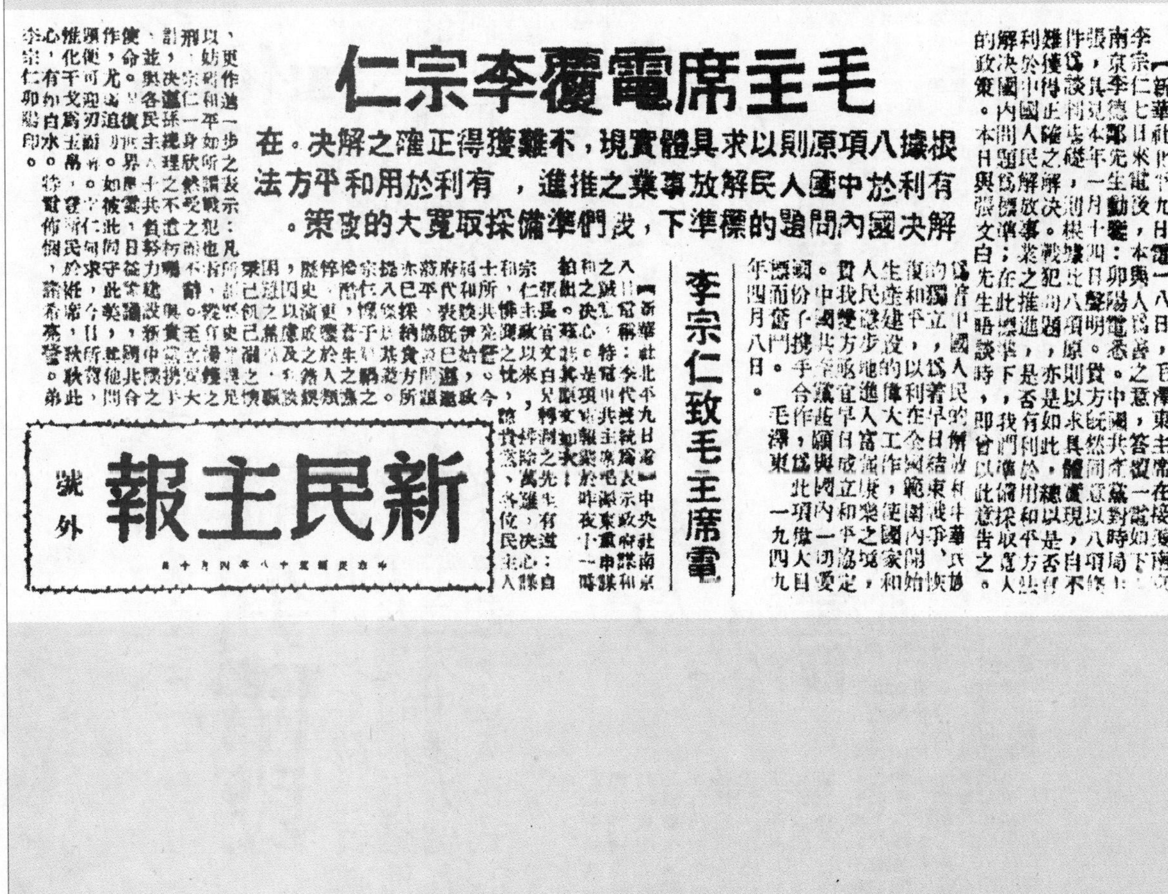

毛主席電覆李宗仁

根據八項原則以求具體實現，不難獲得正確之解決。在有利於中國人民解放事業之推進，有利於用和平方法解決國內問題的標準下，我們準備採取寬大的政策。

李宗仁致毛主席電

新民主報 號外

1949年4月7日，国民党政府代总统李宗仁致毛主席电，表示谋和之决心。毛主席于8日电复李宗仁，指出应根据八项原则以求具体实现，不难获得正确之解决。图为1949年4月10日出版的《新民主报》号外。

北平解放報

號外　中華民國三十八年四月十四日

我與南京代表團和談 進入正式談判階段

【北平新華電台十三日廣播】中國共產黨代表團與南京國民黨政府代表團，就八項基礎的和平條件舉行的談判，已達十二天，在此十二天中，雙方就各項問題非正式的交換意見，從本日起，進入正式談判階段。

國民黨特務分子王宗漢等 過去仗勢混入郵局 現在已予分別清除

郵局昨天開大會宣佈

“中国共产党代表团与南京国民党政府代表团，就八项基础的和平条件举行的谈判，已达十二天”，1949年4月13日“进入正式谈判阶段”。图为1949年4月14日出版的《北平解放报》号外。

南京反動政府仍然聽命美蔣拒絕國內和平協定

毛主席朱總司令命令人民解放軍

奮勇前進解放全國人民

堅決澈底殲滅一切敢於抵抗的國民黨反動派

逮捕一切估惡不悛的戰犯特別是匪首蔣介石

【新華社北平二十一日電】毛澤東主席、朱德總司令本日向人民解放軍發佈命令如下：

……

（四）在人民解放軍包圍南京之後，如果南京李宗仁政府尚未逃散，並願意於國內和平協定上簽字，我們願意再一次給該政府以簽字的機會。

中國人民革命軍事委員會主席 毛澤東

中國人民解放軍總司令 朱德

一九四九年四月二十一日

新晚報 號外

中華民國三十八年四月二十二日

1949年4月21日，南京国民党反动政府仍然听命美蒋拒绝国内和平协定。毛主席、朱总司令命令人民解放军奋勇前进，解放全国人民。图为1949年4月22日出版的《新晚报》号外。

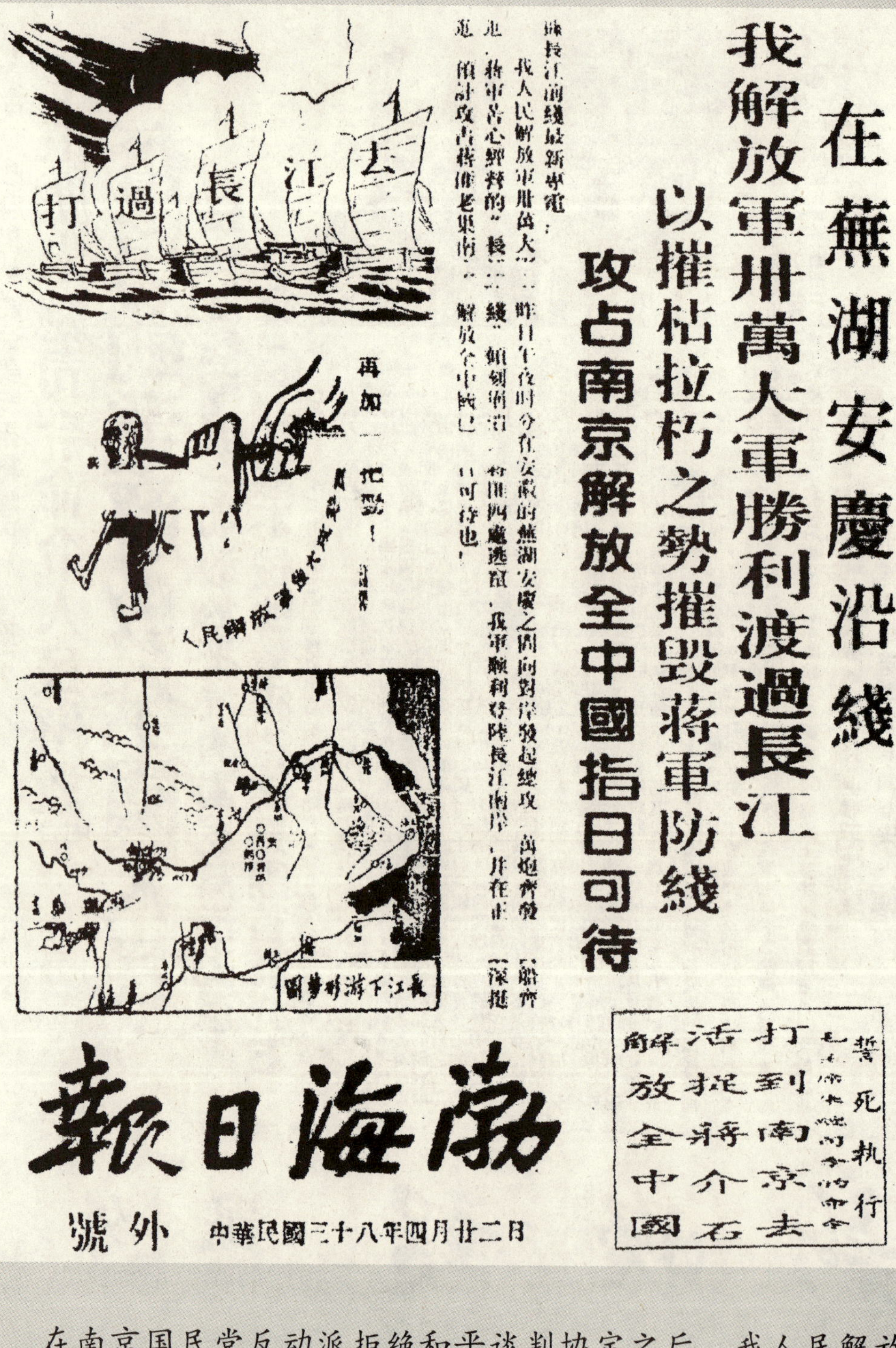

在蕪湖安慶沿綫
我解放軍卅萬大軍勝利渡過長江
以摧枯拉朽之勢摧毀蔣軍防綫
攻占南京解放全中國指日可待

在南京国民党反动派拒绝和平谈判协定之后，我人民解放军30万大军按照毛主席、朱总司令命令，在芜湖、安庆沿线胜利渡过长江。图为1949年4月22日出版的《渤海日报》号外“在芜湖、安庆沿线，我解放军三十万大军胜利渡过长江”。

號外

四月廿二日

淮海報社印

堅決執行毛主席朱總司令命令

三十萬人民解放軍

萬艦齊放勝利渡過長江

現正向繁昌、銅陵、青陽等城進擊

太原外圍我殲敵六個師

图为1949年4月22日出版的《淮海报》号外“三十万人民解放军，万舰齐放胜利渡过长江”。

戰鬥報

號外

一九四九年四月廿三日

西北軍區政治部編

貴池馬當間九個整師渡過長江

繼續擴大南岸陣地

南京對岸猛攻浦口解放江浦

第三野戰軍擊沉擊傷敵艦十八艘

【新華社長江前線二十二日電】強大的人民解放軍二十一日下午五時，繼續於貴池以西至馬當間全線橫渡長江，至二十二日晨止，已有九個整師渡過長江到達南岸，並已佔領貴池以西烏沙閘附近和東流以北黃石磯附近的陣地。解放軍的另一個軍佔領馬當以西的江心八保洲。現自蕪湖至馬當間數百里的江面，已成千成萬艘船隻有如穿梭往來於南北兩岸，解放軍各部正源源絡繹渡過長江，已到達南岸的解放軍，至今僅遭遇很微弱的抵抗。現正繼續擴大南岸陣地，並猛烈向縱深發展中。

【新華社長江前線二十二日電】南京對岸的人民解放軍，正向浦口地區發動猛烈攻擊。浦口西南的江浦縣城已於二十一日晨攻克。

【新華社中原前線二十一日電】人民解放軍於八日解放漢口外圍平漢路西側的雲夢縣城，守敵南逃。

【新華社蚌埠二十二日電】蔣介石死黨夢想賴以防守長江的國民黨海軍艦艇已被人民解放軍第三野戰軍擊沉和擊傷十八艘，其中已查明艦名者六艘。即砲艦安東號、楚觀號、永績號、永翔號、英豪號、驅逐艦營口號。

太原我軍掃清城外據點

全殲守敵二萬三千

【新華社太原前線二十二日電】太原前線的人民解放軍已於二十二日晨肅清太原城外敵全部據點，除敵「鐵血師」投誠外，城外守敵悉數被殲。據已查明者，解放軍共俘虜敵四十三軍軍長劉效曾、四十六師師長閻俊賢、工兵師師長王同海、七十三師師長韓國朝、七十一師師長張忠等以下二萬三千餘名。繳獲坦克六輛、各種砲二百五十餘門。解放軍今日晨最後攻克的黃家墳和雙塔寺兩據點，是閻匪修築四年之久的太原城外最強固的要塞。黃家墳在城東北三里，雙塔寺在城東南五里。兩處都在險要高坡上，除駐有重兵和強大的砲壘外，築有密集的碉堡、火力點、濠溝和坑道等。但在解放軍的攻擊威力下，僅五分鐘即被突破，三小時即被完全佔領。

《战斗报》由西北军区政治部出版。图为1949年4月23日出版的《战斗报》号外“贵池马当间九个整师渡过长江，继续扩大南岸阵地”。

國民黨反動統治宣告滅亡

我軍解放南京

東路連克鎮江丹陽武進無錫控制京滬西段

中路西路克馬當要塞及彭澤至德南陵青陽

人民報 號外

一九四九年四月廿五日

（新華社南京二十四日十時電）人民解放軍已於二十三日夜十二時由下關經挹江門開入南京。

南京解放捷報傳來後街頭速寫

慶祝南京解放

解放大军势如破竹，节节胜利，国民党22年反革命中心南京，于1949年4月23日午夜为人民解放军解放，国民党反动统治宣告灭亡。图为1949年4月25日出版的《人民报》号外“国民党反动统治宣告灭亡，我军解放南京”。

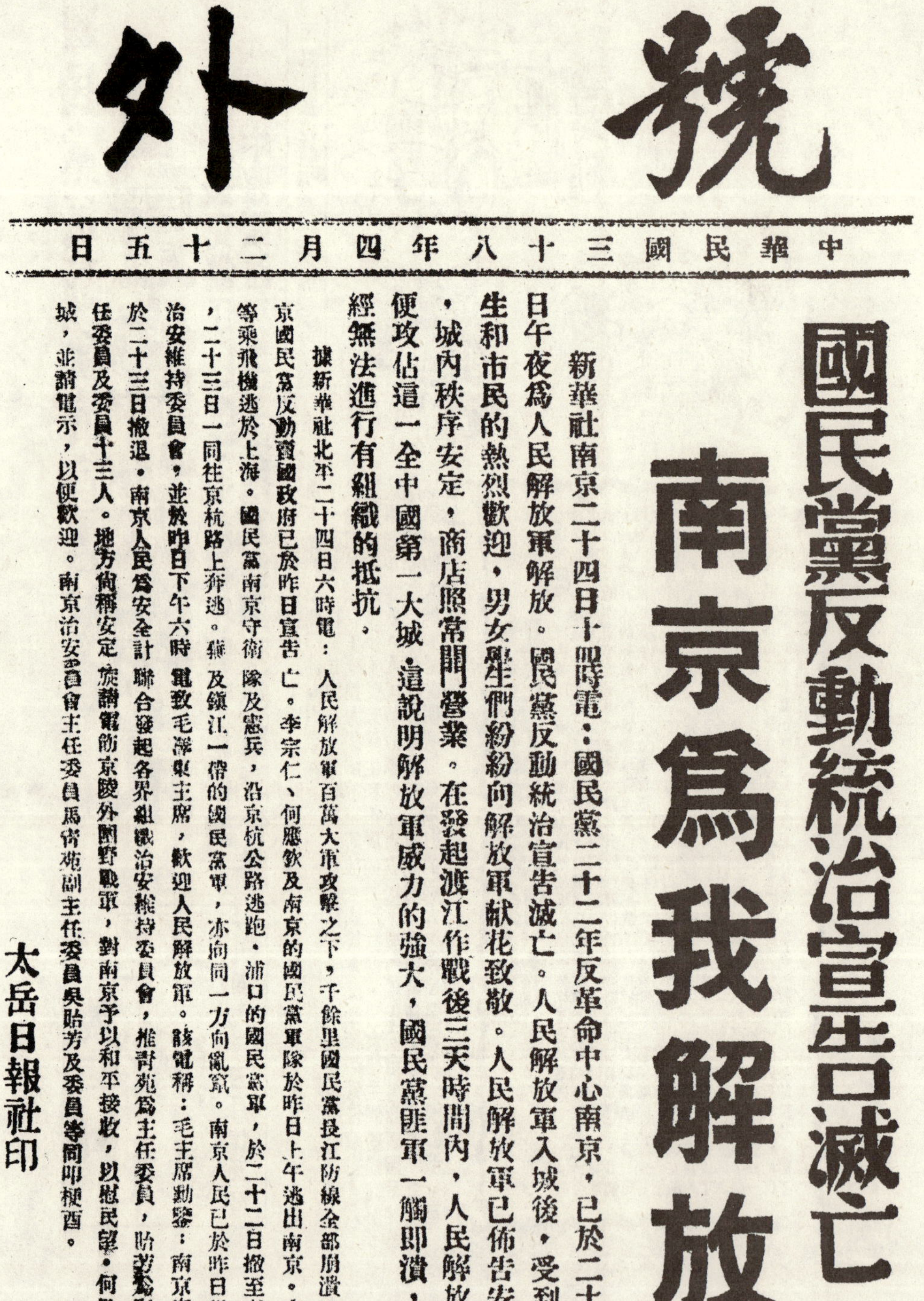

號外

中華民國三十八年四月二十五日

國民黨反動統治宣告滅亡

南京為我解放

新華社南京二十四日十四時電：國民黨二十二年反革命中心南京，已於二十三日午夜為人民解放軍解放。國民黨反動統治宣告滅亡。人民解放軍入城後，受到學生和市民的熱烈歡迎，男女學生們紛紛向解放軍獻花致敬。人民解放軍已佈告安民，城內秩序安定，商店照常開門營業。在發起渡江作戰後三天時間內，人民解放軍便攻佔這一全中國第一大城，這說明解放軍威力的強大，國民黨匪軍一觸即潰，已經無法進行有組織的抵抗。

據新華社北平二十四日六時電：人民解放軍百萬大軍攻擊之下，千餘里國民黨長江防線全部崩潰，南京國民黨反動賣國政府已於昨日宣告亡。李宗仁、何應欽及南京的國民黨軍隊於昨日上午逃出南京。李何等乘飛機逃於上海。國民黨南京守衛隊及憲兵，沿京杭公路逃跑。浦口的國民黨軍，於二十二日撤至南京，二十三日一同往京杭路上奔逃。蕪及鎮江一帶的國民黨軍，亦向同一方向亂竄。南京人民已於昨日組織治安維持委員會，並於昨日下午六時電致毛澤東主席，歡迎人民解放軍。該電稱：毛主席勳鑒：南京守衛於二十三日撤退。南京人民為安全計聯合發起各界組織治安維持委員會，推青宛為主任委員，貽芳為副主任委員及委員十三人。地方尚稱安定，旋請電飭京陵外圍野戰軍，對南京予以和平接收，以慰民望。何日入城，並請電示，以便歡迎。南京治安委員會主任委員馬青宛副主任委員吳貽芳及委員等同叩梗酉。

太岳日報社印

1949年4月25日，《太岳日报》出版号外“国民党反动统治宣告灭亡，南京为我解放”。

長江前線我軍 解放蘇州等四城

——六天俘敵四萬餘人 大殲滅戰正在進行中——

【新華社長江前線二十八號消息】沿京滬路東進的人民解放軍，在二十七日早晨解放蘇州。並且在城西楓橋鎮殲滅敵軍二個營。蘇州爲京滬路和蘇嘉路連接點是軍事要地。春秋時吳國曾經在這裡建都，所以又叫做吳縣。

【新華社長江前線二十八號消息】蕪湖方面人民解放軍以每天一三〇里的速度向南疾進，二十七號上午解放蕪湖東南的郎溪。

【新華社長江前線二十八號消息】江南前線一個大殲滅戰正在進行中。由南京、鎮江、蕪湖等地，沿京杭國道南側，退敗的國民黨軍，五十一軍、第四軍、二十八軍、四十五軍、六十六軍、二十七軍、九十九軍等部，經各路解放軍猛追，六天先後俘敵已有四萬多人。二十六、二十七兩天，解放軍已解放了太湖西南，長辛、吳興兩個縣城。

蘇州解放

新華日報 號外

1949年4月27日，我渡江南进大军解放苏州。“六天俘敌四万余人，大歼灭战正在进行中。”图为1949年4月28日出版的《新华日报》号外“长江前线我军解放苏州等四城”。

皖報

民國三十八年五月五日

號外

杭州解放 人民歡騰

五月三日下午一點，一個滿頭大汗的鐵路工人從市外跑回來，沿途大聲叫喊着：「還不歡迎去！解放軍已經到了！」於是，「解放軍到了」的歡呼迅速地響遍了杭州市。早已寫好的歡迎標語和牆頭詩，頃刻貼滿了街頭。人們向前望着，向前擠擁着，兩輛歡迎的救護車，飄着紅色小旗，從人叢中開過去，朝着錢塘門外急駛。可是歡迎的人流已把道路堵塞了。數路解放軍的雄壯行列，高唱着「解放軍進行曲」和「三大紀律八項注意」歌，被夾道歡迎的人流簇擁着開進市區。「今天終於看到你們了！」市民們對解放軍戰士說：「自從聽到解放軍打過了長江，就天天盼着你們來哪！」浙江大學的男女學生，正想挖開以前為了護校而堵住的大門，但解放軍已經從校門前而經過了，他們便歡呼着從牆頭上跳出來，鑽進歡迎的人羣中去。他們抓住戰士們的手便緊握不放，並高唱起為了歡迎解放軍在前幾天就偷偷學會的「人民的隊伍來了！」，「你是燈塔」等歌曲。

入城的部隊和歡迎的人流經過錢塘路，慶春街，市街一路唱着，笑着。行列剛到粗坊巷，有的市民忽然發現了一隻船滿載着國民黨潰兵，正要開走。立即，人羣都激昂了，大家都齊聲喊打，跟着解放軍戰士們一湧而上。絲織工人周正和拿着塊大石頭，指着國民黨匪軍說：「解放軍來了就趕快交槍，不然老百姓一人一磚頭也把你們全砸死了！」人羣中響起一陣鼓掌聲和「解放軍萬歲」的歡呼聲。一船二百多個國民黨匪軍，懾於羣衆洶湧的聲勢，俯首貼耳地當了俘虜。在慶春門外，有一列載着國民黨匪軍的火車剛剛開出車站，也被解放軍一個排追上去截回來了，企圖逃往上海的一百多個匪軍舉着手走出了車廂。

當數路解放軍在市中心會合一起和坐在道旁休息時，附近的居民便跑回家裏端出一盆盆水來，給戰士們洗臉擦汗。藝術專科學校的學生就地便表演起「秧歌舞」來。浙江大學的學生則這裏一堆那裏一堆圍着戰士們，要求他們講述強渡長江的故事。部隊和所有的人們都沉浸在一片歡樂聲中。

1949年5月3日，浙江省会杭州解放。图为1949年5月5日出版的《皖报》号外“杭州解放，人民欢腾”。

大公報 號外

中華民國三十八年五月七日

華北完全解放

新鄉敵軍投降安陽守敵全殲

◇青島外圍收復重要據點靈山◇

【新華社北平六日電】豫北國民黨匪軍殘餘孤立據點新鄉城的守軍五日向解放軍投降。困守安陽城的國民黨匪軍繼續頑抗，解放軍乃於今日上午五時半發起總攻，至七時將敵全部殲滅。華北解放區至此完全解放。

【豫北電】我人民解放軍某部在南進途中，應豫北數百萬人民之請，並為徹底掃清新鄉殘匪，已配合豫北前線人民解放軍，於三日晚上將龜縮新鄉城之敵軍完全包圍。城郊人民莫不歡騰，鼓舞，正熱烈支援我軍。為了新鄉人民少受損失，我軍已向孤島國民黨匪軍四十軍發出通牒，令其迅速投降，開出城外，聽候改編。否則，即向該城發動總攻，予以徹底殲滅。

【新華社濟南六日電】青島、即墨外圍之解放軍，於三日收復即墨城北三十五里的敵重要據點靈山，並追擊逃敵，共斃敵一百四十名，俘敵一百五十六名。繳獲輕重機槍十四挺，長短槍一百零四支，其他物品一部。

1949年5月5日，豫北国民党残余军队孤立据点新乡城守军，向解放军投降；困守在安阳城的国民党军继续顽抗，被我全部消灭。至此，华北完全解放。图为1949年5月7日出版的《大公报》号外“华北完全解放”。

實話報

號外 一九四九年五月十二日

發行者：蘇軍指揮部

社址：大連世紀街八五號

訂閱：每月十元

每星期二、四、六出版

華東軍區海軍司令部成立

張愛萍任司令員兼政委

【新華社南京十一日電】中國人民解放軍華東軍區海軍司令部已於五月一日奉令成立。中國人民解放軍總部任命張愛萍為華東軍區海軍司令員兼政治委員，張司令員已於當日到職視事。

南京附近長江江面

敵艦艇二十五艘起義

另有廿三艘在鎮江江面投降

華東軍區司令部

歡迎起義海軍官兵

劉伯承司令員親臨訓話

滬杭綫上

解放嘉善

敵軍士兵三名

向我投誠

1949年5月1日，中国人民解放军华东军区海军司令部成立，张爱萍任司令员兼政治委员。在我军强大攻势下，南京附近长江江面，国民党海军25艘舰艇起义。图为 1949年5月12日出版的《实话报》号外“华东军区海军司令部成立”。

號外

人民日報

中華民國三十八年五月十三日

浙贛我軍全線長驅南進

連克金華臨川等十七城

前鋒進入福建省、國民黨一師投誠

國民黨廿三艘軍艦又來歸

【新華社浙贛前線十二日電】浙贛前線人民解放軍橫掃浙贛沿線國民黨匪軍並全線長驅南進，自五日至十日間，連下十五座縣城，深入浙贛路以南一百數十里，並越過武夷山進入福建省境。在解放軍疾風暴雨似的衝擊下，各地國民黨匪軍混亂不堪，毫無鬪志，紛紛就殲，或四散潰竄。浙贛線東，人民解放軍自五日至十日間，連克該線及該線以南的江山、龍游、蘭谿、金華、義烏、東陽、永康、武義、縉雲、麗水、宣平、松陽、遂昌等十三座縣城。解放軍在作戰中俘虜十五軍、五十軍、五十五軍、八十五軍、一〇六軍、第十八師等部殘餘匪軍及安徽軍管區等非正規軍共七千餘人，在俘虜內已查明的將級以上軍官有敵安徽軍管區中將副司令陳致[illegible]、參謀長楊竝[illegible]、皖南師管區少將副司令劉壽道，暫編第二縱隊幹訓隊少將副教育長羅選伍等人。在巨大的繳獲中，包括子彈一千八百餘萬發，江山以東一地即繳獲汽車四百餘輛。浙贛路中段自上饒、鉛山向南疾進的人民解放軍於九日越過武夷山解放福建的崇安縣城，殘敵向南潰逃。向浙贛路西段挺進的人民解放軍，於九日進克南昌東南的重鎮臨川縣城，守敵狼狽西竄，現浙贛路自進賢以東直至義烏止已全部為解放軍所控制。

【新華社杭州十二日電】人民解放軍於十日上午解放滬杭鐵路線的嘉善城，殲敵百餘人，殘敵向上海方向逃竄。

【新華社浙贛前線十二日電】國民黨軍八十五軍一一〇師師長廖運澤率部五千人，於九日在浙江金華東北的義烏縣城向解放軍投誠。按該軍係在淮海戰役中被殲後在浙江重建者。

【新華社浙贛前線十一日電】遲到消息：人民解放軍某部，於三日解放[illegible]贛東南的德興城。

【新華社南京十二日電】與國民黨海軍第二艦隊二十五艘艦艇起義的同時，四月二十三日，鎮江江面上的國民黨海軍艦艇二十三艘向人民解放軍投降。投降的艦艇計有：砲艦八艘，為：一號、五號、五十二號、五十三號、六十八號、八十八號、一〇二號、一〇四號；步兵登陸艇十一艘，為：三十二號、二〇二號、三〇五號、三〇六號、三〇八號、三一三號、三一四號、三一七號、三一八號、七〇八號、七一三號；巡洋艇四艘，為：十號、二十一號、一二一號、一二三號。

浙江、江西前线我人民解放军“全线长驱南进，连克金华、临川等十七城，前锋进入福建省”。“国民党二十三艘军舰又来归”。图为1949年5月13日出版的《人民日报》号外“浙赣我军连克金华临川等十七城”。

我在浙西開化以北殲敵兩個整旅俘偽皖省主席

【新華社浙贛前線十四日電】人民解放軍七日至十日在浙江西部開化以北馬金鎮附近山區，殲敵安徽省保安第三旅、第五旅全部，俘敵安徽省偽主席兼保安司令張義純、保安副司令兼皖南師管區司令阮鑑溪、皖南師管區副司令李秉鈞及保三旅旅長、保五旅旅長以下五千餘人。張匪義純安徽合肥人，五十五歲，保定軍校第三期畢業，曾任國民党軍四十軍軍長，二十一集團軍、三十三集團軍副總司令，偽安徽省府民政廳長等職。繼夏威任偽安徽省主席僅一個月，即被解放軍俘獲。

青代大會全體代表謁見毛主席朱總司令

獻花獻旗興奮萬狀

【新華社北平十三日電】中共中央毛主席、朱總司令、劉少奇同志在十二日接見了中華全國青年第一次代表大會的全體代表。代表們看見他們渴望已久的中國人民的偉大的領袖時，發出了熱烈的歡呼。十一個十歲以內的中國青年藝術劇院的孩子奔跑前去獻花，代表們都一一趨前握手，每個人都興奮萬狀。在歡樂的軍樂聲中，全體代表們向毛主席、朱總司令呈獻了丈條長的大紅錦旗，上面寫着：「我們向你們學習，在你們的旗幟下前進。」接着是從國民党統治區來的東南、西南、華南、台灣的代表團獻旗。

號外　民國三十八年五月十四日

蘇北日報

1949年5月7日至10日，我人民解放军在浙江省西部开化以北，歼敌两个整旅，俘安徽省伪主席兼保安司令张义纯等。图为1949年5月14日出版的《苏北日报》号外“我在浙西开化以北，歼敌两个整旅，俘伪皖省主席”。

我軍解放武漢三鎮

——第四野戰軍突破長江中段防線 佔領大冶華容等地猛烈擴張中——

【武漢十七日十六時消息】武漢三鎮已經全部解放。人民解放軍在十六日下午七點鐘先全解放漢口，接着在十七號早晨七點鐘進佔武昌和漢陽，解放軍進入武漢的時候，受到人民的熱烈歡迎，市內秩序良好，人民解放軍約法八章的佈告，已經貼滿武漢三鎮。

解放上海縣城

江蘇除兩城外已全部解放

【上海前線十八號消息】人民解放軍，十七號解放上海市南的上海縣城和上海縣城西北的莘莊、七寶鎮兩地，現在江蘇省內六十一座縣城，除了吳淞口上的寶山和崇明兩縣城之外，已經全部獲得解放。

號外 五月十八日

新晚報

人民解放军第四野战军突破长江中段防线后，5月16日解放汉口，17日进占武昌和汉阳，武汉三镇全部解放。5月17日，人民解放军还解放上海县城。图为1949年5月18日出版的《新晚报》号外“我军解放武汉三镇”。

新徐日報

號外

中華民國三十八年五月二十一日

陝中我克咸陽
浙南解放溫州
國民黨軍艦四艘投入我軍

【新華社陝中前線二十日電】解放三原、涇陽的人民解放軍，越過涇水向西南推近，十八日解放西安西北隴海路上的咸陽，守敵西逃。咸陽為有名古城，秦始皇曾建都於此。

【新華社杭州二十日電】遲到消息：浙江東南部重要港口溫州（永嘉）已於七日解放。在人民解放軍勝利的影響下，溫州國民黨政府專員葉芬在本月七日率領國民黨軍第二百師的第六百團及保安獨立團、永嘉自衛總隊等全部舉行起義，投到人民解放軍方面來。

【新華社浙贛前線二十日電】遲到消息：人民解放軍於十三日攻佔浙江南部溫州西北的青田縣城，俘敵三百餘。

【新華社南京二十日電】長江中游江面又有國民黨海軍艦艇四艘投入人民解放軍，即淺水砲艦英豪號一艘及巡邏艇九號、八三號、一〇七號等三艘。除在南京江面起義的國民黨海軍第二艦隊艦艇已二十五艘外，在長江江面投到人民解放軍方面來的國民黨海軍艦艇達二十七艘，內二十三艘是在鎮江江面投到人民解放軍方面來的。

1949年5月7日，浙江省南部，我军解放港口城市温州。5月18日，解放军解放陕西中部古城咸阳。长江中游江面又有国民党海军舰艇四艘投入人民解放军。图为1949年5月21日出版的《新徐日报》号外。

工人生活

號外

一九四九年五月二十二日

陝中前線解放西安

【新華社陝中前線二十一日電】陝西省會西安，已獲得解放，人民解放軍在二十日晨，進駐西安市，受到人民熱烈歡迎。

解放興平武功咸陽

漢口前線解放瑞昌

浙閩地區敵軍殘部 紛紛向我軍投誠

瓊崖人民解放軍 四月份戰績

在我軍勝利影響下 溫州國民黨軍起義

解放青田俘敵三百多

人民解放军于1949年5月20日晨，解放陕西省会西安市。图为1949年5月22日出版的《工人生活》号外“陕中前线解放西安”、“在我军胜利影响下，温州国民党军起义”。

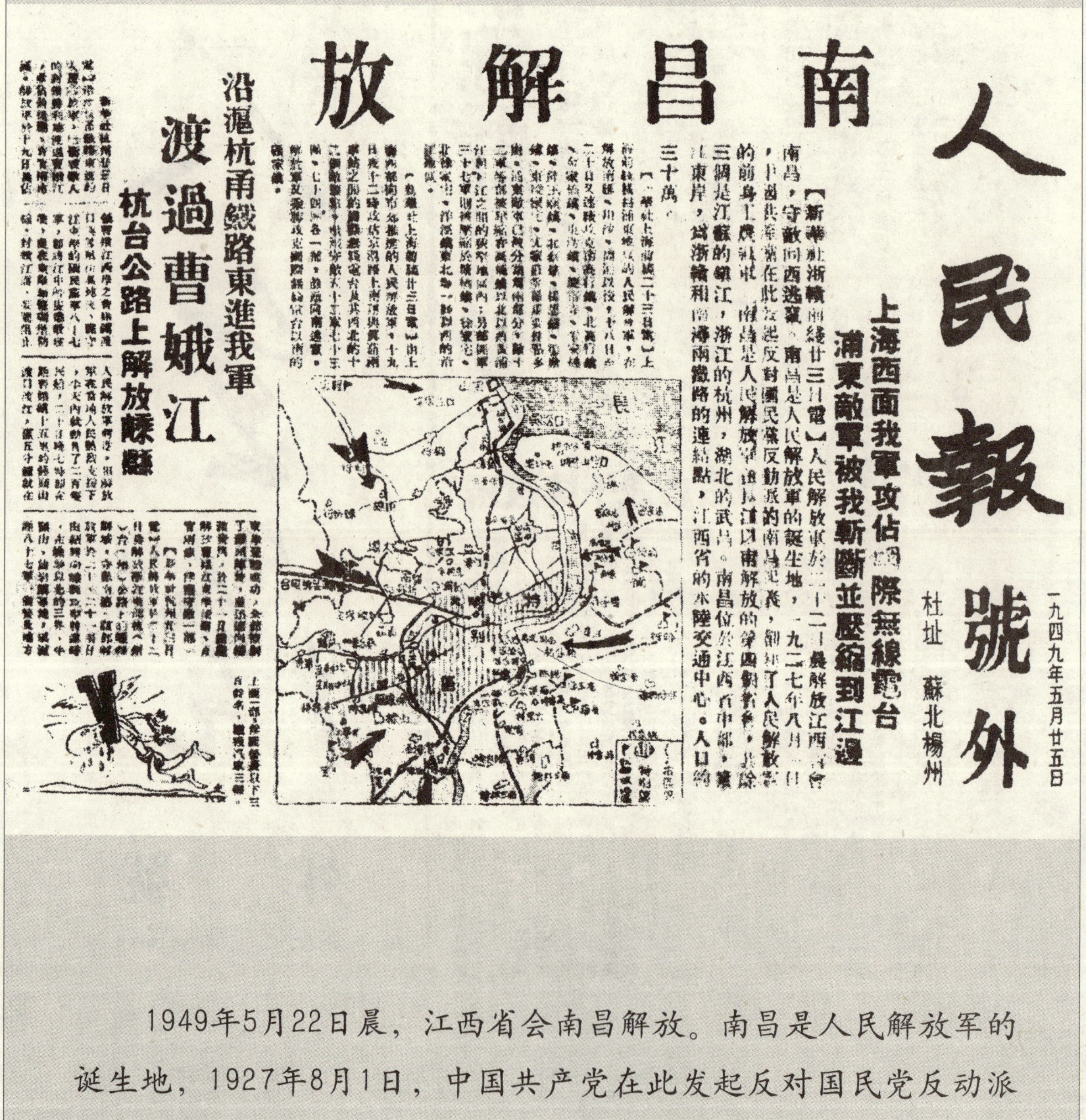

人民報 號外

一九四九年五月廿五日

社址 蘇北楊州

南昌解放

上海西面我軍攻佔國際無綫電台

浦東敵軍被我斬斷並壓縮到江邊

【新華社浙贛前綫廿三日電】人民解放軍於二十二日晨解放江西省會南昌，守敵向西逃竄。南昌是人民解放軍的誕生地，一九二七年八月一日，中國共產黨在此發起反對國民黨反動派的南昌起義，創建了人民解放軍的前身工農紅軍。南昌是人民解放軍渡江以南解放的第四個省會，其餘三個是江蘇的鎮江，浙江的杭州，湖北的武昌。南昌位於江西省中部，贛江東岸，為浙贛和南潯兩鐵路的連結點，江西省的水陸交通中心。人口約三十萬。

沿滬杭甬綫路東進我軍

渡過曹娥江

杭台公路上解放嵊縣

1949年5月22日晨，江西省会南昌解放。南昌是人民解放军的诞生地，1927年8月1日，中国共产党在此发起反对国民党反动派的南昌起义，创建了工农红军。图为1949年5月25日出版的《人民报》号外“南昌解放”。

上海完全解放

蘇州河以北敵四萬人投降

高橋地區擊沉敵艦兩艘

陳毅粟裕任軍管會正副主任

【新華社上海二十七日下午六時電】上海已於今日上午九時完全解放。戰鬥已全部結束。守敵除少數從海上逃走外，其餘或投降或被殲滅。人民解放軍解放大上海之戰，開始於五月十二日夜間。至二十四日黃昏以前，即全部掃清上海外圍敵軍據點，並在浦東及劉行、月浦地區攻入敵軍主要陣地，佔領浦東市區。二十四日夜九時，解放軍對困守市區及吳淞要塞之敵發起總攻，經六十小時戰鬥即粉碎國民黨軍的一切近代化工事陣地，攻佔吳淞要塞，並完全解放這一全中國第一大都市上海。

【新華社上海前線二十七日十三時電】困守蘇州河以北狹小地區的國民黨軍五十一軍、二十一軍、一二三軍殘部及匪淞滬警備司令部人員一部，共約四萬人，在淞滬警備司令部副司令兼五十一軍軍長劉昌義（前軍長王秉鉞已在川沙以北地區戰鬥中被俘）率領下，於二十六日向人民解放軍投降。該投降部隊已按解放軍前線指揮員命令開赴市郊聽候處理中。

【新華社上海前線二十五日電】（遲到）上海前線人民解放軍砲兵，於浦東高橋地區擊沉國民黨海軍軍艦兩艘，並擊傷其五艘。二十三日上午，匪艦十五艘，滿載匪軍竄抵高橋東北向解放軍陣地發砲，解放軍砲兵當予猛烈痛擊，匪艦五艘被擊傷，內有兩艘立刻起火；另有匪艦兩艘被擊沉在海濱浴場附近。其餘匪艦均狼狽逃竄。

【新華社上海二十七日電】中國人民解放軍上海市軍事管制委員會奉中國人民革命軍事委員會令已於本月二十七日宣告成立。陳毅將軍任主任，粟裕將軍任副主任。該會下設軍事、財政經濟、文化教育、公安、政務等五個接管委員會，已開始辦公。

號外

民國三十八年五月二十七日

羣眾日報

1949年5月27日，中国第一大都市——大上海市全部解放。图为1949年5月27日出版的《群众日报》号外“上海完全解放，苏州河以北敌四万人投降，高桥地区击沉敌舰两艘”。

人民日報 號外

中華民國三十八年五月二十八日

大上海市完全解放

【新華社上海廿七日下午十八點電】上海已於今日上午九時完全解放。戰鬥已全部結束。守敵除少數從海上逃走外，其餘或投降或被殲滅。人民解放軍解放大上海之戰，開始於五月十二日夜間至二十四日黃昏以前，即全部掃清上海外圍敵軍據點，並在浦東及劉行月浦地區攻入敵軍主要陣地，佔領浦東市區。二十四日夜九時，解放軍對困守市區及吳淞要塞之敵發起總攻，經六十小時戰鬥即粉碎國民黨軍的一切近代化工事陣地，攻佔吳淞要塞，並完全解放這一全中國第一大都市上海。

【新華社上海前線廿五日電】（遲到）上海前線人民解放軍砲兵，於浦東高橋地區擊沉國民黨海軍軍艦兩艘，並擊傷其五艘。二十三日上午，匪艦十五艘，滿載匪軍竄抵高橋東北向解放軍陣地發砲，解放軍砲兵當予猛烈痛擊，匪艦五艘被擊傷，內有兩艘立刻起火，另有匪艦兩艘被擊沉在海濱浴場附近。其餘匪艦均狼狽逃竄。

《人民日报》是中共旅大区委员会机关报。1949年5月26日，该报出版号外“上海主要市区解放，浦东大部解放，沪西我占虹桥机场”。5月27日，上海完全解放。图为1949年5月28日《人民日报》出版的号外“大上海市完全解放”。

鞍山

工人生活報

號外

中華民國三十八年五月二十八日

中國第一大都市

上海市全部解放

陳毅粟裕分任軍管會正副主任

【新華社上海廿七日下午十八時電】上海已於今日上午九時完全解放，戰鬪已全部結束。守敵除少數從海上逃走外，其餘或投降或被殲滅。

【又電】困守蘇州河以北地區匪軍約四萬人，已在僞淞滬警備司令部副司令劉昌義率領下，向我軍投降。

【又電】人民解放軍上海市軍管會已於廿七日成立，陳毅、粟裕兩將軍分任正副主任。

《鞍山工人生活报》是中共鞍山市委机关报。图为1949年5月28日出版的《鞍山工人生活报》号外“中国第一大都市——上海市全部解放，陈毅、粟裕分任军管会正副主任”。

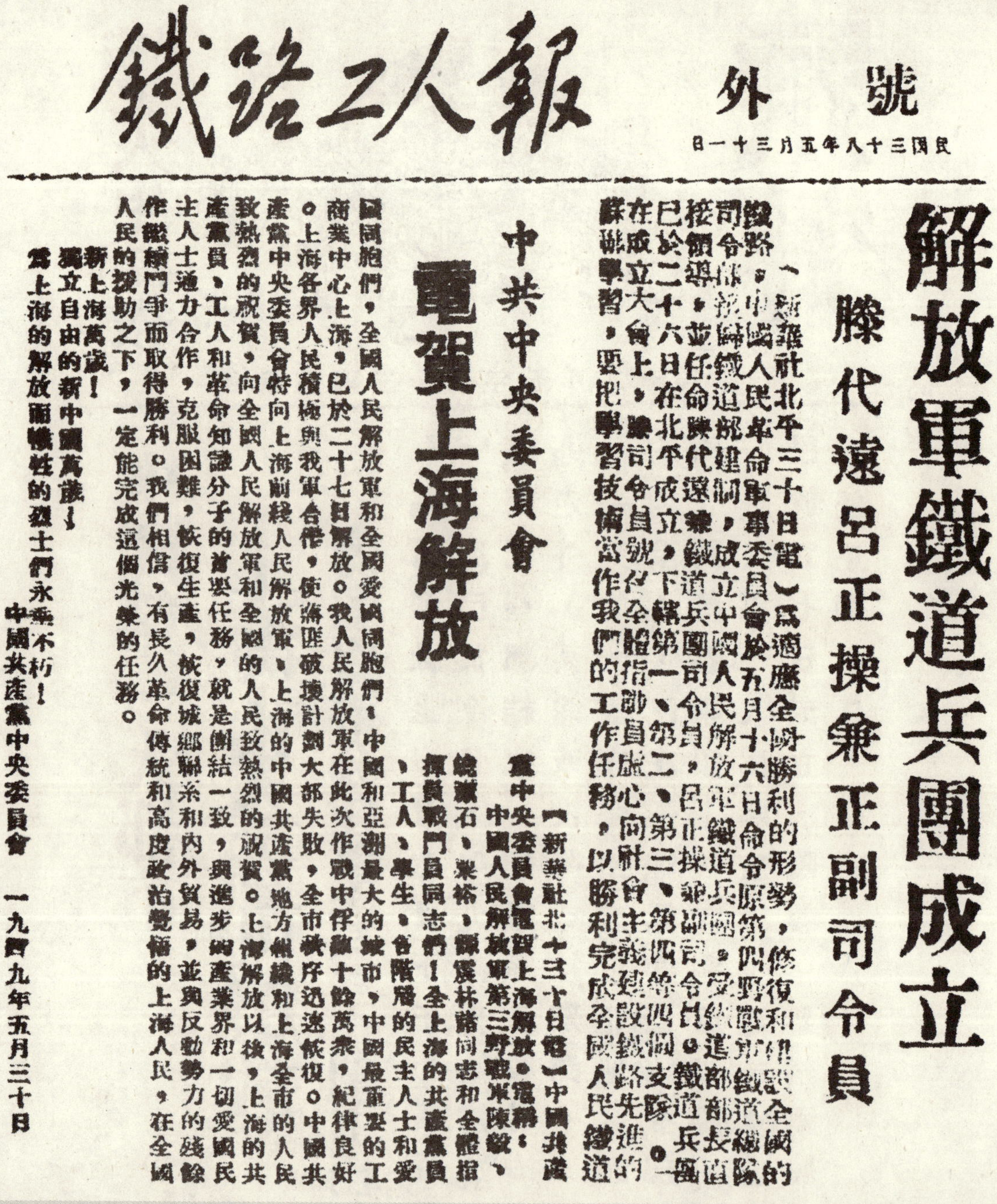

鐵路工人報　號外

民國三十八年五月三十一日

解放軍鐵道兵團成立

滕代遠呂正操兼正副司令員

【新華社北平三十日電】爲適應全國勝利的形勢，修復和保護全國的鐵路，中國人民革命軍事委員會於五月十六日命令原第四野戰軍鐵道縱隊司令部，撥歸鐵道部建制，成立中國人民解放軍鐵道兵團。受鐵道部部長直接領導，並任命滕代遠兼鐵道兵團司令員，呂正操兼副司令員。鐵道兵團已於二十六日在北平成立，下轄第一、第二、第三、第四等四個支隊。在成立大會上，滕司令員號召全體指戰員虛心向社會主義建設鐵路先進的蘇聯學習，要把學習技術當作我們的工作任務，以勝利完成全國人民鐵道

中共中央委員會

電賀上海解放

【新華社北平三十日電】中國共產黨中央委員會電賀上海解放。電稱：

中國人民解放軍第三野戰軍陳毅、饒漱石、粟裕、譚震林諸同志和全體指揮員戰鬥員同志們！全上海的共產黨員、工人、學生、各階層的民主人士和愛國同胞們，全國人民解放軍和全國愛國同胞們：中國和亞洲最大的城市，中國最重要的工商業中心上海，已於二十七日解放。我人民解放軍在此次作戰中俘敵十餘萬衆，紀律良好。上海各界人民積極與我軍合作，使蔣匪破壞計劃大部失敗，全市秩序迅速恢復。中國共產黨中央委員會特向上海前綫人民解放軍、上海的中國共產黨地方組織和上海全市的人民致熱烈的祝賀，向全國人民解放軍和全國的人民致熱烈的祝賀。上海解放以後，上海的共產黨員、工人和革命知識分子的首要任務，就是團結一致，與進步的產業界和一切愛國民主人士通力合作，克服困難，恢復生產，恢復城鄉聯系和內外貿易，並與反動勢力的殘餘作繼續鬥爭而取得勝利。我們相信，有長久革命傳統和高度政治覺悟的上海人民，在全國人民的援助之下，一定能完成這個光榮的任務。

新上海萬歲！

獨立自由的新中國萬歲！

爲上海的解放而犧牲的烈士們永垂不朽！

中國共產黨中央委員會　一九四九年五月三十日

中国人民革命军事委员会于1949年5月10日发布命令，成立中国人民解放军铁道兵团，滕代远、吕正操兼正副司令员。图为1949年5月31日出版的《铁路工人报》号外“解放军铁道兵团成立”。

新晚報

號外　一九四九年六月三日

天津證券交易所昨開幕

開拍股票暫定爲灤礦等五種

其他公司股票亦得申請上場

【本報訊】天津證券交易所已於昨日正式開幕。因爲經紀人在手續和賬目上的準備不及，今日尚不能正式開拍。關於開盤收盤時間，開盤收盤價格，升降限度及入場秩序等，該所業已對各經紀人公告通知。預定每日祇開前市，自上午九時起至十一時四十分止。計二小時又四十分鐘。共開三盤。升降限度不得超過標準百分之二十。除第一日以開盤第一個價格爲標準，第二日即以第一日收盤價格爲標準。嚴禁故意抬高或抑低場價。交易以競爭方式進行。每一經紀人可派代理人一人及交易員一人入場。經紀人入場須帶證章，否則禁止入內。上場股票暫准啓新洋灰、灤州礦務、東亞企業、仁立實業及耀華玻璃五種。其他公司如願以其股票上場交易者，可由六月六日起至證券交易所照章辦理申請手續。

天津市使用牌照稅

按照小米市價改訂稅率

【本報訊】關於本市使用牌照稅稅率，前由稅務局暫按過去稅率，以當時小米價格每斤十四元折合人民券徵收。現因物價關係，原定稅率不合現況，改爲參照本市市場最近小米批發價格（五十二元），仍按原定斤數予以調整。並規定自六月一日起實行。茲將使用牌照稅捐類與徵收數額（包括現定稅率及牌照工本）列後：

種類	徵稅額
營業載貨汽車	六九〇〇元
自用載貨汽車	五一五〇元
營業乘人大汽車	六九〇〇元
自用乘人大汽車	五一五〇元
營業乘人小汽車	四三〇〇元
自用乘人小汽車	三二五〇元
營業機器腳踏車	一七〇〇元
自用機器腳踏車	一三〇〇元
營業三輪車	四一〇元
自用三輪車	三三〇元
營業人力車	二六〇元
自用人力車	二二〇元
地車	三〇〇元
手車	二六〇元
糞水車	二六〇元
腳踏車	二五〇元
大車	九四〇元
馬車	七四〇元
機器行駛船	一〇〇元
人力行駛船	九九〇元

（白文第、尹調松）

1949年6月3日，天津证券交易所正式开业。天津证券交易所开拍股票暂定为滦矿等5种，其他公司股票亦可申请上场。图为1949年6月3日出版的《新晚报》号外“天津证券交易所昨开幕”。《新晚报》在天津出版。

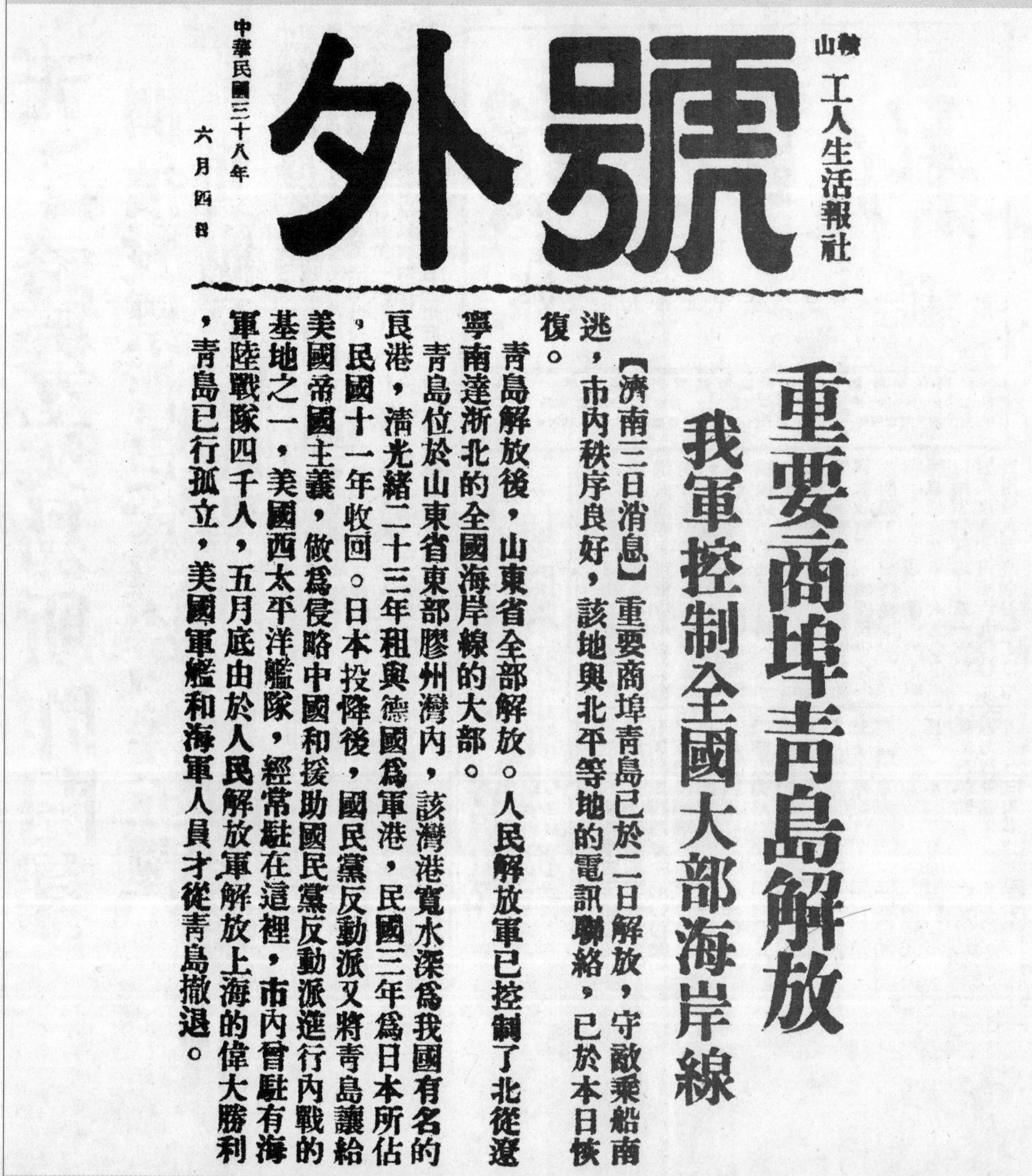

鞍山 工人生活報社

號外

中華民國三十八年 六月四日

重要商埠青島解放

我軍控制全國大部海岸線

【濟南三日消息】重要商埠青島已於二日解放，守敵乘船南逃，市內秩序良好，該地與北平等地的電訊聯絡，已於本日恢復。

青島解放後，山東省全部解放。人民解放軍已控制了北從遼寧南達浙北的全國海岸線的大部。

青島位於山東省東部膠州灣內，該灣港寬水深為我國有名的良港，清光緒二十三年租與德國為軍港，民國三年為日本所佔，民國十一年收回。日本投降後，國民黨反動派又將青島讓給美國帝國主義，做為侵略中國和援助國民黨反動派進行內戰的基地之一，美國西太平洋艦隊，經常駐在這裡，市內曾駐有海軍陸戰隊四千人，五月底由於人民解放軍解放上海的偉大勝利，青島已行孤立，美國軍艦和海軍人員才從青島撤退。

1949年6月2日，我人民解放军解放青岛，守敌乘船南逃。图为1949年6月4日出版的《鞍山工人生活报》号外“重要商埠青岛解放”。

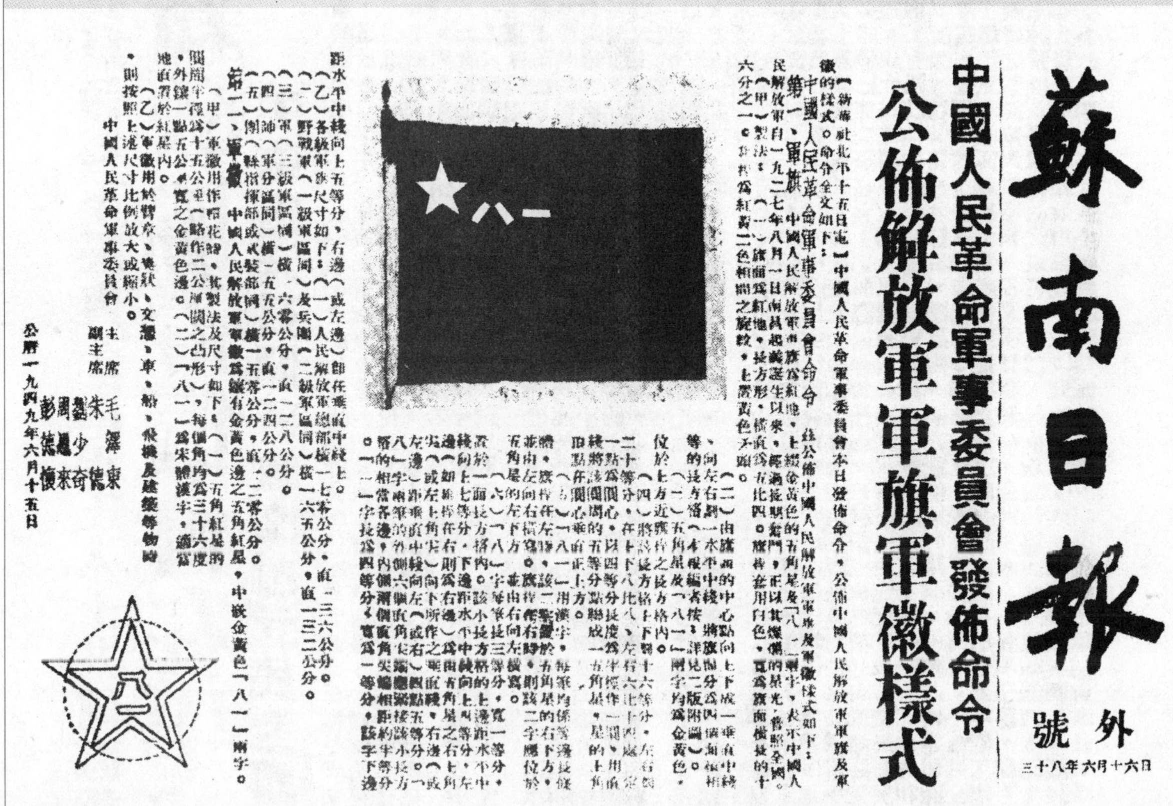

蘇南日報

號外

三十八年六月十六日

中國人民革命軍事委員會發佈命令

公佈解放軍軍旗軍徽樣式

【新華社北平十五日電】中國人民革命軍事委員會本日發佈命令，公佈中國人民解放軍軍旗及軍徽的樣式。命令全文如下：

中國人民革命軍事委員會命令　茲公佈中國人民解放軍軍旗及軍徽樣式如下：

第一、軍旗　中國人民解放軍軍旗為紅地，上綴金黃色的五角星及「八一」兩字，表示中國人民解放軍自一九二七年八月一日南昌起義誕生以來，經過長期奮鬥，正以其燦爛的星光，普照全國。

（甲）製法：（一）旗面為紅地，長方形，橫直為五比四。旗桿套用白色，寬為旗面橫長的十六分之一。（一）旗桿為紅黃二色相間之旋紋，上端黃色矛頭。

（二）由旗面的中心點向上下成一垂直中綫、向左右劃一水平中綫，將旗面分為四個相等的長方格（本報編者按：詳見二版附圖）。五角星及「八一」兩字均為金黃色，位於左上方近旗桿之長方格內。[illegible]

距水平中綫向上五等分，右邊（或左邊）即在垂直中綫上。

（乙）各級軍旗尺寸如下：（一）人民解放軍總部橫一七零公分，直一三六公分。（二）野戰軍（一級軍區同）及兵團（二級軍區同）橫一六五公分，直一三二公分。（三）軍（三級軍區同）橫一六零公分，直一二八公分。（四）師（軍分區同）橫一五五公分，直一二四公分。（五）團（縱指揮部或武裝部同）橫一五零公分，直一二零公分。

第二、軍徽　中國人民解放軍軍徽為鑲有金黃色邊之五角紅星，中嵌金黃色「八一」兩字。

（甲）軍徽用作帽花時，其製法及尺寸如下：（一）五角紅星的外接圓半徑為十五公厘（略作二公厘闊之凸形），每個角均為三十六度，外鑲一點五公厘寬之金黃色邊。（二）「八一」為宋體漢字，適當地直置於紅星內。

（乙）軍徽用於臂章、獎狀、文憑、車、船、飛機及建築等物時，則按照上述尺寸比例放大或縮小。

中國人民革命軍事委員會

主席　毛澤東

副主席　朱德　劉少奇　周恩來　彭德懷

公曆一九四九年六月十五日

1949年6月15日，中国人民革命军事委员会主席毛泽东发布命令，公布解放军军旗军徽样式。图为1949年6月16日出版的《苏南日报》号外“中国人民革命军事委员会发布命令，公布解放军军旗军徽样式”。

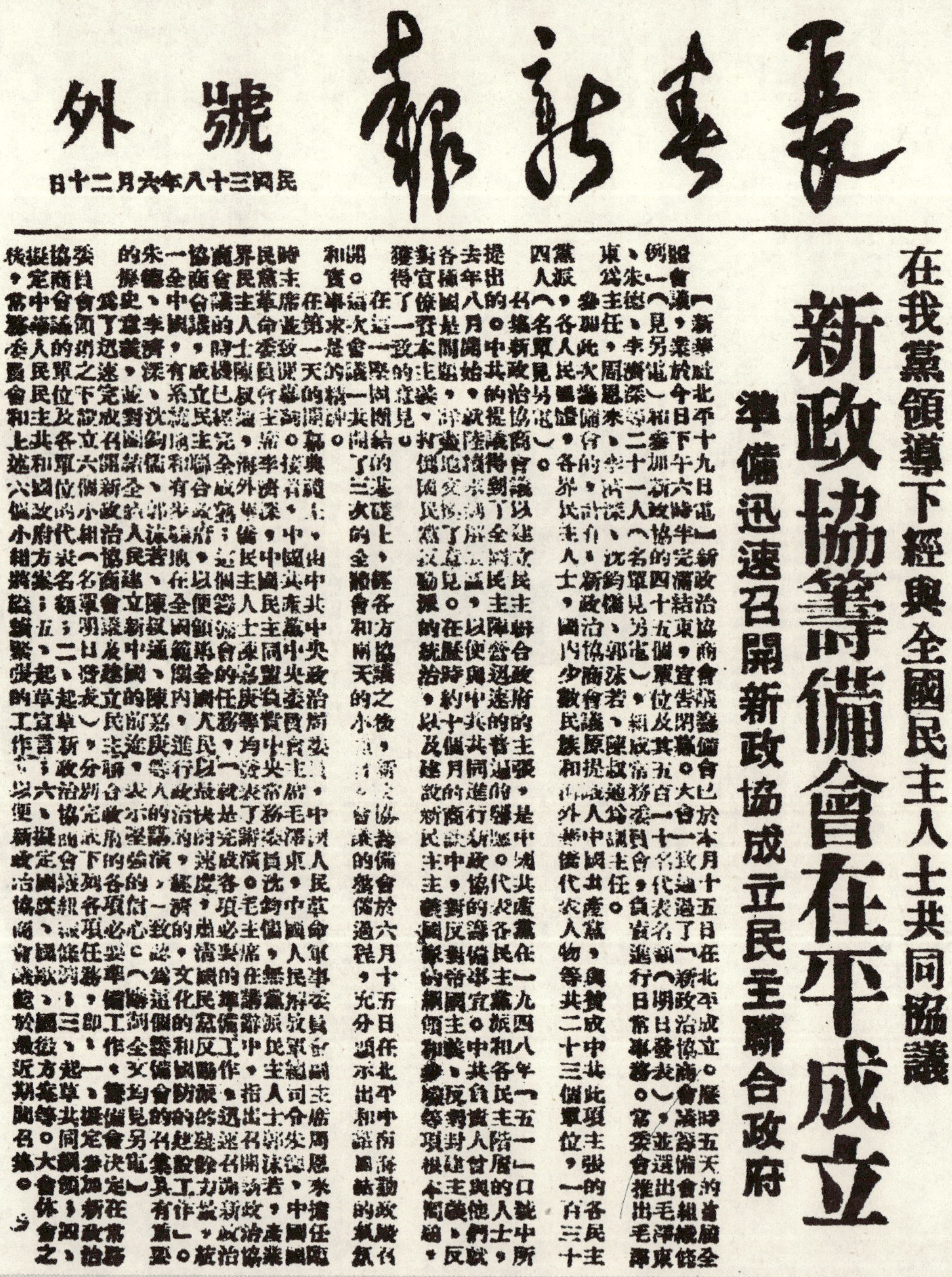
長春新報　號外
民國三十八年六月二十日

在我黨領導下經與全國民主人士共同協議
新政協籌備會在平成立
準備迅速召開新政協成立民主聯合政府

1949年6月15日，新政治协商会议筹备会在北平成立，准备迅速召开新政协，成立民主联合政府。图为1949年6月20日出版的《长春新报》号外。

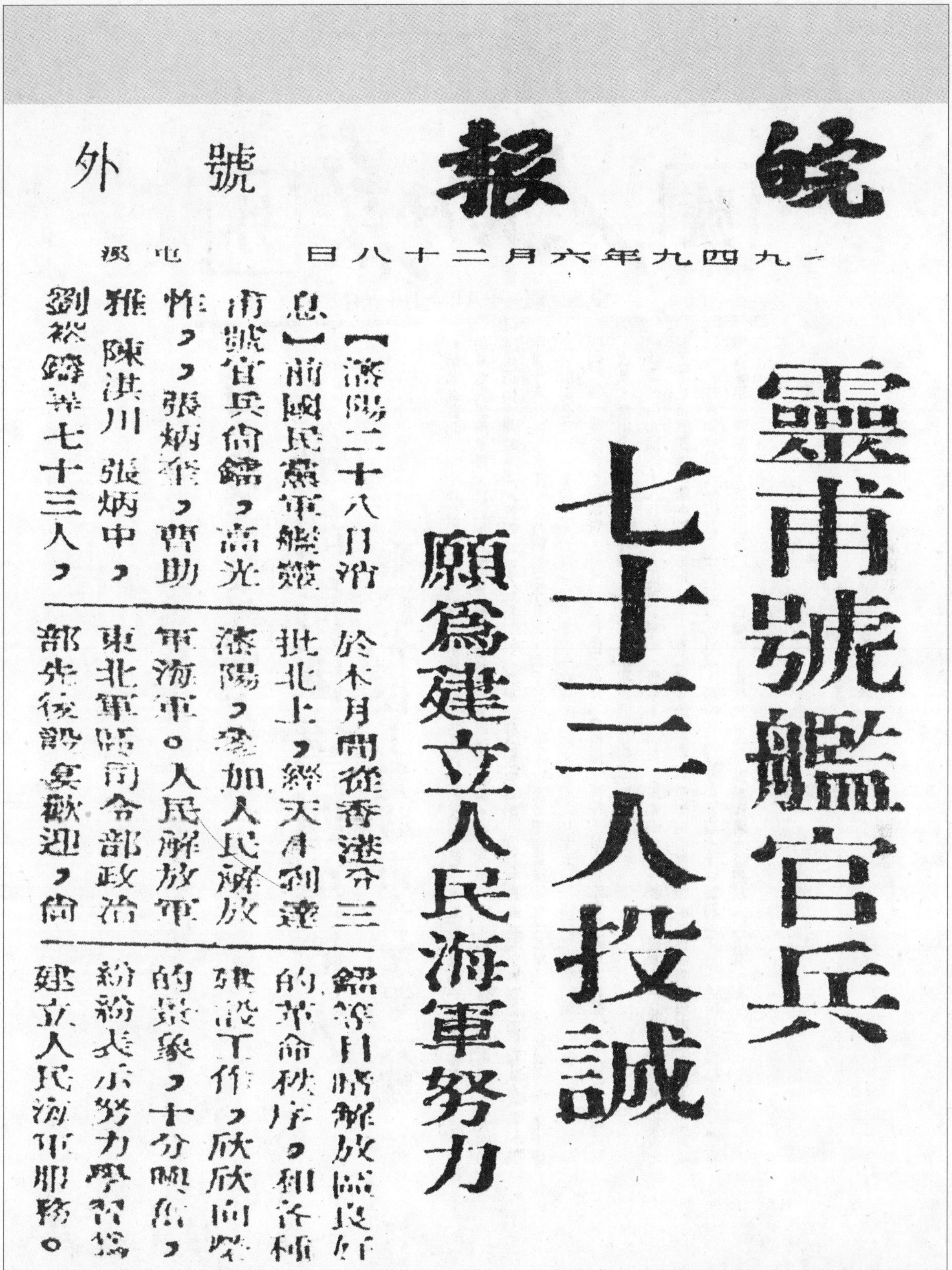

皖報

號外

一九四九年六月二十八日 屯溪

靈甫號艦官兵七十三人投誠

願爲建立人民海軍努力

【瀋陽二十八日消息】前國民黨軍艦靈甫號官兵尙鎔，高光佑，張炳堯，曹助雅，陳洪川，張炳中，劉松鋒等七十三人，於本月間從香港分三批北上，經天津到達瀋陽，參加人民解放軍海軍。人民解放軍東北軍區司令部政治部先後設宴歡迎，尙鎔等目睹解放區良好的革命秩序，和各種建設工作，欣欣向榮的景象，十分興奮，紛紛表示努力學習爲建立人民海軍服務。

图为1949年6月28日出版的《皖报》号外“灵甫号舰官兵七十三人投诚，愿为建立人民海军努力”。

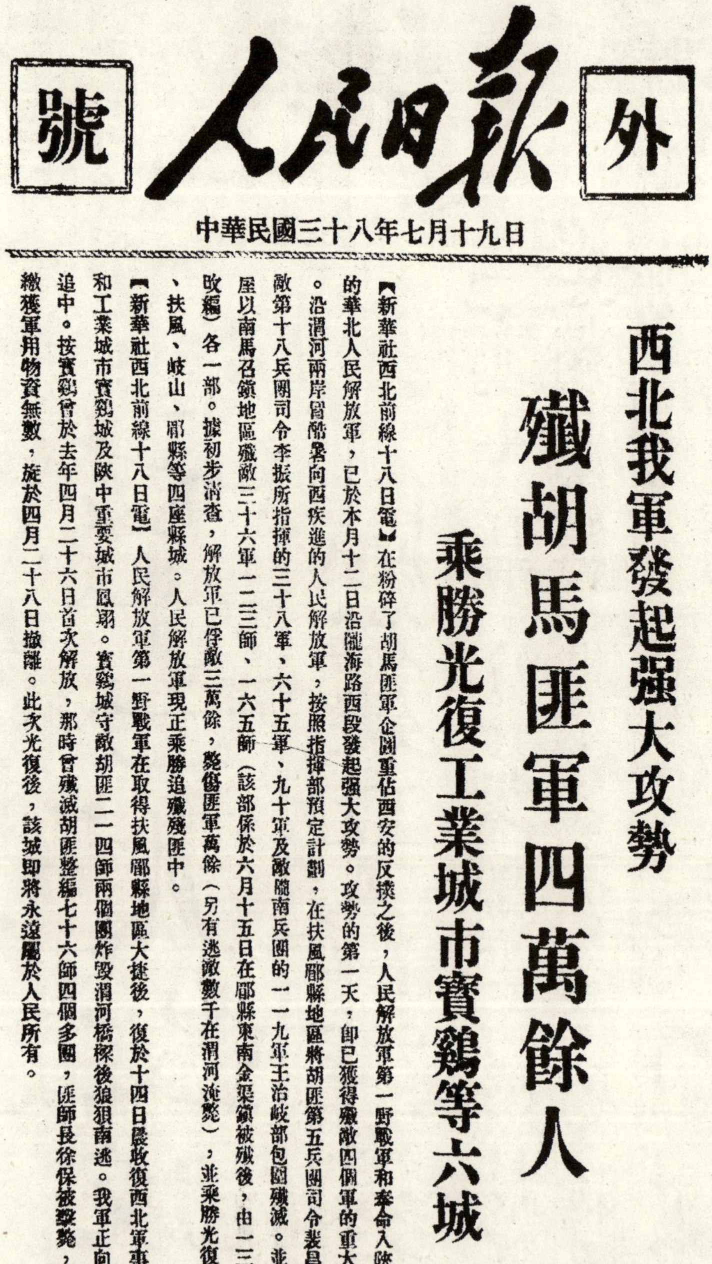

號 人民日報 外

中華民國三十八年七月十九日

西北我軍發起强大攻勢
殲胡馬匪軍四萬餘人
乘勝光復工業城市寶鷄等六城

【新華社西北前線十八日電】在粉碎了胡馬匪軍企圖重佔西安的反撲之後，人民解放軍第一野戰軍和奉命入陝作戰的華北人民解放軍，已於本月十二日沿隴海路西段發起強大攻勢。攻勢的第一天，即已獲得殲敵四個軍的重大勝利。沿渭河兩岸冒酷暑向西疾進的人民解放軍，按照指揮部預定計劃，在扶風郿縣地區將胡匪第五兵團司令裴昌旭及敵第十八兵團司令李振所指揮的三十八軍、六十五軍、九十軍及敵隴南兵團的一一九軍王治岐部包圍殲滅。並在盩屋以南馬召鎮地區殲敵三十六軍一二三師、一六五師（該部係於六月十五日在郿縣東南金渠鎮被殲後，由一三五師改編）各一部。據初步清查，解放軍已俘敵三萬餘，斃傷匪軍萬餘（另有逃敵數千在渭河淹斃），並乘勝光復武功、扶風、岐山、郿縣等四座縣城。人民解放軍現正乘勝追殲殘匪中。

【新華社西北前線十八日電】人民解放軍第一野戰軍在取得扶風郿縣地區大捷後，復於十四日晨收復西北軍事重地和工業城市寶鷄城及陝中重要城市鳳翔。寶鷄城守敵胡匪二一四師兩個團炸毁渭河橋樑後狼狽南逃。我軍正向南猛追中。按寶鷄曾於去年四月二十六日首次解放，那時曾殲滅胡匪整編七十六師四個多團，匪師長徐保被擊斃，我軍繳獲軍用物資無數，旋於四月二十八日撤離。此次光復後，該城即將永遠屬於人民所有。

在粉碎了胡马匪军企图重占西安的反扑之后，人民解放军第一野战军与奉命入陕作战的华北人民解放军，沿陇海路西段发起强大攻势，歼灭胡马匪军四万余人，乘胜收复工业城市宝鸡等六城。图为1949年7月19日出版的《人民日报》号外。

冀魯豫日報

號外 中華民國三十八年七月廿四日

湘北門戶洞開 我軍解放岳陽

福建中部解放尤溪城

宜沙戰役殲敵五千餘

〔北平新華電台廣播〕華中前綫廿三日電：沿粵漢路向南挺進的人民解放軍第四野戰軍一部，廿日佔領湖南北部的門戶岳陽城，全城人民興高若狂，到處人山人海，熱烈歡迎強大的人民解放軍。岳陽解放以後城內秩序良好，商店照常營業，岳陽在洞庭湖東北，湖水經此和長江相通，為洞庭湖一帶茶米的集散地，該城面對君山，形勢險要，據湘北要衝，為歷代戰爭必爭之地。

〔又息〕閩中前綫廿三日電到消息：浙一路進的人民解放軍，本月五日解放福建中部的尤溪縣城，守敵為尤溪縣地方團隊一百二十多人，向人民解放軍繳械投降，解放軍繳獲長短槍六百多枝，子彈三十萬發。

〔新華社漢口廿三日電〕人民解放軍第四野戰軍司令部頃發表作戰公報，公佈宜沙戰役中共殲敵五千七百餘人，攻克宜昌、沙市等六城，並於當陽宜昌間，突破敵長江防綫。

1949年7月20日，沿粤汉铁路向南挺进的第四野战军一部，解放湖南北部门户岳阳城。图为1949年7月24日出版的《冀鲁豫日报》号外。

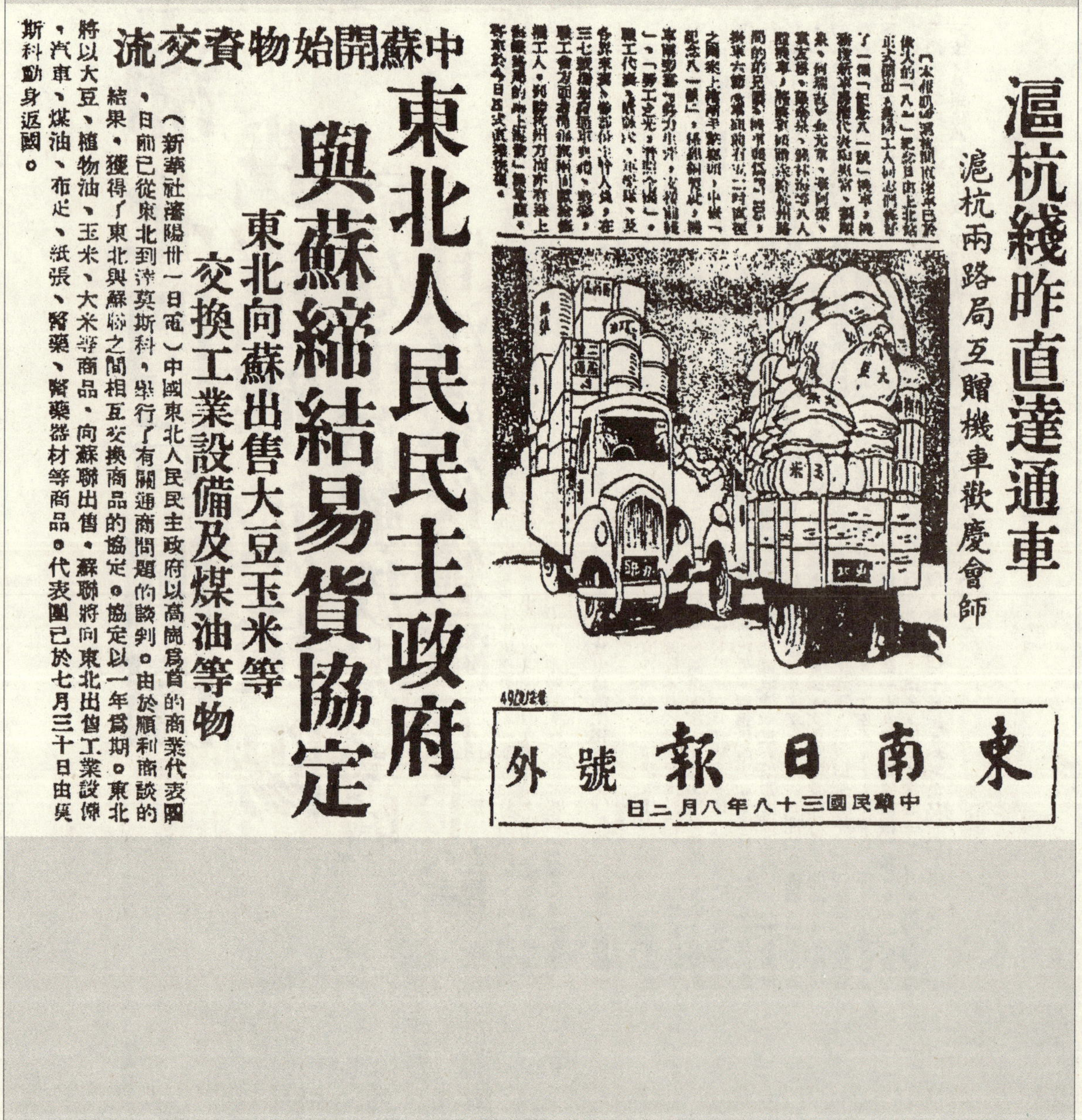

東南日報 號外

中華民國三十八年八月二日

滬杭綫昨直達通車

滬杭兩路局互贈機車歡慶會師

東北人民民主政府與蘇締結易貨協定

東北向蘇出售大豆玉米等 交換工業設備及煤油等物

中蘇開始物資交流

（新華社瀋陽卅一日電）中國東北人民民主政府以高崗爲首的商業代表團，日前已從東北到達莫斯科，舉行了有關通商問題的談判。由於順利商談的結果，獲得了東北與蘇聯之間相互交換商品的協定。協定以一年爲期。東北將以大豆、植物油、玉米、大米等商品，向蘇聯出售。蘇聯將向東北出售工業設備、汽車、煤油、布疋、紙張、醫藥、醫藥器材等商品。代表團已於七月三十日由莫斯科動身返國。

1949年8月2日出版的《东南日报》号外，报道沪杭线8月1日直达通车；东北人民政府与苏联缔结易货协定，开始物资交流。

濱湖日報 號外

一九四九年八月六日

程潛陳明仁接受和平條件
我大軍開入長沙
僞湘鄂贛邊區司令傅正模就擒
全市白匪殘留特務也一網打盡

（北平新華電台廣播）漢口五日消息：前國民黨湖南省政府主席程潛將軍和前國民黨軍第一兵團司令陳明仁將軍，接受國內和平協定，率部舉行起義，宣佈脫離蔣介石、李宗仁反動集團，接受中國共產黨領導。人民解放軍乃解放湖南省會—長沙城。人民解放軍第四野戰軍司令員林彪爲執行毛主席朱總司令的進軍命令，和平解決湖南問題，曾在七月二十二日，派金明、唐天際、袁任遠、解沛然、李明灝等五代表赴平江，和程潛將軍的代表舉行談判，李明灝將軍並親赴長沙和程潛、陳明仁洽商。程陳兩將軍對四月十五日中共代表團與南京政府代表團所商定的國內和平協定八條廿四款，表示誠意接受。程陳兩將軍並將湘鄂贛邊區綏靖司令傅正模，以及白匪崇禧留置長沙的所有特務匪徒逮捕，率領所部於四日在長沙舉行起義，迎接解放軍入城。人民解放軍當即在長沙市民殷切希望和熱烈歡迎下，開入長沙。

【北平新華電台廣播】西北前線五日消息：沿西蘭公路挺進猛追逃敵的人民解放軍，本月四日解放天水西北的秦安和天水以北的莊浪兩座縣城。

程潜和陈明仁将军接受和平条件，人民解放军和平解放湖南省会长沙城。图为1949年8月6日出版的《滨湖日报》号外“我大军开入长沙”。

新華日報

號外

一九四九年八月十九日

與台灣隔海相望
我軍解放福州
甘肅我軍又下六城
衡陽以東解放茶陵

（本報訊）中國人民解放軍第三野戰軍司令部宣佈：人民解放軍已全部解放福建省會福州。十七日晨，解放軍精銳部隊攻入該市，十二時全市宣告解放，守敵大部就殲。按福州爲東南沿海重要據點，據閩江下游北岸，臨江枕山，形勢雄勝，商業繁盛，以茶、木材、紙類爲大宗。人口三十二萬。距台灣北部淡水港僅一百二十八海里。

（本報訊）爲積極支援人民解放軍解放全福建，閩北十五縣中共黨委及人民民主政府在中共福建省委領導下，特於七月中旬舉行支前會議，動員全體人民爲支援解放福建而努力。當地解放軍亦同時決定由所屬各部抽出大批幹部配合籌糧工作。又因匪軍潰逃時曾拉走大批船隻，民力缺之，故採用下列辦法協助人民運輸：㈠由每師抽出二百匹牲口投入運輸，㈡必要時發動部隊自備，並實行機關給連隊指，先到的給後到的指，駐軍給過境部隊指。并號召全軍加強與地方黨政同志的團結，密切配合地方工作，虛心了解情況，克服語言隔閡等困難，反高度愛護人民利益，嚴格執行糧食的統一籌支制度，反對本位主義。對已集中之糧食則應注意保管，防止霉爛及特務破壞與堅決反對浪費行爲。現福建人民正以積極行動支援解放軍。

1949年8月17日，福建省会福州解放。图为1949年8月19日出版的《新华日报》号外“与台湾隔海相望，我军解放福州”。

鞍山工人生活報社

號外

中華民國三十八年八月二十八日

西北前線我軍大捷
攻克甘肅省會蘭州

【西北前線二十七號消息】人民解放軍在二十六號早晨五點半鐘攻克甘肅省省會—蘭州；並且控制了蘭州以北的黃河鐵橋，至此蘭州已經獲得解放。另外一部解放軍二十三號佔領蘭州西南黃河南岸的永靖縣城。

1949年8月2日，人民解放军攻克甘肃省会兰州。图为1949年8月28日出版的《鞍山工人生活报》号外“西北前线我军大捷，攻克甘肃省会兰州”。

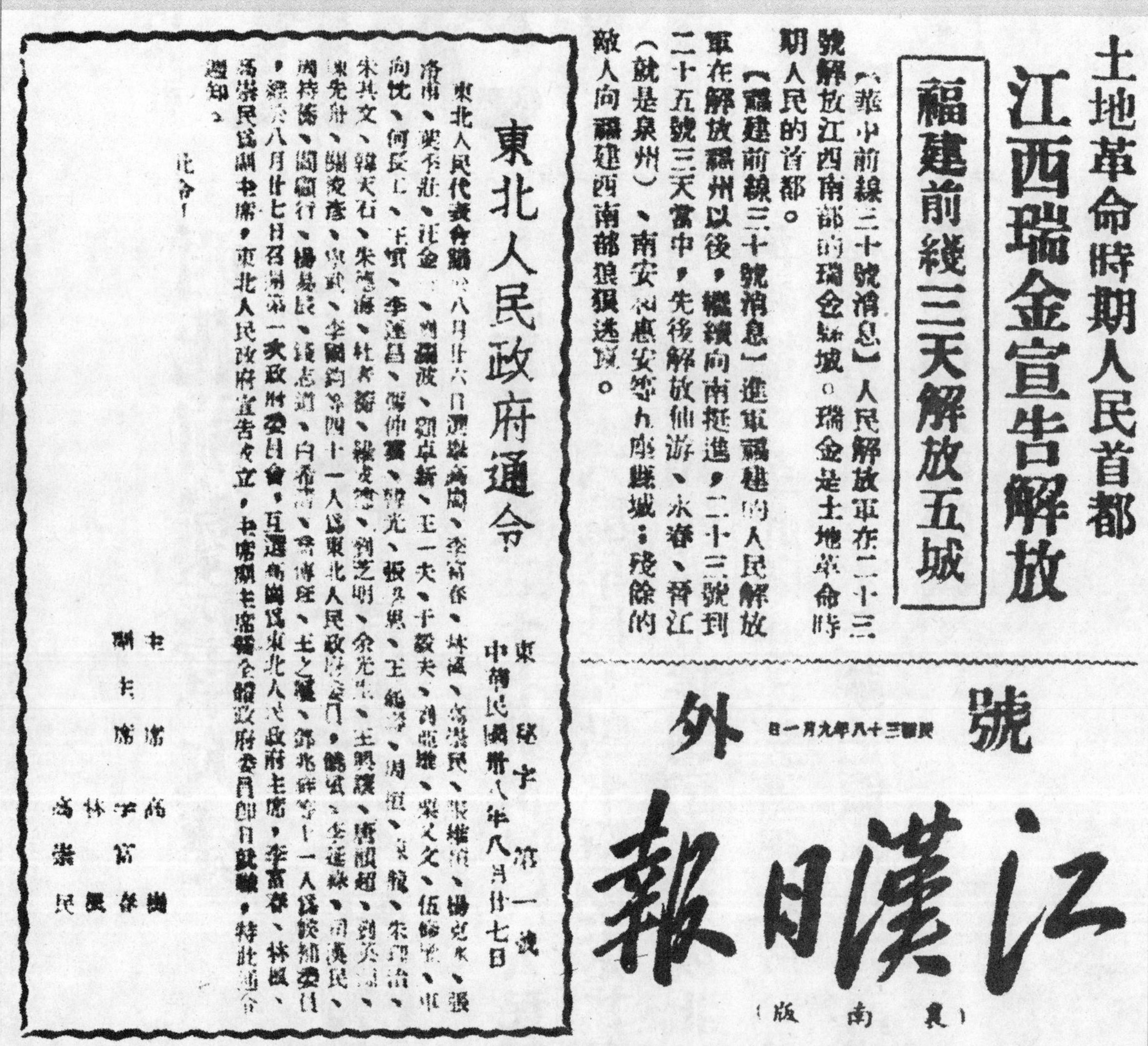

土地革命時期人民首都

江西瑞金宣告解放

福建前綫三天解放五城

〔華中前線三十號消息〕人民解放軍在二十三號解放江西南部的瑞金縣城。瑞金是土地革命時期人民的首都。

〔福建前線三十號消息〕進軍福建的人民解放軍在解放福州以後，繼續向南挺進，二十三號到二十五號三天當中，先後解放仙游、永春、晉江（就是泉州）、南安和惠安等九座縣城；殘餘的敵人向福建西南部狼狽逃竄。

東北人民政府通令

東秘字第一號

中華民國卅八年八月廿七日

東北人民代表會議於八月廿六日選舉高崗、李富春、林楓、高崇民、張維楨、楊克冰、張洛甫、粟又文、汪金祥、劉瀾波、劉卓新、王一夫、于毅夫、劉亞樓、栗又文、伍修權、車向忱、何長工、王鐸、李運昌、馮仲雲、韓光、張學思、王鶴壽、周桓、呂東、朱理治、朱其文、韓天石、朱德海、杜者蘅、劉芝明、余光生、王興讓、唐韻超、劉英源、陳先舟、關夢覺、吳武、李國鈞等四十一人為東北人民政府委員，閻寶航、闕殿行、楊易辰、錢志道、白希清、齊傳琛、王之平、鄧兆祥等十一人為候補委員，經於八月廿七日召開第一次政府委員會，互選高崗為東北人民政府主席，李富春、林楓、高崇民為副主席，東北人民政府宣告成立，主席副主席暨全體政府委員即日就職，特此通令週知。

此令！

主席 高崗

副主席 李富春 林楓 高崇民

號外 民國三十八年九月一日

江漢日報

（襄南版）

1949年8月23日，井冈山土地革命时期人民首都——江西省瑞金宣告解放。图为1949年9月1日出版的《江汉日报》（襄南版）号外“江西瑞金宣告解放”。

解放青海省會西寧

各族人民派代表出城遠道歡迎我軍

【西北前線七日消息】人民解放軍在五號中午解放青海省會西寧城。青馬匪軍精銳主力在蘭州戰役中受到殲滅性的打擊之後，該部殘匪便向西北方向狼狽逃竄。西寧解放的時候，該城各族人民會派遣代表遠道出城歡迎解放軍。在此以前，解放軍於解放蘭州後，乘勝渡過黃河向西掃蕩，勢如破竹；向甘肅走廊追擊敵人的解放軍，三號下午攻佔永登縣城。進入青海省境的解放軍，從二號到五號連續打下民和、化隆、循化三座縣城。樂都縣國民黨自衛團團長在五號早晨率部向解放軍接洽投誠。

在北平的藏族人民

痛斥美英帝國主義侵略我國西藏陰謀

【北平六日消息】在北平的藏族人民四號開會，表示堅決反對英、美帝國主義及其追隨者印度尼赫魯政府侵略西藏的陰謀。藏民代表多杰台且在會上傳達北平各界代表會決議時說道：我們應當把千百萬受苦受難的同胞從火坑裡拯救出來，最近英、美帝國主義想把我們西藏同胞變成殖民地牛馬，但是，今天中國人民的力量是無比強大了，那一個帝國主義敢與中國人民作對，它就非碰得頭破血流不可。北平蒙藏學校教職員、學生在四號和五號也召開了座談會，痛斥英、美帝國主義侵略西藏的陰謀。大家表示：藏族人民必須和國內各民族團結一致，在中國共產黨領導下，爲人民祖國的完全解放鬥爭到底！

蘇北日報 號外

民國三十八年九月七日

1949年9月5日，人民解放军解放青海省会西宁，各族人民派代表出城远道欢迎解放军。图为1949年9月7日出版的《苏北日报》号外“解放青海省会西宁”。

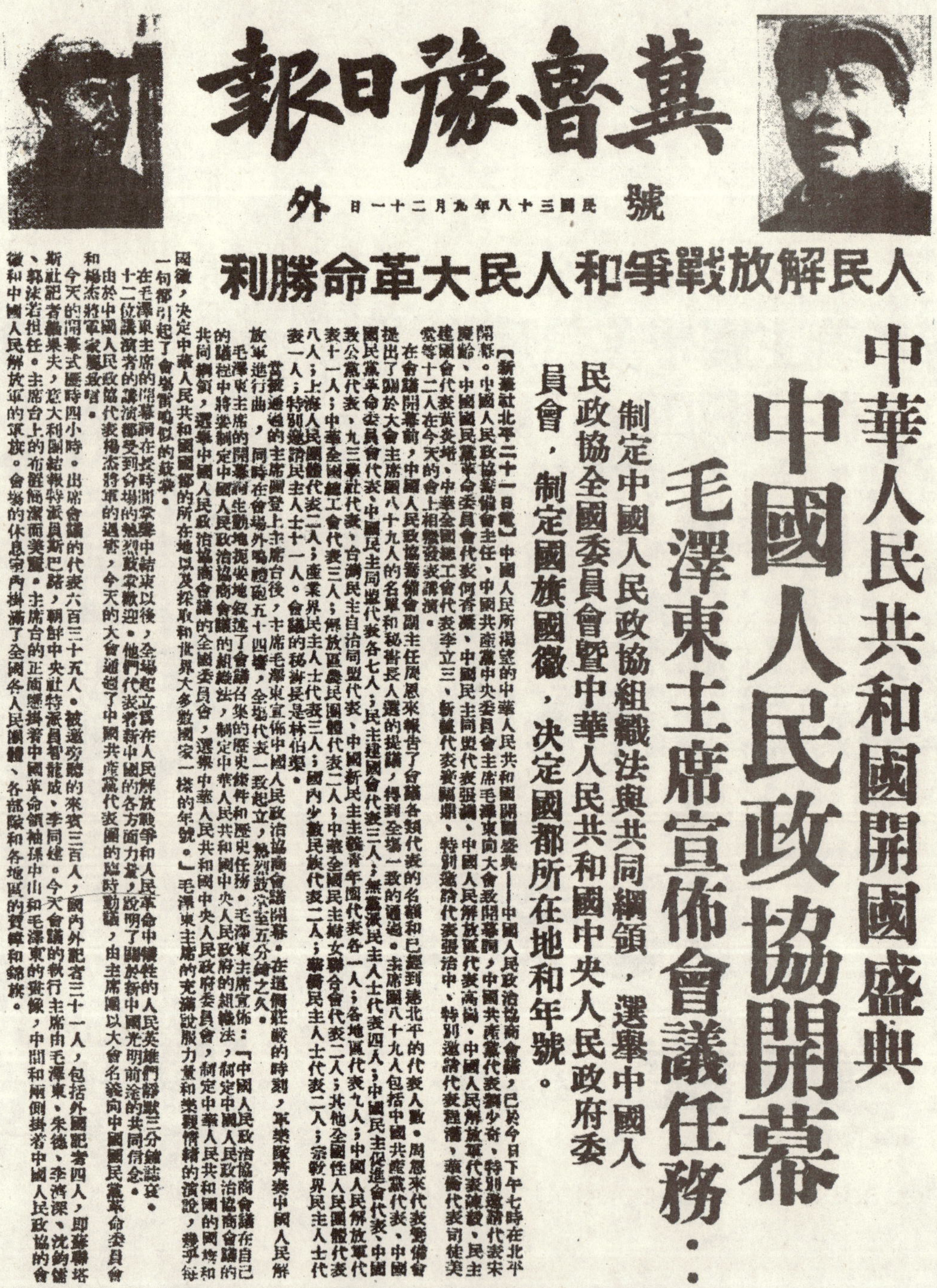

冀魯豫日報

號外　中華民國三十八年九月二十一日

人民解放戰爭和人民大革命勝利

中華人民共和國開國盛典

中國人民政協開幕

毛澤東主席宣佈會議任務：

制定中國人民政協組織法與共同綱領，選舉中國人民政協全國委員會暨中華人民共和國中央人民政府委員會，制定國旗國徽，決定國都所在地和年號。

【新華社北平二十一日電】中國人民所渴望的中華人民共和國開國盛典——中國人民政治協商會議，已於今日下午七時在北平開幕。中國人民政協籌備會主任、中國共產黨中央委員會主席毛澤東向大會致開幕詞，中國共產黨代表劉少奇、特別邀請代表宋慶齡、中國國民黨革命委員會代表何香凝、中國民主同盟代表張瀾、中國人民解放區代表高崗、中國人民解放軍代表陳毅、民主建國會代表黃炎培、中華全國總工會代表李立三、新疆代表賽福鼎、特別邀請代表張治中、特別邀請代表程潛、華僑代表司徒美堂等十二人在今天的會上相繼發表講演。

在會議開幕前，中國人民政協籌備會副主任周恩來報告了會議各類代表的名額和已經到達北平的代表人數。周恩來代表籌備會提出了關於大會主席團八十九人的名單和秘書長人選的提議，得到全場一致的通過。主席團八十九人包括中國共產黨代表、中國國民黨革命委員會代表、中國民主同盟代表各七人；民主建國會代表三人；無黨派民主人士代表四人；中國民主促進會代表、中國致公黨代表、九三學社代表、台灣民主自治同盟代表、中國新民主主義青年團代表各一人；各地區代表九人；中國人民解放軍代表十一人；中華全國總工會代表三人；解放區農民團體代表二人；中華全國民主婦女聯合會代表二人；共他全國性人民團體代表八人；上海人民團體代表二人；產業界民主人士代表三人；國內少數民族代表二人；華僑民主人士代表二人；宗教界民主人士代表一人；特別邀請民主人士十一人。會議的秘書長是林伯渠。

當被通過的主席團登上主席台後，主席毛澤東宣佈中國人民政治協商會議開幕。在這個莊嚴的時刻，軍樂隊齊奏中國人民解放軍進行曲，同時在會場外鳴禮砲五十四響，全場代表一致起立，熱烈鼓掌至五分鐘之久。

毛澤東主席的開幕詞生動地扼要地敘述了會議召集的歷史條件和歷史任務。毛澤東主席宣佈：「中國人民政治協商會議在自己的議程中將要制定中國人民政治協商會議的組織法，制定中華人民共和國中央人民政府的組織法，制定中華人民共和國的共同綱領，選舉中國人民政治協商會議的全國委員會，選舉中華人民共和國中央人民政府委員會，制定中華人民共和國的國旗和國徽，決定中華人民共和國國都的所在地以及採取和世界大多數國家一樣的年號。」毛澤東主席的充滿說服力量和樂觀情緒的演說，幾乎每一句都引起了會場雷鳴似的鼓掌。

在毛澤東主席的開幕詞在長時間掌聲中結束以後，全場起立為在人民解放戰爭和人民革命中犧牲的人民英雄們靜默三分鐘誌哀。十二位講演者的講演都受到會場的熱烈鼓掌歡迎。他們代表著新中國的各方面力量，說明了關於新中國光明前途的共同信念。由於中國人民政協代表楊杰將軍的遇害，今天的大會通過了中國共產黨代表團的臨時動議，由主席團以大會名義向中國國民黨革命委員會和楊杰將軍家屬致唁。

今天的開幕式歷時四小時。出席會議的代表六百三十五人。被邀旁聽的來賓三百人，國內外記者三十一人，包括外國記者四人，即蘇聯塔斯社記者羅果夫，意大利團結報特派員斯巴諾，朝鮮中央社特派員智龍成、李同健。今天會議的執行主席由毛澤東、朱德、李濟深、沈鈞儒、郭沫若擔任。主席台上的布置簡潔而美麗。主席台的正面懸掛著中國革命領袖孫中山和毛澤東的畫像，中間和兩側掛著中國人民政協的會徽和中國人民解放軍的軍旗。會場的休息室內掛滿了全國各人民團體、各部隊和各地區的賀幛和錦旗。

国人盼望已久的中国人民政治协商会议，于1949年9月21日在北平隆重开幕。图为1949年9月21日出版的《冀鲁豫日报》号外“中国人民政协开幕”。

1949年9月27日，中国人民政协全体会议一致通过中华人民共和国的国都定于北平，自即日起改名为北京。图为1949年9月28日出版的《南侨日报》号外“中华人民共和国定都北京”。

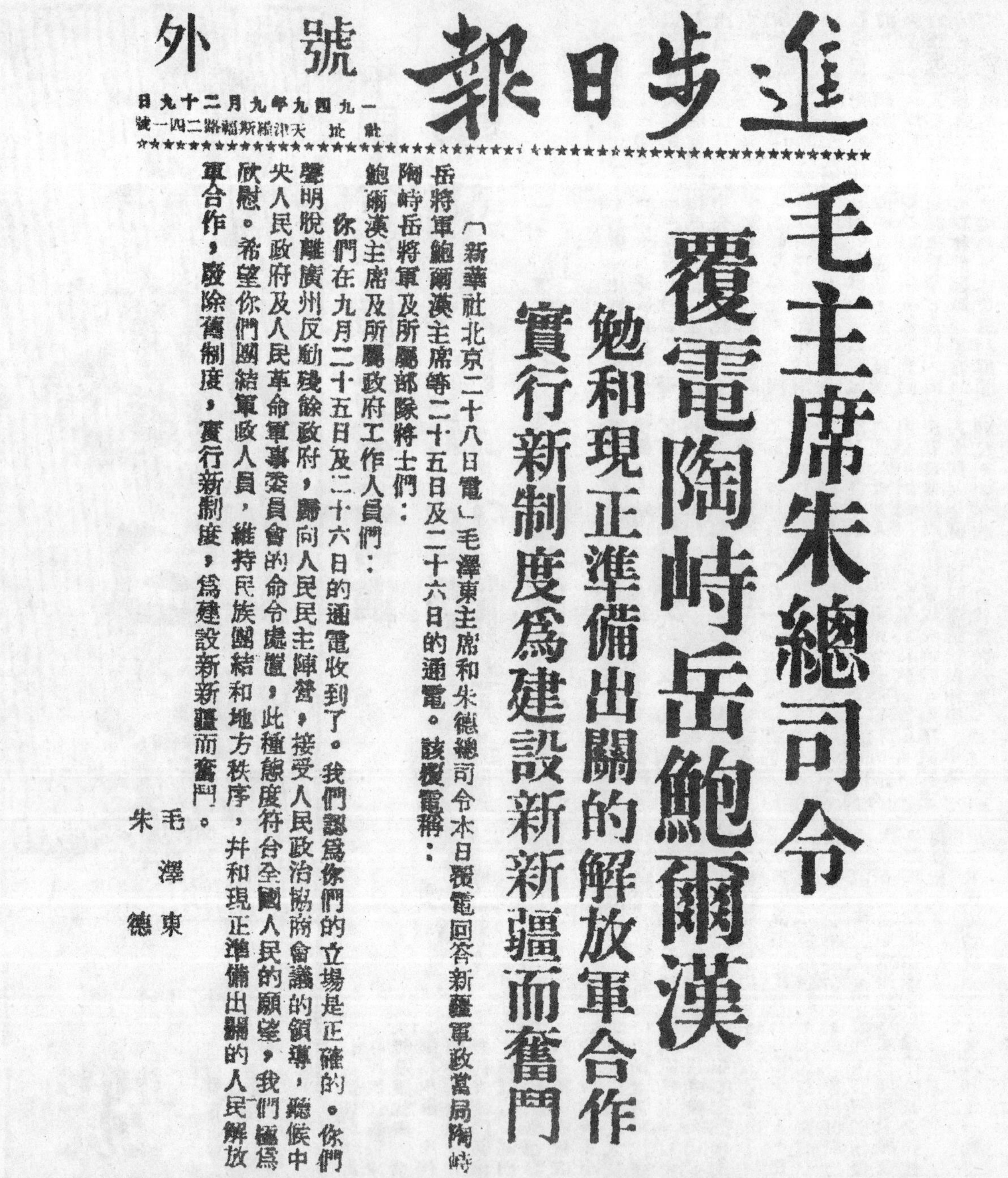

進步日報 號外

一九四九年九月二十九日

社址 天津羅斯福路二一四號

毛主席朱總司令

覆電陶峙岳鮑爾漢

勉和現正準備出關的解放軍合作

實行新制度爲建設新新疆而奮鬥

〔新華社北京二十八日電〕毛澤東主席和朱德總司令本日覆電回答新疆軍政當局陶峙岳將軍鮑爾漢主席等二十五日及二十六日的通電。該覆電稱：

陶峙岳將軍及所屬部隊將士們：

鮑爾漢主席及所屬政府工作人員們：

你們在九月二十五日及二十六日的通電收到了。我們認爲你們的立場是正確的。你們聲明脫離廣州反動殘餘政府，歸向人民民主陣營，接受人民政治協商會議的領導，聽候中央人民政府及人民革命軍事委員會的命令處置，此種態度符合全國人民的願望，我們極爲欣慰。希望你們團結軍政人員，維持民族團結和地方秩序，并和現正準備出關的人民解放軍合作，廢除舊制度，實行新制度，爲建設新新疆而奮鬥。

毛澤東
朱德

1949年9月28日，毛泽东主席、朱德总司令复电新疆军政当局陶峙岳将军、鲍尔汉主席，希望团结军政人员，同解放军合作，废除旧制度，实行新制度，为建设新新疆而奋斗。图为1949年9月29日出版的《进步日报》号外。

第五编

新中国成立初期号外报

（1949年10月——1966年6月）

人民日報 號外

一九四九年十月一日

人民政協昨勝利閉幕

選出中央人民政府委員會

毛澤東當選主席

朱德劉少奇宋慶齡李濟深張瀾高崗當選副主席

【新華社北京卅日電】中國人民政治協商會議第一屆全體會議在它的最後一天選舉了毛澤東為中華人民共和國中央人民政府委員會主席，朱德、劉少奇、宋慶齡、李濟深、張瀾、高崗六人為副主席。中央人民政府委員五十六人的選舉結果如下：陳毅、賀龍、李立三、林伯渠、葉劍英、何香凝、林彪、彭德懷、劉伯承、吳玉章、徐向前、彭真、薄一波、聶榮臻、周恩來、董必武、賽福鼎、饒漱石、陳嘉庚、羅榮桓、鄧子恢、烏蘭夫、徐特立、蔡暢、劉格平、馬寅初、陳雲、康生、林楓、馬叙倫、郭沫若、張雲逸、鄧小平、高崇民、沈鈞儒、沈雁冰、陳叔通、司徒美堂、李錫九、黃炎培、蔡廷鍇、習仲勳、彭澤民、張治中、傅作義、李燭塵、李章達、章伯鈞、程潛、張奚若、陳銘樞、譚平山、張難先、柳亞子、張東蓀、龍雲。

今天的會議的其他結果是：選舉了人民政協全國委員會委員一百八十人（見另電），通過了人民政協第一屆全體會議宣言（見另電），通過了給中國人民解放軍的致敬電（見另電），通過了為國犧牲的人民英雄紀念碑」的決定和紀念碑的碑文（見另電）。在今天的會議議程完畢以後，舉行了簡單而莊嚴的閉幕式。

今天的會議在下午三點鐘開始。會議的第一個和第二個節目就是兩項選舉：選舉人民政協全國委員會，和選舉中央人民政府委員會的主席、副主席、委員。兩項選舉用了不同的方法。作為中國人民統一戰線最高組織的全國委員會的名單是經過各單位協商的，所以採取了用整個名單付表決的方法，表決的結果是全體一致通過。中央人民政府委員會的主席、副主席和委員的候選名單，也經過各單位的協商，但是由全體代表用無記名聯記投票的方法選舉。當投票完畢，檢票人進行檢票時，全體代表一致地通過了宣言，向人民解放軍致敬電和建立人民英雄紀念碑的決和碑文。隨即到天安門廣場舉行人民英雄紀念碑奠基典禮。然後代表們回到會場聽取關於中央人民政府的選舉結果。選舉結果的報告引起了會場的狂熱鼓掌。當主席宣告毛澤東當選中央人民政府委員會主席時，會場一致起立，熱烈鼓掌並歡呼為時達數分鐘之久。

人民政治協商會議第一屆全體會議的閉幕式由會議主席團的中央人民政府委員會毛澤東主席、朱德副主席、宋慶齡副主席、劉少奇副主席、李濟深副主席、張瀾副主席、高崗副主席主持。在毛主席和六位副主席登台時，在毛主席宣佈閉幕式開始時，以及在朱副主席致閉幕詞時，全場都三度熱烈鼓掌歡呼。閉幕式以軍樂隊合奏進軍進行曲為結束。在奏樂時、主席台上懸起國旗，全體代表在莊嚴熱烈的空氣中起立鼓掌，長久不息。

1949年9月30日在中国人民政协最后一天会议上，选举了毛泽东为中华人民共和国中央人民政府主席，朱德、刘少奇、宋庆龄、李济深、张澜、高岗为副主席。图为1949年10月1日出版的《人民日报》号外“人民政协昨胜利闭幕”。

天安門廣場卅萬人參加

北京慶祝開國大典

毛主席主持升旗禮

舉行陸海空軍大檢閱

中國青年

號外

1949年10月1日，毛泽东主席在首都天安门城楼上，庄严宣告中华人民共和国成立，决定北京为首都。北京天安门广场30万人参加庆祝开国大典。毛主席主持升旗礼，举行陆海空军大检阅。图为1949年10月1日出版的《中国青年》号外。

中央人民政府宣告成立
毛澤東當選爲政府主席
朱德、劉少奇、宋慶齡、李濟深、張瀾、高崗爲副主席

【本報消息】据北京新華廣播電台廣播：中國人民政治協商會議，於昨日（卅日）勝利閉幕。中華人民共和國、中央人民政府宣告成立。以與有選舉權的代表完全相等的五百七十六票，選出毛澤東爲主席。朱德、劉少奇、宋慶齡、李濟深、張瀾、高崗爲副主席。

毛澤東主席

朱德　劉少奇　宋慶齡

李濟深　張瀾　高崗

羣衆日報　號外

一九四九年十月二日

1949年10月1日，中华人民共和国中央人民政府成立。毛主席率全体委员宣布就职。图为1949年10月2日出版的《群众日报》号外“中央人民政府宣告成立，毛泽东当选为政府主席，朱德、刘少奇、宋庆龄、李济深、张澜、高岗为副主席”。

毛主席宣讀開國公告

接受共同綱領爲施政方針 選林伯渠爲秘書長

任命

★★★★★

周恩來爲政務院總理兼外長

毛澤東爲人民革命軍委會主席

朱　德爲人民解放軍總司令

沈鈞儒爲最高人民法院院長

羅榮桓爲最高人民檢察署檢察長

願與各國政府建立正常邦交

中華人民共和國

中央人民政府

主席　毛澤東

一九四九年十月一日

毛主席

綏遠日報

號外　一九四九年十月二日

在庆祝中华人民共和国中央人民政府成立典礼上，毛主席宣读中华人民共和国中央人民政府公告，接受共同纲领为施政方针，愿与各国建立正常邦交。图为1949年10月2日出版的《绥远日报》号外“毛主席宣读开国公告”。

★慶中央人民政府成立
★祝中華人民共和國

毛澤東主席發布公告

周外長已將公告具函送達各外國政府

中南工人日報 號外

中南總工會機關報

一九四九年十月二日

1949年10月1日，中华人民共和国中央人民政府主席毛泽东发布公告。周恩来外长已将公告具函送达各外国政府。图为1949年10月2日出版的《中南工人日报》号外“庆祝中华人民共和国中央人民政府成立，毛泽东主席发布公告”。

東江日報　號外

一九四九年十月二日

中共中央華南分局　告廣東人民書

親愛的廣東同胞們：

人民解放軍的大軍已經進入廣東，大家動員起來，拿起我們最大的力量迎接人民解放軍，解放全廣東，解放全中國。

二十年來的革命戰爭，廣東人民都英勇地參加了，而且曾經站在最光榮的前線，在最近三年來的解放戰爭中，廣東人民也英勇地起來配合全國解放軍，和蔣介石的匪徒進行了堅決的戰鬥，並在勝利的鬥爭中，解放了一千三百萬人民，解放了廣大農村和二十多個城市，建立了十萬人的武裝，創造了配合大軍解放廣東全省的有利條件。

親愛的同胞們：當此大軍南下，廣東即將全部解放的前夕，我們應當緊急的動員起來，支援解放戰爭，徹底掃除殘敵，協助接管鄉村城市，建立革命秩序，恢復和發展生產，這是廣東人民目前的總任務。

工人們：組織起來，領導羣衆，以無比的熱情，來支援人民解放軍。在解放軍未到以前要很好地保護工廠，礦山，鐵路，公路，橋樑，機器，使國家財產不受破壞。在解放軍到來以後，要幫助接管工作，肅清反動派潛伏勢力，建立革命秩序，恢復和發展生產。

農民們：組織起來，幫助解放軍帶路嚮導，幫助運輸，修補道路。在城市解放後，則把大量糧食，燃料運到城市來交換日用必需品，使城鄉生產品迅速交流，在鄉村中則堅決肅清土匪特務和進行反對惡霸的鬥爭，收繳反動武裝，發展農村生產。

革命的知識分子，學生，公教人員，醫生，編輯，記者，科學家，藝術家們：很好地保護學校，機關，醫院，報社，通訊社，書店及一切科學藝術機關，幫助接管工作，向羣衆宣傳解釋人民解放軍的約法八章，和人民政府的各項法令。

自由資產階級，工商業家們：安心地照常營業，恢復生產人民解放軍和人民政府是忠實執行共產黨的城市政策和工商業政策的。

海外僑胞們：中國共產黨人民解放軍解放了祖國，解放了家鄉，今後長期的和平的建設事業，即將開始，希望你們放心投資祖國，發展工商業，協助新民主主義經濟建設，使祖國在政治上，經濟上得到完全獨立。

此外，我們特別提醒至今還留在國民黨反動派的殘餘軍隊中的官兵們：二十多年來革命與反革命的鬥爭，人民確定地勝利了，蔣介石，李宗仁，白崇禧，閻錫山等匪幫，已經確定地失敗了，你們的抵抗顯然是毫無和無意義的，你們向人民立功贖罪的機會現在是不多了，但我們仍給你們最後的機會，希望你們趕快脫離國民黨反動派，站到人民方面來，如仍執迷不悟，繼續與人民為敵，你們就決不能逃脫人民的懲罰。

親愛的廣東父老兄弟姊妹們：人民政治協商會議已經成功，中華人民共和國已經誕生，我們偉大的人民解放大軍正向兩廣前進。歷史上首先加諸廣東人民的帝國主義侵略，數千年來的封建壓迫和近數十年來官僚資本主義的剝削，都從廣東和全中國土地上永遠地消滅了，讓我們親密地團結，勤勞地工作，建設豐衣足食的新民主主義的廣東。

我們高呼：

全力支援人民解放軍！解放兩廣，解放海南島、解放台灣，解放全中國！

中國人民解放軍萬歲！

中華人民共和國萬歲！

中國共產黨萬歲！

中國人民領袖毛主席萬歲！

中國共產黨中央華南分局

十月一日

1949年10月1日，中共中央华南分局发表告广东人民书，号召广东人民拿出最大力量迎接人民解放军，解放全广东，解放全中国。图为1949年10月2日出版的《东江日报》号外“中共中央华南分局告广东人民书”。

松江日報 號外

一九四九年十月四日

蘇聯政府照會周恩來部長

接受毛主席公告建議

決定建立蘇中外交關係

周部長覆電表示熱忱歡迎

蘇聯政府同時聲明與廣州偽府斷絕外交關係

1949年10月2日，苏联政府照会我国外交部长周恩来，接受毛主席公告建议，决定建立苏中外交关系，并互派大使。我国周恩来外长复电，表示热忱欢迎。图为1949年10月4日出版的《松江日报》号外。

中國新報

號外

一九四九年十月四日

從煤礦、鋼鐵延及鐵路、碼頭

美百萬工人大罷工

鋼鐵產量減少百分之九十五

夏威夷罷工工人堅持四個月

（新華社北京三日電）匹茲堡訊：美國一百餘萬工人正在進行大罷工。繼九月十九日開始的美國四十餘萬煤礦工人罷工之後，美國產業工會聯合會所屬鋼鐵工人工會的五十一萬二千工人，亦已於一日零時一分（美國時間）開始罷工，以爭取工人的福利金。這是美國歷史上第一次煤礦與鋼鐵工人的同時罷工。據合衆社稱：鋼鐵工人的罷工，使美國鋼鐵產量減少百分之九十五。政府調停人承認工潮無及早解決希望。加拿大鋼鐵工人一日已通過決定，盡力援助罷工的美國鋼鐵工人。此外，現在罷工中的尚有十一萬鐵路、機械、採棉、鑄鐵、製糖、皮革、農具製造和飛機製造工人。至於夏威夷的二千碼頭工人的罷工，迄今已堅持了四個多月，最近更擊破了地方當局藉助於非工會會員破壞罷工的企圖。九月二十八日他們並在達拉斯港（在奧勒岡州哥倫比亞河岸）阻止了罷工破壞者卸下非工會工人在夏威夷裝上船的貨物。

图为1949年10月4日出版的《中国新报》号外“从煤矿、钢铁延及铁路、码头，美百万工人大罢工”。

石家莊日報

號外

1949年10月9日

人民政協全國委會首次會議
毛澤東同志當選主席
副主席：周恩來、李濟深、沈鈞儒、郭沫若、陳叔通
一致通過建議政府以十月一日為國慶日

〔新華社北京九日電〕中國人民政治協商會議第一屆全國委員會，九日下午三時在中南海勤政殿舉行第一次會議。這次會議的主要議程是 聽取周恩來委員報告參加第一屆全國委員會各單位協商經過，和選舉中國人民政治協商會議第一屆全國委員會主席、副主席、常務委員和秘書長 此外，會議通過了「以十月一日為中華人民共和國開國的國慶紀念日」的建議案，決定建議中央人民政府採納施行。

出席這次會議的全國委員會委員，共有毛澤東、朱德、劉少奇、李濟深、張瀾、周恩來、沈鈞儒、黃炎培、陳叔通、郭沫若等一百五十一人。全國委員會的委員總額是一百九十八名，其中十八名是保留給準備容納新解放地區的代表人物的名額，二十一名已經離開北京，八名因事或因病請假，此外全部出席了今天的會議。

會議推林伯渠委員為主席。開會後，先由周恩來報告「參加第一屆全國委員會各單位協商的經過」。他說明，自人民政治協商會議第一屆全體會議閉幕以來，各方面對於第一屆全國委員會的工作，協商頗多。昨（八）日晚上，各單位的首席代表作了一次最後的協商。大家認為全國委員會的工作，目前亟需確定的有兩項：一個是根據中國人民政治協商會議組織法第十五、十六兩條的規定，選出主席、副主席和常務委員會，以便領導工作；一個是具體計劃今後應該如何進行工作。周恩來委員在敘述了關於主席、副主席、常務委員的人選協商經過，並分析了全國委員會所應當進行的政治性的和組織性的工作內容以後，說明擬訂中的全國委員會工作條例，已根據各方意見，規定在全國委員會內設立政治法律、財政經濟、文化教育、外交、國防、民族事務、華僑事務、黨派事務等八個組，以利工作的進行。

會議接着一致通過了本屆全國委員會的主席、副主席五人、常務委員二十八人和秘書長的名單。名單如下：

（一）主席：毛澤東

（二）副主席：周恩來、李濟深、沈鈞儒、郭沫若、陳叔通。

（三）常務委員：毛澤東、劉少奇、周恩來、李維漢；李濟深、王崑崙、蔡廷鍇；張　瀾、沈鈞儒、章伯鈞；黃炎培、陳叔通、章乃器；郭沫若、馬叙倫、許德珩；楊秀峯、烏蘭夫；朱　德、林　彪、劉寧一、鄧穎超、馮文彬；沈雁冰、梁　希；吳耀宗；陳嘉庚；邵力子。

（四）秘書長：李維漢。

在會議的其他項目中，有許廣平委員代表因病請假的馬叙倫委員提出建議，請政府明定十月一日為中華人民共和國國慶日，以代替十月十日的舊的國慶日。這個建議獲得全體一致的通過。

1949年10月9日，中国人民政治协商会议第一届全国委员会，举行第一次会议。会上，毛泽东当选政协主席，周恩来、李济深、沈钧儒、郭沫若、陈叔通当选政协副主席。会议通过建议政府以十月一日为国庆日。图为10月9日出版的《石家庄日报》号外。

平原日報 號外

一九四九年十月十二日

爲偉大祖國與人民立功

前國民黨反動政府駐法使領館人員
宣告脫離國民黨匪帮
電呈周恩來外長聽候接管
周外長覆電歡迎號召一切偽使領館人員效法

【新華社布拉格十一日電】巴黎訊：前國民黨反動政府駐法大使館暨駐巴黎總領事館全體館員於十日發表宣言，聲明脫離[illegible]反動集團，擁護中華人民共和國，並各就工作崗位，保管文件公物，聽候中央人民政府指示接管。宣言全文如下：

前駐法大使館暨巴黎總領事館全體館員擁護中華人民共和國宣言

中華人民共和國和中央人民政府在全國人民歡騰鼓舞之下已正式成立。久已背叛了孫中山的賣國賊蔣介石和國民黨反動派所把持的政權，在英明的人民革命武裝節節進逼之下，已經失去了一切苟延殘喘的條件。我們一向服務外交的同人們，在極度興奮的情緒之下，向新中國全國人民和偉大的人民領袖毛主席表示熱烈的賀忱和最崇高的敬意。

中國人民大革命由中國共產黨領導進行二十八年壯烈的鬥爭，快要取得完全的勝利。軍事階段快要結束，建國工作已經開始。客觀的事實要我們認識清楚：新民主主義是建設新中國的唯一途徑。就是說，只有在廣大工農階級的代表中國共產黨領導之下，聯合全國民主階層，實行人民民主專政，才能夠迅速並且徹底完成中國的社會改革、經濟建設和文化復興。爲了建設新中國，中國人民不但需要國內統一，並且需要世界和平。中國人民必須聯合全世界一切愛好和平的國家和人民共同奮鬥，使製造戰爭者不敢動手。

我們立志要參加建國工作，我們先要痛下決心，把我們渾身封建官僚的積習，洋迷和個人主義的劣根性徹底剷除淨盡，然後才能夠把自己改造成人民，向人民學習如何為人民服務。我們鄭重宣佈和反動政府脫離關係，各仍站在原有工作崗位，保護人民利益，保管公物文件，聽候人民政府接管和指示。同時，我們熱誠勸告全體使領同人，快起來響應我們打倒執迷不悟的死硬分子，制止他們盜用中國外交官的名義在聯合國和國際間散佈謠言，侮辱中國人民，挑撥國際是非，危害世界和平。

【新華社布拉格十一日電】前國民黨反動政府駐法大使館暨駐巴黎總領事館全體館員於九日電呈中央人民政府外交部長周恩來，聲明與國民黨反動政府脫離關係。呈文如下：「新華社轉北京外交部周兼部長：同人等一致議決：宣告與反動政府脫離關係，各在工作崗位維護人民利益，保管公物文件，聽候指示接管。」

【新華社北京十一日電】外交部周部長昨日電覆巴黎前國民黨政府駐法大使館暨駐巴黎總領事館全體館員稱：「巴黎前國民黨政府駐法大使館暨駐巴黎總領事館全體館員均鑒：九日電悉，甚爲欣慰。你們脫離國民黨反動殘餘集團接受中華人民共和國中央人民政府領導的宣言，亦已收到。我對於你們的這種愛國行動，表示熱烈的歡迎。駐在其他國家的前國民黨政府的一切使領館人員與其他工作人員，均應效法你們的榜樣，脫離反動陣營，服從偉大人民祖國的中央政府，爲祖國與人民立功。所有這種脫離反動陣營的有功人員，本部均將量才錄用，使能對於祖國有所貢獻。希望你們團結一致，堅守現在工作崗位，負責保管公物文件，以待中央人民政府接管。周恩來一九四九年十月十日於北京。」

前国民党政府驻法国大使馆及巴黎总领事馆人员，宣告脱离国民党反动政府，周恩来外长复电表示欢迎。图为1949年10月12日出版的《平原日报》号外。

我軍解放寧夏全省
消滅寧馬匪軍八萬

前線記者報導

浙南我軍攻佔三島

進步日報

號外

一九四九年十月十四日

1949年10月14日，《进步日报》出版号外“我军解放宁夏全省，消灭宁马匪军八万”。

大衆日報 號外

一九四九年十月十六日

南進大軍解放廣州

穗西克粵桂交通要衝三水

穗東克增城切斷廣九鐵路

國民黨殘餘匪首紛紛作鳥獸散

（新華社廣東前綫十五日電）國民黨匪幫殘餘僞政府所在地廣東省省會廣州已告解放。勇猛南進的人民解放軍係於十四日下午六時三十分自北郊攻入市區。守敵倉惶潰逃。我正分路追擊中。

【新華社廣東前綫十五日電】廣東前綫人民解放軍，十五日晨八時解放廣州以西、北江和西江會合點、粵桂交通要衝三水縣城。另部於十三日解放增城，殲滅守敵一〇九軍三二一師九六三團大部。同日夜及次晨，解放軍又搶佔廣州至清遠間粵漢鐵路人和圩及高塘圩車站，殲敵百餘。十四日午後一時該部切斷廣九鐵路進至石灘車站，俘獲火車一列，殲敵交警第二大隊四百餘名。又廣州西北地區解放軍某部，十四日午在清遠以東琶江口車站渡江，擊潰逃敵三十九軍九十一師及一〇三師等四個團，俘敵一千餘名。

【新華社北京十五日電】前廣州國民黨殘餘匪首已紛紛作鳥獸散。僞「行政院長」閻錫山十一日逃至台灣，僞「代總統」李宗仁則於十三日逃至桂林。陳立夫、朱家驊，徐永昌，葉公超等則分別逃至重慶、台灣、香港等地。蔣匪介石曾於十一日潛赴廣州，但隨即倉惶逃回台灣。李匪宗仁曾於十二日宣佈：僞政府自本月十五日由穗遷渝，他本人和閻匪定於二十日離穗赴渝。但是十四日廣州即已解放。

1949年10月14日，国民党残余伪政府所在地、我国华南最大的城市、广东省会广州解放。图为1949年10月16日《大众日报》号外“南进大军解放广州”。

湘中日報　號外

一九四九年十月十九日

福建前線獲偉大勝利

軍略要地廈門解放

台灣已經完全暴露在我軍鐵錘之下

【福建前線十八號消息】福建東南沿海軍略要地廈門島已經在十七號上午十一點鐘解放，守敵大部就殲。

人民解放軍在十五號晚上，在幾百門大砲掩護下，向廈門島和鼓浪嶼發起猛烈的渡海攻擊，經過兩個鐘頭的灘頭戰鬥，就突破匪近代化鋼骨水泥工事和重兵守備的防禦陣地，登陸成功。接着向敵軍陣地縱深猛烈發展，十六號夜晚首先解放鼓浪嶼，十七號拂曉攻入廈門市區，上午十一點鐘全島解放。守敵湯恩伯所部幾萬人除一部由海路逃脫外，全部被殲；我繳獲坦克、要塞砲等和其他戰利品很多，詳細戰果正清查中。

【北京十八號消息】廈門介紹：廈門市過去是叫思明縣，在福建省東南部廈門港內的廈門島上，地當上海到香港航路中心，和南洋關係非常密切。根据本年六月份的統計，全島人口大約有二十萬人。廈門面臨金門灣，前面有金門島掩護港口，是一個軍事要地，隔海和台灣的台南澎湖相望，海路到台南僅一百四十七浬。福州解放後，福建匪軍的殘部都麕集廈門，偽福州綏靖公署和偽福建省政府也從福州逃到該地。匪軍妄圖堅守金門、廈門，以爲台灣的掩護。本月七號，匪首蔣介石曾經潛赴該島，進行最後掙扎。廈門解放以後，台灣的門戶洞開，國民黨匪幫的最後巢穴已經完全暴露在人民解放軍鐵錘之下。

1949年10月17日，福建东南沿海人民解放军，发起强大渡海攻击，解放军略要地厦门岛，守敌数万大部就歼。图为1949年10月19日出版的《湘中日报》号外“军略要地厦门解放，台湾已经完全暴露在我军铁锤之下”。

建軍

外號

四九年十月廿一日

毛主席出席主持
軍委會首次會議
討論進軍建軍問題

【北京新華電台廣播】北京廿日訊：中國人民革命軍事委員會今天下午四時召開第一次會議。出席會議的有毛澤東、朱德、劉少奇、周恩來、程潛、賀龍、劉伯承、陳毅、聶榮臻、高崗、粟裕、張雲逸、鄧小平、羅瑞卿、張治中、傅作義、蔡廷鍇、劉斐等十八人。會議由人民革命軍事委員會主席毛澤東主持。會議主要內容為討論今後人民解放軍的進軍和建軍問題。副總參謀長聶榮臻在會上會就目前軍事情況作了報告，各委員對今後如何肅清殘餘國民黨匪軍和建設新的國防等問題，都發表了意見。會議決定在人民革命軍事委員會下成立國防研究小組，主持今後國防的研究、設計事宜。會議決定國防研究小組由張治中任組長，劉斐任副組長，聶榮臻、羅瑞卿、傅作義、蔡廷鍇、李濟深任組員，以後組員還可增加。會議在六時四十分結束。

1949年10月20日，中国人民革命军事委员会召开首次会议。毛泽东主席主持会议，会议主要内容讨论今后人民解放军进军和建军问题。图为1949年10月21日出版的《建军》号外“毛主席出席主持军委会首次会议”。

小學教育 號外

一九四九年十月二十五日

青年團中央委員會關於建立中國少年兒童隊的決定

【新華社北京二十四日電】中國新民主主義青年團中央委員會，於十月十三日擴大常委會上，通過了關於建立中國少年兒童隊的決議，全文如下：

中國新民主主義青年團中央委員會關於建立中國少年兒童隊的決議

——一九四九年十月十三日——

一、爲了組織和教育全國少年兒童，中國新民主主義青年團中央委員會根據團的第一次全國代表大會決議，認爲目前在全國各地有建立少年兒童隊的必要，並將中國少年兒童隊章程草案公佈。

二、中國少年兒童隊是在中國新民主主義青年團領導下的少年兒童組織，吸收九歲到十五歲的少年兒童參加。這個組織是在學習和各種集體活動中，團結和教育少年兒童，培養他們成爲愛祖國、愛人民、愛勞動、愛科學和愛護公共財物的新中國的優秀兒女。

三、各級團委要加强領導少年兒童工作，要廣泛地向少年兒童、向小學教師宣傳少年兒童隊的性質及作用，並須在取得教師們的支持和協助下，首先從工作條件較好的學校與人口較集中的村鎮開始。青年團中央並責成這些地方團的組織，劃出一部分優秀團員担任建立少年兒童隊的工作。區級以上的少年兒童隊不設隊部，團的區委以上的少年兒童部，即作爲少年兒童隊的領導機關。學校、機關、街道、村莊（或鄉）各單位有少年兒童隊組織的地方，應設隊部，隊長由隊員選舉產生之。

在已經建立少年先鋒隊、兒童團、小學學生會等少年兒童組織的地方，由該地團委負責召集領導少年兒童工作的幹部，少年先鋒隊隊長或其他少年兒童組織負責人開會，討論中國少年兒童隊章程草案，並得大家同意該章程草案後，即按其規定調整組織。

四、團的各區域委員會、省委（區團委）、市委、地委和縣委接到此決議後，應即召開少年兒童工作會議，總結過去少年兒童工作經驗，討論中國少年兒童隊章程草案，定出少年兒童工作計劃，並切實執行。

五、青年團中央擬於明春召集全國少年兒童幹部大會，以便進一步研究少年兒童工作。（詳細辦法另行通知）

1949年10月13日，中国新民主主义青年团中央委员会作出关于建立中国少年儿童队的决议。图为10月25日出版的《小学教育》号外。

華北解放軍

朱德

號外　一九四九年十月二十六日

政務院開二次會議

設委員會接收僞中央機關

呈請接管原華北人民政府

中央人民政府各機構定下月一日辦公

【新華社北京二十五日電】中央人民政府政務院今日舉行第二次政務會議，到總理周恩來，副總理董必武、陳雲、郭沫若、黃炎培，政務委員譚平山、謝覺哉、羅瑞卿、薄一波、滕代遠、章伯鈞、李立三、馬叙倫、陳劭先、王崑崙、羅隆基、章乃器、邵力子、黃紹竑，代理秘書長齊燕銘。缺席者爲：政務委員曾山，秘書長李維漢（因病請假）。會議決議事項如下：（一）關於接收前國民黨政府中央各機關人員檔案物資問題，決議組織接收委員會，由陳雲、董必武、邵力子、黃紹竑、章乃器及下列五人即政務院一人（副秘書長郭春濤），人民革命軍事委員會一人，最高人民法院、最高人民檢察署及政治法律、人民監察兩委員會合推一人，財經委員會一人，文教委員會一人組成之，由副總理陳雲負總責。並決議責成該接收委員會擬定接收委員會工作條例草案，交下次政務會議討論。（二）關於接管原華北人民政府所屬各省市及接管其所轄各部、會、院、行問題，決議：呈請中央人民政府主席發布命令，宣佈原華北人民政府工作結束，原華北人民政府所轄五省二市歸中央直屬，中央人民政府各部、會、院、行以原華北人民政府所屬各部、會、院、行爲基礎建立工作機構；並決議中央人民政府各部、會、院、署，一律於十一月一日正式開始辦公。會議最後討論了政務院各部門組織通則的幾項原則問題。

1949年10月25日，中央人民政府政务院举行第二次会议。会议决议组织接收委员会，接收伪中央机关和原华北人民政府。中央人民政府各机构定于11月1日正式开始办公。图为1949年10月26日出版的《华北解放军》号外“政务院开二次会议”。

新晚報 號外

一九四九年十月二十七日

粤境我軍勇猛追殲逃敵
廣州西南殲殘敵四個軍
解放陽江鶴山新會等七城

匪幫砲艇二艘反正

延安各界函毛主席祝賀
毛主席覆電致謝

图为1949年10月27日出版的《新晚报》号外“广州西南歼残敌四个军，解放阳江鹤山新会等七城”。

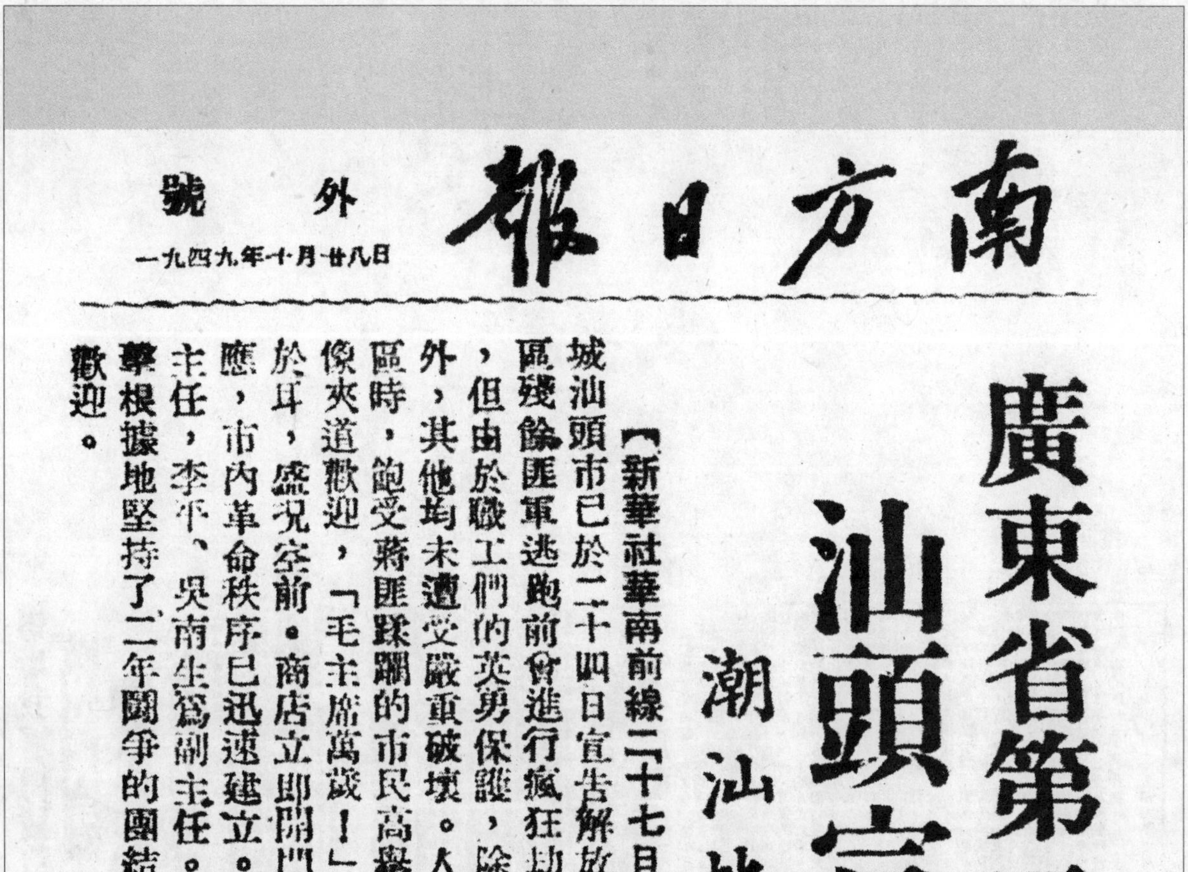

南方日報

號外

一九四九年十月廿八日

廣東省第二大城

汕頭宣告解放

潮汕地區亦完全解放

【新華社華南前綫二十七日電】擁有二十餘萬人口的廣東第二大城汕頭市已於二十四日宣告解放，潮汕地區也完全解放。盤據潮汕地區殘餘匪軍逃跑前曾進行瘋狂刧掠，並企圖破壞水電、電訊、橋樑等，但由於職工們的英勇保護，除電訊局自動電話所及飛機場一部被毀外，其他均未遭受嚴重破壞。人民解放軍二十四日下午一時半進入市區時，飽受蔣匪蹂躪的市民高舉五星國旗及毛主席、朱總司令大幅畫像夾道歡迎，「毛主席萬歲！」「人民解放軍萬歲！」的歡呼聲不絕於耳，盛况空前。商店立即開門營業，學校恢復上課，水電亦照常供應，市內革命秩序已迅速建立。汕頭市軍管會已宣告成立，林美南爲主任，李平、吳南生爲副主任。各項接管工作已開始進行。在華南游擊根據地堅持了二年鬭爭的團結報亦於二十五日在汕出版，極受市民歡迎。

1949年10月24日，拥有20余万人口的广东省第二大城汕头市宣告解放，潮汕地区亦完全解放。图为1949年10月28日出版的《南方日报》号外。

新湖南報　號外

一九四九年十一月八日

粵省人民政府成立

葉劍英主席到職視事

〔本報廣州六日專電〕中央人民政府委任葉劍英等為廣東省人民政府正副主席及委員後，廣東省人民政府籌備工作即積極進行。六日廣東省人民政府發出廣字第一號佈告，正式宣告成立，葉劍英等並於即日到職視事。

華東軍區公佈

九月份殲匪特近萬

湘西殘匪紛紛携械投誠

〔新華社南京六日電〕人民解放軍華東軍區司令部公佈九月份剿匪戰績稱：全月各野戰軍與地方武裝在剿匪作戰中，共殲滅國民黨土匪特務武裝九五九一名，其中俘匪五二〇二名，投誠者三五七四名，內校級以上匪官五十八名，斃傷匪八一五名，內擊斃匪「反共救國軍浙江縱隊」司令徐振東等匪首七名。繳獲六〇砲十一門，迫擊砲及小砲三門，擲彈筒十二門，輕重機關槍一六三挺，衝鋒槍六十八支，湯姆及卡賓槍五十一支，長短槍六二八六支，其他彈藥物資一部。

〔新華社漢口六日電〕殘留湘西的國民黨匪軍紛紛携械向人民解放軍投誠。原駐永順地區的匪暫編第二軍副軍長汪援華、暫五師副師長蕭仰之及匪二〇八師殘部、匪芷江警備司令部三支隊隊長彭[illegible]以下共八百餘人，分別於上月二十四、二十六兩日向人民解放軍投誠。辰谿地區匪暫二軍暫編師千餘人亦於上月底在師長白玉盛率領下向解放軍投誠。以上各投誠部隊共携來六〇砲五門，迫擊砲四門，輕重機槍九十餘挺，步槍千餘支。另匪會同自衛隊長以下一百零九人亦於本月四日携械投降。

又人民解放軍第四野戰軍某部於上月二十二日在衡陽以西栗子橋追剿流竄該地的匪湖南省救國軍湘南縱隊，將匪司令部一舉殲滅。俘匪少將司令兼衡山縣長左大猷、匪大隊長[illegible]作[illegible]等數十名，繳獲電台一部。

1949年11月6日，广东省人民政府宣告成立，叶剑英主席到职视事。图为1949年11月8日出版的《新湖南报》号外“粤省人民政府成立，叶剑英主席到职视事”。

中國 中央航空公司
四千員工光榮起義
宣佈脫離國民黨反動派，八十餘架飛機轉爲人民所有

【新華社北京九日電】中國航空公司和中央航空公司全體員工四千人本日宣佈起義，脫離國民黨反動派，接受中華人民共和國中央人民政府的領導。中國航空公司總經理劉敬宜、中央航空公司總經理陳卓林已於本日乘機由香港飛抵北京，發佈全體員工起義通電。另十一架飛機同時飛回祖國，亦已安抵某地機場。兩公司共有飛機八十餘架，除十二架已飛回祖國外，其餘飛機七十餘架尚留在香港。兩公司存港資財和中國航空公司在香港所設的飛機修理廠，都由兩公司留港員工負責保管，以待中央人民政府的接收。

【新華社北京九日電】中國航空公司總經理劉敬宜和中央航空公司總經理陳卓林，在起義飛達北京後，受到中央人民政府的熱烈歡迎。政務院總理周恩來、人民革命軍事委員會代總參謀長聶榮臻、交通部長章伯鈞、外交部副部長李克農、中國人民解放軍空軍司令劉亞樓，於今晚設宴招待。

起義員工發表通電 聽候人民政府指示

【新華社北京九日電】本日在香港起義的中國航空公司總經理劉敬宜、中央航空公司總經理陳卓林及兩公司全體員工發表通電如下：

中央人民政府毛主席、朱副主席、劉副主席、宋副主席、李副主席、張副主席、高副主席、周總理鈞鑒：

中國中央兩航空公司經營交通事業，向以服務社會人民爲主，成立以來，經人民多年血汗培養與從業人員一致之努力，乃能粗有現在之規模。不幸國民黨政權發動內戰，兩公司受其挾持將營業機航重心一度遷離上海，隨其到處流徙，幾瀕絕境。而國民黨政府最近復一再逼迫兩公司遷往台灣，兩公司乃保國家之資產，從業人員之事業，自不能任其破壞滅絕。現值解放軍事業漸底定，建國大業正在開始，經慎重考慮結果，決定依照公司一向服務之方針，並順應全體同仁一致之願望，自即日起開始復員回國，所有人員器材即將逐步運回國內，以便籌劃恢復原有業務。並自即日起宣佈停止通航蔣管區域，與國民黨政權斷絕關係，歸附人民中央政府，聽候指示，不勝迫切，敬此電聞。

中國航空公司總經理 劉敬宜

中央航空公司總經理 陳卓林

一九四九年十一月九日

大公報

號外

一九四九年十一月十日

1949年11月9日，中国航空公司和中央航空公司四千员工光荣起义，宣布脱离国民党反动派，80余架飞机转为人民所有。图为1949年11月10日出版的《大公报》号外“中国、中央航空公司四千员工光荣起义”。

東江日報

號外

四九年十一月十七日

奔襲前進勢如破竹

我軍解放柳州

黔桂境內又連克遵義等九城鎮

【新華社華南前線二十六日電】人民解放軍第四野戰軍一部，以奔襲動作於二十五日十一時解放廣西柳州。另部十一日至二十四日四天內，並連克柳州以北及西北的融縣、羅城、思恩三城。梧州以北的工業市鎮八步，也於同時解放。柳州位於柳江北岸，居廣西省中央，是湘黔鐵路之中樞，水陸交通均極便利，全市人口二十四萬。兩廣入黔之貨物及柳江上游和黔南輸出之米、穀、牛皮、木柴、桐油、藥材等，均集散於此。工業有機械、酒精、水泥、硫酸、磚瓦、製鞋、染織等新式工廠及製糖、榨綠等，木材尤聞名全國。

八步位於梧州以北，為一新興工業市鎮，有錫礦九座，煤礦，[illegible]工廠、電燈公司各[illegible]，商業二百餘家。解放時員工自動護廠，工廠礦山未受損失。活動於該地一帶的賀（縣）信（都）懷（集）邊的人民游擊隊，配合主力部隊接受賀縣偽縣長的投降，並保護了八步的礦山，維持了當地的治安。

【新華社西南前線廿五日電】人民解放軍某部以一百五十里的急行軍於二十一日下午六時解放貴州省北部重鎮的遵義縣城。守敵四十四軍一部於二十日即聞風北逃，該軍一五〇師四[illegible]九十[illegible]人，[illegible]二十據，六〇砲[illegible]門，卡賓槍十八支向我投誠。當人民解放軍開抵該城時，城內萬餘居民手持火把、爆竹出城數里歡迎。按遵義據婁山南麓，濱湘江支流婁水南岸，為川黔公路之要衝。

又訊：人民解放軍某部於十九日解放貴州省遵義以東之鳳岡縣城，二十一日 解放 綏陽縣城。

【新華社西南前線二十六日電】沿川黔路北進的人民解放軍，於本月十九日及二十三日先後解放遵義以東及以北的湄潭和桐梓兩座縣城，殲敵四十四軍一個營，斃傷及俘虜敵各五十餘。

【新華社華南前線二十五日電】在四川彭水及其以南黔湘地區西渡烏江的人民解放軍，於十八至二十日在彭水以西之馬頭山、文武堂前鏈殲殘匪第二軍第九師及十五軍之二四三師各一部，俘匪第九師二十六團三營正副營長以下匪一千三百餘人。餘匪向南川、綦江方向潰逃。

1949年11月17日，人民解放军乘胜进军，势如破竹，解放广西省柳州市。黔桂境内又连克遵义等九城镇。图为11月17日出版的《东江日报》号外。

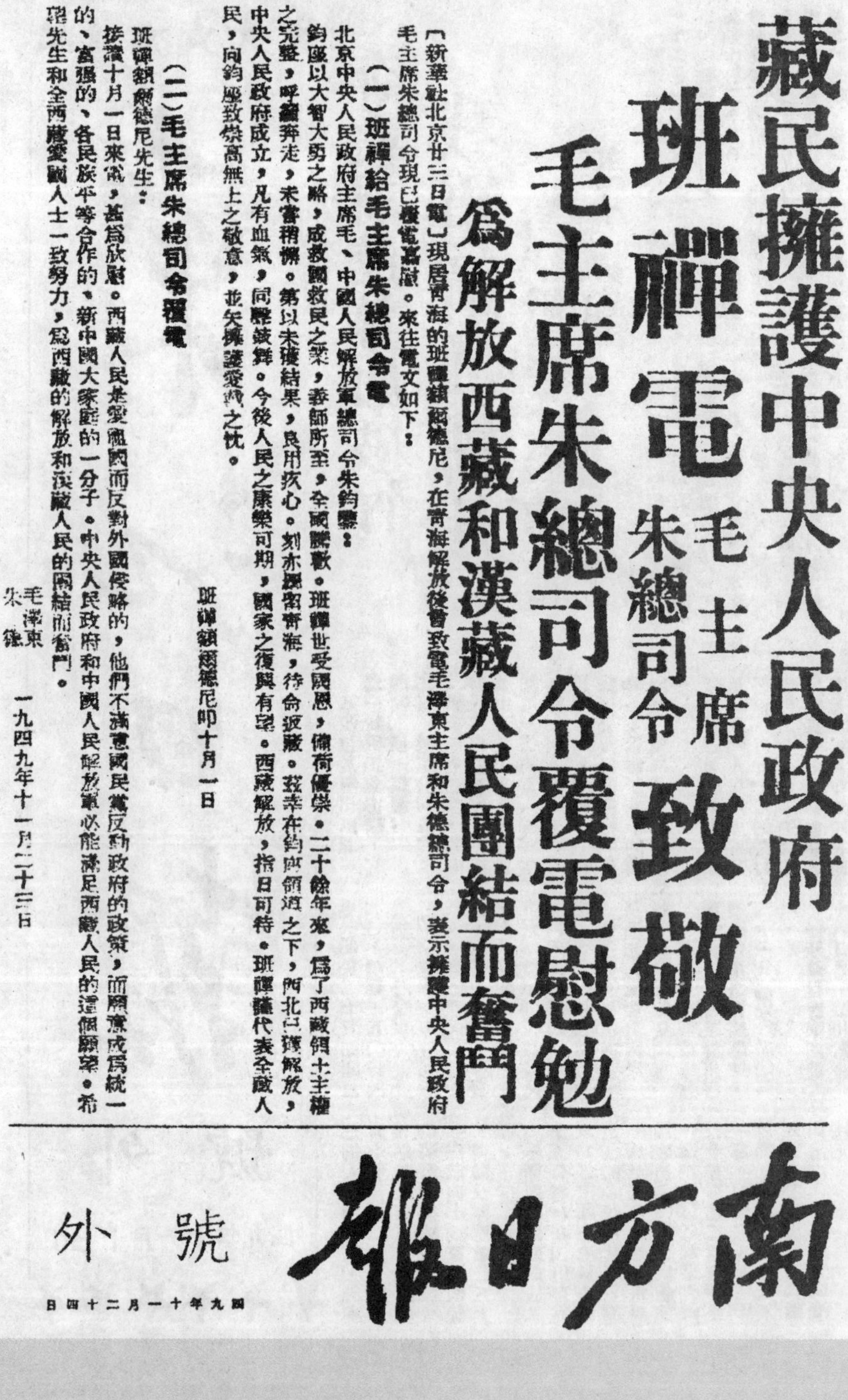

藏民擁護中央人民政府

班禪電毛主席朱總司令致敬

毛主席朱總司令覆電慰勉

爲解放西藏和漢藏人民團結而奮鬥

〔新華社北京廿三日電〕現居青海的班禪額爾德尼，在青海解放後曾致電毛澤東主席和朱德總司令，表示擁護中央人民政府毛主席朱總司令現已覆電嘉慰。來往電文如下：

(一)班禪給毛主席朱總司令電

北京中央人民政府主席毛、中國人民解放軍總司令朱鈞鑒：鈞座以大智大勇之略，成救國救民之業，義師所至，全國騰歡。班禪世受國恩，備荷優崇。二十餘年來，爲了西藏領土主權之完整，呼籲奔走，未嘗稍懈。第以未獲結果，良用疚心。刻亦羈留青海，待命返藏。茲幸在鈞座領導之下，西北已獲解放，中央人民政府成立，凡有血氣，同聲鼓舞。今後人民之康樂可期，國家之復興有望。西藏解放，指日可待。班禪謹代表全藏人民，向鈞座致崇高無上之敬意，並矢擁護愛戴之忱。

班禪額爾德尼叩十月一日

(二)毛主席朱總司令覆電

班禪額爾德尼先生：

接讀十月一日來電，甚爲欣慰。西藏人民是愛祖國而反對外國侵略的，他們不滿意國民黨反動政府的政策，而願意成爲統一的、富強的、各民族平等合作的、新中國大家庭的一分子。中央人民政府和中國人民解放軍必能滿足西藏人民的這個願望。希望先生和全西藏愛國人士一致努力，爲西藏的解放和漢藏人民的團結而奮鬥。

毛澤東 朱德

一九四九年十一月二十三日

南方日報 號外

四九年十一月二十四日

班禅额尔德尼在青海解放后，电毛主席和朱总司令致敬，毛主席和朱总司令复电慰勉。图为1949年11月24日出版的《南方日报》号外。

浙江日報

號外 一九四九年十二月二日

我軍解放重慶

殘敵西逃我正追殲中

【新華社西南前線一日電】重慶已於昨日下午解放。向重慶挺進的人民解放軍於佔領長江南岸之江津、順江場、魚洞鎮、南溫泉、木洞鎮後，乘勝於昨日由上列各地强渡長江，並於昨日下午解放重慶，殘敵一部向西逃竄，我軍正追殲中。

伸張中國人民的正義和威權

瀋陽判決美國間諜案

罪犯佐佐木等分別判六年以下徒刑

美前駐瀋「領事館」外籍人員驅逐出境

【新華社瀋陽一日電】瀋陽美國前領事館所指揮的間諜案，已於十一月二十六日，由瀋陽市人民法院審結並判決。被告佐佐木弘經等被處徒刑二年至六年。中國籍各犯並被褫奪公權四年至六年。掩護和指揮這一大間諜案的前瀋陽「美國領事館」內全體外籍人員，經判決限期驅逐出中國國境。

1949年12月1日，我国西南中心城市重庆解放。图为1949年12月2日出版的《浙江日报》号外“我军解放重庆，残敌西逃我正追歼中”。

中央人民政府任命五大行政區主席

高崗兼任東北人民政府主席 饒漱石、林彪、彭德懷、劉伯承分任華東、中南、西北、西南軍政委會主席

傅作義任綏遠軍政委會主席 聶榮臻陳毅分任京滬市長

東北人民政府主席 高崗

西南軍政委員會主席 劉伯承

華東軍政委員會主席 饒漱石

綏遠軍政委員會主席 傅作義

中南軍政委員會主席 林彪

北京市人民政府市長 聶榮臻

西北軍政委員會主席 彭德懷

上海市人民政府市長 陳毅

號外 一九四九年十二月五日

吉林工農報

1949年12月5日，中央人民政府任命高岗兼任东北人民政府主席，饶漱石、林彪、彭德怀、刘伯承分任华东、中南、西北、西南军政委员会主席，傅作义任绥远军政委员会主席，聂荣臻、陈毅分任京沪市长。图为《吉林工农报》号外。

長春新報 號外

一九四九年十二月六日

桂系匪幫最後巢穴 南寧宣告解放

【新華社南前線五日電】桂南重鎮南寧（邕寧）市已於四日解放。由柳州南下的人民解放軍在佔領來賓後，於本月一日以奔襲動作迅速攻佔遷江以北的紅河海橋，並迅即佔領遷江，俘匪九十七軍八十二師、十四軍六十五師及匪湘江縱隊某部四百餘人，繳獲汽車三百輛。二日，我軍乘勝解放賓陽。潰匪狼狽南竄，解放軍跟蹤尾追，越過天險之崑崙關，於四日下午八時完全解放南寧，繳獲軍用物資極多。

南寧介紹

南寧又名邕寧，位於鬱江北岸，東北以崑崙關為屏障，若山嶺叠，形勢險要，自古即為軍事重鎮，亦係桂系匪首盤踞廣西的最後巢穴。該市為廣西省內僅次於桂林、梧州之第三座大城，市區面積九十平方公里，全市人口十餘萬，一九三六年以前之二十年間廣西省會均設於此。地當左、右兩江之合流處，水陸交通便利，成為廣西南部的經濟中心，左右兩江流域的出入口貨物多由此地集散。

關於中華人民共和國國慶日的決議

（一九四九年十二月二日中央人民政府委員會第四次會議通過）

中國人民政治協商會議第一屆全國委員會在一九四九年十月九日的第一次會議中，通過『請政府明定十月一日為中華人民共和國國慶日，以代替十月十日的舊國慶日』的建議案，送請中央人民政府採擇施行。

中央人民政府委員會認為中國人民政治協商會議第一屆全國委員會的這個建議是符合歷史實際和代表人民意志的，決定加以採納。

中央人民政府委員會茲宣告：自一九五〇年起，即以每年的十月一日，即中華人民共和國宣告成立的偉大日子，為中華人民共和國的國慶日。

（新華社北京四日電）

陝南我軍解放留壩

【新華社陝南前線五日電】陝南前線人民解放軍於十二月二日解放川陝公路上的留壩縣城，並於三日佔領該縣東北江口鎮要地。守敵均向南逃竄。

1949年12月2日，中央人民政府委员会举行第四次会议，通过“关于中华人民共和国国庆日的决议”，即以每年的10月1日为中华人民共和国的国庆日。12月4日，国民党军桂系最后巢穴南宁宣告解放。图为1949年12月6日出版的《长春新报》号外。

1949年12月9日，《平原日报》出版号外“粤桂边境我军对敌展开大围歼战，白匪两个兵团大部就歼”。

南方大學

號外

一九四九年十二月十六日

雲南、西康和平解放

盧漢劉文輝等起義

宣佈脫離反動政府，聽候人民政府接管

【新華社北京十五日電】前國民黨雲南省政府主席盧漢已於九日在昆明起義，宣佈脫離國民黨反動殘餘匪幫，成立雲南人民臨時軍政委員會，接受中央人民政府領導，並遵照本年四月廿一日毛主席、朱總司令所宣佈的人民解放軍約法八章，和十一月廿一日劉伯承、鄧小平兩將軍的四項號召，維持地方秩序，保護公私財產，聽候接管。盧漢在十二日致電中國人民解放軍第二野戰軍司令員劉伯承和政治委員鄧小平請求指示，並歡迎解放軍早日進入雲南，接管軍政。

【新華社北京十五日電】前國民黨西康省政府主席劉文輝、西南軍政長官公署副長官鄧錫侯、潘文華，於本月九日聯名在雅安發表通電，宣佈起義，脫離國民黨反動殘餘匪幫，接受中央人民政府領導。通電中除痛斥蔣介石匪幫破壞政協決議，發動反革命內戰，促成國民經濟破產等種種罪行外，並表示竭誠擁護中央人民政府，歡迎解放大軍進入川康，徹底掃除反動勢力，使川康地方秩序與人民生命財產得以早還安全。通電並稱，在人民解放軍尚未到達的地方，目前當使川康原有軍警共同維持治安；文職人員謹守崗位，照常服務；並對各學校、各工廠暨公私器材及建築物等一律加以保護，聽候人民政府處理。

前国民党云南省政府主席卢汉、前国民党西康省政府主席刘文辉等，于1949年12月9日分别在昆明、雅安起义，宣告脱离国民党反动残余匪帮，接受中央人民政府领导。图为1949年12月16日出版的《南方大学》号外。

華東軍大

陳毅

華東軍政大學政治部出版

一九四九年十二月十七日

號外★號外

我軍腰截西南諸省殘匪
解放貴州省會貴陽
連克黔川二十八城

【新華社西南前線十六日電】向貴州、四川兩省發動強大攻勢的人民解放軍已於十五日解放貴陽，並在本月四日至十五日的十二天攻勢中，連克縣城二十八座。現解放軍已深入貴州中部，進抵四川東南部，國民黨殘餘匪幫企圖藉以進行最後頑抗的西南諸省，正被解放軍攔腰切斷。向貴州進軍的解放軍，於四日至十四日止，連克黔東、黔中的天柱、三穗、玉屏、銅仁、松桃、岑鞏、鎮遠、施秉、黃平、餘慶、甕安、平越、麻江、貴定、龍里等十六座縣城，十五日中午一舉解放貴陽，進入市區的解放軍受到市民的熱烈歡迎。由湘西進入四川的解放軍，迅速翻越川黔湘交界的武陵山主脈，七日攻克四川屏障的秀山城，十一、十二兩日連續攻佔川東要地酉陽及黔江城。十四日攻佔酉陽以西，烏江東岸要地彭水。與此同時，湘西的晃縣（十月三日曾爲我解放，後被敵佔）、乾城、永綏、保靖、鳳凰、龍山及鄂省西南的恩施、來鳳、咸豐等城均相繼解放。在解放軍強大攻勢面前，匪軍防禦陣綫完全潰亂，紛紛向西逃竄。在追擊逃敵中，我共殲敵四十九軍三二七師、二四九師，十五軍六十四師及一一八軍五十四師等各一部，俘敵二千九百餘人，繳獲械彈甚多。解放保靖、永綏、乾城時，僞湘省第八行政區專員兼保安司令戚驪生、僞永綏縣長[illegible]及僞乾城縣長等均率所部向解放軍接洽投誠。

貴陽解放

【新華社貴陽十六日電】貴陽解放後，市內治安情形良好，電燈、電話、電報、自來水、廣播電台、報館等，因解放軍進軍迅速，匪軍均未及破壞，現市內秩序已迅速恢復。

1949年12月15日，人民解放军解放贵州省会贵阳，连克黔川28城。图为1949年12月17日出版的《华东军大》号外“我军腰截西南诸省残匪，解放贵州省会贵阳”。

毛主席抵達莫斯科
會見斯大林大元帥

〔新華社北京十七日電〕塔斯社莫斯科十六日電：蘇聯部長會議主席斯大林於十二月十六日接見中華人民共和國中央人民政府主席毛澤東。接見時蘇聯部長會議副主席莫洛托夫、馬林科夫、布爾加寧及蘇聯外交部部長維辛斯基亦在座。

〔新華社莫斯科十六日電〕中華人民共和國中央人民政府毛澤東主席偕陳伯達教授及同行的其他人員於十二月十六日到達莫斯科，到雅羅斯拉夫車站歡迎毛澤東主席的有：蘇聯部長會議副主席莫洛托夫、蘇聯部長會議副主席蘇聯元帥布爾加寧、蘇聯對外貿易部部長孟希科夫、蘇聯外交部副部長葛羅米柯、莫斯科市衛戍司令長官西尼洛夫中將、蘇聯外交部第一遠東司代理司長庫爾久科夫、蘇聯外交部交際司代理司長布舒也夫和蘇聯外交部負責官員。

歡迎毛澤東主席的尚有：王稼祥大使所率領的中華人民共和國大使館人員、及駐蘇聯的捷克斯洛伐克共和國特命全權大使拉斯托維契卡、朝鮮民主主義人民共和國特命全權大使朱寧河、保加利亞人民共和國特命全權大使布拉果耶娃、羅馬尼亞人民共和國特命全權大使布吉奈、匈牙利人民共和國特命全權大使塞貝克、蒙古人民共和國特命全權公使伊丹甲布、阿爾巴尼亞人民共和國特命全權公使納塔奈利、波蘭共和國臨時代辦費布羅維奇、德意志民主共和國外交使團代理團長烏爾夫。

蘇聯駐中華人民共和國大使羅申亦同時抵達莫斯科。

儀仗隊排列在車站上，演奏中華人民共和國與蘇聯兩國國歌。車站上懸掛着中華人民共和國和蘇聯的國旗。

在中蘇邊境，歡迎毛澤東主席者有蘇聯外交部副部長拉夫倫捷夫、赤塔州勞動者代表蘇維埃主席烏若夫、外貝加爾軍區司令部代表及蘇聯外交部交際司副司長馬特維耶夫。

大報

號外

四九年十二月十七日

1949年12月16日，毛泽东主席及其随行人员到达苏联首都莫斯科，正式访问苏联，苏联部长会议主席斯大林会见毛主席。图为12月17日出版的《大报》号外。

鐵路工人報

號外

民國三十八年十二月二十二日

工兵總隊完成千里架橋 榮獲兵團首長傳令嘉獎

工兵總隊在這次解放大西南進軍中，克服萬難，晝夜不停，把蔣匪所破壞的大小橋樑和公路，一一重修，迅速完成了千里架橋的艱巨任務，使前後方迅速通車，功績很大，兵團首長特傳令嘉獎，原電如下：

工兵總隊孫司令員劉政治委員王參謀長苗政治主任工六團、警衛團和全體指戰員同志們：

在偉大的解放大西南進軍中，你們克服了器材、天氣等一切困難，發揮了人民戰士的英勇奮鬥、艱苦奮鬥的精神和智慧，迅速完成千里架橋任務，使前後方迅速的通車，功績很大；我們責成工兵總隊黨的領導將全體同志英模事蹟、架橋的寶貴經驗和無數的英模人物總結出來，轉發全軍學習。特此通令嘉獎，尚望繼續發揚你們的優良作風和技術，完成上級給予的一切任務，保證前線順利取得解放大西南的任務。（首長簽名）

图为1949年12月22日出版的《铁路工人报》号外“工兵总队完成千里架桥，荣获兵团首长传令嘉奖”。

華北解放軍
號外　一九四九年十二月二十四日

敵一一九軍副軍長
蔣漢城等率部起義
川桂解放龍州等四縣城，雷州半島克敵最後據點湛江市。

【新華社蘭州二十四日電】前國民黨軍一一九軍副軍長蔣漢城（即蔣雲台）本月九日率部八千餘人在甘肅南部武都起義時，該軍軍長王治岐及國民黨專員兼西和縣長張亭友，文縣縣長王聯魁，成縣縣長陳琇，武都代理縣長馬步援同時宣佈起義。王、蔣等日前發出起義通電稱：我們覺了良心血性的驅使，不願再爲蔣胡匪及大貪豪地主大官僚之殘存特權而賣命，遂於十二月九日率部起義，堅決脫離蔣匪反動集團，全心全意歸向人民，擁護人民政府，在毛主席、朱總司令、彭司令員及西北諸軍政首長領導之下，服從人民解放軍一切制度與號令，爲反帝國主義反封建反官僚資本主義消滅蔣胡匪帮的殘餘統治而奮鬭，爲實現新民主主義建立獨立民主自由富强的中華人民共和國而努力，雖粉身碎骨永誓不渝。

楊虎城將軍慘遭殺害
中共中央電唁楊拯民

【新華社北京廿二日電】中國共產黨中央委員會電唁楊虎城將軍長子大荔軍分區司令員楊拯民。電文如下：

楊拯民同志：

驚悉楊虎城將軍於本年九月十七日在重慶監獄被國民黨特務匪徒秘密殺害，楊將軍夫人和次公子楊拯中、秘書宋綺雲夫婦等也均遭毒手，極爲痛憤。楊虎城將軍在一九三六年與中國共產黨合作，推動全國一致抗日，有功於國家民族。楊將軍由此而受到蔣匪介石的仇視，被蔣匪囚禁達十二年之久，並因堅持愛國民主立場而犧牲，這個犧牲是光榮的。楊將軍的英名將爲全國人民所永遠紀念。謹電致唁，並望節哀思，爲繼承楊將軍的愛國事業，澈底消滅反動匪帮的殘餘而奮鬭。

中國共產黨中央委員會
十二月十六日

1949年9月17日，杨虎城将军在重庆监狱被国民党特务秘密杀害。杨将军的夫人和次子、秘书等也惨遭毒手。中共中央于12月16日，电唁杨将军长子杨拯民。图为1949年12月24日出版的《华北解放军》号外。

长江日报 號外

一九四九年十二月二十九日

陝中全部解放

我軍攻佔潼關渭南等縣 西安東南解放藍田盩厔

麟游山區殲敵逾萬活捉王敬鑫

【北平新華電台二十八日廣播】陝中前線消息：陝西東部隴海鐵路沿線的潼關、華陰、華縣、渭南、臨潼等城鎮和大小車站已經在二十四日到二十六日先後解放，同時向渭河南岸挺進的人民解放軍解放西安東南的藍田和渭河南岸的盩厔兩座縣城，現在渭河以南、秦嶺以北，東起潼關、西到號鎮的陝西中部廣大平原地區已經全部解放。

【西北新華電台二十八日廣播】陝中前線消息：越過渭河向南追擊殘敵的第一野戰軍解放郿縣以後，二十四日在郿縣西南斜峪關山區擊潰胡匪三十八軍，活捉匪軍團長以下官兵四百多人，擊毀敵人運糧汽車三輛，繳獲滿載麵粉的汽車五輛和武器彈藥一部。

【新華社陝中前線二十八日電】前線記者報道國民黨匪軍五十七軍及三十師的殲滅經過：當強大的人民解放軍於十七日午後渡過渭河，並於當晚佔領隴海鐵路上的咸陽後，便猛烈向西發展，使防守醴泉、乾縣地區的匪部五十七軍及三十師來不及同主力會合西撤，被迫單獨向麟游山區逃命。解放軍乃不顧疲勞，連夜猛烈追殲逃敵。

二十一日晚攻佔麟游縣城，二十二日一時許即與逃敵之主力部隊在麟游以西約五十里之[illegible]鎮附近接觸。敵人混亂不堪，除一部被殲滅外，大部沿麟（游）、隴（縣）公路向西潰逃。此時另部解放軍，已預伏於鳳翔東北公路兩側山地，堵住了敵人的退路。於是解放軍對敵形成東西夾擊之勢。

十時許，我東西兩路大軍會師，將逃敵壓縮包圍在爨家溝杭家河等狹小地區。經過約一小時戰鬥即將逃敵全部消滅。戰場上堆滿了被破壞的武器、彈藥、物資。敵軍官兵則安靜地等待解放軍來收容。據不完全統計，此役除斃傷外，計生俘敵三十師師長王敬鑫（因傷重斃命），二一五師參謀長蕭北晨等以下官兵萬餘人。按被殲滅的五十七軍原為青年軍二零三師，一九四四年十一月成立於四川瀘州，一九四八年開入陝西，即長駐乾縣、永壽擔任西蘭公路的守備，一九四八年十月改稱現番號。該軍逃離久駐的醴（泉）乾（縣）永（壽）地區不到三天時間，就遭到全軍覆滅的悲慘結局。

1949年12月24日至26日，人民解放军攻占潼关、渭南等县，西安东南解放蓝田等地。图为1949年12月29日出版的《长江日报》号外“陕中全部解放”。

川境大圍殲戰勝利結束

胡宗南匪部全部就殲

四川省會成都告解放

留在大陸殘匪主力已告肅清

縱貫中國大陸暢通無阻

京漢粵漢路已修復

明年元旦全線通車

新黔日報

外號

一九四九年十二月三十一日

1949年12月27日，四川省会成都解放，人民解放军胜利结束了川境大围歼战。至此，胡宗南匪部全部就歼，西南匪军已基本上被消灭。图为1949年12月31日出版的《新黔日报》号外。

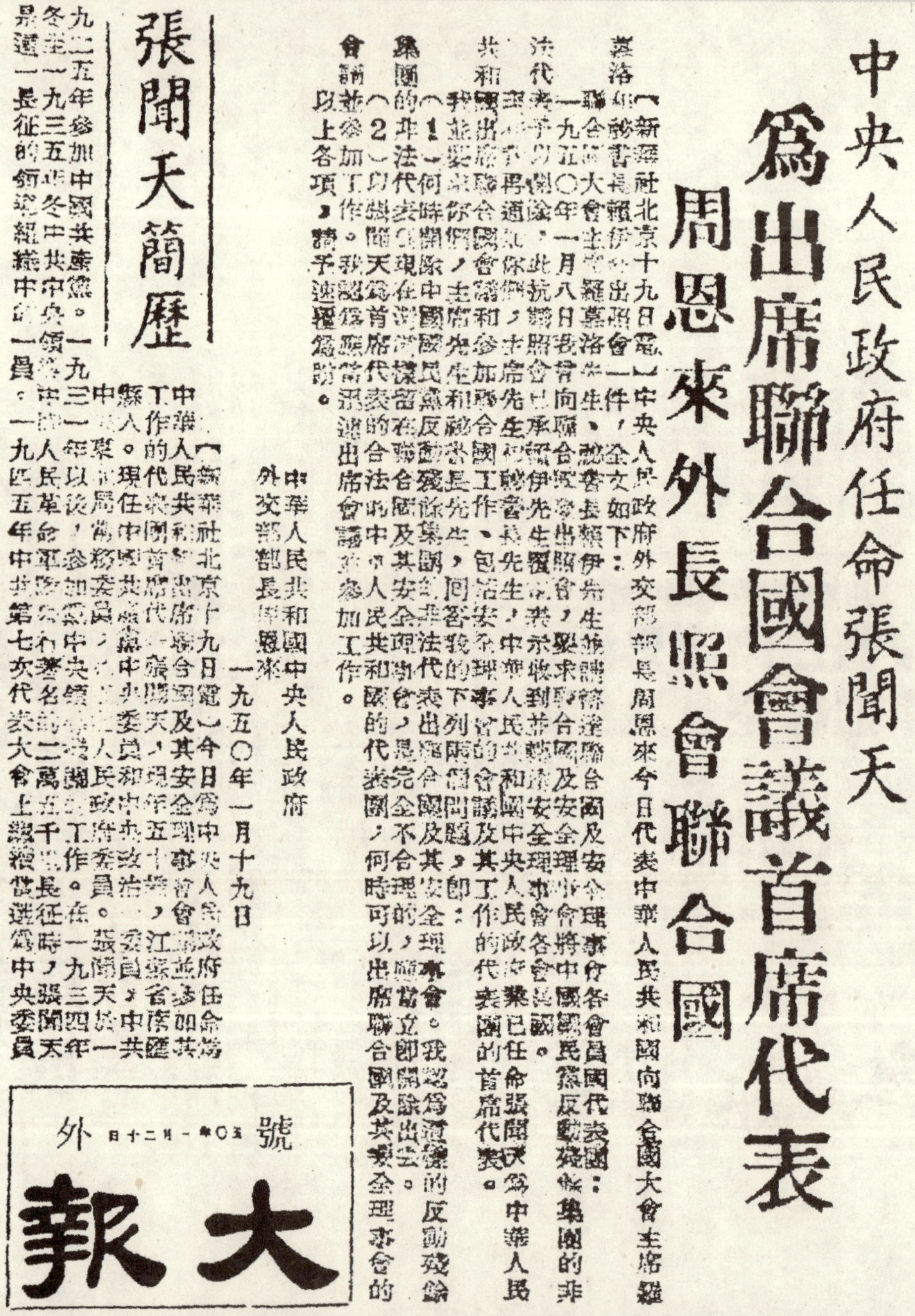

中央人民政府任命張聞天

爲出席聯合國會議首席代表

周恩來外長照會聯合國

〔新華社北京十九日電〕中央人民政府外交部部長周恩來今日代表中華人民共和國向聯合國大會主席羅慕洛、秘書長賴伊發出照會一件，全文如下：

中華人民共和國中央人民政府
外交部部長周恩來
一九五〇年一月十九日

張聞天簡歷

大報 號外 一九五〇年一月二十日

1950年1月19日，周恩来外长照会联合国大会主席和秘书长，中华人民共和国中央人民政府业已任命张闻天为出席联合国大会的首席代表，应开除国民党反动残余集团非法代表出席联合国及其安全理事会。图为1月20日出版的《大报》号外。

外 松江日報 號

一九五〇年二月十九日

毛主席離莫斯科返國

離前在車站曾發表臨別演說

斯大林大元帥歡宴毛主席

1950年2月14日，中苏两国政府缔结友好同盟互助条约。2月16日，苏联部长会议主席斯大林在克里姆林宫欢宴毛泽东主席和周恩来总理。2月17日，毛主席离开莫斯科回国。图为2月19日出版的《松江日报》号外。

一九五〇年三月四日　星期六　第一版

銀錢報

號外　不列期

爲了加强團結 勞資代表進行座談

一致同意克服困難的先决條件是：自力更生，勞資兩利

困難是誰造成的？

克服的信心是有的

大家應該學習

勞資團結，節約開源，展開勞動競賽，積極的消滅浪費，是加緊勞動的積極的。

這是最後的困難

重大的收獲

《银钱报》由上海金融工会出版。图为1950年3月4日出版的《银钱报》号外“为了加强团结，劳资代表进行座谈，一致同意克服困难的先决条件是：自力更生，劳资两利”。

鐵路工人報　號外

一九五〇年六月二十九日

中華全國總工會
發表反對美國侵略行動宣言

美國帝國主義在指使其走狗南朝鮮李承晚傀儡政府軍隊向朝鮮民主主義人民共和國發動了全面進攻之後，在六月二十七日，又用杜魯門的名義發表了一個向全亞洲人民挑戰的狂妄聲明。在這個聲明中，杜魯門公開宣佈美國政府決定以武力阻止中國人民解放台灣。美國第七艦隊並已奉杜魯門的命令開到台灣沿海來了。這一連串的事實，更清楚地暴露了美帝國主義強盜侵略我們中國，侵略亞洲的真面目。杜魯門在今年一月五日還聲明過美國不干涉台灣，現在從他自己的聲明中證實了完全是騙人的把戲。

美國帝國主義六月二十七日的聲明及其行動，在中國工人階級和中國人民看來，祇不過是美帝國主義這隻紙老虎在中國人民的空前勝利和全世界人民和平民主強大陣營的威力震撼之下，發瘋、冒險的表現而已。我們警告窮兇惡極的戰爭製造者——美帝國主義：中國工人階級和中國人民，是在反對帝國主義的鬥爭中久經鍛鍊、而且是已經獲得勝利的人民！中國人民是不可欺侮的！我們已經打倒了一個日本帝國主義，打倒了美國極力支持下的蔣介石國民黨的反動統治，如果你們這回竟敢直接侵犯中國人民的利益，那麼，日本帝國主義和蔣介石的失敗道路，就正在等着你們。

我們完全擁護周外長六月二十八日代表我們全國人民所發表的嚴正聲明：「不管美國帝國主義者採取任何阻撓行動，台灣屬於中國的事實，永遠不能改變！」我們熱烈響應毛澤東主席和周外長的號召，全國工人階級和全國人民要更緊密地團結起來，從各方面加緊我們的準備工作，爲從美國侵略者手中解放台灣而奮鬥到底！

中國工人階級和中國人民，對於同受美帝國主義侵略並正在進行反抗鬥爭的朝鮮、越南、菲律賓和日本等國人民，表示同情和敬意。我們堅信：全中國和全世界愛好和平民主的人民鞏固地團結起來，一定能夠制止美帝國主義強盜在東方的新侵略，擊退美國帝國主義的任何挑釁！

一九五〇年六月二十九日

1950年6月29日，中华全国总工会发表反对美国侵略行动宣言。宣言表示，完全拥护周恩来外长6月28日代表全国人民发表的严正声明："不管美国帝国主义者采取任何阻挠行动，台湾属于中国的事实，永远不能改变！"图为《铁路工人报》号外。

新民報

號外

一九五〇年六月三十日

中央人民政府頒發命令

公佈土地改革法

自一九五〇年六月三十日起施行

【新華社北京三十日電】中央人民政府毛澤東主席於三十日發佈命令，公佈中華人民共和國土地改革法。全文如下：

中央人民政府命令

中國人民政治協商會議第一屆全國委員會第二次會議提出的中華人民共和國土地改革法草案，業經中央人民政府委員會第八次會議討論通過，應自一九五〇年六月三十日起公佈施行。此令。

主席 毛澤東

一九五〇年六月三十日

「土地改革法」及劉少奇副主席「關於土地改革問題的報告」全文均見今天本報

1950年6月30日，中央人民政府毛泽东主席颁发命令，公布土地改革法，自1950年6月30日起施行。图为1950年6月30日出版的《新民报》号外“中央人民政府颁发命令，颁布土地改革法”。

榮軍報

號外

一九五〇年七月二十四日

周恩來總理、沈鈞儒院長 發布關於鎮壓反革命活動指示

【新華社北京二十三日電】政務院周恩來總理，最高人民法院沈鈞儒院長於二十三日會銜發布關於鎮壓反革命活動的指示。此指示業經中央人民政府主席批准。其全文如下：

政務院 最高人民法院 關於鎮壓反革命活動的指示

中國人民解放戰爭已在大陸上基本結束，各級地方人民政府已先後成立。但在某些地區特別是有些新解放地區，國民黨反動派殘餘在帝國主義指使之下，仍在採取武裝暴亂和潛伏暗害等活動方式，組織特務土匪，勾結地主惡霸，或煽動一部份落後分子，不斷地從事反對人民政府及各種反革命活動，以破壞社會治安，危害人民與國家利益。因此，必須領導人民堅決地肅清一切公開的與隱蔽的反革命分子，迅速地建立與鞏固革命秩序，以保障人民民主權利并順利地進行生產建設及各項必要的社會改革，成為各級人民政府當前重要任務之一。中國人民政治協商會議共同綱領第七條規定：「中華人民共和國必須鎮壓一切反革命活動，嚴厲懲罰一切勾結帝國主義、背叛祖國、反對人民民主事業的國民黨反革命戰爭罪犯和其他怙惡不悛的反革命首要分子。對於一般的反動分子、封建地主、官僚資本家，在解除其武裝、消滅其特殊勢力後，仍須依法在必要時期內剝奪他們的政治權利，但同時給以生活出路，并強迫他們在勞動中改造自己，成為新人。假如他們繼續進行反革命活動，必須予以嚴厲的制裁。」各級人民政府必須遵照共同綱領的規定，對一切反革命活動採取嚴厲的及時的鎮壓，而在實行鎮壓和處理一切反革命案件中，又必須貫徹實行鎮壓與寬大相結合的政策，即首惡者必辦、脅從者不問、立功者受獎的政策，不可偏廢，以期團結人民孤立反革命分子而達到逐步肅清反革命分子的目的。

為此，特對重要反革命分子的處理，呈經中央人民政府主席批准作如下的原則指示：

一、對一切手持武器、聚眾叛亂的匪眾，必須堅決鎮壓，并將其主謀者、指揮者及罪惡重大者，依法處以死刑。

二、對以反革命為目的而殺害公務人員和人民、破壞工礦倉庫交通及其他公共財物、搶劫國家和人民的物資、偷竊國家機密及煽動落後分子反對人民政府的一切活動、組織或領導、暗殺機關，應從嚴懲辦并逮捕其組織者及罪惡重大者，依法處以死刑或長期徒刑。

三、對怙惡不悛的匪特分子和慣匪，依法處以長期徒刑或死刑。

四、凡勾結、網羅上述三項重要反革命分子而情節重大者，依法處以長期徒刑或死刑。

所有上述各項反革命案件，在新解放地區由省人民法院或人民政府判決後，呈請當地省人民政府主席或省人民政府授權之專署以上首長批准後執行，在東北、華北及西北老解放地區，由省人民政府或大行政區人民政府主席批准後執行，在中央及大行政區直轄市，分別由最高人民法院院長及大行政區人民政府（軍政委員會）主席批准後執行。上述各項重要反革命分子之判決死刑者均不得上訴。

所有上述各項反革命案犯的處理，均應切實調查證據，認真研究案情，并禁止刑訊逼供。在實行鎮壓反革命活動中，應防止亂打亂殺，如發生此種情形時，應予迅速有效制止，并在究責任，依法處理。

各少數民族聚居或雜居地區，關於反革命分子挑撥的民族糾紛事件的處理，應根據具體情況妥慎決定，并及時請示上級人民政府批准。

政務院總理周恩來
最高人民法院院長沈鈞儒
一九五〇年七月二十三日

1950年7月23日，经中央人民政府主席批准，政务院总理周恩来、最高人民法院院长沈钧儒发布关于镇压反革命活动的指示。图为1950年7月24日出版的《荣军报》号外“周恩来总理、沈钧儒院长发布关于镇压反革命活动指示”。

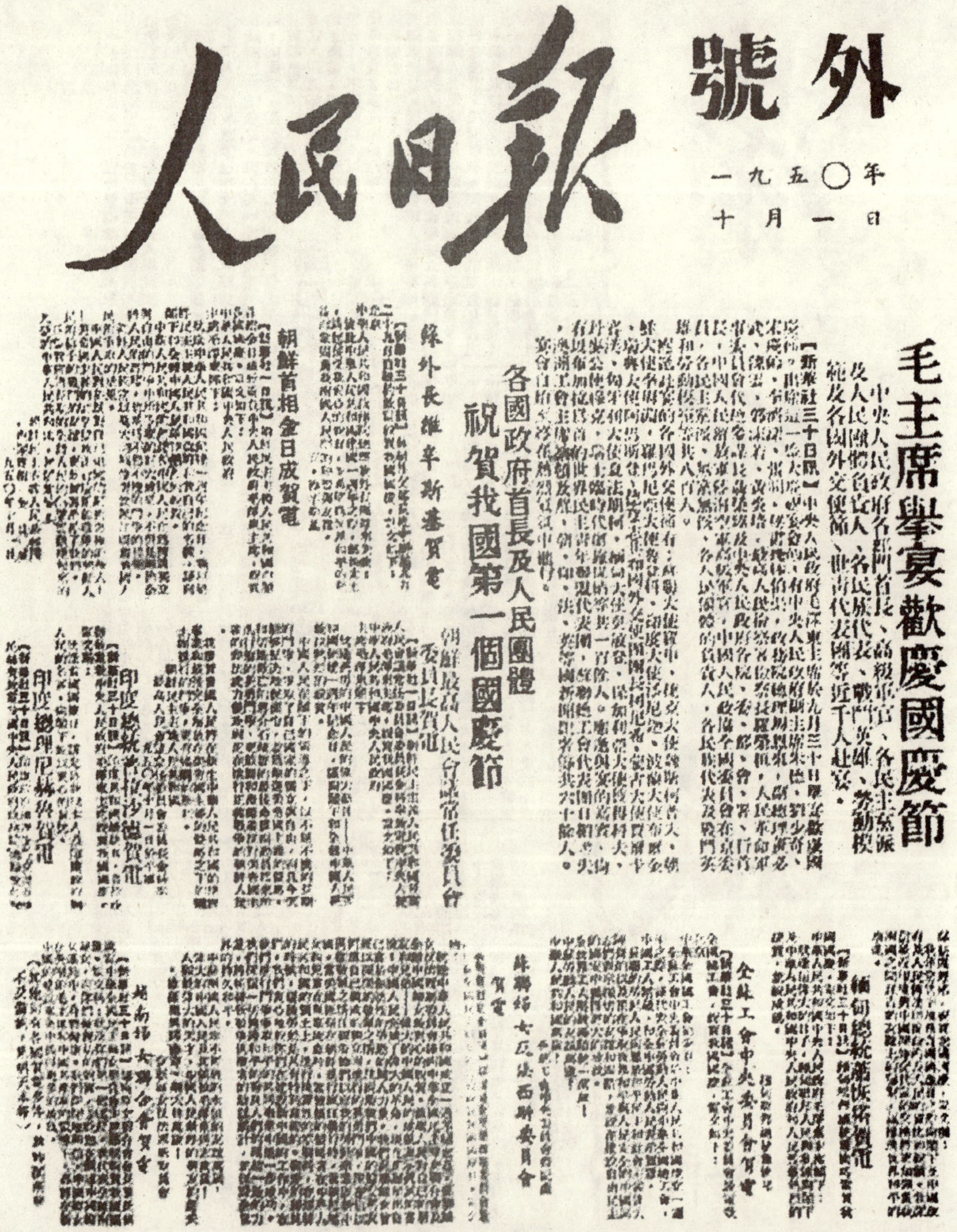
人民日報 號外
一九五〇年
十月一日
毛主席舉宴歡慶國慶節

《人民日报》是中国共产党中央委员会机关报。1948年6月15日，由毛泽东同志题写报头的《人民日报》在河北省平山县里庄村创刊。图为1950年10月1日出版的《人民日报》号外“毛主席举宴欢庆国庆节”。

香港澳門以無比歡欣心情 慶祝第一屆國慶節

香港

在香港九龍，香港工會聯合會及所屬四十多個工會，香港、九龍工商界團體華商總會、中華廠商聯合會、金銀貿易場等三十二個單位，中國、中央兩航空公司及招商局等國營機構，香港、九龍教育界、新聞出版界、電影界等均於國慶前夕和國慶日分別舉行慶祝會、遊藝晚會、鷄尾酒會或聯歡聚餐。香港工會聯合會一日中午舉行『全港九工會代表的慶祝國慶鷄尾酒會』，到會代表三百餘人。會上，各代表一致舉手通過向中央人民政府毛主席暨全體委員的致敬電，並舉杯歡呼「毛主席萬歲！」工商界的慶祝大會，參加者達三千多人，大會通過向毛主席致敬電，並一致在保衛世界和平宣言上簽了名。中航等國營機構除舉行盛大慶祝會外，還組織了代表團赴穗參加國慶大遊行。新聞出版界和各學校都舉了行聯歡酒會或晚會，並放映電影、展覽新中國圖片及舉行體育活動。電影界三百餘人分頭出動將港九同胞慶祝國慶的熱烈場面攝入鏡頭。各工會、學校、工商社團及其所屬的會員商店，都懸旗一天，熱烈慶祝。

澳門

澳門各界同胞熱烈慶祝國慶節。十月一日，全市飄揚着國旗。工人們、學生們、店員們成羣結隊地舉行慶祝。中午家家燃放鞭炮，入夜處處燈光輝煌，宣傳卡車在馬路上巡行，車上裝置的擴音器，播送着各種人民歌曲。澳門工聯、學聯、婦聯，各職業公會，各同鄉會等幾十個單位及各街坊代表共三千餘人，舉行了慶祝會，會上一致通過了向毛主席、朱總司令致敬的電文。各社團、學校、工會還分別舉行各種形式的慶祝集會或聚餐。晚上，全市有六家大戲院免費開放，招待各界參觀，

一九五〇年十月二日

號外

大公報

1950年10月2日，《大公报》出版号外“香港澳门以无比欢欣心情，庆祝第一届国庆节”。

南方日報 號外

一九五〇年十月十九日

抗議美機迭次犯我領空
周外長再電聯大安理會
要求採取措施以免事態擴大

【新華社北京十八日電】外交部周恩來部長於十八日致電聯合國秘書長賴伊，並轉聯合國第五屆大會主席安迪讓及安全理事會主席奧斯汀，嚴重抗議美侵朝軍用機於十三、十四兩日多次侵入我國領空，並再度向聯合國提出控訴，要求安全理事會採取有效措施，制止美國侵朝軍隊擴大侵略的行為，並立即撤退美國侵朝軍隊，以免事態擴大。電文如下：

紐約成功湖

聯合國秘書長賴伊先生，並轉聯合國第五屆大會主席安迪讓先生及安全理事會主席奧斯汀先生：

據我東北人民政府報告，十月十三日北京時間十五時七分，有美國侵略朝鮮軍隊軍用飛機二架侵入我遼東省長白縣之沿江村，十五時八分，再飛至我沿江村。十月十四日二十時若分，又有侵朝美軍的飛機一架侵入我遼東省輯安縣上府龍蓋村。十月十四日二十時四十五分，又有侵朝美軍的飛機一架，自朝鮮侵入我遼東省輯安縣，該機侵入我領空約三十華里。

美國侵略朝鮮軍隊的軍用飛機十月十三、十四兩日多次侵入中國領空，進行偵察的挑釁行為，說明美國正在積極擴大侵朝戰爭。這是中國人民所決不能容忍的。我代表中華人民共和國中央人民政府對美國侵略朝鮮軍隊軍用飛機侵入我國領空的暴行，提出嚴重抗議，並再一次向聯合國提出控訴和要求：聯合國安全理事會應立即採取有效措施，制止美國侵朝軍隊擴大侵略的行為，並立即撤退美國侵朝軍隊，以免事態擴大。

中華人民共和國中央人民政府
外交部部長周恩來
一九五〇年十月十八日於北京

1950年10月18日，我国外交部长周恩来，致电联合国安全理事会，抗议美国飞机侵犯我领空，要求采取措施，以免事态扩大。图为1950年10月19日出版的《南方日报》号外“抗议美机迭次犯我领空，周外长再电联大安理会”。

號外

工人生活報

一九五〇年十二月五日

朝鮮人民軍 我志願部隊 大舉反攻

敵軍遭殲滅性打擊

殲美軍兩師主力大部解放七城

大軍正向平壤方向攻擊前進中

【中央人民廣播電臺北京四號消息】據新華社朝鮮特派記者報道：在朝鮮人民軍和中國人民志願軍大舉反攻的情況下，美國侵略軍的第二師、第廿五師、土耳其旅、李承晚匪軍第六師、第七師、第八師等部，受到了殲滅性的打擊；各該部殘餘敵人，都已經向南狂奔逃命。

在這次作戰中，受到打擊比較少的美國侵略軍騎兵第一師、步兵廿十四師、英澳軍第二十七旅和李承晚匪軍的第一師等部，也互相輪流掩護，向南逃竄。英勇的朝鮮人民軍和中國人民志願軍全綫追擊，已經占領了安州、新安、價川、德川、順川、成川和江東等城。

東綫方面，被朝鮮人民軍和中國人民志願軍在咸興北面長津湖一帶地區所切斷和包圍的美國侵略軍陸戰隊第一師和步兵第七師兩個師的主力，已經被殲滅了一大部分，殘餘的敵人正在被繼續殲滅中。從咸興咸興向北面增援的敵軍，已經被打垮了好幾次，并且受到了殲滅性的打擊。

侵占城津、清津和鴨綠江旁惠山鎮等處的美國侵略軍步兵第七師一個團和李承晚匪軍的首都師、第三師等部，正在慌忙地向咸興和元山方向逃竄。

東西兩綫敵對軍恐慌萬狀，都在急着逃命。現在平壤城內的敵人，正在罪惡的屠殺人民，放火焚毀物資和焚毀該城發電設備，大火瀰漫平壤城。朝鮮人民軍和中國人民志願軍，正在向平壤方向攻擊前進中。

抗美援朝战争开始后，在朝鲜人民军和中国人民志愿军大举反攻的情况下，以美国为首的侵略军遭到歼灭性打击，歼美军两师主力大部，解放七城，大军向平壤方向攻击前进。图为1950年12月5日出版的《工人生活报》号外“敌军遭歼灭性打击”。

全世界無產者聯合起來！

中南工人日報 號外

一九五一年 一月五日

朝鮮人民軍和中國人民志願軍 一月四日光復漢城

美侵略軍和李匪軍正在向南逃命

漢城介紹

1951年初，抗美援朝战争取得了决定性胜利。朝鲜人民军和中国人民志愿军，在光复三八线以北全部地区后，继续向南挺进，于1951年1月4日下午光复汉城。图为1951年1月5日出版的《中南工人日报》号外“1月4日光复汉城”。

全世界無產者聯合起來！

中南工人日報

中南總工會機關報

一九四九年六月十一日創刊

號外

1951年5月2日

西藏談判代表團到達首都

上、中央人民政府政務院周恩來總理親至北京站歡迎抵京的西藏談判代表團，圖爲周總理與阿沛（首席代表、手持鮮花者）等，步出車站月台時情形。

班禪額爾德尼向毛澤東主席獻哈達

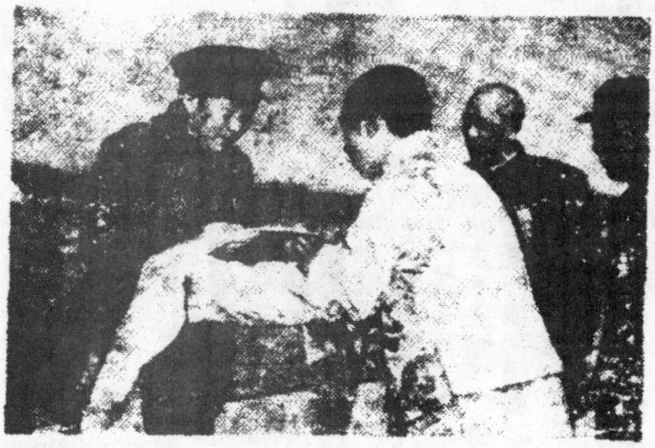

下、首都各界慶祝五一勞動節示威大遊行時，被邀觀禮的班禪額爾德尼先生在天安門上向中央人民政府毛澤東主席獻哈達致敬。

——新聞攝影局——

《中南工人日报》于1949年6月11日创刊，是中南总工会机关报。图为1951年5月2日出版的《中南工人日报》号外“西藏谈判代表团到达首都”、“班禅额尔德尼向毛泽东主席献哈达”。

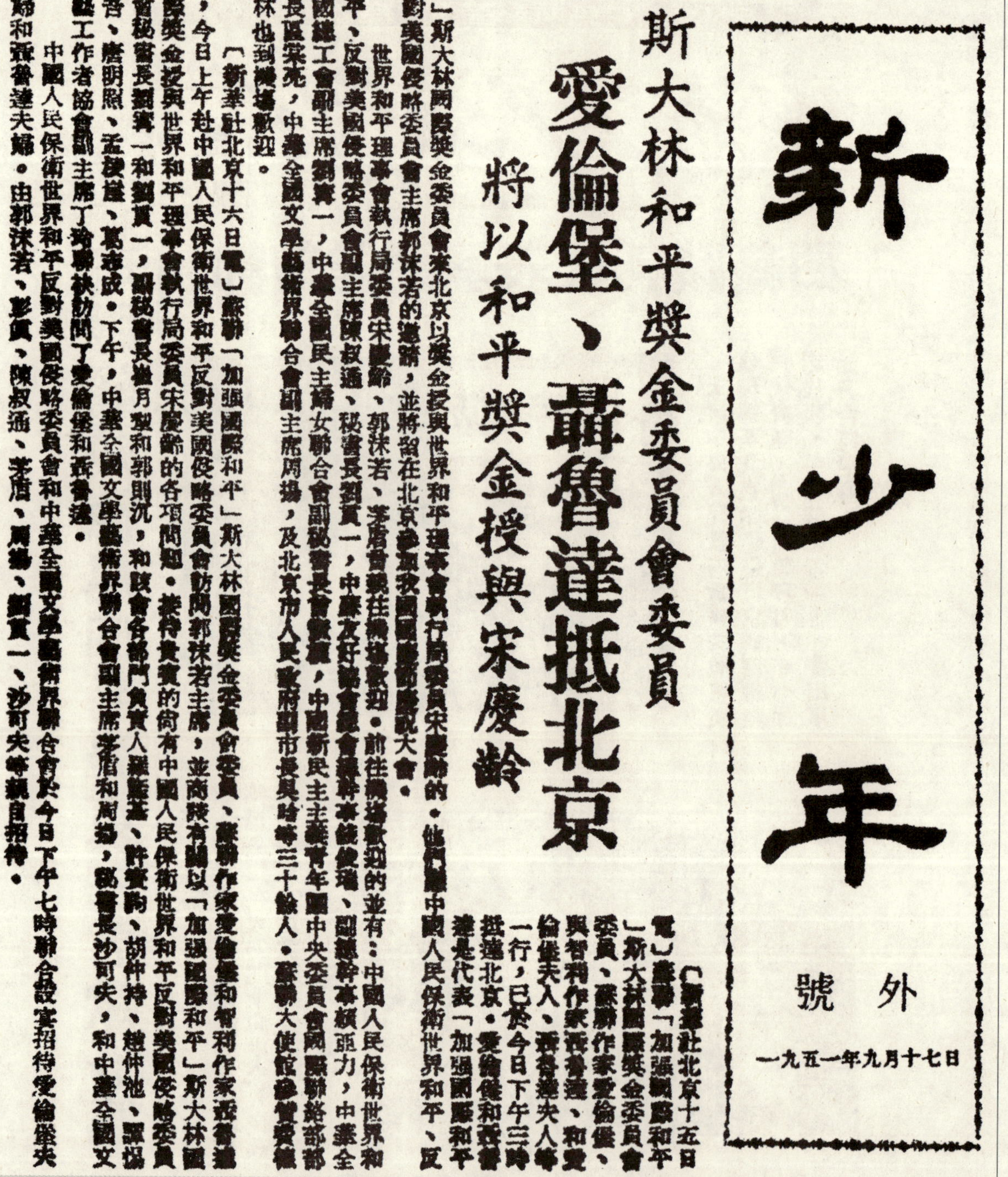

新少年

號外

一九五一年九月十七日

斯大林和平獎金委員會委員
愛倫堡、聶魯達抵北京
將以和平獎金授與宋慶齡

〔新華社北京十五日電〕蘇聯「加强國際和平」斯大林國際獎金委員會委員、蘇聯作家愛倫堡、與智利作家聶魯達、和愛倫堡夫人、聶魯達夫人等一行，已於今日下午三時抵達北京。愛倫堡和聶魯達是代表「加强國際和平」斯大林國際獎金委員會來北京以獎金授與世界和平理事會執行局委員宋慶齡的。他們應中國人民保衛世界和平、反對美國侵略委員會主席郭沫若的邀請，並將留在北京參加我國國慶節慶祝大會。

世界和平理事會執行局委員宋慶齡、郭沫若、茅盾曾親往機場歡迎。前往機場歡迎的並有：中國人民保衛世界和平、反對美國侵略委員會副主席陳叔通、秘書長劉貫一，中蘇友好協會總會總幹事錢俊瑞、副總幹事賴亞力，中華全國總工會副主席劉寧一，中華全國民主婦女聯合會副秘書長曾憲植，中國新民主主義青年團中央委員會國際聯絡部部長區棠亮，中華全國文學藝術界聯合會副主席周揚，及北京市人民政府副市長吳晗等三十餘人。蘇聯大使館參贊費德林也到機場歡迎。

〔新華社北京十六日電〕蘇聯「加强國際和平」斯大林國際獎金委員會委員、蘇聯作家愛倫堡和智利作家聶魯達，今日上午赴中國人民保衛世界和平反對美國侵略委員會訪問郭沫若主席，並商談有關以「加强國際和平」斯大林國際獎金授與世界和平理事會執行局委員宋慶齡的各項問題。接待貴賓的尚有中國人民保衛世界和平反對美國侵略委員會秘書長劉寧一和劉貫一，副秘書長[illegible]和郭則沉，和該會各部門負責人羅叔章、許寶駒、胡仲持、趙仲池、譚惕吾、唐明照、孟用潛、葛志成。下午，中華全國文學藝術界聯合會副主席茅盾和周揚，秘書長沙可夫，和中華全國文藝工作者協會副主席丁玲等訪問了愛倫堡和聶魯達。

中國人民保衛世界和平反對美國侵略委員會和中華全國文學藝術界聯合會於今日下午七時聯合設宴招待愛倫堡夫婦和聶魯達夫婦。由郭沫若、彭真、陈叔通、茅盾、周揚、劉貫一、沙可夫等親自招待。

1951年9月15日，苏联“加强国际和平”斯大林国际奖金委员会委员、作家爱伦堡和智利作家聂鲁达等一行抵京，将以和平奖金授予宋庆龄。图为1951年9月17日出版的《新少年》号外。

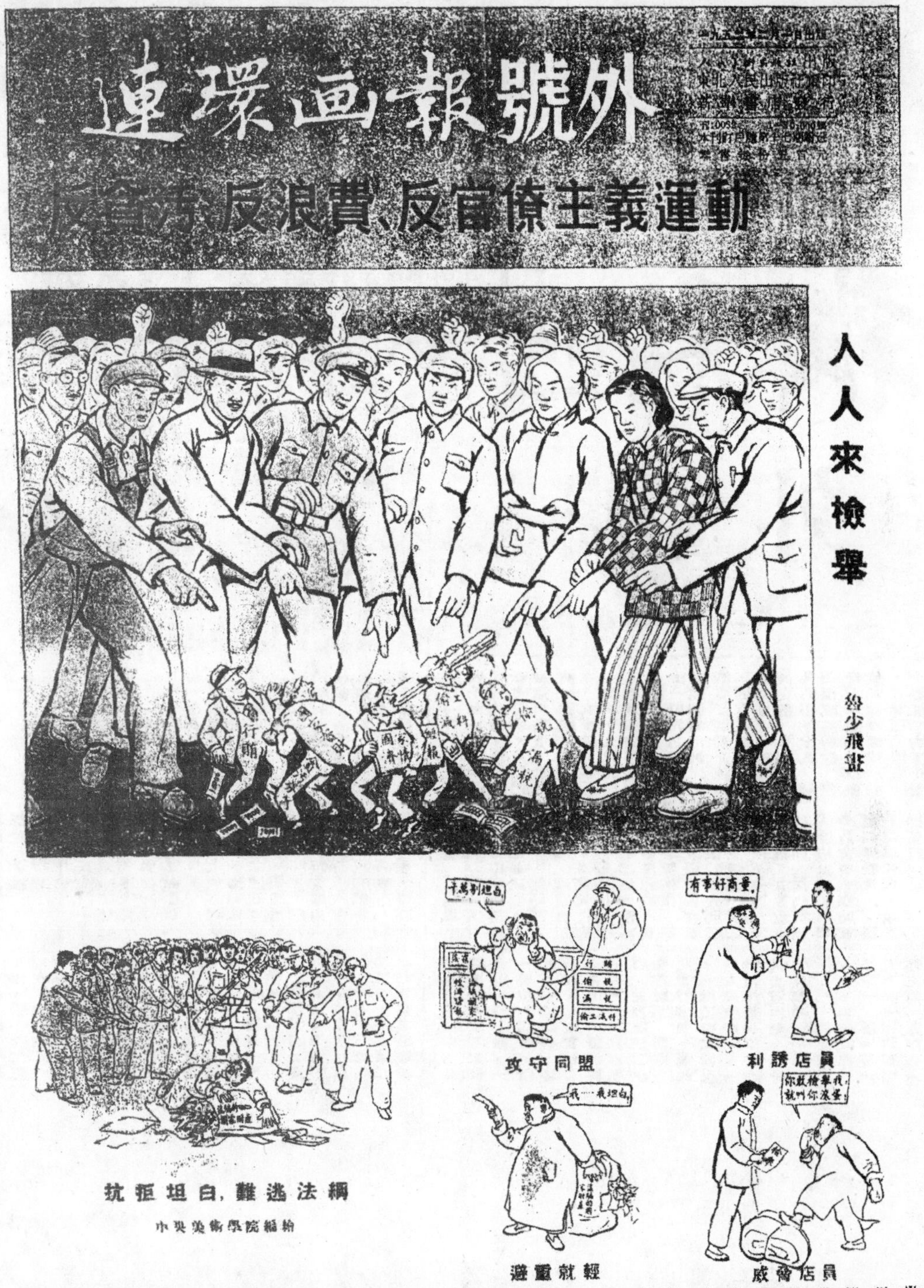

《连环画报》由人民美术出版社出版。图为1952年2月1日出版的《连环画报》号外“反贪污、反浪费、反官僚主义运动”。

週末報

外號

公元一九五二年二月十三日

貪污者死！

劉青山、張子善伏法

1952年2月10日，河北省人民法院在保定组成临时法庭，公审前天津地委书记刘青山、现任天津地委书记张子善，两贪污犯被判死刑。图为1952年2月13日出版的《周末报》号外“贪污者死！刘青山、张子善伏法”。

全世界勞動人民的偉大領袖
斯大林大元帥逝世

【新華社北京六日電】塔斯社莫斯科六日電：蘇聯共產黨中央委員會、蘇聯部長會議、蘇聯最高蘇維埃主席團 公告

蘇聯共產黨中央委員會、蘇聯部長會議、蘇聯最高蘇維埃主席團以極沉痛的心情通告全黨和蘇聯全體勞動人民：蘇聯部長會議主席、蘇聯共產黨中央委員會書記約瑟夫·維薩里奧諾維奇·斯大林已因重病在三月五日晚上九時五十分逝世。列寧的戰友和列寧事業的天才的繼承者、共產黨和蘇聯人民英明的領袖和導師約瑟夫·維薩里奧諾維奇·斯大林的心臟停止了跳動。

毛主席等前往蘇聯大使館 請轉達對斯大林同志的悼念

【新華社北京六日電】毛澤東主席在獲知偉大盟邦蘇維埃社會主義共和國聯盟部長會議主席、蘇聯共產黨中央委員會書記約·維·斯大林大元帥不幸逝世的消息後，特偕同朱德、周恩來、高崗、林伯渠、張聞天、彭真、饒漱石、鄧小平、曾山、葉劍英、鄧子恢、吳玉章、滕代遠、徐特立、薄一波、廖承志、王稼祥、黃克誠、程子華、萬毅、聶榮臻、張宗遜、王從吾、習仲勳、蕭勁光、劉瀾濤等同志，前往蘇聯駐我國大使館弔唁，面請潘友新大使轉達中國人民、中國共產黨和中國政府對全世界勞動人民的偉大領袖、中國人民最敬愛的朋友和導師約·維·斯大林同志的無限沉痛的悼念和崇敬之意。

外 一九五三年三月七 號

勞動報

苏联部长会议主席、苏联共产党中央委员会书记斯大林因病于1953年3月5日逝世。图为1953年3月7日出版的上海《劳动报》号外“全世界劳动人民的伟大领袖斯大林大元帅逝世”。

一九五三年六月四日

松江日報

號外

中國佛教協會的領導大德

達賴喇嘛和班禪額爾德尼在中國佛教協會

自左至右：中國佛教協會副會長[illegible]上師，理事[illegible]·土登塔巴，代理會長喜饒嘉錯上師，名譽會長達賴喇嘛·丹增嘉措、班禪額爾德尼·却吉堅贊、[illegible]，副會長能海上師，副會長兼秘書長趙樸初居士。

標誌着全國各民族、各宗派的佛教徒空前大團結的

中國佛教協會成立

中國佛教協會已於一九五三年六月三日在人民首都——北京宣告正式成立。參加成立會議的有：漢、藏、蒙、滿、傣、撒里維吾爾、土等七個民族的佛教徒代表一百廿一人。

西藏代表公德林·晉美吉村呼圖克圖說得好：「中國佛教協會的成立，不但象徵了各兄弟民族的大團結，而且是佛教界的空前大團結。」

中國佛教徒在毛澤東主席的旗幟之下，加強團結於中國共產黨和人民政府的週圍，與全國人民結成羣國的愛國統一戰線，正為貫徹中國佛教協會成立會議的決議而作不斷的努力。

首都廣濟寺——中國佛教協會所在地，是中國佛教徒大團結的象徵。這座著名的寺院，已由人民政府修葺一新，佈置得極其莊嚴，它也象徵了我們佛教徒的光明前途！願三寶的慈光永遠照耀着各族佛教徒！

1953年6月3日，中国佛教协会在北京成立。中国佛教协会的成立，标志着全国各民族、各宗派的佛教徒空前大团结。图为1953年6月4日出版的《松江日报》号外。

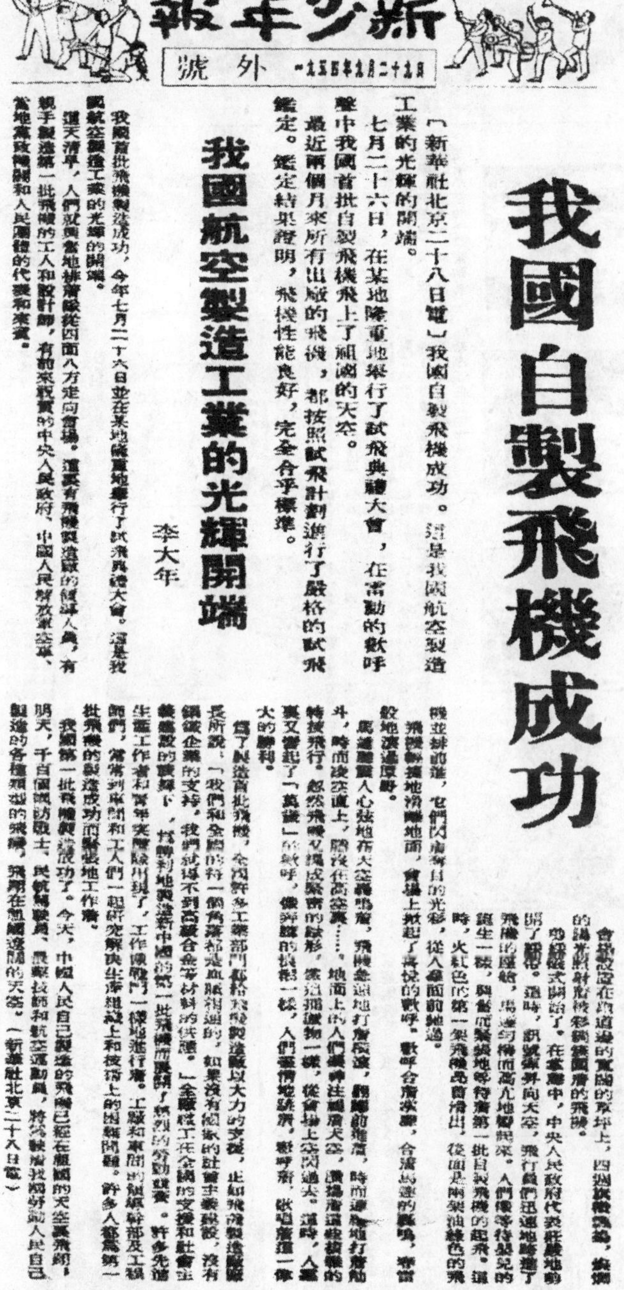

新少年報

號外　一九五四年九月二十九日

我國自製飛機成功

〔新華社北京二十八日電〕我國自製飛機成功。這是我國航空製造工業的光輝的開端。

七月二十六日，在某地隆重地舉行了試飛典禮大會，在雷動的歡呼聲中我國首批自製飛機飛上了祖國的天空。

最近兩個月來所有出廠的飛機，都按照試飛計劃進行了嚴格的試飛鑒定。鑒定結果證明，飛機性能良好，完全合乎標準。

我國航空製造工業的光輝開端

李大年

我國首批飛機製造成功，今年七月二十六日並在某地隆重地舉行了試飛典禮大會。這是我國航空製造工業的光輝的開端。

這天清早，人們就興奮地排着隊從四面八方走向會場。這裏有飛機製造廠的領導人員，有親手製造第一批飛機的工人和設計師，有前來祝賀的中央人民政府、中國人民解放軍空軍、當地黨政機關和人民團體的代表和來賓。

會場設在跑道邊的寬闊的草坪上，四週旗幟飄揚，燦爛的陽光照射着機彩鮮艷圓滑的飛機。

典禮儀式開始了。在掌聲中，中央人民政府代表莊嚴地剪開了綵帶。這時，飛行員們迅速地跨進了飛機的座艙，馬達聲[illegible]地響起來。人們像等待嬰兒的誕生一樣，興奮而緊張地等待着第一批自製飛機的起飛。這時，火紅色的第一架飛機已經滑出，後面是兩架油綠色的飛機並排前進，它們閃着耀目的光彩，從人群面前馳過。

飛機輕捷地滑離地面，會場上掀起了喜悅的歡呼。歡呼合着掌聲，合着馬達的轟鳴，雷霆般地滾過原野。

馬達聲震人心弦地在大空轟鳴着，飛機急遽地打着旋，翻騰前進着，時而迎着地打着觔斗，時而凌空直上，隱沒在高空裏……。地面上的人們緊神注視着天空，讚揚着這些技術的特技飛行。忽然飛機又變成緊密的隊形，[illegible]一樣，從會場上空閃過去。這時，人叢裏又響起了「萬歲」的歡呼，像跳舞的狂潮一樣，人們盡情地跳着，歡呼着，歌唱着這一偉大的勝利。

為了製造首批飛機，全國許多工業部門都給予飛機製造廠以大力的支援。正如飛機製造廠廠長所說：「我們和全國的每一個角落都是血脈相通的，如果沒有國家的社會主義建設，沒有鋼鐵企業的支持，我們就得不到各種合金等材料的供應。」全廠職工在全國的支援和社會主義建設的鼓舞下，[illegible]地製造新中國的第一批飛機而展開了熱烈的勞動競賽。許多先進生產工作者和青年突擊隊出現了，工作像戰鬥一樣地進行着。工廠和車間的組織幹部及工程師們，常常到車間和工人們一起研究解決生產組織上和技術上的困難問題。許多人都為第一批飛機的製造成功而緊張地工作着。

我國第一批飛機製造成功了。今天，中國人民自己製造的飛機已經在祖國的天空裏飛翔；明天，千百個國防戰士、民航駕駛員、農業技師和航空運動員，將駕駛着我國勞動人民自己製造的各種類型的飛機，飛翔在祖國遼闊的天空。（新華社北京二十八日電）

我国自己制造的飞机试飞成功。这是我国航空制造工业的光辉开端。1954年7月26日，在某地隆重举行了试飞典礼大会，在雷动的欢呼声中我国首批自制飞机飞上了祖国的天空。图为1954年9月29日出版的《新少年报》号外。

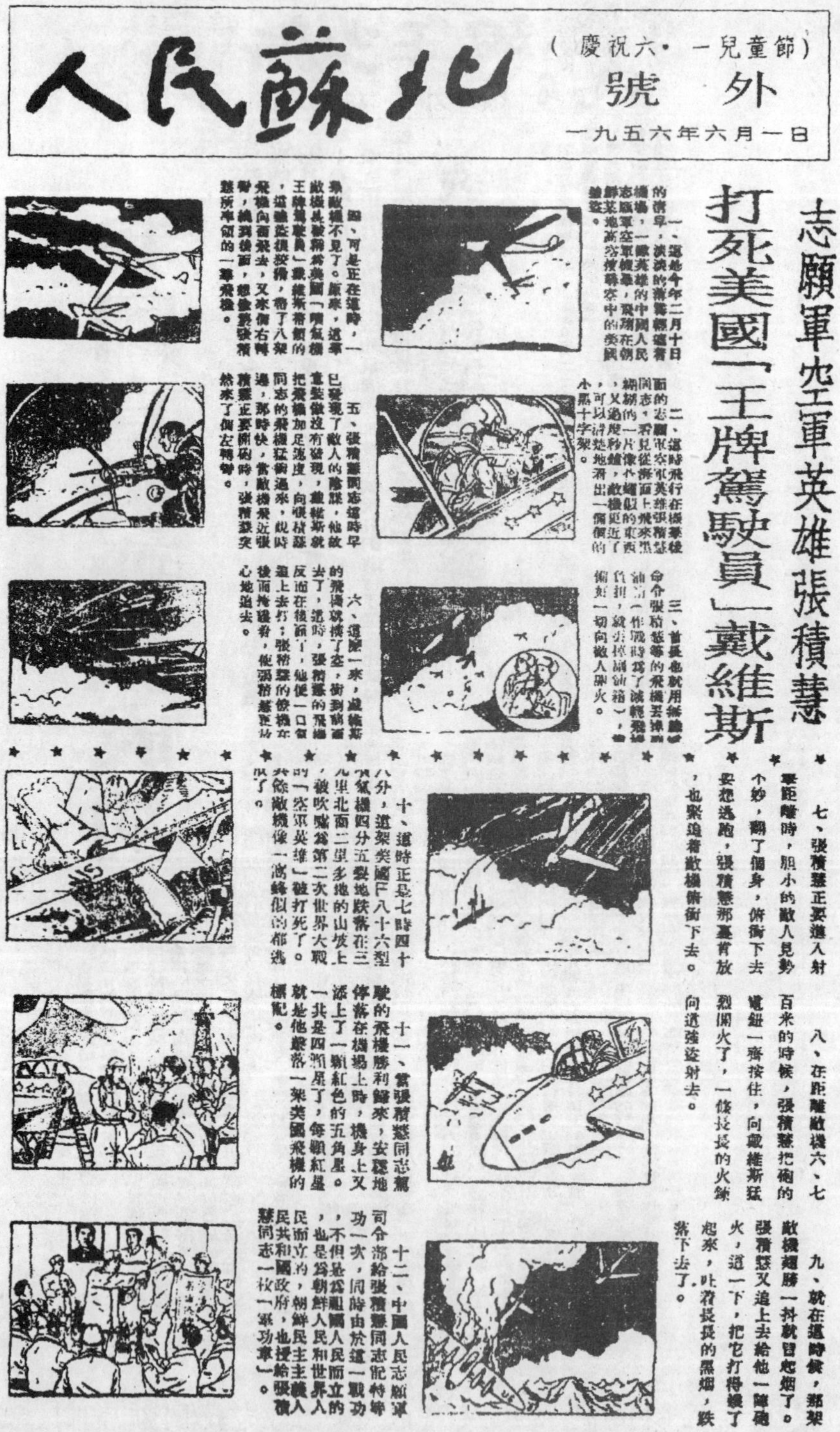

人民蘇北

（慶祝六·一兒童節）

號外

一九五六年六月一日

志願軍空軍英雄張積慧

打死美國「王牌駕駛員」戴維斯

一、還是今年二月十日的清早，淡淡的雲彩襯托着機場，一群英雄的中國人民志願軍空軍機群，飛翔在朝鮮某地高空搜尋空中的美國強盜。

二、這時飛行在機群後面的志願軍空軍英雄張積慧同志，看見從海面上飛來黑糊糊的一片，像不少烏鴉似的東西，又過了幾秒鐘，敵機更近了，可以清楚地看出一個個的小黑十字架。

三、首長也就用無線電命令張積慧等的飛機丟掉副油箱（作戰時為了減輕飛機負担，就要丟掉副油箱），準備好一切向敵人開火。

四、可是正在這時，一架敵機不見了。原來，這群敵機是被稱爲美國「噴氣機王牌駕駛員」戴維斯帶領的，這時盤旋掉轉，帶了八架飛機向西飛去，又來個右轉彎，繞到後面，想偷襲張積慧所率領的一群飛機。

五、張積慧同志這時早已發現了敵人的陰謀，他故意裝做沒有發現，戴維斯就把飛機加足速度，向張積慧同志的飛機猛衝過來，説時遲，那時快，當敵機飛近張積慧正要開砲時，張積慧突然來了個左轉彎。

六、這樣一來，戴維斯的飛機就撲了空，衝到前面去了，這時，張積慧的飛機反而在後面了，他便一口氣追上去打；張積慧的僚機在後面掩護着，使張積慧放心地追去。

七、張積慧正要進入射擊距離時，膽小的敵人見勢不妙，翻了個身，俯衝下去，要想逃跑，張積慧那裏肯放，也緊追着敵機俯衝下去。

八、在距離敵機六、七百米的時候，張積慧把砲的電鈕一齊按住，向戴維斯猛烈開火了，一條長長的火舌向這強盜射去。

九、就在這時候，那架敵機翅膀一抖就冒起烟了。張積慧又追上去給他一陣砲火，這一下，把它打得燒了起來，吐着長長的黑烟，跌落下去了。

十、這時正是七時四十八分，這架美國F八十六型噴氣機四分五裂地跌落在三九里北面二里多地的山坡上，被吹噓爲第二次世界大戰的「空軍英雄」被打死了。其餘敵機像一窩蜂似的都逃跑了。

十一、當張積慧同志駕駛的飛機勝利歸來，安穩地停落在機場上時，機身上又添上了一顆紅色的五角星。一共是四顆星了，每顆紅星就是他擊落一架美國飛機的標記。

十二、中國人民志願軍司令部給張積慧同志記特等功一次，同時由於這一戰功，不但是爲祖國人民而立的，也是爲朝鮮人民和世界人民而立的，朝鮮民主主義人民共和國政府，也授給張積慧同志一枚「一級功章」。

图为1956年6月1日出版的《人民苏北》号外“志愿军空军英雄张积慧打死美国‘王牌驾驶员’戴维斯”。

反帝爱国　走社会主义道路

天主教代表会議胜利閉幕

宣布成立“中国天主教友爱国会”并通过决議

教会独立自主堅决反对梵蒂岡干涉我国内政

【新华社北京2日电】中国天主教代表会議今天上午閉幕。会上成立了“中国天主教友爱国会”，并通过了进一步开展反帝爱国运动的决議。

这次会議从七月十五日开始，出席的代表共二百四十一名（因病因事請假四人），他們来自全国二十六个省（自治区）、市的一百多个教区，代表着三百多万天主教徒。

会議总結了几年来中国天主教徒反帝爱国运动的成績和經驗。代表們还学習了毛泽东主席“关于正确处理人民内部矛盾的問題”的講話和周恩来总理在全国人代会第四次会議上作的政府工作报告。代表們本着知無不言、言無不尽的精神，經过热烈討論，对于走社会主义道路、反帝爱国、中国天主教与梵蒂岡教廷的关系等若干重大原則問題，取得了一致的認識。

会議認为，中国天主教徒应該發揚爱国主义精神，积極参加祖国社会主义建設和各項爱国运动，保衛世界和平，并协助政府貫徹宗教信仰自由政策。会上正式成立了“中国天主教友爱国会”，选出一百五十名委員，其中包括一名总主教和十名主教。会議还通过了中国天主教友爱国会章程。

在今天的会議上，通过了“中国天主教友爱国运动情况和今后任务”的报告和大会的一項决議。决議中强調提出中国天主教会必須实行独立自主，由中国神長教友自己来办教会，徹底割断同梵蒂岡在政治上、經济上的联系，堅决反对梵蒂岡教廷利用宗教干涉我国内政、侵犯我国主权、破坏我們正义的反帝爱国运动的任何陰謀活动。

沈陽总主教区总主教皮漱石在今天的会議上代表主席团向大会致閉幕詞。皮漱石提出，中国天主教友要堅决走社会主义道路。他說，爱国爱教是一致的，我們是中国人民，然至我們社会主义的祖国是全国人民包括天主教友在内的神聖天职，有了国家的利益，才有我們神長教友的利益。他指出，天主教友爱国就是遵守天主的誡命。

皮漱石还說，在会議討論过程中，明确了中国天主教与梵蒂岡教廷的关系。大家都認識到我們中国天主教应該在当信当行的教义教規上服从罗馬教宗，但是我們也清楚地看到梵蒂岡教廷一貫敌視新中国，利用中国天主教替美帝国主义和殖民主义的侵略政策服务，利用宗教权利遥动中国天主教神長和教友来反对自己的祖国，这是每一个爱国的神長教友所不能容忍的。

皮漱石指出中国天主教必須走独立自主、由中国神長教友自办的道路。現在代表們都認識到，目前我們的国家是一个独立的、偉大的社会主义国家，但是，旧中国帶給我們中国天主教会的殖民地状态，是与我們国家的独立地位完全不相称的。中国天主教必須擺脫帝国主义的控制，拒絕梵蒂岡教廷的無理干涉，独立自主地自办教会。

最后，皮漱石希望代表們把这次会議的决議和精神傳达給全国三百万神長教友，并以自己的实际行动在共产党和人民政府的領导下，帶动全体神長教友，积極为社会主义建設貢献力量。

在会議期間，国务院秘書長習仲勛和国务院宗教事务局局長何成湘曾应邀到会講話。

號外　公元一九五七年八月三日

文匯報

1957年8月2日，中国天主教代表会议胜利闭幕。会上，宣布成立中国天主教友爱国会，并通过了进一步开展反帝爱国运动的决议。图为1957年8月3日出版的《文汇报》号外“反帝爱国，走社会主义道路，天主教代表会议胜利闭幕”。

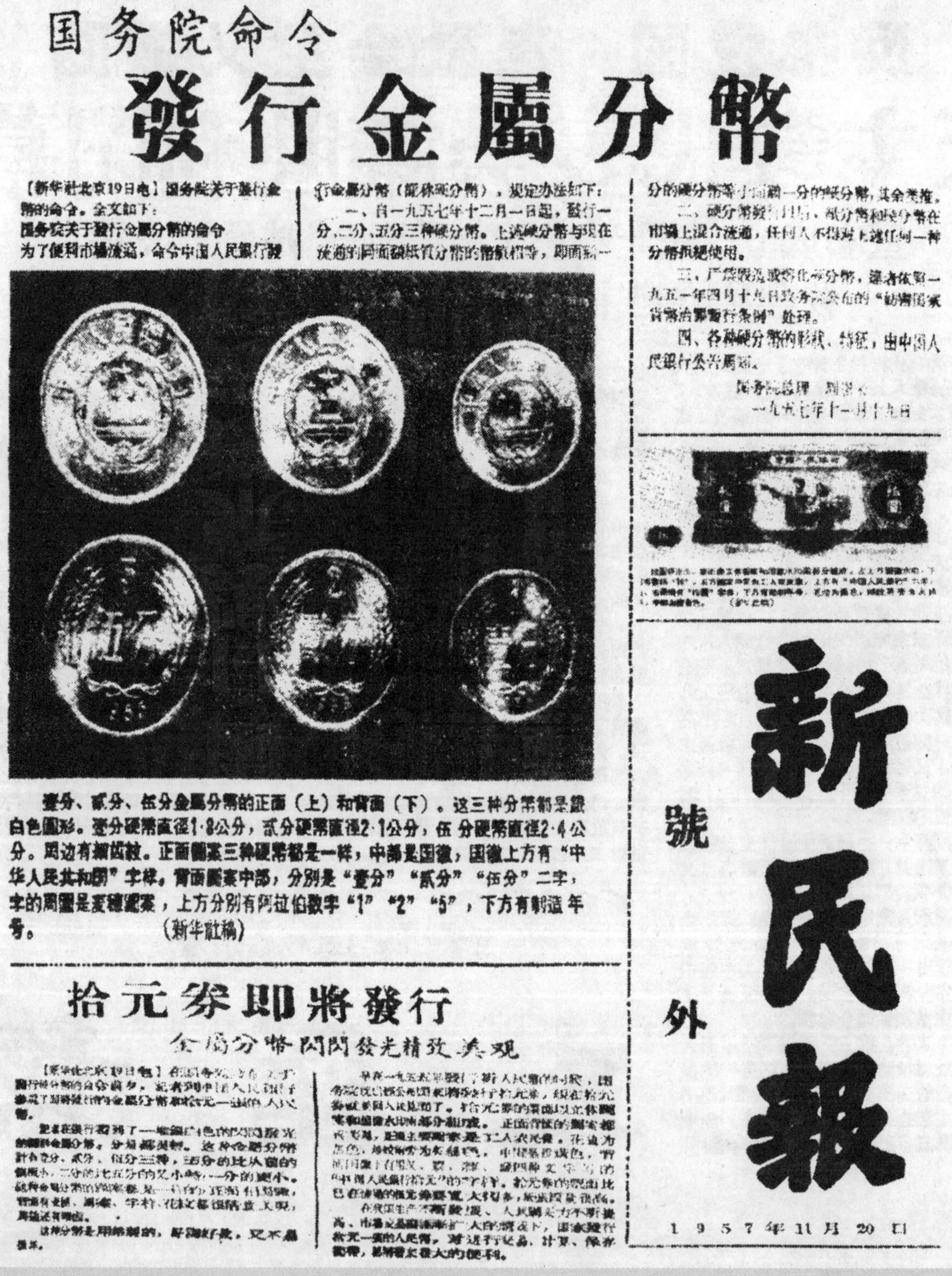

国务院命令

發行金屬分幣

【新华社北京19日电】国务院关于發行金屬分幣的命令。全文如下：

国务院关于發行金屬分幣的命令

为了便利市場流通，命令中国人民銀行發行金屬分幣（簡称硬分幣），規定办法如下：

一、自一九五七年十二月一日起，發行一分、二分、五分三种硬分幣。上述硬分幣与現在流通的同面額紙質分幣的幣值相等，即面額一分的硬分幣等于面額一分的紙分幣，其余类推。

二、硬分幣發行以后，紙分幣和硬分幣在市場上混合流通，任何人不得对上述任何一种分幣拒絕使用。

三、严禁毁损或熔化硬分幣，違者依照一九五一年四月十九日政务院公布的“妨害国家貨幣治罪暫行条例”处理。

四、各种硬分幣的形状、特征，由中国人民銀行公告周知。

国务院总理 周恩来

一九五七年十一月十九日

壹分、貳分、伍分金屬分幣的正面（上）和背面（下）。这三种分幣都是銀白色圓形。壹分硬幣直徑1.8公分，貳分硬幣直徑2.1公分，伍分硬幣直徑2.4公分。周边有细齿紋。正面圖案三种硬幣都是一样，中部是国徽，国徽上方有“中华人民共和国”字样。背面圖案中部，分别是“壹分”“貳分”“伍分”二字，字的周圍是麦穗圖案，上方分别有阿拉伯数字“1”“2”“5”，下方有制造年号。（新华社稿）

拾元券即將發行

金屬分幣閃閃發光精致美观

新民報

號外

1957年11月20日

1957年11月19日，国务院发出关于发行金属分币的命令。金属分币精致美观，分为1分、2分、5分三种。图为1957年11月20日出版的《新民报》号外“国务院命令，发行金属分币”。

广州日报 号外

社会主义国家共产党和工人党代表会議公报

一九五七年十一月十四日至十六日在莫斯科召开的

社会主义国家共产党和工人党代表会議宣言

1957年11月14日至16日，在莫斯科召开社会主义国家共产党和工人党代表会议。会议通过了“社会主义国家共产党和工人党代表会议宣言”。图为1957年11月22日出版的《广州日报》号外“社会主义国家共产党和工人党代表会议公报”。

吉林 長春 日報　号外

1958年8月3日
（星期日）
每份一分

毛澤东赫魯曉夫在北京会談发表公报

帝国主义敢发动战争就徹底消灭它

中苏两国对于反对侵略和維护和平所应采取的措施达成了一致的协議

新华社北京3日电　毛澤东和赫魯曉夫会談公报

从一九五八年七月三十一日到八月三日，中国共产党中央委員会主席、中华人民共和国主席毛澤东和苏联共产党中央委員会第一書記、苏联部长会議主席尼·謝·赫魯曉夫，在北京举行了会談。

中国方面参加会談的有：国务院总理周恩来，

国务院副总理兼国防部长彭德怀元帅，

国务院副总理兼外交部长陈毅，

中共中央書記处書記王稼祥。

苏联方面参加会談的有：苏联国防部长罗·雅·馬林諾夫斯基元帅，

苏联代理外交部长瓦·瓦·庫兹涅佐夫，

苏联共产党中央委員鮑·尼·波諾馬烈夫。

会談双方在极其誠恳、亲切的气氛中，就目前国际形势中迫切和重大的問題，进一步加强中苏之間友好、同盟、互助关系的問題和为爭取和平解决国际問題、維护世界和平而进行共同奋斗的問題，进行了全面的討論，並且取得了完全一致的意見。

双方一致認为，苏联和中国同社会主义陣营其他各国以及一切爱好和平的国家和人民一道，在爭取和緩国际緊張局势和維护和平的斗爭中，已經取得重大的成就。中苏两国的和平政策得到了世界各国人民日益广泛的同情和支持。印度、印度尼西亚、阿拉伯联合共和国以及其他主張和平共处的亚洲、非洲、美洲、欧洲的国家和人民，对于巩固和平起着日益重大的作用。和平力量已經有了空前的增长。

同这种符合我們两国和世界各国人民的切身利益的、鮮明的坚定不移的政策相反，以美国壟断集团为首的帝国主义侵略集团一直反对和平共处和合作，頑固地拒絕和緩国际緊張局势，阻撓大国政府首脑会議，並且加緊准备新的战爭，威胁和平和各国人民的安全。这些帝国主义势力是和平、民主、民族独立和社会主义的敌人，它們排演侵略性的軍事政治集团，在世界上布满自己的軍事基地，越来越粗暴地干涉他国的內政。

最近，美国和英国对黎巴嫩和約旦的武裝侵略和他們对于伊拉克共和国和阿拉伯联合共和国的武力威胁，大大加劇了中近东地区的緊張局势，使战爭危險更加严重，引起了世界各国人民普遍的抗議和譴責。

中苏两国严厉譴責美国和英国在中近东地区的粗暴侵略行为，坚决主張立即召开大国政府首脑会議討論中近东局势，並且坚决要求美国和英国立即从黎巴嫩和約旦撤出他們的軍队。

中苏两国坚决支持阿拉伯联合共和国、伊拉克共和国和其他阿拉伯各国人民的正义斗爭，坚决支持亚洲、非洲和拉丁美洲各国人民的民族独立运动。中近东地区和世界其他地区的事件証明，民族解放运动是不可抗拒的潮流，殖民主义时代已經一去不复返了，任何維持和恢复違背历史潮流的殖民統治的企图都是危害和平事业，都是注定要失敗的。

双方就目前国际形势下两国所面临的在亚洲方面和欧洲方面的一系列重大問題充分地交換了意見，並且对於反对侵略和維护和平所应採取的措施达成了完全一致的协議。

中苏两国将竭尽一切可能，繼續为和緩国际緊張局势、防止新的战爭災难而努力。双方重申：各国人民选擇自己的社会政治制度的权利应当得到尊重，不同社会制度的国家必須按照得到国际上广泛承認的著名的五項原則实行和平共处，一切国际爭端应当通过和平談判来解决，在互利和和平竞賽的基础上发展各国之間的經济和文化关系应当受到鼓励，这种关系能够增进各国人民之間的相互了解，完全符合於和緩国际緊張局势和維护和平的目的。

为了維护和巩固和平，目前的首要任务是要在各国間就裁减軍备、停止試驗和禁止使用原子武器和氫武器、取消一切軍事集团和在外国設置的一切軍事基地、締結和平和集体安全公約，达成协議。

但是，战爭能否避免，不能仅靠爱好和平人民的善良願望和他們单方面的努力。西方大国的侵略集团至今拒絕对於維护和平採取任何認真的步驟，反而肆无忌憚地加劇国际緊張局势，使人类瀕于战爭災难的边緣。但是，他們应当知道，如果帝国主义战爭狂人竟敢把战爭强加在世界人民头上，那末，所有爱好和平和爱好自由的国家和人民必将緊密地团結在一起，彻底地消灭帝国主义侵略者，奠定世界的永久和平。

双方极其滿意地指出，在中国共产党和苏联共产党之間、在中国政府和苏联政府之間、在我們两国人民之間，正在順利地发展着和日益巩固着兄弟般的友好、全面合作和互助的关系。两国的經济都在飞跃发展。两国的力量日益强大。两国建立在完全平等和同志般互助的基础上的团結和合作具有偉大的生命力，这种团結和合作不仅有利于两国沿着社会主义和共产主义道路迅速前进，而且有利于加强整个社会主义陣营的力量。

双方决定繼續全力发展两国之間的全面合作，进一步加强社会主义陣营的团結，进一步加强同一切爱好和平的国家和人民的团結，並且对于所討論的一切問題达成了完全的协議。

双方对于中国共产党和苏联共产党所共同面临的任务的估計完全一致，这两个馬克思列宁主义的政党之間的不可动搖的团結永远是我們的共同事业胜利的可靠保証。

中国共产党和苏联共产党将不遺余力地捍卫这种神圣的团結，保卫馬克思列宁主义的純洁，捍卫各国共产党和工人党莫斯科宣言的原則，同共产主义运动中的主要危險修正主义——这种修正主义明显地表現在南斯拉夫共产主义者联盟的綱領中——进行毫不調和的斗爭。

双方表示完全相信，日益壮大的和平力量和社会主义力量，一定能够战胜前进道路上的一切障碍而取得偉大的胜利。

中国共产党中央委員会主席　苏联共产党中央委員会第一書記
中华人民共和国主席　苏联部长会議主席

1958年8月3日於北京

1958年7月31日至8月3日，中国共产党中央委员会主席、中华人民共和国主席毛泽东和苏联共产党中央委员会第一书记、苏联部长会议主席赫鲁晓夫，在北京举行了会谈。图为1958年8月3日《吉林日报》、《长春日报》联合出版的号外。

建設日報 号外

JIANSHE RIBAO

一九五八年八月二十四日

大号"衛星"在我区出現

亩产玉米一万五千九百一十二斤十一兩多

駐我区的河北省农業科学研究所，創造了驚人的玉米高产新紀录。一点二四五亩地共产了玉米一万九千八百一十一斤五兩多，平均亩产一万五千九百一十二斤十一兩多。比前几天創造全国玉米最高紀录的河南省長葛县和尚桥乡（亩产一万五千八百七十五斤）的"衛星"还多三十七斤十一兩多。这个大号玉米"衛星"于八月二十日收打完畢。驗收人有該研究所党委書記周有潤，副所長赵錫潤，团总支書記陈瑞生，玉米研究室技术員陈爱华，丰产組長盧香来，石家庄市市委書記处書記兼市長馬賦广，市委农村工作部部長杜清华，市农林局副局長王树广，石市振头区区委会秘書王書金，振头乡党委書記白秋来等十 四 个 同志。

这块地是由該所粮食作物丰产組組長盧香来和九名組員种植的。玉米棵一般的高一丈二尺多；行距一尺八，穴距一尺一寸七分九，每亩五千五百六十棵，双株率占百分之八十五。大白馬牙品种。采取的措施是：深翻地二尺，平均每亩地施底肥五万斤，追肥八次，共追細肥八百斤；澆水五次，治虫八次，鋤草培土七次，人工授粉五次，并实行了剪尖雌雄授粉法。做到了不缺肥，不缺水，無虫，無草，授 粉 适时。因此，获得了空前高額丰产。

在"大跃进"年代，当时到处放卫星，浮夸风盛行，缺乏深入实际和认真科学分析的态度，曾出现很多不够实事求是的放"卫星"号外。图为1958年8月24日出版的《建设日报》号外。该报先后出版放"卫星"号外30多种。

廣德報

1958年8月26日

井山乡再傳捷报 放卫星创新記录

卫星社三分九厘中稻亩产13,902斤9両

（本报訊）井山乡衛星农业社第七生产隊，一塊三分九厘田的中稻实收干稻5,422斤，合畝产13,902斤9兩。

這塊田是中共邱村区委第二書記張德有同志参加培養的高額丰产田。在栽秧前用120担干柴普燒了一次，又挑了1,600担肥土作基肥。选用的是“大子南”良种。为了克服山冲田田瘦水冷的缺点，在平田时，他們又用九斤石膏打秒口保暖，然后進行了1×2寸密植。在耘头草时，下了猪烱糞二百担，耘二草时追肥田粉十五斤，耘三草时又用三十斤菜籽磨碎下田，并追了草木灰十四担草。三草以后放不进耘刀，三十多个女社員接着用手扒了一次草。為了防虫，在生長期中他們用666粉噴射了十二次。出穗的时候，用毛竹搭起架子防止倒伏。在田里還分散放了十五个竹气barrel，給稻禾通風。六、七月里一直干了七十多天，由于社員日夜車水灌溉，一直保持没有断水，獲得了丰收。

八月二十二日，衛星社118个社員，整整一天才把这塊田割完。参加監收的有中共邱村区委会財貿委員曹仁和、銀行營业所主任盤广財和邱村区全区的270多个党、團員和积極分子，以及井山乡的全体干部。通过監收、監打、丈量田畝和現場过秤，証实這三分九厘田的中稻实收干稻五千四百二十二斤，合畝产一万三千九百零二斤九兩，創造了全县高产新記錄。

收打完畢以后，当場四百多人都热烈鼓掌，欢呼井山乡在中稻产量方面出現了奇蹟。

賀信

中共井山乡总支、井山乡人民委員会轉衛星农业社：

祝賀你社創造了中稻畝产13,902斤9兩的全县高产新記錄。希望你們認真地总結丰产經驗，繼續鼓起更大的革命干勁，認真地加强晚秋和旱粮作物的田間管理，把高产衛星放得更多、更大。

中共广德县委員会

广德县人民委員会

1958年8月25日

号外

第4号 請傳閱 請張貼

《广德报》是中共广德县委机关报。图为1958年8月26日出版的《广德报》号外“井山乡再传捷报，放卫星创新记录，卫星社三分九厘中稻亩产13902斤9两”。

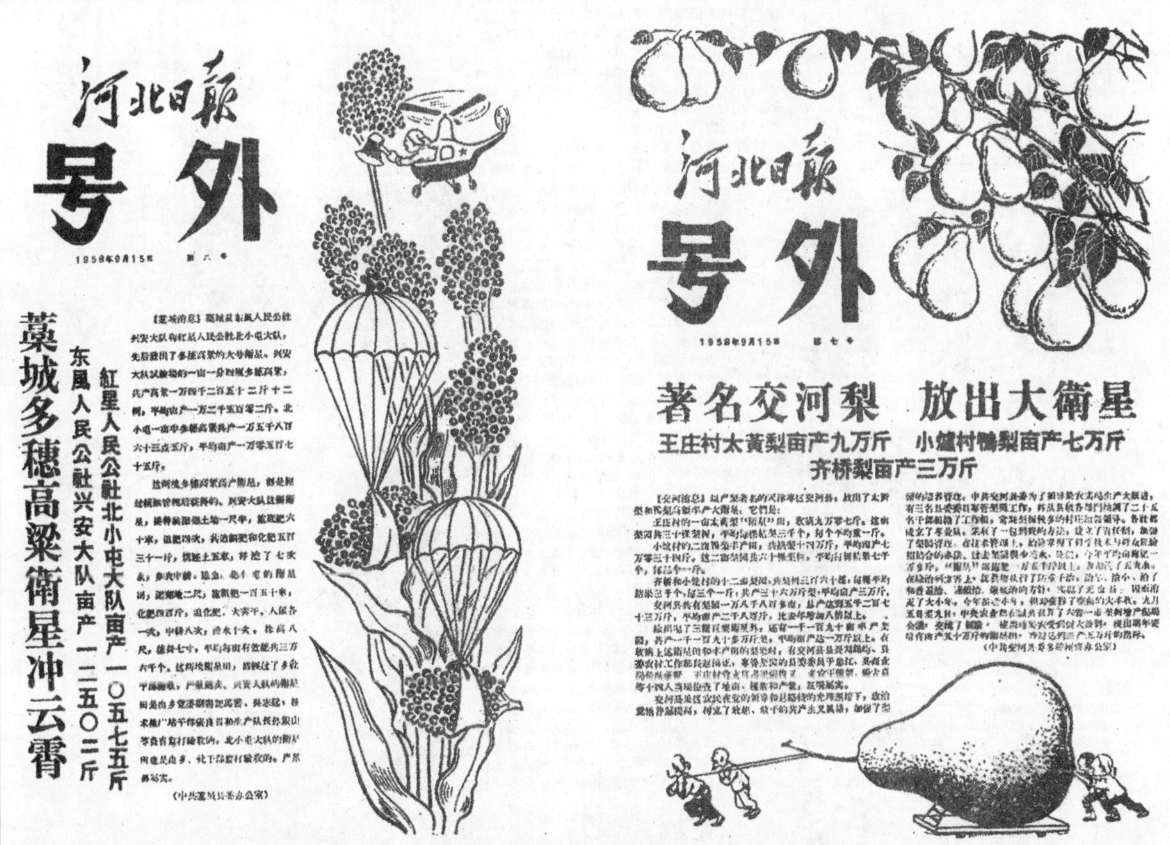

河北日报 号外

1958年9月15日 第六号

藁城多穗高粱衛星冲云霄

紅星人民公社北小屯大队亩产一〇五七五斤

东風人民公社兴安大队亩产一二五〇二斤

【藁城消息】藁城县东風人民公社兴安大队和红星人民公社北小屯大队，先后放出了多穗高粱的大卫星。兴安大队試驗田的一亩一分四厘多穗高粱，共产高粱一万四千二百五十二斤十二两，平均亩产一万二千五百零二斤。北小屯一亩半多穗高粱共产一万五千八百六十三点五斤，平均亩产一万零五百七十五斤。

[illegible]

（中共藁城县委办公室）

河北日报 号外

1958年9月15日 第七号

著名交河梨 放出大衛星

王庄村太黄梨亩产九万斤 小缝村鸭梨亩产七万斤 齐桥梨亩产三万斤

[illegible]

《河北日报》于1958年9月间，先后出版“大跃进”号外26种。图为1958年9月15日同一天出版的两种连体号外“著名交河梨，放出大卫星”、“藁城多穗高粱卫星冲云霄”。

河北日報 号外

1958年9月17日

第十号

正定人民在沙碱地上創奇迹

新城舖生产队沙地亩产谷子一〇〇九〇斤
北旱現生产队多穗高粱亩产一二〇七四斤
北孙村生产队多穗高粱亩产一四〇六二斤
胡村生产队碱地亩产玉米一一〇二五斤

【正定消息】正定县在最近半月内，连续发射四颗大卫星，其中玉米和谷子卫星是在过去收成很少的碱性土地和沙地上培育的。这四颗卫星的升天，又一次證明只要敢想敢干，創造条件，在什么样的土地上也能增产。

这县紅旗人民公社胡村生产队以創造性的劳动在碱性土地上創造了玉米高产奇迹，一亩五分試驗田，共产玉米一万六千五百三十七斤半，平均亩产一万一千零二十五斤。八月三十日收打这块玉米时，参加驗收的有河北省农业科学研究所干部李㨗、县生产办公室干部梅志荣、紅旗人民公社党委組織部長傅和中和社干部、老农等十三人。这块試驗田是碱洼地，过去产量很低。去年，該社把这块地深翻一次，改良土壤，曾亩产九百八十九斤。今年，在大跃进的鼓舞下，胡村生产队長張凤伍、第四小队队長張揣德、張貴毛、技术員赵卜吊等五人認为：去年深翻能产九百多斤，今年再深翻叫它亩产万斤。于是他們晝夜苦战，深翻二尺，把碱土翻去换上好土，亩施基肥六万斤，播种前又用大水灌溉洗碱，种上了大白馬牙玉米。在培育过程中，追肥六次，共施假翻肥一万五千一百八十斤，人粪尿二千五百斤，澆水八次，除虫六次，培土七次，人工授粉三次。由于他們敢想、敢干，改良了土壤，加强了管理，控制了碱害，使过去产量很低的碱地放出了高額丰产卫星。

該社北孙村和北旱現生产队在九月一日和九日放出了两颗多穗高粱卫星。北孙村生产队長任荀等培育的一亩四分二厘試驗田，共产一万九千九百六十八斤十二两，合亩产一万四千零六十二斤半。北旱現培育的多穗高粱試驗田共一亩五分，产了一万八千一百一十一斤六两，合亩产一万二千零七十四斤四两。收打这两块高粱时，有县工作組孙金、省农业科学研究所干部陈熊和县、社干部等二十多人参加驗收注释。北孙村这块試驗田的主要經驗，是深翻土地二尺以上，分層施基肥八万斤，并追用化肥二万零七百五十斤，每亩密植达九千多株，澆水八次，五次中耕培土。北旱現村这块試驗田，深翻地一尺五寸，施底肥七万斤，追肥四次，共施用化肥二万零二百五十斤，澆水五次，及时进行了中耕鋤草和除治病虫害，保証了高額丰产。

这县东風人民公社新城舖生产队在沙灘洼地上放出了一颗谷子高产卫星，一亩一分二厘地，共产一万一千三百零一斤十二两，平均亩产一万零九十斤十四两。这块谷子試驗田，是在去年新垦起来的一块沙土地上培育的，参加培育的除有党委書記苏秀文外，还有农业技术推广站干部王升海作技术指导和許多社員集体管理的。九月五日收打这块谷子时，有县委农村工作部長宋建修等十余人参加驗收。这块沙地深翻一尺半，每亩施底肥五万斤和七十斤过磷酸钙，耙盖五次，选用"三三二"良种，开沟微播宽幅密植，每亩达十二万一千三百九十四株，追肥五次，中耕七次，谷子杆長很粗壮，高达五尺至七尺，穗長一般七寸左右，有的一尺以上，顆粒饱满。未收割前，谷田里搭了竹竿架，防止了倒伏。（正定县生产跃进办公室、楊俊杰、刘哲光、聂德普）

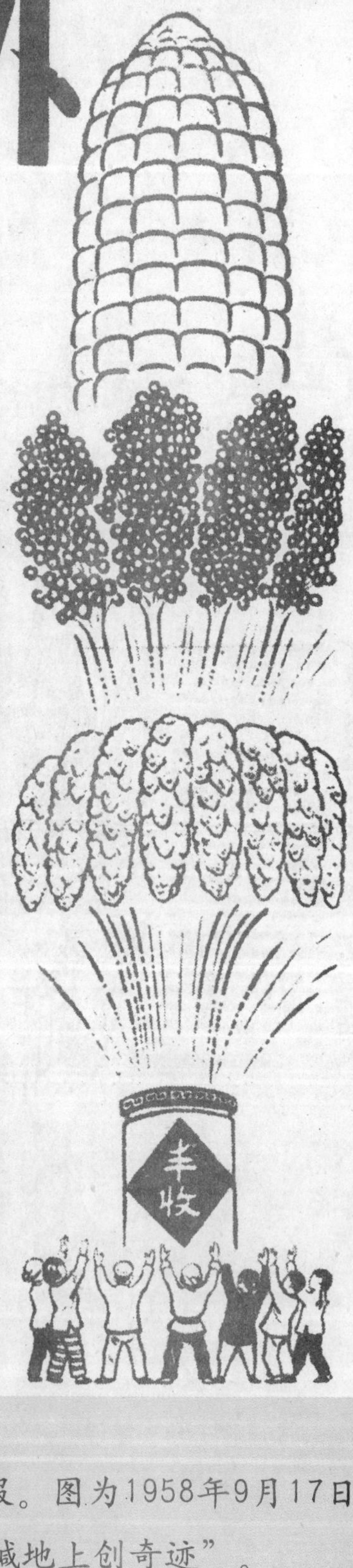

《河北日报》是中共河北省委机关报。图为1958年9月17日出版的《河北日报》号外“正定人民在沙碱地上创奇迹”。

号外

东风日报

1958年9月21日
第五期

安國县大豐收紅旗招展

多穗高粮卫星齐向天空

大文村队亩产18032.4斤

流罗队亩产16663.7斤

安國县先鋒人民公社大文村生产队，今年有五亩二分多穗高粱，共产粮九万五千五百七十一斤半，平均亩产一万八千零三十二点四斤。这塊多穗高粱"衛星"田，是由原来中曙乡党委書記田爾波、副乡長赵英杰和大文村党支部書記馬洛閃等培养的。这塊多穗高粱大号"衛星"上天，是战胜保守思想，采取了革命管理措施的結果。在播种前，土地深翻三尺，亩施底肥十九万斤。耷苗时，每亩留了八 株。当时有些人一看，連連搖头，說："象这样稠密的高粱想丰产真是癞蛤蟆要吃天鵝肉——心高妄想，秋后收楂子吧！"这些冷言熱嘲，不但沒有动搖田爾波、赵英杰、馬洛閃等人的决心，反而倒給了他們很大的鼓舞。他們表示：要以"衛星"上天的事实，駁倒"搖头派"。于是，在田間管理方面，又暗暗加了一把劲。在生長期間，这塊"衛星"田追了六次肥，共計每亩施化肥一百三十斤，坑、房土兩万斤，大糞稀兩千斤。澆水十次，中耕十次，除虫五次。由于管理得当，多穗高粱長得格外出色，稍高八尺，叶子肥大，每※分蘖六、七个，每亩共合五万二千穗。在九月十八日，由先鋒人民公社党委書記郭佩和第二書記田爾波、生产大队長赵英杰、社員陈洛吉等人监收监打，总产量九万五千五百七十一斤半，平均亩产一万八千零三十二点四斤。

多穗高粱"衛星"上天的消息，激动着每个社員的心，就連那些"搖头派"也低头服输了。如原来說秋后收楂子的生产队長陈洛道，見"衛星"上了天，不光低头認輸，还滿有信心地說："明年我要搞亩产十万斤的。"

火箭人民公社流罗生产大队，今年种植的七百七十七亩多穗高粱，平均亩产三千三百二十斤十四兩，其中有八十亩，亩产五千五百斤，九亩五分，亩产九千一百八十斤二兩，最高的一亩三分，共产兩万一千六百六十二斤，平均亩产一万六千六百六十三点七斤。

流罗村种多穗高粱是破例的，过去群众多是种植玉米。无論什么事只要一破例，就出人們熟定的常規，往往被人反对。这村也是一样，当提出种多穗高粱时，有些人思想抵触，認为高粱产量不能跟進。尤其是高粱苗子与玉米苗子一比，又稀又高，社員中說什么風凉話的也有，你不听它也硬往耳朵里钻。在这个时候，領导的头腦是清醒的，信心是坚定的。乡党委一面發动社員進行積肥、澆水等田間管理，一面領导开展地头辯論。从而，提高了社員覺悟，統一了思想，鼓舞了行动。从种到收，这村的多穗高粱普遍追肥三至五次，原完各庄乡党委書記刘文学培养的一亩三分高額丰产田，追肥七次。八月發生蚜虫后，社員們進行瘙擦壓叶的和壓蟲的噴治，很快消灭了虫害，保証了全面大丰收，使小、中、大三号"衛星"齐飞上了天。在收打这天，在場的有农林局長穆新錦、农林局技术干部张占学、史秀成等九名干部和很多社員，大家都为这个惊人的产量称贊不已。（中共安国县委生产办公室）

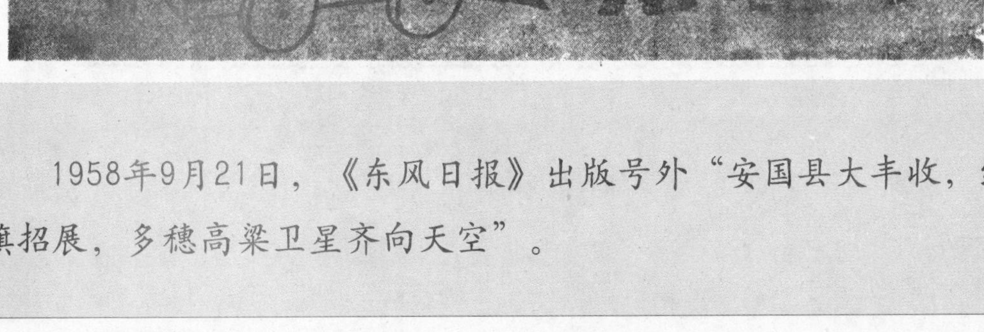

1958年9月21日，《东风日报》出版号外"安国县大丰收，红旗招展，多穗高粱卫星齐向天空"。

佛山報

号外

1958年9月 30日

壮举！ 壮举！ 壮举！

一夜功夫生鉄從日產12吨增到36吨

鋼鉄战士闖万关　万关冲破尽开颜　万炉高炉奔鉄水　一夜工夫翻两番

本报訊　29日战役結束了，从鋼鉄办公室传来了令人兴奋的消息，本市日产量从12吨跃进到36吨，超过地委提出30吨任务，产量翻2翻，取得了辉煌的战绩。

在这次激烈的战斗里，直接和間接參加这场战役的人数有数万人，一个全党全民办鋼鉄的高潮，在本市又有新的进展，市委書記、委員、部長每个人都包干一条或几条高炉，他們和全体鋼鉄战士們在一起，从备战到战斗，由修炉到出鉄，日日夜夜在高炉旁边，真正做到了吃住、指揮生产三在炉边，象鋼鉄厂的領导干部共烹被火灼伤，燒了毛发，还坚持战斗，給工人很大鼓舞，紡織厂工人題詩道："書記炉边战士勇，一点三十（出了）"一四六"（斤鉄）一吨賢要超吨半，廿九报喜当英雄"。他們干劲冲天，多少人輕伤不下火线！多少人坚持几天几夜，还精神抖抖地參加生产，真是"炉火与明月争輝，鉄水与汗水下降。"就是他們，用辛勤的劳动，用奔流的鉄水写下了壮烈动人的詩篇。

"一切为了鋼鉄！"，全市人民支援鋼鉄生产，发揚了高度的共产主义大协作的风格，象巡士学校师生連战两个晚上帮助酒厂碎矿，飲食服务业的同志深夜亲自把凉茶和粥水送到高炉旁边，大大地鼓舞了鋼鉄工人們的斗志。高炉需要什么就保証給什么，已成为其他工厂，企业单位支援鋼鉄的具体行动，深夜華中印刷厂把10匹馬送給了农械厂，运输站汽車用的木炭和全市非鋼鉄单位的木炭都全部集中到高炉房。全市一千名劳动大軍到火車站苦战通宵卸下千多吨原煤。我市全市人民都以支援鋼鉄生产为最光荣的事。

这次，鋼鉄战士还創造不少宝貴經驗，如停机10小时保証高炉正常出鉄，放渣盐在炉里解决結炉問題，争取丰产各厂的配料改进方法等等，总之，这次战役正在初步显示出了我市鋼鉄工人的力量。現在，他們为爭取更大的成就而不断奋战！

数英雄人物　还看今朝

老工人，新經驗

△紡織机械厂老工友[illegible]伍參加炼鉄战斗已經有三个晚上沒有睡觉了，但为了修炉、开炉，仍然继续坚持在炉边指导大家生产。并大胆提出用40斤矿砂配30斤木炭，分成四层落料的办法，炼出更多的黑口鉄，在提前完成任务中起很大作用。

指战員們

△佛山鋼鉄厂车政委为了抢救着火的烟囱，手部受了伤，处长趙万良的头部眼睛受了伤还继續进行战斗。二号炉炉長馮可立中煤气晕倒了，但他一听到有人来慰問就又參加入战斗里。表現出了无比的頑强战斗精神。

市一中高炉旁

△市一中原来在中秋晚上庆祝人民公社联欢的，但为了29号高炉的正常生产，高二班仍坚持在炉边作战，班主任鄧寓航和蔡汝霖跟同学在一起苦战。周卓荣同学在决战那天主动參加夜战，早晨仅睡两个小时，听说二中炉坏了，马上起来前去支援。黄佩兰老师本有心脏病，已經坚持几昼夜了，但仍在炉前指揮生产保証原料供应。

社論

巩固战果　継續前进　再接再励　力爭百吨

一夜工夫尽改顏，生鉄产量捷然翻番，这是全体鋼鉄师的指战員在省委、地委在市委的領导下、和全市人民的支持下，在国庆前夕所創造的奇迹，鉄水与汗水共流，一滴血汗一斤鉄，无数的鋼鉄英雄表現无比的英勇，睜痛了眼睛，灼伤了臉孔，烧焦了头发，灼烂了衣服，終于創下了巨大的战功。鋼鉄战线的勇士們，全市人民給你們致以无限的敬意！

要从12吨的日产量躍高到36吨，这是一个艰巨苦斗的結果，要将36吨的战果巩固下来，継續前进，特別是今后要将烧木炭改为白煤烧这是一个更艰巨也就是更光荣的任务；从一夜功夫翻两番的事实証明了人定勝天，高炉完全可以驯服的真理。任务繁重，干劲更大，鋼鉄工人完全有这样的革命英雄气概。

九月29日这一个战役勝利了，我們絕不能驕傲自滿，必須巩固成績，再接再励，継續前进，迅速整頓队伍，为更大規模的战役作好准备，力爭十月份日产百吨！

九月廿九日高炉战績

单位市斤

各厂 數		數 量	
炼队	完成数	炼队	完成数
鋼鉄一炼	33,825	鋼鉄八炼	9,137
鋼鉄二炼	3,497	鋼鉄九炼	7,666
鋼鉄三炼	2,789	鋼鉄十炼	2·116
鋼鉄四炼	4,539	合計	73,539
鋼鉄五炼	7,162		
鋼鉄六炼			
鋼鉄七炼	28.58		

炉边詩話

立奇功

通宵苦战志如虹，
一爐鉄水十条龙；
不超二千心不息，
不达六吨非英雄，
立下破釜沉舟志，
誓超英美立奇功。

紡織机械厂麦蔭氣馮华

書記來參战

書記來參战，
工人意志堅，
誓取0.六六，
达旦不思眠。

（工人何炎英）

炉边豪語

（华侨建紙厂"三八"炉）

革命雄心庚不灭，
通红鉄水流不绝，
× ×
紅炉不怕出渣难，
丰产不怕千层关，
学习红軍雪山过，
鉄水畅流尽开顏！

紅領巾的賀信

亲爱的炼鋼炼鉄哥哥姊姊們：

首先讓我們向您們致以严肅的少先队礼，并向您們祝賀，祝賀你們为国家炼出了鋼鉄，这对保卫世界和平，保卫我們社会主义伟大建設，特別保卫我們少年一代幸福地成长，有多大的意义呢！美帝国主义听到了一定会吓倒，卒下太平洋，他胆敢侵犯我們，就馬上拿起枪杆来抵抗，并把它消灭才收场。

哥哥姊姊們您們都辛苦了，有的几天沒有睡觉，一天未吃过饭，这样忘我精神，是要向您們学习，我們必尽力来支援你們，到工厂来打碎石、搬运、在假日去拾廢鉄，虽然我們年紀少，不能开炉炼鋼鉄，但是我們一定要尽力量做我們所能做到的事情来支援你們，保証鋼鉄生产任务的完成。最后祝你們　勝利再勝利。

中国少年先鋒队
佛山总队部
1958年9月29日

1958年9月30日，《佛山报》出版号外"壮举！壮举！壮举！一夜功夫生铁从日产12吨增到36吨"。

高阳报

号外

一九五八年十月四日

（第五号）

東风公社玉米卫星跨過萬斤大關

北于八村生产隊春玉米畝产一万零三百五十斤

南于八村生产隊春玉米畝产六千七百五十斤

北于八村生产队干部李文甲、胡振彪等同志培育的一亩一分春玉米丰产田，經县农林局副局长李宝珍、乡党委书記何桂芳、原中共路台营乡党委副书記馬健等同志驗收，过秤共产玉米一万一千三百八十五斤，合亩产一万零三百五十斤。

这块丰产田，系黃沙土壤，地力中等，过去种玉米每亩产量不过四、五百斤。在党的总路綫光輝照耀下，他們以冲天干勁，深翻地一尺半，結合施粗肥二十五大車，翻后灌大水一次，連續耙、盖各三次，使土壤平整貼实；选用了优良的春玉米品种"二馬牙"，清明节后五天播种，每亩播种量六斤，幼苗出土后三个叶时进行手提間苗，密植每亩留苗七千二百棵；共追肥六次，每亩施胡麻餅五十斤、硫銨一百斤、顆粒肥二十斤、灌人粪稀五百斤、炕土三千斤、过磷酸鈣二十斤、硝酸銨鈣三十斤，在每次追肥后，都及时进行澆水；在肥多水足的情况下及时进行了中耕松土，为了防止倒伏减产結合后期中耕培土兩次，花期人工輔助授粉三次，为了防治玉米鉆心虫为害，除采卵块外，并在玉米抽雄穗前，連續用六六六药液灌治二次，从而获得高額丰产。

南于八村生产队今年共种春玉米二百八十亩零五分，平均亩产一千六百斤，获得了大面积增产。其中原九队吕印荣、孙燕、吕尺等管理的五亩春玉米丰产田平均亩产六千七百五十斤。这块丰产田的增产措施也是抓住了水、肥、土、种、密五个关键。收打时，由县农林局副局长李宝珍、乡党委书記何桂芳、原中共路台营乡党委副书記馬健等进行驗收。

（高阳县农林局通訊組）

《高阳报》是中共高阳县委机关报。图为1958年10月4日，《高阳报》出版的号外"东风公社玉米卫星跨过万斤大关"。

澄陽日报

号外

第十六号

一九五八年十月八日

在秋收种麦中涉县領先

成熟的秋季作物已經收完

麦地深翻超額完成任务

种麦已經基本完成

（刘华）

从1958至1959年全国各地出版很多放“卫星”的号外报，据不完全统计，约有五六百种。这些放“卫星”号外报，大都文图并茂，配有图片或插图。图为1958年10月8日出版的《滏阳日报》号外“在秋收种麦中涉县领先”。

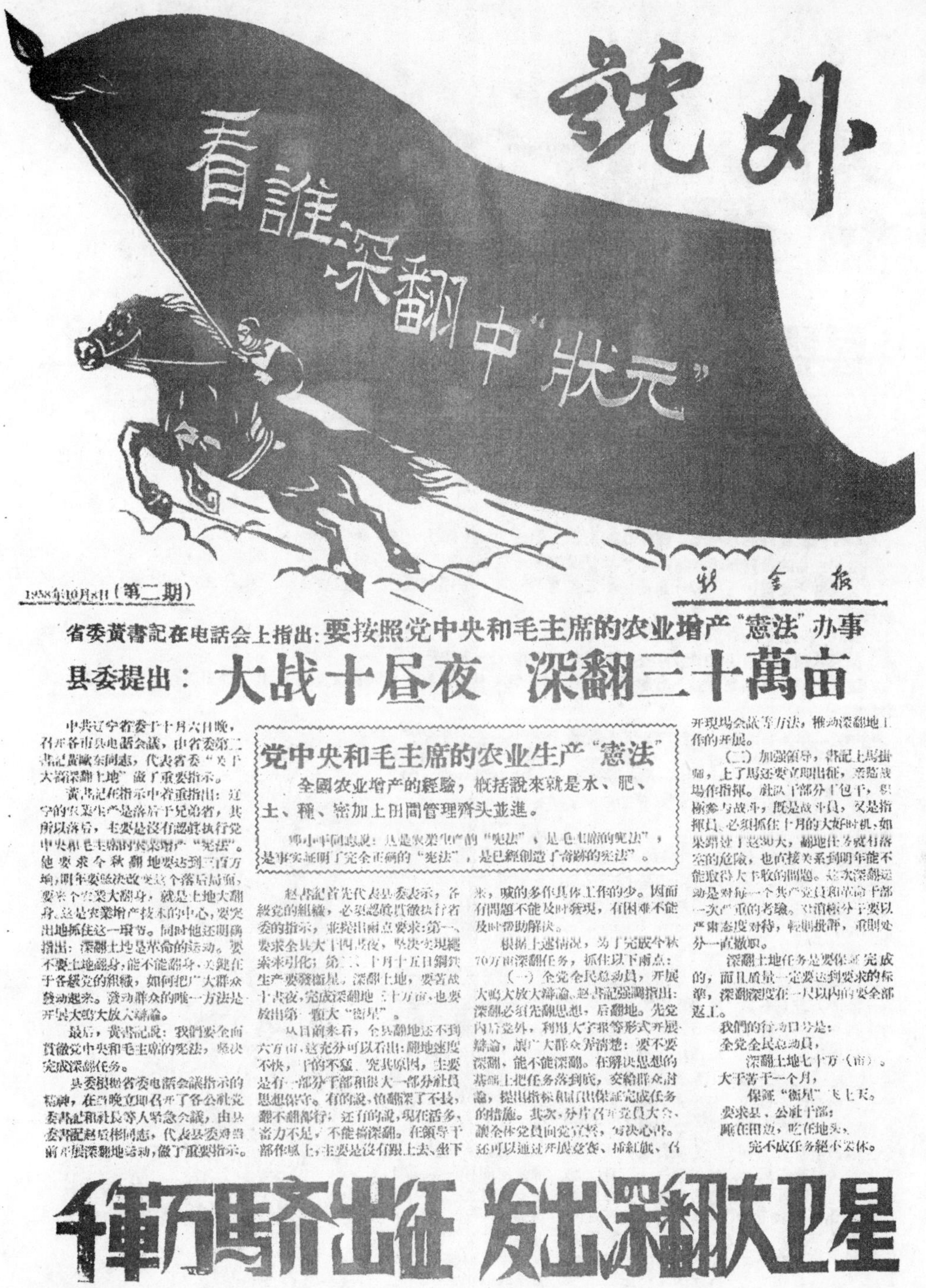

看誰深翻中"狀元"

號外

1958年10月8日（第二期）

新金报

省委黃書記在电話会上指出：要按照党中央和毛主席的农业增产"憲法"办事

县委提出：大战十昼夜 深翻三十萬亩

中共辽宁省委于十月六日晚，召开各市县电話会議，由省委第二書記黃歐东同志，代表省委"关于大搞深翻土地"做了重要指示。

黃書記在指示中着重指出：辽宁的农業生产是落后于兄弟省，其所以落后，主要是没有認真执行党中央和毛主席的农業增产"宪法"。他要求今秋翻地要达到三百万垧，明年要坚决改变这个落后局面，要求个农業大翻身，就是土地大翻身，这是农業增产技术的中心，要突出地抓住这一環节。同时他还明确指出：深翻土地是革命的运动。要不要土地翻身，能不能翻身，关鍵在于各級党的組織，如何把广大群众發动起来。發动群众的唯一方法是开展大鳴大放大辯論。

最后，黃書記說：我們要全面貫徹党中央和毛主席的宪法，坚决完成深翻任务。

县委根据省委电話会議指示的精神，在当晚立即召开了各公社党委書記和社長等人緊急会議，由县委書記赵屋彬同志，代表县委对当前开展深翻地运动，做了重要指示。

党中央和毛主席的农业生产"憲法"

全國农业增产的經驗，概括說來就是水、肥、土、種、密加上田間管理齐头並進。

邓小平同志說：[illegible]是农業生产的"宪法"，是毛主席的宪法"，是事实証明了完全正确的"宪法"，是已經創造了奇跡的宪法"。

赵書記首先代表县委表示，各級党的組織，必須認真貫徹执行省委的指示，並提出兩点要求：第一、要求全县大干四昼夜，坚决实现繩索牽引化；第二、十月十五日鋼鉄生产要發衛星，深翻土地，要苦战十昼夜，完成深翻地三十万亩，也要放出第一顆大"衛星"。

从目前来看，全县翻地还不到六万亩，这充分可以看出：翻地速度不快，干的不猛。究其原因，主要是有一部分干部和很大一部分社員思想保守。有的說，怕翻深了不長，翻不翻都行；还有的說，现在活多、畜力不足，不能搞深翻。在領导干部作風上，主要是没有跟上去、坐下来，喊的多作具体工作的少。因而有問題不能及时發現，有困难不能及时帮助解决。

根据上述情况，为了完成今秋70万亩深翻任务，抓住以下兩点：

（一）全党全民总动員，开展大鳴大放大辯論。赵書記强調指出：深翻必須先翻思想，后翻地。先党内后党外，利用大字报等形式开展辯論，讓广大群众弄清楚：要不要深翻，能不能深翻。在解决思想的基礎上把任务落到底，交給群众討論，提出指标和具体保証完成任务的措施。其次，分片召开党員大会，讓全体党員向党宣誓，写决心書。还可以通过开展竞赛、插紅旗、召开現場会議等方法，推动深翻地工作的开展。

（二）加强領导，書記上馬掛帥，上了馬还要立即出征，亲临战場作指揮。社队干部分工包干，积極参与战斗，既是战斗員，又是指揮員，必須抓住十月的大好时机，如果錯过了这30天，翻地任务就有落空的危險，也直接关系到明年能不能取得大丰收的問題。这次深翻运动是对每一个共产党員和革命干部一次严重的考驗。对消極分子要以严肃态度对待，輕則批評，重則处分一直撤职。

深翻土地任务是要保証完成的，而且質量一定要达到要求的标準，深翻深度在一尺以内的要全部返工。

我們的行动口号是：

全党全民总动員，

深翻土地七十万（亩）。

大干苦干一个月，

保証"衛星"飞上天。

要求县、公社干部：

睡在田边，吃在地头，

完不成任务絕不罢休。

千軍万馬齐出征 发出深翻大卫星

1958年10月6日，新金县委提出："大战十昼夜，深翻三十万亩"。图为1958年10月8日出版的《新金报》号外"看谁深翻中状元"。

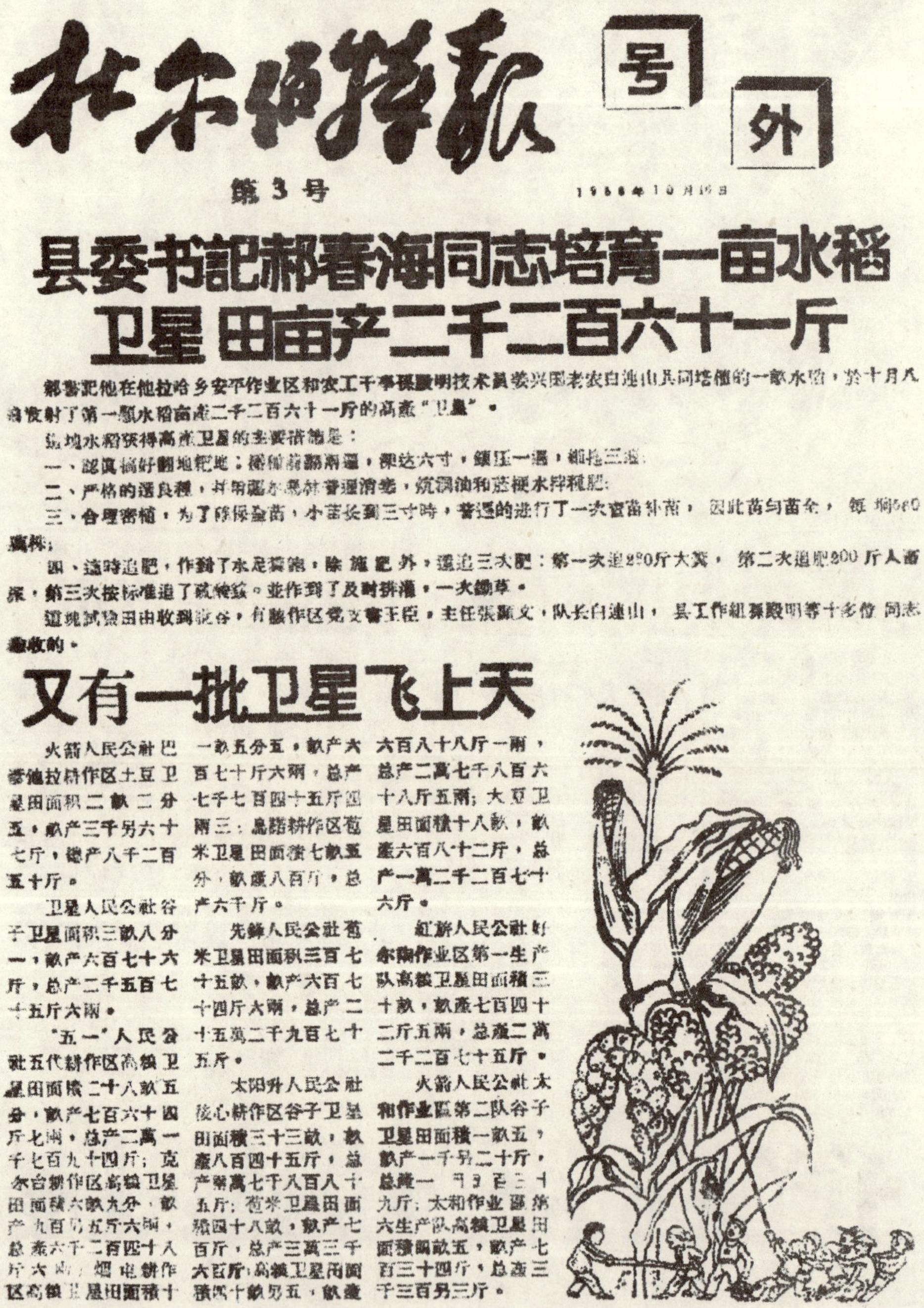

杜尔伯特報

号外

第3号　　1958年10月19日

县委书記郝春海同志培育一亩水稻卫星田亩产二千二百六十一斤

郝書記他在他拉哈乡安平作业区和农工干事張殿明技术員裴兴国老农白連山共同培植的一畝水稻，於十月八日發射了第一顆水稻畝產二千二百六十一斤的高產"卫星"。

這塊水稻獲得高產卫星的主要措施是：

一、認眞搞好翻地耙地；翻地前翻兩遍，深达六寸，鎮压一遍，細耙三遍；

二、严格的選良種，并用鹽水選種普遍消毒，施過油和蒜梗水拌種肥；

三、合理密植，为了確保全苗，小苗長到三寸時，普遍的进行了一次查苗补苗，因此苗匀苗全，每埯580株；

四、适時追肥，作到了水足餵飽，除施肥外，還追三次肥：第一次追250斤大糞，第二次追肥200斤人畜糞，第三次按标准追了硫铵。並作到了及時排灌，一次鋤草。

這塊試驗田由收割脫谷，有該作区党支書王臣，主任張顯文，队長白連山，县工作組張殿明等十多位同志驗收的。

又有一批卫星飞上天

火箭人民公社巴彦他拉耕作区土豆卫星田面积二畝二分五，畝产三千另六十七斤，總产八千二百五十斤。

卫星人民公社谷子卫星面积三畝八分一，畝产六百七十六斤，总产二千五百七十五斤六兩。

"五一"人民公社五代耕作区高粮卫星田面積二十八畝五分，畝产七百六十四斤七兩，总产二萬一千七百九十四斤；克尔台耕作区高粮卫星田面積六畝九分，畝产九百另五斤六兩，总產六千二百四十八斤六兩；烟电耕作区高粮卫星田面積十一畝五分五，畝产六百七十斤六兩，总产七千七百四十五斤四兩三；鳥踏耕作区苞米卫星田面積七畝五分，畝產八百斤，总产六千斤。

先鋒人民公社苞米卫星田面积三百七十五畝，畝产六百七十四斤六兩，总产二十五萬二千九百七十五斤。

太阳升人民公社後心耕作区谷子卫星田面積三十三畝，畝產八百四十五斤，总产二萬七千八百八十五斤；苞米卫星田面積四十八畝，畝产七百斤，总产三萬三千六百斤；高粮卫星田面積四十畝另五，畝產六百八十八斤一兩，总产二萬七千八百六十八斤五兩；大豆卫星田面積十八畝，畝產六百八十二斤，总产一萬二千二百七十六斤。

紅旗人民公社好尔陶作业区第一生产队高粮卫星田面積三十畝，畝產七百四十二斤五兩，总產二萬二千二百七十五斤。

火箭人民公社太和作业區第二队谷子卫星田面積一畝五，畝产一千另二十斤，总產一[illegible]九斤；太和作业區第六生产队高粮卫星田面積四畝五，畝产七百三十四斤，总產三千三百另三斤。

图为1958年10月19日出版的《杜尔伯特报》号外"县委书记郝春海同志培育一亩水稻卫星田，亩产2261斤"。

浚縣日報 号外

1958年10月29日

大干一百天 紅薯卫星飞上天

城关鎮人民公社方庄第七隊三畝二厘
高額丰产紅薯畝創67,197斤

該队队長張玉仁、付队長李同逵、会計趙玉美、保管員等四个同志，通过鳴放整風，大大提高了政治覺悟，解放了思想，树立了敢想敢干敢鑽敢創的共产主义風格，以冲天的干勁，“深翻細耕，親手培育了（長28步，寬26步）合計三畝二厘高額丰产紅薯，从小滿節栽种，于10月28日組織社員進行了收刨。經过具体驗收总产达202，934.94斤，每畝平均單产达67，197斤。一般一棵薯塊重量达16斤，多者达每棵26斤之多。这塊紅薯丰產田，是縣委付書記張本生同志和農村工作部長王茂林、農林局局長和驗收办公室等共同觀摩过目，張付書記親手扶的秤。在驗收时，不少男女社員，一同圍觀參观，个个兴高彩烈，眉开顏笑，七十五歲的老社員秦金有和王德合反映說：“共产党办事真有办法，这一輩子頭次見过哪！連听說过也沒有！”另一位老大娘王朱氏插咀說：“我們娘啊！您瞧看一棵紅薯二十來斤，多么喜人哪！”你一言，我一語，紛紛議論，今年紅薯長的这么好，主要是下了苦力深翻了土地”，还有的說：“密植也是个主要关鍵，过去一畝最多栽七、八百棵，今年咱队执行了党委號召，栽了3，900棵，再說，施肥也不少啊！光先施黑土100車，栽紅后，又上了80車草圈肥。最后队長說：“深耕、密植、施肥这是主要的，另外实行嫁接，选擇良种，鋤了七遍，治虫五次，雨后及时翻秧，这也是增产的因素。”

此一塊高額丰产紅薯田驗收結束后，接着又驗收了該社第八队一塊24畝大面积丰产紅薯，这塊紅薯田是队長秦計安和付会計張德杰兩位同志为主親手培育的。行距2尺，株距6寸，每畝种了4，000棵，畝施了60車圈肥和灰土肥，深翻1.5——2尺。在張付書記扶秤秤紅薯的时候，社員們高兴的說，丰产紅薯真喜人，就是刨紅薯費力气，一般紅薯一个棒劳力一天能刨2畝，这紅薯一天只能刨半畝，在大家兴奋的气氛中結束了驗收工作。

縣長种的紅薯試驗田畝產50,362斤半

縣長王景賢、城关鎮党委書記張憲毅、卫星兵團農業隊長張玉祥和付队工作組等六人，在城关卫星大队亲手培育了高額丰产紅薯2.6畝，經过余天实际操作，于10月25日正式驗收，总产130，942.5斤，平均每畝單产50，362.5斤，由縣驗收办公室孫書清、鄉党委書記憲毅（候补委员）、住团幹部張玉梅、農業股長張玉祥等同志親自參加扶秤，丈量土地，每畝栽种5，100棵，每棵平均都在9斤重以上，其中最大棵达20斤。

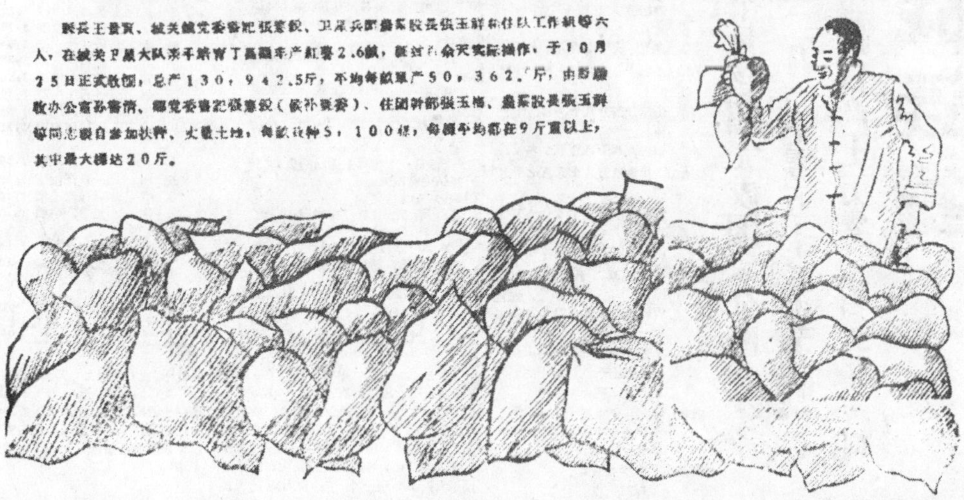

1958年10月29日，《浚县日报》出版号外“大干一百天，红薯卫星飞上天”。

全民动員，全力以赴，一股作气，压倒信阳

我区钢铁大战连战连捷

生铁日产三十九万三千五百四十四点五吨，鋼日产七万零一百二十一吨。

截止十月三十一日，前后共完成生铁五十三万一千零五十二点五吨，鋼十二万两千八百一十八吨，提前两个月超額完成国家分配任务。

晋东南报　號外

中国共产党晋东南地方委员会机关报

1958年11月1日　（星期六）

請你看后貼在墻上或傳給別人广为宣傳

钢铁洪流

赵健忠 作

晋东南専区鋼鐵指揮部关于鋼鐵淮海战役（第五次鋼鐵大战）的公报：

自十月二十二日开始的我区鋼鉄战綫上的淮海战役（第五次鋼鉄大战）在党的領导下，在全区三百一十万人民的直接支援下，在一百二十万鋼鐵战士日以繼夜、忘我劳动、艰苦奋战下，終于在十月份的最后一天（三十一日）取得偉大的胜利。这一胜利不但使我区提前两个月大大超額完成了国家分配的1958年全年任务，而且超額完成了我区經过一再修改的鋼鐵跃进計划。

必須着重指出：在这次大战中，英雄的阳城人民以突出的成績爭得了我区鋼鉄战綫上絕对冠軍的光荣称号。

根据十一月一日四点鐘各县电話匯报，十月三十一日經过县鋼鐵指揮部組織專門小組的严格檢查驗收的鋼鐵产量如下：

生鐵日产三十九万三千五百四十四点五吨（加十月三十一日前完成的十三万七千五百零八吨，共完成了五十三万一千零五十二点五吨，而国家今年分配我区的生鐵生产任务为三十八万吨，我区最后的跃进計划为五十三万吨），另有燒結鐵十九万八千三百九十七点一七吨，日产鋼七万零一百二十一吨（加十月三十一日前完成的五万二千六百九十七吨，共完成了十二万二千八百一十八吨，而国家今年原分配我区鋼的生产任务为七万一千吨，十月二十日追加任务为八万七千吨，我区最后的跃进計划为十三万吨）。

各县、市（按新划的县、市）三十一的鋼鐵产量如下：

阳城：生鉄十七万四千二百三十六吨，
燒結鐵八万四千二百零三吨，
鋼二万四千七百九十七吨。

晋城：生鐵十二万六千一百八十三吨，
燒結鐵四万八千一百二十一吨，
鋼二万八千八百五十六吨。

長治市　生鐵五万八千九百七十七吨，
燒結鉄四万五千七百八十四吨，
鋼一万六千三百零三吨。

壺关：生鉄二万二千三百一十八吨，
燒結鐵九千五百四十五吨，
鋼一百吨。

沁县：生鐵九千九百一十吨，
燒結鐵七千二百四十吨，
鋼三十二吨。

武乡：生鐵一千九百二十吨，
燒結鐵三千五百吨，
鋼三十三吨。

黎城：生鐵零点五吨，
燒結鐵四点一七吨。

万噸社十六个

全区日产万吨以上生鐵的公社十六个（包括燒結鐵）

阳城县七个

次营公	社日产生鐵	65,000吨
河北公	社日产生鐵	50,000吨
东朝公	社日产生鐵	40,012吨
东冶公	社日产生鐵	24,000吨
润城公	社日产生鐵	21,000吨
驾岭公	社日产生鐵	15,100吨
北留公	社日产生鐵	10,100吨

晋城县四个

高平紅旗公	社日产生鐵	56,066吨
巴公公	社日产生鐵	31,040吨
东沟公	社日产生鐵	17,030吨
东风公	社日产生鐵	10,135吨

長治市三个

荫城公	社日产生鐵	53,362吨
苏店公	社日产生鐵	30,000吨
黄碾公	社日产生鐵	20,000吨

壺关县一个

百尺公	社日产生鐵	10,476吨

沁县一个

郭道公	社日产生鐵	10,050吨

千噸社三十五个

全区日产千吨以上生鐵的公社三十五个（包括燒結鐵）

阳城县六个

横河公	社日产生鐵	2,082吨
中村公	社日产生鐵	1,341吨
土沃公	社日产生鐵	1,210吨
台头公	社日产生鐵	1,100吨
三窑公	社日产生鐵	1,019吨
桑林公	社日产生鐵	1,017吨

晋城县十二个

礼义公	社日产生鐵	7,527吨
附城公	社日产生鐵	6,560吨
高都公	社日产生鐵	5,970吨
平城公	社日产生鐵	4,880吨
金村公	社日产生鐵	4,200吨
周村公	社日产生鐵	4,000吨
秦家庄公	社日产生鐵	3,500吨
冶头公	社日产生鐵	3,096吨
野川公	社日产生鐵	2,545吨
西河底公	社日产生鐵	2,200吨
故关鎮公	社日产生鐵	1,675吨
南村公	社日产生鐵	1,009吨

長治市三个

色头公	社日产生鐵	2,226吨
中苏友好公	社日产生鐵	1,612吨
市城关公	社日产生鐵	1,183吨

壺关县八个

黄山公	社日产生鐵	3,525吨
常行公	社日产生鐵	3,000吨
城关公	社日产生鐵	1,649吨
店上公	社日产生鐵	1,601吨
辛村公	社日产生鐵	1,563吨
石坡公	社日产生鐵	1,494吨
晋庄公	社日产生鐵	1,390吨
固村公	社日产生鐵	1,212吨

沁县四个

襄垣鎮公	社日产生鐵	1,300吨
王和公	社日产生鐵	1,207吨
虒亭公	社日产生鐵	1,100吨
王陶公	社日产生鐵	1,100吨

武乡县两个

柳沟公	社日产生鐵	1,546吨
洪水公	社日产生鐵	1,100吨

鋼　鉄　冠　軍

十月三十一日，阳城县發射了一顆非常振奋人心的巨型鋼鐵卫星。全县一天生产生鐵十七万四千二百三十六吨，產鋼二万四千七百九十七吨，另產燒結鐵八万四千二百零三吨，創造了全区日產生鐵最新紀录。这天，全县出現了日產生鐵四万吨以上的人民公社三个，日產万吨的人民公社四个，千吨以上的公社七个。

英雄的阳城人民，为了超鹰秦、压鹰秦在十月底完成全年鋼鐵任务，十八万七千余名鋼鐵大軍在全縣人民的支援下，經过十天的艰苦奋战，突破了重重困难，終于取得了偉大成就。

1958年11月1日，《晋东南报》出版号外“我区钢铁大战连战连捷，生铁日产393544.5吨，钢日产70121吨”。

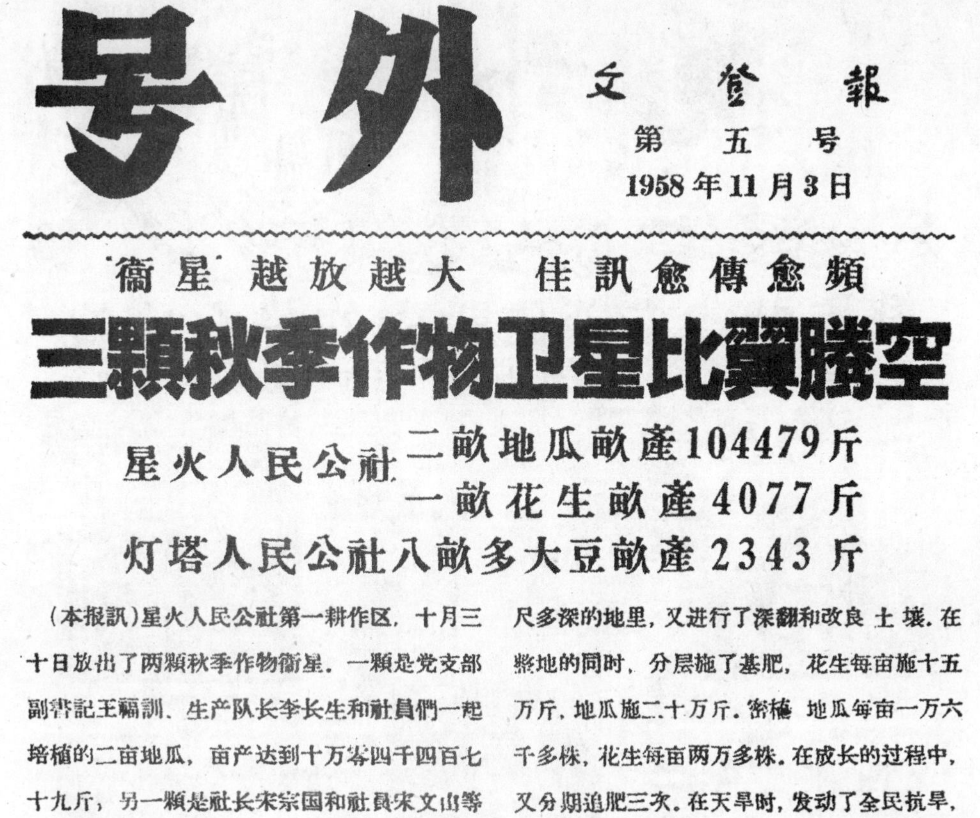

号外

文登報

第五号

1958年11月3日

"衛星"越放越大　佳訊愈傳愈頻

三顆秋季作物卫星比翼騰空

星火人民公社 二畝地瓜畝產104479斤
一畝花生畝產4077斤

灯塔人民公社八畝多大豆畝產2343斤

（本报訊）星火人民公社第一耕作区，十月三十日放出了两顆秋季作物衛星。一顆是党支部副書記王福訓、生产队长李长生和社員們一起培植的二亩地瓜，亩产达到十万零四千四百七十九斤；另一顆是社长宋宗国和社員宋文山等一起培植的一亩花生，亩产四千零七十七斤（果）。收获时，县农技站站长宋湘云、县委检查組宋汝桂与公社党委副書記王文远、耕作区支部書記宋宏宾及公社农业技术員等，一起进行了丈量土地和核实产量。

这两顆衛星的培植过程，也就是他們不断进行辯論，不断同右倾保守思想、观潮派以及自然灾害进行斗爭的过程。当初步确定要抛地瓜和花生衛星时，一部分人則認为这是"胡鬧"，嘲笑的說："連泥称还能多些"。虽然如此，但并沒有动搖他們抛衛星的意志。在党的領导下，他們决心要以事实来回击观潮派和秋后算賬派。于是，就在去冬冒着严寒和风雪，在已翻二尺多深的地里，又进行了深翻和改良土壤。在整地的同时，分层施了基肥，花生每亩施十五万斤，地瓜施二十万斤。密植地瓜每亩一万六千多株，花生每亩两万多株。在成长的过程中，又分期追肥三次。在天旱时，发动了全民抗旱，衛星田浇了三遍足水，七十多歲的烈屬宋炳珠老大爷，也积极参加了車水灌溉和衛星田的管理。当收获时，社員刨出每墩十多斤重的地瓜，和每墩結果一百多个的花生时，高兴的說："听党的話，永远錯不了。"

（又訊）大豆的低产帽子，被灯塔人民公社摘掉了。該社第十三耕作区党支部書記刘洪先、生产队长刘洪忠与社員們共同培植的八亩一分四厘大豆最近进行了收割，平均亩产两千三百四十三斤十二两。公社党委書記殷德胜、县农业局张奇云、农业科学研究所张树英等同志，协同耕作区的干部进行了驗收。

（閱后請張貼）

1958年11月3日，《文登报》出版号外"卫星越放越大，佳讯愈传愈频，三颗秋季作物卫星比翼腾空"。

新金報

號外

1958年12月22日

我國社會主義建設中的偉大成就

我國人民奪取1070萬噸鋼的偉大任務已提前超額完成

三百五十天比三十二年

從數字看我國鋼鐵生產的偉大成就

1958年，我国人民夺取1070万吨钢的伟大任务已经提前超额完成。图为1958年12月22日出版的《新金报》号外“我国社会主义建设中的伟大成就，我国人民夺取1070万吨钢的伟大任务已提前超额完成”。

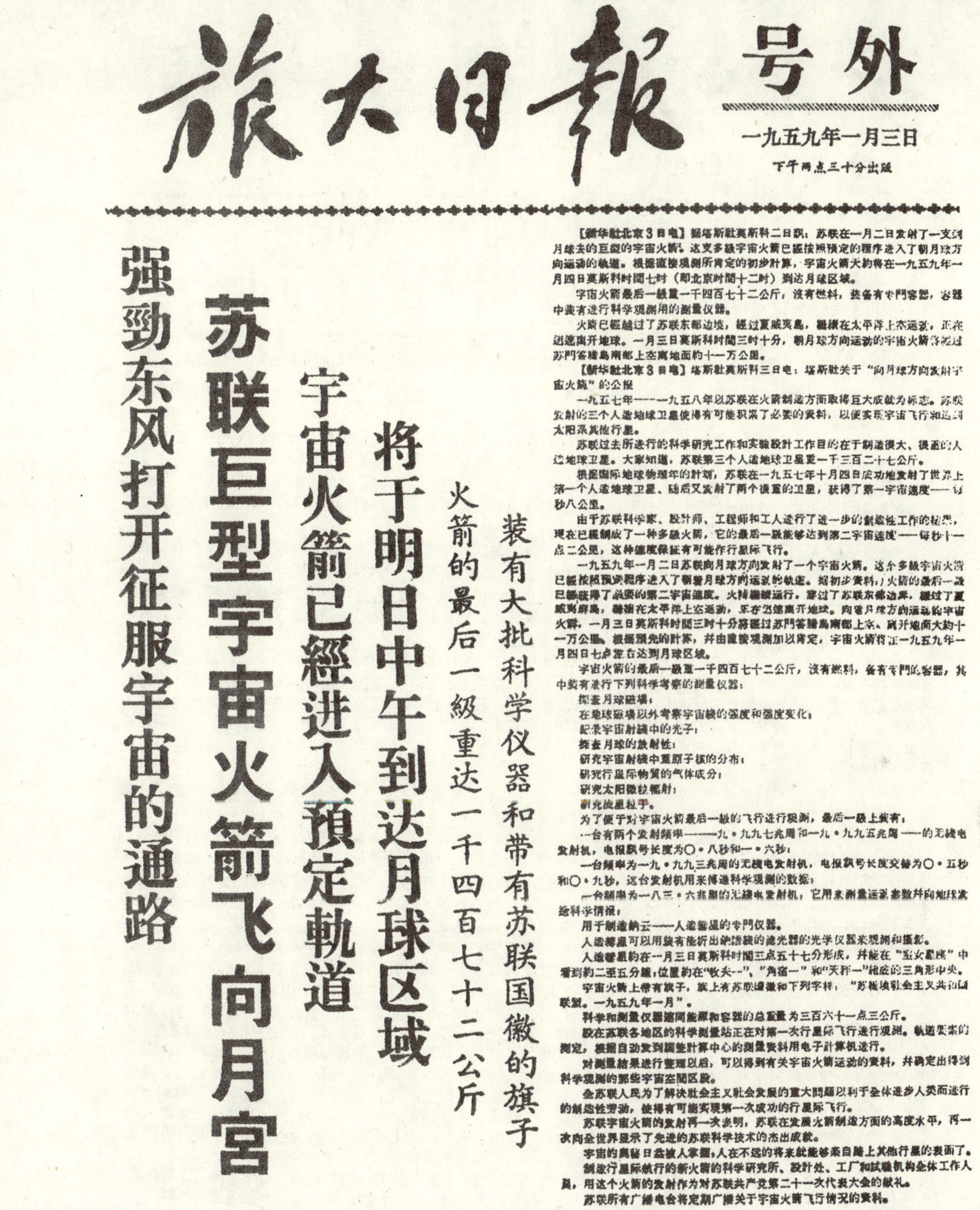

旅大日報 号外

一九五九年一月三日

下午两点三十分出版

强劲东风打开征服宇宙的通路

苏联巨型宇宙火箭飞向月宫

宇宙火箭已經进入預定軌道

将于明日中午到达月球区域

火箭的最后一級重达一千四百七十二公斤

装有大批科学仪器和带有苏联国徽的旗子

【新华社北京3日电】據塔斯社莫斯科二日訊：苏联在一月二日发射了一支到月球去的巨型的宇宙火箭。这支多級宇宙火箭已經按照預定的程序进入了朝月球方向运动的軌道。根據直接观測所肯定的初步計算，宇宙火箭大約将在一九五九年一月四日莫斯科时間七时（即北京时間十二时）到达月球区域。

宇宙火箭最后一級重一千四百七十二公斤，沒有燃料，装备有专門容器，容器中装有进行科学观测用的測量仪器。

火箭已經越过了苏联东部边境，經过夏威夷島，繼續在太平洋上空运动，正在迅速离开地球。一月三日莫斯科时間三时十分，朝月球方向运动的宇宙火箭将經过苏門答腊島南部上空离地面約十一万公里。

【新华社北京3日电】塔斯社莫斯科三日电：塔斯社关于"向月球方向发射宇宙火箭"的公报

一九五七年——一九五八年以苏联在火箭制造方面取得巨大成就为标志。苏联发射的三个人造地球卫星使得有可能积累了必要的資料，以便实现宇宙飞行和达到太阳系其他行星。

苏联过去所进行的科学研究工作和实驗設計工作目的在于制造很大、很重的人造地球卫星。大家知道，苏联第三个人造地球卫星重一千三百二十七公斤。

根据国际地球物理年的計划，苏联在一九五七年十月四日成功地发射了世界上第一个人造地球卫星、随后又发射了两个很重的卫星，获得了第一宇宙速度——每秒八公里。

由于苏联科学家、設計师、工程师和工人进行了进一步的創造性工作的結果，现在已經制成了一种多級火箭，它的最后一級能够达到第二宇宙速度——每秒十一点二公里，这种速度保証有可能作行星际飞行。

一九五九年一月二日苏联向月球方向发射了一个宇宙火箭。这个多級宇宙火箭已經按照預定程序进入了朝着月球方向运动的軌道。据初步資料，火箭的最后一級已經获得了必要的第二宇宙速度。火箭繼續运行，穿过了苏联东部边界，經过了夏威夷群島，繼續在太平洋上空运动，正在迅速离开地球。向着月球方向运动的宇宙火箭，一月三日莫斯科时間三时十分将經过苏門答腊島南部上空，离开地面大約十一万公里。根据預先的計算，并由直接观測加以肯定，宇宙火箭将在一九五九年一月四日七点左右达到月球区域。

宇宙火箭的最后一級重一千四百七十二公斤，沒有燃料，备有专門的容器，其中装有进行下列科学考察的測量仪器：

探查月球磁場；

在地球磁場以外考察宇宙綫的强度和强度变化；

記录宇宙射綫中的光子；

探查月球的放射性；

研究宇宙射綫中重原子核的分布；

研究行星际物質的气体成分；

研究太阳微粒輻射；

研究流星粒子。

为了便于对宇宙火箭最后一級的飞行进行观測，最后一級上装有：

一台有两个发射頻率——一九·九九七兆周和一九·九九五兆周——的无綫电发射机，电报訊号长度为〇·八秒和一·六秒；

一台頻率为一九·九九三兆周的无綫电发射机，电报訊号长度交替为〇·五秒和〇·九秒，这台发射机用来傳递科学观測的数据；

一台頻率为一八三·六兆周的无綫电发射机，它用来測量运动参数并向地球发送科学情报；

用于制造鈉云——人造彗星的专門仪器。

人造彗星可以用装有能析出鈉譜綫的滤光器的光学仪器来观測和攝影。

人造彗星約在一月三日莫斯科时間三点五十七分形成，并能在"室女星座"中看到約二至五分鐘，位置約在"牧夫一"、"角宿一"和"天秤一"組成的三角形中央。

宇宙火箭上带有旗子，旗上有苏联国徽和下列字样："苏維埃社会主义共和国联盟。一九五九年一月"。

科学和測量仪器連同能源和容器的总重量为三百六十一点三公斤。

設在苏联各地区的科学測量站正在对第一次行星际飞行进行观測。軌道要素的測定，根据自动发到調整計算中心的測量資料用电子計算机进行。

对測量結果进行整理以后，可以得到有关宇宙火箭运动的資料，并确定出得到科学观測的那些宇宙空間区段。

全苏联人民为了解决社会主义社会发展的重大問題以利于全体进步人类而进行的創造性劳动，使得有可能实现第一次成功的行星际飞行。

苏联宇宙火箭的发射再一次表明，苏联在发展火箭制造方面的高度水平，再一次向全世界显示了先进的苏联科学技术的杰出成就。

宇宙的奥秘日益被人掌握，人在不远的将来就能够亲自踏上其他行星的表面了。

制造行星际航行的新火箭的科学研究所、設計处、工厂和試驗机构全体工作人员，用这个火箭的发射作为对苏联共产党第二十一次代表大会的献礼。

苏联所有广播电台将定期广播关于宇宙火箭飞行情况的資料。

1959年1月2日，苏联发射了一支到月球去的巨型宇宙火箭。这支多级宇宙火箭已经按照预定的程序进入了朝月球方向运动的轨道。图为1959年1月3日出版的《旅大日报》号外“强劲东风打开征服宇宙的通路，苏联巨型宇宙火箭飞向月宫”。

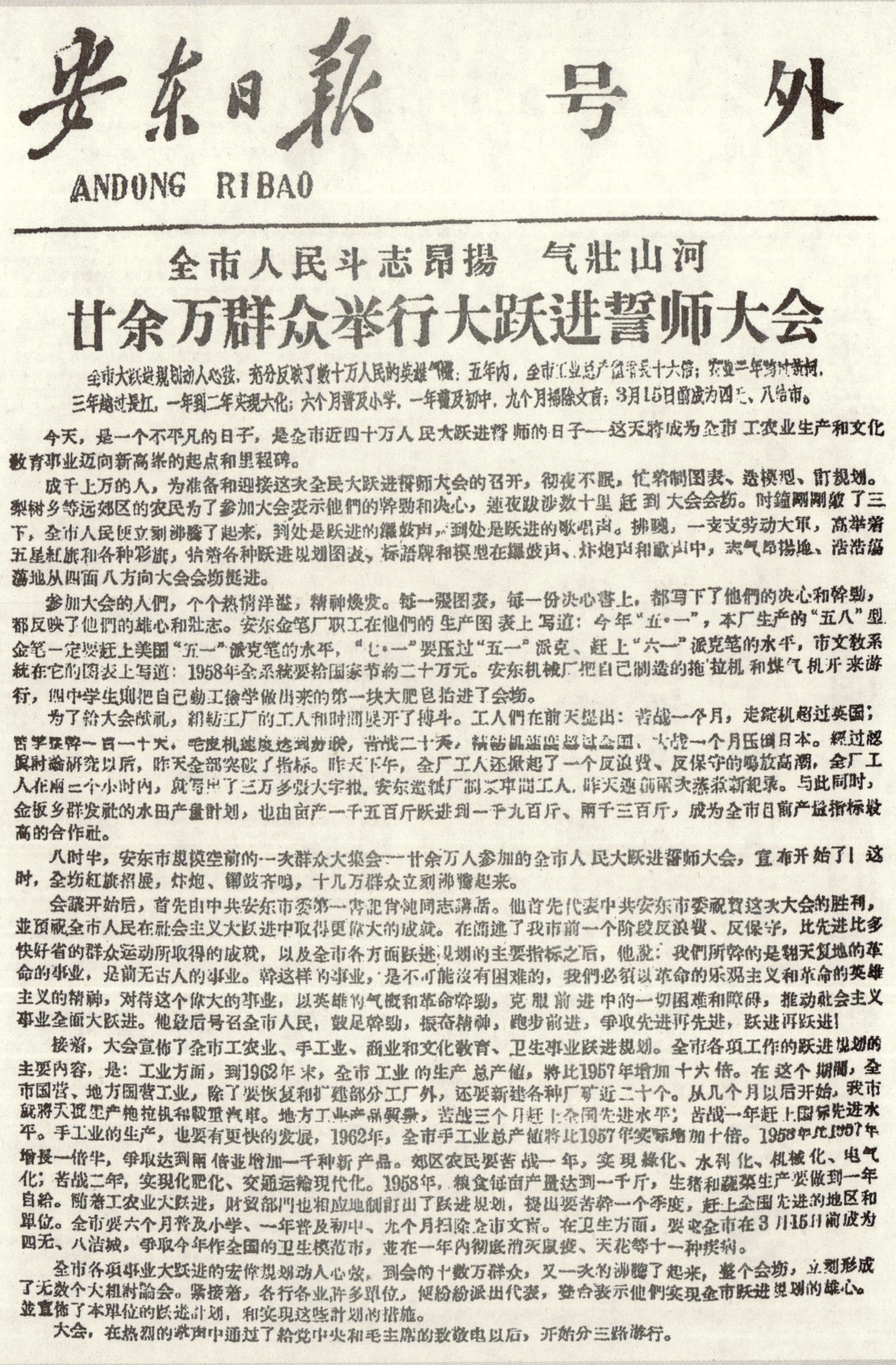

安东日报 号外

ANDONG RIBAO

全市人民斗志昂揚 气壮山河

廿余万群众举行大跃进誓师大会

全市大跃进規划动人心弦，充分反映了数十万人民的英雄气概：五年内，全市工业总产值增長十六倍；农业二年跨过黄河，三年越过長江，一年到二年实现六化；六个月普及小学，一年普及初中，九个月掃除文盲；3月15日前成为四无、八洁市。

今天，是一个不平凡的日子，是全市近四十万人民大跃进誓师的日子——这天将成为全市工农业生产和文化教育事业迈向新高举的起点和里程碑。

成千上万的人，为准备和迎接这次全民大跃进誓师大会的召开，彻夜不眠，忙着制图表、造模型、訂規划。梨树乡等远郊区的农民为了参加大会表示他們的幹劲和决心，連夜跋涉数十里赶到大会会场。时鐘剛剛敲了三下，全市人民便立刻沸騰了起来，到处是跃进的鑼鼓声，到处是跃进的歌唱声。拂曉，一支支劳动大軍，高举着五星紅旗和各种彩旗，抬着各种跃进規划图表、标語牌和模型在鑼鼓声、炸炮声和歌声中，意气昂揚地、浩浩蕩蕩地从四面八方向大会会场挺进。

参加大会的人們，个个热情洋溢，精神焕发。每一張图表，每一份决心書上，都写下了他們的决心和幹劲，都反映了他們的雄心和壯志。安东金笔厂职工在他們的生产图表上写道：今年"五·一"，本厂生产的"五八"型金笔一定要赶上美国"五一"派克笔的水平，"七·一"要压过"五一"派克、赶上"六一"派克笔的水平，市文教系統在它的图表上写道：1958年全系統要給国家节約二十万元。安东机械厂把自己制造的拖拉机和煤气机开来游行，四中学生則把自己動工儉学做出来的第一块大肥皂抬进了会场。

为了給大会献礼，絹紡工厂的工人和时間展开了搏斗。工人們在前天提出：苦战一个月，走錠机超过英国；苦学苦幹一百一十天，毛皮机速度达到苏联，苦战二十天，精紡机速度超过全国、大战一个月压倒日本。經过認眞討論研究以后，昨天全部突破了指标。昨天下午，全厂工人还掀起了一个反浪費、反保守的鳴放高潮，全厂工人在兩三个小时内，就写出了三万多張大字报。安东造紙厂制浆車間工人，昨天連創兩次蒸煮新紀录。与此同时，金坂乡群发社的水田产量計划，也由亩产一千五百斤跃进到一千九百斤、兩千三百斤，成为全市目前产量指标最高的合作社。

八时半，安东市規模空前的一次群众大集会——廿余万人参加的全市人民大跃进誓师大会，宣布开始了！这时，全场紅旗招展，炸炮、鑼鼓齐鳴，十几万群众立刻沸騰起来。

会議开始后，首先由中共安东市委第一書記肖純同志講話。他首先代表中共安东市委祝賀这次大会的胜利，並預祝全市人民在社会主义大跃进中取得更偉大的成就。在闡述了我市前一个阶段反浪費、反保守，比先进比多快好省的群众运动所取得的成就，以及全市各方面跃进規划的主要指标之后，他說：我們所幹的是翻天覆地的革命的事业，是前无古人的事业。幹这样的事业，是不可能沒有困难的，我們必須以革命的乐观主义和革命的英雄主义的精神，对待这个偉大的事业，以英雄的气概和革命幹劲，克服前进中的一切困难和障碍，推动社会主义事业全面大跃进。他最后号召全市人民，鼓足幹劲，振奋精神，跑步前进，争取先进再先进，跃进再跃进！

接着，大会宣佈了全市工农业、手工业、商业和文化教育、卫生事业跃进規划。全市各項工作的跃进規划的主要內容，是：工业方面，到1962年末，全市工业的生产总产值，將比1957年增加十六倍。在这个期間，全市国营、地方国营工业，除了要恢复和扩建部分工厂外，还要新建各种厂矿近二十个。从几个月以后开始，我市就將大批生产拖拉机和载重汽車。地方工业产品質量，苦战三个月赶上全国先进水平；苦战一年赶上国际先进水平。手工业的生产，也要有更快的发展，1962年，全市手工业总产值將比1957年实际增加十倍。1958年比1957年增長一倍半，争取达到兩倍並增加一千种新产品。郊区农民要苦战一年，实現綠化、水利化、机械化、电气化；苦战二年，实現化肥化、交通运輸現代化。1958年，粮食每亩产量达到一千斤，生猪和蔬菜生产要做到一年自給。隨着工农业大跃进，財贸部門也相应地制訂出了跃进規划，提出要苦幹一个季度，赶上全国先进的地区和單位。全市要六个月普及小学、一年普及初中、九个月扫除全市文盲。在卫生方面，要求全市在3月15日前成为四无、八洁城，争取今年作全国的卫生模范市，並在一年內彻底消灭鼠疫、天花等十一种疾病。

全市各項事业大跃进的宏偉規划动人心弦。到会的十数万群众，又一次的沸騰了起来，整个会场，立刻形成了无数个大組討論会。緊接着，各行各业許多單位，便紛紛派出代表，登台表示他們实現全市跃进規划的雄心。並宣佈了本單位的跃进計划，和实現这些計划的措施。

大会，在热烈的歡声中通过了給党中央和毛主席的致敬电以后，开始分三路游行。

《安东日报》是中共安东市委机关报(安东即丹东）。图为1959年2月25日出版的《安东日报》号外“全市人民斗志昂扬，气壮山河，20余万群众举行大跃进誓师大会”。

义县报

1959年3月2日

一春无雨保播种 一年无雨保丰收

东风公社肥挂帅 水当先搞的好

边修水源、边修田间工程、边检修工具、边灌田措施很恰当

县长试验田 总共二十垧 春灌已七垧 不久即灌完

水源少的山区也不向春旱投降

段家园子管理区

积极修旧井、打新井、搬冰保墒

找泉谚语

社论

预防春旱 力夺丰收

号外

第3号

《义县报》是中共义县县委机关报。图为1959年3月2日出版的《义县报》号外“一春无雨保播种，一年无雨保丰收，东风公社肥挂帅，水当先搞的好”。

牡丹江日報 号外

1959年4月8日

中國共產党八届七中全会公報

全会討論和通过了1959年国民經济計划草案，檢查了农村人民公社的整頓工作，决定了国家機構領导人員候选人的提名。

这次全体会議是在毛澤东同志主持下进行的。毛澤东同志在会上作了关于工作方法問題的重要講話。

中共第八届中央委员会第七次全体会议于1959年4月1日至6日在上海举行。会议讨论和通过了1959年国民经济计划草案，检查了农村人民公社的整顿工作，决定了国家机构领导人员候选人的提名。图为4月8日出版的《牡丹江日报》号外。

扬州日报　号外

一九五九年四月二十八日（星期二）

刘少奇当选为中华人民共和国主席

中华人民共和国第二届全国人民代表大会第一次会議

隆重选举和决定国家机构領导人員

宋慶齡、董必武當選為副主席。朱德當選為全国人民代表大会常務委員会委員長。決定周恩來為國務院總理。謝覺哉當選为最高人民法院院長。張鼎丞当选为最高人民檢察院檢察長。

（新华社北京二十七日消息）中华人民共和国第二届全国人民代表大会第一次会议，在今天选出刘少奇为中华人民共和国主席，宋庆龄、董必武为中华人民共和国副主席，朱德为全国人民代表大会常务委员会委员长，并且根据中华人民共和国主席刘少奇的提名，决定周恩来为国务院总理。

今天，怀仁堂里喜气洋洋，代表们笑逐颜开。当大会执行主席分别宣布国家领导人员的选举和表决的结果的时候，全体代表长久地热烈鼓掌。

今天会议选举的国家机构其他领导人员如下：

全国人民代表大会常务委员会副委员长：林伯渠、李济深、罗荣桓、沈钧儒、郭沫若、黄炎培、彭真、李维汉、陈叔通、达赖喇嘛·丹增嘉措、赛福鼎、程潜、班禅额尔德尼·却吉坚赞、何香凝、刘伯承、林枫；

全国人民代表大会常务委员会秘书长：彭真；

全国人民代表大会常务委员会委员六十二人：王昆仑、王维舟、邓初民、邓颖超、卢汉、叶剑英、史良、刘宁一、刘长胜、刘格平、刘澜涛、朱良才、华罗庚、江华、李雪峰、陈劭先、陈其尤、陈其瑗、陈毅、陈嘉庚、吴玉章、吴耀宗、武新宇、张云逸、张苏、张治中、张难先、张奚若、张闻天、邵力子、竺可桢、季方、周叔弢、周建人、周纯全、施复亮、赵寿山、南汉宸、胡子昂、胡乔木、胡厥文、胡愈之、胡耀邦、茅以升、高崇民、唐生智、马明方、马叙伦、马寅初、徐冰、徐向前、徐特立、许广平、梅龚彬、康生、彭绍辉、杨明轩、熊克武、蔡廷锴、蔡畅、谢扶民、楚图南。

最高人民法院院长：谢觉哉；

最高人民检察院检察长：张鼎丞。

中国人民的伟大领袖毛泽东主席参加了今天的会议，同代表们一起投票选举国家机构领导人员。毛泽东主席和国家其他领导人步入会场登上主席台的时候，会场上响起了长时间的热烈掌声。今天的会议在下午三时十分开始。会议的执行主席是：陈云、彭真、乌兰夫、李四光、李烛尘、蔡畅、李大章、周建人、李范五、许广平、黎锦熙。出席会议的代表共一千一百五十七人。

会议是按照下列程序进行的：一、选举中华人民共和国主席、副主席。二、选举第二届全国人民代表大会常务委员会委员长、副委员长、秘书长和委员。三、决定国务院总理人选。四、选举最高人民法院院长。五、选举最高人民检察院检察长。

在进行各项选举的时候，执行主席首先根据会议主席团成员和各代表组组长、副组长的联合提名，宣布候选人名单，征询代表们有无别的提名，并且说明如不同意提名名单上的人，可以另外选举自己所愿意选举的人，也可以选举自己。代表们每一次都以热烈的掌声欢迎各项提名。

九个镶着国徽的票箱放置在会场的九个区域里，另外还设有一个流动票箱。代表们写票以后，依次把选票投进票箱。当毛泽东主席同代表们一起投票的时候，全场掌声雷动，经久不息。

今天各项选举都是采用无记名投票方式进行的。投票数完全和发票数相等，每次投票都有效。

下午五时，执行主席宣布：刘少奇当选为中华人民共和国主席，宋庆龄、董必武当选为中华人民共和国副主席。这时候，全体代表起立，会场上响起暴风雨般的掌声。

接着，刘少奇主席根据宪法的规定，提名周恩来代表为国务院总理，请大会决定。执行主席宣布，根据会议主席团的决定，为了节省时间，决定国务院总理人选的表决票，同选举最高人民法院院长和最高人民检察院检察长的投票同时进行。

下午九时三十分，执行主席宣布大会选举朱德为全国人民代表大会常务委员会委员长，大会通过周恩来为国务院总理。这时候，代表们再一次长时间地热烈鼓掌。当其他各项选举结果公布的时候，会场上一次又一次地响起了春雷般的掌声。

国家机构领导人员候选人的名单，是由会议主席团成员和各代表组组长、副组长共一百四十三人联合提出的。

在第二届全国人民代表大会第一次会议召开以前，中国共产党八届六中全会曾根据毛泽东同志的多次建议，通过了决定，同意毛泽东同志提出的关于他不作下届中华人民共和国主席候选人的建议。决定同时指出：“毛泽东同志是全国各族人民衷心爱戴的久经考验的领袖，在他不再担任国家主席的职务以后，他仍然是全国各族人民的领袖。”在这以后，今年四月初，中共中央八届七中全会讨论和决定了国家机构的领导人和候选人的提名。全会以后，中共中央根据八届七中全会的决定，同各民主党派、各重要人民团体的领导人进行了充分的协商。四月十五日，毛泽东主席召集了第十六次最高国务会议，讨论了候选人的名单，并一致同意向这次大会主席团和各代表组组长联席会议提出。在这次大会期间各代表组就这个问题进行了充分的讨论。在今天大会上提出的国家机构领导人员的候选人名单，是由大会主席团和各代表组组长、副组长联席会议根据各代表组讨论结果商定的。

在计算选票的过程中，会议继续进行了大会讨论。

政协第三届全国委员会全体委员、政府各部门的负责人、中国人民解放军的高级将领，列席了今天的会议。各国驻华使节和一部分在北京访问的外宾，也应邀列席了会议。

今天的会议在下午九时四十五分结束。明天，会议将继续举行。

1959年4月27日，在中华人民共和国第二届全国人民代表大会第一次会议上，刘少奇当选为中华人民共和国主席。图为1959年4月28日出版的《扬州日报》号外“刘少奇当选为中华人民共和国主席”。

号外

国庆越来越近　紅旗越举越高

航运局夺下全年計划85%

十八日运量再攀高峯創日产七万二千吨新紀录

建国十周年的大喜日子越来越近，航运职工的的献礼紅旗越举越高。省航运局輪、駁运輸繼10日創日运三万一千多吨的高产記录之后，运量天天向上，指标节节高升，18月又跳上了日运七万二千三百八十一吨的更高峯。至此，九月份的跃进計划已經完成了96.23%，全年貨运量計划夺下了85.44%，胜利地提前实现了省委提出的献礼要求。

在这大战九月、力夺高产的日子里，奋战在生产第一綫的海員工人們，以乘風破浪之势，争一分一秒之先。航行在南昌至龙凤洲綫上的贛輪351号拖輪，过去一天跑一个双航次，反右傾，鼓干劲，就象輪船插上了一双翅膀，航速飞跃提高。一天跑上两个双航次、一趟顶上两条船。贛輪306号的海員們积極推行頂推法，改进机具，提高技术，使航速提高了20%，拖帶量提高了四倍，跟全省标兵船贛輪303号同时提前跨进了第四季度。南康、龙南、鉄局关等航运站都已經在本月上、中旬提前和超額完成了全年的計划任务。

这些天来，各地港口管理工作也有了显著的加强，吞吐量不断提高。丰城港对大宗煤炭实行专綫运輸，迅速扭轉了过去的被动局面，几天时間就把积压待运的上万吨煤炭調运出去了，目前基本上做到了港口有多少煤就接运多少，消除滯运现象。吉安港在抓輪駁运輸的同时，狠抓支流短途物資的集散运輸，使物資調运空前活跃起来，船貨平衡，运量猛增。南昌港在物資拥挤时，发动船員、干部和家属参加突击裝卸，保証了船队到港随卸随裝，大大压縮了停泊时間，加快了船舶周轉。九江港在裝卸任务十分繁忙的情况下，堅持开展技术革新运动，四天之内赶造出鏈板机、出舱机各一台，及时投入了生产。为了协同作战、共夺高产，樟树、南昌等港都本着“先人后己”的精神，抽調大批运力支援吉安、九江完成运輸任务。

前沿陣地打得漂亮，后勤战綫也干得出色。省航运局在16日作出組織高产日的决定以后，各地商务干部全面出动，深入貨主部門，深入产地现場，組織三綫貨源，大抓“提前运輸”。吉安分局局长亲自帶領商务員，昼夜走訪貨主；波阳分局派出人員远赴凰岗、乐平等地組織回程物資。九江分局把副食品送到港、送上船，使船員不必再上岸采购，全力投入生产；省航运局财务科和南昌营业所财务人員都主动上船办理财务手續，上船发放船員工資。

各地船舶保修工人为了提供更多更好的运力，展开了保質保量的突击搶修船舶的競賽。南昌、吉安、波阳、樟树等地机修所，近日连創快速修船紀录，使全省停修的拖輪数在几天中压縮了一半以上。

目前，航运部門的广大职工正以越战越頑强的姿态，乘胜前进，决心抓住这千金一刻的宝貴时光，斤两不让，分秒必爭，創造更卓越的成績，迎接国庆大典。

为瓷都生产建設服务　向国庆十周年献礼

景市汽車运輸公司完成全年任务

为瓷都生产建設服务的景德鎮市汽車运輸公司，提前一百天完成了全年运輸任务，提前实现了向国庆十周年献礼的保証。

景德鎮瓷业生产在去年大跃进胜利的基础上，今年繼續跃进，給汽車运輸帶来了繁重的物資运輸任务。景德鎮市汽車运輸公司在过去的八个多月中，采取自力更生的办法，大力开展拖挂运輸和双班运輸，来挖掘运輸潜力。这个公司的保修厂，战胜了材料缺乏，技术設备不足的种种困难，增制鉄質挂車12輛，并加强了原有挂車的維修保养，保証了实行一車一挂，无挂不出車。公司已在1至5月份抽調一批青年职工，开办了訓練班，培訓了25名駕駛員和15名保修工，适应了双班生产的需要。这样，就做到了运力加番，运輸效率成倍提高。在运輸生产中，还不断加强組貨工作，改进車輛調度，推行了双綫、对流运輸，提高了車輛的实載率。特別是在反右傾、鼓干劲，厉行增产节約的运动开展起来以后，职工們干劲十足，竞賽热火朝天，如八月份完成的貨运量达到月度計划的三倍以上，九月上、中旬的生产指标繼續节节上升，从而保証了献礼計划的提前实现。

江西交通報

1959年9月19日

1959年9月19日，《江西交通报》出版号外“国庆越来越近，红旗越举越高，航运局夺下全年计划85%”。

海南報

HAI NAN BAO

1959年10月1日

全州

完成粮食征購任务83%
完成食畜收購任务98%
完成畜产品收購任务92%
提前完成全年財政收入計划

（本报訊）在欢庆伟大祖国建国十周年的时候，喜訊传来，我州粮食征购工作，到九月三十日止，完成了粮食入庫任务的百分之八十三点零四，超额完成国庆前入庫百分之八十的要求；其中兴海县超额百分之十一点一完成了任务。

我州各族农民，在获得了公社化后第一个丰产后，就掀起了"全民动員、与天爭粮"的收割打碾高潮，特別是在党的八屆八中全会战斗的号召下，广大社員更加意气风发，干劲倍增，在日夜苦战、确保顆粒还家的同时，又掀起了交公粮、卖余粮的热潮。一致提出：提前超额完成任务，向国庆献礼。今年我州能提前完成計划，这是党的总路綫的胜利，也是人民公社优越性的具体表现。

今年的粮食入庫工作，比往年完成的又早又快。这是由于領导重視，書記亲自掛帅，和貫彻执行了"边收、边打、边征購、边入庫"的办法，各公社、生产队，在快收、快打、快碾、快入庫的积极行动口号下，組織了专业队，进行了苦战。貴德河阴公社王屯生产队，在突击完成收割、打碾任务的同时，还完成了征購粮入庫三十五万斤的上繳任务；作物成熟較晚的兴海龙泉公社踮泉大队，在搶收、搶打、搶揚簸和鏖战四昼夜后，提前三十五天完成了征購任务。其他各地，也在克服右傾情緒的基础上，一鼓作气，提前完成了粮食征購任务。

为了把所有余粮和好粮卖給国家，社員們說："公社无限好，余粮多又香""丰收不忘党，踊跃卖余粮"，所以他們在打碾时，簸了又簸，扬了又扬，送来的公粮都干干净净，粒粒飽滿。

各地在征購粮食的同时，对广大社員的生活跟着作了安排。社員們反映說：丰产丰收生活好，多打多留办法强。

（又訊）国庆前夕，我州財貿系統各单位，紛紛向州委、州人委报捷。截止九月二十八日，全州超额百分之十七点三四完成了省下达財貿計划。

在提前完成全年財貿計划的战斗中，全体財貿干部和广大职工群众，在党的八屆八中全会精神鼓午下，在各級党委的坚强領导下，干劲一鼓再鼓，上游一爭再爭，新成績层出不穷。例如畜产品收購工作完成了年度計划的百分之九十二点零七，其中主要项目都提前九十四天超额完成了全年計划：綿羊毛超额百分之二点二四，山羊毛超额百分之七点零四，綿羊皮超额百分之三十四点六，牛皮超额百分之二点六一。食畜收購工作进展也很迅速，完成了年度計划收購头数的百分之九十八点零一，其中羊收購超额百分之一点一三完成了全年計划，牛完成了全年計划的百分之八十一点三四；共和县商业科到九月二十二日，已經收購了牛五千五百头，羊五万五千七百八十三只，提前九十五天完成了全年收購任务。銀行儲蓄工作，隨着"勤儉建国、勤儉持家、勤儉办一切事业"的教育宣传逐步深入，人民生活水平不断提高，儲蓄额增长幅度較以往任何一年都大，截止九月底，全州超额百分之一百二十八点零三完成了全年計划。商业銷售工作，由于各門市部开展了以提高业务水平、改进服务态度为主要内容的紅旗竞赛，銷售额逐月上昇，现在全州已經完成了年度計划的百分之七十八。

在州委、州人委接到的喜报中，很多单位提出保証：要在党的正确領导下，大反右傾，大鼓干劲，为在今年年底完成和超额完成全年各項計划指标而奋斗！

州委 州人委 发出賀信

（本报訊）我州財貿系統某些单位，超额完成全年任务捷报传来后，中共海南州委、州人民委員会，特发出賀信，向他們祝賀。

賀信首先，对各单位提前完成全年計划，表示热烈祝賀。

賀信接着指出今年我州財貿系統工作，能創造出这些优異成績，是由于各个业务部門的全体职工，在党的領导下，特別是在党的八屆八中全会精神鼓午下，反右傾、鼓干劲，深入开展增产节约运动的結果。在大战八、九月的期間，商业系統捷報紛紛传来捷报，九月下旬全州羊毛收購完成年計划102.24%，接着，財政收入、食畜收購、銀行信貸等工作，都完成和超额完成了計划。在完成任务中，各級領导，亲自掛帅，深入实际，大搞群众运动。

賀信最后說：为了在已取得成績的基础上，乘胜前进，希望你們戒驕戒躁，进一步貫彻执行中共八屆八中全会和省委二屆第十二次全體精神，繼續克服右傾保守思想，鼓足更大革命干劲，全面发动群众，爭取在第四季度內获得更大成績。

到1959年9月30日为止，海南全州完成全年粮食征购任务83%，完成食畜收购任务98%，完成畜产品收购任务92%，提前完成全年财政收入计划。图为1959年10月1日出版的《海南报》号外。

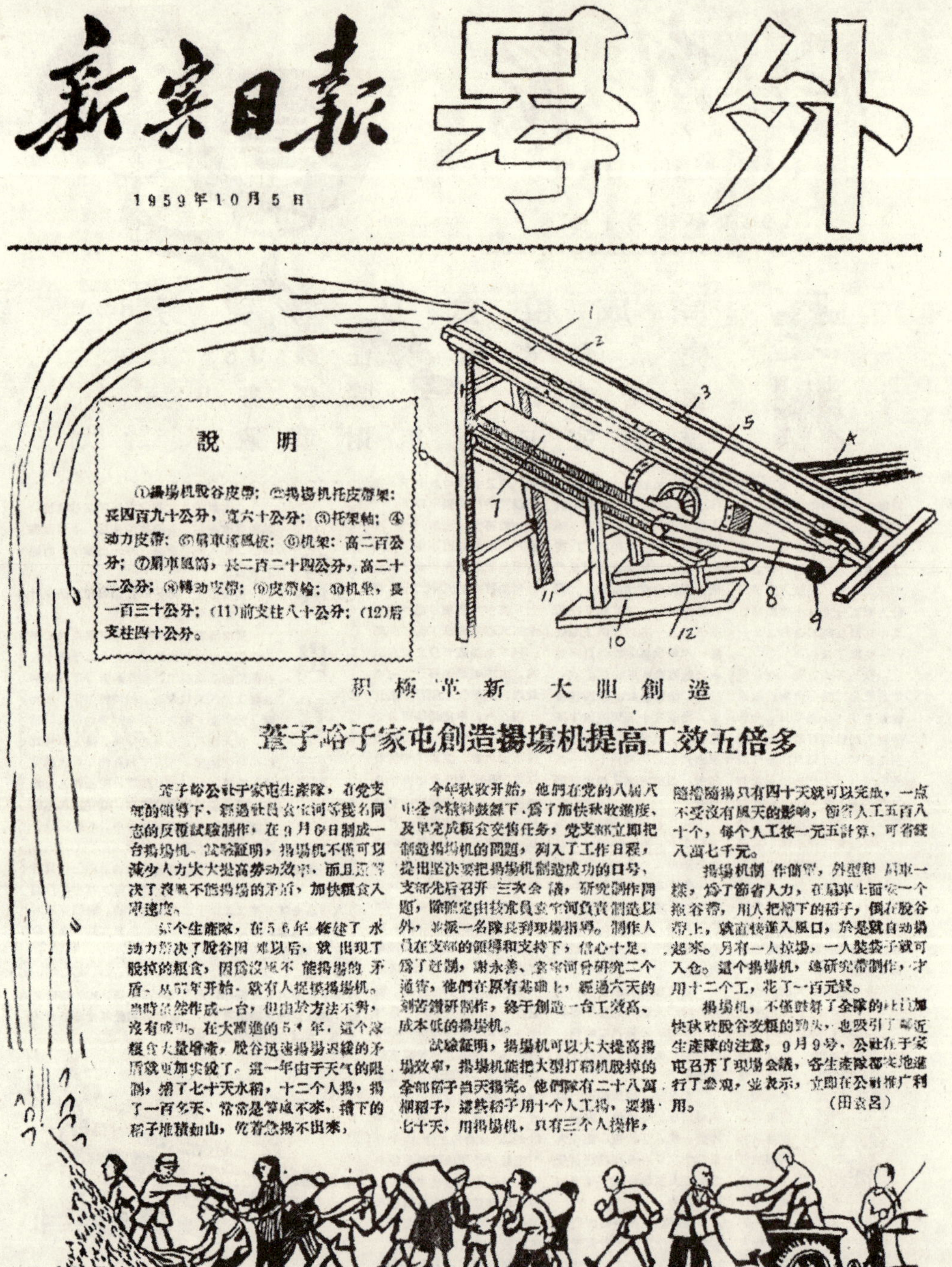

新宾日報 号外

1959年10月5日

說　明

①揚場机脫谷皮帶；②揚場机托皮帶架：長四百九十公分，寬六十公分；③托架軸；④动力皮帶；⑤扇車搖風板；⑥机架：高二百公分；⑦扇車風筒，長二百二十四公分，高二十二公分；⑧轉动皮帶；⑨皮帶輪；⑩机坐，長一百三十公分；(11)前支柱八十公分；(12)后支柱四十公分。

积極革新　大胆創造

葦子峪于家屯創造揚場机提高工效五倍多

葦子峪公社于家屯生產隊，在党支部的領導下，經過社員袁宝河等幾名同志的反覆試驗制作，在9月6日制成一台揚場机。試驗証明，揚場机不僅可以減少人力大大提高勞动效率，而且還解决了沒風不能揚場的矛盾，加快糧食入庫速度。

這个生產隊，在56年修建了水动力解决了脫谷困难以后，就出现了脫掉的糧食，因為沒風不能揚場的矛盾，从57年开始，就有人提搞揚場机。当時虽然作成一台，但由於方法不對，沒有成功。在大躍進的58年，這个隊糧食大量增產，脫谷迅速揚場遲緩的矛盾就更加尖銳了。這一年由于天气的限制，積了七十天水稻，十二个人揚，揚了一百多天，常常是等風不來，積下的稻子堆積如山，乾着急揚不出來。

今年秋收开始，他們在党的八屆八中全会精神鼓舞下，為了加快秋收進度，及早完成糧食交售任务，党支部立即把創造揚場机的問題，列入了工作日程，提出堅决要把揚場机創造成功的口号，支部先后召开三次会議，研究制作問題，除確定由技术員袁宝河負責創造以外，並派一名隊長到現場指導。制作人員在支部的領導和支持下，信心十足，為了赶制，谢永善、袁宝河分研究二个通宵，他們在原有基础上，經過六天的刻苦鑽研制作，終于創造一台工效高、成本低的揚場机。

試驗証明，揚場机可以大大提高揚場效率，揚場机能把大型打稻机脫掉的全部稻子当天揚完。他們隊有二十八垧稻子，還按稻子用十个人工揚，要揚七十天，用揚場机，只有三个人操作，隨搶隨揚只有四十天就可以完成，一点不受沒有風天的影响，節省人工五百八十个，每个人工按一元五計算，可省錢八百七千元。

揚場机制作簡單，外型和扇車一樣，為了節省人力，在扇車上面安一个搬谷帶，用人把掃下的稻子，倒在脫谷帶上，就直接送入風口，於是就自动揚起來。另有一人掠場，一人裝袋子就可入仓。這个揚場机，連研究帶制作，才用十二个工，花了一百元錢。

揚場机，不僅鼓舞了全隊的社員加快秋收脫谷交糧的勁头，也吸引了鄰近生產隊的注意，9月9号，公社在于家屯召开了現場会議，各生產隊都先后進行了參观，並表示，立即在公社推广利用。

（田袁吕）

《新宾日报》是中共新宾县委机关报。图为1959年10月5日出版的《新宾日报》号外“积极革新，大胆创造，苇子峪于家屯创造扬场机提高工效五倍多”。

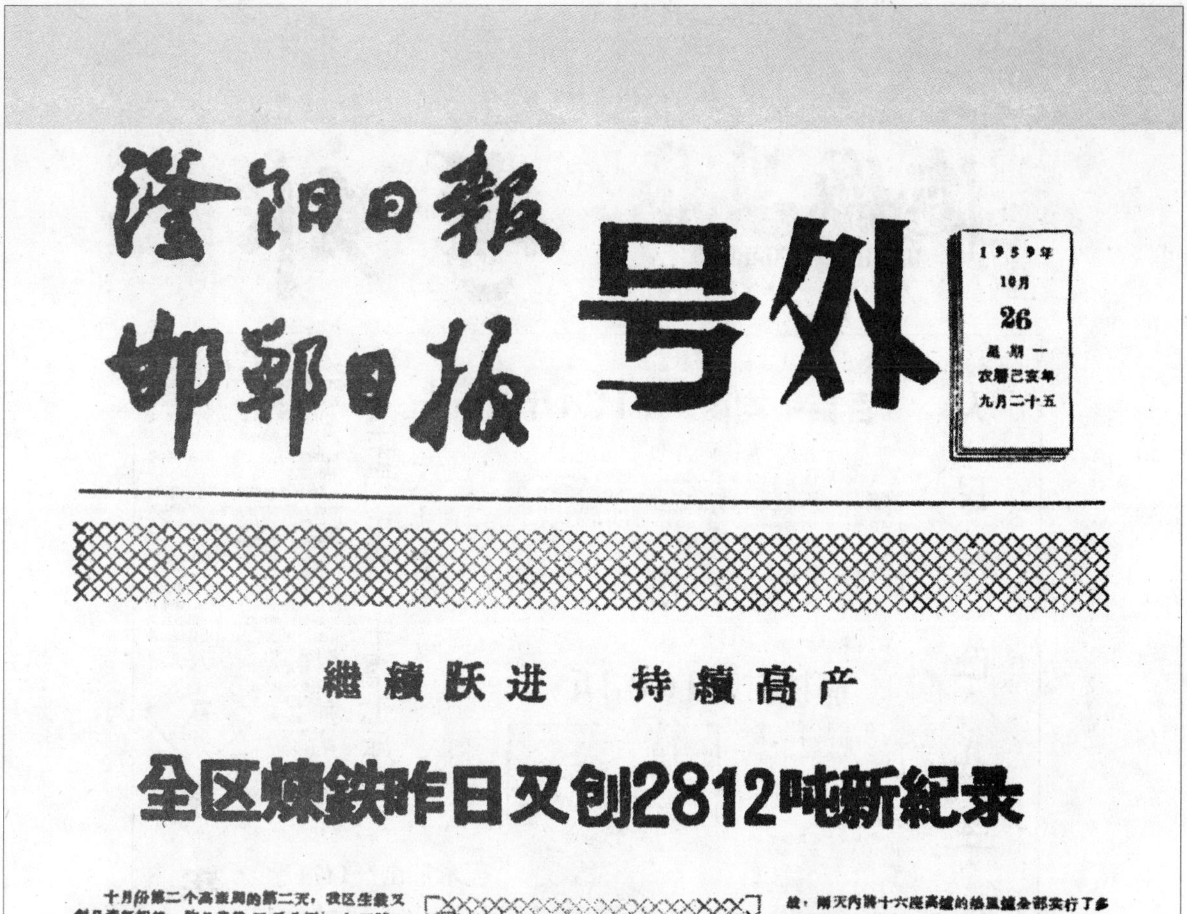

滏阳日報 邯郸日报 号外

1959年 10月 26 星期一 农曆己亥年九月二十五

繼續跃进 持續高产

全区煉鉄昨日又创2812吨新紀录

十月份第二个高產周的第二天，我区生鉄又創日產新紀錄，昨日產鉄二千八百一十二吨，比第一个高產周的平均日產提高了百分之十一点四，比第一个高產周的第二天提高了百分之二十四点四，利用系数达到零点九三。邯郸鋼鉄厂產鉄九百二十九吨比第一个高產周平均日產提高百分之四，利用系数达到零点九五。邢台煉鉄厂突破四百吨大关，日產生鉄四百零三吨，利用系数达到一点零三。[illegible]水煉鉄厂高爐利用系数达到一点四二。彭城煉鉄厂利用系数达到一点零七。峰二、磁山、紅星、武安、管二管八、五龍、內丘、曲周和新城等煉鉄厂也都分別达到或超过了高產周日產計划水平。

高產周之前，各厂都進行了充分的思想發动和物質准备。首先总結了第一个高產周的經驗，在广大群众中組織了"能不能繼續躍進，能不能持久高產"的大鳴大放大辯論，進一步批判了"高產到頂"的保守思想；[illegible]又出現了新的高潮。峰峰第一煉鉄厂在二十二日召开了全厂的誓师大会，全體干部、职工一齊投入了夺鉄大战，兩天內將十六座高爐的熱風爐全部实行了多嘴燃燒，經过驗收全部合格；九座未經改造的熱風爐，三天內突击改造了五座，其余四座正在加緊施工。在原料管理上，抓住了破碎、篩分、焙燒三个关键，使原料达到粒度勻、品質高、含粉少。食堂职工把飯送到爐前；劇团、电影放映隊也到厂內進行慰問演出，大大鼓舞了职工們的生產情緒。邢台煉鉄厂舉行了班前班后会，开展了反事故運动，保証了安全生產。彭城煉鉄厂大抓薄弱环節，提高了利用系数和开爐率，兩天內連續开了兩座十三立方米高爐。峰峰第二煉鉄厂改進了高爐風嘴，擴大了風嘴直徑，進一步適应了强風高温操作。

高產周初战告捷，大大鼓舞了职工們的斗志，他們越战越勇，决心夺取高產周全勝。（冶金局通訊組）

1959年10月26日，《滏阳日报》和《邯郸日报》联合出版号外"继续跃进，持续高产，全区炼铁昨日又创2812吨新纪录"。

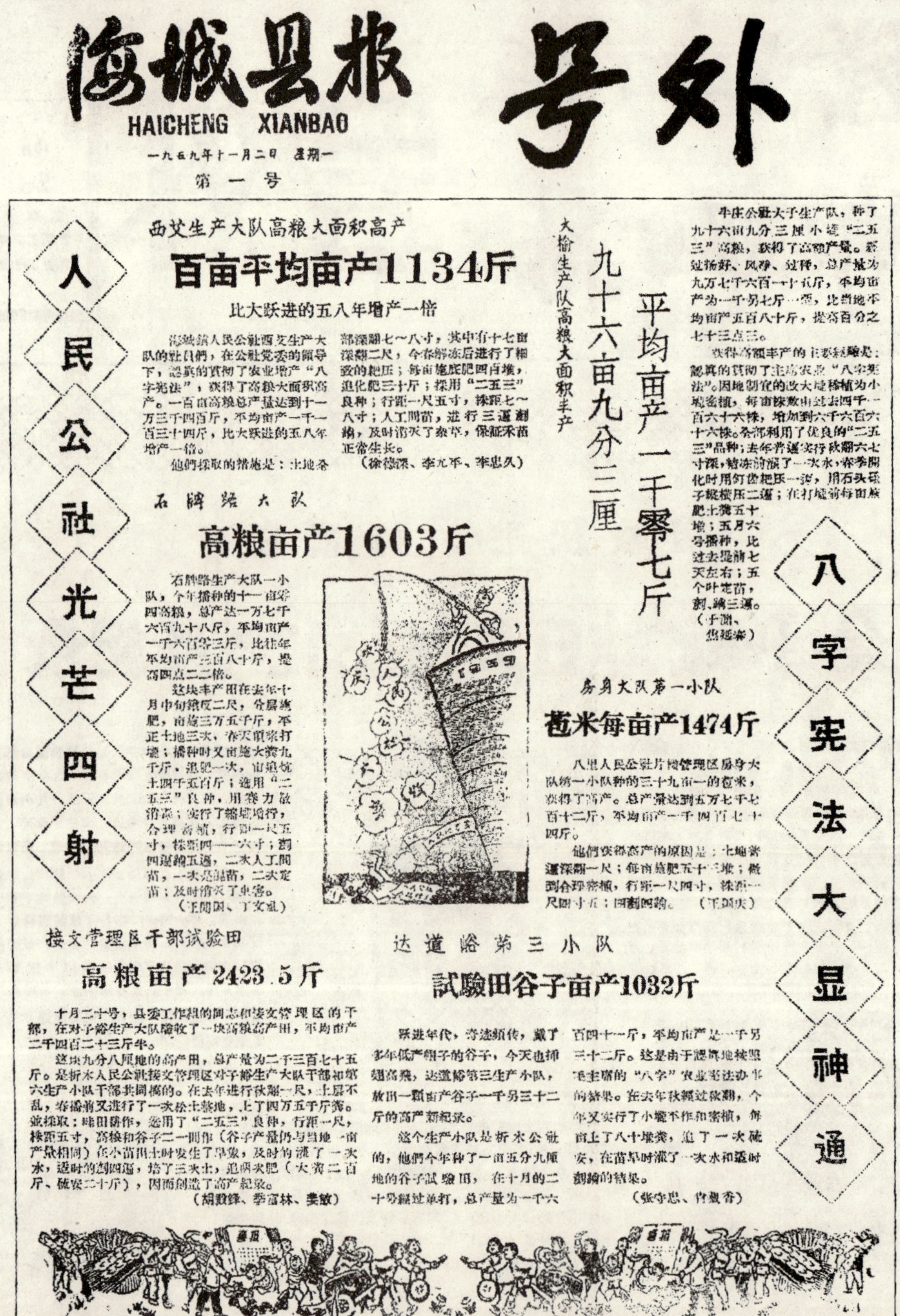

《海城县报》是中共海城县委机关报。图为1959年11月2日出版的《海城县报》号外“人民公社光芒四射，八字宪法大显神通”。

一九五九年十一月四日

跑在時間前面 飞跃跨进明年

全區有七个鉄厂、十一个煤矿 提前完成全年計划

全区鉄煤战線上的职工，在总路線的光辉照耀下，在党的八屆八中全会精神的鼓舞下，掀起了一个"学、赶、赛、帮"的生产竞赛高潮。战鼓紧擂，喜訊频傳。到10月底，全区有7个县属铁厂、11个煤矿超额完成了全年生产計划。这些厂礦是：涟源芙蓉鉄厂、新化双梓鉄厂、隆回沙子坪铁厂、双峯鉄厂、双峯測水鉄厂、武冈云山鉄厂、新宁鉄厂，新化资兴煤礦、青山煤礦、矿山煤矿、湘乡协作煤矿、湘乡花亭煤矿、洞口石江煤矿、双峯南塘煤矿、朝阳煤矿、泰盆煤矿、金家煤矿、新邵卫星煤矿。

这些單位所以能夠出色地完成国家計划，主要是加強了党的領导，坚持了政治掛帅，鼓足了冲天干勁，領导深入生产、跟班劳动，抓关鍵、抓計划，开展大檢查、大評比、大竞赛、大插紅旗，大搞羣众运动。

新化青山煤矿党委，7个委員，都深入生产，坚持跟班劳动，解决了井口提升問題，安装了轉盘机，提高了工效一倍多。对井下的排水問題，用竹梘将两处的水羧到一处排出，提高工效两倍。双峯南塘煤矿，改进采煤方法，井下提升实行"四改"，节约了劳動力170余人，烟煤日产量由173吨提高到214吨。武冈云山鉄厂采取三大措施，充分挖掘劳动潜力，合理調整技术力量，改进操作技术，日产生鉄由3吨提高到6.2吨。

现在，全区鉄、煤战綫上的职工，正在你追我赶，争分搶秒，为創造更大的成績而奋斗。

地委工交办公室

跑在时間的前头

宋承超作

1959年11月4日，《资江报》出版号外"跑在时间前面，飞跃跨进明年，全区有7个铁厂、11个煤矿提前完成全年计划"。

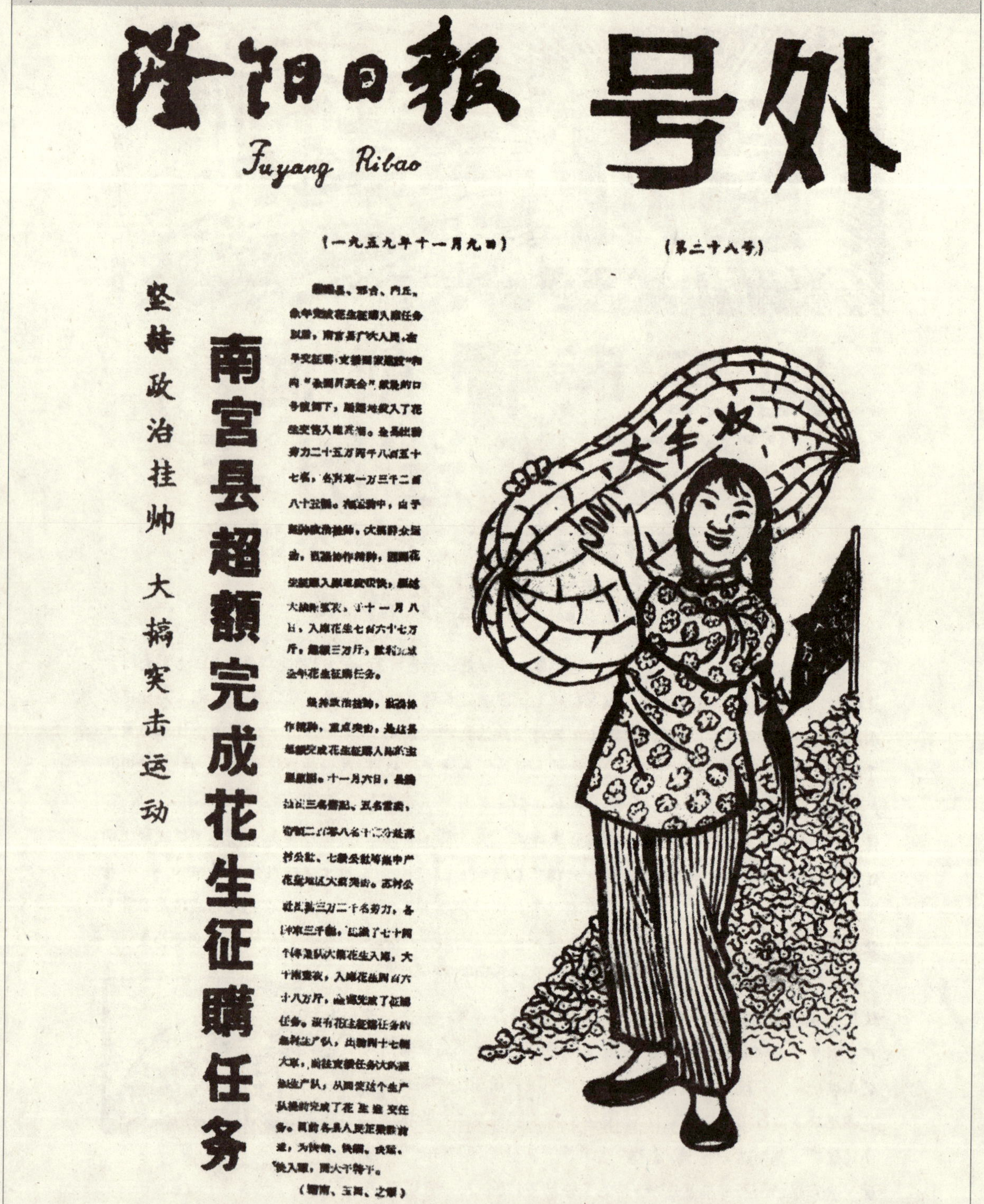

滏阳日報 号外

Fuyang Ribao

（一九五九年十一月九日）

（第二十八号）

坚持政治挂帅 大搞突击运动

南宫县超额完成花生征購任务

[illegible]、邢台、内丘[illegible]花生征購入庫任务以后，南宫县广大人民[illegible]……十一月八日，入庫花生七[illegible]六十七万斤，超額三万斤，[illegible]全年花生征購任务。

[illegible]……十一月六日，[illegible]……

（[illegible]、玉[illegible]、之[illegible]）

图为1959年11月9日出版的《滏阳日报》号外“坚持政治挂帅，大搞突击运动，南宫县超额完成花生征购任务”。

西丰县報

XIFENG XIANBAO

1959年11月16日 星期一

号外

喜庆丰收感謝共产党　千軍万馬争送爱國粮

郜家店人民公社

提前超額完成征購粮任务

【本报訊】郜家店人民公社，在上級党委的正确領导下，在社会主义建設总路綫的照耀下，大反右傾，大破保守，全民动員，大搞群众运动，大搞技术革命，“一鼓作气，一气呵成”，于十月十四日超額完成了粮食征購任务。实际入庫粮食六千四百零四吨三，比去年提前一个月零十天。占总任务的百分之一百点七。这是总路綫、大跃进、反右傾、鼓干劲胜利的結果，是农業八字宪法、人民公社发出巨大威力的結果，是政治挂帅，大搞群众运动胜利的結果。

今年郜家店人民公社和全县各人民公社一样，在党的領导下，充分发揮了人民公社的无比优越性，認真貫徹执行农業“八字宪法”，各种作物普遍获得大丰收，广大社員喜庆丰收，“翻身不忘共产党，増丰收不忘支援人”，日夜突击打場，争送爱國粮。

广大社員聽过八届八中全会的宣傳教育，明确了征購粮的重大意义之后，立即出現了一个声势浩大，规模壮闊，干劲足，质量好，速度快的突击打場、送粮的群众运动新高潮。社員們为了加快打場进度，采取了集中打大場和分散打小場相結合，机械脱谷与人畜打場相結合的方法和边翻、边压、边翻、边揚的“四边”連續作業法，加快了打場的进度，由一天只館兩場，增到四場，保証人到有粮，車到粮足，快速度送粮运动的需要。

他們在送粮上又采取了“蚂蟻搬泰山”的方法，集中优势兵力，日夜送粮；在高潮时，每天都出动九千多人，四百多台大車，日送粮达到兩千零四十四吨的高額衛星。比去年日送粮最高的二百五十吨的紀录，提高五点八倍。

这个公社，不仅送粮速度快，质量也非常好，純粮率高，水分小，杂質少，从十日入庫的五百吨检查，一等粮占百分之六十五，二等粮占百分之三十，三等粮仅占百分之五，等外粮根本沒有。

郜家店公社，由于領导決心大，抓的早、抓的紧、抓的細、抓的实，既貫徹了党的政策，又超額完成了粮食征購任务，并向县委首告大捷。（四維）

祝贺

锣鼓响，捷报傳，
喜訊来自郜家店，
送粮任务提前完，
首战告捷全領先！

領导决心坚又坚，
亲自挂帅帶头干，
政治工作抓的紧，
思想教育走在前。

群众力量大如天，
一鼓作气意志坚，
全党全民齐发动，
一举搬走粮食山！

全民喜庆丰收年，
党的恩情記心間，
为了祖国大建設，
我們一齐来支援。

千条难题不算难，
明月当空当白天，
送粮兵馬齐出动，
不怕路远北风寒！

車輛不足人来担，
男女老少齐动員，
只要立下凌云志，
兩手能把泰山搬！

紅旗插到郜家店，
各个公社齐追赶，
只要我們决心大，
任务定能提前完。

争分夺秒抢时間，
开展送粮大决战，
全县任务提前完，
定在全市要領先！

1959年11月16日，《西丰县报》出版号外“喜庆丰收感谢共产党，千军万马争送爱国粮，郜家店人民公社提前超额完成征购粮任务”。

号外 新民县报

1959. 11. 17 （第四号）

縣委召开电話会議發出号召

突击猛干七昼夜 保証征购粮全部入庫

（本报訊）十一月十五日晚上县委召开了“关于当前征購粮入庫”的电話会議。县委书記李毅民同志代表县委講了話。

报告中指出了我县当前的送粮特点是：“行动快、来势猛、声势大、干劲足”。十三日全县有一千多名干部星夜赶赴第一綫和群众一道突击搶送爱国粮，十四日全县就掀起了千軍万馬，千車万担群众性的送粮新高潮。这天全县出动三万九千多人，汽車、拖車、大車四千四百多台，一天就送粮2,818吨，較十三日翻一番多。目前已完成入庫任务的百分之三十九。

报告中，还指出了当前送粮的进度还不够快，主要原因：除了部分地区因現脫粒影响了送交外，主要是右傾思想的阻碍。

报告中分析了当前存在問題之后，指出了迅速掀起更大的送粮新高潮的措施：（一）要加强党的領导，堅持政治挂帅，反透右傾思想，各級干部，特别是党員領导干部都必須做到亲临战場，做好指揮，及时解决各种思想障碍。（二）加强具体組織工作。把打場、脫粒、送粮划分成专业队伍，实行白天打大場，晚間打小場，几套人馬，一环扣一环，避免窝工。（三）大造声势，大搞群众运动，大干七昼夜，一气呵成。千方百計挖掘一切运力、人力，把一切可以調动的力量，都調动起来，使他們投到运动中来。各生产队要实行五定：“定时間、定地点、定車力、定人力，定任务”，把每天的任务层层落实，保証完成。为了保証質量，提倡采取：“政治驗质和技术驗质相結合”的办法。（四）抓好接收工作。各公社党委不仅要抓各生产队，也要抓好粮庫接收工作。（五）总結經驗，及时交流。各級党委在运动中要采取：“抓两头带中間”的办法，保証任务的完成。（六）大搞評比，大插紅旗，及时表揚好人好事。注意人畜安全，防止粮食的損失浪費。

报告中最后对整平道路、蔬菜入窖保管、兴修农田水利等項工作也作了指示。

在这次电話会議上，市委农付产品收購检查团团长张华同志也講了話：贊揚了我县第一个送粮战役的干劲和成果；对如何打好第二个送粮战役作了指示。

报 捷

梁山公社

周坨子管理区所属四个生产队，在本月十五日早四点鐘，完成了全年五十三吨征購粮送交任务。

北安管理区在十六号早八点完成了全年四十吨征購粮送交任务。

紅旗公社

金五台子管理区于本月十五日晚六点超额九十八吨完成了全年四百八十二吨征購粮送交任务。

小赵屯管理区也于本月十五号晚間六点鐘超额十吨完成了全年二百五十吨粮食送交任务。

大紅旗管理区也于本月十五号晚間六点超額十七吨半完成了全年三百八十吨粮食送交任务。

兴隆公社

五十家子生产队，于本月十四号晚間十二点，完成了全年一百二十三吨粮食送交任务。

大X屯公社

蓁子沟、八家子、侯油房、武主等四个生产队于本月十五日中午完成了五九年八百八十四吨粮食送交任务。

大民屯公社

前当铺管理区，于本月七日提前完成了四千三百斤的肉猪送交任务。

新民公社

李家网管理区，于本月六日提前超额完成了二千七百斤的肉猪送交任务。

《新民县报》是中共新民县委机关报。图为1959年11月17日出版的《新民县报》号外“县委召开电话会议发出号召，突击猛干七昼夜，保证征购粮全部入库”。

懷集日報

HUAIJI RIBAO

一九五九年十一月廿三日

第22号

號外

高舉總路綫紅旗奪得了特大豐收

中洲馬崗大隊二千多畝田畝產六百多斤

中洲大队青年队二十四畝多落后田經改土、整理排灌系統后畝產超七百

【本报讯】中共怀集县委关于晚造特大丰收的第十二号通报，全文如下：

中洲公社馬崗大队于十八日圆满結束秋收。全队二千六百七十亩田，經脱粒晒干風淨核实产量，共收干谷一百六十五万五千四百斤，平均亩产六百二十斤，比今年早造亩产三百六十斤躍增百分之七十二。全队并出現八百至九百斤的单产块和大面積丰产洞一百五十亩，九百至一千斤的有六十二畝，千斤以上的六畝。

全大队由于获得特大增产丰收，不单超額完成了公余粮任务，而且还留好口粮、留足飼料、种籽和儲备粮。

又該社中洲大队青年队在公路边观杨洞的二十四亩六分多原土壤粘結瘦瘠、土層浅薄兼出鉄銹水，历年产量很低的爛泥田，經改土、整理好排灌系統和貫徹其它一系列的先进技术措施后，成为落后变先进的标兵，全洞共收干谷一万七千七百三十二斤，平均亩产七百一十九斤八两，比历年亩产二百五十斤，多收四百六十九斤八两，增产一点八倍多。其中产量最高的一亩零七厘田共收干谷一千零四十四斤，折合亩产一千零三十斤。

馬崗大队今年晚稻总产的显著躍增和中洲大队的青年队改造落后田的胜利，是怎样得来的呢？其共同的特点是：坚决貫徹了党的社会主义建設总路綫，經常不断的反右傾，鼓干勁，發揮了冲天的革命干劲，田头安营扎寨，日夜奋战田間，作到与禾苗同呼吸共命運，及堅決的貫徹了“八字宪法”，絶大部份采用了“三推一秋”良种，插植三乘五合理规格，作到看田施肥，搞好科学排灌，精管細管。

广大社員于收割时，看到如此特大丰收，無不喜气洋洋。

一九五九年十一月二十三日

請宣传

請张貼

《怀集日报》是中共怀集县委机关报。图为1959年11月23日出版的《怀集日报》号外“高举总路线红旗夺得了特大丰收，中洲马岗大队2000多亩田亩产600多斤”。

号外

北鎮報

BEI ZHEN BAO

1959年11月26日（星期四）

狠反右倾 猛鼓干劲

大干三昼夜 粮棉油全部入库

县委召开电話会議发出战斗号召

蓖蓖卜公社棉油入库干得猛

棉花完成66% 花生完成65%

青堆子公社公購粮集运任务完成得快

《北镇报》是中共北镇县委机关报。图为1959年11月26日出版的《北镇报》号外“狠反右倾，猛鼓干劲，大干三昼夜，粮棉油全部入库”。

鞍山日报

ANSHAN RIBAO

第10期

1959年12月28日

號外

提前三天拿下五五〇万吨鋼

钢铁英雄斗志昂扬乘胜继进一定要做到明年开門紅

全市人民苦战巧幹一年的辉煌成果

党的总路綫和大搞群众运动的偉大胜利

鞍鋼十七万职工在党的英明领导下，在全国人民和全市人民的支援下，高举总路綫的紅旗，已經在二十八日上午九时提前三天零十五小时，把今年550万吨鋼的躍进喜报，夺到手了。生铁、鋼材的国家計划和增产計划，也分别提前四天和十天超額完成。鞍鋼已全面胜利地实現了向全国兄弟厂矿提出的挑戰。这是党的領導的偉大胜利，是总路綫和群众路綫的偉大胜利。

今年鞍鋼在鋼、生铁、鋼材的絕对数量的增長和躍进的幅度上，都超过了大躍进的1958年。鋼比去年提高了89%；生铁提高了28%；鋼材提高了38%。这一增長数字，等于在鞍鋼的平地上新建一座年产100多万吨鋼的大型鋼铁联合企業。

鞍鋼今年实現了多快好省地全面大躍进。根据統計部門初步統計，鞍鋼到年底生产总值將比計划超額6%、比去年增長30%以上，商品总成本比去年降低5000万元，上繳利潤比去年增長21%。党中央提出的"铁要好铁、鋼要好鋼、鋼要成材、材要多种"的要求已全面地实現了，今年一月到十月份与去年第四季度比較，鋼的合格率提高1.85%，生铁的合格率提高3.86%，鋼材的一級品率提高6.86%。

目前，鞍鋼的鋼铁生产繼續躍进。广大鋼铁职工，正以大躍进的滿堂紅、全面紅的巨大成就，迎接着更加偉大的1960年的开門紅。

鞍山钢铁公司17万职工在党的英明领导下，在全国人民和全市人民的支援下，在12月28日上午，提前3天，拿下全年生产550万吨钢的任务。图为1959年12月28日出版的《鞍山日报》号外“提前三天拿下550万吨钢”。

建昌報 号外

JIANCHANG BAO

中国共产党建昌县委員会机关报　1960年　3月2日

热烈欢迎工人老大哥支援我县山区建設

工农携手　并肩前进

以新的更大的成績　回答工人老大哥的关怀

中共建昌县委常委宣传部长杨殿武同志代表全县人民在欢迎会上的讲话

沈阳工业代表团代表杨宝巨仝志讲話

公社代表　王瑞林同志講話

实現"四化"傳佳音

1960年3月2日，《建昌报》出版号外“热烈欢迎工人老大哥支援我县山区建设”。

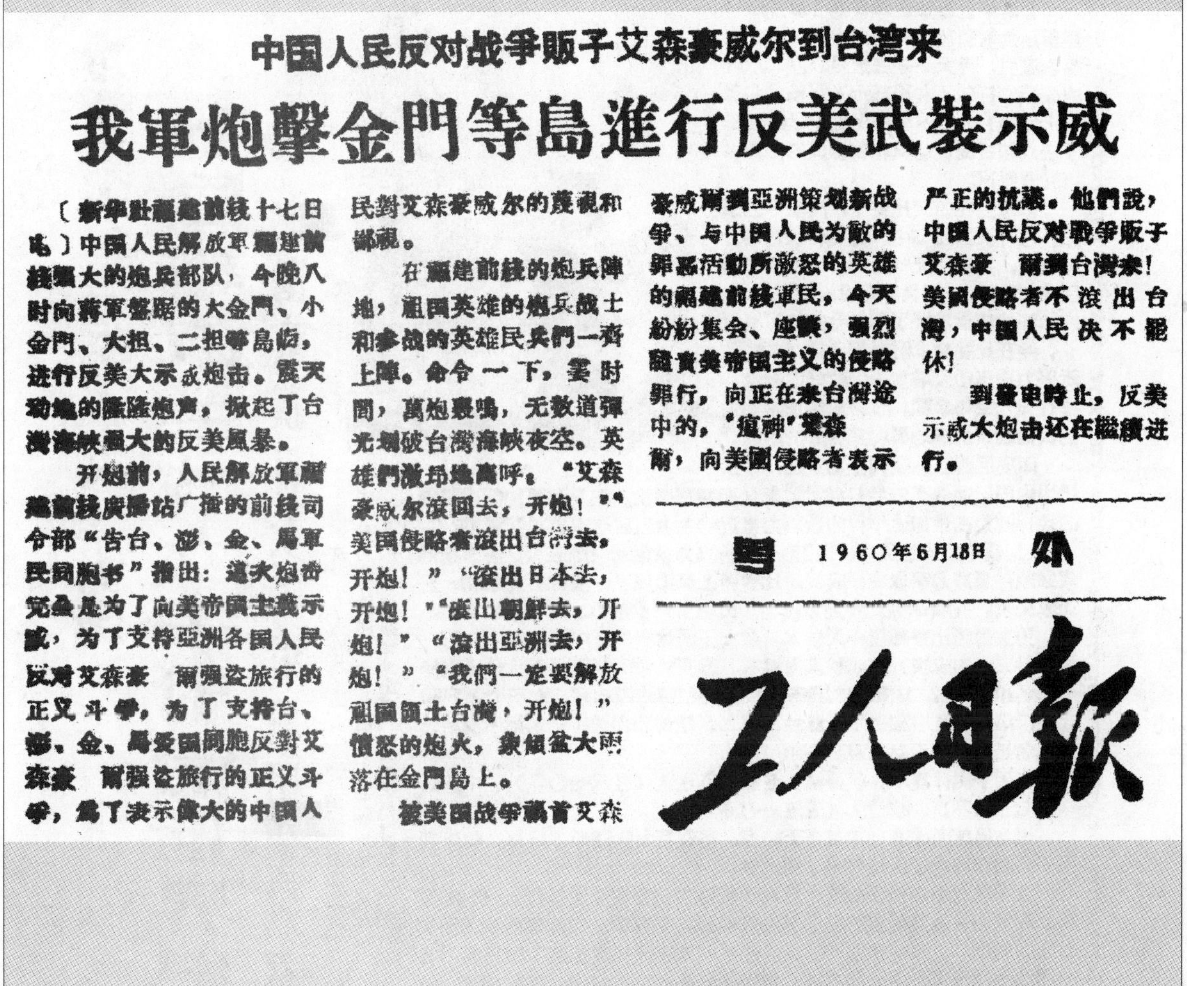

工人日報

号外 1960年6月18日

中国人民反对战爭販子艾森豪威尔到台湾来

我軍炮擊金門等島進行反美武裝示威

〔新华社福建前綫十七日电〕中国人民解放軍福建前綫强大的炮兵部队，今晚八时向蔣軍盤踞的大金門、小金門、大担、二担等島嶼，进行反美大示威炮击。震天动地的隆隆炮声，掀起了台灣海峽强大的反美風暴。

开炮前，人民解放軍福建前綫廣播站广播的前綫司令部"告台、澎、金、馬軍民同胞书"指出：這次炮击完全是为了向美帝國主義示威，为了支持亞洲各國人民反对艾森豪威尔强盗旅行的正义斗爭，为了支持台、澎、金、馬爱國同胞反對艾森豪威尔强盗旅行的正义斗爭，為了表示偉大的中國人民對艾森豪威尔的蔑視和鄙視。

在福建前綫的炮兵陣地，祖國英雄的炮兵戰士和参战的英雄民兵們一齊上陣。命令一下，霎时間，萬炮轰鳴，无数道彈光划破台灣海峽夜空。英雄們激昂地高呼。"艾森豪威尔滚回去，开炮！""美國侵略者滚出台灣去，开炮！""滚出日本去，开炮！""滚出朝鮮去，开炮！""滚出亞洲去，开炮！""我們一定要解放祖國領土台灣，开炮！"憤怒的炮火，象傾盆大雨落在金門島上。

被美國战爭頭目艾森豪威尔到亞洲策划新战爭、与中國人民为敵的罪惡活動所激怒的英雄的福建前綫軍民，今天紛紛集会、座談，强烈譴責美帝國主义的侵略罪行，向正在来台灣途中的"瘟神"艾森豪威尔，向美國侵略者表示严正的抗議。他們說，中國人民反对戰爭販子艾森豪威尔到台灣来！美國侵略者不滚出台灣，中國人民决不罷休！

到發电時止，反美示威大炮击还在继續进行。

1960年6月17日，解放军炮击蒋军盘踞的大、小金门等岛，进行反美武装游行，抗议艾森豪威尔到台湾。图为1960年6月18日出版的《工人日报》号外。

解放日报　号外

一九六三年六月十六日

为新兴力量运动会又添光辉

我国李淑兰破女子射箭世界纪录

中国队获得女子射箭团体冠軍

【新华社雅加达15日电】参加第一届新运会射箭比赛的中国十八岁的女选手李淑兰，今天下午在这里以六二八环的成績，打破了女子三十米双輪（共射七十二箭）六二四环的世界紀录，博得了观众和各国运动員和教练員的热烈掌声和欢呼声。

中国女选手李淑兰在十一月十五日举行的射箭比赛中，以六百二十八环打破了女子三十米双輪（七十二箭）的世界紀录。
新华社記者唐理奎摄（传真照片）

李淑兰在四天比赛中，成績一直領先。在今天的比赛中，她沉着稳健地开弓射箭，克服了天气炎热、风向多变的困难，打破了一项世界紀录，并且以二一六八环的成績取得了双輪全能的冠軍。

她在比赛結束后对記者說："能够为新兴力量运动会增加一分較好的紀录，我感到光荣和幸福。我希望参加新运会的其他国家的运动員創造更好的成績。"

印度尼西亚总裁判甘覚罗說："我們为中国运动員李淑兰打破世界紀录而感到喜悦。使我們更加感到喜悦的是，她是在雅加达举行的新兴力量运动会上打破这项世界紀录的。"

【据新华社雅加达15日电】第一届新兴力量运动会第五天，各国运动員继續并肩努力争取良好成績。比赛場上又出现了一项世界紀录和一些国家紀录。各项球类比赛异彩紛呈，出现了許多精彩、紧张的場面。

男女射箭比赛都在今天結束。在女子团体赛中，中国队以六一五一环（計三人的成績）的成績贏得冠軍。苏联队和印度尼西亚队分别取得第二名和第三名，成績分别是五〇二〇环和四六四七环。女子个人双輪比赛，第一名是中国选手李淑兰，第二名是匈牙利选手特蕾尼·艾娃，第三名是中国选手赵素霞。

在男子团体赛中，获得前三名的是苏联队（五八七〇环）、中国队（五七五四环）、波兰队（五五一七环）。

男女网球团体赛也都在今天結束。苏联男女队获得了冠軍。匈牙利男子队和中国女子队都取得了第二名。

女子自选小口径手枪五十米六十发慢射比赛在今天举行，欧洲冠軍、苏联名手洛莫娃以五三〇环的成績贏得了冠軍。印度尼西亚的桑姆普諾名列第二，成績是五一〇环。今年以来才开始参加这个项目练习的中国选手冷桂英命中五〇六环，取得第三名。

击剑比赛今天开始。在今天結束的男子轻剑团体赛中，阿拉伯联合共和国队贏得了冠軍，印度尼西亚取得第二名，日本队名列第三。

帆船比赛今天进入第三天。在"飞行荷兰人"型的比赛中，成績領先的是巴西队；在"龙"型的比赛中，印度尼西亚队成績領先。

1963年6月15日，参加第一届新兴力量运动会的我国18岁女选手李淑兰打破了射箭世界纪录。图为1963年6月16日出版的《解放日报》号外。

人民日报　号外

1964年10月16日

加强国防建设的重大成就，对保卫世界和平的重大贡献

我国第一颗原子弹爆炸成功

我国政府发表声明，郑重建议召开世界各国首脑会议，讨论全面禁止和彻底销毁核武器问题。

新华社北京十六日电　新闻公报

一九六四年十月十六日十五时（北京时间），中国在本国西部地区爆炸了一颗原子弹，成功地实行了第一次核试验。

中国核试验成功，是中国人民加强国防、保卫祖国的重大成就，也是中国人民对于保卫世界和平事业的重大贡献。

中国工人、工程技术人员、科学工作者和从事国防建设的一切工作人员，以及全国各地区和各部门，在党的领导下，发扬自力更生、奋发图强的精神，辛勤劳动，大力协同，使这次试验获得了成功。

中共中央和国务院向他们致以热烈的祝贺。

新华社北京十六日电　中华人民共和国政府声明

一九六四年十月十六日

一九六四年十月十六日十五时，中国爆炸了一颗原子弹，成功地进行了第一次核试验。这是中国人民在加强国防力量、反对美帝国主义核讹诈和核威胁政策的斗争中所取得的重大成就。

保护自己，是任何一个主权国家不可剥夺的权利。保卫世界和平，是一切爱好和平的国家的共同职责。面临着日益增长的美国的核威胁，中国不能坐视不动。中国进行核试验，发展核武器，是被迫而为的。

中国政府一贯主张全面禁止和彻底销毁核武器。如果这个主张能够实现，中国本来用不着发展核武器。但是，我们的这个主张遭到美帝国主义的顽强抵抗。中国政府早已指出：一九六三年七月美英苏三国在莫斯科签订的部分禁止核试验条约，是一个愚弄世界人民的大骗局；这个条约企图巩固三个核大国的垄断地位，而把一切爱好和平的国家的手脚束缚起来；它不仅没有减少美帝国主义对中国人民和全世界人民的核威胁，反而加重了这种威胁。美国政府当时就毫不隐讳地声明，签订这个条约，决不意味着美国不进行地下核试验，不使用、生产、储存、输出和扩散核武器。一年多来的事实，也充分证明了这一点。

一年多来，美国没有停止过在它已经进行的核试验的基础上生产各种核武器。美国还精益求精，在一年多的时间内，进行了几十次地下核试验，使它生产的核武器更趋完备。美国的核潜艇进驻日本，直接威胁着日本人民、中国人民和亚洲各国人民。美国正在通过所谓多边核力量把核武器扩散到西德复仇主义者手中，威胁德意志民主共和国和东欧社会主义国家的安全。美国的潜艇，携带着装有核弹头的北极星导弹，出没在台湾海峡、北部湾、地中海、太平洋、印度洋、大西洋，到处威胁着爱好和平的国家和一切反抗帝国主义和新老殖民主义的各国人民。在这种情况下，怎么能够由于美国暂时不进行大气层核试验的假象，就认为它对世界人民的核讹诈和核威胁不存在了呢？

大家知道，毛泽东主席有一句名言：原子弹是纸老虎。过去我们这样看，现在我们仍然这样看。中国发展核武器，不是由于中国相信核武器的万能，要使用核武器。恰恰相反，中国发展核武器，正是为了打破核大国的核垄断，要消灭核武器。

中国政府忠于马克思列宁主义，忠于无产阶级国际主义。我们相信人民。决定战争胜负的是人，而不是任何武器。中国的命运决定于中国人民，世界的命运决定于世界各国人民，而不决定于核武器。中国发展核武器，是为了防御，为了保卫中国人民免受美国发动核战争的威胁。

中国政府郑重宣布，中国在任何时候、任何情况下，都不会首先使用核武器。

中国人民坚决支持全世界一切被压迫民族和被压迫人民的解放斗争。我们深信，各国人民依靠自己的斗争，加上互相支援，是一定可以取得胜利的。中国掌握了核武器，对于斗争中的各国革命人民，是一个巨大的鼓舞，对于保卫世界和平事业，是一个巨大的贡献。在核武器问题上，中国既不会犯冒险主义的错误，也不会犯投降主义的错误。中国人民是可以信赖的。

中国政府完全理解爱好和平的国家和人民要求停止一切核试验的善良愿望。但是，越来越多的国家懂得，核武器越是为美帝国主义及其合伙者所垄断，核战争的危险就越大。他们有，你们没有，他们神气得很。一旦反对他们的人也有了，他们就不那么神气了，核讹诈和核威胁的政策就不那么灵了，全面禁止和彻底销毁核武器的可能性也就增长了。我们衷心希望，核战争将永远不会发生。我们深信，只要全世界一切爱好和平的国家和人民共同努力，坚持斗争，核战争是可以防止的。

中国政府向世界各国政府郑重建议：召开世界各国首脑会议，讨论全面禁止和彻底销毁核武器问题。作为第一步，各国首脑会议应当达成协议，即拥有核武器的国家和很快可能拥有核武器的国家承担义务，保证不使用核武器，不对无核武器国家使用核武器，不对无核武器区使用核武器，彼此也不使用核武器。

如果已经拥有大量核武器的国家连保证不使用核武器这一点也做不到，怎么能够指望还没有核武器的国家相信它们的和平诚意，而不采取可能和必要的防御措施呢？

中国政府将一如既往，尽一切努力，争取通过国际协商，促进全面禁止和彻底销毁核武器的崇高目标的实现。在这一天没有到来之前，中国政府和中国人民将坚定不移地走自己的路，加强国防，保卫祖国，保卫世界和平。

我们深信，核武器是人制造的，人一定能消灭核武器。

1964年10月16日15时（北京时间），中国在本国西部地区爆炸了一颗原子弹，成功地进行了第一次核试验。这是加强国防建设的重大成就，是对保卫世界和平的重大贡献。图为1964年10月16日出版的《人民日报》号外“我国第一颗原子弹爆炸成功”。

号外

四川日报出版

一九六四年十月十六日二十四时

我国爆炸原子彈成功

中共中央和国务院向有关人員热烈祝賀

新华社北京十六日电 新聞公报

一九六四年十月十六日十五时（北京时間），中国在本国西部地区爆炸了一顆原子弹，成功地实行了第一次核試驗。

中国核試驗成功，是中国人民加强国防、保卫祖国的重大成就，也是中国人民对于保卫世界和平事业的重大貢献。

中国工人、工程技术人員、科学工作者和从事国防建設的一切工作人員，以及全国各地区和各部門，在党的領导下，发揚自力更生、奋发图强的精神，辛勤劳动，大力协同，使这次試驗获得了成功。

中共中央和国务院向他們致以热烈的祝賀。

我国爆炸原子弹成功，中共中央和国务院向有关人员热烈祝贺。图为1964年10月16日24时出版的《四川日报》号外“我国爆炸原子弹成功，中共中央和国务院向有关人员热烈祝贺”。

和田日報　号外

HETIAN RIBAO

1964年10月　17　星期六

我国爆炸了一颗原子弹 成功地实行第一次核试验

是加强国防保卫祖国的重大成就　也是对保卫世界和平的重大贡献

新华社北京十六日消息　新聞公报

一九六四年十月十六日十五时（北京时間），中国在本国西部地区爆炸了一颗原子弹，成功地实行了第一次核試驗。

中国核試驗成功，是中国人民加强国防、保卫祖国的重大成就，也是中国人民对于保卫世界和平事业的重大貢献。

中国工人、工程技术人員、科学工作者和从事国防建設的一切工作人員，以及全国各地区和各部門，在党的領导下，发揚自力更生、奋发图强的精神，辛勤劳动，大力协同，使这次試驗获得了成功。

中共中央和国务院向他們致以热烈的祝賀。

中华人民共和国政府声明

一九六四年十月十六日

一九六四年十月十六日十五时，中國爆炸了一顆原子彈，成功地進行了第一次核試驗。這是中國人民在加强國防力量、反对美帝國主义核訛詐和核威脅政策的斗爭中所取得的重大成就。

保护自己，是任何一个主权國家不可剝奪的权利。保衛世界和平，是一切愛好和平的國家的共同职責。面臨着日益增長的美國的核威脅，中國不能坐視不动。中國進行核試驗，發展核武器，是被迫而为的。

中國政府一貫主張全面禁止和徹底銷毀核武器。如果这个主張能够实現，中國本来用不着發展核武器。但是，我們的这个主張遭到美帝國主义的頑強抵抗。中國政府早已指出：一九六三年七月美英苏三國在莫斯科签訂的部分停止核試驗条約，是一个愚弄世界人民的大騙局；这个条約企圖鞏固三个核大國的壟斷地位，而把一切愛好和平的國家的手脚束縛起来；它不僅沒有減少美帝國主义对中國人民和全世界人民的核威脅，反而加重了这种威脅。美國政府当时就毫不掩飾地声明，签訂这个条約，決不意味着美國不進行地下核試驗，不使用、生產、儲存、輸出和擴散核武器。一年多来的事实，也充分証明了这一点。

一年多来，美國沒有停止过在它已經進行的核試驗的基礎上生產各种核武器。美國还精益求精，在一年多的时間內，進行了几十次地下核試驗，使它生產的核武器更趋完备。美國的核潛艇進駐日本，直接威脅着日本人民、中國人民和亞洲各國人民。美國正在通过所謂多边核力量把核武器擴散到西德复仇主义者手中，威脅德意志民主共和國和东歐社会主义國家的安全。美國的潛艇，攜帶着裝有核彈头的北極星导彈，出沒在台灣海峽、北部灣、地中海、太平洋、印度洋、大西洋，到处威脅着愛好和平的國家和一切反抗帝國主义和新老殖民主义的各國人民。在这种情况下，怎么能够由于美國暫时不進行大气層核試驗的假象，就認为它对世界人民的核訛詐和核威脅不存在了呢？

大家知道，毛澤东主席有一句名言：原子彈是紙老虎。过去我們这样看，現在我們仍然这样看。中國發展核武器，不是由于中國相信核武器的万能，要使用核武器。恰恰相反，中國發展核武器，正是为了打破核大國的核壟斷，要消滅核武器。

中國政府忠于馬克思列宁主义，忠于无產階級國际主义。我們相信人民。決定战爭勝負的是人，而不是任何武器。中國的命運決定于中國人民，世界的命運決定于世界各國人民，而不決定于核武器。中國發展核武器，是为了防御，为了保衛中國人民免受美國發动核战爭的威脅。

中国政府鄭重宣布，中国在任何时候、任何情况下，都不会首先使用核武器。

中国人民堅決支持全世界一切被压迫民族和被压迫人民的解放斗爭。我們深信，各国人民依靠自己的斗爭，加上互相支援，是一定可以取得胜利的。中国掌握了核武器，对于斗爭中的各国革命人民，是一个巨大的鼓舞，对于保卫世界和平事业，是一个巨大的貢献。在核武器問題上，中国既不会犯冒险主义的錯誤，也不会犯投降主义的錯誤。中国人民是可以信賴的。

中國政府完全理解愛好和平的國家和人民要求停止一切核試驗的善良愿望。但是，越来越多的國家懂得，核武器越是为美帝國主义及其合伙者所壟斷，核战爭的危險就越大。他們有，你們沒有，他們神气得很。一旦反对他們的人也有了，他們就不那么神气了，核訛詐和核威脅的政策就不那么靈了，全面禁止和徹底銷毀核武器的可能性也就增長了。我們衷心希望，核战爭將永遠不会發生。我們深信，只要全世界一切愛好和平的國家和人民共同努力，堅持斗爭，核战爭是可以防止的。

中国政府向世界各国政府鄭重建議：召开世界各国首脑会議，討論全面禁止和徹底銷毁核武器問題。作为第一步，各国首脑会議应当达成协議，即拥有核武器的国家和很快可能拥有核武器的国家承担义务，保証不使用核武器，不对无核武器国家使用核武器，不对无核武器区使用核武器，彼此也不使用核武器。

如果已經擁有大量核武器的國家連保証不使用核武器这一点也做不到，怎么能够指望还沒有核武器的國家相信它們的和平誠意，而不采取可能和必要的防御措施呢？

中國政府將一如既往，尽一切努力，爭取通过國际协商，促進全面禁止和徹底銷毀核武器的崇高目标的实現。在这一天沒有到来之前，中國政府和中國人民將堅定不移地走自己的路，加强國防，保衛祖國，保衛世界和平。

我們深信，核武器是人制造的，人一定能消滅核武器。

（新華社北京十六日消息）

图为1964年10月17日出版的《和田日报》号外“我国爆炸了一颗原子弹，成功地实行第一次核试验”。

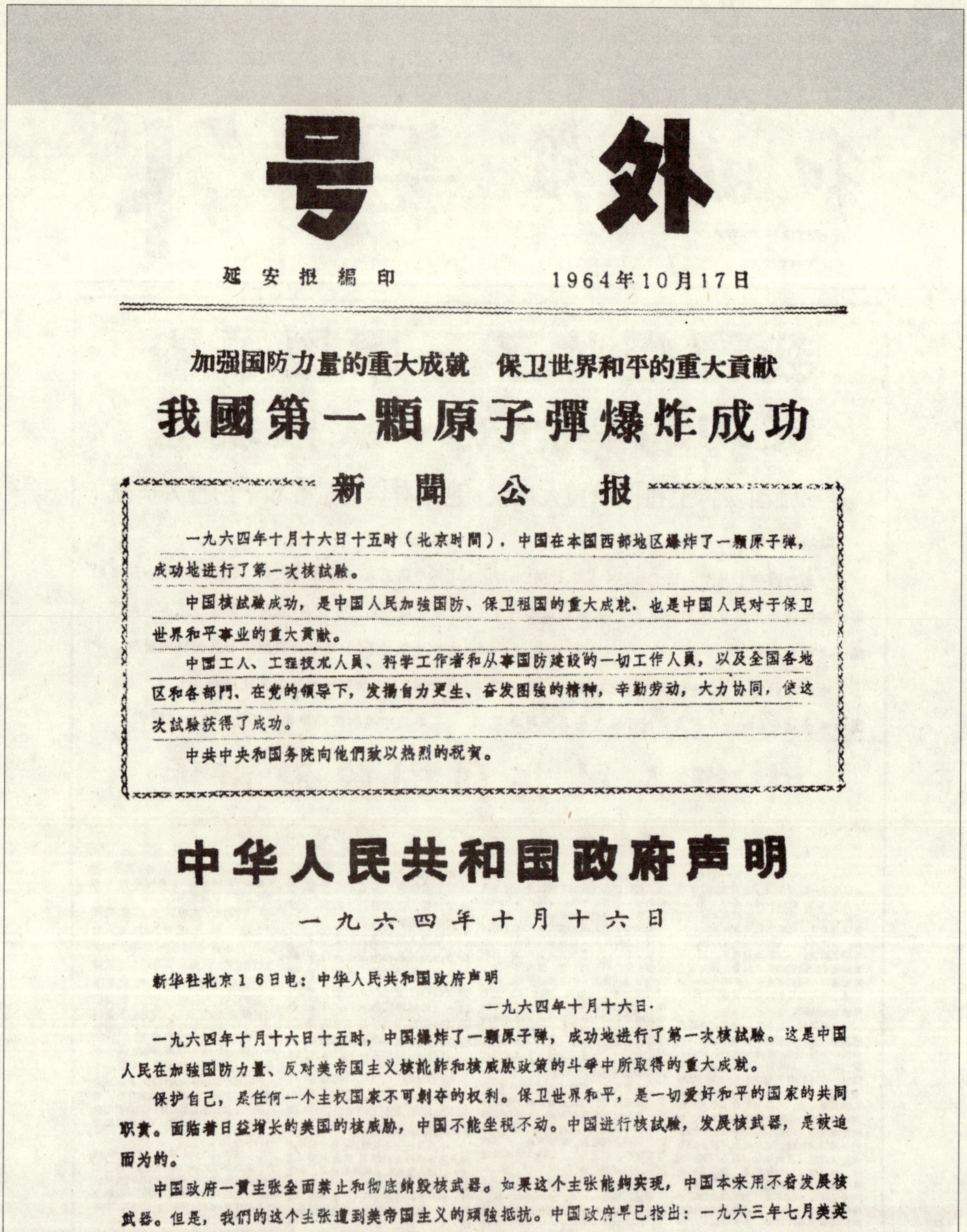

号外

延安报編印　　1964年10月17日

加强国防力量的重大成就　保卫世界和平的重大貢献

我國第一顆原子彈爆炸成功

新聞公报

一九六四年十月十六日十五时（北京时間），中国在本国西部地区爆炸了一顆原子弹，成功地进行了第一次核試驗。

中国核試驗成功，是中国人民加強国防、保卫祖国的重大成就，也是中国人民对于保卫世界和平事业的重大貢献。

中国工人、工程技术人員、科学工作者和从事国防建設的一切工作人員，以及全国各地区和各部門，在党的领导下，发揚自力更生、奋发图強的精神，辛勤劳动，大力协同，使这次試驗获得了成功。

中共中央和国务院向他們致以热烈的祝賀。

中华人民共和国政府声明

一九六四年十月十六日

新华社北京16日电：中华人民共和国政府声明

一九六四年十月十六日

一九六四年十月十六日十五时，中国爆炸了一顆原子弹，成功地进行了第一次核試驗。这是中国人民在加强国防力量、反对美帝国主义核訛詐和核威胁政策的斗爭中所取得的重大成就。

保护自己，是任何一个主权国家不可剝夺的权利。保卫世界和平，是一切爱好和平的国家的共同职責。面臨着日益增长的美国的核威胁，中国不能坐視不动。中国进行核試驗，发展核武器，是被迫而为的。

中国政府一貫主张全面禁止和彻底銷毀核武器。如果这个主张能夠实现，中国本来用不着发展核武器。但是，我們的这个主张遭到美帝国主义的頑強抵抗。中国政府早已指出：一九六三年七月美英

《延安报》是中共延安市委机关报。图为1964年10月17日出版的《延安报》号外“加强国防力量的重大成就，保卫世界和平的重大贡献，我国第一颗原子弹爆炸成功”。

號外

鞍鋼日报　（第三号）　1964年10月17日

加强国防力量的重大成就　保卫世界和平的重大貢献

我国第一顆原子彈爆炸成功

我国政府发表声明郑重宣布，中国在任何时候、任何情况下，都不会首先使用核武器。同时，向世界各国政府郑重建議：召开世界各国首脑会議，討論全面禁止和彻底銷毁核武器問題。作为第一步，各国首脑会議应当达成协議，即拥有核武器的国家和很快可能拥有核武器的国家承担义务，保証不使用核武器，不对无核武器国家使用核武器，不对无核武器区使用核武器，彼此也不使用核武器。

新华社北京十六日消息　中华人民共和国政府声明

一九六四年十月十六日

一九六四年十月十六日十五时，中国爆炸了一颗原子弹，成功地进行了第一次核試驗。这是中国人民在加强国防力量、反对美帝国主义核訛詐和核威胁政策的斗爭中所取得的重大成就。

保护自己，是任何一个主权国家不可剝夺的权利。保卫世界和平，是一切爱好和平的国家的共同职責。面临着日益增长的美国的核威胁，中国不能坐視不动。中国进行核試驗，发展核武器，是被迫而为的。

中国政府一貫主张全面禁止和彻底銷毁核武器。如果这个主张能够实現，中国本来用不着发展核武器。但是，我們的这个主张遭到美帝国主义的頑强抵抗。中国政府早已指出：一九六三年七月美英苏三国在莫斯科签訂的部分禁止核試驗条約，是一个愚弄世界人民的大騙局；这个条約企图巩固三个核大国的垄断地位，而把一切爱好和平的国家的手脚束縛起来；它不仅没有减少美帝国主义对中国人民和全世界人民的核威胁，反而加重了这种威胁。美国政府当时就毫不隐諱地声明，签訂这个条約，决不意味着美国不进行地下核試驗，不使用、生产、儲存、輸出和扩散核武器。一年多来的事实，也充分証明了这一点。

一年多来，美国沒有停止过在它已經進行的核試驗的基础上生产各种核武器。美国还精益求精，在一年多的时間内，进行了几十次地下核試驗，使它生产的核武器更趋完备。美国的核潛艇进駐日本，直接威胁着日本人民、中国人民和亚洲各国人民。美国正在通过所謂多边核力量把核武器扩散到西德复仇主义者手中，威胁德意志民主共和国和东歐社会主义国家的安全。美国的潛艇，攜帶着装有核弹头的北极星导弹，出沒在台湾海峽、北部湾、地中海、太平洋、印度洋、大西洋，到处威胁着爱好和平的国家和一切反抗帝国主义和新老殖民主义的各国人民。在这种情况下，怎么能够由于美国暫时不进行大气层核試驗的假象，就认为它对世界人民的核訛詐和核威胁不存在了呢？

大家知道，毛泽东主席有一句名言：原子弹是紙老虎。过去我們这样看，現在我們仍然这样看。中国发展核武器，不是由于中国相信核武器的万能，要使用核武器。恰恰相反，中国发展核武器，正是为了打破核大国的核垄断，要消灭核武器。

中国政府忠于馬克思列宁主义，忠于无产阶級国际主义。我們相信人民。决定战爭胜負的是人，而不是任何武器。中国的命运决定于中国人民，世界的命运决定于世界各国人民，而不决定于核武器。中国发展核武器，是为了防御，为了保卫中国人民免受美国发动核战爭的威胁。

中国政府郑重宣布，中国在任何时候、任何情况下，都不会首先使用核武器。

中国人民坚决支持全世界一切被压迫民族和被压迫人民的解放斗爭。我們深信，各国人民依靠自己的斗爭，加上互相支援，是一定可以取得胜利的。中国掌握了核武器，对于斗爭中的各国革命人民，是一个巨大的鼓舞，对于保卫世界和平事业，是一个巨大的貢献。在核武器問題上，中国既不会犯冒险主义的錯誤，也不会犯投降主义的錯誤。中国人民是可以信賴的。

中国政府完全理解爱好和平的国家和人民要求停止一切核試驗的善良愿望。但是，越来越多的国家懂得，核武器越是为美帝国主义及其合伙者所垄断，核战爭的危险就越大。他們有，你們沒有，他們神气得很。一旦反对他們的人也有了，他們就不那么神气了，核訛詐和核威胁的政策就不那么灵了，全面禁止和彻底銷毁核武器的可能性也就增长了。我們衷心希望，核战爭将永远不会发生。我們深信，只要全世界一切爱好和平的国家和人民共同努力，坚持斗爭，核战爭是可以防止的。

中国政府向世界各国政府郑重建議：召开世界各国首脑会議，討論全面禁止和彻底銷毁核武器問題。作为第一步，各国首脑会議应当达成协議，即拥有核武器的国家和很快可能拥有核武器的国家承担义务，保証不使用核武器，不对无核武器国家使用核武器，不对无核武器区使用核武器，彼此也不使用核武器。

如果已經拥有大量核武器的国家連保証不使用核武器这一点也做不到，怎么能够指望还沒有核武器的国家相信它們的和平誠意，而不采取可能和必要的防御措施呢？

中国政府将一如既往，尽一切努力，爭取通过国际协商，促进全面禁止和彻底銷毁核武器的崇高目标的实現。在这一天沒有到来之前，中国政府和中国人民将坚定不移地走自己的路，加强国防，保卫祖国，保卫世界和平。

我們深信，核武器是人制造的，人一定能消灭核武器。

新聞公报

新华社北京十六日消息　新聞公报

一九六四年十月十六日十五时（北京时間），中国在本国西部地区爆炸了一顆原子弹，成功地实行了第一次核試驗。

中国核試驗成功，是中国人民加强国防、保卫祖国的重大成就，也是中国人民对于保卫世界和平事业的重大貢献。

中国工人、工程技术人員、科学工作者和从事国防建設的一切工作人員，以及全国各地区和各部門，在党的領导下，发揚自力更生、奋发图强的精神，辛勤劳动，大力协同，使这次試驗获得了成功。

中共中央和国务院向他們致以热烈的祝賀。

图为1964年10月17日出版的《鞍钢日报》号外“我国第一颗原子弹爆炸成功”。

包鋼報　号外

1965年1月4日　星期一

第三届全国人民代表大会第一次会議选举和决定国家机构領导人員

刘少奇当选为中华人民共和国主席

宋庆龄董必武当选副主席朱德当选人大常委会委員长周恩来任国务院总理

彭真、刘伯承、李井泉、康生、郭沫若、何香凝、黄炎培、陳叔通、李雪峰、徐向前、楊明軒、程潛、賽福鼎、林楓、刘宁一、张治中、阿沛·阿旺晋美、周建人當選為副委員長

楊秀峰當選為最高人民法院院長　張鼎丞當選為最高人民檢察院檢察長

中华人民共和国全国人民代表大会公告　第一号

新华社北京三日电　中华人民共和国全国人民代表大会公告

第一号

第三届全国人民代表大会第一次会议于一九六五年一月三日选出中华人民共和国主席和中华人民共和国副主席。现公告如下：

中华人民共和国主席　刘少奇
中华人民共和国副主席　宋庆龄
董必武

中华人民共和国第三届全国人民代表大会第一次会议主席团

一九六五年一月三日于北京

中华人民共和国全国人民代表大会公告　第二号

新华社北京三日电　中华人民共和国全国人民代表大会公告

第二号

第三届全国人民代表大会第一次会议于一九六五年一月三日选出第三届全国人民代表大会常务委员会委员长、副委员长、秘书长。现公告如下：

委员长　朱德
副委员长　彭真　刘伯承　李井泉
康生　郭沫若　何香凝
黄炎培　陈叔通　李雪峰
徐向前　杨明轩　程潜
赛福鼎　林枫　刘宁一
张治中　阿沛·阿旺晋美
周建人
秘书长　刘宁一（兼）

中华人民共和国第三届全国人民代表大会第一次会议主席团

一九六五年一月三日于北京

中华人民共和国全国人民代表大会公告　第三号

新华社北京三日电　中华人民共和国全国人民代表大会公告

第三号

第三届全国人民代表大会第一次会议于一九六五年一月三日根据中华人民共和国主席的提名，决定周恩来为中华人民共和国国务院总理。现予公告。

中华人民共和国第三届全国人民代表大会第一次会议主席团

一九六五年一月三日于北京

中华人民共和国全国人民代表大会公告　第四号

新华社北京三日电　中华人民共和国全国人民代表大会公告

第四号

第三届全国人民代表大会第一次会议于一九六五年一月三日选举杨秀峰为中华人民共和国最高人民法院院长。现予公告。

中华人民共和国第三届全国人民代表大会第一次会议主席团

一九六五年一月三日于北京

中华人民共和国全国人民代表大会公告　第五号

新华社北京三日电　中华人民共和国全国人民代表大会公告

第五号

第三届全国人民代表大会第一次会议于一九六五年一月三日选举张鼎丞为中华人民共和国最高人民检察院检察长。现予公告。

中华人民共和国第三届全国人民代表大会第一次会议主席团

一九六五年一月三日于北京

中华人民共和国主席令　第一号

新华社北京三日电　中华人民共和国主席令

第一号

根据中华人民共和国第三届全国人民代表大会第一次会议的决定，任命周恩来为国务院总理。

中华人民共和国主席　刘少奇

一九六五年一月三日

1965年1月3日，在第三届全国人民代表大会第一次会议上，刘少奇再次当选为中华人民共和国主席。图为1965年1月4日出版的《包钢报》号外“刘少奇当选为中华人民共和国主席”。

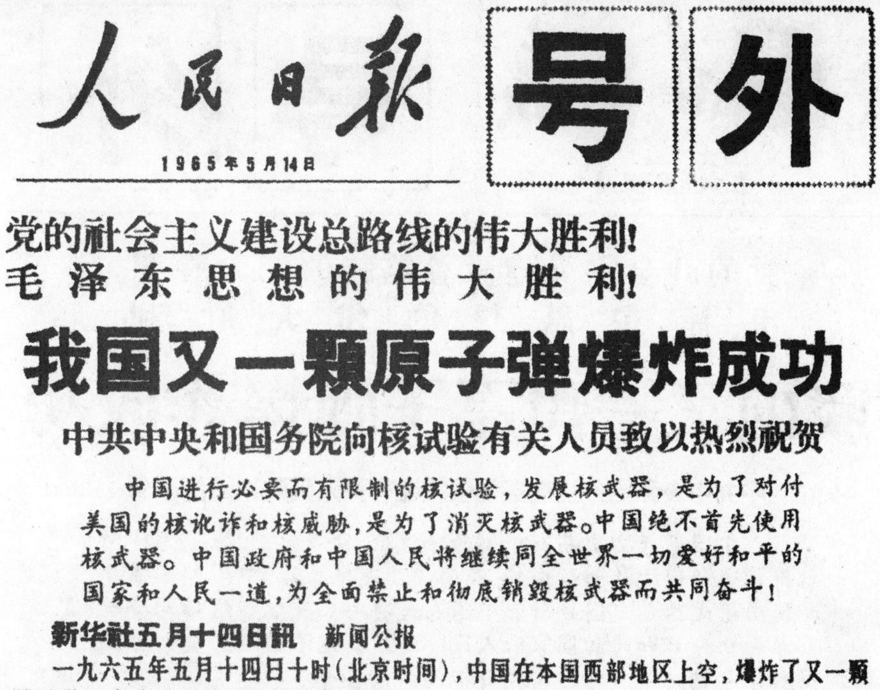

人民日报

1965年5月14日

号外

党的社会主义建设总路线的伟大胜利！
毛泽东思想的伟大胜利！

我国又一颗原子弹爆炸成功

中共中央和国务院向核试验有关人员致以热烈祝贺

中国进行必要而有限制的核试验，发展核武器，是为了对付美国的核讹诈和核威胁，是为了消灭核武器。中国绝不首先使用核武器。中国政府和中国人民将继续同全世界一切爱好和平的国家和人民一道，为全面禁止和彻底销毁核武器而共同奋斗！

新华社五月十四日讯 新闻公报

一九六五年五月十四日十时（北京时间），中国在本国西部地区上空，爆炸了又一颗原子弹，成功地进行了第二次核试验。

这次核试验，是继一九六四年十月十六日爆炸第一颗原子弹之后，中国人民在加强国防、保卫祖国安全和世界和平方面的又一个重大成就。

中国人民解放军和科学技术人员，在中国共产党的领导下，通力合作，保证了这次核试验的圆满成功。这是党的社会主义建设总路线的伟大胜利。这是毛泽东思想的伟大胜利。

中国共产党中央委员会和国务院，向参加这次核试验的人民解放军全体指战员，向为我国的核试验作出贡献的工人、工程技术人员、科学工作者和一切有关人员，致以热烈的祝贺，并且希望他们再接再厉，为进一步加强我国的国防建设继续努力。

中国进行必要而有限制的核试验，发展核武器，是为了对付美国的核讹诈和核威胁，是为了消灭核武器。在中国爆炸第一颗原子弹的时候，中华人民共和国政府已经发表声明，全面阐明了我们对核武器的根本立场，并且具体建议召开世界各国首脑会议，讨论全面禁止和彻底销毁核武器。

从那个时候以来，美国仍然继续发展和大量生产各种核武器，并且进一步对中国和全世界进行核讹诈和核威胁。中国发展核武器，完全是为了防御。中国绝不首先使用核武器。中国人民衷心希望核战争永远不会发生。中国政府和中国人民将一如既往，继续同全世界一切爱好和平的国家和人民一道，坚定不移地为全面禁止和彻底销毁核武器的崇高目标而共同奋斗。

1965年5月14日，中国在本国西部地区上空，又一颗原子弹爆炸了，成功地进行了第二次核试验。图为1965年5月14日出版的《人民日报》号外“我国又一颗原子弹爆炸成功”。

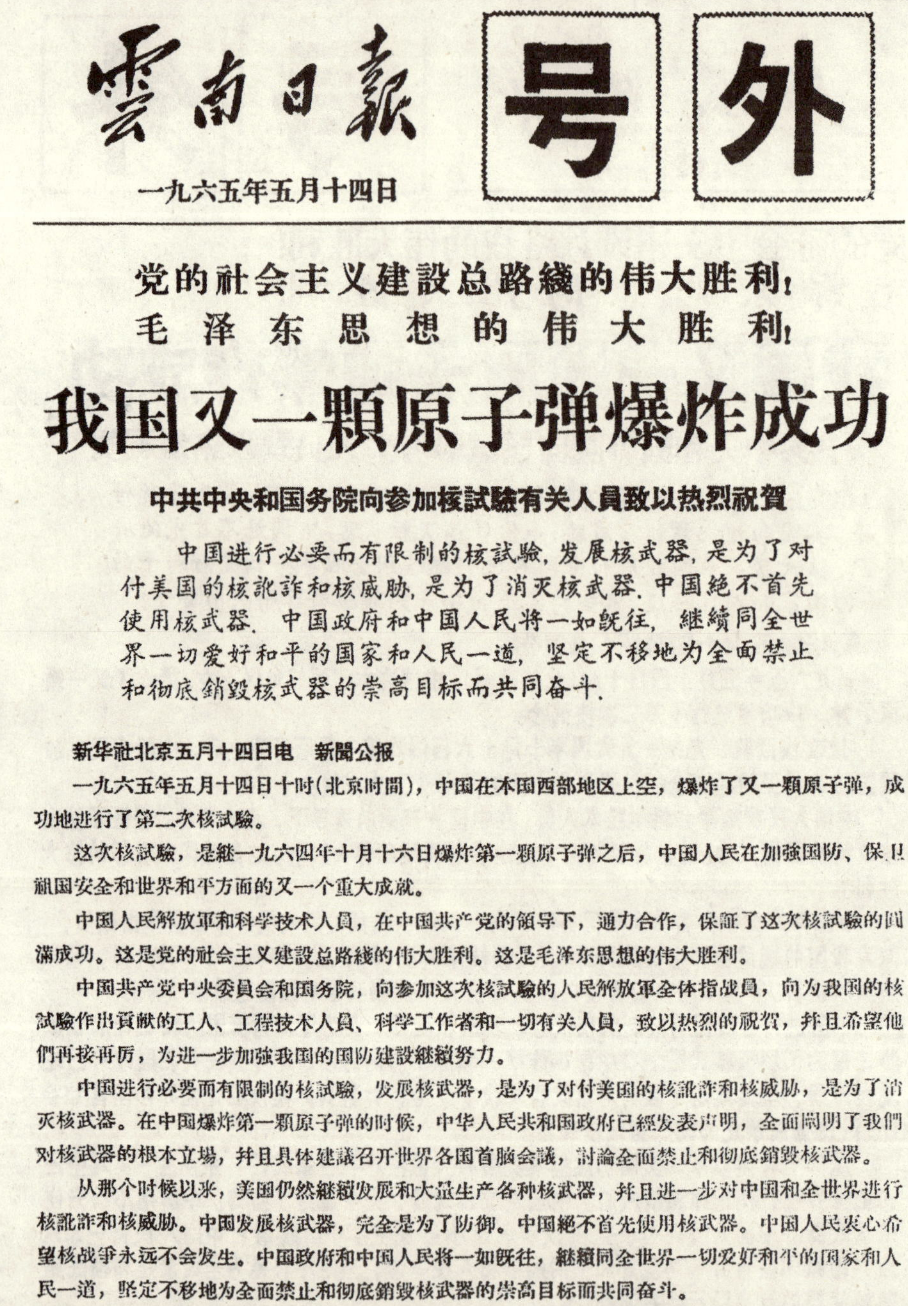

雲南日報　号外

一九六五年五月十四日

党的社会主义建設总路綫的伟大胜利！

毛泽东思想的伟大胜利！

我国又一颗原子弹爆炸成功

中共中央和国务院向参加核試驗有关人員致以热烈祝賀

中国进行必要而有限制的核試驗，发展核武器，是为了对付美国的核訛詐和核威胁，是为了消灭核武器．中国絕不首先使用核武器．中国政府和中国人民将一如既往，継續同全世界一切爱好和平的国家和人民一道，坚定不移地为全面禁止和彻底銷毀核武器的崇高目标而共同奋斗．

新华社北京五月十四日电　新聞公报

一九六五年五月十四日十时（北京时間），中国在本国西部地区上空，爆炸了又一颗原子弹，成功地进行了第二次核試驗。

这次核試驗，是継一九六四年十月十六日爆炸第一颗原子弹之后，中国人民在加強国防、保卫祖国安全和世界和平方面的又一个重大成就。

中国人民解放軍和科学技术人員，在中国共产党的領导下，通力合作，保証了这次核試驗的圓滿成功。这是党的社会主义建設总路綫的伟大胜利。这是毛泽东思想的伟大胜利。

中国共产党中央委員会和国务院，向参加这次核試驗的人民解放軍全体指战員，向为我国的核試驗作出貢献的工人、工程技术人員、科学工作者和一切有关人員，致以热烈的祝賀，并且希望他們再接再厉，为进一步加強我国的国防建設継續努力。

中国进行必要而有限制的核試驗，发展核武器，是为了对付美国的核訛詐和核威胁，是为了消灭核武器。在中国爆炸第一颗原子弹的时候，中华人民共和国政府已經发表声明，全面闡明了我們对核武器的根本立場，并且具体建議召开世界各国首脑会議，討論全面禁止和彻底銷毀核武器。

从那个时候以来，美国仍然継續发展和大量生产各种核武器，并且进一步对中国和全世界进行核訛詐和核威胁。中国发展核武器，完全是为了防御。中国絕不首先使用核武器。中国人民衷心希望核战爭永远不会发生。中国政府和中国人民将一如既往，継續同全世界一切爱好和平的国家和人民一道，堅定不移地为全面禁止和彻底銷毀核武器的崇高目标而共同奋斗。

我国又一颗原子弹爆炸成功。这次核试验，是继1964年10月16日爆炸第一颗原子弹之后，中国人民在加强国防、保卫祖国安全和世界和平方面的又一个重大成就。图为1965年5月14日出版的《云南日报》号外。

第六编

“文化大革命”时期号外报

（1966年7月——1976年10月）

牡丹江日报 号外

1966年10月1日　星期六　夏历丙午年八月十七

在庆祝中华人民共和国成立十七周年招待会上

周恩来总理的讲話

【新华社北京三十日電】周恩来总理在庆祝中华人民共和国成立十七周年招待会上的講話，全文如下：

各位来宾，同志們，朋友們：

在我国无产阶级文化大革命高潮的时候，我們同大家欢聚一堂庆祝中华人民共和国成立十七周年，感到非常兴奋和愉快。在这里，我代表毛泽东主席、中国共产党和中国政府，向我国广大工农兵、革命师生、革命的红卫兵和青少年、革命干部，表示热烈的祝賀！向我国各族革命人民的代表們，表示热烈的祝賀！向海外侨胞和港澳同胞的代表們，表示热烈的祝賀！向来自五大洲的朋友們，表示热烈的欢迎和感謝！

我国无产阶级文化大革命是我国人民的伟大领袖毛主席亲自发动和领导的。这是毛主席总结了我国和国际无产阶级专政和阶级斗争的历史經驗提出的。无产阶级专政的历史經驗告訴我們，不进行无产阶级文化革命，无产阶级专政就不能巩固；要巩固无产阶级专政，就必须大兴无产阶級思想，大灭资产阶级思想，彻底挖掉修正主义的思想根子，牢牢扎下馬克思列宁主义、毛泽东思想的根子。

我国无产阶级文化大革命已經显示出无比巨大的威力。它打掉了反动资产阶级的威风，荡滌着旧社会遗留下来的一切污泥浊水，破剝削阶级的四旧，立无产阶级的四新，大大促进了人的思想革命化。現在，全党全国正掀起一个大学毛泽东同志著作的高潮，七亿人民的精神面貌焕然一新。

我国无产阶级文化大革命和城乡社会主义教育运动，有力地推动了我国社会主义建設事业的前进。我国的工业在产量和質量方面都有了很大的发展。农业連續获得了丰收。科学技术的水平有了很大的提高。国防力量正在不断加强。今年是我国第三个五年計划的第一年。工农业生产指标預計可以超額完成。一个新的全面躍进的局面正在出现。

我国人民在精神领域和物質領域里所取得的一切成就，都是毛泽东思想的伟大胜利。毛泽东同志是当代最伟大的馬克思列宁主义者。中国人民有这样伟大的領袖，感到无比幸福，无上光荣。我們深信不疑，只要我們高举毛泽东思想伟大紅旗，把它一代一代传下去，我們一定能够把我們的伟大祖国建設好，使它成为无产阶級的铁打江山，永不变色。

我国的无产阶级文化大革命受到了全世界的一切馬克思列宁主义者和革命人民的热烈欢迎和贊揚，大大地鼓舞了他們的革命斗志和胜利信心。一小撮帝国主义者、现代修正主义者和各国反动派恶毒地咒罵我們，正是因为我国的文化大革命挖掉了他們在我国搞颠覆活动和和平演变的根子、打中了他們的要害。他們的咒罵，恰恰証明我們做得对，进一步暴露了他們敌視中国人民和人类进步事业的反动面目。

我国的无产阶级文化大革命是史无前例的新事物。我們希望各国的朋友們利用你們在中国逗留的机会，多看一看，并且欢迎你們提出宝贵的意見，使我国的文化大革命进行得更好。

同志們，朋友們，当前的国际形势是有利于革命人民的大好形势。美帝国主义和各国反动派的寿命不会太长了。现代修正主义的日子也越来越不好过。馬克思列宁主义的队伍不断壮大。世界人民的革命运动，特别是亚洲、非洲和拉丁美洲人民的革命运动正在蓬勃发展。越南人民的抗美救国战争，在胡志明主席的领导下，不断从胜利走向胜利。走投无路的美帝国主义正在勾結現代修正主义，利用联合国，策动新的和談阴謀。联合国根本无权过問越南問題。英雄的越南人民是不会屈服的。美帝国主义和现代修正主义的一切阴謀活动总是注定要失败的。

用伟大的毛泽东思想武装起来的中国人民下定决心，不惜一切牺牲和代价，坚决支持越南人民打到底，把美国侵略者赶出越南；坚决支持亚非拉各国人民的反帝革命斗争；坚决支持全世界各国人民的革命斗争。

我国无产阶級文化大革命，对于保証我国坚持无产阶級国际主义，具有极为深远的意义。

我們一定要联合世界上一切反对帝国主义、反对殖民主义的人們，把反对美帝国主义及其走狗的斗争进行到底！

我們一定要同全世界一切革命的馬克思列宁主义者一道，把反对现代修正主义的斗争进行到底，把国际无产阶級和世界人民的革命事业推向前进！

現在，我提议：

为我国各族人民的大团結，

为全世界人民的大团結，

为各国人民的解放事业的大发展，

为我們的伟大領袖、伟大导师、伟大統帅、伟大舵手毛主席的健康，

为各国朋友們的健康，

为所有在座的同胞們、同志們的健康，

干杯！

1966年10月1日，周恩来总理在庆祝中华人民共和国成立十七周年招待会上，发表讲话。图为10月1日出版的《牡丹江日报》号外“周恩来总理的讲话”。

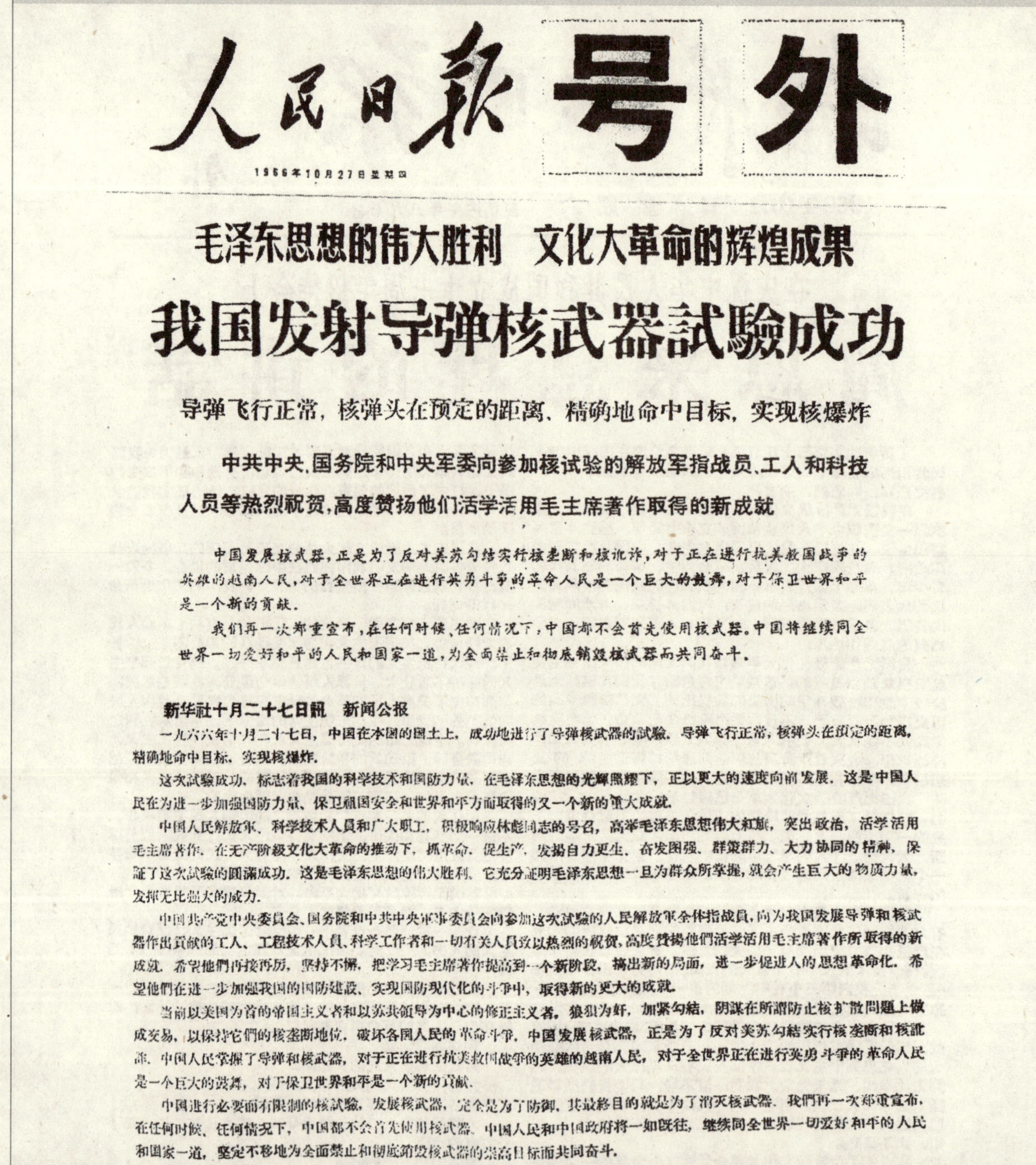

人民日报 号外

1966年10月27日星期四

毛泽东思想的伟大胜利 文化大革命的辉煌成果

我国发射导弹核武器試験成功

导弹飞行正常，核弹头在预定的距离、精确地命中目标，实现核爆炸

中共中央、国务院和中央军委向参加核试验的解放军指战员、工人和科技人员等热烈祝贺，高度赞扬他们活学活用毛主席著作取得的新成就

中国发展核武器，正是为了反对美苏勾结实行核垄断和核讹诈，对于正在进行抗美救国战争的英雄的越南人民，对于全世界正在进行英勇斗争的革命人民是一个巨大的鼓舞，对于保卫世界和平是一个新的貢献。

我们再一次郑重宣布，在任何时候、任何情况下，中国都不会首先使用核武器。中国将继续同全世界一切爱好和平的人民和国家一道，为全面禁止和彻底銷毁核武器而共同奋斗。

新华社十月二十七日訊 新闻公报

一九六六年十月二十七日，中国在本国的国土上，成功地进行了导弹核武器的試驗。导弹飞行正常，核弹头在預定的距离，精确地命中目标，实现核爆炸。

这次試驗成功，标志着我国的科学技术和国防力量，在毛泽东思想的光輝照耀下，正以更大的速度向前发展。这是中国人民在为进一步加强国防力量、保卫祖国安全和世界和平方面取得的又一个新的重大成就。

中国人民解放軍、科学技术人員和广大职工，积极响应林彪同志的号召，高举毛泽东思想伟大紅旗，突出政治，活学活用毛主席著作，在无产阶級文化大革命的推动下，抓革命，促生产，发揚自力更生、奋发图强、群策群力、大力协同的精神，保証了这次試驗的圓滿成功。这是毛泽东思想的伟大胜利。它充分証明毛泽东思想一旦为群众所掌握，就会产生巨大的物质力量，发揮无比强大的威力。

中国共产党中央委員会、国务院和中共中央軍事委員会向参加这次試驗的人民解放軍全体指战員，向为我国发展导弹和核武器作出貢献的工人、工程技术人員、科学工作者和一切有关人員致以热烈的祝賀，高度贊揚他們活学活用毛主席著作所取得的新成就。希望他們再接再厉，坚持不懈，把学习毛主席著作提高到一个新阶段，搞出新的局面，进一步促进人的思想革命化。希望他們在进一步加强我国的国防建設、实现国防现代化的斗爭中，取得新的更大的成就。

当前以美国为首的帝国主义者和以苏共領导为中心的修正主义者，狼狈为奸，加紧勾結，阴謀在所謂防止核扩散問題上做成交易，以保持它們的核垄断地位，破坏各国人民的革命斗爭。中国发展核武器，正是为了反对美苏勾結实行核垄断和核訛詐。中国人民掌握了导弹和核武器，对于正在进行抗美救国战爭的英雄的越南人民，对于全世界正在进行英勇斗爭的革命人民是一个巨大的鼓舞，对于保卫世界和平是一个新的貢献。

中国进行必要而有限制的核試驗，发展核武器，完全是为了防御，其最終目的就是为了消灭核武器。我們再一次郑重宣布，在任何时候、任何情况下，中国都不会首先使用核武器。中国人民和中国政府将一如既往，继续同全世界一切爱好和平的人民和国家一道，坚定不移地为全面禁止和彻底銷毁核武器的崇高目标而共同奋斗。

1966年10月27日，我国成功地进行了导弹核武器的试验，导弹飞行正常，精确命中目标，实现核爆炸。中共中央、国务院和中央军委向参加核试验的解放军指战员、工人和科技人员等热烈祝贺。图为10月27日出版的《人民日报》号外。

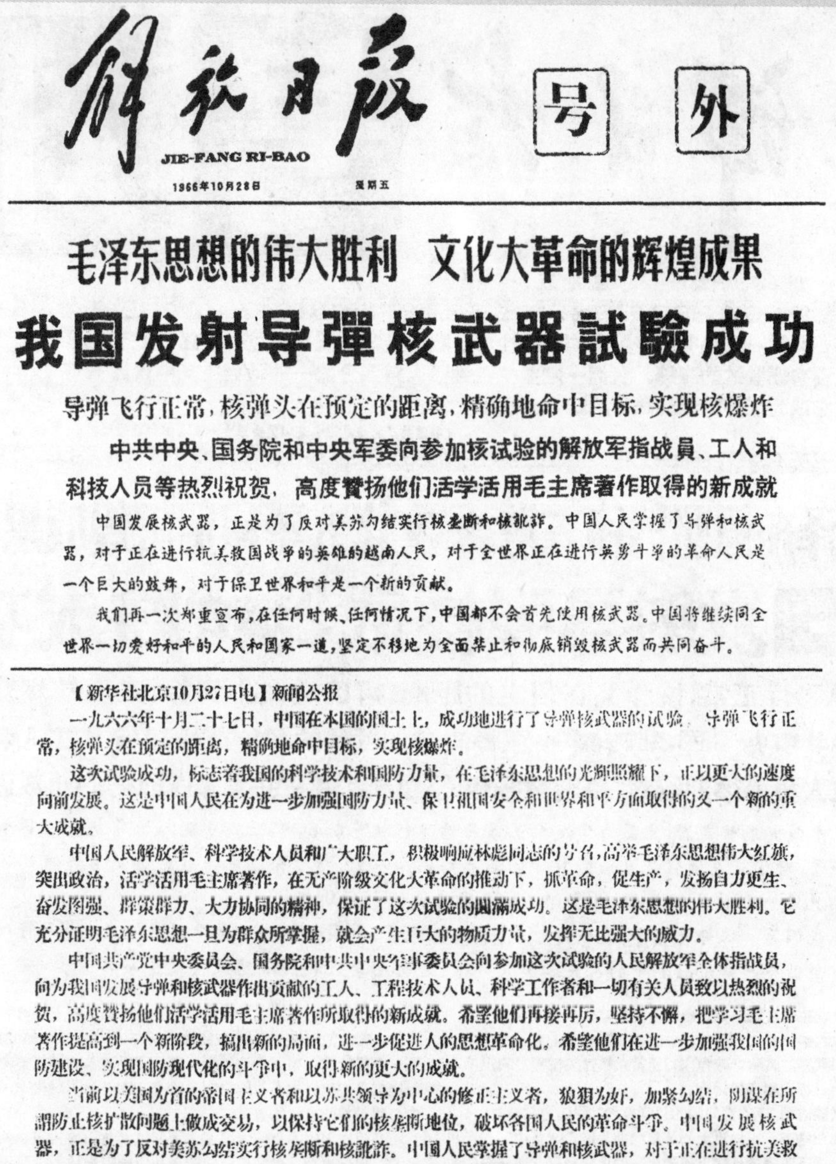

解放日报 JIE-FANG RI-BAO 号外

1966年10月28日 星期五

毛泽东思想的伟大胜利　文化大革命的辉煌成果

我国发射导弹核武器試驗成功

导弹飞行正常，核弹头在预定的距离，精确地命中目标，实现核爆炸

中共中央、国务院和中央军委向参加核试验的解放军指战员、工人和科技人员等热烈祝贺，高度赞扬他们活学活用毛主席著作取得的新成就

中国发展核武器，正是为了反对美苏勾结实行核垄断和核讹诈。中国人民掌握了导弹和核武器，对于正在进行抗美救国战争的英雄的越南人民，对于全世界正在进行英勇斗争的革命人民是一个巨大的鼓舞，对于保卫世界和平是一个新的贡献。

我们再一次郑重宣布，在任何时候、任何情况下，中国都不会首先使用核武器。中国将继续同全世界一切爱好和平的人民和国家一道，坚定不移地为全面禁止和彻底销毁核武器而共同奋斗。

【新华社北京10月27日电】新闻公报

一九六六年十月二十七日，中国在本国的国土上，成功地进行了导弹核武器的试验。导弹飞行正常，核弹头在预定的距离，精确地命中目标，实现核爆炸。

这次试验成功，标志着我国的科学技术和国防力量，在毛泽东思想的光辉照耀下，正以更大的速度向前发展。这是中国人民在为进一步加强国防力量、保卫祖国安全和世界和平方面取得的又一个新的重大成就。

中国人民解放军、科学技术人员和广大职工，积极响应林彪同志的号召，高举毛泽东思想伟大红旗，突出政治，活学活用毛主席著作，在无产阶级文化大革命的推动下，抓革命，促生产，发扬自力更生、奋发图强、群策群力、大力协同的精神，保证了这次试验的圆满成功。这是毛泽东思想的伟大胜利。它充分证明毛泽东思想一旦为群众所掌握，就会产生巨大的物质力量，发挥无比强大的威力。

中国共产党中央委员会、国务院和中共中央军事委员会向参加这次试验的人民解放军全体指战员，向为我国发展导弹和核武器作出贡献的工人、工程技术人员、科学工作者和一切有关人员致以热烈的祝贺，高度赞扬他们活学活用毛主席著作所取得的新成就。希望他们再接再厉，坚持不懈，把学习毛主席著作提高到一个新阶段，搞出新的局面，进一步促进人的思想革命化。希望他们在进一步加强我国的国防建设、实现国防现代化的斗争中，取得新的更大的成就。

当前以美国为首的帝国主义者和以苏共领导为中心的修正主义者，狼狈为奸，加紧勾结，阴谋在所谓防止核扩散问题上做成交易，以保持它们的核垄断地位，破坏各国人民的革命斗争。中国发展核武器，正是为了反对美苏勾结实行核垄断和核讹诈。中国人民掌握了导弹和核武器，对于正在进行抗美救国战争的英雄的越南人民，对于全世界正在进行英勇斗争的革命人民是一个巨大的鼓舞，对于保卫世界和平是一个新的贡献。

中国进行必要而有限制的核试验，发展核武器，完全是为了防御，其最终目的就是为了消灭核武器。我们再一次郑重宣布，在任何时候、任何情况下，中国都不会首先使用核武器。中国人民和中国政府将一如既往，继续同全世界一切爱好和平的人民和国家一道，坚定不移地为全面禁止和彻底销毁核武器的崇高目标而共同奋斗。

新华社发表的"新闻公报"指出："中国发展核武器，正是为了反对美苏勾结实行核垄断和核讹诈。我们再一次郑重宣布，在任何时候、任何情况下，中国都不会首先使用核武器"。图为1966年10月28日出版的《解放日报》号外。

天津日報 号外

1966年10月28日　星期五

我們一定要有无产阶級的雄心壮志，敢于走前人没有走过的道路，敢于攀登前人没有攀登过的高峰。我們一定要把占世界人口四分之一的社会主义中国建設好，使它成为无产阶級的鉄打的江山，永不变色。

（中国共产党第八届中央委員会第十一次全体会议公报）

毛泽东思想的伟大胜利 文化大革命的辉煌成果

我国发射导弹核武器試驗成功

导弹飞行正常，核弹头在预定的距离，精确地命中目标，实现核爆炸

中共中央、国务院和中央軍委向参加試驗的解放軍指战員　工人和科技人員等热烈祝賀，高度贊扬他們活学活用毛主席著作取得的新成就

中国发展核武器，正是为了反对美苏勾結实行核壟断和核訛詐。中国人民掌握了导弹和核武器，对于正在进行抗美救国战争的英雄的越南人民，对于全世界正在进行英勇斗争的革命人民是一个巨大的鼓舞，对于保卫世界和平是一个新的貢献。

我們再一次郑重宣布，在任何时候、任何情况下，中国都不会首先使用核武器。中国将继续同全世界一切爱好和平的人民和国家一道，为全面禁止和彻底銷毁核武器而共同奋斗。

【新华社北京十月二十七日电】新聞公报

一九六六年十月二十七日，中国在本国的国土上，成功地进行了导弹核武器的試驗。导弹飞行正常，核弹头在预定的距离，精确地命中目标，实现核爆炸。

这次試驗成功，标志着我国的科学技术和国防力量，在毛泽东思想的光輝照耀下，正以更大的速度向前发展。这是中国人民在为进一步加强国防力量、保卫祖国安全和世界和平方面取得的又一个新的重大成就。

中国人民解放軍、科学技术人員和广大职工，积极响应林彪同志的号召，高举毛澤东思想伟大紅旗，突出政治，活学活用毛主席著作，在无产阶級文化大革命的推动下，抓革命，促生产，发揚自力更生、奋发图强、群策群力、大力协同的精神，保証了这次試驗的圓滿成功。这是毛澤东思想的伟大胜利。它充分証明毛澤东思想一旦为群众所掌握，就会产生巨大的物质力量，发揮无比强大的威力。

中国共产党中央委員会、国务院和中共中央軍事委員会向参加这次試驗的人民解放軍全体指战員，向为我国发展导弹和核武器作出貢献的工人、工程技术人員、科学工作者和一切有关人員致以热烈的祝賀，高度贊揚他們活学活用毛主席著作所取得的新成就。希望他們再接再厉，堅持不懈，把学习毛主席著作提高到一个新阶段，搞出新的局面，进一步促进人的思想革命化。希望他們在进一步加强我国的国防建設、实現国防現代化的斗争中，取得新的更大的成就。

当前以美国为首的帝国主义者和以苏共領导为中心的修正主义者，狼狽为奸，加紧勾結，阴謀在所謂防止核扩散問題上做成交易，以保持它們的核壟断地位，破坏各国人民的革命斗争。中国发展核武器，正是为了反对美苏勾結实行核壟断和核訛詐。中国人民掌握了导弹和核武器，对于正在进行抗美救国战争的英雄的越南人民，对于全世界正在进行英勇斗争的革命人民是一个巨大的鼓舞，对于保卫世界和平是一个新的貢献。

中国进行必要而有限制的核試驗，发展核武器，完全是为了防御，其最終目的就是为了消灭核武器。我們再一次郑重宣布，在任何时候、任何情况下，中国都不会首先使用核武器。中国人民和中国政府将一如既往，继續同全世界一切爱好和平的人民和国家一道，堅定不移地为全面禁止和彻底銷毁核武器的崇高目标而共同奋斗。

图为1966年10月28日出版的《天津日报》号外“我国发射导弹核武器试验成功”。

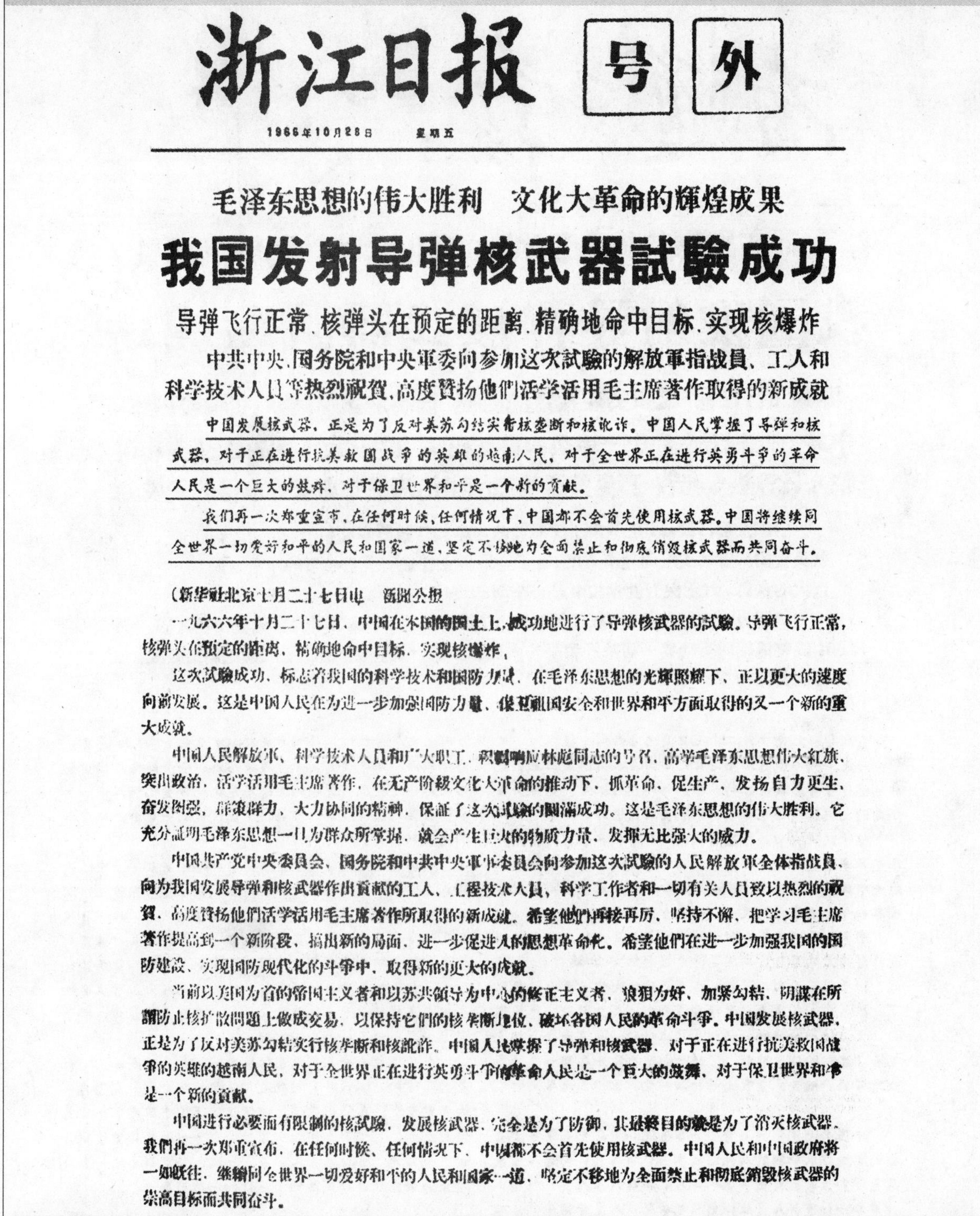

浙江日报 号外

1966年10月28日 星期五

毛泽东思想的伟大胜利 文化大革命的辉煌成果

我国发射导弹核武器試驗成功

导弹飞行正常、核弹头在预定的距离、精确地命中目标、实现核爆炸

中共中央、国务院和中央軍委向参加这次試驗的解放軍指战員、工人和科学技术人員等热烈祝賀，高度贊扬他們活学活用毛主席著作取得的新成就

中国发展核武器，正是为了反对美苏勾结实行核垄断和核讹诈。中国人民掌握了导弹和核武器，对于正在进行抗美救国战争的英雄的越南人民，对于全世界正在进行英勇斗争的革命人民是一个巨大的鼓舞，对于保卫世界和平是一个新的贡献。

我们再一次郑重宣布，在任何时候，任何情况下，中国都不会首先使用核武器。中国将继续同全世界一切爱好和平的人民和国家一道，坚定不移地为全面禁止和彻底销毁核武器而共同奋斗。

（新华社北京十月二十七日电　新聞公报

一九六六年十月二十七日，中国在本国的国土上，成功地进行了导弹核武器的試驗。导弹飞行正常，核弹头在预定的距离，精确地命中目标，实现核爆炸。

这次試驗成功，标志着我国的科学技术和国防力量，在毛泽东思想的光輝照耀下，正以更大的速度向前发展。这是中国人民在为进一步加强国防力量、保卫祖国安全和世界和平方面取得的又一个新的重大成就。

中国人民解放軍、科学技术人員和广大职工，积极响应林彪同志的号召，高举毛泽东思想伟大紅旗，突出政治，活学活用毛主席著作，在无产阶級文化大革命的推动下，抓革命，促生产，发扬自力更生、奋发图强，群策群力，大力协同的精神，保証了这次試驗的圓滿成功。这是毛泽东思想的伟大胜利。它充分証明毛泽东思想一旦为群众所掌握，就会产生巨大的物质力量，发揮无比强大的威力。

中国共产党中央委員会、国务院和中共中央軍事委員会向参加这次試驗的人民解放軍全体指战員，向为我国发展导弹和核武器作出貢献的工人、工程技术人員，科学工作者和一切有关人員致以热烈的祝賀，高度贊扬他們活学活用毛主席著作所取得的新成就。希望他們再接再厉，坚持不懈，把学习毛主席著作提高到一个新阶段，搞出新的局面，进一步促进人的思想革命化。希望他們在进一步加强我国的国防建設、实现国防现代化的斗爭中，取得新的更大的成就。

当前以美国为首的帝国主义者和以苏共領导为中心的修正主义者，狼狽为奸，加紧勾结，阴謀在所謂防止核扩散問題上做成交易，以保持它們的核垄断地位，破坏各国人民的革命斗爭。中国发展核武器，正是为了反对美苏勾結实行核垄断和核訛詐。中国人民掌握了导弹和核武器，对于正在进行抗美救国战爭的英雄的越南人民，对于全世界正在进行英勇斗爭的革命人民是一个巨大的鼓舞，对于保卫世界和平是一个新的貢献。

中国进行必要而有限制的核試驗，发展核武器，完全是为了防御，其最終目的就是为了消灭核武器。我們再一次郑重宣布，在任何时候、任何情况下，中国都不会首先使用核武器。中国人民和中国政府将一如既往，继續同全世界一切爱好和平的人民和国家一道，坚定不移地为全面禁止和彻底銷毁核武器的崇高目标而共同奋斗。

图为1966年10月28日出版的《浙江日报》号外“我国发射导弹核武器试验成功”。

南通日報 号外

一九六六年十月二十八日

毛泽东思想的偉大胜利　文化大革命的輝煌成果

我国发射导彈核武器試驗成功

导彈飞行正常，核彈头在預定的距离，精确地命中目标，实現核爆炸

中共中央、国务院和中央軍委向参加核試驗的解放軍指战員、工人和科技人員等热烈祝賀，高度贊揚他們活学活用毛主席著作取得的新成就

中国发展核武器，正是为了反对美苏勾結实行核壟断和核訛詐，对于正在进行抗美救国战爭的英雄的越南人民，对于全世界正在进行英勇斗爭的革命人民是一个巨大的鼓舞，对于保卫世界和平是一个新的貢献。

我們再一次郑重宣布，在任何时候、任何情况下，中国都不会首先使用核武器。中国將继續同全世界一切爱好和平的人民和国家一道，为全面禁止和彻底銷毁核武器而共同奋斗。

【新华社北京十月二十七日消息】新聞公报

一九六六年十月二十七日，中国在本国的国土上，成功地进行了导彈核武器的試驗。导彈飞行正常，核彈头在預定的距离，精确地命中目标，实現核爆炸。

这次試驗成功，标志着我国的科学技术和国防力量，在毛泽东思想的光輝照耀下，正以更大的速度向前发展。这是中国人民在为进一步加强国防力量、保卫祖国安全和世界和平方面取得的又一个新的重大成就。

中国人民解放軍，科学技术人員和广大职工，积极响应林彪同志的号召，高举毛泽东思想偉大紅旗，突出政治，活学活用毛主席著作，在无产阶级文化大革命的推动下，抓革命，促生产，发揚自力更生、奋发圖强、群策群力、大力协同的精神，保証了这次試驗的圓滿成功。这是毛泽东思想的偉大胜利。它充分証明毛泽东思想一旦为群众所掌握，就会产生巨大的物質力量，发揮无比强大的威力。

中国共产党中央委員会、国务院和中共中央軍事委員会向参加这次試驗的人民解放軍全体指战員，向为我国发展导彈和核武器作出貢献的工人、工程技术人員、科学工作者和一切有关人員致以熱烈的祝賀，高度贊揚他們活学活用毛主席著作所取得的新成就。希望他們再接再厉，堅持不懈，把学习毛主席著作提高到一个新阶段，搞出新的局面，进一步促进人的思想革命化。希望他們在进一步加強我国的国防建設、实現国防現代化的斗爭中，取得新的更大的成就。

当前以美国为首的帝国主义者和以苏共领导为中心的修正主义者，狼狈为奸，加紧勾结，阴谋在所謂防止核扩散問題上做成交易，以保持它們的核壟断地位，破坏各国人民的革命斗爭。中国发展核武器，正是为了反对美苏勾結实行核壟断和核訛詐。中国人民掌握了导彈和核武器，对于正在进行抗美救国战爭的英雄的越南人民，对于全世界正在进行英勇斗爭的革命人民是一个巨大的鼓舞，对于保卫世界和平是一个新的貢献。

中国进行必要而有限制的核試驗，发展核武器，完全是为了防御，其最終目的就是为了消灭核武器。我們再一次郑重宣布，在任何时候、任何情况下，中国都不会首先使用核武器。中国人民和中国政府将一如既往，继續同全世界一切爱好和平的人民和国家一道，堅定不移地为全面禁止和彻底銷毁核武器的崇高目标而共同奋斗。

图为1966年10月28日出版的《南通日报》号外“我国发射导弹核武器试验成功”。

鸡西日报　号外

1966年10月28日　星期五　夏历九月十五

毛泽东思想的伟大胜利　文化大革命的辉煌成果

我国发射导弹核武器試驗成功

导弹飞行正常，核弹头在预定的距离，精确地命中目标，实现核爆炸

中共中央、国务院和中央軍委向参加核試驗的解放軍指战員、工人和科技人員等热烈祝賀，高度贊揚他們活学活用毛主席著作取得的新成就

中国发展核武器，正是为了反对美苏勾結实行核壟断和核訛诈，对于正在进行抗美救国战爭的英雄的越南人民，对于全世界正在进行英勇斗爭的革命人民是一个巨大的鼓舞，对于保卫世界和平是一个新的貢献。

我們再一次郑重宣布，在任何时候、任何情况下，中国都不会首先使用核武器。中国将継續同全世界一切爱好和平的人民和国家一道，为全面禁止和彻底銷毁核武器而共同奋斗。

新华社北京十月二十七日消息　新闻公报

一九六六年十月二十七日，中国在本国的国土上，成功地进行了导弹核武器的试验。导弹飞行正常，核弹头在预定的距离，精确地命中目标，实现核爆炸。

这次试验成功，标志着我国的科学技术和国防力量，在毛泽东思想的光辉照耀下，正以更大的速度向前发展。这是中国人民在为进一步加强国防力量、保卫祖国安全和世界和平方面取得的又一个新的重大成就。

中国人民解放军、科学技术人员和广大职工，积极响应林彪同志的号召，高举毛泽东思想伟大红旗，突出政治，活学活用毛主席著作，在无产阶级文化大革命的推动下，抓革命，促生产，发扬自力更生、奋发图强、群策群力、大力协同的精神，保证了这次试验的圆满成功。这是毛泽东思想的伟大胜利。它充分证明毛泽东思想一旦为群众所掌握，就会产生巨大的物质力量，发挥无比强大的威力。

中国共产党中央委员会、国务院和中共中央军事委员会向参加这次试验的人民解放军全体指战员，向为我国发展导弹和核武器作出贡献的工人、工程技术人员、科学工[illegible]一[illegible]热烈的祝贺，高度赞扬他们活学活用毛主席著作所取得的新成就。希望他们再接再厉，坚持不懈，把学习毛主席著作提高到一个新阶段，搞出新的局面，进一步促进人的思想革命化。希望他们在进一步加强我国的国防建设、实现国防现代化的斗争中，取得新的更大的成就。

当前以美国为首的帝国主义者和以苏共领导为中心的修正主义者，狼狈为奸，加紧勾结，阴谋在所谓防止核扩散问题上做成交易，以保持它们的核垄断地位，破坏各国人民的革命斗争。中国发展核武器，正是为了反对美苏勾结实行核垄断和核讹诈。中国人民掌握了导弹和核武器，对于正在进行抗美救国战争的英雄的越南人民，对于全世界正在进行英勇斗争的革命人民是一个巨大的鼓舞，对于保卫世界和平是一个新的贡献。

中国进行必要而有限制的核试验，发展核武器，完全是为了防御，其最终目的就是为了消灭核武器。我们再一次郑重宣布，在任何时候、任何情况下，中国都不会首先使用核武器。中国人民和中国政府将一如既往，继续同全世界一切爱好和平的人民和国家一道，坚定不移地为全面禁止和彻底销毁核武器的崇高目标而共同奋斗。

图为1966年10月28日出版的《鸡西日报》号外“我国发射导弹核武器试验成功”。

包头日报　号外

1952年7月1日创刊　1966年12月29　星期四　农历丙午年十一月十八

毛泽东思想的伟大胜利　文化大革命的丰硕成果

我国又成功地进行了一次新的核爆炸

这次核爆炸的成功，把我国核武器的科学技术提高到一个新的水平

中共中央、国务院和中央军委，向参加核试验的解放军指战员、工人和工程技术人員，科学工作者和一切有关人員，致以热烈祝贺，赞扬他們遵循毛主席的教导，树雄心、立壮志，在无产阶级文化大革命的促进下，高度发扬了勇敢战斗，不怕牺牲，不怕疲劳和連續作战的作风。

中国在今年成功地进行了三次核試驗，这对美帝国主义和苏联現代修正主义是一个沉重的打击，对英雄的越南人民和全世界革命人民是一个巨大的鼓舞，对保卫世界和平是一个重大的貢献。

新华社北京十二月二十八日电　新聞公报

一九六六年十二月二十八日，中国在本国西部地区，又成功地进行了一次新的核爆炸。

毛澤东同志說，“人类的历史，就是一个不断地从必然王国向自由王国发展的历史。这个历史永远不会完結。在有阶級存在的社会内，阶級斗争不会完結。在无阶級存在的社会内，新与旧、正确与錯误之間的斗争永远不会完結。在生产斗争和科学实驗范围内，人类总是不断发展的，自然界也总是不断发展的，永远不会停止在一个水平上。因此，人类总得不断地总結經驗，有所发现，有所发明，有所創造，有所前进。”

中国人民解放軍、广大职工和科学技术人員遵循着毛主席的这一教导，树雄心、立壮志，在无产阶級文化大革命的促进下，发揚了勇敢战斗，不怕牺牲，不怕疲劳和連續作战的作风，继导弹核武器試驗成功之后，又圓满地实现了这次新的核爆炸，从而把我国核武器的科学技术提高到一个新的水平。这是战无不胜的毛澤东思想的伟大胜利，是无产阶級文化大革命的又一丰硕的成果。

中国共产党中央委員会、国务院和中共中央軍事委員会，向从事核武器研制和試驗工作的中国人民解放軍全体指战員、工人、工程技术人員、科学工作者和一切有关人員，致以热烈的祝贺，希望他們在无产阶級文化大革命的高潮中，坚决响应林彪同志的号召，继續大力突出无产阶級政治，高举毛澤东思想伟大紅旗，把活学活用毛主席著作的群众运动提高到一个新阶段，把“老三篇”作为座右銘来学，进一步促进人的思想革命化，为加强我国国防力量，加速实现国防现代化，取得新的、更大的成就。

中国在今年一年内，成功地进行了三次核試驗，这对美帝国主义和苏联现代修正主义相互勾結，妄图实行核垄断，破坏一切被压迫人民和被压迫民族革命斗争的阴謀是一个沉重的打击，对正在进行抗美救国斗争的英雄的越南人民和全世界正在进行英勇斗争的革命人民是一个巨大鼓舞，对保卫世界和平是一个重大貢献。

中国进行必要而有限制的核試驗，发展核武器，完全是为了防御，其最終目的是为了消灭核武器。我們再一次鄭重宣布，在任何时候，任何情况下，中国都不会首先使用核武器。中国人民和中国政府，一如既往，将继續同全世界一切爱好和平的人民和国家一道，坚定不移地为全面禁止和彻底銷毀核武器的崇高目标而共同奋斗。

1966年12月28日，我国又成功地进行了一次新的核爆炸。这次核爆炸的成功，把我国核武器的科学技术提高到一个新的水平。图为1966年12月29日出版的《包头日报》号外“我国又成功地进行了一次新的核爆炸”。

躍進報 号外

一九六六年十二月二十九日

毛泽东思想的伟大胜利　文化大革命的丰硕成果

我国又成功地进行了一次新的核爆炸

这次核爆炸的成功，把我国核武器的科学技术提高到一个新的水平

中共中央、国务院和中央军委，向参加核试验的解放军指战员、工人和工程技术人员，科学工作者和一切有关人员，致以热烈祝贺，赞扬他们遵循毛主席的教导，树雄心、立壮志，在无产阶级文化大革命的促进下，高度发扬了勇敢战斗，不怕牺牲，不怕疲劳和連續作战的作风。

中国在今年成功地进行了三次核試驗，这对美帝国主义和苏联现代修正主义是一个沉重的打击，对英雄的越南人民和全世界革命人民是一个巨大的鼓舞，对保卫世界和平是一个重大的貢献。

新华社北京十二月二十八日电　新聞公报

一九六六年十二月二十八日，中国在本国西部地区，又成功地进行了一次新的核爆炸。

毛泽东同志說，"人类的历史，就是一个不断地从必然王国向自由王国发展的历史。这个历史永远不会完結。在有阶級存在的社会内，阶級斗爭不会完結。在无阶級存在的社会内，新与旧、正确与錯误之間的斗爭永远不会完結。在生产斗爭和科学实驗范围内，人类总是不断发展的，自然界也总是不断发展的，永远不会停止在一个水平上。因此，人类总得不断地总結經驗，有所发现，有所发明，有所創造，有所前进。"

中国人民解放軍、广大职工和科学技术人員遵循着毛主席的这一教导，树雄心、立壮志，在无产阶級文化大革命的促进下，发揚了勇敢战斗，不怕牺牲，不怕疲劳和連續作战的作风，继导弹核武器試驗成功之后，又圓满地实现了这次新的核爆炸，从而把我国核武器的科学技　提高到一个新的水平。这是战无不胜的毛泽东思想的伟大胜利，是无产阶級文化大革命的又一丰碩的成果。

中国共产党中央委員会、国务院和中共中央軍事委員会，向从事核武器研制和試驗工作的中国人民解放軍全体指战員、工人、工程技术人員、科学工作者和一切有关人員，致以热烈的祝賀，希望他們在无产阶級文化大革命的高潮中，坚决响应林彪同志的号召，继續大力突出无产阶級政治，高举毛泽东思想伟大紅旗，把活学活用毛主席著作的群众运动提高到一个新阶段，把"老三篇"作为座右銘来学，进一步促进人的思想革命化，为加强我国国防力量，加速实现国防现代化，取得新的、更大的成就。

中国在今年一年内，成功地进行了三次核試驗，这对美帝国主义和苏联现代修正主义相互勾結，妄图实行核垄断，破坏一切被压迫人民和被压迫民族革命斗爭的阴謀是一个沉重的打击，对正在进行抗美救国斗爭的英雄的越南人民和全世界正在进行英勇斗爭的革命人民是一个巨大鼓舞，对保卫世界和平是一个重大貢献。

中国进行必要而有限制的核試驗，发展核武器，完全是为了防御，其最終目的是为了消灭核武器。我們再一次郑重宣布，在任何时候，任何情况下，中国都不会首先使用核武器。中国人民和中国政府，一如既往，将继續同全世界一切爱好和平的人民和国家一道，坚定不移地为全面禁止和彻底銷毁核武器的崇高目标而共同奋斗。

图为1966年12月29日出版的《跃进报》号外"我国又成功地进行了一次新的核爆炸"。

福建日報号外

一九六七年六月十八日

我国第一颗氢彈爆炸成功

毛主席的英明预言和伟大号召实现了

中国有了原子弹，有了导弹，现在又有了氢弹，这就大长世界各国革命人民的志气，大灭帝国主义、现代修正主义和各国反动派的威风

新华社北京六月十七日电 新聞公报

毛澤东主席早在一九五八年六月就指出：搞一点原子弹、氢弹，我看有十年功夫完全可能。

在我国无产阶级文化大革命取得决定性胜利的凯歌声中，我們向全国人民和全世界人民庄严宣布：毛主席的这一英明预言和伟大号召已经实现了。在两年八个月的时間内進行了五次核試驗之后，今天，一九六七年六月十七日，中国的第一颗氢弹在中国的西部地区上空爆炸成功了。

这次氢弹試驗的成功，是中国核武器发展的又一个飞跃，标志着我国核武器的发展进入了一个崭新的阶段。中国人民为此而自豪，全世界革命人民也将为此而感到骄傲。我們怀着喜悦和激动的心情，欢呼毛泽东思想的又一伟大胜利，欢呼无产阶级文化大革命的又一辉煌成果。

中国共产党中央委员会、国务院、中央軍事委员会、中央文化革命小组，向从事核武器研制和試驗的中国人民解放軍全体指战员、工人、工程技术人员、科学工作者和一切有关人员，致以最热烈的祝賀。他们在党中央、毛主席和他的亲密战友林彪同志的正确领导下，高举毛泽东思想伟大红旗，突出无产阶级政治，活学活用毛主席著作，坚决捍卫以毛主席为代表的无产阶级革命路线，坚决反对党内最大的一小撮走资本主义道路当权派的修正主义路线，抓革命，促生产，齐心努力，大力协同，以"只争朝夕"的革命精神，克服了各种困难，闯出一条自己的道路，保証了这次氢弹試驗的圆满成功。

毛主席說："在生产斗爭和科学实验范圍内，人类总是不断发展的，自然界也总是不断发展的，永远不会停止在一个水平上。因此，人类总得不断地总結經驗，有所发現，有所发明，有所創造，有所前进。"希望中国人民解放軍、广大的革命职工和科学技术人员，遵循毛主席的这一教导，响应林彪同志关于"加强革命性、科学性、組織紀律性"的号召，戒骄戒躁，再接再厉，为加速发展我国国防科学技术和实现我国国防现代化，建立新的更加伟大的功勋。

中国有了原子弹，有了导弹，现在又有了氢弹，这就大长世界各国革命人民的志气，大灭帝国主义、现代修正主义和各国反动派的威风。中国氢弹試驗的成功，进一步打破了美帝国主义和苏联修正主义的核垄断地位，沉重地打击了它們的核訛詐政策。中国氢弹試驗的成功，对于正在英勇地进行抗美救国战争的越南人民，对于正在反抗美英帝国主义及其工具以色列侵略的阿拉伯人民，对于全世界一切革命的人民，都是极大的鼓舞和支持。

人是战争胜負的决定因素。中国进行必要而有限制的核試驗，发展核武器，完全是为了防御，其最終目的就是为了消灭核武器。我們再一次鄭重宣布，在任何时候、任何情况下，中国都不会首先使用核武器。我們說的話，从来是算数的。中国人民和中国政府，将一如既往地继續同全世界一切爱好和平的人民和国家一道，共同努力，堅持斗爭，为全面禁止和彻底銷毀核武器的崇高目标而奋斗。

中国有了原子弹，有了导弹，现在又有了氢弹，这就大长了世界各国人民的志气，大灭了帝国主义和各国反动派的威风。图为1967年6月18日出版的《福建日报》号外"我国第一颗氢弹爆炸成功"。

毛泽东主席早在一九五八年六月就指出：搞一点原子弹、氢弹，我看有十年功夫完全可能。

吉林日報 号外

一九六七年六月十八日凌晨一时

毛主席的英明预言和伟大号召实现了

我国第一颗氢弹爆炸成功

这是毛泽东思想的伟大胜利 文化大革命的辉煌成果

新华社北京六月十七日电　新闻公报

毛泽东主席早在一九五八年六月就指出：搞一点原子弹、氢弹，我看有十年功夫完全可能。

在我国无产阶级文化大革命取得决定性胜利的凯歌声中，我們向全国人民和全世界人民庄严宣布：毛主席的这一英明预言和伟大号召已經实现了。在两年八个月的时間内进行了五次核試驗之后，今天，一九六七年六月十七日，中国的第一颗氢弹在中国的西部地区上空爆炸成功了。

这次氢弹試驗的成功，是中国核武器发展的又一个飞跃，标志着我国核武器的发展进入了一个崭新的阶段。中国人民为此而自豪，全世界革命人民也将为此而感到骄傲。我們怀着喜悦和激动的心情，欢呼毛泽东思想的又一伟大胜利，欢呼无产阶級文化大革命的又一輝煌成果。

中国共产党中央委員会、国务院、中央军事委員会、中央文化革命小组，向从事核武器研制和試驗的中国人民解放军全体指战員，工人、工程技术人員、科学工作者和一切有关人員，致以热烈的祝賀。他們在党中央、毛主席和他的亲密战友林彪同志的正确领导下，高举毛泽东思想伟大红旗，突出无产阶級政治，活学活用毛主席著作，坚决捍卫以毛主席为代表的无产阶級革命路綫，坚决反对党内最大的一小撮走资本主义道路当权派的修正主义路綫，抓革命，促生产，艰苦奋斗，大力协同，以"只爭朝夕"的革命精神，克服了各种困难，闯出一条自己的道路，保証了这次氢弹試驗的圓滿成功。

毛主席說："在生产斗爭和科学实驗范圍内，人类总是不断发展的，自然界也总是不断发展的，永远不会停止在一个水平上。因此，人类总得不断地总結經驗，有所发现，有所发明，有所創造，有所前进。"希望中国人民解放军、广大的革命职工和科学技术人員，遵循毛主席的这一教导，响应林彪同志关于"加强革命性、科学性、組織紀律性"的号召，戒骄戒躁，再接再厉，为加速发展我国国防科学技术和实现我国国防现代化，建立新的更加伟大的功勋。

中国有了原子弹，有了导弹，现在又有了氢弹，这就大长世界各国革命人民的志气，大灭帝国主义、现代修正主义和各国反动派的威风。中国氢弹試驗的成功，进一步打破了美帝国主义和苏联修正主义的核垄断地位，沉重地打击了它們的核讹诈政策。中国氢弹試驗的成功，对于正在英勇地进行抗美救国战争的越南人民，对于正在反抗美英帝国主义及其工具以色列侵略的阿拉伯人民，对于全世界一切革命的人民，都是巨大的鼓舞和支持。

人是战争胜负的决定因素。中国进行必要而有限制的核試驗，发展核武器，完全是为了防御，其最终目的是为了消灭核武器。我們再一次郑重宣布，在任何时候，任何情况下，中国都不会首先使用核武器。我們說话是算数的。中国人民和中国政府，将一如既往地积极同全世界一切爱好和平的人民和国家一道，共同努力，坚持斗爭，为全面禁止和彻底销毁核武器的崇高目标而奋斗。

图为1967年6月18日出版的《吉林日报》号外"我国第一颗氢弹爆炸成功"。

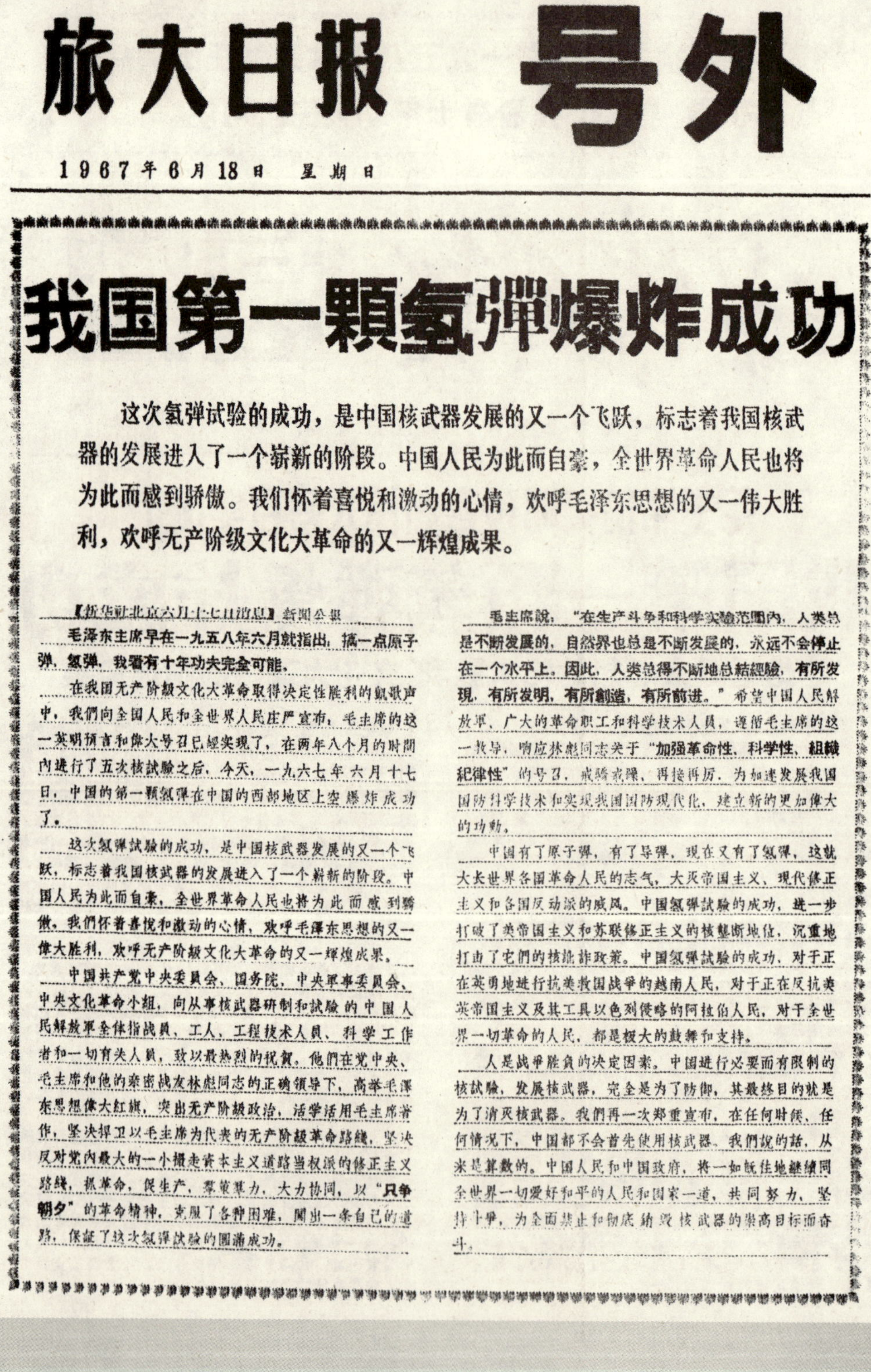

旅大日报 号外

1967年6月18日 星期日

我国第一颗氢弹爆炸成功

这次氢弹试验的成功，是中国核武器发展的又一个飞跃，标志着我国核武器的发展进入了一个崭新的阶段。中国人民为此而自豪，全世界革命人民也将为此而感到骄傲。我们怀着喜悦和激动的心情，欢呼毛泽东思想的又一伟大胜利，欢呼无产阶级文化大革命的又一辉煌成果。

【新华社北京六月十七日消息】新闻公报

毛泽东主席早在一九五八年六月就指出：搞一点原子弹、氢弹，我看有十年功夫完全可能。

在我国无产阶级文化大革命取得决定性胜利的凯歌声中，我們向全国人民和全世界人民庄严宣布，毛主席的这一英明预言和伟大号召已經实现了，在两年八个月的时間内进行了五次核試驗之后，今天，一九六七年六月十七日，中国的第一颗氢彈在中国的西部地区上空爆炸成功了。

这次氢弹試驗的成功，是中国核武器发展的又一个飞跃，标志着我国核武器的发展进入了一个崭新的阶段。中国人民为此而自豪，全世界革命人民也将为此而感到骄傲。我們怀着喜悦和激动的心情，欢呼毛澤东思想的又一伟大胜利，欢呼无产阶級文化大革命的又一辉煌成果。

中国共产党中央委員会、国务院、中央軍事委員会、中央文化革命小組，向从事核武器研制和試驗的中国人民解放軍全体指战員、工人、工程技术人員、科学工作者和一切有关人員，致以最热烈的祝賀。他們在党中央、毛主席和他的亲密战友林彪同志的正确领导下，高举毛澤东思想伟大紅旗，突出无产阶級政治，活学活用毛主席著作，坚决捍卫以毛主席为代表的无产阶級革命路綫，坚决反对党内最大的一小撮走資本主义道路当权派的修正主义路綫，抓革命，促生产，群策群力，大力协同，以“**只争朝夕**”的革命精神，克服了各种困难，闖出一条自己的道路，保証了这次氢弹試驗的圆满成功。

毛主席說：“**在生产斗争和科学实验范围内，人类总是不断发展的，自然界也总是不断发展的，永远不会停止在一个水平上。因此，人类总得不断地总結經驗，有所发現，有所发明，有所創造，有所前进。**”希望中国人民解放軍、广大的革命职工和科学技术人員，遵循毛主席的这一教导，响应林彪同志关于“**加强革命性、科学性、組織紀律性**”的号召，戒骄戒躁，再接再厉，为加速发展我国国防科学技术和实现我国国防现代化，建立新的更加伟大的功勳。

中国有了原子弹，有了导弹，现在又有了氢弹，这就大长世界各国革命人民的志气，大灭帝国主义、现代修正主义和各国反动派的威风。中国氢弹試驗的成功，进一步打破了美帝国主义和苏联修正主义的核壟断地位，沉重地打击了它們的核訛詐政策。中国氢弹試驗的成功，对于正在英勇地进行抗美救国战争的越南人民，对于正在反抗美英帝国主义及其工具以色列侵略的阿拉伯人民，对于全世界一切革命的人民，都是极大的鼓舞和支持。

人是战争胜負的决定因素。中国进行必要而有限制的核試驗，发展核武器，完全是为了防御，其最終目的就是为了消灭核武器。我們再一次郑重宣布，在任何时候、任何情况下，中国都不会首先使用核武器。我們說的話，从来是算数的。中国人民和中国政府，将一如既往地継續同全世界一切爱好和平的人民和国家一道，共同努力，坚持斗争，为全面禁止和彻底銷毁核武器的崇高目标而奋斗。

图为1967年6月18日出版的《旅大日报》号外“我国第一颗氢弹爆炸成功”。

毛主席教导我們說："人不犯我，我不犯人；人若犯我，我必犯人。"就我們自己的願望說，我們連一天也不願意打。但是如果形势迫使我們不得不打的話，我們是能夠一直打到底的。"

号外

长春日报

1969年5月25日

中华人民共和国政府声明

一九六九年五月二十四日

一、珍宝島是中国的领土　珍宝島事件是苏联政府蓄意挑起的

二、有关目前中苏边界的条约　都是沙俄帝国主义强加給中国的不平等条約

1969年5月24日，就珍宝岛事件，中华人民共和国政府发表声明。图为1969年5月25日出版的《长春日报》号外“中华人民共和国政府声明”。

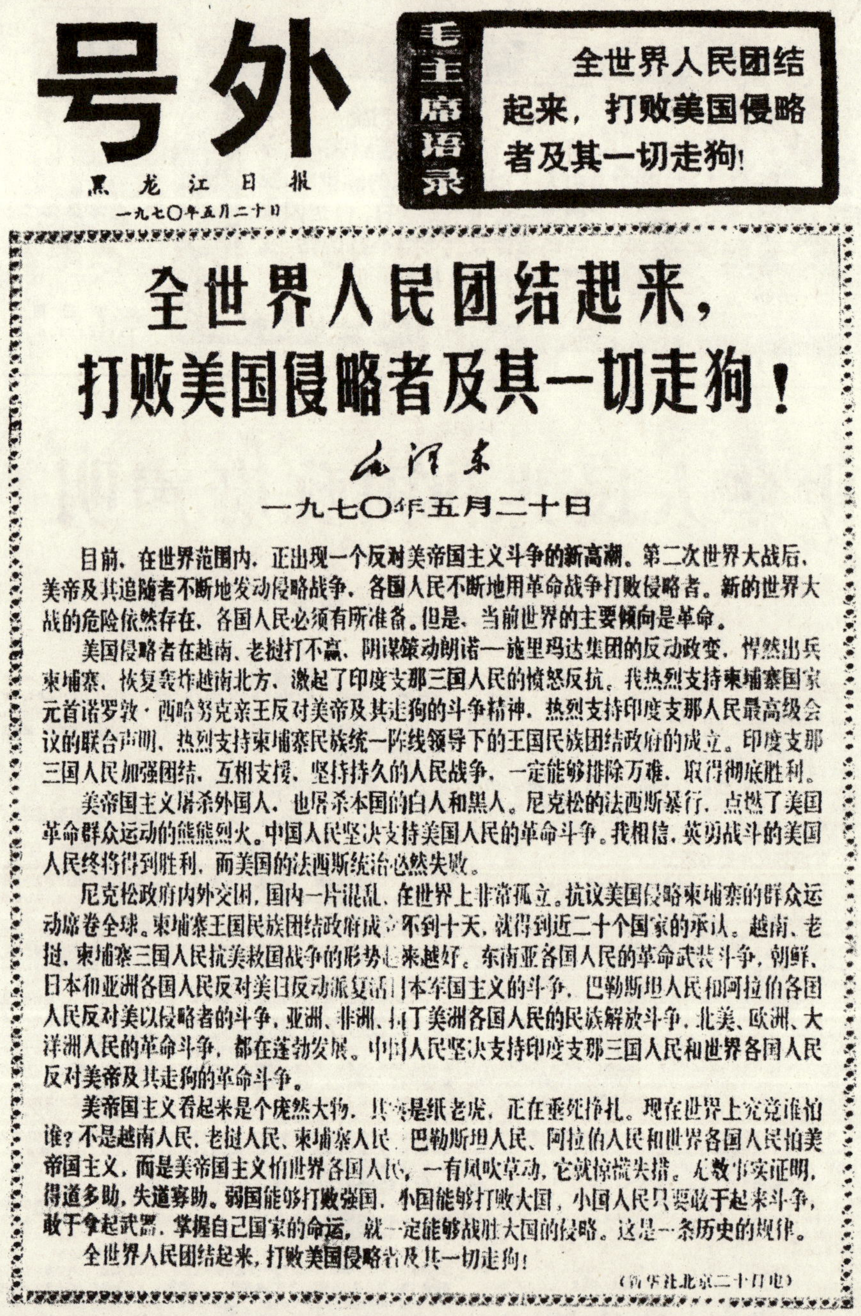

号外

黑龙江日报

一九七〇年五月二十日

毛主席语录

全世界人民团结起来，打败美国侵略者及其一切走狗！

全世界人民团结起来，打败美国侵略者及其一切走狗！

毛泽东

一九七〇年五月二十日

目前，在世界范围内，正出现一个反对美帝国主义斗争的新高潮。第二次世界大战后，美帝及其追随者不断地发动侵略战争，各国人民不断地用革命战争打败侵略者。新的世界大战的危险依然存在，各国人民必须有所准备。但是，当前世界的主要倾向是革命。

美国侵略者在越南、老挝打不赢，阴谋策动朗诺—施里玛达集团的反动政变，悍然出兵柬埔寨，恢复轰炸越南北方，激起了印度支那三国人民的愤怒反抗。我热烈支持柬埔寨国家元首诺罗敦·西哈努克亲王反对美帝及其走狗的斗争精神，热烈支持印度支那人民最高级会议的联合声明，热烈支持柬埔寨民族统一阵线领导下的王国民族团结政府的成立。印度支那三国人民加强团结，互相支援，坚持持久的人民战争，一定能够排除万难，取得彻底胜利。

美帝国主义屠杀外国人，也屠杀本国的白人和黑人。尼克松的法西斯暴行，点燃了美国革命群众运动的熊熊烈火。中国人民坚决支持美国人民的革命斗争。我相信，英勇战斗的美国人民终将得到胜利，而美国的法西斯统治必然失败。

尼克松政府内外交困，国内一片混乱，在世界上非常孤立。抗议美国侵略柬埔寨的群众运动席卷全球。柬埔寨王国民族团结政府成立不到十天，就得到近二十个国家的承认。越南、老挝、柬埔寨三国人民抗美救国战争的形势越来越好。东南亚各国人民的革命武装斗争，朝鲜、日本和亚洲各国人民反对美日反动派复活日本军国主义的斗争，巴勒斯坦人民和阿拉伯各国人民反对美以侵略者的斗争，亚洲、非洲、拉丁美洲各国人民的民族解放斗争，北美、欧洲、大洋洲人民的革命斗争，都在蓬勃发展。中国人民坚决支持印度支那三国人民和世界各国人民反对美帝及其走狗的革命斗争。

美帝国主义看起来是个庞然大物，其实是纸老虎，正在垂死挣扎。现在世界上究竟谁怕谁？不是越南人民、老挝人民、柬埔寨人民、巴勒斯坦人民、阿拉伯人民和世界各国人民怕美帝国主义，而是美帝国主义怕世界各国人民，一有风吹草动，它就惊慌失措。无数事实证明，得道多助，失道寡助。弱国能够打败强国，小国能够打败大国，小国人民只要敢于起来斗争，敢于拿起武器，掌握自己国家的命运，就一定能够战胜大国的侵略。这是一条历史的规律。

全世界人民团结起来，打败美国侵略者及其一切走狗！

（新华社北京二十日电）

1970年5月20日，毛泽东同志发表“全世界人民团结起来，打败美国侵略者及其一切走狗！”的声明。图为1970年5月20日出版的《黑龙江日报》号外“全世界人民团结起来，打败美国侵略者及其一切走狗！”。

甘肃日報 号外

一九七〇年五月二十日

全世界人民团结起来，打败美国侵略者及其一切走狗！

毛泽东

一九七〇年五月二十日

目前，在世界范围内，正出现一个反对美帝国主义斗争的新高潮。第二次世界大战后，美帝及其追随者不断地发动侵略战争，各国人民不断地用革命战争打败侵略者。新的世界大战的危险依然存在，各国人民必须有所准备。但是，当前世界的主要倾向是革命。

美国侵略者在越南、老挝打不赢，阴谋策动朗诺—施里玛达集团的反动政变，悍然出兵柬埔寨，恢复轰炸越南北方，激起了印度支那三国人民的愤怒反抗。我热烈支持柬埔寨国家元首诺罗敦·西哈努克亲王反对美帝及其走狗的斗争精神，热烈支持印度支那人民最高级会议的联合声明，热烈支持柬埔寨民族统一阵线领导下的王国民族团结政府的成立。印度支那三国人民加强团结，互相支援，坚持持久的人民战争，一定能够排除万难，取得彻底胜利。

美帝国主义屠杀外国人，也屠杀本国的白人和黑人。尼克松的法西斯暴行，点燃了美国革命群众运动的熊熊烈火。中国人民坚决支持美国人民的革命斗争。我相信，英勇战斗的美国人民终将得到胜利，而美国的法西斯统治必然失败。

尼克松政府内外交困，国内一片混乱，在世界上非常孤立。抗议美国侵略柬埔寨的群众运动席卷全球。柬埔寨王国民族团结政府成立不到十天，就得到近二十个国家的承认。越南、老挝、柬埔寨三国人民抗美救国战争的形势越来越好。东南亚各国人民的革命武装斗争，朝鲜、日本和亚洲各国人民反对美日反动派复活日本军国主义的斗争，巴勒斯坦人民和阿拉伯各国人民反对美以侵略者的斗争，亚洲、非洲、拉丁美洲各国人民的民族解放斗争，北美、欧洲、大洋洲人民的革命斗争，都在蓬勃发展。中国人民坚决支持印度支那三国人民和世界各国人民反对美帝及其走狗的革命斗争。

美帝国主义看起来是个庞然大物，其实是纸老虎，正在垂死挣扎。现在世界上究竟谁怕谁？不是越南人民、老挝人民、柬埔寨人民、巴勒斯坦人民、阿拉伯人民和世界各国人民怕美帝国主义，而是美帝国主义怕世界各国人民，一有风吹草动，它就惊慌失措。无数事实证明，得道多助，失道寡助。弱国能够打败强国，小国能够打败大国。小国人民只要敢于起来斗争，敢于拿起武器，掌握自己国家的命运，就一定能够战胜大国的侵略。这是一条历史的规律。

全世界人民团结起来，打败美国侵略者及其一切走狗！

（新华社北京二十日电）

图为1970年5月20日出版的《甘肃日报》号外“全世界人民团结起来，打败美国侵略者及其一切走狗！”。

红常州报 号外

常州市革命委员会机关报

一九七〇年五月二十一日

中国人民伟大领袖毛泽东主席发表庄严声明
支持世界人民反对美帝斗争

全世界人民团结起来，
打败美国侵略者及其一切走狗！

毛泽东

一九七〇年五月二十日

目前，在世界范围内，正出现一个反对美帝国主义斗争的新高潮。第二次世界大战后，美帝及其追随者不断地发动侵略战争，各国人民不断地用革命战争打败侵略者。新的世界大战的危险依然存在，各国人民必须有所准备。但是，当前世界的主要倾向是革命。

美国侵略者在越南、老挝打不赢，阴谋策动朗诺—施里玛达集团的反动政变，悍然出兵柬埔寨，恢复轰炸越南北方，激起了印度支那三国人民的愤怒反抗。我热烈支持柬埔寨国家元首诺罗敦·西哈努克亲王反对美帝及其走狗的斗争精神，热烈支持印度支那人民最高级会议的联合声明，热烈支持柬埔寨民族统一阵线领导下的王国民族团结政府的成立。印度支那三国人民加强团结，互相支援，坚持持久的人民战争，一定能够排除万难，取得彻底胜利。

美帝国主义屠杀外国人，也屠杀本国的白人和黑人。尼克松的法西斯暴行，点燃了美国革命群众运动的熊熊烈火。中国人民坚决支持美国人民的革命斗争。我相信，英勇战斗的美国人民终将得到胜利，而美国的法西斯统治必然失败。

尼克松政府内外交困，国内一片混乱，在世界上非常孤立。抗议美国侵略柬埔寨的群众运动席卷全球。柬埔寨王国民族团结政府成立不到十天，就得到近二十个国家的承认。越南、老挝、柬埔寨三国人民抗美救国战争的形势越来越好。东南亚各国人民的革命武装斗争，朝鲜、日本和亚洲各国人民反对美日反动派复活日本军国主义的斗争，巴勒斯坦人民和阿拉伯各国人民反对美以侵略者的斗争，亚洲、非洲、拉丁美洲各国人民的民族解放斗争，北美、欧洲、大洋洲人民的革命斗争，都在蓬勃发展。中国人民坚决支持印度支那三国人民和世界各国人民反对美帝及其走狗的革命斗争。

美帝国主义看起来是个庞然大物，其实是纸老虎，正在垂死挣扎。现在世界上究竟谁怕谁？不是越南人民、老挝人民、柬埔寨人民、巴勒斯坦人民、阿拉伯人民和世界各国人民怕美帝国主义，而是美帝国主义怕世界各国人民，一有风吹草动，它就惊慌失措。无数事实证明，得道多助，失道寡助。弱国能够打败强国，小国能够打败大国。小国人民只要敢于起来斗争，敢于拿起武器，掌握自己国家的命运，就一定能够战胜大国的侵略。这是一条历史的规律。

全世界人民团结起来，打败美国侵略者及其一切走狗！

（新华社北京20日电）

图为1970年5月21日出版的《红常州报》号外“中国人民伟大领袖毛泽东主席发表庄严声明，支持世界人民反对美帝斗争”。

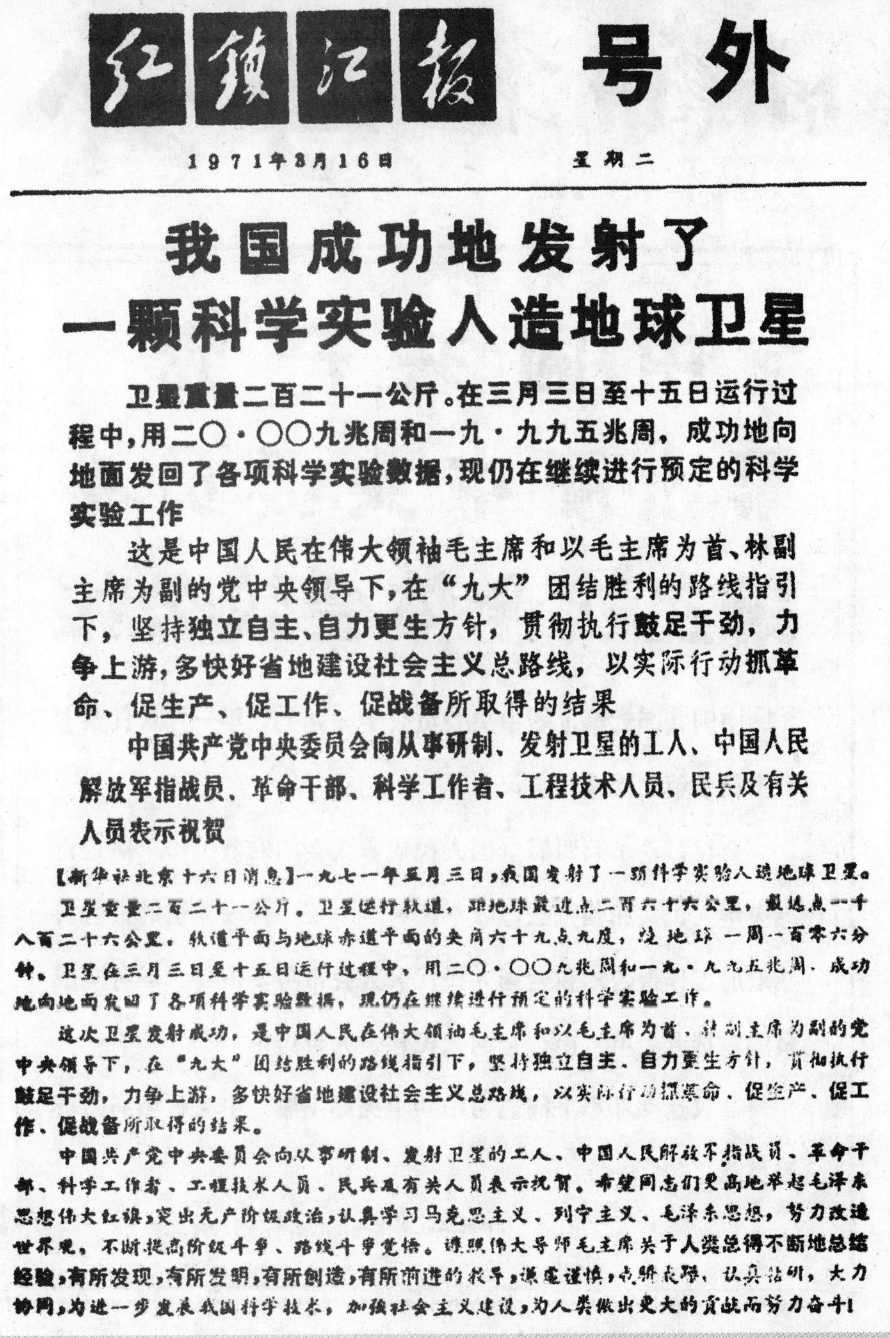

红镇江报 号外

1971年3月16日　　星期二

我国成功地发射了一颗科学实验人造地球卫星

卫星重量二百二十一公斤。在三月三日至十五日运行过程中，用二〇·〇〇九兆周和一九·九九五兆周，成功地向地面发回了各项科学实验数据，现仍在继续进行预定的科学实验工作

这是中国人民在伟大领袖毛主席和以毛主席为首、林副主席为副的党中央领导下，在"九大"团结胜利的路线指引下，坚持独立自主、自力更生方针，贯彻执行鼓足干劲，力争上游，多快好省地建设社会主义总路线，以实际行动抓革命、促生产、促工作、促战备所取得的结果

中国共产党中央委员会向从事研制、发射卫星的工人、中国人民解放军指战员、革命干部、科学工作者、工程技术人员、民兵及有关人员表示祝贺

【新华社北京十六日消息】一九七一年三月三日，我国发射了一颗科学实验人造地球卫星。

卫星重量二百二十一公斤。卫星运行轨道，距地球最近点二百六十六公里，最远点一千八百二十六公里。轨道平面与地球赤道平面的夹角六十九点九度，绕地球一周一百零六分钟。卫星在三月三日至十五日运行过程中，用二〇·〇〇九兆周和一九·九九五兆周，成功地向地面发回了各项科学实验数据，现仍在继续进行预定的科学实验工作。

这次卫星发射成功，是中国人民在伟大领袖毛主席和以毛主席为首、林副主席为副的党中央领导下，在"九大"团结胜利的路线指引下，坚持独立自主、自力更生方针，贯彻执行鼓足干劲，力争上游，多快好省地建设社会主义总路线，以实际行动抓革命、促生产、促工作、促战备所取得的结果。

中国共产党中央委员会向从事研制、发射卫星的工人、中国人民解放军指战员、革命干部、科学工作者、工程技术人员、民兵及有关人员表示祝贺。希望同志们更高地举起毛泽东思想伟大红旗，突出无产阶级政治，认真学习马克思主义、列宁主义、毛泽东思想，努力改造世界观，不断提高阶级斗争、路线斗争觉悟。遵照伟大导师毛主席关于人类总得不断地总结经验，有所发现，有所发明，有所创造，有所前进的教导，谦虚谨慎，戒骄戒躁，认真钻研，大力协同，为进一步发展我国科学技术，加强社会主义建设，为人类做出更大的贡献而努力奋斗！

1971年3月3日，我国发射了一颗科学实验人造地球卫星。在3月3日至15日运行过程中，成功地向地面发回了各项科学实验数据，现仍在继续进行预定的科学实验工作。图为1971年3月16日出版的《红镇江报》号外。

甘肃日報 号外

一九七五年一月十七日　星期五

中国共产党
第十届中央委员会
第二次全体会议公报

中国共产党第十届中央委员会于一九七五年一月八日至十日举行了第二次全体会议。

会议讨论了第四届全国人民代表大会的准备工作。决定将《中华人民共和国宪法修改草案》、《关于修改宪法的报告》、《政府工作报告》和全国人民代表大会常务委员会、国务院成员的候选人名单，提请全国人民代表大会讨论。

会议选举邓小平同志为中共中央副主席、中央政治局常务委员。

（新华社北京一九七五年一月十七日电）

中国共产党第十届中央委员会于1975年1月8日至10日举行了第二次全体会议。会议讨论了第四届全国人民代表大会的准备工作。会议选举邓小平同志为中共中央副主席、中央政治局常务委员。图为1975年1月17日出版的《甘肃日报》号外。

中华人民共和国第四届全国人民代表大会第一次会议新闻公报

一九七五年一月十七日

中华人民共和国第四届全国人民代表大会第一次会议于一九七五年一月十三日至十七日在北京隆重举行。

大会的议程是：一、修改宪法；二、政府工作报告；三、选举和任命国家领导工作人员。

大会在人民大会堂举行，会场主席台上悬挂着伟大领袖毛泽东主席的巨幅画像，画像两边树立着鲜艳的红旗。大会选举了由二百一十八名代表组成的主席团。朱德、董必武、宋庆龄、康生、刘伯承、吴德、韦国清、赛福鼎、郭沫若、徐向前、聂荣臻、陈云、谭震林、李井泉、张鼎丞、蔡畅、乌兰夫、阿沛·阿旺晋美、周建人、许德珩、胡厥文、李素文、姚连蔚为主席团常务主席。吴德为秘书长。

在主席台前列就座的还有：周恩来、王洪文、叶剑英、邓小平、张春桥、江青、许世友、华国锋、陈永贵、陈锡联、李先念、李德生、姚文元、吴桂贤、苏振华、倪志福。

朱德委员长宣布大会开幕，全体代表热烈鼓掌，乐队奏国歌。

会上，张春桥同志代表中共中央作了《关于修改宪法的报告》，周恩来总理代表国务院作了《政府工作报告》。

从一月十四日起，全体代表认真讨论了中国共产党第十届中央委员会第二次全体会议提请大会讨论的《中华人民共和国宪法修改草案》和上述两个报告。

在筹备四届人大的过程中，全国经过广泛的民主协商，反复讨论，共选出代表二千八百八十五名。出席这次大会的代表共二千八百六十四人。他们当中有产业工人、农民、其他劳动人民、人民解放军、革命干部、革命知识分子、爱国人士、归国华侨的代表。工农兵代表占百分之七十二，妇女占百分之二十二以上。五十四个少数民族都有代表参加。参加大会的还有十二名台湾省籍同胞的代表。许多代表是在无产阶级文化大革命和批林批孔运动中涌现出来的先进分子。第四届全国人民代表大会的组成，充分体现了以工人阶级为领导的以工农联盟为基础的、包括各爱国民主党派、爱国人士、爱国侨胞和港澳同胞在内的各族人民的大团结，反映了我们伟大的社会主义祖国欣欣向荣的兴旺气象。

大会正式开幕前，从一月五日到十一日举行了预备会，全体代表讨论了会议的主要文件和其他准备工作。

这次大会是在我国社会主义革命和社会主义建设取得辉煌成就，特别是无产阶级文化大革命取得伟大胜利，批林批孔运动取得很大成绩，国内外一片大好形势下召开的。大会自始至终洋溢着欢欣鼓舞、紧密团结、意气风发、斗志昂扬的气氛。这是一次团结的大会，胜利的大会。

一月十七日，全体代表一致通过了修改后的《中华人民共和国宪法》和张春桥同志所作的《关于修改宪法的报告》，一致通过了关于政府工作报告的决议，批准了周恩来总理所作的《政府工作报告》。代表们为完成了具有历史意义的光荣任务而响起了经久不息的掌声。

大会根据中共十届二中全会提出的候选人名单，经过认真讨论，用无记名投票方式，选出了第四届全国人民代表大会常务委员会委员长、副委员长、委员，任命了国务院总理、副总理、各部部长、各委员会主任。

当宣布选举结果和任命名单时，会场又一次响起了长时间的热烈的掌声。

代表们兴奋地表示，这次大会通过的新的中华人民共和国的根本大法，规定了今后我国社会主义革命和社会主义建设的宏伟任务。选举和任命了新的国家领导工作人员，这一切充分反映了全国各族人民在无产阶级专政下继续革命到底的共同愿望，必将极大地激发全国人民的社会主义革命积极性，加速社会主义建设的步伐，在我国的历史上产生重大的影响。

大会号召全国各族人民在毛主席为首的党中央领导下，更加紧密地团结起来，坚持党的基本路线，认真执行和勇敢捍卫新的宪法，努力实现大会提出的各项战斗任务，进一步发展大好形势，巩固和加强无产阶级专政，争取社会主义革命和社会主义建设的新胜利。

大会指出，全国人民要继续普及、深入、持久地开展批林批孔运动，刻苦攻读马列著作和毛主席著作，建立一支宏大的马克思主义理论队伍，用马克思主义占领整个上层建筑领域。要在党的一元化领导下，加强各级革命委员会的建设。要贯彻执行抓革命、促生产、促工作、促战备的方针，独立自主、自力更生，艰苦奋斗，勤俭建国，争取提前完成国民经济计划，为把我国建设成为社会主义的现代化强国而努力。

大会指出，当前天下大乱的国际形势，继续朝着有利于人民的方向发展，世界各种基本矛盾正在进一步激化，美苏两个超级大国争夺世界霸权越来越激烈，革命和战争的因素都在增长。各国人民对于世界大战必须有所准备。大会强调要继续执行毛主席的革命外交路线，坚持无产阶级国际主义，加强同社会主义国家、同世界被压迫人民、被压迫民族的团结，联合一切可以联合的力量，坚决支持第三世界争取和维护民族独立，捍卫国家主权，发展民族经济的斗争，支持第二世界国家和人民反对超级大国控制、威胁和欺负的斗争。大会号召全国人民和中国人民解放军指战员，坚决执行毛主席的深挖洞、广积粮、不称霸的方针，加强战备，随时准备歼灭一切敢于入侵之敌。我们一定要解放台湾！

全国各族人民团结起来，沿着马克思主义、列宁主义、毛泽东思想指引的道路胜利前进！

（新华社北京一九七五年一月十八日电）

陕西日报　西安日报　号外

一九七五年一月十八日

中华人民共和国第四届全国人民代表大会第一次会议于1975年1月13日到17日在北京隆重举行。图为1975年1月18日《陕西日报》、《西安日报》联合出版的号外“中华人民共和国第四届全国人民代表大会第一次会议新闻公报”。

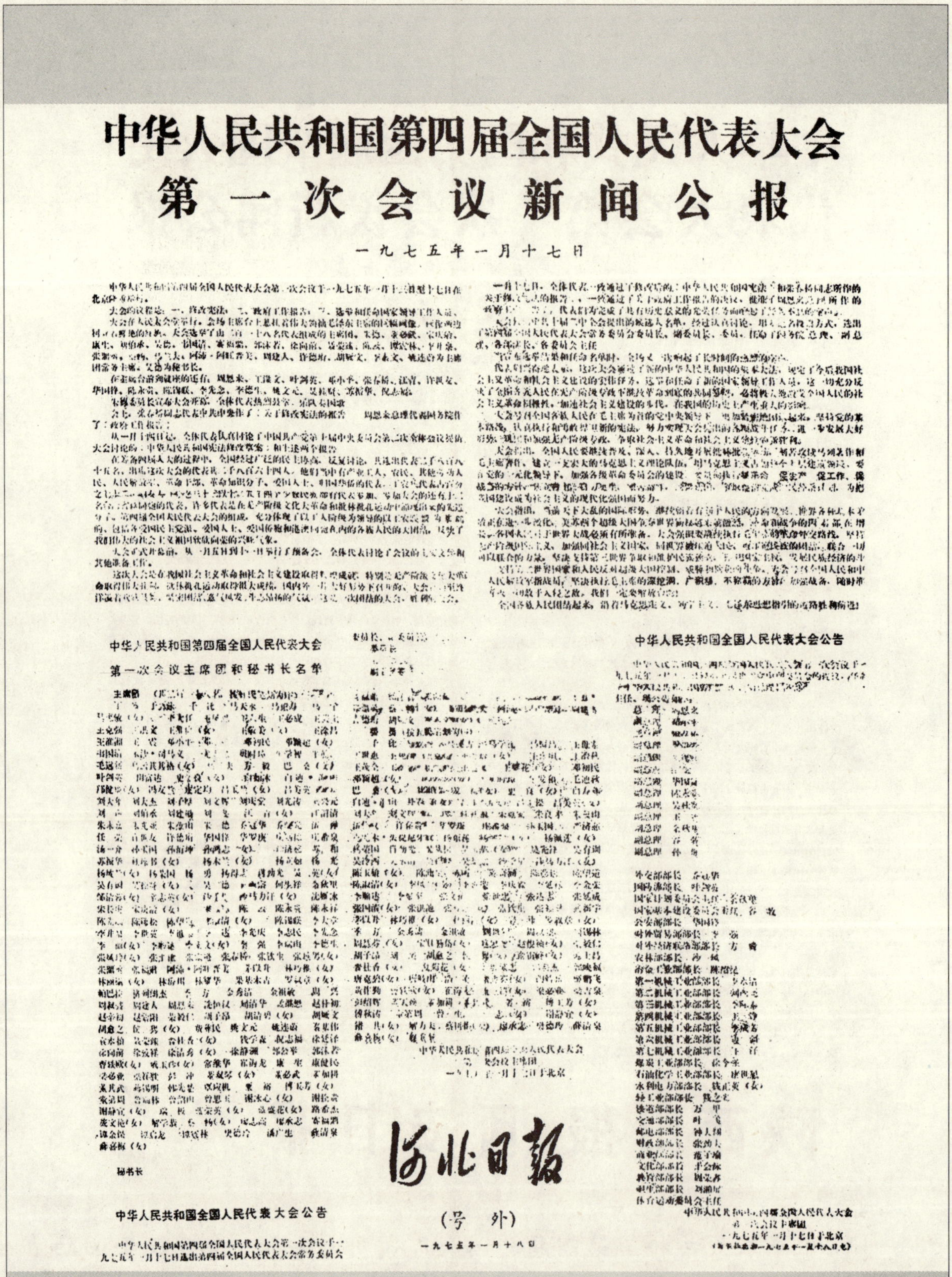

中华人民共和国第四届全国人民代表大会第一次会议新闻公报

一九七五年一月十七日

中华人民共和国第四届全国人民代表大会第一次会议主席团和秘书长名单

中华人民共和国全国人民代表大会公告

河北日报

（号外）

一九七五年一月十八日

图为1975年1月18日出版的《河北日报》号外“中华人民共和国第四届全国人民代表大会第一次会议新闻公报”。

汉中日报 号外

一九七五年一月十九日

中华人民共和国第四届全国人民代表大会第一次会议新闻公报

一九七五年一月十七日

中华人民共和国第四届全国人民代表大会第一次会议于一九七五年一月十三日至十七日在北京隆重举行。

大会的议程是：一、修改宪法；二、政府工作报告；三、选举和任命国家领导工作人员。

大会在人民大会堂举行。会场主席台上悬挂着伟大领袖毛泽东主席的巨幅画像。画像两边树立着鲜艳的红旗。大会选举了由二百一十八名代表组成的主席团。朱德、董必武、宋庆龄、康生、刘伯承、吴德、韦国清、赛福鼎、郭沫若、徐向前、聂荣臻、陈云、谭震林、李井泉、张鼎丞、蔡畅、乌兰夫、阿沛·阿旺晋美、周建人、许德珩、胡厥文、李素文、姚连蔚为主席团常务主席。吴德为秘书长。

在主席台前列就座的还有：周恩来、王洪文、叶剑英、邓小平、张春桥、江青、许世友、华国锋、陈永贵、陈锡联、李先念、李德生、姚文元、吴桂贤、苏振华、倪志福。

朱德委员长宣布大会开幕，全体代表热烈鼓掌。乐队奏国歌。

会上，张春桥同志代表中共中央作了《关于修改宪法的报告》。周恩来总理代表国务院作了《政府工作报告》。

从一月十四日起，全体代表认真讨论了中国共产党第十届中央委员会第二次全体会议提请大会讨论的《中华人民共和国宪法修改草案》和上述两个报告。

在筹备四届人大的过程中，全国经过广泛的民主协商，反复讨论，共选出代表二千八百八十五名。出席这次大会的代表共二千八百六十四人。他们当中有产业工人、农民、其他劳动人民、人民解放军、革命干部、革命知识分子、爱国人士、归国华侨的代表。工农兵代表占百分之七十二。妇女占百分之二十二以上。五十四个少数民族都有代表参加。参加大会的还有十二名台湾省籍同胞的代表。许多代表是在无产阶级文化大革命和批林批孔运动中涌现出来的先进分子。第四届全国人民代表大会的组成，充分体现了以工人阶级为领导的以工农联盟为基础的、包括各爱国民主党派、爱国人士、爱国侨胞和港澳同胞在内的各族人民的大团结，反映了我们伟大的社会主义祖国欣欣向荣的兴旺气象。

大会正式开幕前，从一月五日到十一日举行了预备会，全体代表讨论了会议的主要文件和其他准备工作。

这次大会是在我国社会主义革命和社会主义建设取得辉煌成就，特别是无产阶级文化大革命取得伟大胜利，批林批孔运动取得很大成绩，国内外一片大好形势下召开的。大会自始至终洋溢着欢欣鼓舞、紧密团结、意气风发、斗志昂扬的气氛。这是一次团结的大会，胜利的大会。

一月十七日，全体代表一致通过了修改后的《中华人民共和国宪法》和张春桥同志所作的《关于修改宪法的报告》，一致通过了关于政府工作报告的决议，批准了周恩来总理所作的《政府工作报告》。代表们为完成了具有历史意义的光荣任务而响起了经久不息的掌声。

大会根据中共十届二中全会提出的候选人名单，经过认真讨论，用无记名投票方式，选出了第四届全国人民代表大会常务委员会委员长、副委员长、委员，任命了国务院总理、副总理、各部部长、各委员会主任。

当宣布选举结果和任命名单时，全场又一次响起了长时间的热烈的掌声。

代表们兴奋地表示，这次大会通过了新的中华人民共和国的根本大法，规定了今后我国社会主义革命和社会主义建设的宏伟任务，选举和任命了新的国家领导工作人员，这一切充分反映了全国各族人民在无产阶级专政下继续革命到底的共同愿望，必将极大地激发全国人民的社会主义革命积极性，加速社会主义建设的步伐，在我国的历史上产生重大的影响。

大会号召全国各族人民在毛主席为首的党中央领导下，更加紧密地团结起来，坚持党的基本路线，认真执行和勇敢捍卫新的宪法，努力实现大会提出的各项战斗任务，进一步发展大好形势，巩固和加强无产阶级专政，争取社会主义革命和社会主义建设的新胜利。

大会指出，全国人民要继续普及、深入、持久地开展批林批孔运动，刻苦攻读马列著作和毛主席著作，建立一支宏大的马克思主义理论队伍，用马克思主义占领整个上层建筑领域。要在党的一元化领导下，加强各级革命委员会的建设。要贯彻执行抓革命、促生产、促工作、促战备的方针，独立自主，自力更生，艰苦奋斗，勤俭建国，争取提前完成国民经济计划，为把我国建设成为社会主义的现代化强国而努力。

大会指出，当前天下大乱的国际形势，继续朝着有利于人民的方向发展。世界各种基本矛盾正在进一步激化，美苏两个超级大国争夺世界霸权越来越激烈，革命和战争的因素都在增长。各国人民对于世界大战必须有所准备。大会强调要继续执行毛主席的革命外交路线，坚持无产阶级国际主义，加强同社会主义国家，同世界被压迫人民、被压迫民族的团结，联合一切可以联合的力量，坚决支持第三世界争取和维护民族独立，捍卫国家主权，发展民族经济的斗争，支持第二世界国家和人民反对超级大国控制、威胁和欺负的斗争。大会号召全国人民和中国人民解放军指战员，坚决执行毛主席的深挖洞、广积粮、不称霸的方针，加强战备，随时准备歼灭一切敢于入侵之敌。我们一定要解放台湾！

全国各族人民团结起来，沿着马克思主义、列宁主义、毛泽东思想指引的道路胜利前进！

（新华社北京一九七五年一月十八日消息）

图为1975年1月19日出版的《汉中日报》号外“中华人民共和国第四届全国人民代表大会第一次会议新闻公报”。

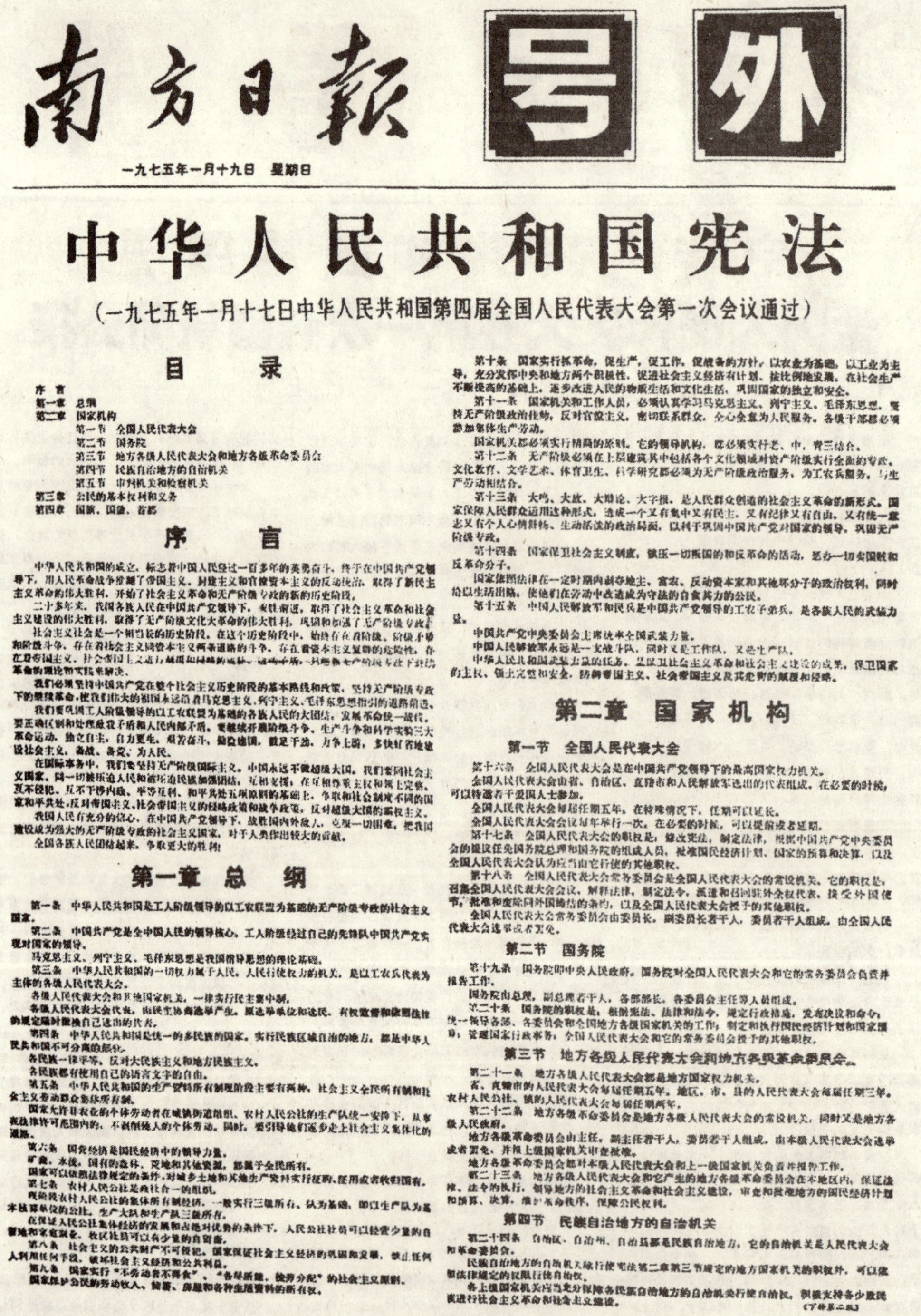
南方日報　号外

一九七五年一月十九日　星期日

中华人民共和国宪法

（一九七五年一月十七日中华人民共和国第四届全国人民代表大会第一次会议通过）

目录

序言

第一章　总纲

第二章　国家机构

第一节　全国人民代表大会

第二节　国务院

第三节　地方各级人民代表大会和地方各级革命委员会

第四节　民族自治地方的自治机关

1975年1月17日，在中华人民共和国第四届全国人民代表大会第一次会议上，通过了经修改的《中华人民共和国宪法》。图为1975年1月19日出版的《南方日报》号外“中华人民共和国宪法”。

廣州日報 号外

GUANGZHOU RIBAO

1975年1月19日 星期日

中华人民共和国宪法

（一九七五年一月十七日中华人民共和国第四届全国人民代表大会第一次会议通过）

目 录

序言

第一章 总纲

第二章 国家机构

第一节 全国人民代表大会

第二节 国务院

第三节 地方各级人民代表大会和地方各级革命委员会

第四节 民族自治地方的自治机关

第五节 审判机关和检察机关

（下转第二版）

图为1975年1月19日出版的《广州日报》号外“中华人民共和国宪法”。

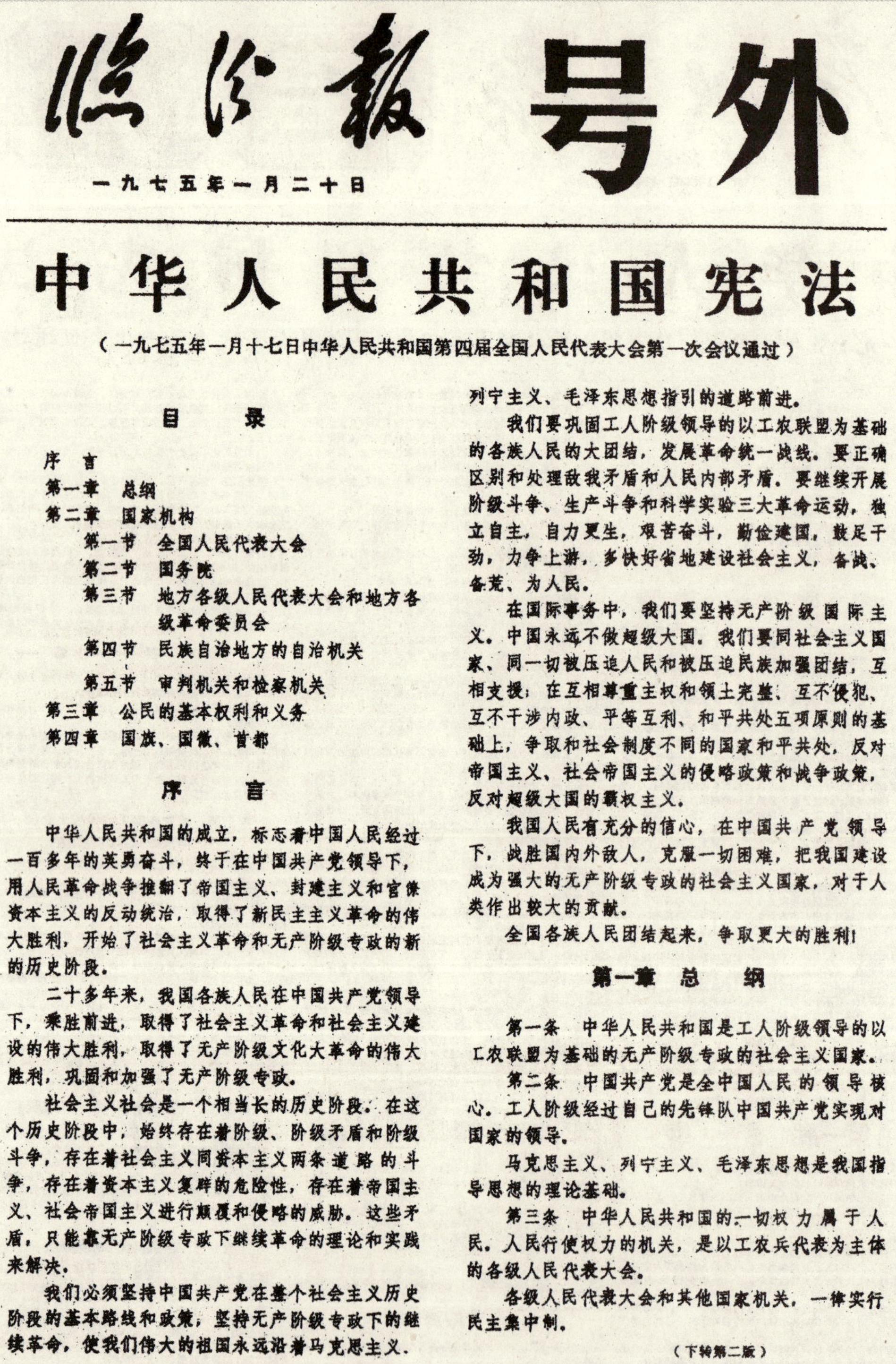

临汾報　号外

一九七五年一月二十日

中华人民共和国宪法

（一九七五年一月十七日中华人民共和国第四届全国人民代表大会第一次会议通过）

目　　录

序　　言

中华人民共和国的成立，标志着中国人民经过一百多年的英勇奋斗，终于在中国共产党领导下，用人民革命战争推翻了帝国主义、封建主义和官僚资本主义的反动统治，取得了新民主主义革命的伟大胜利，开始了社会主义革命和无产阶级专政的新的历史阶段。

二十多年来，我国各族人民在中国共产党领导下，乘胜前进，取得了社会主义革命和社会主义建设的伟大胜利，取得了无产阶级文化大革命的伟大胜利，巩固和加强了无产阶级专政。

社会主义社会是一个相当长的历史阶段。在这个历史阶段中，始终存在着阶级、阶级矛盾和阶级斗争，存在着社会主义同资本主义两条道路的斗争，存在着资本主义复辟的危险性，存在着帝国主义、社会帝国主义进行颠覆和侵略的威胁。这些矛盾，只能靠无产阶级专政下继续革命的理论和实践来解决。

我们必须坚持中国共产党在整个社会主义历史阶段的基本路线和政策，坚持无产阶级专政下的继续革命，使我们伟大的祖国永远沿着马克思主义、列宁主义、毛泽东思想指引的道路前进。

我们要巩固工人阶级领导的以工农联盟为基础的各族人民的大团结，发展革命统一战线。要正确区别和处理敌我矛盾和人民内部矛盾。要继续开展阶级斗争、生产斗争和科学实验三大革命运动，独立自主，自力更生，艰苦奋斗，勤俭建国，鼓足干劲，力争上游，多快好省地建设社会主义，备战、备荒、为人民。

在国际事务中，我们要坚持无产阶级国际主义。中国永远不做超级大国。我们要同社会主义国家、同一切被压迫人民和被压迫民族加强团结，互相支援；在互相尊重主权和领土完整、互不侵犯、互不干涉内政、平等互利、和平共处五项原则的基础上，争取和社会制度不同的国家和平共处，反对帝国主义、社会帝国主义的侵略政策和战争政策，反对超级大国的霸权主义。

我国人民有充分的信心，在中国共产党领导下，战胜国内外敌人，克服一切困难，把我国建设成为强大的无产阶级专政的社会主义国家，对于人类作出较大的贡献。

全国各族人民团结起来，争取更大的胜利！

第一章　总　　纲

第一条　中华人民共和国是工人阶级领导的以工农联盟为基础的无产阶级专政的社会主义国家。

第二条　中国共产党是全中国人民的领导核心。工人阶级经过自己的先锋队中国共产党实现对国家的领导。

马克思主义、列宁主义、毛泽东思想是我国指导思想的理论基础。

第三条　中华人民共和国的一切权力属于人民。人民行使权力的机关，是以工农兵代表为主体的各级人民代表大会。

各级人民代表大会和其他国家机关，一律实行民主集中制。

（下转第二版）

图为1975年1月20日出版的《临汾报》号外“中华人民共和国宪法”。

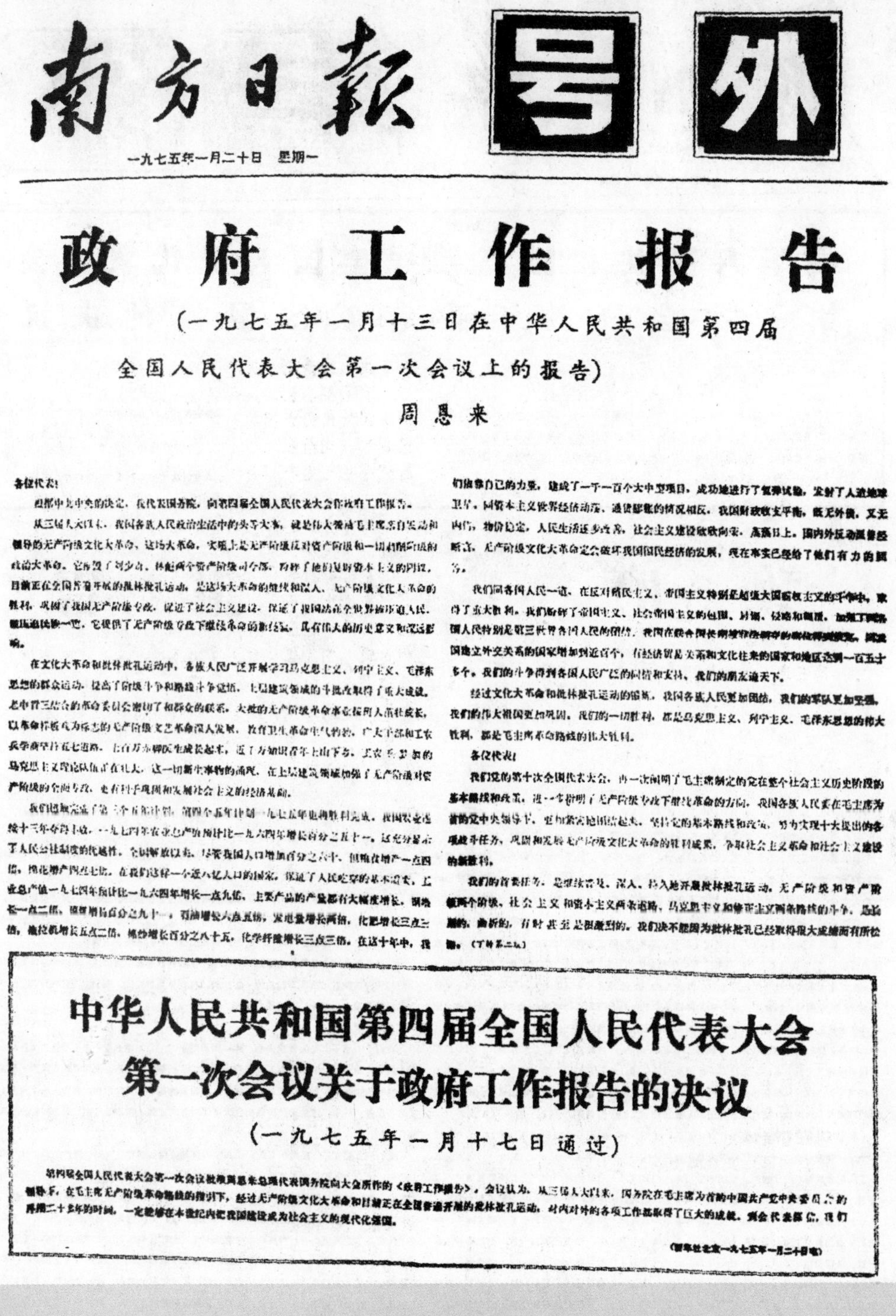

南方日報 号外

一九七五年一月二十日 星期一

政府工作报告

（一九七五年一月十三日在中华人民共和国第四届全国人民代表大会第一次会议上的报告）

周恩来

各位代表！

我根据中共中央的决定，代表国务院，向第四届全国人民代表大会作政府工作报告。

从三届人大以来，我国各族人民政治生活中的头等大事，就是伟大领袖毛主席亲自发动和领导的无产阶级文化大革命。这场大革命，实质上是无产阶级反对资产阶级和一切剥削阶级的政治大革命。它摧毁了刘少奇、林彪两个资产阶级司令部，粉碎了他们复辟资本主义的阴谋。目前正在全国普遍开展的批林批孔运动，是这场大革命的继续和深入。无产阶级文化大革命的胜利，巩固了我国无产阶级专政，促进了社会主义建设，保证了我国站在全世界被压迫人民、被压迫民族一边。它提供了无产阶级专政下继续革命的新经验，具有伟大的历史意义和深远影响。

在文化大革命和批林批孔运动中，各族人民广泛开展学习马克思主义、列宁主义、毛泽东思想的群众运动，提高了阶级斗争和路线斗争觉悟，上层建筑领域的斗批改取得了重大成就。老中青三结合的革命委员会密切了和群众的联系。大批的无产阶级革命事业接班人茁壮成长。以革命样板戏为标志的无产阶级文艺革命深入发展。教育卫生革命生气勃勃。广大干部和工农兵学商坚持五七道路。上百万赤脚医生成长起来，近千万知识青年上山下乡。工农兵参加的马克思主义理论队伍正在壮大。这一切新生事物的涌现，在上层建筑领域加强了无产阶级对资产阶级的全面专政，更有利于巩固和发展社会主义的经济基础。

我们已经完成了第三个五年计划，第四个五年计划一九七五年也将胜利完成。我国农业连续十三年夺得丰收，一九七四年农业总产值预计比一九六四年增长百分之五十一。这充分显示了人民公社制度的优越性。全国解放以来，尽管我国人口增加百分之六十，但粮食增产一点四倍，棉花增产四点七倍。在我们这样一个近八亿人口的国家，保证了人民吃穿的基本需要。工业总产值一九七四年预计比一九六四年增长一点九倍，主要产品的产量都有大幅度增长。钢增长一点二倍，原煤增长百分之九十一，石油增长六点五倍，发电量增长两倍，化肥增长三点三倍，拖拉机增长五点二倍，棉纱增长百分之八十五，化学纤维增长三点三倍。在这十年中，我们依靠自己的力量，建成了一千一百个大中型项目，成功地进行了氢弹试验，发射了人造地球卫星。同资本主义世界经济动荡、通货膨胀的情况相反，我国财政收支平衡，既无外债，又无内债，物价稳定，人民生活逐步改善，社会主义建设欣欣向荣，蒸蒸日上。国内外反动派曾经断言，无产阶级文化大革命定会破坏我国国民经济的发展，现在事实已经给了他们有力的回答。

我们同各国人民一道，在反对殖民主义、帝国主义特别是超级大国霸权主义的斗争中，取得了重大胜利。我们粉碎了帝国主义、社会帝国主义的包围、封锁、侵略和颠覆，加强了同各国人民特别是第三世界各国人民的团结。我国在联合国长期被剥夺的合法权利得到恢复。同我国建立外交关系的国家增加到近百个，有经济贸易关系和文化往来的国家和地区达到一百五十多个。我们的斗争得到各国人民广泛的同情和支持，我们的朋友遍天下。

经过文化大革命和批林批孔运动的锻炼，我国各族人民更加团结，我们的军队更加坚强，我们的伟大祖国更加巩固。我们的一切胜利，都是马克思主义、列宁主义、毛泽东思想的伟大胜利，都是毛主席革命路线的伟大胜利。

各位代表！

我们党的第十次全国代表大会，再一次阐明了毛主席制定的党在整个社会主义历史阶段的基本路线和政策，进一步指明了无产阶级专政下继续革命的方向。我国各族人民要在毛主席为首的党中央领导下，更加紧密地团结起来，坚持党的基本路线和政策，努力实现十大提出的各项战斗任务，巩固和发展无产阶级文化大革命的胜利成果，争取社会主义革命和社会主义建设的新胜利。

我们的首要任务，是继续普及、深入、持久地开展批林批孔运动。无产阶级和资产阶级两个阶级、社会主义和资本主义两条道路、马克思主义和修正主义两条路线的斗争，是长期的、曲折的，有时甚至是很激烈的。我们决不能因为批林批孔已经取得很大成绩而有所松懈。（下转第二版）

中华人民共和国第四届全国人民代表大会第一次会议关于政府工作报告的决议

（一九七五年一月十七日通过）

第四届全国人民代表大会第一次会议批准周恩来总理代表国务院向大会所作的《政府工作报告》。会议认为，从三届人大以来，国务院在毛主席为首的中国共产党中央委员会的领导下，在毛主席无产阶级革命路线的指引下，经过无产阶级文化大革命和目前正在全国普遍开展的批林批孔运动，对内对外的各项工作都取得了巨大的成就。到会代表深信，我们再用二十多年的时间，一定能够在本世纪内把我国建设成为社会主义的现代化强国。

（新华社北京一九七五年一月二十日电）

1975年1月13日，在中华人民共和国第四届全国人民代表大会第一次会议上，周恩来总理作了政府工作报告。图为1975年1月20日出版的《南方日报》号外“周恩来：政府工作报告”。

廣州日報

GUANGZHOU RIBAO

1975年1月20日 星期一

号外

中华人民共和国第四届全国人民代表大会第一次会议关于政府工作报告的决议

（一九七五年一月十七日通过）

第四届全国人民代表大会第一次会议批准周恩来总理代表国务院向大会所作的《政府工作报告》。会议认为，从三届人大以来，国务院在毛主席为首的中国共产党中央委员会的领导下，在毛主席无产阶级革命路线的指引下，经过无产阶级文化大革命和目前正在全国普遍开展的批林批孔运动，对内对外的各项工作都取得了巨大的成就。到会代表深信，我们再用二十多年的时间，一定能够在本世纪内把我国建设成为社会主义的现代化强国。

（新华社北京一九七五年一月二十日电）

政府工作报告

（一九七五年一月十三日在中华人民共和国第四届全国人民代表大会第一次会议上的报告）

周恩来

各位代表！

根据中共中央的决定，我代表国务院，向第四届全国人民代表大会作政府工作报告。

从三届人大以来，我国各族人民政治生活中的头等大事，就是伟大领袖毛主席亲自发动和领导的无产阶级文化大革命。这场大革命，实质上是无产阶级反对资产阶级和一切剥削阶级的政治大革命。它摧毁了刘少奇、林彪两个资产阶级司令部，粉碎了他们复辟资本主义的阴谋。目前正在全国普遍开展的批林批孔运动，是这场大革命的继续和深入。无产阶级文化大革命的胜利，巩固了我国无产阶级专政，促进了社会主义建设，保证了我国站在全世界被压迫人民、被压迫民族一边。它提供了无产阶级专政下继续革命的新经验，具有伟大的历史意义和深远影响。

在文化大革命和批林批孔运动中，各族人民广泛开展学习马克思主义、列宁主义、毛泽东思想的群众运动，提高了阶级斗争和路线斗争觉悟，上层建筑领域的斗批改取得了重大成就。老中青三结合的革命委员会密切了和群众的联系，大批的无产阶级革命事业接班人茁壮成长，以革命样板戏为标志的无产阶级文艺革命深入发展，教育卫生革命生气勃勃，广大干部和工农兵学商坚持五七道路，上百万赤脚医生成长起来，近千万知识青年上山下乡，工农兵参加的马克思主义理论队伍正在壮大。这一切新生事物的涌现，在上层建筑领域加强了无产阶级对资产阶级的全面专政，更有利于巩固和发展社会主义的经济基础。

我们超额完成了第三个五年计划，第四个五年计划一九七五年也将胜利完成。我国农业连续十三年夺得丰收，一九七四年农业总产值预计比一九六四年增长百分之五十一。这充分显示了人民公社制度的优越性。全国解放以来，尽管我国人口增加百分之六十，但粮食增产一点四倍，棉花增产四点七倍。在我们这样一个近八亿人口的国家，保证了人民吃穿的基本需要。工业总产值一九七四年预计比一九六四年增长一点九倍，主要产品的产量都有大幅度增长，钢增长一点二倍，原煤增长百分之九十一，石油增长六点五倍，发电量增长两倍，化肥增长三点三倍，拖拉机增长五点二倍，棉纱增长百分之八十五，化学纤维增长三点三倍。在这十年中，我们依靠自己的力量，建成了一千一百个大中型项目，成功地进行了氢弹试验，发射了人造地球卫星。同资本主义世界经济动荡、通货膨胀的情况相反，我国财政收支平衡，既无外债，又无内债，物价稳定，人民生活逐步改善，社会主义建设欣欣向荣，蒸蒸日上。国内外反动派曾断言，无产阶级文化大革命定会破坏我国国民经济的发展，现在事实已经给了他们有力的回击。

我们同各国人民一道，在反对殖民主义、帝国主义特别是超级大国霸权主义的斗争中，取得了重大胜利。我们粉碎了帝国主义、社会帝国主义的包围、封锁、侵略和颠覆，加强了同各国人民特别是第三世界各国人民的团结。我国在联合国长期被非法剥夺的席位得到恢复。同我国建立外交关系的国家增加到近百个，有经济贸易关系和文化往来的国家和地区达到一百五十多个。我们的斗争得到各国人民广泛的同情和支持。我们的朋友遍天下。

经过文化大革命和批林批孔运动的锻炼，我国各族人民更加团结，我们的军队更加坚强，我们的伟大祖国更加巩固。我们的一切胜利，都是马克思主义、列宁主义、毛泽东思想的伟大胜利，都是毛主席革命路线的伟大胜利。

各位代表！

我们党的第十次全国代表大会，再一次阐明了毛主席制定的党在整个社会主义历史阶段的基本路线和政策，进一步指明了无产阶级专政下继续革命的方向。我国各族人民要在毛主席为首的党中央领导下，更加紧密地团结起来，坚持党的基本路线和政策，努力实现十大提出的各项战斗任务，巩固和发展无产阶级文化大革命的胜利成果，争取社会主义革命和社会主义建设的新胜利。

我们的首要任务，是继续普及、深入、持久地开展批林批孔运动。无产阶级和资产阶级两个阶级、社会主义和资本主义两条道路、马克思主义和修正主义两条路线的斗争，是长期的、曲折的，有时甚至是很激烈的。我们决不能因为批林批孔已经取得很大成绩而有所松懈。我们要继续深入批判林彪的修正主义路线，批判孔孟之道，遵循古为今用的原则，总结儒法斗争和整个阶级斗争的历史经验，并在斗争中建设一支宏大的马克思主义理论队伍，用马克思主义占领整个上层建筑领域。实现这个任务的关键，就是要认真攻读马列著作和毛主席著作，使广大干部和群众用马克思主义的基本理论武装起来。要通过批林批孔，进一步推动文艺革命、教育革命、卫生革命，推动各条战线的斗批改，支持一切新生事物，更好地坚持社会主义方向。

（下转第二版）

图为1975年1月20日出版的《广州日报》号外“周恩来：政府工作报告”。

南方日報 号外

一九七六年十月二十五日 星期一

首都百万军民隆重集会庆祝伟大胜利

坚决拥护中共中央关于华国锋同志任中共中央主席、中央军委主席的决议，热烈欢呼华国锋同志为我党领袖

坚决拥护党中央采取果断措施粉碎王张江姚反党集团篡党夺权的阴谋，愤怒声讨“四人帮”的滔天罪行

中共中央主席、国务院总理、中共中央军委主席华国锋同志出席了大会

华国锋主席以及党和国家其他领导人在《大海航行靠舵手》乐曲声中登上天安门城楼，全场一片欢腾，欢呼声、口号声、锣鼓声响彻云霄，最生动地表达了全党、全军、全国人民对自己的领袖华国锋主席和党中央的衷心拥护和完全信赖，对伟大的社会主义事业和光辉灿烂的共产主义前途充满信心　华国锋主席身着绿军装，高兴地频频向百万群众亲切招手致意

出席大会的党和国家其他领导人是：叶剑英、李先念、陈锡联、纪登奎、汪东兴、吴德、许世友、韦国清、李德生、陈永贵、吴桂贤、苏振华、倪志福、赛福鼎、郭沫若、徐向前、聂荣臻、陈云、谭震林、李井泉、张鼎丞、蔡畅、乌兰夫、阿沛·阿旺晋美、周建人、许德珩、胡厥文、李素文、姚连蔚、王震、余秋里、谷牧、孙健

大会由倪志福同志主持　吴德同志作了重要讲话　首都工农兵和红卫兵代表讲了话

中共中央政治局委员、中共北京市委第一书记、北京市革命委员会主任

吴德同志在首都庆祝大会上的讲话

1976年10月6日，祸国殃民的“四人帮”反革命集团被粉碎。从此，结束了历时10年的“文化大革命”。首都和全国各地军民，纷纷举行声势浩大的庆祝游行，愤怒声讨“四人帮”的滔天罪行。图为1976年10月25日出版的《南方日报》号外。

吉林日報 号外

一九七六年十月二十五日

热烈欢呼华国锋同志为我党领袖　愤怒声讨"四人帮"反党集团滔天罪行

首都百万军民隆重集会庆祝伟大胜利

坚决拥护中共中央关于华国锋同志任中共中央主席、中共中央军委主席的决议

中共中央主席、国务院总理、中共中央军委主席华国锋出席了庆祝大会

吴德同志在大会上作了重要讲话　首都工农兵、红卫兵代表讲了话

1976年10月25日，《吉林日报》出版号外"首都百万军民隆重集会庆祝伟大胜利"。

第七编

改革开放新时期号外报

（1976年11月——2004年12月）

号外

《井陉矿工报》

一九七七年四月二日

毛主席语录

鼓足干劲，力争上游，多快好省地建设社会主义。

矿矿创水平　矿矿攀高峰

我局日产原煤13264吨 实现翻番

其中，一矿日产四千七百八十四吨，完成国家计划的百分之二百二十三；二矿日产一千八百一十吨，完成国家计划的百分之一百五十二；三矿日产六千六百七十吨，完成国家计划的百分之二百零三。实现了矿矿创水平，矿矿攀高峰，全局满堂红。

在英明领袖华主席抓纲治国战略决策指引下，在喜迎《毛泽东选集》第五卷出版发行的日子里，我局夺煤战场传来了振奋人心的胜利捷报：四月一日，全局以日产原煤一万三千二百六十四吨，完成国家计划的百分之二百的辉煌战果，创出了今年以来日产原煤的最高纪录。其中，一矿日产四千七百八十四吨，完成国家计划的百分之二百二十三；二矿日产一千八百一十吨，完成国家计划的百分之一百五十二；三矿日产六千六百七十吨，完成国家计划的百分之二百零三。实现了矿矿创水平，矿矿攀高峰，全局满堂红。这一成绩的取得，是全局职工群众认真贯彻英明领袖华主席抓纲治国战略决策的结果，是深揭猛批祸国殃民的"四人帮"，广泛深入地开展劳动竞赛，拼命大干社会主义的丰硕成果！

今年以来，我局各级党组织在上级党委的正确领导下，认真贯彻落实英明领袖华主席提出的抓纲治国的伟大战略决策，反复学习毛主席光辉著作《论十大关系》，学习华主席在第二次全国农业学大寨会议上的重要讲话和贯彻中央文件，紧密联系实际，口诛笔伐，深揭猛批"四人帮"篡党夺权，乱党、乱国、乱厂、乱人心的反革命罪行。通过学习和批判，使广大职工提高了觉悟，激发了对"四人帮"的极大的无产阶级义愤，工人们说，王张江姚反党集团，破坏革命，破坏生产，破坏国民经济建设，复辟资本主义，是我们煤矿工人的死敌。我们就是要坚持无产阶级政治挂帅，甩开膀子，拼命大干社会主义，有华主席撑腰，我们浑身是劲，一定要大干特干，把煤炭搞上去，为社会主义建设准备足够的"粮食"。

除掉"四害"人心快，扬眉吐气搞竞赛。我局各级党组织把广大职工、干部批判"四人帮"激发出来的革命精神，引导到抓革命，促生产上来。人心思治，人心思干，人心思上。以"七比七赛"为内容的社会主义竞赛热潮一浪高过一浪。全局上上下下，各行各业，各条战线总动员，齐参战。矿与矿、区队与区队，班组与班组，人与人开展对手赛，争红旗赛，你追我赶，争立战功，争做贡献。首季，全局实现了开门红。

四月一日的高产战役，矿矿有决心，区区有信心，人人有干劲。叫得响，打得硬，上得快，战果辉煌。这一仗，矿矿打得漂亮，打出了新水平，攀登了新高峰，打出了工人阶级的志气，打出了工人阶级的威风！在四月一日不平凡的战斗中，我局各级领导转变作风，深入井下，发动群众，带头大干。一矿党委书记吴富文、副书记苏志祥，在井下连干十四个小时，上井后不回家，继续指挥战役。三矿四区党总支副书记周[illegible]，白天开了一天会，当晚下井夺高产。三矿机电科科长高士珍，带领工人连夜抢修大井提升机斗，为夺高产创造了条件。

领导带头干，群众劲更足。二矿夺煤英雄王振科，连续作战不上井，劝不动，撵不走，班班大干。二矿一区三队五一组为保证正常循环，副队长李风书带领工人大干，一班干了两个班的活。一矿[illegible]和来矿探亲的爱人一块下井夺煤炭，老工人高连玉带着下乡回家探亲的儿子下井共同战斗，带伤不下火线，抱病参加战斗的动人事迹层出不穷。

批"四害"，搞竞赛，大干快上做贡献。目前，我局战煤海，夺高产，创水平，攀高峰的热浪滚滚，广大职工以饱满的政治热情，旺盛的革命斗志，决心大干特干，拼命干，夺取新胜利，迎接全国工业学大庆会议的召开。

1977年4月1日，井陉矿务局日产原煤13264吨，实现翻番，矿矿创水平，矿矿攀高峰。这一成就的取得，是全局职工深揭猛批"四人帮"，广泛深入开展劳动竞赛，拼命大干社会主义的丰硕成果。图为4月2日出版的《井陉矿工报》号外。

吉林日報 号外

一九七七年七月二十二日

中国共产党第十届中央委员会第三次全体会议公报

（一九七七年七月二十一日通过）

中国共产党第十届中央委员会第三次全体会议于一九七七年七月十六日至二十一日在北京举行。

中国共产党中央委员会主席华国锋同志主持了这次具有重大历史意义的会议，并在会上作了重要讲话。

中国共产党中央委员会副主席叶剑英、邓小平同志出席了会议，也作了重要讲话。

中共中央政治局委员李先念、陈锡联、纪登奎、汪东兴、吴德、许世友、韦国清、李德生、陈永贵同志，政治局候补委员吴桂贤、苏振华、倪志福、赛福鼎同志出席了会议。政治局委员刘伯承同志因病请假。

中央委员会委员、候补委员出席了会议，一些地方和军队一些单位的主要负责同志列席了会议。

全会开幕时，华主席提议，全体同志起立，为悼念我们伟大的领袖和导师毛泽东主席，为悼念我们敬爱的周恩来总理、朱德委员长、康生副主席、董必武副委员长等老一辈的无产阶级革命家，为悼念十届二中全会以来逝世的中央委员会委员、候补委员和其他同志们，静默致哀。

全会一致通过《关于追认华国锋同志任中国共产党中央委员会主席、中国共产党中央军事委员会主席的决议》。全会完全拥护中央政治局根据伟大领袖和导师毛主席生前的安排，于一九七六年十月七日作出的关于华国锋同志任中国共产党中央委员会主席、中国共产党中央军事委员会主席的决议。全会一致认为，华国锋同志是毛主席的好学生、好接班人，是我们的好领袖、好统帅，中央政治局在我们党同王洪文、张春桥、江青、姚文元反党集团进行激烈斗争的非常时期，在中国革命的关键时刻作出的这个决议，是完全正确的，非常适时的，得到了全党全军全国各族人民的热烈拥护。这个决议，不仅对当时粉碎“四人帮”篡党夺权的阴谋、稳定全国的局势起了决定性的作用，而且对巩固我们党的领导，巩固我国的无产阶级专政，保证我国继续沿着毛主席的无产阶级革命路线胜利前进，具有伟大的深远的意义。

全会一致通过《关于恢复邓小平同志职务的决议》。全会经过认真的讨论，完全拥护华国锋主席在一九七七年三月中央工作会议上代表中央政治局提出的经过十届三中全会，正式作出决定，让邓小平同志出来工作的意见。一九七七年五月三日，中央转发的邓小平同志致华主席、叶副主席、党中央的两封信，受到全党同志的赞同。全会一致决定，恢复邓小平同志中共中央委员、中央政治局委员、常委、中共中央副主席，中共中央军委副主席，国务院副总理，中国人民解放军总参谋长的职务。

全会一致认为，粉碎“四人帮”九个多月来，华主席为首的党中央，高举毛主席的伟大旗帜，领导全党全军全国各族人民，深入开展揭批“四人帮”的政治大革命，取得了伟大的胜利。华主席、党中央提出的在两个阶级、两条路线的激烈斗争中，实现安定团结，巩固无产阶级专政，巩固和发展无产阶级文化大革命的胜利成果，达到天下大治的战略决策，大得党心、军心、民心。全党全军全国各族人民更加团结，无产阶级专政更加巩固，全国到处是热气腾腾的革命景象，国民经济正在出现新的跃进局面。实践证明，华主席为首的党中央的政治路线和组织路线，中央政治局为实现抓纲治国的战略决策所采取的一系列重大措施，是完全正确的。

全会一致通过《关于王洪文、张春桥、江青、姚文元反党集团的决议》。决议指出，以华国锋同志为首的中央政治局，继承毛主席的遗志，粉碎王张江姚反党集团和对他们采取的一系列恰当措施，是完全正确的。（下转第二版）

1977年7月16日至21日，中共十届三中全会在北京举行。会议一致决定，恢复邓小平同志中共中央政治局委员、常委、中共中央副主席、中共中央军委副主席、国务院副总理、中国人民解放军总参谋长的职务。图为7月22日《吉林日报》号外。

鄂尔多斯报 号外

1977年7月22日

中国共产党第十届中央委员会第三次全体会议公报

（一九七七年七月二十一日通过）

中国共产党第十届中央委员会第三次全体会议于一九七七年七月十六日至二十一日在北京举行。

中国共产党中央委员会主席华国锋同志主持了这次具有重大历史意义的会议，并在会上作了重要讲话。

中国共产党中央委员会副主席叶剑英、邓小平同志出席了会议，也作了重要讲话。

中共中央政治局委员李先念、陈锡联、纪登奎、汪东兴、吴德、许世友、韦国清、李德生、陈永贵同志，政治局候补委员吴桂贤、苏振华、倪志福、赛福鼎同志出席了会议。政治局委员刘伯承同志因病请假。

中央委员会委员、候补委员出席了会议。一些地方和部队一些单位的主要负责同志列席了会议。

全会开幕时，华主席提议，全体同志起立，为悼念我们伟大的领袖和导师毛泽东主席，为悼念我们敬爱的周恩来总理、朱德委员长，康生副主席，董必武副委员长等老一辈的无产阶级革命家，为悼念十届二中全会以来逝世的中央委员会委员、候补委员和其他同志们，静默致哀。

全会一致通过《关于追认华国锋同志为中国共产党中央委员会主席、中国共产党中央军事委员会主席的决议》。

全会完全拥护中央政治局根据伟大领袖和导师毛主席生前的安排，于一九七六年十月七日作出的关于华国锋同志任中国共产党中央委员会主席、中国共产党中央军事委员会主席的决议。全会一致认为，华国锋同志是毛主席的好学生、好接班人，是我们的好领袖、好统帅。中央政治局在我们党同王洪文、张春桥、江青、姚文元反党集团进行激烈斗争的非常时期，在中国革命的关键时刻作出的这个决议，是完全正确的，非常适时的，得到了全党全军全国各族人民的热烈拥护。这个决议，不仅对当时粉碎"四人帮"篡党夺权的阴谋、稳定全国的局势起了决定性的作用，而且对巩固我们党的领导，巩固我国的无产阶级专政，保证我国继续沿着毛主席的无产阶级革命路线胜利前进，具有伟大的深远的意义。

全会一致通过《关于恢复邓小平同志职务的决议》。全会经过认真的讨论，完全拥护华国锋主席在一九七七年三月中央工作会议上代表中央政治局提出的经过十届三中全会，正式作出决定，让邓小平同志出来工作的意见。一九七七年五月三日，中央转发的邓小平同志致华主席、叶副主席、党中央的两封信，受到全党同志的赞同。全会一致决定，恢复邓小平同志中共中央委员、中央政治局委员、常委、中共中央副主席、中共中央军委副主席、国务院副总理、中国人民解放军总参谋长的职务。

全会一致认为，粉碎"四人帮"九个多月来，华主席为首的党中央，高举毛主席的伟大旗帜，领导全党全军全国各族人民，深入开展揭批"四人帮"的政治大革命，取得了伟大的胜利。华主席、党中央提出的在两个阶级、两条路线的激烈斗争中，实现安定团结，巩固无产阶级专政，巩固和发展无产阶级文化大革命的胜利成果，达到天下大治的战略决策，大得党心、军心、民心，全党全军全国各族人民更加团结，无产阶级专政更加巩固。全国到处出现生气勃勃的革命景象，国民经济正在出现新的跃进局面。实践证明，华主席为首的党中央的政治路线和组织路线，中央政治局为实现抓纲治国的战略决策而采取的一系列重大措施，是完全正确的。

全会一致通过《关于王洪文、张春桥、江青、姚文元反党集团的决议》。决议指出，以华国锋同志为首的中央政治局，继承毛主席的遗志，粉碎王张江姚反党集团和对他们采取的一系列果断措施，是完全正确的，全会一致表示同意。全会认为，以华主席为首的党中央，率领我们党一举粉碎了"四人帮"，消除了党内一大祸害，使我国避免了一次大分裂、大倒退，挽救了革命，挽救了党。这是无产阶级文化大革命的伟大胜利，是毛泽东思想的伟大胜利，是毛主席无产阶级革命路线的伟大胜利。

（下转第二版）

图为1977年7月22日出版的《鄂尔多斯报》号外"中国共产党第十届中央委员会第三次全体会议公报（一九七七年七月二十一日通过）"。

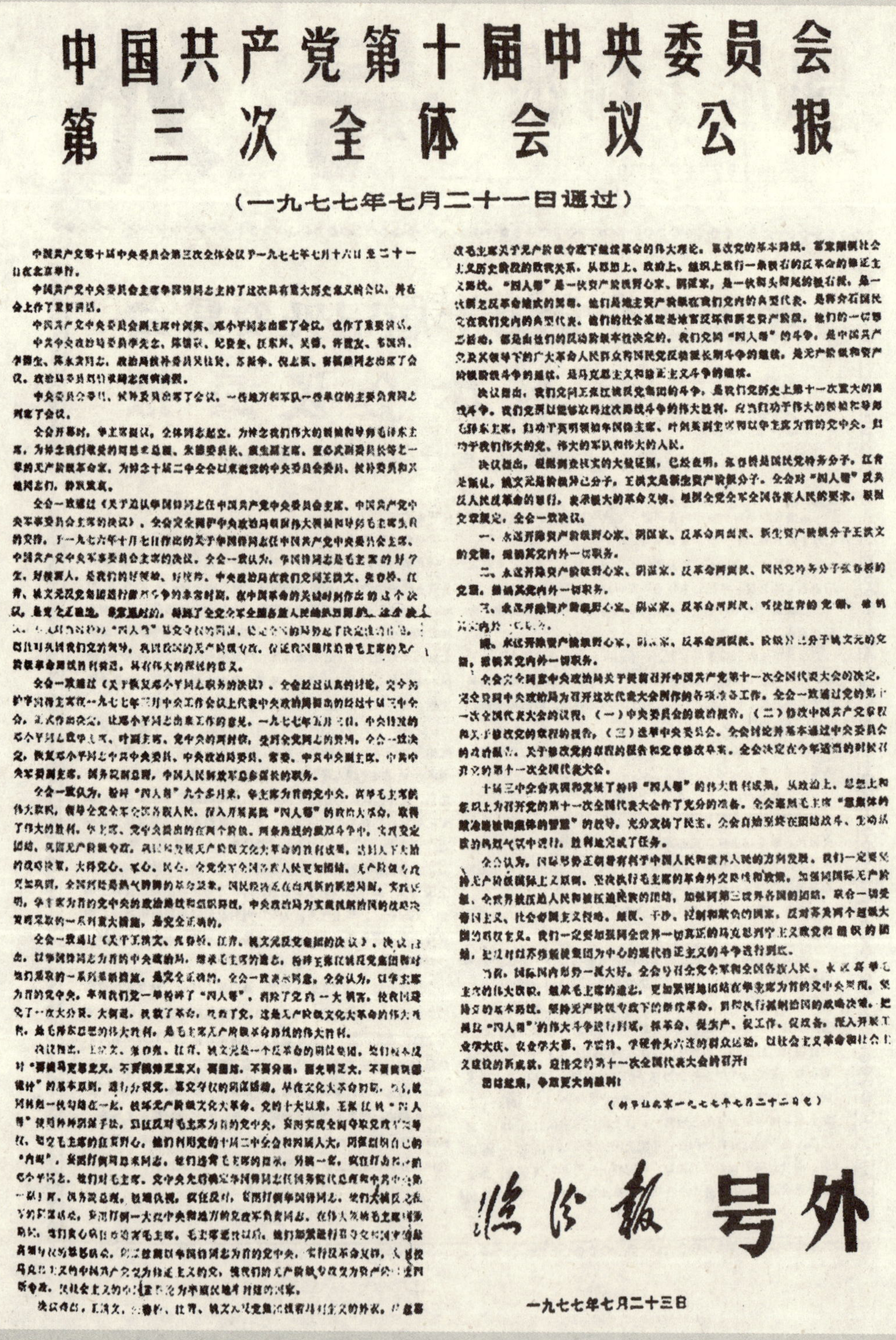

中国共产党第十届中央委员会第三次全体会议公报

（一九七七年七月二十一日通过）

临汾报 号外

一九七七年七月二十三日

图为1977年7月23日出版的《临汾报》号外“中国共产党第十届中央委员会第三次全体会议公报”。

甘肃日報 号外

一九七七年八月二十日 星期六

中国共产党
第十一次全国代表大会新闻公报

（一九七七年八月十八日）

中国共产党第十一次全国代表大会，于1977年8月12日至18日在北京隆重举行。这次大会是在毛泽东同志逝世以后，在我们党取得粉碎“四人帮”反革命集团的伟大胜利的情况下召开的。图为8月20日出版的《甘肃日报》号外 。

吉林日報 号外

一九七七年八月二十日

中国共产党
第十一次全国代表大会新闻公报

（一九七七年八月十八日）

中国共产党第十一次全国代表大会，于一九七七年八月十二日至十八日在北京隆重举行。英明领袖华国锋主席主持了大会。

这次大会是在我们的伟大领袖和导师毛泽东主席逝世以后，在我们党取得粉碎王洪文、张春桥、江青、姚文元"四人帮"反党集团的伟大胜利的情况下召开的。这次大会是高举毛主席的伟大旗帜、坚持毛主席无产阶级革命路线的大会，是坚持马克思主义、坚持团结、坚持光明正大的大会。这是一次团结的大会，胜利的大会。

代表大会于八月十一日举行预备会议。会议选举二百二十三名代表组成这次大会的主席团。华国锋同志当选为主席团主席，叶剑英、邓小平、李先念、汪东兴同志当选为主席团副主席，汪东兴同志兼主席团秘书长。预备会议一致通过了十届三中全会提出的这次大会的三项议程：（一）中央委员会的政治报告；（二）修改中国共产党章程和关于修改党的章程的报告；（三）选举中央委员会。会议一致通过了汪东兴同志作的中共中央政治局关于中国共产党第十一次全国代表大会代表资格的审查报告。报告指出，经过审查，所有代表资格有效。

出席这次大会的代表共一千五百一十名，代表着全党三千五百多万党员。他们是各地区、各单位党组织严格按照党的民主集中制原则，认真贯彻群众路线，经过反复酝酿协商和广泛征求党内外群众的意见后，正式选举产生的。代表中包括从建党时期到无产阶级文化大革命的经过考验的老中青优秀党员。多数代表是各条战线的劳动模范、先进工作者、战斗英雄、工业学大庆和农业学大寨的先进标兵。……

《吉林日报》是中共吉林省委机关报。图为1977年8月20日出版的《吉林日报》号外"中国共产党第十一次全国代表大会新闻公报"。

山西日报 号外

一九七七年八月二十日

中国共产党第十一次全国代表大会新闻公报

（一九七七年八月十八日）

《山西日报》是中共山西省委机关报。图为1977年8月20日出版的《山西日报》号外“中国共产党第十一次全国代表大会新闻公报”。

哲里木报 号外

中国共产党

第十一次全国代表大会新闻公报

（一九七七年八月十八日）

中国共产党第十一次全国代表大会，于一九七七年八月十二日至十八日在北京隆重举行。英明领袖华国锋主席主持了大会。

这次大会是在我们的伟大领袖和导师毛泽东主席逝世以后，在我们党粉碎了王洪文、张春桥、江青、姚文元“四人帮”反党集团的伟大胜利的情况下召开的。这次大会是高举毛主席的伟大旗帜、坚持毛主席无产阶级革命路线的大会，是坚持马克思主义、坚持团结、坚持光明正大的大会，这是一次团结的大会，胜利的大会。

代表大会于八月十一日举行预备会议。会议选举二百二十三名代表组成这次大会的主席团。华国锋同志当选为主席团主席，叶剑英、邓小平、李先念、汪东兴同志当选为主席团副主席，汪东兴同志兼主席团秘书长。预备会议一致通过了十届三中全会提出的这次大会的三项议程：（一）中央委员会的政治报告；（二）修改中国共产党章程和关于修改党的章程的报告；（三）选举中央委员会。会议一致通过了汪东兴同志作的中共中央政治局关于中国共产党第十一次全国代表大会代表资格的审查报告。报告指出，经过审查，所有代表资格有效。

出席这次大会的代表共一千五百一十名，代表着全党三千五百多万党员。他们是各地区、各单位党组织严格按照党的民主集中制原则，认真贯彻群众路线，经过反复酝酿协商和广泛征求党内外群众的意见后，正式选举产生的。代表中包括从建党时期到无产阶级文化大革命的经过考验的老中青优秀党员，多数代表是各条战线的劳动模范、先进工作者、战斗英雄、工业学大庆和农业学大寨的先进标兵。代表中工农兵和其他劳动人民占百分之七十二点四，革命知识分子占百分之六点七，革命干部占百分之二十点九。代表中女党员占百分之十九，少数民族党员占百分之九点三，中青年党员占百分之七十三点八。台湾籍的党员也选出代表参加了大会。

八月十二日下午三时三十分，大会在人民大会堂隆重开幕。当英明领袖华主席和叶剑英、邓小平、李先念、汪东兴副主席走上主席台时，全场起立，掌声雷动，经久不息。

华国锋主席宣布大会开幕，乐队高奏《东方红》。

华主席代表中国共产党中央委员会向大会作了政治报告。华主席首先提议，全体同志起立，为悼念我们党、我们军队和我们人民共和国的缔造者，我国无产阶级和各族人民的伟大领袖和导师毛泽东主席，为悼念去年逝世的我国人民伟大的无产阶级革命家，毛主席的久经考验的亲密战友，我们敬爱的周恩来总理、朱德委员长，为悼念十大以来和以前几年间逝世的为我国人民革命事业建立了卓越功勋的无产阶级革命家康生同志、董必武同志、李富春同志、陈毅同志、贺龙同志，为悼念在这期间逝世的所有对党对革命作出重要贡献的中央委员和其他同志们，静默致哀。

华主席在报告中指出，这次代表大会担负着重大的历史责任，这就是要高举毛主席的伟大旗帜，继承毛主席的遗志，总结同王张江姚“四人帮”的斗争，坚持党的基本路线，坚持无产阶级专政下的继续革命，调动党内外、国内外一切积极因素，团结一切可以团结的力量，为实现抓纲治国的战略决策，为在本世纪内把我国建设成为伟大的社会主义的现代化强国而奋斗。

华主席指出，五十多年中国革命的一切胜利，都是在毛主席的领导下，在毛主席革命路线的指引下取得的。毛主席的旗帜，是中国人民革命的胜利旗帜。毛主席继承、捍卫和发展了马克思列宁主义，是当代最伟大的马克思主义者。毛泽东思想是马克思列宁主义理论宝库的最新财富，是毛主席贡献给我们时代的最宝贵的遗产。毛泽东思想的旗帜，也是世界人民革命的胜利旗帜。毛主席在革命理论和革命实践上，为中国人民、为全世界无产阶级和革命人民立下的丰功伟绩，是永垂不朽的。我们一定要高高举起和坚决捍卫毛主席的伟大旗帜，一定要把毛主席的伟大旗帜当作传家宝，世世代代传下去。这是我们全党全军全国各族人民的神圣职责，是我们团结战斗、继续革命的政治基础，是把我国社会主义事业和国际无产阶级革命事业推向前进的胜利保证。

华主席在总结我们党的第十一次路线斗争时指出，我们的毛主席英明伟大，对“四人帮”的反党活动，早有觉察，多次对他们提出严肃的批评和严厉的警告，亲自领导我们党对他们进行了反复的斗争。毛主席的一系列重要指示和英明决策，为后来我们解决“四人帮”问题奠定了基础。党的第十一次路线斗争的伟大胜利，应当归功于伟大领袖毛主席，归功于伟大的毛泽东思想和毛主席的革命路线，归功于我们伟大的党、伟大的军队和伟大的人民。

华主席在报告中准确地阐明了毛主席关于无产阶级专政下继续革命的伟大理论。华主席指出，毛主席继承、捍卫和发展了马克思、列宁的思想，完整地创立了无产阶级专政下继续革命的伟大理论。这个伟大理论，指明了无产阶级革命胜利的国家，如何巩固无产阶级专政，防止资本主义复辟，建设社会主义的根本道路。这是毛主席对无产阶级革命和无产阶级专政理论的最大贡献，在马克思主义发展史上有着特别重要的地位。

华主席指出，我们党的第十一次路线斗争，从思想理论上来说，就是围绕着坚持还是篡改无产阶级专政下继续革命的理论来展开的。这是这次路线斗争的一个重要特点。“四人帮”全面篡改毛主席的伟大理论，篡改党在整个社会主义历史阶段的基本路线，篡改毛主席关于党内走资派问题的完整论述。他们抛出“老干部是‘民主派’，‘民主派’就是‘走资派’”的反革命政治纲领，还胡说在我们党内军内有“一个资产阶级”，根本颠倒了社会主义历史阶段的敌我关系，妄图打倒一大批党政军革命领导干部，搞乱我们党，搞垮我们的军队，推翻无产阶级专政，复辟资本主义。华主席以毛泽东思想为武器，深刻地批判了“四人帮”的反革命政治纲领。华主席指出，只要党和国家的最高权力掌握在坚持马克思列宁主义路线的领导核心手中，走资派在党内就只是一小撮，并且不断被揭露和清除，不可能形成一个资产阶级。我们党的绝大多数老干部是无产阶级革命派，绝不是资产阶级民主派。毛主席提出的“三要三不要”的基本原则，指明了识别党内走资派的根本标准。坚持这个标准，我们就能引导广大干部和群众准确地识别和彻底孤立、集中打击象刘少奇、林彪、“四人帮”那样的死不改悔的走资派。

华主席指出，粉碎“四人帮”反党集团，是无产阶级文化大革命的又一个伟大胜利。华主席重申无产阶级文化大革命的伟大胜利成果和历史意义，指出，我国这次无产阶级文化大革命，必将作为无产阶级专政历史上的伟大创举而载入史册。华主席说，现在，“四人帮”打倒了，我们可以根据毛主席的指示，实现安定团结，达到天下大治了。这样，历时十一年的我国第一次无产阶级文化大革命，就以粉碎“四人帮”为标志，宣告胜利结束了。但这决不是阶级斗争的结束，决不是无产阶级专政下继续革命的结束。我们一定要遵照毛主席的教导，把无产阶级专政下的继续革命进行到底。

华主席在报告中，分析了当前国际的大好形势，指出在革命因素继续增长的同时，战争因素明显增长。苏美两家是新的世界大战的策源地，特别是苏联社会帝国主义具有更大的危险性。各国人民要提高警惕，紧密团结，进行不懈的斗争。华主席说，我们要高举毛主席的伟大旗帜，坚持无产阶级国际主义，继续贯彻执行毛主席的革命外交路线。我们要加强同社会主义国家的团结，加强同全世界无产阶级、被压迫人民和被压迫民族的团结，加强同第三世界各国的团结，联合一切受帝国主义和社会帝国主义侵略、颠覆、干涉、控制和欺负的国家，结成最广泛的统一战线，反对苏美两个超级大国的霸权主义。我们要在和平共处五项原则的基础上，同各国建立和发展关系，我们要加强同全世界一切真正的马克思列宁主义政党和组织的团结，把反对以苏修叛徒集团为中心的现代修正主义的斗争进行到底。

华主席深刻地阐述了毛主席关于三个世界划分的理论，指出这一理论指明了当前国际斗争的大方向，明确了谁是主要的革命力量，谁是主要敌人，谁是可以争取、联合的中间力量，这就使国际无产阶级在世界范围的阶级斗争中，能够团结一切可能团结的力量，结成最广泛的统一战线，以反对主要的敌人。这是国际无产阶级在当代的正确的战略规定和策略规定，是无产阶级在国际斗争中的阶级路线。

华主席指出，第一次无产阶级文化大革命的胜利结束，使我国社会主义革命和社会主义建设进入新的发展时期。形势大好，人心思治。在揭批“四人帮”的伟大阶级斗争推动下，国民经济新跃进的局面正在出现。科技战线的革命和教育革命、文艺革命、卫生革命正在向前发展。

华主席指出，党中央抓纲治国的战略决策，有一个中心点，就是高举和捍卫毛主席的伟大旗帜，放手发动群众，团结一切可能团结的力量，把揭批“四人帮”的伟大斗争进行到底，彻底肃清他们的反革命修正主义路线的流毒和影响，巩固和发展第十一次路线斗争的胜利成果，在我国政治、经济、军事、文化和对外工作的各个领域，全面地正确地贯彻执行毛主席的无产阶级革命路线。

华主席在报告中进一步阐明了我们党在当前和今后一个时期内抓纲治国的八项主要战斗任务：一定要把揭批“四人帮”的伟大斗争进行到底；一定要搞好整党整风，加强党的建设；一定要把党的各级领导班子整顿好、建设好；一定要抓革命促生产，把国民经济搞上去；一定要搞好文化教育领域的革命，大力发展社会主义的文化教育事业；一定要强化人民的国家机器；一定要发扬民主，健全民主集中制；一定要贯彻执行统筹兼顾、全面安排的方针，调动一切积极力量，建设社会主义。华主席说，我们要进一步放手发动群众，大打一场深入揭批“四人帮”反革命修正主义路线的极右实质及其在各方面表现的人民战争。清查同“四人帮”篡党夺权阴谋活动有牵连的人和事，是揭批“四人帮”的重要组成部分，一定要充分发动群众查清楚。同时，运动越深入，越要注意党的政策，团结百分之九十五以上的干部和群众，最大限度地孤立和集中打击“四人帮”及其一小撮罪行严重而又不肯悔改的死党。

华主席宣布，中央决定，在适当的时候召开第五届全国人民代表大会，并同时召开中国人民政治协商会议第五届全国委员会。我们必须做出认真的努力，调动党内外一切积极因素，加强全党全军全国各族人民的大团结，为巩固无产阶级专政，

（下转第二版）

图为1977年8月20日出版的《哲里木报》号外“中国共产党第十一次全国代表大会新闻公报”。

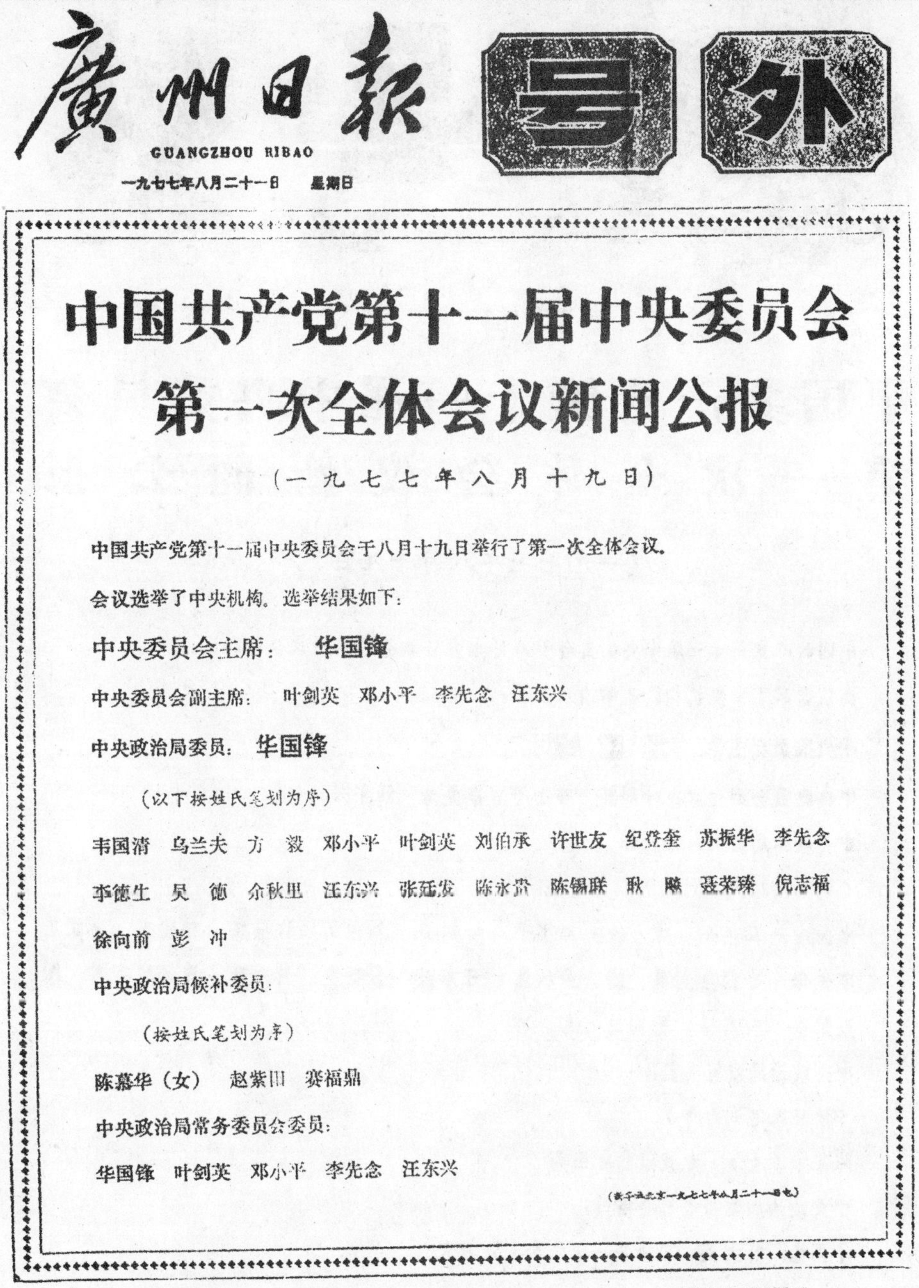

广州日报 GUANGZHOU RIBAO 号外

一九七七年八月二十一日 星期日

中国共产党第十一届中央委员会第一次全体会议新闻公报

（一九七七年八月十九日）

中国共产党第十一届中央委员会于八月十九日举行了第一次全体会议。

会议选举了中央机构。选举结果如下：

中央委员会主席： **华国锋**

中央委员会副主席： 叶剑英 邓小平 李先念 汪东兴

中央政治局委员： **华国锋**

（以下按姓氏笔划为序）

韦国清 乌兰夫 方 毅 邓小平 叶剑英 刘伯承 许世友 纪登奎 苏振华 李先念

李德生 吴 德 余秋里 汪东兴 张廷发 陈永贵 陈锡联 耿 飚 聂荣臻 倪志福

徐向前 彭 冲

中央政治局候补委员：

（按姓氏笔划为序）

陈慕华（女） 赵紫阳 赛福鼎

中央政治局常务委员会委员：

华国锋 叶剑英 邓小平 李先念 汪东兴

（新华社北京一九七七年八月二十一日电）

本报地址：人民中路同乐路10号 电话：85812总机转各部门 群众工作组：87401 发行广告组：87294 今日号外一版 零售每份一分

中国共产党第十一届中央委员会于1977年8月19日举行了第一次全体会议。会议选举了中央领导机构，华国锋当选为中央委员会主席，叶剑英、邓小平、李先念、汪东兴为副主席。图为1977年8月21日出版的《广州日报》号外。

号外

中国共产党第十一届中央委员会第一次全体会议新闻公报

（一九七七年八月十九日）

中国共产党第十一届中央委员会于八月十九日举行了第一次全体会议。

会议选举了中央机构。选举结果如下：

中央委员会主席：**华国锋**

中央委员会副主席：叶剑英　邓小平　李先念　汪东兴

中央政治局委员：华国锋

（以下按姓氏笔划为序）

韦国清　乌兰夫　方　毅　邓小平　叶剑英　刘伯承　许世友　纪登奎　苏振华

李先念　李德生　吴　德　余秋里　汪东兴　张廷发　陈永贵　陈锡联　耿　飚

聂荣臻　倪志福　徐向前　彭　冲

中央政治局候补委员：

（按姓氏笔划为序）

陈慕华（女）　赵紫阳　赛福鼎

中央政治局常务委员会委员：

华国锋　叶剑英　邓小平　李先念　汪东兴

（新华社北京一九七七年八月二十一日电）

济南军区政治部前卫报社印

《前卫报》由济南军区政治部出版。图为1977年8月21日出版的《前卫报》号外“中国共产党第十一届中央委员会第一次全体会议新闻公报”。

人民日报 号外

一九七八年十二月十六日

中华人民共和国和美利坚合众国关于建立外交关系的联合公报

新华社北京十二月十六日电　中华人民共和国和美利坚合众国决定自一九七九年一月一日起建立外交关系。经双方商定，中美建交联合公报提前于今天上午公布。联合公报的全文如下：

中华人民共和国和美利坚合众国关于建立外交关系的联合公报

一九七九年一月一日

中华人民共和国和美利坚合众国商定自一九七九年一月一日起互相承认并建立外交关系。

美利坚合众国承认中华人民共和国政府是中国的唯一合法政府。在此范围内，美国人民将同台湾人民保持文化、商务和其他非官方关系。

中华人民共和国和美利坚合众国重申上海公报中双方一致同意的各项原则，并再次强调：

——双方都希望减少国际军事冲突的危险。

——任何一方都不应该在亚洲—太平洋地区以及世界上任何地区谋求霸权，每一方都反对任何其他国家或国家集团建立这种霸权的努力。

——任何一方都不准备代表任何第三方进行谈判，也不准备同对方达成针对其他国家的协议或谅解。

——美利坚合众国政府承认中国的立场，即只有一个中国，台湾是中国的一部分。

——双方认为，中美关系正常化不仅符合中国人民和美国人民的利益，而且有助于亚洲和世界的和平事业。

中华人民共和国和美利坚合众国将于一九七九年三月一日互派大使并建立大使馆。

就中美两国建立外交关系 中华人民共和国政府发表声明

重申台湾是中国的一部分。解决台湾归回祖国、完成国家统一的方式，这完全是中国的内政。

宣布邓小平副总理应邀将于明年一月正式访问美国

新华社北京十二月十六日电　中华人民共和国政府今天就中美两国建立外交关系发表一项声明，重申台湾是中国的一部分。解决台湾归回祖国、完成国家统一的方式，这完全是中国的内政。

声明宣布，邓小平副总理应美国政府邀请将于一九七九年一月份对美国进行正式访问。

声明全文如下：

中华人民共和国政府声明

中华人民共和国和美利坚合众国自一九七九年一月一日起互相承认并建立外交关系，从而结束了两国关系的长期不正常状态。这是中美两国关系中的历史性事件。

众所周知，中华人民共和国政府是中国的唯一合法政府，台湾是中国的一部分。台湾问题曾经是阻碍中美两国实现关系正常化的关键问题。根据上海公报的精神，经过中美双方的共同努力，现在这个问题在中美两国之间得到了解决，从而使中美两国人民热切期望的关系正常化得以实现。至于解决台湾归回祖国、完成国家统一的方式，这完全是中国的内政。

为促进中美两国人民的友谊和两国良好关系的进一步发展，应美国政府的邀请，中华人民共和国国务院副总理邓小平将于一九七九年一月份对美国进行正式访问。

中华人民共和国和美利坚合众国决定自1979年1月1日起，互相承认并建立外交关系。中华人民共和国政府发表声明，重申台湾是中国的一部分。宣布邓小平1979年1月访问美国。图为1978年12月16日出版的《人民日报》号外。

中国共产党第十一届中央委员会第三次全体会议公报

（一九七八年十二月二十二日通过）

辽宁日报 号外

1978年12月23日

具有伟大历史意义的中共十一届三中全会于1978年12月18日至22日在北京举行。邓小平同志在会上所作的重要讲话，是新时期开创建设中国特色的社会主义的宣言书。图为1978年12月23日出版的《辽宁日报》号外。

辽阳日报 号外

LIAOYANG RIBAO

一九七八年十二月二十四日

中国共产党第十一届中央委员会

第三次全体会议公报

（一九七八年十二月二十二日通过）

中共十一届三中全会，纠正了“文化大革命”的错误，树起了改革开放的旗帜，决定全党工作的重点从1979年起转移到社会主义现代化建设上来。图为1978年12月24日出版的《辽阳日报》号外。

号外 鞍钢报

1978年12月24日

中国共产党第十一届中央委员会第三次全体会议公报

（一九七八年十二月二十二日通过）

图为1978年12月24日出版的《鞍钢报》号外“中国共产党第十一届中央委员会第三次全体会议公报”。

国防战士

GUOFANG ZHANSHI

一九七八年十二月二十四日　昆明军区政治部出版

号外

中国共产党第十一届中央委员会第三次全体会议公报

（一九七八年十二月二十二日通过）

中国共产党第十一届中央委员会第三次全体会议，于一九七八年十二月十八日至二十二日在北京举行。出席会议的中央委员一百六十九人，候补中央委员一百一十二人。中国共产党中央委员会主席华国锋，副主席叶剑英、邓小平、李先念、陈云、汪东兴出席了会议。华国锋同志主持了这次会议，并作了重要讲话。

在全会前，召开了中央工作会议，为全会作了充分准备。

全会决定，鉴于中央在二中全会以来的工作进展顺利，全国范围的大规模的揭批林彪、“四人帮”的群众运动已经基本上胜利完成，全党工作的着重点应该从一九七九年转移到社会主义现代化建设上来。全会讨论了国际形势和外交工作，认为党和政府的对外政策是正确的、成功的。全会讨论了加快农业生产问题和一九七九、一九八〇两年国民经济计划的安排，并原则上通过了相应的文件。全会审查和解决了历史上遗留的一批重大问题和一些重要领导人的功过是非问题。为了适应社会主义现代化建设的需要，全会决定在党的生活和国家政治生活中加强民主，明确党的思想路线，加强党的领导机构和成立中央纪律检查委员会。全会增选陈云同志为中央政治局委员、政治局常务委员、中央委员会副主席；增选邓颖超、胡耀邦、王震三同志为中央政治局委员。全会考虑到第十一次全国代表大会以来党的生活的实际变化和目前党的工作的迫切需要，决定采取临时措施，增补黄克诚、宋任穷、胡乔木、习仲勋、王任重、黄火青、陈再道、韩光、周惠九同志为中央委员，将来提请党的第十二次代表大会对这一增补手续予以追认。全会选举陈云同志为中央纪律检查委员会第一书记，邓颖超同志为第二书记，胡耀邦同志为第三书记，黄克诚同志为常务书记，王鹤寿等同志为副书记，并选举了中央纪律检查委员会的常务委员和委员。

全会认为，这次会议和会议以前的中央工作会议，在党的历史上具有重大的意义。在两个会议的整个过程中，大家在马列主义、毛泽东思想的基础上，解放思想，畅所欲言，充分恢复和发扬了党内民主和党的实事求是、群众路线、批评和自我批评的优良作风，增强了团结。会议真正实现了毛泽东同志所提倡的“又有集中又有民主，又有纪律又有自由，又有统一意志、又有个人心情舒畅、生动活泼，那样一种政治局面”。全会决定，一定要把这种风气扩大到全党全军和全国各族人民中去。

（一）

全会对于中央在二中全会以后十个月的工作表示满意。全国揭批林彪、“四人帮”的政治大革命取得了伟大的胜利，国民经济得到了进一步的恢复和发展，全国出现了安定团结的政治局面，我国外交政策得到了重大进展。所有这一切，都为全党把工作着重点转移到社会主义现代化建设上来准备了良好条件。

全会指出，我国在发展国际反霸统一战线、发展同世界各国的友好关系方面，取得了新的重要成就。我国领导人今年内对朝鲜、罗马尼亚、南斯拉夫、柬埔寨、伊朗、缅甸、尼泊尔、菲律宾、孟加拉、日本、泰国、马来西亚、新加坡和亚洲、非洲、拉丁美洲、欧洲一系列国家的访问，中日和平友好条约的缔结，中美两国关系正常化谈判的完成，为亚洲和世界和平作出了重大贡献。但是战争危险仍然严重存在，我们必须加强国防，随时准备击退来自任何方面的侵略者。全会认为，随着中美关系正常化，我国神圣领土台湾回到祖国怀抱、实现统一大业的前景，已经进一步摆在我们的面前。全会欢迎台湾同胞、港澳同胞、海外侨胞，本着爱国一家的精神，共同为祖国统一和祖国建设的事业继续作出积极贡献。

毛泽东同志早在建国初期，特别在社会主义改造基本完成以后，就再三指示全党，要把工作中心转到经济方面和技术革命方面来。毛泽东同志和周恩来同志领导我们党在进行社会主义现代化建设事业方面，做了大量工作，取得了重大的成就，但是后来被林彪、“四人帮”打断了，破坏了。此外，由于我们对于社会主义建设缺乏经验，工作指导上发生了一些缺点和错误，也妨碍了党的工作中心转变的完成。现在，全国范围内揭批林彪、“四人帮”的群众运动已经基本上胜利完成，虽然少数地区和部门的运动比较落后，还需要一段时间来抓紧进行，不能一刀切，但是就整体来说，实行全党工作中心转变的条件已经具备。因此，全会一致同意华国锋同志代表中央政治局所提出的决策，现在就应当适应国内外形势的发展，及时地、果断地结束全国范围的大规模的揭批林彪、“四人帮”的群众运动，把全党工作的着重点和全国人民的注意力转移到社会主义现代化建设上来。这对于实现国民经济三年、八年规划和二十三年设想，实现农业、工业、国防和科学技术的现代化，巩固我国的无产阶级专政，具有重大的意义。我们党所提出的新时期的总任务，反映了历史的要求和人民的愿望，代表了人民的根本利益。我们能否实现新时期的总任务，能否加快社会主义现代化建设，并在生产迅速发展的基础上显著地改善人民生活，加强国防，这是全国人民最为关心的大事，对于世界的和平和进步事业也有十分重大的意义。实现四个现代化，要求大幅度地提高生产力，也就必然要求多方面地改变同生产力发展不适应的生产关系和上层建筑，改变一切不适应的管理方式、活动方式和思想方式，因而是一场广泛、深刻的革命。我们国内现在还存在着极少数敌视和破坏我国社会主义现代化建设的反革命分子和刑事犯罪分子，我们决不能放松同他们的阶级斗争，决不能削弱无产阶级专政。但是正如毛泽东同志所说，大规模的急风暴雨式的群众阶级斗争已经基本结束，对于社会主义社会的阶级斗争，应该按照严格区别和正确处理两类不同性质的矛盾的方针去解决，按照宪法和法律规定的程序去解决，决不允许混淆两类不同性质矛盾的界限，决不允许损害社会主义现代化建设所需要的安定团结的政治局面。全会要求全党、全军和全国各族人民同心同德，进一步发展安定团结的政治局面，并且立即动员起来，鼓足干劲，群策群力，为在本世纪内把我国建设成为社会主义的现代化强国而进行新的长征。

（二）

为了迎接社会主义现代化建设的伟大任务，会议回顾了建国以来经济建设的经验教训。会议认为，毛泽东同志一九五六年总结我国经济建设经验的《论十大关系》报告中提出的基本方针，既是经济法则的客观反映，也是社会政治安定的重要保证，仍然保持着重要的指导意义。实践证明，保持必要的社会政治安定，按照客观经济法则办事，我们的国民经济就高速度地、稳定地向前发展，反之，国民经济就发展缓慢甚至停滞倒退。现在，我们实现了安定团结的政治局面，恢复和坚持了长时期行之有效的各项经济政策，又根据新的历史条件和实践经验，采取一系列新的重大的经济措施，对经济管理体制和经营管理方法着手认真的改革，在自力更生的基础上积极发展同世界各国平等互利的经济合作，努力采用世界先进技术和先进设备，并大力加强实现现代化所必需的科学和教育工作。因此，我国经济建设必将重新高速度地、稳定地向前发展，这是毫无疑义的。

全会讨论和原则同意一九七九、一九八〇两年的国民经济计划安排，建议国务院在修改后提交明年召开的全国人民代表大会第二次会议讨论通过。会议认为，这个计划安排是积极的可行的。会议指出，粉碎“四人帮”以后，我国国民经济恢复和发展的步子很快，一九七八年的工农业总产值和财政收入都有较大幅度的增长。但是必须看到，由于林彪、“四人帮”的长期破坏，国民经济中还存在不少问题。一些重大的比例失调状况没有完全改变过来，生产、建设、流通、分配中的一些混乱现象没有完全消除，城乡人民生活中多年积累下来的一系列问题必须妥善解决。我们必须在这几年中认真地逐步地解决这些问题，切实做到综合平衡，以便为迅速发展奠定稳固的基础。基本建设必须积极地而又量力地循序进行，要集中力量打歼灭战，不可一拥而上，造成窝工和浪费。

会议指出，现在我国经济管理体制的一个严重缺点是权力过于集中，应该有领导地大胆下放，让地方和工农业企业在国家统一计划的指导下有更多的经营管理自主权，应该着手大力精简

《国防战士》由昆明军区政治部出版。图为1978年12月24日出版的《国防战士》号外“中国共产党第十一届中央委员会第三次全体会议公报”。

通川日报 号外

中国共产党达县地区委员会机关报

一九八〇年三月一日

中国共产党第十一届中央委員会第五次全体会议公报

（一九八〇年二月二十九日通过）

新华社北京二月二十九日消息　中国共产党第十一届中央委员会第五次全体会议公报

（一九八〇年二月二十九日通过）

中国共产党第十一届中央委员会第五次全体会议，一九八〇年二月二十三日至二十九日在北京召开。到会中央委员二百零一人，候补中央委员一百一十八人。另有各地方各部门负责同志三十七人列席会议。中国共产党中央委员会主席华国锋，副主席叶剑英、邓小平、李先念、陈云出席会议，并作了重要讲话。会议由华国锋同志主持。

五中全会的大部分议程是关于加强和改善党的领导，以适应发展社会主义现代化建设的。这部分议程包括：（一）讨论和通过关于召开党的第十二次全国代表大会的决议；（二）增选中央政治局常委；讨论和通过关于成立中央书记处的决议；（三）讨论和通过《关于党内政治生活的若干准则》；（四）讨论《中国共产党章程》（修改草案）。

全会认为，党的十一大以来，特别是十一届三中全会以来，国内外形势都有了重大的变化和发展。随着全党工作着重点的转移，社会主义现代化建设事业开始走上健全发展的轨道。三中全会和四中全会所确定的党的政治路线、思想路线和组织路线，广泛地深入人心；林彪、“四人帮”一伙的反革命罪行，他们所推行的极左路线和他们在组织上、思想上的残余，受到进一步的揭发批判，历史上遗留的大批冤假错案得到平反，党的各项政策在全国广泛地得到落实。在这个基础上，全党、全军、全国人民紧密团结在党中央的周围，为四个现代化的伟大事业和国民经济的调整、改革、整顿、提高方针的实施，艰苦奋斗，使农业、工业、财贸、教育、科学、文化、政法、国防、外交等各条战线上捷报频传，安定团结、生动活泼的局面正在发展。这些事实证明，党中央所执行的路线、方针、政策是正确的，我们的国家已经从林彪、“四人帮”十年横行所造成的严重混乱状态，基本上转变成为有领导、有秩序、有前进的方向和目标、有胜利的条件和信心的局面。这是我们党克服了巨大困难所取得的巨大胜利。全会指出：全国各族人民向四个现代化进军的伟大实践，现在向我们党提出了一系列需要不失时机地加以迅速解决的重大问题，包括确定国民经济发展的远景规划，确定适合国民经济发展需要的经济体制，确定适合国民经济发展需要的教育计划和教育体制。随着国内形势的转变，国家政治生活和党的生活中的一系列重要问题，思想上理论上的一些重要问题，也需要作相应的解决，以利于安定团结、生动活泼的政治局面的发展和巩固，以利于现代化建设的顺利进行。为了解决这些迫切的问题，都要求中央委员会提前召开党的第十二次全国代表大会。中央全会一致通过决定，提前召开中国共产党第十二次全国代表大会，召开这次大会的具体时间，由中央政治局决定。

五中全会认为，为了加强党对社会主义现代化事业的领导，党的各级领导机构必须努力吸收那些能够坚定地执行党的路线，具有独立工作能力而又年富力强的同志，参加领导工作。这不仅是为了适应现代化事业的繁重工作的需要，而且是为了保证党的路线、方针、政策的长期连续性，保证党的集体领导的长期稳定性的需要。全会经过充分的讨论，决定增加中央政治局常委的人数，并且选举胡耀邦、赵紫阳两同志为中央政治局常委。全会经过充分的讨论，决定恢复党的第八次代表大会所决定并在十年间证明是必要和有效的制度，设立中央书记处作为中央政治局和它的常务委员会领导下的经常工作机构，并且选举胡耀邦同志为中央委员会总书记，选举（以姓氏笔划为序）万里、王任重、方毅、谷牧、宋任穷、余秋里、杨得志、胡乔木、胡耀邦、姚依林、彭冲等十一位同志为中央书记处书记。

全会认为，中央政治局常务委员会委员的增选，中央书记处的建立，是党的重要决策，它表明毛泽东同志和其他老一辈无产阶级革命家所开创的伟大的社会主义和共产主义事业生机蓬勃，人才辈出。党中央领导机构的加强，将对全国的安定团结、生动活泼的政治局面的发展巩固，对社会主义现代化建设的顺利进行，起积极的促进作用。

全会讨论了《中国共产党章程》（修改草案）。这个文件，根据全会意见修改以后，即将发到全党广泛讨论，根据讨论中提出的意见再加修改，提请党的第十二次全国代表大会审议通过。党章修改草案对党员条件规定了严格的要求，同时对党的民主集中制作了比较完善的规定。党章修改草案总结历史经验，适应社会主义现代化建设时期的需要，对党的干部制度作了一系列新的规定，包括废止干部职务实际上存在的终身制。

（下转第二版）

中共十一届五次全体会议，于1980年2月23日至29日在北京召开。图为1980年3月1日出版的《通川日报》号外“中国共产党第十一届中央委员会第五次全体会议公报”。《通川日报》是中共达县地区委员会机关报。

人民日报 号外

1980年5月18日 星期日

我国向太平洋预定海域发射的第一枚运载火箭获得圆满成功

新华社北京五月十八日急电　一九八〇年五月十八日上午，我国向太平洋预定海域发射的第一枚运载火箭获得圆满成功。

我国发射的第一枚运载火箭命中海域示意图

我国于1980年5月18日上午发射的第一枚运载火箭，准确地命中目标海域，这是目标海域示意图

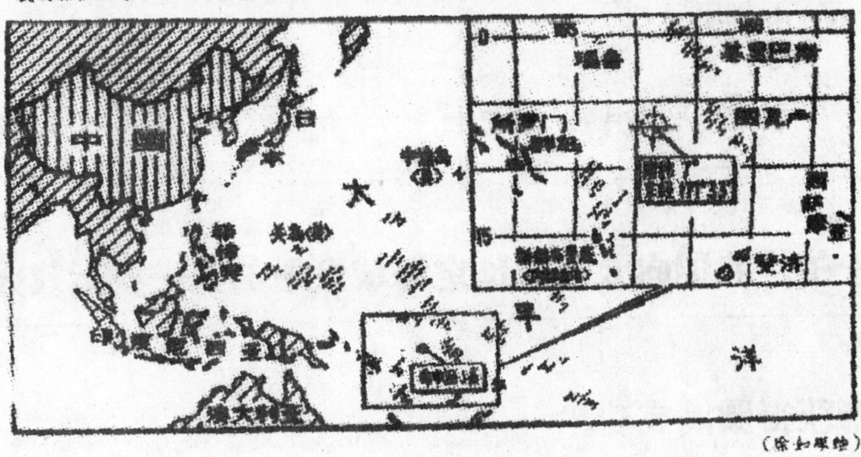

（徐如琛绘）

1980年5月18日上午，我国向太平洋预定海域发射的第一枚运载火箭获得圆满成功。图为1980年5月18日出版的《人民日报》号外“我国向太平洋预定海域发射的第一枚运载火箭获得圆满成功”。

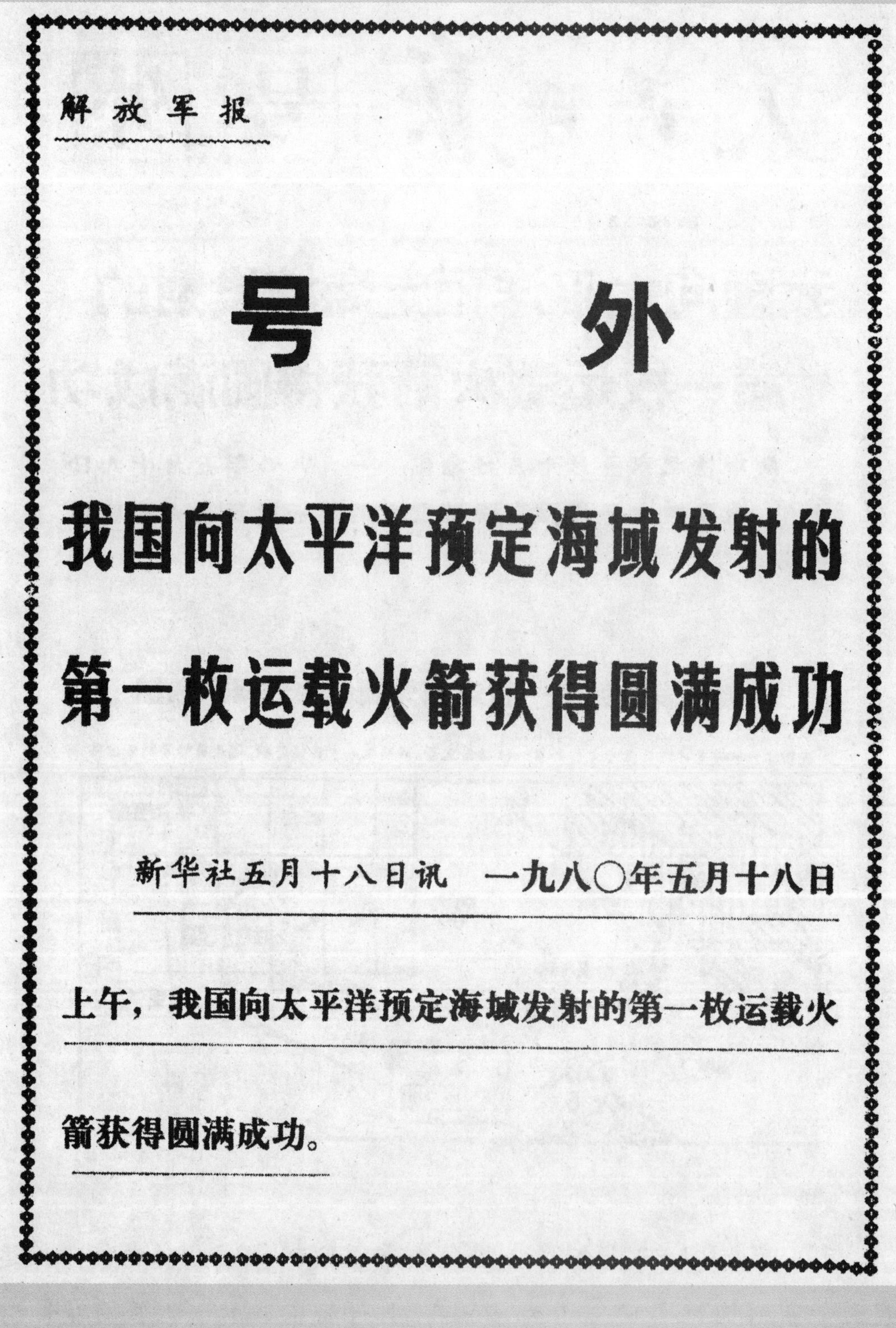

解放军报

号　外

我国向太平洋预定海域发射的第一枚运载火箭获得圆满成功

新华社五月十八日讯　一九八〇年五月十八日

上午，我国向太平洋预定海域发射的第一枚运载火箭获得圆满成功。

图为1980年5月18日出版的《解放军报》号外“我国向太平洋预定海域发射的第一枚运载火箭获得圆满成功”。

海南日報 号外

海南日报社出版　　1988年4月13日下午4时

七届全国人大一次会议通过决定决议
设立海南省　建立海南经济特区

七届全国人大一次会议关于设立海南省的决定

1988年4月13日第七届全国人民代表大会第一次会议通过

第七届全国人民代表大会第一次会议审议了国务院关于设立海南省的议案，决定：

一、批准设立海南省，撤销海南行政区。海南省人民政府驻海口市。

二、海南省管辖海口市、三亚市、通什市、琼山县、琼海县、文昌县、万宁县、屯昌县、定安县、澄迈县、临高县、儋县、保亭黎族苗族自治县、琼中黎族苗族自治县、白沙黎族自治县、陵水黎族自治县、昌江黎族自治县、乐东黎族自治县、东方黎族自治县和西沙群岛、南沙群岛、中沙群岛的岛礁及其海域。

（新华社北京4月13日电）

七届全国人大一次会议关于建立海南经济特区的决议

1988年4月13日第七届全国人民代表大会第一次会议通过

第七届全国人民代表大会第一次会议审议了国务院关于建立海南经济特区的议案，决定：

一、划定海南岛为海南经济特区。

二、授权海南省人民代表大会及其常务委员会，根据海南经济特区的具体情况和实际需要，遵循国家有关法律、全国人民代表大会及其常务委员会有关决定和国务院有关行政法规的原则制定法规，在海南经济特区实施，并报全国人民代表大会常务委员会和国务院备案。

（新华社北京4月13日电）

社论

历史性的决策
——热烈庆祝海南省成立

海南新闻实业发展总公司
热烈庆祝海南省成立

海南新闻实业发展总公司隶属于海南日报社，是全民所有制的独立的经济实体。

海南新闻实业发展总公司将联络国内外新闻界、实业界，沟通新闻、经济信息，发展横向经济联系，引进国外资金、技术，为拓展海南的新闻出版事业，建设海南经济特区作出贡献。

海南新闻实业发展总公司将引进竞争机制，发挥信息灵通快捷的优势，发展贸易，创办实业，自我积累，自我发展，为逐步形成一个以《海南日报》为核心的具有较强经济实力的报业集团而努力。

海南新闻实业发展总公司积极开展商业贸易、信息咨询、文化旅游、工业实业等多种经营项目。其经营范围，主营新闻出版器材进出口贸易、文化旅游和图书报刊发行业务；为了保证主营业务的正常开展，为文化旅游等服务项目提供系列化服务，公司将兼营房地产业、石化产品、机电产品、家电产品、矿产品、农副产品、药材产品、日用百货、工农业生产资料、建筑材料、装饰材料等及上述各项的进出口贸易业务。

总经理：吴清雄

电　话：22056

地　址：海口市新华南路2号

1988年4月13日，在第七届全国人民代表大会第一次会议上，通过了“关于设立海南省的决定”和“关于建立海南经济特区的决议”。图为4月13日出版的《海南日报》号外“七届全国人大一次会议通过决定决议，设立海南省，建立海南经济特区”。

號外

免費贈閱

聯合報 經濟日報

民生報 聯合晚報

波斯灣大戰爆發

美展開沙暴行動 今晨轟炸巴格達

一一中隊的美國F15E戰轟炸機，今晨自沙烏地阿拉伯的空軍基地起飛，對伊拉克首都巴格達進行轟炸。美伊波斯灣大戰因而爆發。

美國白宮台北時間今晨正式宣布，美國已於台北時間今晨八時對伊拉克發動攻擊。布希總統發表聲明說：「解放科威特之役已經開始。」

美國軍方宣布，一個中隊的美國F－15E戰鬥轟炸機，於當地時間15日午夜過後十二時五十分（台北時間今天清晨五時五十分），自沙烏地阿拉伯中部最大的美國空軍基地起飛。

每架飛機均載有許多炸彈和空對空飛彈，機翼並掛了副油箱，朝北遠征巴格達。

到當地時間凌晨二時卅五分（台北時間今晨七時卅五分），巴格達市區已聽到高射砲聲。美國電視記者現場報導，有大批炸彈墜落巴格達市中心，處處火光一片。

美國白宮說，「沙漠盾牌」行動已改名為「沙漠風暴」。

布希總統定美東時間晚上九時、台北時間今天上午十時對全美人民發表重要演說。

美國白宮說，這次攻擊行動的目標是伊拉克和科威特境內的伊拉克軍隊，「沙漠風暴」行動於格林威治時間十七日零時、台北時間今天上午八時正式展開。

1991年1月17日，美国展开沙暴行动，开始轰炸伊拉克首都巴格达，海湾战争爆发。图为1991年1月17日台湾《联合报》、《经济日报》、《民生报》、《联合晚报》联合出版的号外“波斯湾大战爆发”。

號外

聯合報 經濟日報

民生報 聯合晚報

免費贈閱

訂報專線：(02)7654312

波灣陸戰開打！

布希今晨十一時宣布：已下令盟軍指揮官史瓦茲柯夫動用一切武力驅逐伊拉克軍隊。盟軍已深入科境卅公里。

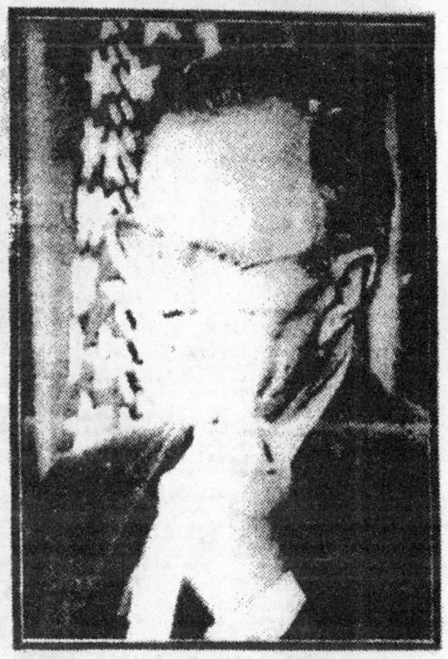

【本報綜合外電報導】美國領導的盟軍已於台北時間今晨9時，對科威特境內的伊拉克部隊發動大規模地面攻勢。

這場陸戰料將是自一九四四年盟軍登陸諾曼地以來最壯烈的一場戰爭。

美國總統布希緊急自大衛營返回白宮，在台北時間今晨十一時對全國發表電視演說，宣布「解放科威特的行動已進入最後階段」，他已下令盟軍指揮官史瓦茲柯夫將軍動用包括地面部隊在內的一切武力把伊拉克軍隊逐出科威特，並稱盟軍會「迅速果決地」完成使命，獲致勝利。

美國哥倫比亞電視台（CBS）主播丹拉瑟在台北時間十時自沙國報導，第一批盟軍已深入科威特卅公里。

沙烏地官方電視台在台北時間今晨十點廿五分報導，盟軍已越過邊界進入科威特，展開地面戰，部分盟軍滲透到科威特的瓦夫拉市附近。

美國國防部為避免提供伊軍消息，助其判定盟軍攻擊地點而發動化武攻擊，在今後廿四到四十八小時內，將不發布戰鬥詳情。

1991年2月24日，美国总统布什宣布：下令动员一切武力从科威特境内驱逐伊拉克军队。海湾战争陆战开始。图为1991年2月24日台湾《联合报》、《经济日报》、《民生报》、《联合晚报》联合出版的号外“波湾陆战开打”。

北京青年报

BEIJING YOUTH NEWS

香港号外

北京青年报值此复刊13周年之际，欣然参加'94香港书展，特向香港同胞致意！

1994年7月21日 星期四

邓小平与九十年代

百年前，晚清政府李鸿章割港凌赔款，世纪轮回，天地换了容颜，生命对邓小平，在世纪之交别有涵义。

废除终身制，旨在终结政治与生命的竞赛。

邓小平和他的"理想主义"

邓小平想把进入90年代的生活安排得简单些，最终愿望过一个真正平民生活，此举被家人称作是他的"理想主义"。

特区是经济特区，不是政治特区，不改革没有出路，不冒风险，办什么事情都有百分之百的把握，万无一失，谁敢说这样话？

邓小平南巡旨在"换脑筋"，"解放思想，解放生产力，再次鼓动改革风潮"。

1992年5月22日，邓小平到首钢鼓动大中型企业的改革，邓小平说，路啊，历来摆在那里，走得快、走得慢、走得好、走得坏，那就看走的路。

邓小平关注身边的首钢，以期带来国有大中型企业的启动。

邓小平不主张争论特区姓"社"姓"资"问题，他早已谈过"是经济特区，而不是政治特区"，"解放思想"决不是一劳永逸的，"要警惕右，但主要是防'左'"，"计划和市场只是资源配置的两种手段和形式，而不是划分社会主义和资本主义的标志"。

"毛泽东时代的消费，邓小平时代的享受。"

邓小平说，贫穷不是社会主义，要让老百姓富裕起来，判断姓"社"姓"资"，要看是否有利于增强社会主义国家的综合国力，是否有利于提高人民的生活水平。

邓小平是中国历史上唯一三落三起的人物，概因迎合世界潮流，洞察人民意向。

从1988年起，邓小平每年春节携家人去上海，没回过老家，而在上海过了7个春节。

■责任编辑 钮 明

■版式设计 王友身

1994年7月21日，《北京青年报》为纪念复刊13周年及参加'94香港书展，出版"香港号外"，刊载"邓小平与九十年代"的文章。

深圳特區報 号外

一九九七年二月二十日

极其悲痛地哀悼邓小平同志逝世

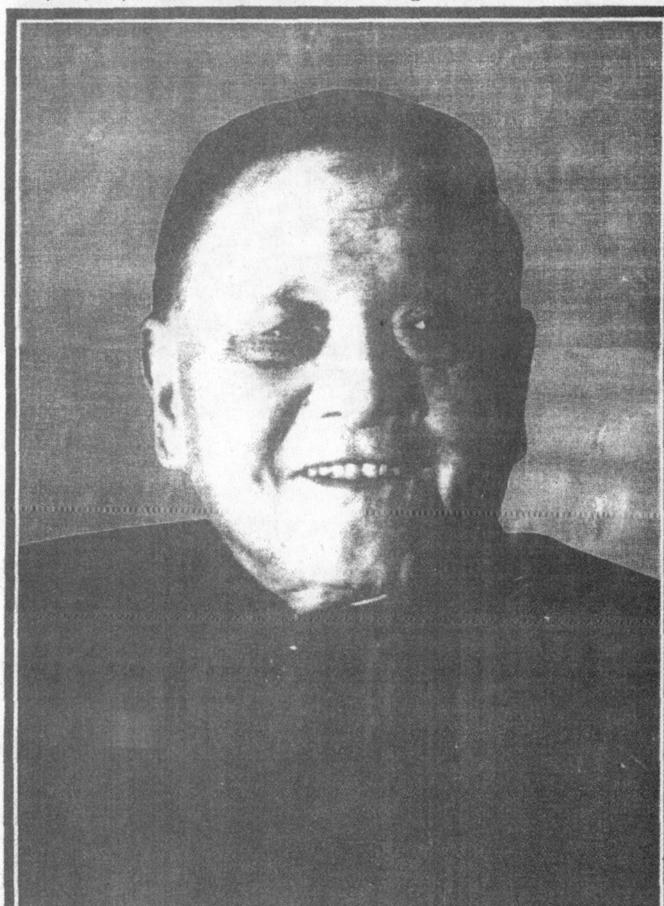

【本报讯】据新华社北京2月19日电，中国共产党中央委员会、中华人民共和国全国人民代表大会常务委员会、中华人民共和国国务院、中国人民政治协商会议全国委员会、中国共产党中央军事委员会极其悲痛地向全党全军全国各族人民通告：我们敬爱的邓小平同志患帕金森病晚期，并发肺部感染，因呼吸循环功能衰竭，抢救无效，于一九九七年二月十九日二十一时零八分在北京逝世，享年九十三岁。

1997年2月19日，伟大的无产阶级革命家、政治家、军事家、外交家，我国社会主义改革开放和现代化建设的总设计师，建设有中国特色社会主义理论的创立者邓小平同志，因病逝世。图为1997年2月20日出版的《深圳特区报》号外。

大公報

號外 1

江澤民抵港

大公報

Ta Kung Pao

號外

香港明天更好

江澤民

一九九七年六月十八日

錢其琛范卓德陳方安生董建華接機

下榻海逸酒店即會晤貝理雅郭偉邦

號外預告

2 97.7.1凌晨一時三十分 政權交接

江李乘兩專機五時抵達

受到紅地毯式盛大歡迎

香港《大公报》从1997年6月30日下午7时至7月1日晚上10时，为庆祝香港回归，连续出版了4种号外。图为1997年6月30日下午7时30分出版的《大公报》号外“江泽民抵港”、“江李乘两专机五时抵达，受到红地毯式盛大欢迎”。

南方日報
NANFANG RIBAO
1997
7月
1
号外

香港，终于回到祖国怀抱

中华民族久盼的瞬间 永载世界史册的瞬间

中英香港政权交接仪式在港隆重举行，江泽民出席并发表讲话

中英两国政府香港政权交接仪式在香港会议展览中心新翼五楼大会堂隆重举行。图为交接仪式会场。新华社记者 兰红光 摄

香港特别行政区成立

政府官员和临立会议员等宣誓就职

江泽民等出席 李鹏致辞祝贺

香港特区临立会举行会议

审议《香港回归条例草案》

1997年7月1日零点，中华人民共和国国旗和香港特别行政区区旗在香港升起，经历了百年沧桑的香港回到祖国的怀抱，中国政府开始对香港恢复行使主权。图为1997年7月1日出版的《南方日报》号外“香港，终于回到祖国怀抱”。

大公報 Ta Kung Pao

號外

香港回歸了

五星紅旗香港區旗莊嚴升起
江澤民保證「一國兩制」施行

江澤民致詞——
向六百萬港胞親切問候
回歸祖國前景必更美好

董建華特區成立儀式上講話——
站在先賢夢寐理想高地
港人珍惜中央賦予權利

查爾斯致詞——
此刻凝聚香港歷史改變
港人拚勁建立成功社會

號外預告
3 97.7.1中午十二時 慶祝大會

图为1997年7月1日凌晨2时出版的香港《大公报》号外“香港回归了”、“五星红旗香港区旗庄严升起，江泽民保证‘一国两制’施行”。

大公報

號外 3

97·7·1 下午一時三十分

特區慶典

大公報

Ta Kung Pao

號外

特區成立慶典會展舉行

江澤民董建華發表講話

江澤民賀特區成立感謝中外來賓

重申一國兩制方針決不干預香港

香港回歸揭開歷史新篇

彪炳中華史冊千秋功業

號外預告

李鵬離開香港返北京

千七億土地基金移交特區

中央及各省送上精品賀禮

港人續享各項權利自由

全力支持及信任董建華

深信港人定能管好香港

鄧小平早指出有此信心

图为1997年7月1日下午1时30分出版的香港《大公报》号外“特区庆典”、“江泽民贺特区成立，感谢中外来宾，重申一国两制方针，决不干预香港”。

大公報

號外 4

97·7·1晚上十時正

京港同歡慶

首都十萬人大會慶祝港回歸

江澤民稱統一邁出重要一步

國務院慶港回歸招待會

各國來賓駐華使節出席

李鵬宣告港事務從此屬內政

按基本法港人作主事不干預

慶回歸大匯演紅館舉行

錢其琛魯平董建華周南出席

大公報 Ta Kung Pao

號外

號外

1 97.6.30下午六時 江澤民抵港

2 97.7.1凌晨二時正 政權交接

3 97.7.1下午一時半 慶祝大會

4 97.7.1晚上十時 歡慶回歸

图为1997年7月1日晚10时出版的香港《大公报》号外“京港同欢庆”、“国务院庆港回归招待会，各国来宾驻华使节出席”、“首都十万人大会庆祝港回归，江泽民称统一迈出重要一步”。

汕頭日報

号外

1997年7月
1
星期二

SHANTOU RIBAO　国内统一刊号 CN44-0020
汕头日报社出版　国内外发行　邮政代号 45-23

1997年6月30日午夜至7月1日凌晨，举世瞩目的中英两国政府香港政权交接仪式在香港会议展览中心新翼五楼大会堂隆重举行。图为交接仪式会场。　新华社记者　兰红光　摄

中华民族长久期盼的瞬间　永载世界史册的瞬间

经历百年沧桑的香港回到祖国怀抱

中英香港政权交接仪式在港隆重举行，江泽民率中国政府代表团出席，庄严宣告中国对香港恢复行使主权

新华社香港7月1日凌晨电　（新华社记者　人民日报记者）1997年7月1日零点，中华人民共和国国旗和香港特别行政区区旗在香港升起，经历了百年沧桑的香港回到祖国的怀抱，中国政府开始对香港恢复行使主权。

1997年6月30日午夜至7月1日凌晨，香港会议展览中心新翼灯火辉煌，举世瞩目的中英两国政府香港政权交接仪式在这里的五楼大会堂隆重举行。

历史的时针指在1997年7月1日零点那一刻，大会堂全场肃立，几千双眼睛向鲜艳的五星红旗和紫荆花区旗行注目礼。这是中华民族长久期盼的一个瞬间，这是永载世界史册的一个瞬间。

零时4分，中华人民共和国主席江泽民在这里庄严宣告：根据中英关于香港问题的联合声明，两国政府如期举行了香港交接仪式，宣告中国对香港恢复行使主权。中华人民共和国香港特别行政区正式成立。经历了百年沧桑的香港回归祖国，标志着香港同胞从此成为祖国这块土地上的真正主人，香港的发展从此进入一个崭新的时代。

这一庄严宣告在大会堂4000多位中外嘉宾中激起经久不息的掌声。这一宣告通过电波传向祖国的长城内外、大江南北、澳门和台湾，传向世界的四面八方。

中英两国政府香港政权交接仪式于6月30日午夜举行。23时42分，交接仪式正式开始。

在中英仪仗队入场后，双方礼号手吹响礼号。23时46分，国家主席江泽民、国务院总理李鹏、国务院副总理兼外交部长钱其琛、中央军委副主席张万年和香港特别行政区首任行政长官董建华步入会场登上主席台主礼台。英国方面同时入场并登上主席台主礼台的有查尔斯王子、首相布莱尔、外交大臣库克、离任港督彭定康、国防参谋长查尔斯·格思里。

在仪仗队行举枪礼之后，查尔斯王子讲话。他说，这一重要而特殊的仪式标志着香港在150多年英国统治之后，交还给中华人民共和国。他向那些把“一国两制”构想变为《中英联合声明》的人致敬，并对那些为谈判《联合声明》的实施细节而辛勤工作的人们表示敬意。

查尔斯说，香港向世界表明，生机勃勃和稳定可以成为成功社会的明显特征。

他说，香港将从此交还给中国，在“一国两制”的框架下，香港将继续拥有其明显的特征，继续成为世界上许多国家的重要国际伙伴。一九八四年的《联合声明》对全世界做出庄严承诺，保证香港继续她的生活方式。对英国来说，他将继续坚定不移地支持《联合声明》。

23时56分，中英双方护旗手入场，象征中英两国政府香港政权交接的降旗、升旗仪式开始。出席仪式的中外来宾全体起立。全场的目光都集中到竖立在主席台主礼台前东西两侧的旗杆上。

23时59分，英国国旗和香港旗在英国国歌乐曲声中缓缓降落。随着米字旗的降下，英国在香港一个半世纪的殖民统治宣告结束。

这时，距零点只差几秒，全场一片肃穆。

7月1日零点整，激动人心的神圣时刻到来了：中国人民解放军军乐队奏起雄壮的中华人民共和国国歌，中国国旗和香港特区区旗一起徐徐升起。

全场沸腾了，许多人眼睛里噙满激动的泪花，雷鸣般的掌声经久不息。照像机、摄像机的镜头不停地闪动，记录下这一庄严的历史时刻。

接着，江泽民主席走到镶嵌着中华人民共和国国徽的讲台前发表讲话。他说，中华人民共和国香港特别行政区正式成立。这是中华民族的盛事，也是世界和平与正义事业的胜利。一九九七年七月一日这一天，将作为值得人们永远纪念的日子载入史册。

江泽民说，历史将会记住提出“一国两制”创造性构想的邓小平先生。我们正是按照“一国两制”伟大构想指明的方向，通过外交谈判成功地解决了香港问题，终于实现了香港回归祖国。

江泽民向中英两国所有为解决香港问题作出贡献的人士，向世界上所有关心和支持香港回归的人们表示感谢。向回到祖国怀抱的六百多万香港同胞表示亲切问候和良好祝愿。

江泽民说，香港回归后，中国政府将坚定不移地执行“一国两制”、“港人治港”、“高度自治”的基本方针，保持香港原有的社会、经济制度和生活方式不变，法律基本不变。

他说，香港回归后，中央人民政府负责管理香港的外交事务和防务。香港特别行政区依据基本法享有行政管理权、立法权、独立的司法权和终审权。香港居民依法享有各项权利和自由。香港特别行政区将循序渐进地发展适合香港实际情况的民主制度。

江泽民说，香港回归后，将继续保持自由港的地位，继续发挥国际金融、贸易、航运中心的作用，继续同各国各地区及有关国际组织发展经济文化关系。所有国家和地区在香港的正当经济利益将受到法律保护。他希望世界上一切在香港有投资与贸易利益的国家和地区，继续为保持香港的繁荣稳定作出努力。

江泽民指出，香港今日的繁荣归根到底是香港同胞创造的，也是同祖国内地的发展和支持分不开的。他表示相信，有全国人民作坚强后盾，香港特别行政区政府和香港同胞一定能够管理和建设好香港，保持香港长期繁荣稳定，创造香港美好的未来。

江泽民主席的讲话，激起全场6次长时间的热烈掌声。

随后，中英两国领导人走到主席台前，握手合影。

凌晨零时12分，香港政权交接仪式结束。

中国政府代表团王汉斌、费孝通、霍应琼、程思远、吴阶平、罗干、吴学谦、董寅初、安子介、霍英东、马万祺、何鲁丽、卓琳等成员出席了交接仪式并在主席台上就座。出席交接仪式的还有观礼团成员。

出席交接仪式的有40多个国家和地区的代表，30个国际和地区组织的负责人以及国际知名政界人士，90多个国家驻香港领事机构的代表和一些国家的民间组织、地区与国际组织驻港办事处的代表。

香港各界人士，澳门、台湾同胞，以及来自30多个国家和地区的华侨、华人也出席了交接仪式。

来自世界各国700多家新闻媒体的8000多名记者采访报道了这历史性的一幕。

图为1997年7月1日出版的《汕头日报》号外“中华民族长久期盼的瞬间，永载世界史册的瞬间，经历百年沧桑的香港回到祖国怀抱。中英香港政权交接仪式在港隆重举行，江泽民率中国政府代表团出席，庄严宣告中国对香港恢复行使主权”。

1997年7月1日我国政府对香港恢复行使主权

中英香港政权交接仪式在港隆重举行

江泽民率中国政府代表团出席

中华人民共和国香港特别行政区成立暨特区政府宣誓就职仪式在港隆重举行

在中英两国政府举行的香港交接仪式上的讲话

（一九九七年七月一日）

中华人民共和国主席 江泽民

在香港特别行政区成立暨特区政府宣誓就职仪式上的讲话

在香港特别行政区成立暨特区政府宣誓就职仪式上的讲话

特區工報

WORKER NEWS OF SPECIAL ECONOMIC ZONE

号外

特区工报社出版

图为1997年7月1日出版的《特区工报》号外“1997年7月1日，我国政府对香港恢复行使主权。中英香港政权交接仪式在港隆重举行，江泽民率中国政府代表团出席。中华人民共和国香港特别行政区成立暨特区政府宣誓就职仪式在港隆重举行”。

党的十五届一中全会产生中央领导机构
江泽民任中共中央总书记中央军委主席

江泽民李鹏朱镕基李瑞环胡锦涛尉健行李岚清
任政治局常委　尉健行任中纪委书记

新华社北京9月19日电　中国共产党第十五届中央委员会第一次全体会议公报

（1997年9月19日）

中国共产党第十五届中央委员会第一次全体会议，于1997年9月19日在北京举行。

出席会议的有中央委员191人，候补中央委员151人。江泽民同志主持会议并作了重要讲话。

全会选举了中央政治局委员、候补委员、中央政治局常务委员会委员、中央委员会总书记；根据中央政治局常务委员会的提名，通过了中央书记处成员；决定了中央军事委员会组成人员；批准了中央纪律检查委员会第一次全体会议选举产生的书记、副书记和常务委员会委员人选。名单如下：

一、中央政治局委员、候补委员

中央政治局委员（按姓氏笔画为序）

丁关根、田纪云、朱镕基、江泽民、李鹏、李长春、李岚清、李铁映、李瑞环、吴邦国、吴官正、迟浩田、张万年、罗干、胡锦涛、姜春云、贾庆林、钱其琛、黄菊、尉健行、温家宝、谢非

中央政治局候补委员（按得票多少为序）

曾庆红、吴仪（女）

二、中央政治局常务委员会委员

江泽民、李鹏、朱镕基、李瑞环、胡锦涛、尉健行、李岚清

三、中央委员会总书记

江泽民

四、中央书记处书记

胡锦涛、尉健行、丁关根、张万年、罗干、温家宝、曾庆红

五、中央军事委员会主席、副主席、委员

主　席　江泽民

副主席　张万年、迟浩田

委　员　傅全有、于永波（满族）、王克、王瑞林

六、中央纪律检查委员会书记、副书记、常务委员会委员

书　记　尉健行

副书记　韩杼滨、曹庆泽、何勇、周子玉、夏赞忠、刘丽英（女）

常务委员会委员（按姓氏笔画为序）马驭（女）、刘丽英（女）、祁培文、李至伦、李登柱、何勇、周子玉、赵洪祝、[illegible]、夏赞忠、曹庆泽、尉健行、彭钢（女）、韩杼滨、傅杰

江泽民同新当选的中央政治局常委
亲切会见采访十五大的中外记者

江泽民向记者表示感谢，并介绍了新当选的中央政治局常委，几位常委也微笑着向记者致意

本报北京快讯　刚刚在中国共产党十五届一中全会上当选的中共中央政治局常委江泽民、李鹏、朱镕基、李瑞环、胡锦涛、尉健行、李岚清今天上午11点45分在人民大会堂亲切会见了采访十五大的中外记者。

会见在东大厅进行。江泽民等在大会新闻发言人徐光春的陪同下，来到大厅，向很早就等候在这里的600多名中外记者招手致意。江泽民等中央政治局常委站在巨幅油画《万里长城》前，神采奕奕，面向着记者笑容满面。

江泽民向采访十五大的中外记者表示感谢，并介绍了新当选的中央政治局常委，几位常委也微笑着向记者致意。

广州日报
广州商报
号外

1997年9月19日

售价：每份二角

1997年9月19日，中共十五届一中全会产生中央领导机构，江泽民任中共中央总书记、中央军委主席，李鹏、朱镕基、李瑞环、胡锦涛、尉健行、李岚清任政治局常委。图为1997年9月19日《广州日报》、《广州商报》联合出版的号外。

本世纪最壮观的焦点

三峡工程大江截流成功

三峡工程大江截流胜利实现

李鹏宣布截流成功　江泽民发表重要讲话

重慶商報　号外

CQET　国内统一刊号CN51-0051

1997 年11月 9　农历丁丑年十月初十　星期日

今日4版

白天：晴间多云　晚上：晴间多云　气温：13℃—22℃　南风：1—2级

值班总编辑

1997年11月8日，本世纪最壮观的焦点，我国建国以来投资最多、规模最大的水利发电工程——三峡工程大江截流胜利实现。李鹏宣布截流成功，江泽民发表重要讲话。图为1997年11月9日出版的《重庆商报》号外“三峡工程大江截流胜利实现”。

广州日报 号外

1999年5月9日 星期日

北约悍然轰炸我驻南使馆
中国政府表示最强烈抗议

使馆人员3死1失踪20多人受伤 为国际外交史上罕见

北约的野蛮行径违反了《联合国宪章》、国际法及国际关系准则，违反了《维也纳外交关系公约》，它必须对由此产生的后果负责

京沪穗学生上街游行
愤怒抗议北约的暴行

游行前曾依法向所在地公安部门申请获得正式批准

遇难记者邵云环许杏虎遗照

向我驻南使馆遇难烈士致哀

1999年5月8日，以美国为首的北约悍然使用3枚导弹，袭击了中国驻南斯拉夫大使馆，造成馆舍严重毁坏，3人死亡。中国政府发表声明，对这一野蛮暴行，表示极大愤慨和严厉谴责，并提出最强烈抗议。图为《广州日报》出版的号外。

号外

羊城晚报

新快报

羊城晚报 报业集团出版 1999年5月9日 星期日

我们的抗议

《羊城晚报》编辑部 《新快报》编辑部

炸中国大使馆就是炸中国

中国人民愤怒了！

京沪穗等地爆发民众大游行痛斥美国北约暴行

■一名满脸鲜血的中国外交人员被救援人员搀扶着走出大使馆。

向死难者致哀

新华社同事惊呆了

图为1999年5月9日《羊城晚报》、《新快报》联合出版的号外“中国人民愤怒了，炸中国大使馆就是炸中国，京沪穗等地爆发民众大游行，痛斥美国北约暴行”。

号外 生活日報

旭日升集团 与全国人民一起共庆

中国女足在第三届世界杯上取得历史性突破

1999年7月11日 星期日

大众日报社主办

祖国人民为你们庆功

江泽民主席昨晚致电中国女足

一场激烈得令人窒息的比赛 一个悲壮得让人哽咽的黎明

中国女足点球惜败壮志未酬

李岚清电贺中国女足获亚军

悲壮黎明

中美女足对抗十三年

今日导读

★打开记忆（2—15版）

★女足三侠（3—14版）

★铿锵玫瑰（4—13版）

★高考试卷（5—12版）

相信会有那么一天

广大球迷对女足失利表示理解并对未来充满信心

秀才遇了兵

冰茶旭日升 游乐大连环

七折 六折 五折 …… 好 便 宜 哎

为争夺女足世界杯冠军，一场激烈得令人窒息的比赛，一个悲壮得让人哽咽的黎明，中国女足点球惜败，壮志未酬。中国女足虽败犹荣。图为1999年7月11日出版的《生活日报》号外。

球报

辽宁日报社主办

球报首期号外 十万赠送沈城

1999年7月11日出版

号外

中国女足

夺得第三届世界杯亚军

江泽民主席打电话勉励中国女子足球队

李岚清副总理打电话祝贺中国队获得世界杯女足赛亚军

一次真正的“虽败犹荣”

本报评论员

敬请关注：明日《球报》被情报道女足世界杯

沈阳虎星球类运动技术学校校长赵树元偕全体师生员工向中国女足姑娘致敬！

1999年7月10日，中国女子足球队在美国夺得第三届女足世界杯亚军。实现了我国女子足球运动史上的又一次突破。江泽民主席打电话勉励中国女子足球队。图为1999年7月11日出版的《球报》号外。

重慶日報

CHONGQING DAILY

号外

重庆日报社出版　国内统一刊号 CN50—0001　代号77—1　第17258号

1999年11月21　星期日

“神舟”遨游太空　华夏威震寰宇

我国载人航天工程第一艘试验飞船飞行成功

江泽民为第一艘试验飞船题名

神舟

江泽民

中共中央 国务院 中央军委对我国载人航天工程第一次飞行试验成功的贺电

1999年11月21日，“神舟”遨游太空，华夏威震寰宇，我国载人航天工程第一艘试验飞船飞行成功。图为1999年11月21日出版的《重庆日报》号外“我国载人航天工程第一艘试验飞船飞行成功”。

澳門回歸號外　澳門日報　一九九九年十二月二十日　星期一　己卯年十一月十三日

澳門回歸了

澳門日報
MACAO DAILY NEWS

號外

中葡澳門政權交接儀式在澳門隆重舉行

國旗區旗升出澳門新紀元
中國領土從此無外人管治

社論
慶祝澳門回歸　齊創美好未來
（摘要）

1999年12月20日，这是一个光荣的日子，扬眉吐气的日子，澳门终于回归祖国。中国领土从此无外人管治，国旗区旗升出澳门新纪元。图为1999年12月20日出版的《澳门日报》号外“澳门回归了”、“庆祝澳门回归，齐创美好未来”。

歡迎解放軍駐澳

澳門日報

MACAO DAILY NEWS

號外

威武文明之師昂然進城

數以萬計居民夾道歡迎

社論

熱烈歡迎您，人民子弟兵

1999年12月20日，《澳门日报》出版号外“欢迎解放军驻澳”、“威武文明之师，昂然进城，数以万计居民夹道欢迎”、“热烈欢迎您，人民子弟兵”。

第一版　華僑報　1999年12月20日 星期一

珠澳18萬市民夾道歡呼

華僑報

JORNAL "VA KIO"

號外

揮進澳門履行防務 駐澳部隊踏足濠江

三萬市民熱烈歡迎子弟兵

花車大巡遊掀起高潮 數萬市民浸淫歡樂中

图为1999年12月20日出版的澳门《华侨报》号外“珠澳18万市民夹道欢呼”。

南京日報
金陵晚报
号外

南京日报社出版　1999年12月20日　星期一　己卯年十一月十三

澳门政权交接仪式隆重举行

澳门回家了

江泽民说：中国有信心有能力早日解决台湾问题

图为1999年12月20日《南京日报》、《金陵晚报》联合出版的号外“澳门政权交接仪式隆重举行，澳门回家了”。

484

2000年零点钟声敲响了 让我们一起

跨上新千年

成都商报

CHENGDU ECONOMIC DAILY

成都商报社出版

2000年1月1日 星期六

2000号外 子夜版

一千个春天曾经怒放
一千个秋天曾经枯黄
千秋 你能否记住已经过去的千年——
祖辈们洒下多少汗水多少泪水
有多少生的奇迹爱的传奇
织过多少布打过多少仗
有过多少追寻多少希望
有多少孩子描绘过千年的梦想
……

大预告

“新夸父行动”
世纪奉献
32大版
今日上午七时全面上市
敬请关注

在我们深情祝福的这一刻
能否听懂这千年钟声的内涵
该忘记的忘记，该怀念的怀念
该给亲爱的母亲下跪

该教孩子明白
欢笑吧，把梦想化成幸福绽放
因为这是你的起点——

连续三日
一报揽尽
全球狂欢

成都商报人向亲爱的读者恭贺新年

2000年1月1日，《成都商报》出版子夜版号外“2000年零点钟声敲响了，让我们一起跨上新千年”。

在新千年到来之际，2000年1月1日，香港《大公报》出版号外“2000来到了，举世万众腾欢同迎千禧，江泽民点燃‘中华圣火’，董建华呼吁科技与亲和”。

人民日报

RENMIN RIBAO

2001年7月13日 星期五

号外

BEIJING 2008 Candidate City

北京申奥成功

本报莫斯科7月13日急电 国际奥委会主席萨马兰奇今晚在此间向世界宣布：经国际奥委会第112次全会投票确定，2008年第29届奥林匹克运动会将在北京举行。

北京赢得2008年奥运会主办权，是在1993年首次申办未果后，经过坚持不懈的努力获得成功的。此次投票，北京在5个申办2008年奥运会候选城市中脱颖而出。

神州沸腾了

2001年7月13日夜，历史在这里定格。

这一刻，我们期待得太久太久；这一刻，我们激动的心狂跳不停；这一刻，所有的语言是那样苍白；这一刻，让喜悦与胜利的泪水任意洒满衣襟。

打开美酒的瓶塞，就像打开我们情怀的闸门；让香槟的芳香喷涌而出，如同礼花绽放北京的夜空。记住梦想成真的时刻，我们今夜划下2008年奥林匹克大厦的第一道彩虹。

长安街华灯齐放，世纪坛万众欢腾。人们尽情地唱啊，跳啊，庆祝这激动人心的时刻。从黄河到长江，从昆仑到东海，九百六十万平方公里的大地上，13亿中国人民迎来这令人心醉的时刻。

一个老大娘对身边的街坊说，7年后，你猜猜北京该是咋样？一个戴着红领巾的小男孩望着满天的礼花痴痴地说，2008，我将是奥运会志愿者中的一员。

五环旗，在三千年古都编织出一个绚烂多姿的理想；申奥成功，只是历史在我们脚下划出新的起跑线，中华民族伟大复兴的辉煌前景，又鸣响了发令枪……

贺电

（莫斯科）北京奥申委代表团：

喜讯传来，北京已是欢乐的海洋。

国际奥委会选择了北京，选择了中国。在此，我们谨以新闻工作者的名义，向奋战在申奥第一线的北京申奥代表团致以深深的谢意。你们申勤高效的工作，为祖国赢得了荣誉，为北京赢得了机会。

这个时刻，我们期待已久。这个时刻，我们激情澎湃。人民日报社灯火通明，一片节日的喜庆气氛。在编辑部，在印刷车间，在人民日报驻全国各地、世界各地记者站，在人民日报所有的子报子刊，大家共庆祝、心相连，为北京获得2008年奥运会主办权而感到欢欣鼓舞。申奥成功的消息在这里汇聚、激荡，饱蘸着我们喜悦的心情传向四面八方。

进军的号角已经吹响，五环旗将在神州大地上高高飘扬。让我们将爱国的情怀凝聚成无穷的力量，以饱满的热情举办一届出色的奥运会，以非凡的努力揭开奥林匹克运动的崭新篇章。

我们衷心祝贺北京获得的成功！

人民日报社全体工作人员

2001年7月13日夜于北京

2001年7月13日，在莫斯科举行的2008年奥运会主办城市投票仪式结束。国际奥委会主席萨马兰奇宣布：中国首都北京在第二轮投票中，以明显超过半数的票数胜出，成功赢得主办权。图为2001年7月13日出版的《人民日报》号外。

号外

北京青年报

BEIJING YOUTH DAILY

2001年7月13日 星期五 农历辛巳年五月廿三 统一刊号/CN11-0103 免费赠送

国际奥委会主席萨马兰奇今晚在莫斯科宣布

北京赢了

BEIJING 2008

图为2001年7月13日出版的《北京青年报》号外“国际奥委会主席萨马兰奇今晚在莫斯科宣布：北京赢了”。

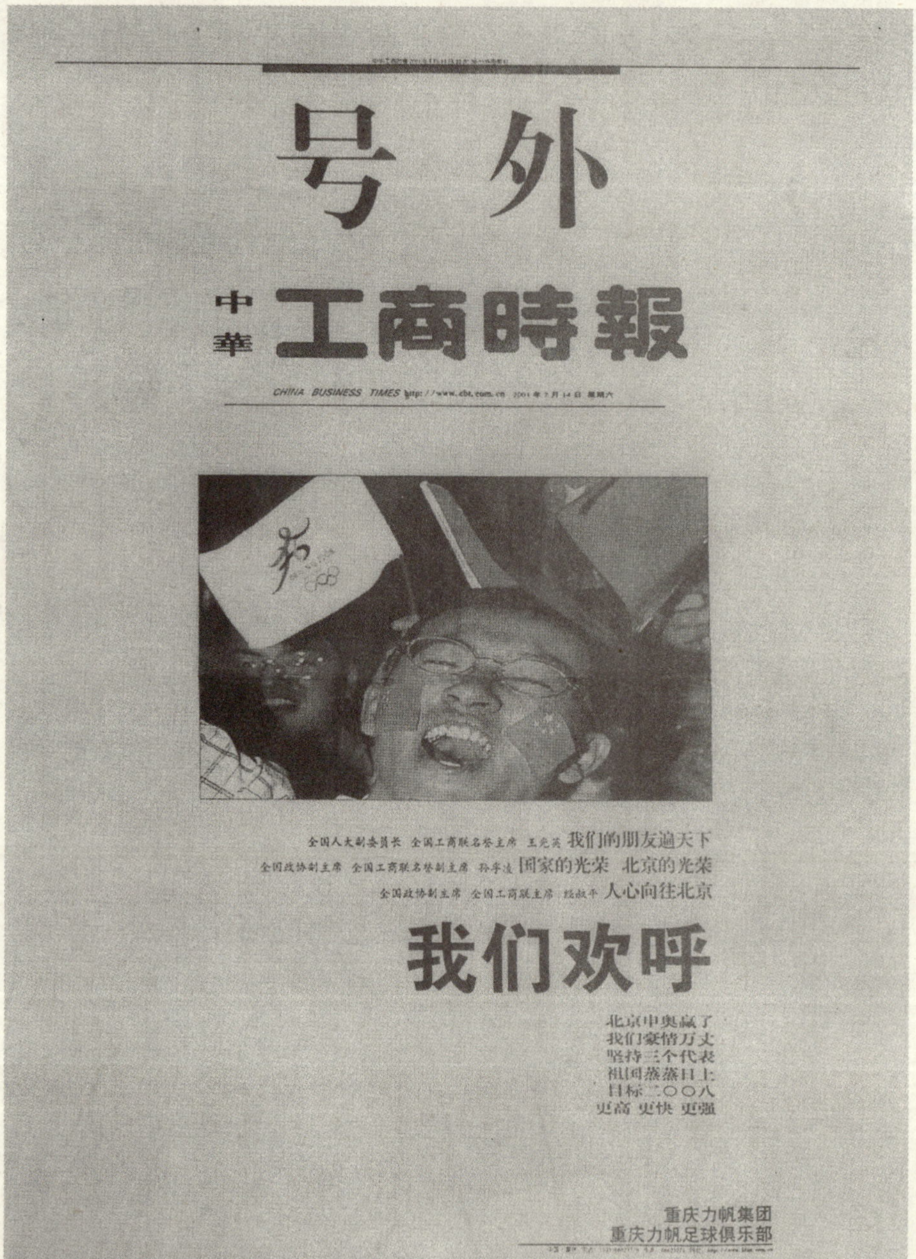

号外

中華工商時報

CHINA BUSINESS TIMES http://www.cbt.com.cn 2001年7月14日 星期六

全国人大副委员长 全国工商联名誉主席 王光英 我们的朋友遍天下

全国政协副主席 全国工商联名誉副主席 孙孚凌 国家的光荣 北京的光荣

全国政协副主席 全国工商联主席 经叔平 人心向往北京

我们欢呼

北京申奥赢了
我们豪情万丈
坚持三个代表
祖国蒸蒸日上
目标二〇〇八
更高 更快 更强

重庆力帆集团
重庆力帆足球俱乐部

北京申奥成功，是我们国家强大、世人重视的体现。图为2001年7月14日出版的《中华工商时报》号外“我们欢呼北京申奥赢了，我们豪情万丈，坚持三个代表，祖国蒸蒸日上，目标二〇〇八，更高更快更强”。

(2001)京临报准字002号

BEIJING 2008

Candidate City

申奥号外

2001年7月14日

新华通讯社主管

体育快报社主办

中国海南神方保健品有限公司协办

社长：[illegible] 总编辑：[illegible] 总策划：汪永基

副总编辑：[illegible] 执行主编：[illegible]

绿色奥运 科技奥运 人文奥运

江泽民与群众同庆申奥成功

本报讯 北京时间7月13日晚，当北京申奥成功的消息传来，40万北京群众自发来到天安门广场欢庆申奥成功。党和国家领导人江泽民、李鹏、朱镕基、李瑞环、胡锦涛、尉健行在世纪坛和天安门广场，与各界群众共庆这一喜悦的时刻。江泽民同志在现场给远在莫斯科的李岚清打电话，热烈祝贺申奥成功。

22时20分，江泽民同志在中共中央政治局委员、北京市委书记贾庆林的陪同下，来到中华世纪坛辉煌的圣火台前，与参加联欢活动的大学生、运动员、劳动模范及群众代表见面。

江泽民同志在世纪坛发表了热情洋溢的讲话，他说，我代表党中央国务院对北京申办奥运成功表示热烈的祝贺！向全国人民为北京申奥所作的贡献表示感谢，向国际奥委会和各国朋友对北京申奥的支持表示感谢！全国人民将与首都人民一起奋发努力，扎实工作，把2008年奥运会办成功。江泽民欢迎世界各国朋友2008年光临北京，参加奥运会。

北京以56票获得2008年奥运会主办权

北京狂欢 中国沸腾

本报莫斯科7月13日讯 今天在这里举行的国际奥委会第112次会议上，北京在第二轮投票中以56票获得2008年夏季奥运会的主办权，首次成为这个世界上人口最多的国家迎得奥运会。

在这一轮投票中，多伦多获得22票，巴黎得到18票，伊斯坦布尔获得9票。大阪在第一轮投票中以6票被淘汰。

本报讯 昨晚至今晨，首都居民欢呼雀跃，同全国人民一道欢庆北京申奥成功。欢乐中的北京天安门广场和中华世纪坛，被渲染得分外妖娆。

泪水和雨水浸润着人们幸福的脸庞，一群大学生手擎五星红旗奔跑着，一些人呼喊着，渲泄着积淀在人们心头8年期待后的喜悦。汽车司机鸣起喇叭表示庆祝。

大约十多万人自发聚集天安门广场。广场华灯齐放，锣鼓喧天，一遍又一遍地欢唱《五星红旗迎风飘扬》。

北京站，大厅里，旅客们的脸上洋溢着幸福而激动的神采。一位乘坐54次火车从青岛来京的40多岁男子大声对记者说："就怕火车晚点看不上这一幕。"

在世纪坛，一位38岁的大学教师站在五星红旗的海洋中说："世界承认了我们。"

首都国际机场，旅客们看着电视大屏幕，像故友一样热烈地交谈着。一位高大威猛的老外拍了一下记者："congratulation!"

天安门东地铁口，一位30多岁的女子拉着一个七八岁的男孩儿，当记者问男孩儿想说什么时，孩子大声答道："祖国万岁！"

历史瞬间

《体育快报》由新华通讯社主办。图为2001年7月14日出版的《体育快报》申奥号外"北京以56票获得2008年奥运会主办权，北京狂欢，中国沸腾"。

盤錦日報 号外

PAN JIN RI BAO

2001 年 7 月 14 日 星期六

中华盛事，申奥成功
奔走相告，普天同庆

2001年7月14日

共庆北京申奥成功

今夜属于中国

江泽民等党和国家领导人参加群众联欢

数千人狂欢世纪广场，共同欢呼：

祖国万岁！

姚景远，咱们家乡的世界冠军

喜盼奥运

申奥成功遂心愿 火树银花不夜天

《盘锦日报》是中共盘锦市委机关报。图为2001年7月14日出版的《盘锦日报》号外“共庆北京申奥成功，数千人狂欢世纪广场，共同欢呼：祖国万岁！”。

羊城晚报 YANGCHENG EVENING NEWS

号外

2001年9月12日 星期三

空前恐怖袭击几万生灵涂炭

2001年9月11日上午发生在美国纽约、华盛顿的一连串有计划的恐怖事件令全世界极度震惊

●两架民航客机撞击纽约世界贸易中心大楼，令“双子楼”起火爆炸坍塌

●一架小型飞机撞击五角大楼引发大火

●美国国务院及国会山附近发生汽车炸弹爆炸事件

■恐怖撞击一瞬间

客机飞近

自杀撞楼

起火爆炸

纽约世贸中心其中一幢110层大楼先行在烟与火中坍塌

2001年9月11日，发生在美国的一连串有计划的恐怖事件令全世界极度震惊。两架民航客机撞击纽约世界贸易中心大楼，110层“双子楼”起火爆炸坍塌。一架飞机撞击五角大楼引起大火。图为2001年9月12日出版的《羊城晚报》号外。

号外

今晚报

JINWANBAO

2001年9月 12 星期三

网址：http://www.jwb.com.cn

美国遭恐怖袭击

客机撞塌纽约世贸大楼

五角大楼被另一飞机撞塌一角 国务院和国会附近发生汽车炸案

美国政府下令全国进入高度戒备状态

江泽民致电布什深表慰问

对我在美人员安全深表关心 给受伤害者提供一切必要帮助

中国政府一贯谴责和反对一切恐怖主义暴力活动

《今晚报》在天津出版。图为2001年9月12日出版的《今晚报》号外“美国遭恐怖袭击，江泽民致电布什深表慰问”。

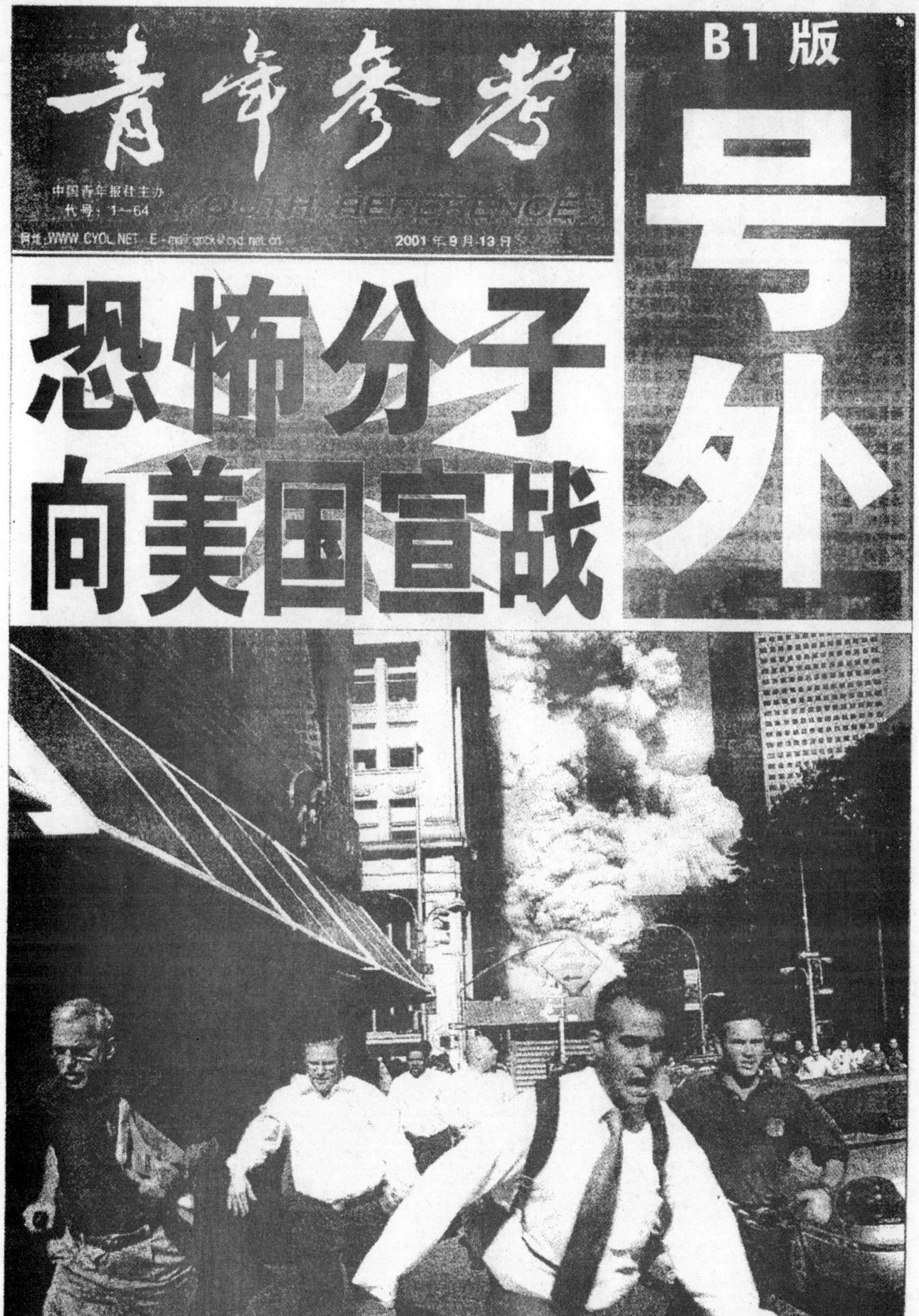

青年参考

中国青年报社主办

代号：1—64

YOUTH REFERENCE

网址:WWW.CYOL.NET

2001年9月13日

B1版

号外

恐怖分子向美国宣战

《青年参考》由《中国青年报》社主办。图为2001年9月13日出版的《青年参考》号外“恐怖分子向美国宣战”。

体坛周报

冲击波 号外

我在定位球上所作的努力没有白费

米卢：此役最漂亮

提前出线！？

形势巨好！

西亚在衰叹

《体坛周报》在长沙出版。图为2001年9月16日出版的《体坛周报》号外“米卢：此役最漂亮”。

辽沈晚报 号外

喜报

辽宁省报纸临时增版增期准印证[2001]第26号

中国足球

圆梦

沈阳

祝中国足球首次冲进世界杯

2001年10月7日晚，经过长达44年的期待，中国足球队在沈阳五里河体育场，终于取得2002年世界杯出线权，首次冲进足球世界杯。图为2001年10月7日出版的《辽沈晚报》号外“中国足球圆梦沈阳，祝中国足球首次冲进世界杯”。

足球周报

号外

今夜 我们为你欢呼

啤酒喝黑狮 赢了真痛快

《足球周报》在大连出版。图为2001年10月7日出版的《足球周报》号外“今夜，我们为你欢呼”。

CHINA TIMES

华夏时报 号外

白发人的梦 圆了　黑发人的情 结了

今晚真爽

今晚，我们彻夜不眠！

敬请关注明日华夏时报详细报道

A

图为2001年10月7日出版的《华夏时报》号外“白发人的梦，圆了，黑发人的情，结了，今晚真爽”。

《中国足球报》由中国足协主办。图为2001年10月7日出版的《中国足球报》号外“出线了”。

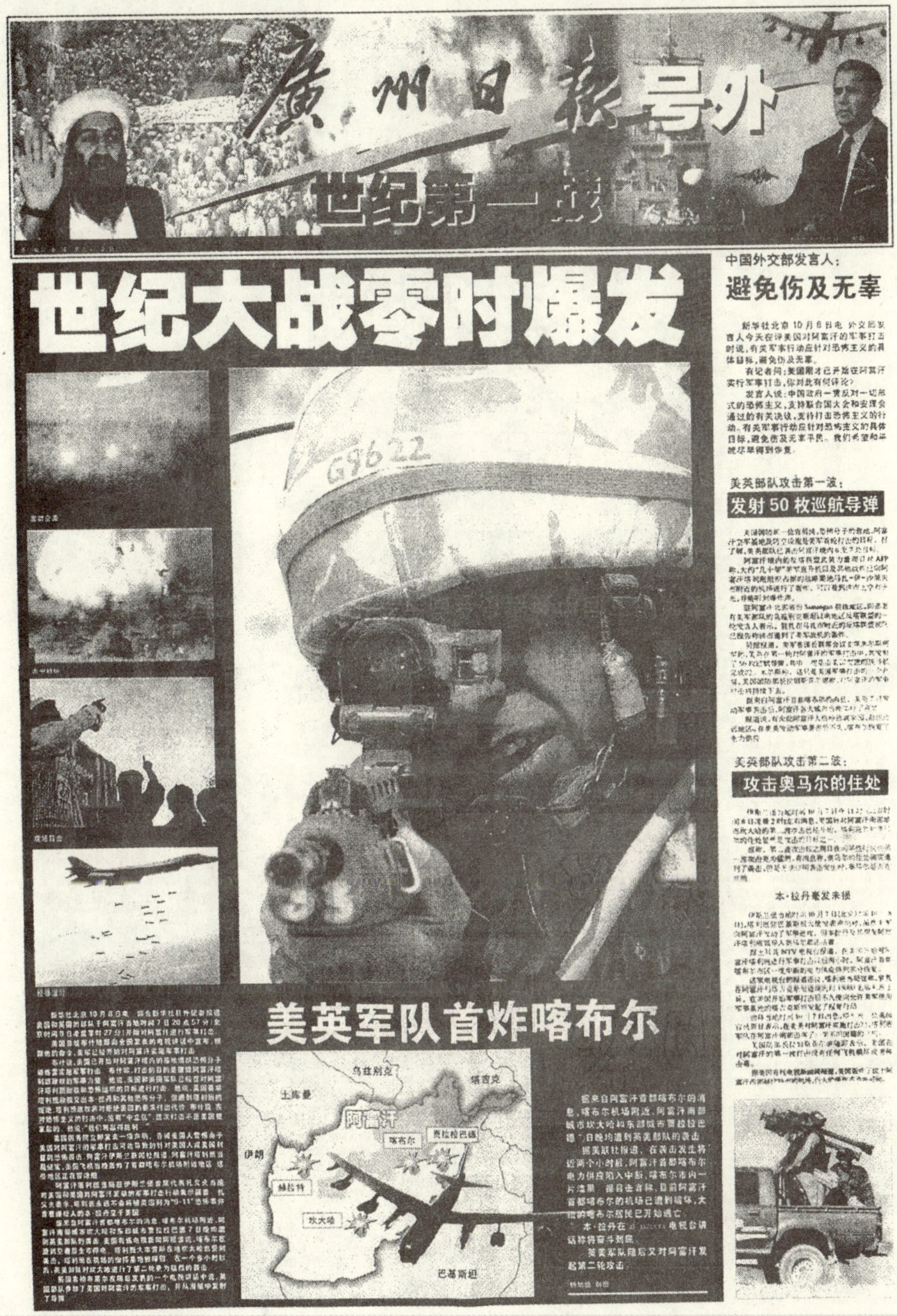

广州日报号外

世纪第一战

世纪大战零时爆发

中国外交部发言人：

避免伤及无辜

新华社北京10月8日电 外交部发言人今天在评美国对阿富汗的军事打击时说，有关军事行动应针对恐怖主义的具体目标，避免伤及无辜。

有记者问：美国刚才已开始在阿富汗实行军事打击，你对此有何评论？

发言人说：中国政府一贯反对一切形式的恐怖主义，支持联合国大会和安理会通过的有关决议，支持打击恐怖主义的行动。有关军事行动应针对恐怖主义的具体目标，避免伤及无辜平民。我们希望和平能尽早得到恢复。

美英部队攻击第一波：

发射50枚巡航导弹

美英部队攻击第二波：

攻击奥马尔的住处

本·拉丹毫发未损

美英军队首炸喀布尔

2001年10月7日，美国和英国的军队开始对阿富汗境内的基地组织恐怖分子进行军事打击。美国总统布什在电视讲话中宣布，打击的目的是摧毁阿富汗塔利班政权的军事力量。图为2001年10月8日出版的《广州日报》号外“世纪大战零时爆发”。

湘潭晚報

号外

2001年11月11日 星期日

多云 北风3—4级 气温：12℃-17℃

15年的期待，

15年的奋斗，今朝——

中国昂然入世

据新华社多哈11月10日电 世界贸易组织第四届部长级会议10日下午在卡塔尔首都多哈以全体协商一致的方式，审议并通过了中国加入世贸组织的决定。

当地时间10日18时30分，在多哈喜来登酒店萨尔瓦会议大厅，世贸组织第四届部长级会议主席、卡塔尔财政、经济和贸易大臣卡迈勒宣布：大会开始讨论下一个重要议题——中国加入世贸组织问题。世贸组织中国工作组主席吉拉德向大会报告工作组的工作，并向大会提交了部长级会议《关于中国加入世贸组织的决定》草案，请大会审议和通过。

在没有任何反对意见的情况下，会议主席卡迈勒手中击锤轻落，标志着中国长达15年复关和加入世贸组织进程的结束，宣告了一个历史性时刻的诞生。坐在主席台上的世贸组织总干事穆尔等首先起立鼓掌表示祝贺；接着，中国代表团全体成员起立鼓掌，全场700多名与会代表也纷纷站起来，热烈鼓掌。

15年前的1986年7月10日，中国正式提出恢复关贸总协定缔约国地位的申请，从此开始了复关和加入世贸组织的漫漫征程。在此过程中，对中国贸易体制的审查和双边市场准入谈判分别在1992年和2001年完成。今年9月18日，世贸组织中国工作组第十八次会议结束了中国加入世贸组织的全部谈判，为中国最终加入世贸组织创造了条件。

在中国政府代表签署中国加入世贸组织议定书，并向世贸组织秘书处递交中国加入世贸组织批准书30天后，中国将正式成为世贸组织成员。

▲11月10日，行人在北京火车站站前广场的电视墙旁观看世界贸易组织第四届部长级会议通过中国加入世贸组织决定的现场直播。

▲11月10日，部分中国留法学生聚集在中国驻法国大使馆观看有关中国加入WTO议程的电视实况转播。通过中国"入世"决定后，留学生们拍手鼓掌祝愿祖国更加繁荣昌盛。

中国昂然入世

2001年11月10日，世界贸易组织第四届部长级会议在卡塔尔首都多哈以全体协商一致的方式，审议并通过了中国加入世界贸易组织的决定。图为2001年11月11日出版的《湘潭晚报》号外"15年的期待，15年的奋斗，今朝——中国昂然入世"。

商旅報 号外

BUSINESS AND TOURISM DAILY

2001年11月 星期日 辛巳年九月二十六 主办：海南航空 国内公开发行 统一刊号：CN46—0027 邮发代号：83—32

融入世界经济发展的浩荡洪流

中国入世昨一锤定音

世贸总干事穆尔

中国对外开放新的里程碑（摘要）

中国对新一轮多边贸易谈判提出三项目标

海口达到国家园林城市标准

加入WTO 海南必须实现三个突破

产业开放 制度创新 产业升级

图为2001年11月11日出版的《商旅报》号外“中国入世昨一锤定音，融入世界经济发展的浩荡洪流”。

贵阳日报
贵阳晚报
号外
Extra Edition

贵阳日报社出版　国内统一刊号：CN52-0032　2002年11月8日　星期五　14:00时

党的十六大隆重开幕

江泽民同志代表第十五届中央委员会向大会作报告　李鹏同志主持大会

十一月八日，中国共产党第十六次全国代表大会在北京人民大会堂隆重开幕。图为大会会场。　新华社数码传真照片

新华社北京11月8日电　走过81年辉煌历程的中国共产党，迎来又一个历史性的时刻——举世瞩目的中国共产党第十六次全国代表大会今天上午在人民大会堂开幕。江泽民同志在报告中指出，这次大会的主题是：高举邓小平理论伟大旗帜，全面贯彻"三个代表"重要思想，继往开来，与时俱进，全面建设小康社会，加快推进社会主义现代化，为开创中国特色社会主义事业新局面而奋斗。

江泽民代表第十五届中央委员会向大会作了题为《全面建设小康社会，开创中国特色社会主义事业新局面》的报告。他说，中国共产党第十六次全国代表大会，是我们党在新世纪召开的第一次代表大会，也是我们党在开始实施社会主义现代化建设第三步战略部署的新形势下召开的一次十分重要的代表大会。

雄伟的人民大会堂今天显得格外庄严。大礼堂主席台正上方悬挂着"中国共产党第十六次全国代表大会"的巨幅会标。鲜艳的红旗簇拥着由镰刀和铁锤组成的党徽。主席台前摆放着盛开的鲜花。大礼堂二楼和三楼的眺台上分别拉着"高举邓小平理论伟大旗帜，全面贯彻'三个代表'重要思想，继往开来，与时俱进，全面建设小康社会，开创中国特色社会主义事业新局面！""伟大、光荣、正确的中国共产党万岁！"字样的巨型横幅。

江泽民、李鹏、朱镕基、李瑞环、胡锦涛、尉健行、李岚清等大会主席团常务委员会成员在主席台前排就座。

大会由李鹏同志主持。上午9时，会议开始时，在军乐团雄壮的乐曲声中，全场起立，高唱《中华人民共和国国歌》。随后，全体同志为毛泽东、周恩来、刘少奇、朱德、邓小平、陈云等已故的老一辈无产阶级革命家和革命先烈默哀。

李鹏宣布，十六大应到代表和特邀代表共2154人，今天实到代表2134人。他对列席大会的党外朋友和有关负责同志表示热烈欢迎。

江泽民同志在热烈的掌声中向大会作报告。报告共分十部分：过去五年的工作和十三年的基本经验；全面贯彻"三个代表"重要思想；全面建设小康社会的奋斗目标；经济建设和经济体制改革；政治建设和政治体制改革；文化建设和文化体制改革；国防和军队建设；"一国两制"和实现祖国的完全统一；国际形势和对外工作；加强和改进党的建设。

江泽民在报告中回顾了十五大以来党领导全国人民在改革发展稳定、内政外交国防、治党治国治军各方面取得的巨大成就，以及一九八九年十三届四中全会以来十三年党团结带领全国各族人民推进改革开放和社会主义现代化的历史进程，总结了党领导人民建设中国特色社会主义必须坚持的十条基本经验。他说，这些经验，归结起来就是，我们党必须始终代表中国先进生产力的发展要求，代表中国先进文化的前进方向，代表中国最广大人民的根本利益。

江泽民指出，贯彻"三个代表"重要思想，必须使全党始终保持与时俱进的精神状态，不断开拓马克思主义理论发展的新境界；必须把发展作为党执政兴国的第一要务，不断开创现代化建设的新局面；必须最广泛最充分地调动一切积极因素，不断为中华民族的伟大复兴增添新力量；必须以改革的精神推进党的建设，不断为党的机体注入新活力。

江泽民在论述全面建设小康社会的奋斗目标时指出，我们要在本世纪头二十年，集中力量，全面建设惠及十几亿人口的更高水平的小康社会，使经济更加发展、民主更加健全、科教更加进步、文化更加繁荣、社会更加和谐、人民生活更加殷实。

江泽民指出，全面建设小康社会，最根本的是坚持以经济建设为中心，不断解放和发展社会生产力。必须在坚持四项基本原则的前提下，继续积极稳妥地推进政治体制改革，扩大社会主义民主，健全社会主义法制。必须大力发展社会主义文化，建设社会主义精神文明。必须毫不放松地加强和改善党的领导，全面推进党的建设新的伟大工程。

在江泽民报告过程中，会场多次响起热烈的掌声。

2002年11月8日，举世瞩目的中国共产党第十六次全国代表大会在北京隆重开幕。大会提出，在中国特色社会主义道路上实现中华民族的伟大复兴，是历史和时代赋予我们党的庄严使命。图为《贵阳日报》、《贵阳晚报》联合出版的号外。

济南时报 号外

2002年11月8日 星期五　农历壬午年十月初四

国内统一刊号CN37-0020　代号23-366　共16版

十六大开幕了

江泽民在报告中指出：在中国特色社会主义道路上实现中华民族的伟大复兴，这是历史和时代赋予我们党的庄严使命

本报今日上午最新消息　据中央电视台报道，举世瞩目的中国共产党第十六次全国代表大会今天上午9时在北京人民大会堂隆重开幕。

中共中央总书记江泽民代表中国共产党第十五届中央委员会向大会作报告。

中国共产党第十六次全国代表大会主席团常务委员会成员江泽民、李鹏、朱镕基、李瑞环、胡锦涛、尉健行、李岚清、丁关根、田纪云、李长春、李铁映、吴邦国、吴官正、迟浩田、张万年、罗干、姜春云、贾庆林、钱其琛、黄菊、温家宝、曾庆红、吴仪、万里、乔石、宋平、刘华清、薄一波、宋任穷、叶选平、宋健、曾庆泽在主席台就座。

大会由李鹏同志主持。

江泽民同志在报告中指出：中国共产党第十六次全国代表大会，是我们党在新世纪召开的第一次代表大会，也是我们党在开始实施社会主义现代化建设第三步战略部署的新形势下召开的一次十分重要的代表大会。大会的主题是：高举邓小平理论伟大旗帜，全面贯彻“三个代表”重要思想，继往开来，与时俱进，全面建设小康社会，加快推进社会主义现代化，为开创中国特色社会主义事业新局面而奋斗。

当人类社会跨入21世纪的时候，我国进入全面建设小康社会、加快推进社会主义现代化的新的发展阶段。国际局势正在发生深刻变化。世界多极化和经济全球化的趋势在曲折中发展，科技进步日新月异，综合国力竞争日趋激烈。形势逼人，不进则退。我们党必须坚定地站在时代潮流的前头，团结和带领全国各族人民，实现推进现代化建设、完成祖国统一、维护世界和平与促进共同发展这三大历史任务，在中国特色社会主义道路上实现中华民族的伟大复兴，这是历史和时代赋予我们党的庄严使命。

截至发稿时，大会仍在进行中。

总策划：夏勤耕　执行策划：张继平　金文　版式策划：吴东萍　零售价：0.50元

图为2002年11月8日出版的《济南时报》号外“十六大开幕了”。

南方日报社出版　责编：黄灿　版式：小波

南方日報　号外

2002年11月8日　星期五

党的十六大上午开幕　江泽民作报告提出

全面建设小康社会

江泽民向大会作报告

■江泽民在报告中说，本次大会的主题是：高举邓小平理论伟大旗帜，全面贯彻“三个代表”重要思想，继往开来，与时俱进，全面建设小康社会，加快推进社会主义现代化，为开创中国特色社会主义事业新局面而奋斗

■江泽民在报告中总结了党领导人民建设中国特色社会主义必须坚持的“十条基本经验”，提出全面建设小康社会的奋斗目标：我们要在本世纪头二十年，集中力量，全面建设惠及十几亿人口的更高水平的小康社会，使经济更加发展、民主更加健全、科教更加进步、文化更加繁荣、社会更加和谐、人民生活更加殷实；经过这个阶段的建设，再继续奋斗几十年，到本世纪中叶基本实现现代化，把我国建成富强民主文明的社会主义国家

十六大举世瞩目　新华社发

大会为已故老一辈革命家默哀

江泽民作报告体现改革精神

江泽民同志在十六大开幕会上，代表中央作了报告。他在报告中提出，全面建设小康社会。图为2002年11月8日出版的《南方日报》号外“全面建设小康社会”。

NANFANG DAILY 南方日報 号外

南方日报社出版 责编：孙爱群 版式：小波 高度决定影响力 2002年11月15日 星期五

党的十六届一中全会产生中央领导机构

胡锦涛任总书记 江泽民任军委主席

胡锦涛吴邦国温家宝贾庆林曾庆红黄菊吴官正李长春罗干任政治局常委
曾庆红刘云山周永康贺国强王刚徐才厚何勇任中央书记处书记　吴官正任中纪委书记
胡锦涛主持会议并作重要讲话

新华社北京11月15日电　中国共产党第十六届中央委员会第一次全体会议公报

（2002年11月15日中国共产党第十六届中央委员会第一次全体会议通过）

中国共产党第十六届中央委员会第一次全体会议，于2002年11月15日在北京举行。

出席会议的有中央委员198人，候补中央委员158人。中央纪律检查委员会委员列席会议。

胡锦涛同志主持会议并作了重要讲话。

全会选举了中央政治局委员、候补委员，中央政治局常务委员会委员，中央委员会总书记；根据中央政治局常务委员会的提名，通过了中央书记处成员；决定了中央军事委员会组成人员；批准了中央纪律检查委员会第一次全体会议选举产生的书记、副书记和常务委员会委员人选。名单如下：

一、中央政治局委员、候补委员

中央政治局委员（按姓氏笔画为序）
王乐泉　王兆国　回良玉（回族）　刘淇　刘云山　李长春　吴仪（女）　吴邦国　吴官正　张立昌　张德江　陈良宇　罗干　周永康　胡锦涛　俞正声　贺国强　贾庆林　郭伯雄　黄菊　曹刚川　曾庆红　曾培炎　温家宝

中央政治局候补委员　王刚

二、中央政治局常务委员会委员

胡锦涛　吴邦国　温家宝　贾庆林　曾庆红　黄菊　吴官正　李长春　罗干

三、中央委员会总书记

胡锦涛

四、中央书记处书记

曾庆红　刘云山　周永康　贺国强　王刚　徐才厚　何勇

五、中央军委主席、副主席、委员

主席　江泽民
副主席　胡锦涛　郭伯雄　曹刚川
委员　徐才厚　梁光烈　廖锡龙　李继耐

六、中纪委书记、副书记、常委

书记　吴官正
副书记　何勇　夏赞忠　李至伦　张树田　刘锡荣　张惠新　刘峰岩
常务委员会委员（按姓氏笔画为序）
干以胜　马馼（女）　马志鹏　王振川　刘峰岩　刘家义　刘锡荣　李至伦　吴官正　吴毓萍（女）　何勇　沈德咏　张树田　张惠新　赵洪祝　夏赞忠　黄树贤　解学智

中共十六届一中全会，于2002年11月15日在北京举行。会议选举胡锦涛任总书记，江泽民任军委主席，胡锦涛、吴邦国、温家宝、贾庆林、曾庆红、黄菊、吴官正、李长春、罗干任政治局常委。图为《南方日报》号外。

号外 新快报 NEW EXPRESS

2002年11月 15 星期五

中国共产党十六届一中全会今天上午选举产生新一届中央领导机构

胡锦涛当选中共中央总书记

胡锦涛、吴邦国、温家宝、贾庆林、曾庆红、黄菊、吴官正、李长春、罗干共九位新任中共中央政治局常委集体亮相人民大会堂，其中最年轻的是广东省委书记李长春

新当选的九位中共中央政治局常委（左起）：胡锦涛、吴邦国、温家宝、贾庆林、曾庆红、黄菊、吴官正、李长春、罗干

中共中央总书记 胡锦涛

中共中央政治局常委 吴邦国

中共中央政治局常委 温家宝

中共中央政治局常委 贾庆林

中共中央政治局常委 曾庆红

中共中央政治局常委 黄菊

中共中央政治局常委 吴官正

中共中央政治局常委 李长春

中共中央政治局常委 罗干

2002年11月15日，广州《新快报》出版号外“胡锦涛当选中共中央总书记”。

南方都市報 号外

新任政治局常委

胡锦涛

吴邦国

温家宝

贾庆林

曾庆红

黄菊

吴官正

李长春

罗干

今天上午，

新一届中央领导机构产生

胡锦涛任总书记

本报地址：广州市广州大道中289号 邮编：510600 封面责任编辑：刘景 制图/版式设计：子埼

《南方都市报》在广州出版。图为2002年11月15日出版的《南方都市报》号外“今天上午，新一届中央领导机构产生，胡锦涛任总书记”。

热烈祝贺以胡锦涛同志为核心的新一届中央领导集体诞生

号外④ 泸州晚报

2002年11月 15

新一届中央政治局常委今日上午会见中外记者，新当选的中共中央总书记胡锦涛同志发表重要讲话

聚精会神搞建设 一心一意谋发展

新华社11月15日电 新一届中央政治局常委今天上午在人民大会堂与中外记者见面。新当选的中共中央总书记胡锦涛同志发表重要讲话。他说，中国共产党第十六次全国代表大会，已于昨天闭幕。大会开得很成功，这是一次团结的大会、胜利的大会、奋进的大会、继往开来的大会。

胡锦涛说，刚才，我们又召开了中国共产党第十六届中央委员会第一次全体会议，选举产生了新一届中央领导机构。中央政治局常务委员会由9位同志组成。全会选举我为中共中央总书记。新当选的其他8位中央政治局常委是：吴邦国、温家宝、贾庆林、曾庆红、黄菊、吴官正、李长春、罗干。

胡锦涛代表新当选的中央领导机构成员，感谢全党同志的信任。他说，我们一定不辜负全党同志的重托和全国人民的期望，高举邓小平理论伟大旗帜，全面贯彻"三个代表"重要思想，认真落实十六大提出的各项任务，紧密团结和依靠全党、全国各族人民，继往开来，与时俱进，为全面建设小康社会，加快推进社会主义现代化，开创中国特色社会主义事业新局面而努力奋斗。

胡锦涛说，新闻传媒的朋友们都希望了解我们新当选的中央领导集体将如何开展工作。在这里我可以明确地告诉大家，十六大把"三个代表"重要思想同马克思列宁主义、毛泽东思想、邓小平理论一道，确立为我们党要长期坚持的指导思想，这是一个历史性的决策，也是一个历史性的贡献，为我们指明了前进的方向。江泽民同志在十六大所作的报告，系统总结了13年来的基本经验，全面阐述了贯彻"三个代表"重要思想的根本要求，明确提出了在本世纪头20年我们党和国家的奋斗目标，以及经济、政治、文化、国防、祖国统一、外交和我们党的自身建设等各方面的方针政策。所有这些，都体现了中国共产党全党的意志，代表了全国各族人民的愿望，是我们党在新世纪新阶段的政治宣言和行动纲领。我们新一届中央领导集体将坚定不移、一以贯之地贯彻执行。

胡锦涛说，我们坚信，在十六大精神的指引和鼓舞下，中国共产党将进一步向世人展现出与时俱进、开拓进取的良好形象。我们全党和全国各族人民将更加紧密地团结在一起，聚精会神搞建设，一心一意谋发展，把改革开放和现代化建设事业继续推向前进。中国的明天一定会更加美好，中国的发展进步一定会对世界的和平与发展作出更大的贡献！

胡锦涛最后说，借此机会，我要衷心感谢新闻传媒的各位朋友为采访报道我们党的十六大所付出的辛劳，并期待着今后有更好的合作。

新一届中共中央政治局常委与中外记者见面

今天上午11时36分，新一届中共中央政治局常委在北京人民大会堂一楼东大厅与中外记者见面。新一届常委（从左至右依次）为胡锦涛、吴邦国、温家宝、贾庆林、曾庆红、黄菊、吴官正、李长春、罗干。 新华社供图

胡锦涛同志简历

1942年12月生，安徽绩溪人，1964年4月入党，1965年7月参加工作，清华大学水利工程系河川枢纽电站专业毕业，大学文化，工程师。1959至1965年，在清华大学水利工程系学习，1964年前，任政治辅导员。1965至1968年，在清华大学水利工程系参加科研工作，并任政治辅导员（"文化大革命"开始后终止）。

1968至1982年，先后在水电部刘家峡工程局房建队劳动，任水电部第四工程局八一三分局技术员、秘书、机关党总支副书记，甘肃省建委秘书，甘肃省建委设计管理处副处长，甘肃省建委副主任，共青团甘肃省委书记。1982至1992年，先后任共青团中央书记处书记，全国青联主席，共青团中央书记处第一书记，贵州省委书记、贵州省军区党委第一书记，西藏自治区党委书记、西藏军区党委第一书记。1992年10月当选为第十四届中共中央政治局常委、中央书记处书记。1993年9月兼任中共中央党校校长。1997年9月当选为第十五届中共中央政治局常委、中央书记处书记。1998年3月在第九届全国人大一次会议上当选为中华人民共和国副主席。1999年9月在中共中央十五届四中全会上增补为中共中央军事委员会副主席。1999年10月在第九届全国人大十二次会议上被任命为中华人民共和国中央军事委员会副主席。是第十二届中央候补委员、委员，第十三届至十六届中央委员，第十四届至十六届中央政治局委员、常委，第十六届中共中央总书记，第六届全国政协常委。

（新一届中央政治局其他8位常委简历详见4版）

泸州明天会更美好！

——访十六大代表、中共泸州市委书记徐波

详见3版

图为2002年11月15日出版的《泸州晚报》号外"新一届中央政治局常委今日上午会见中外记者，新当选的中共中央总书记胡锦涛同志发表重要讲话：聚精会神搞建设，一心一意谋发展"。

2002年12月3日，经国际展览局89个成员国以无记名投票方式，选出2010年世界博览会的主办城市——中国上海。图为2002年12月3日出版的《上海商报》号外“中国申博成功，世界选择了上海”。

号外

中國貿易報 CHINA TRADE NEWS

2002 年 12 月 4 日 星期三

中文实名：中国贸易报 英文网址：http://www.ChinaTradeNews.com.cn http://ctn.ccpit.org E-mail:baoshe@ccpit.org

中国又赢了

诺盖斯宣布第41届世界博览会将在中国上海举办

中国申博代表团欢庆胜利

中国以54票胜出

12月3日[illegible]中国申办2010年世博会成功。在历经三年的努力之后，中国以54票的高票赢得了2010年世博会举办权。中国国务院副总理李岚清在现场发表即席讲话说，"我相信我们申办成功以后，通过跟国际展览局的合作，一定会办成一次非常令人振奋的、非常精彩的、最成功的世界博览会，将在世界博览会的历史上留下光辉的一页。"

3日22点，即摩纳哥当地时间下午15点开始，中国代表团和俄罗斯、韩国、波兰、墨西哥代表团一起，在摩纳哥[illegible]会议室进行了最后一轮陈述。随后，[illegible]89个成员国的代表进行了投票。

在第一轮的投票中，中国获得了36票，另一个强劲的竞争对手韩国只得到了[illegible]票。在第二轮的投票中，中国得38票，韩国得[illegible]。在第三轮中，中国得44票，韩国得32票。在[illegible]一轮的投票中，中国获得了54票的高票数，韩国[illegible]34票，中国以绝对优势赢得了2010年世博会举办[illegible]胜利。

中国获胜 世界共赢

——热烈庆贺中国成功申办2010年世博会

2010年上海世博会申办委员会主任委员 中国贸促会会长 俞晓松

2002年12月4日，《中国贸易报》出版号外"中国又赢了！诺盖斯宣布第41届世界博览会将在中国上海举办，中国获胜，世界共赢"。

修水报 号外

XIUSHUI BAO

修水报社主办　国内统一刊号：CN 36－0014　2003年2月12日

2月10日—11日，不少市民争购白醋、板蓝根，导致价格暴涨，人心不安

全县群众应正确对待，消除误传，不要盲目争购，不必恐慌

我县没有非典型性肺炎疫情

本报讯（记者 [illegible]） 2月11日，记者从县委办公室获悉，针对我县县城市民争购白醋和板蓝根冲剂现象的情况，县委、县政府非常重视，及时采取相应措施进行处理，消除群众中的误传和恐慌心理。

2月10日下午，我县部分群众流传：深圳、东莞、中山等地先后发生非典型肺炎疫情，已有305人染此疾，死亡5例。据消息说，白醋和板蓝根冲剂可以预防此病。在广东、深圳务工的修水籍人员返城时都争相购买白醋和板蓝根冲剂带回广东，导致修水县城零售商店和药店的白醋和板蓝根冲剂的销售紧张。

广东部分地区发生非典型肺炎疫情的消息来源于修水籍广东务工人员和互联网等新闻媒体。据公安部门调查，是广东等地的一些企业老板打电话给修水回乡度春节的务工人员，请他们帮忙购带一些白醋和板蓝根冲剂带回广东。因广东等地白醋和板蓝根冲剂价格特贵且非常紧张，故此造成我县争购白醋和板蓝根冲剂现象。

接到县城发生争购白醋和板蓝根冲剂的消息后，县委、县政府非常重视，正在上饶、婺源等地学习考察的县委书记[illegible]，县委副书记、县长[illegible]及时打电话了解详细情况，并对问题的调查处理作了重要指示。2月10日晚10时在家的县领导即组织卫生局、防疫站、药监局、公安局等有关部门召开紧急会议，研究部署相应措施：一是2月11日由卫生局牵头组织6支工作队分别下到各乡镇进行全面细致的调查摸底；二是从严把紧药品销售关，全县各医院、零售药品销售点都有专人负责，严格禁止乱开多开板蓝根冲剂，以及抬高药品价格的现象发生。物价、工商部门对抬高白醋价格的现象也给予处理；三是全力做好防病防疫工作，目前春季来临，正是各种流行性病多发季节，卫生防疫部门已抽调精干力量下到各地开展防病防疫工作，向群众宣传防病防疫知识，增强群众防病防疫意识和能力；四是搞好舆论宣传，向广大群众说明情况及有关防治措施，消除群众中的误传和恐慌心理。

到目前为止，我县没有发生非典型肺炎病例，也未发现其它传染病的流行，社会秩序十分稳定。

本版编辑：[illegible]

□新闻背景　广东省部分地区发生非典型肺炎的情况，国家卫生部对广东省发生的病例十分关注，迅速派出专家组于2月9日下午飞赴广州协助查找病因，指导防治工作。

截至2月10日下午3时统计，广东省部分地区发现的非典型病例共305例，死亡5例。其中，医务人员感染发病共105例，没有一例死亡。经过卫生医疗部门和广大医务工作者的紧急救治，患病的305例病人中，已有59人病愈康复出院，尚未出院的病人目前都得到有效治疗，情况稳定。

片为务工的修水籍人员争相购买白醋和板蓝根带往广东、深圳、东莞等地。（记者 [illegible] 摄）

新闻服务台　如果您信任我们，请将您的烦心事、要投诉的事、要解决的事告诉我们。请拨：7221265 7236706

洪燕高级電泳铝材　艺术造型　坚固气密

忠旺超强电泳铝材

请到赣北快运来

日立洗衣机　模糊电脑控制技术　多种强大功能　洗涤过程更方便　时雄家电超市总经销

有奖新闻热线：7236706（奖品由县人保公司赞助）　常年法律顾问：江西求真律师事务所律师 胡俊 电话：13607024300

2003年初，我国部分地区发生了非典型肺炎疫情。图为2003年2月12日出版的《修水报》号外“我县没有非典型性肺炎疫情”。

深圳商报

SHENZHEN ECONOMIC DAILY

深圳报业集团出版

2003年3月 20 星期四

号外

北京时间上午10时35分美国空袭巴格达

三轮攻击后萨达姆发表电视讲话呼吁伊拉克军民顽强反击

战争开始了

《深圳商报》特派记者与新华社记者海湾地区第一时间直击报道——

伊拉克战争这样打响

战争这样打响

我驻伊使馆电话不通

中国记者彻夜守候战争

美国总统布什于2003年3月20日10时15分，在白宫发表电视讲话，正式宣布打响伊拉克的战争。图为2003年3月20日出版的《深圳商报》号外“北京时间上午10时35分，美国空袭巴格达。战争开始了”。

今晨10:30

香港商報

Hong Kong Commercial Daily

美攻伊

號外

美軍發動三波攻擊

布什：戰爭打響

圖為2003年3月20日出版的《香港商报》号外“今晨10:30，美攻伊。布什：战争打响。美军发动三波攻击”。

库尔勒晚报 号外

国内统一刊号CN65—0041/ 邮发代号57—35 2003年3月20日 星期四(农历癸未年二月十八)

美国对伊拉克开战

本报3月20日12时30分综合新华社消息 伊拉克当地时间20日凌晨5时35分(北京时间20日上午10时35分),美国开始对伊拉克首都巴格达发起空袭。

当地时间20日凌晨5点多,巴格达传来几声爆炸,同时上空响起了飞机的轰鸣,伊拉克防空部队随即拉响防空警报。

目击者说,爆炸声是从巴格达南部地区传来的,一开始响了两三声,后来在5点半左右又响了两三声。巴格达市一些地区可以看见浓烟升起。接着,巴格达上空警报大作,伊拉克防空炮火立即响起。巴格达市区随即断电,一片黑暗。

有报道说,美军针对伊拉克领导人可能居住的区域发射了导弹,但不知是否命中目标。这时距美国总统布什向伊拉克总统萨达姆发出的离境最后通牒的期限已过去一个半小时。

美国白宫发言人弗莱舍随后宣布,解除伊拉克政权武装的军事行动开始了。

美国总统布什19日晚22点15分(北京时间20日上午11时15分)在白宫宣布,美国和盟国对伊拉克发动的军事打击开始。这标志着伊拉克战争爆发。

布什说,打击阶段已经开始,导弹已经开始袭击预定目标,战争可能很艰巨。美军在完成任务后将尽快撤离伊拉克。美国及其盟军正处于解除伊拉克武装、解放伊拉克人民、使世界远离危险的军事行动的初步阶段。在我的命令下,盟军已经有选择性的对一些重要的军事目标进行打击,以摧毁萨达姆的军事实力。这是一场涉及广泛、齐心协力战役的开始。35个国家已经给予美国重要的支持,允许美国使用他们的海军和空军基地,协助美国的情报机构以及后勤部门并部署军队。

我知道我们军队的家人正在为他们祈祷,希望他们能够尽快安全回国。数以万计的美国人在为你们深爱的家人的安全和保护无事而祈祷。因为你们的牺牲,你们赢得了美国人民的感激和尊敬。我可以告诉你们,我们的军队将在完成他们的使命之后尽快回家。

布什是在最后通牒过后2小时15分发表全国电视讲话的,长度只有5分钟。布什讲话后,巴格达再次响起爆炸声。

美军在对伊拉克空袭初期,从红海发射了45枚巡航导弹,并动用了F—117A隐形战斗机,打击目标主要集中在巴格达南部。

美国国防部官员说,美军对伊拉克的第一轮空袭规模很有限,是在为后续的地面部队进入和大规模打击作准备。

目前,伊拉克和土耳其边界还很平静,伊拉克和科威特边界的非军事区内的美英地面部队仍在待命。

新华社报道员在巴格达市西区听到了炸弹爆炸声和机枪声,伊拉克防空部队对美军飞机进行了还击。另一名新华社报道员在巴格达东区目睹美国用巡航导弹和精确制导导弹对巴格达进行了轰炸。

截至新华社报道员发稿时为止,巴格达的通讯社设施尚未遭到破坏,运转正常。

伊拉克电视台目前还没有报道战争开始的消息。伊拉克电台播出了萨达姆长子乌代给父亲的一封信,信中说,战争已经开始,萨达姆敢死队准备回击美英的进攻。

伊拉克电台在此期间一直播放爱国歌曲。

目前还没有关于美军出动地面部队的消息。

当地时间6点35分(北京时间11点35分),伊拉克首都巴格达遭到1小时以内的第三次空袭。

目击者说,这次空袭仍以战斗机和巡航导弹等为主,目标仍是巴格达东南部。记者看到当地莅莅事着浓重的烟雾。美国国防部官员说美军对伊拉克的第一轮空袭规模有限,是在为以后地面部队进攻做准备。

美发动对伊拉克的军事打击

周大庆 张剑敏 编制(新华社3月20日发)

《库尔勒晚报》在新疆维吾尔自治区库尔勒出版。图为2003年3月20日出版的《库尔勒晚报》号外“美国对伊拉克开战”。

新快报

羊城晚报 报业集团

2003年3月 20 星期四

号外

A3 兵临城下 决战巴格达

A4 D日计划 美伊军事对峙态势

A6 倒萨尖兵 美英地面部队介绍

A8 隐秘之弩 伊拉克六大终极武器

美英对伊开战

06：08（以下均为北京时间）

巴格达上空响起警报

10：30

伊拉克防空炮火还击

10：36

“战斧”巡航导弹飞向伊拉克

11：35

巴格达遭受第三次空袭

11：40

已发射24枚巡航导弹

11：40

乌代宣布“圣战”开始

11：15

布什宣战

巴格达市区遭到轰炸

《新快报》由《羊城晚报》报业集团主办。图为2003年3月20日出版的《新快报》号外“美英对伊开战”。

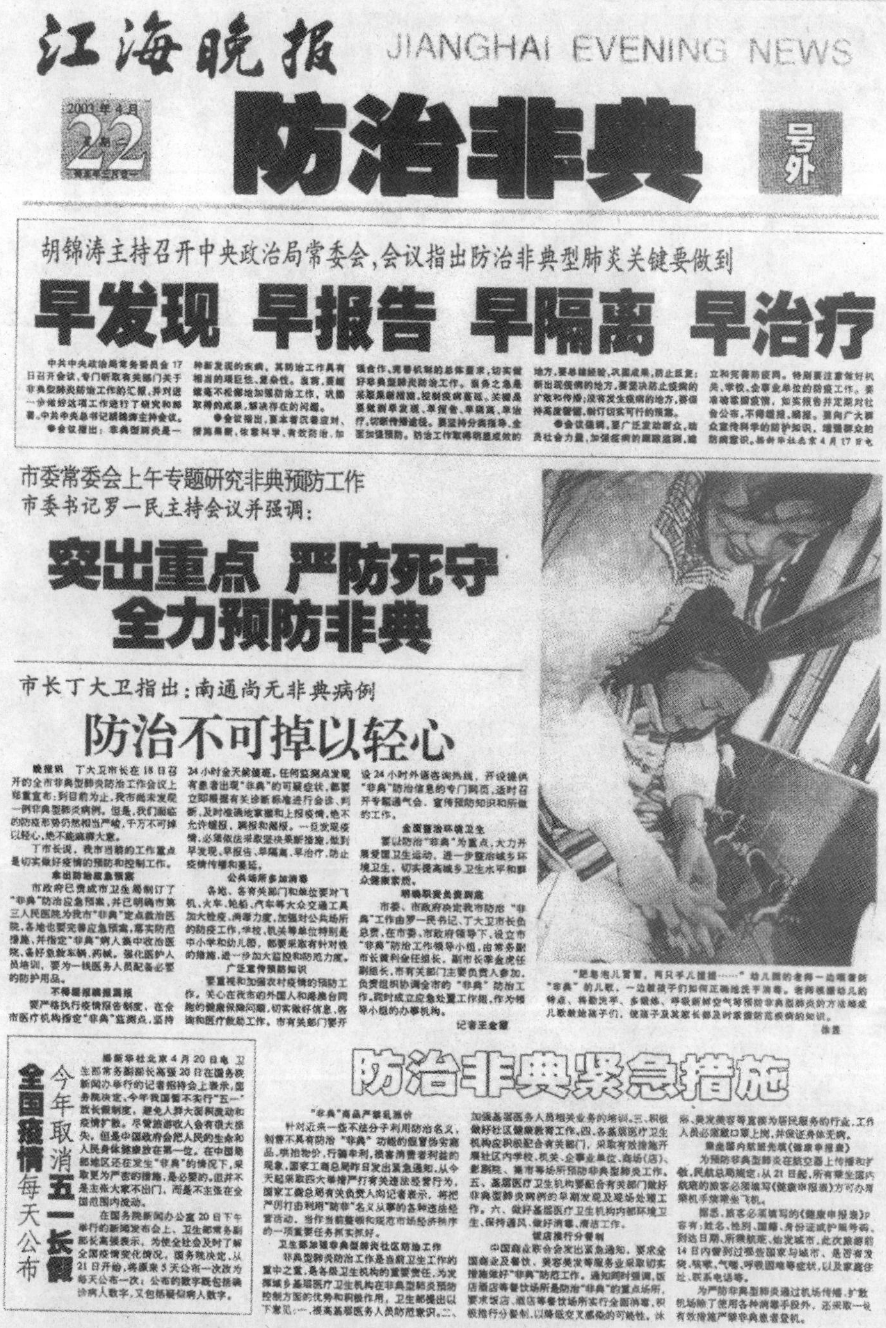

江海晚报 JIANGHAI EVENING NEWS

2003年4月22日

防治非典

号外

胡锦涛主持召开中央政治局常委会,会议指出防治非典型肺炎关键要做到

早发现 早报告 早隔离 早治疗

市委常委会上午专题研究非典预防工作

市委书记罗一民主持会议并强调:

突出重点 严防死守 全力预防非典

市长丁大卫指出:南通尚无非典病例

防治不可掉以轻心

今年取消五一长假 全国疫情每天公布

防治非典紧急措施

2003年4月17日，胡锦涛同志主持召开中央政治局常委会。会议指出，防治非典型肺炎，关键要做到早发现、早报告、早隔离、早治疗。图为2003年4月22日出版的《江海晚报》防治非典号外“早发现、早报告、早隔离、早治疗”。

非典型肺炎发生后，党中央和国务院及时果断采取一系列有效措施，使疫情得到了防治和控制，在较短时间战胜了非典型肺炎。图为2003年6月5日出版的《长春税务学院报》防治非典号外。

南京日報
2003年7月4日
NANJING DAILY

北京时间今天零时 明孝陵"申遗"成功

明孝陵，全票通过

巴黎连线

南京的，世界的

——庆祝南京明孝陵"申遗"成功

本报评论员

图为2003年7月4日出版的《南京日报》号外"申遗成功"。

宁夏日报

号外

2003年9月7日 星期日

世纪钻塔映日月 黄河喷泉舞长风

银川五大广场竣工

陈建国马启智任启兴韩茂华马文学等出席庆典

大团结迸发的"银川速度"

世纪钻塔映日月，黄河喷泉舞长风，银川五大广场竣工。图为2003年9月7日出版的《宁夏日报》号外"银川五大广场竣工"。

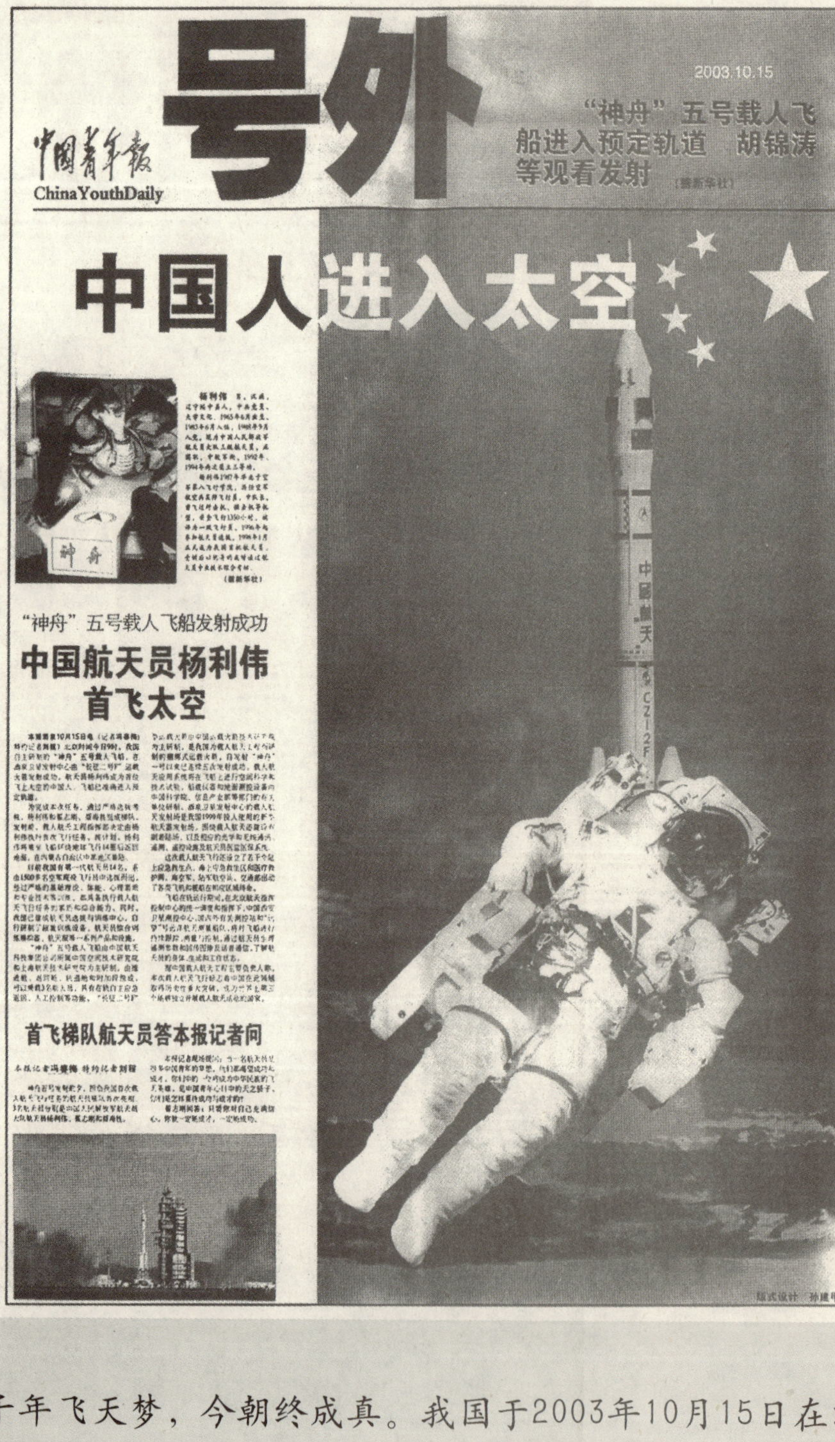

中国青年报 ChinaYouthDaily

号外

2003.10.15

“神舟”五号载人飞船进入预定轨道 胡锦涛等观看发射 （新华社）

中国人进入太空

“神舟”五号载人飞船发射成功

中国航天员杨利伟首飞太空

首飞梯队航天员答本报记者问

千年飞天梦，今朝终成真。我国于2003年10月15日在酒泉卫星发射中心进行首次载人航天飞行，9时整，“神舟”五号载人飞船发射成功。图为2003年10月15日出版的《中国青年报》号外“中国人进入太空”。

酒泉日报 号外

2003年10月15日 星期三 国内统一刊号 CN62－0055 邮发代号：53－45 E-mail:jqrbbjb@sina.com 甘肃省优秀报纸

神舟酒泉飞天

本报讯 千年飞天梦，今朝终成真。我国10月15日在位于我市的酒泉卫星发射中心进行首次载人航天飞行。9时整，“神舟”五号载人飞船发射升空。

9时45分，中国载人航天工程总指挥李继耐宣布：“神舟”五号载人飞船发射成功。

乘坐“神舟”五号载人飞船执行首次载人航天飞行任务的航天员，是中国人民解放军航天员大队航天员杨利伟，今年38岁，大学文化，中校军衔。他是我国自己培养的第一代航天员。

责任编辑：李爱龙
电脑操作：[illegible]
校 对：吴 [illegible]

10月15日9时整，“神舟”五号载人飞船发射升空。

乘坐“神舟”五号载人飞船执行首次载人航天飞行任务的航天员，是中国人民解放军航天员大队航天员杨利伟，38岁，大学文化，中校军衔。他是我国自己培养的第一代航天员。图为2003年10月15日出版的《酒泉日报》号外。

天水日報 号外

TIANSHUI DAILY

2003年10月15日 星期三

我国载人飞船发射成功

【新华社酒泉10月15日9时电】 我国15日在酒泉卫星发射中心进行首次载人航天飞行。9时整，"神舟"五号载人飞船发射升空。

中共中央总书记胡锦涛到现场观看并发表重要讲话，黄菊、吴官正、曹刚川、王刚一同观看，吴邦国、温家宝、贾庆林、曾庆红、李长春、罗干等在北京观看发射实况。

15日9时42分，中国载人航天工程总指挥李继耐宣布："神舟"五号载人飞船发射成功。

浩瀚太空迎来第一位中国访客

胡锦涛发表重要讲话

中共中央总书记胡锦涛同志到现场观看"神舟"五号载人飞船发射，并发表重要讲话，黄菊、吴官正、曹刚川、王刚一同观看，吴邦国、温家宝、贾庆林、曾庆红、李长春、罗干等在北京观看发射实况。图为2003年10月15日出版的《天水日报》号外。

公元2003年10月15日9时42分

神舟五号发射成功 号外

胡锦涛到现场观看并发表重要讲话：神舟五号载人飞船的发射成功，是我们伟大祖国的荣耀，标志着我国首次载人航天飞行初战告捷，也标志着中国人民在攀登世界科技高峰的征程上又迈出了具有重大历史意义的一步。

杨利伟：
预计明天早上6时返回

关注理由：中国飞天第一人

个人简介：
男 汉族 38岁 辽宁人
正团职 中校军衔
妻子为现役军人 有一8岁男孩

东南快报

2003年10月
15
星期三

中国飞天梦圆

胡锦涛同志在现场发表重要讲话：神舟五号载人飞船的发射成功，是我们伟大祖国的荣耀，标志着我国首次载人航天飞行初战告捷，也标志着中国人民在攀登世界科技高峰的征程上又迈出了具有重大历史意义的一步。图为《东南快报》号外。

中国航天报

CHINA SPACE NEWS

2003年10月16日 星期四

中国航天科技集团公司 中国航天科工集团公司 主办

邮发代号 1—183 国内统一刊号 CN11—0024

号外

中国人今天

圆梦飞天

北京时间2003年10月15日9时，我国自主研制的神舟五号载人飞船，在中国酒泉卫星发射中心用长征二号F运载火箭发射成功，将中国第一名航天员杨利伟送上太空，飞船准确进入预定轨道。在环绕地球飞行14圈后，飞船于16日清晨顺利在内蒙古中部地区着陆。这是我国进行的首次载人航天飞行，标志着中国载人航天工程取得历史性重大突破，中国已成为世界上第三个能够独立开展载人航天活动的国家。

2003年10月15日9时整，“神舟”五号载人飞船发射成功。截至14：20，航天员杨利伟说：“我绕地球四圈了，我在太空感觉良好 。”图为2003年10月6日出版的《中国航天报》号外“中国人今天圆梦飞上天”。

解放日报号外

2003年10月15日

星期三

解放日报报业集团

"神舟"五号载人飞船发射

中国人今上太空

本报酒泉卫星发射中心10月15日专电（特派记者 李文祺）执行我国首次载人航天任务的"神舟"五号飞船今天上午从这里由"长征"二号F火箭发射升空。

《解放日报》是中共上海市委机关报。图为2003年10月15日出版的《解放日报》号外"中国人今上太空"。

THE CHINA PRESS OCTOBER 15, 2003 2003年10月15日·星期三 农历癸未年九月二十

僑報号外

历史将记住这一时刻，北京时间，2003年10月15日上午9时整，中国载人飞船工程神舟五号首次发射顺利成功，中国第一位太空人一步登天梯。

在纽约、在洛杉矶、在巴黎、在巴西利亚、在温哥华、在罗马……旅居世界各地的华侨华人与全中国人民一起，殷切地期待着这一时刻，已经许久许久了。人们奔走相告，抬头仰望，衷心祈盼神舟五号顺利回收，祝愿中国的第一位太空人成功返航！

神五升空

神州五号平地升 1
大漠箭魂起烟腾 2
航天霜雨半世纪 3
太空人也朝云登 4
华夏古有飞天梦 5
列国霸战星昊争 6
迷离宇宙万象新 7
寰球同此望长风 8

热烈祝賀
中国神舟五號載人飛船首航發射成功
神舟游太空 中華揚國威
中遠美洲公司 敬賀

在纽约、在巴黎、在温哥华、在罗马……旅居世界各地的华侨华人与全中国人民一起，奔走相告，祝贺中国第一位太空人成功飞上天。图为2003年10月15日美国出版的《侨报》号外“神五升空”。

文匯報 号外

文汇新民联合报业集团　　2003年10月15日 星期三

神舟5号载人飞船今天发射成功

中国人飞天梦圆

本报酒泉10月15日专电　文汇报特派记者章成钧、郭一江　新民晚报特派记者任湘怡报道：今天，我国亿万人民期盼已久的“神舟5号”载人航天飞船发射成功！这艘由长征二F运载火箭发射的载人飞船，表明我国首次载人航天的壮举取得伟大胜利，同时标志着我国进军宇宙空间、和平利用太空资源的计划，又有了一个良好的开端。

浩渺宇宙，璀璨星空，我们来了！这是中国航天人的骄傲，更是13亿中国人民的骄傲！

本报讯　“神舟5号”载人航天飞船发射成功的喜讯传来，浦江两岸顷刻间沸腾起来，人们奔走相告，热烈庆祝，欢呼我国航天事业的这一历史性成就！

文匯報　新民晚報　Shanghai Daily　东方早报　新民周刊　东方体育日报　文学报　上海星期三　文汇出版社　上海越剧院　联袂祝贺

图为2003年10月15日出版的《文汇报》号外“中国人飞天梦圆”。

安徽商報

2003年10月15日
星期三
癸未年
九月二十

号外 飞天特刊

16版

中国人飞天梦圆

中国第一艘载人飞船“神舟五号”今日上午9时成功发射并进入预定轨道

党和国家领导人胡锦涛、黄菊、吴官正等在酒泉卫星发射中心观看发射

中国太空第一人

杨利伟 38岁
1965年出生于辽宁省绥中县
1983年被选拔为空军飞行员
1998年通过考核成为宇航员

【2版】 掌舵神舟 专家细说中国宇航员

【4版】 神五之旅 图解飞船发射至返回全程

【6版】 天地英雄 中国载人飞船的幕后功臣

【8-15版】 独家报道 撼天记 记录中国人走向太空的脚步

《安徽商报》在合肥出版。图为2003年10月15日出版的《安徽商报》号外“中国人飞天梦圆”。

号外

南方日報

神舟五号载人升空

2003年10月15 星期三

高度决定影响力

今日上午9时神舟五号载人升空　胡锦涛在酒泉观看飞船成功发射

中国人首次遨游太空

杨利伟在空中报告“感觉良好”　飞船运行正常

导　读

直击载人飞船发射　号外02

杨利伟：飞天第一人　号外03

载人航天风雨42载　号外04

遨游太空梦想千年　号外05

神舟飞天闪光轨迹　号外06

中国神舟Very good　号外07

镜头聚焦万古一瞬　号外08

《南方日报》是中共广东省委机关报。图为2003年10月15日出版的《南方日报》号外“中国人首次遨游太空”。

YANGCHENG EVENING NEWS

羊城晚报 号外

2003年10月15日 星期三

2003年10月15日上午9时整，我国进行亙古首次载人航天飞行

航天员杨利伟乘“神舟”五号成功升空

综合新华社酒泉今天上午9时电 我国15日在酒泉卫星发射中心进行首次载人航天飞行。9时整，“神舟”五号载人飞船发射升空。

9时42分，中国载人航天工程总指挥李继耐宣布：“神舟”五号载人飞船发射成功。

乘坐“神舟”五号载人飞船执行首次载人航天飞行任务的航天员，是中国人民解放军航天员大队航天员杨利伟，今年38岁，大学文化，中校军衔。他是我国自己培养的第一代航天员。

（本报今天推出12个版特刊《“神舟五号”征天录》，敬希读者垂注。）

发射成功

整装待发的杨利伟

中国首位载人航天飞行航天员踏上征程

中国首位航天员杨利伟

杨利伟，男，汉族，辽宁绥中县人，中共党员，大学文化。1965年6月出生，1983年6月入伍，1988年9月入党，现为中国人民解放军航天员大队三级航天员，正团职，中校军衔，1992年、1994年两次荣立三等功。

杨利伟1987年毕业于空军第八飞行学院，历任空军航空兵某师飞行员、中队长，曾飞过歼击机、强击机等机型，安全飞行1350小时，被评为一级飞行员，1996年起参加航天员选拔，1998年1月正式成为我国首批航天员。经过5年多的训练，他完成了基础理论、航天环境适应性、专业技术等8大类几十个科目的训练任务，以优异的成绩通过航天员专业技术综合考核，光荣地被选拔为我国首次载人航天飞行首飞梯队成员。

《羊城晚报》在广州出版。图为2003年10月15日出版的《羊城晚报》号外“航天员杨利伟乘‘神舟’五号成功升空”。

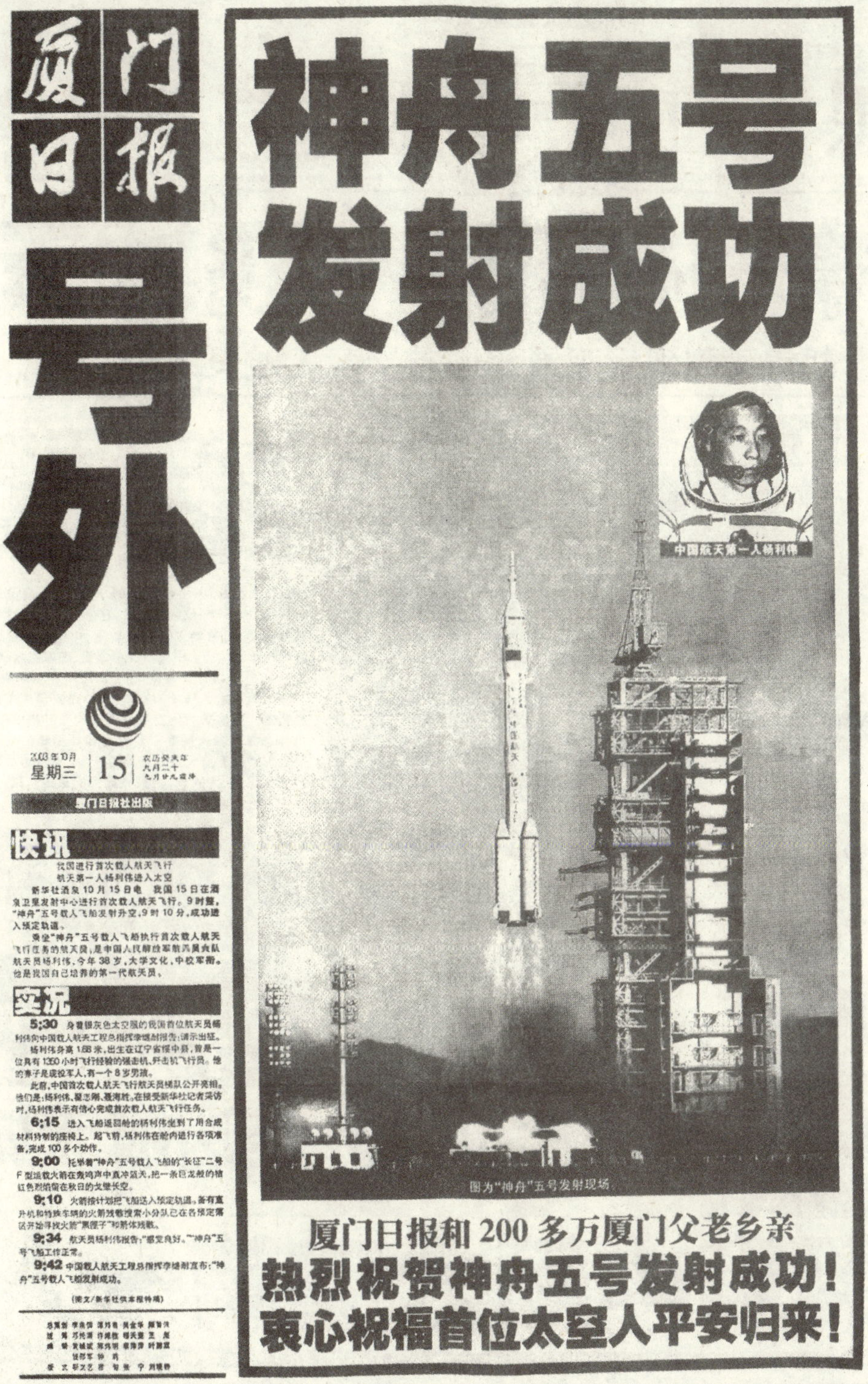

厦门日报

号外

2003年10月 星期三 15 农历癸未年 九月二十 九月廿九霜降

厦门日报社出版

快讯

我国进行首次载人航天飞行
航天第一人杨利伟进入太空

新华社酒泉10月15日电　我国15日在酒泉卫星发射中心进行首次载人航天飞行。9时整，"神舟"五号载人飞船发射升空，9时10分，成功进入预定轨道。

乘坐"神舟"五号载人飞船执行首次载人航天飞行任务的航天员，是中国人民解放军航天员大队航天员杨利伟，今年38岁，大学文化，中校军衔。他是我国自己培养的第一代航天员。

实况

5:30 身着银灰色太空服的我国首位航天员杨利伟向中国载人航天工程总指挥李继耐报告：请示出征。

杨利伟身高1.68米，出生在辽宁省绥中县，曾是一位具有1350小时飞行经验的强击机、歼击机飞行员。他的妻子是现役军人，有一个8岁男孩。

此前，中国首次载人航天飞行航天员梯队公开亮相。他们是：杨利伟、翟志刚、聂海胜。在接受新华社记者采访时，杨利伟表示有信心完成首次载人航天飞行任务。

6:15 进入飞船返回舱的杨利伟坐到了用合成材料特制的座椅上。起飞前，杨利伟在舱内进行各项准备，完成100多个动作。

9:00 托举着"神舟"五号载人飞船的"长征"二号F型运载火箭在轰鸣声中直冲霄汉，把一条巨龙般的橘红色烈焰留在秋日的戈壁长空。

9:10 火箭按计划把飞船送入预定轨道。备有直升机和特殊车辆的火箭残骸搜索小分队已在各预定落区开始寻找火箭"黑匣子"和箭体残骸。

9:34 航天员杨利伟报告："感觉良好。""神舟"五号飞船工作正常。

9:42 中国载人航天工程总指挥李继耐宣布："神舟"五号载人飞船发射成功。

（图文/新华社供本报特稿）

神舟五号发射成功

中国航天第一人杨利伟

图为"神舟"五号发射现场

厦门日报和200多万厦门父老乡亲

热烈祝贺神舟五号发射成功！

衷心祝福首位太空人平安归来！

《厦门日报》是中共厦门市委机关报。图为2003年10月15日《厦门日报》出版的号外"神舟五号发射成功"。

Morning News

黑龙江晨报

国内刊号:CN23—0027 邮发代号:13—95

出版 黑龙江晨报社

2003年10月

15

星期三

http://www.hljcb.com

号外

聚焦神舟

神州神舟 一飞冲天

胡锦涛到现场观看我国首次载人航天飞船发射 详见2版

千年飞天梦 今朝终成真

北京时间10月15日9时9分50秒，我国自行研制的“神舟”五号载人飞船，在酒泉卫星发射中心发射升空后，准确进入预定轨道，中国首位航天员被顺利送上太空。中共中央总书记、国家主席、中央军委副主席胡锦涛在现场观看飞船发射时强调，“神舟”五号载人飞船的发射成功，是我们伟大祖国的荣耀，标志着我国首次载人航天飞行初战告捷，也标志着中国人民在攀登世界科技高峰的征程上又迈出了具有重大历史意义的一步。航天战线的同志们为祖国、为人民、为民族建立的卓越功勋，党和人民永远不会忘记。

走进航天城

详见4版

聚焦中国太空第一人

社址:哈尔滨市长江路101号 邮编:150090 本报总机:0451—82294888 广告部:0451—82294128 发行部:0451—82294148 广告许可证号2301004000009

《黑龙江晨报》在哈尔滨出版。图为2003年10月15日出版的《黑龙江晨报》号外“神州神舟，一飞冲天”。

華商晨报 CHINESE BUSINESS MORNING VIEW

奉献最有价值的新闻和信息

社址 沈阳市皇姑区崇山东路71号　网址 www.hscb.com.cn　本期4版

国内统一刊号 CN21-0073　新闻热线 024-86268636

2003年10月 15 星期三 癸未年九月二十

号外

中国人进入太空

■2003年10月15日神舟五号载人飞船在酒泉卫星发射中心成功发射

■中国首位航天员为辽宁绥中人杨利伟

■党和国家领导人胡锦涛现场观看发射并发表重要讲话

首位航天员杨利伟

神舟五号发射升空

86268948

《华商晨报》在沈阳出版。图为2003年10月15日出版的《华商晨报》号外“中国人进入太空”。

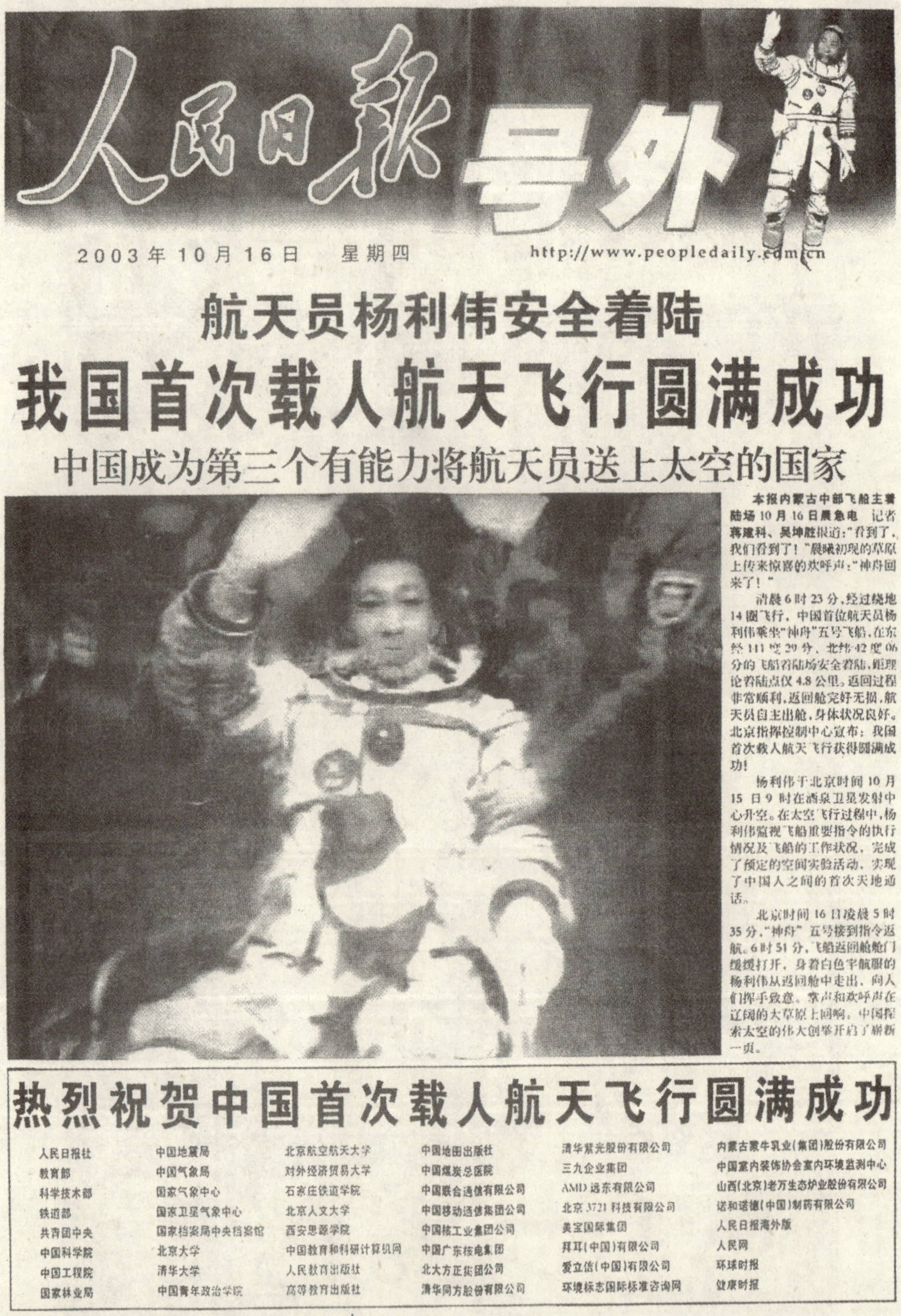

人民日报 号外

2003年10月16日　星期四　http://www.peopledaily.com.cn

航天员杨利伟安全着陆

我国首次载人航天飞行圆满成功

中国成为第三个有能力将航天员送上太空的国家

本报内蒙古中部飞船主着陆场10月16日晨急电 记者**蒋建科、吴坤胜**报道："看到了，我们看到了！"晨曦初现的草原上传来惊喜的欢呼声："神舟回来了！"

清晨6时23分，经过绕地14圈飞行，中国首位航天员杨利伟乘坐"神舟"五号飞船，在东经111度29分、北纬42度06分的飞船着陆场安全着陆，距理论着陆点仅4.8公里，返回过程非常顺利，返回舱完好无损，航天员自主出舱，身体状况良好。北京指挥控制中心宣布：我国首次载人航天飞行获得圆满成功！

杨利伟于北京时间10月15日9时在酒泉卫星发射中心升空。在太空飞行过程中，杨利伟监视飞船重要指令的执行情况及飞船的工作状况，完成了预定的空间实验活动，实现了中国人之间的首次天地通话。

北京时间16日凌晨5时35分，"神舟"五号接到指令返航。6时51分，飞船返回舱舱门缓缓打开，身着白色宇航服的杨利伟从返回舱中走出，向人们挥手致意。掌声和欢呼声在辽阔的大草原上回响。中国探索太空的伟大创举开启了崭新一页。

热烈祝贺中国首次载人航天飞行圆满成功

人民日报社
教育部
科学技术部
铁道部
共青团中央
中国科学院
中国工程院
国家林业局
中国地震局
中国气象局
国家气象中心
国家卫星气象中心
国家档案局中央档案馆
北京大学
清华大学
中国青年政治学院
北京航空航天大学
对外经济贸易大学
石家庄铁道学院
北京人文大学
西安思源学院
中国教育和科研计算机网
人民教育出版社
高等教育出版社
中国地图出版社
中国煤炭总医院
中国联合通信有限公司
中国移动通信集团公司
中国核工业集团公司
中国广东核电集团
北大方正集团公司
清华同方股份有限公司
清华紫光股份有限公司
三九企业集团
AMD远东有限公司
北京3721科技有限公司
美宝国际集团
拜耳(中国)有限公司
爱立信(中国)有限公司
环境标志国际标准咨询网
内蒙古蒙牛乳业(集团)股份有限公司
中国室内装饰协会室内环境监测中心
山西(北京)老万生态炉业股份有限公司
诺和诺德(中国)制药有限公司
人民日报海外版
人民网
环球时报
健康时报

2003年10月16日清晨，我国自主研制的“神舟”五号载人飞船安全降落，标志着我国首次载人航天飞行取得成功！这是中国载人航天工程取得的历史性重大突破。中国已成为世界上第三个能够独立开展航天活动的国家。图为《人民日报》号外。

光明日報

GUANGMING DAILY 2003年10月16日 星期四

网址 http://www.gmw.com.cn 农历癸未年九月廿一

号外

向祖国报告

载人航天飞行成功了

本报最新消息 今天，“神舟”五号飞船顺利返回，中国首次载人航天飞行获得成功。我国首次进入太空的航天员杨利伟安全出舱。

“神舟”五号载人飞船是于15日上午9时9分50秒从酒泉卫星发射中心发射升空的。

这次载人航天飞行的成功，标志着我国继俄美之后成为“国际航天俱乐部”第三个成员。

二十二位载人航天工程老总签名志贺

2003年10月16日，《光明日报》出版号外“载人航天飞行成功了”。号外报上发表了22位载人航天工程老总签名志贺。

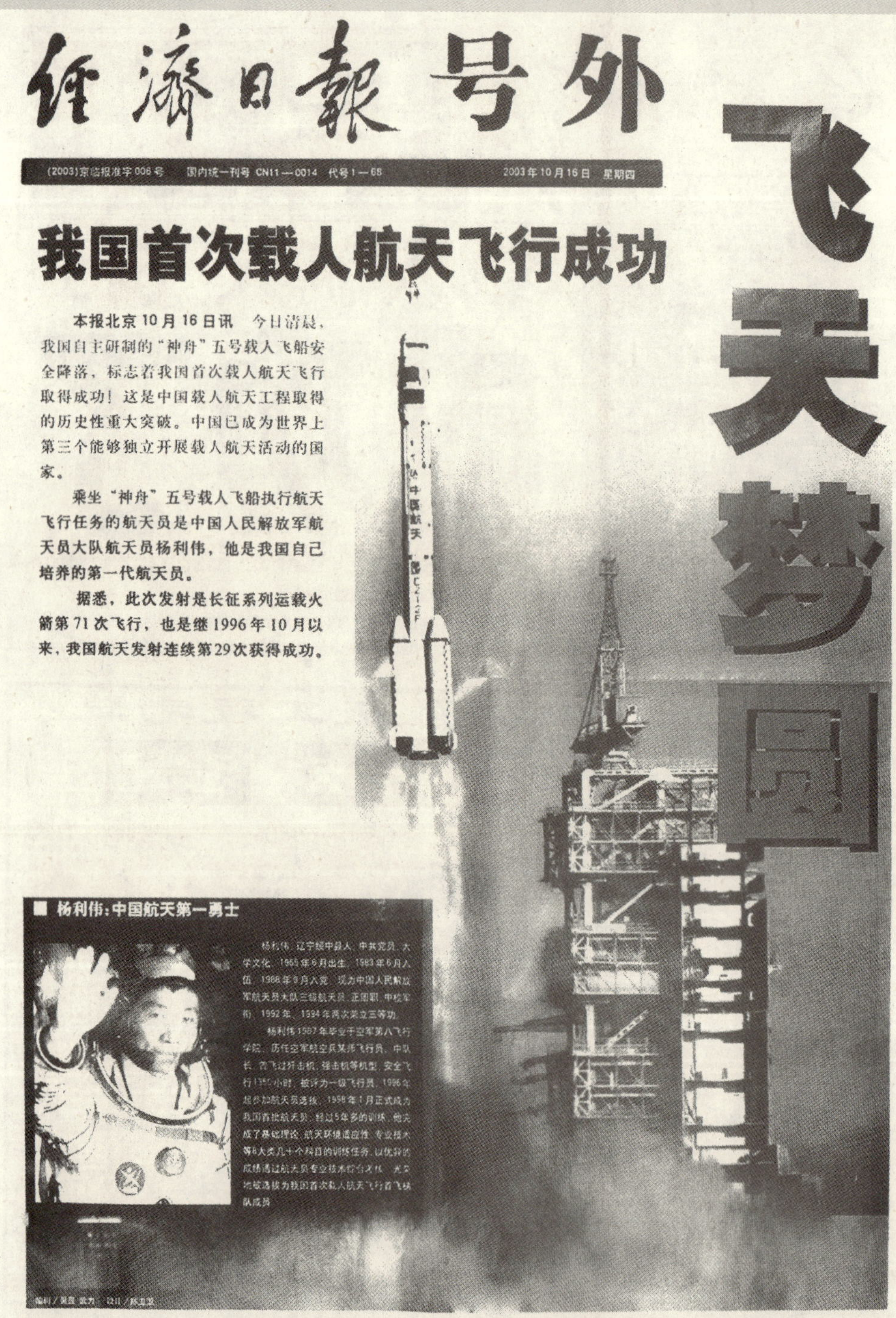

经济日报 号外

(2003)京临报准字006号　国内统一刊号 CN11—0014　代号1—68　2003年10月16日　星期四

我国首次载人航天飞行成功

本报北京10月16日讯　今日清晨，我国自主研制的“神舟”五号载人飞船安全降落，标志着我国首次载人航天飞行取得成功！这是中国载人航天工程取得的历史性重大突破。中国已成为世界上第三个能够独立开展载人航天活动的国家。

乘坐“神舟”五号载人飞船执行航天飞行任务的航天员是中国人民解放军航天员大队航天员杨利伟，他是我国自己培养的第一代航天员。

据悉，此次发射是长征系列运载火箭第71次飞行，也是继1996年10月以来，我国航天发射连续第29次获得成功。

杨利伟：中国航天第一勇士

杨利伟，辽宁绥中县人，中共党员，大学文化，1965年6月出生，1983年6月入伍，1988年9月入党，现为中国人民解放军航天员大队三级航天员，正团职，中校军衔，1992年、1994年两次荣立三等功。

杨利伟1987年毕业于空军第八飞行学院，历任空军航空兵某师飞行员、中队长，苦飞过歼击机、强击机等机型，安全飞行13[illegible]小时，被评为一级飞行员。1996年起参加航天员选拔，1998年1月正式成为我国首批航天员，经过5年多的训练，他完成了基础理论、航天环境适应性、专业技术等8大类几十个科目的训练任务，以优异的成绩通过航天员专业技术综合考核，光荣地被选拔为我国首次载人航天飞行首飞梯队成员

此次发射是长征系列运载火箭第71次飞行，也是继1996年10月以来，我国航天发射第29次获得成功。图为2003年10月16日出版的《经济日报》号外“我国首次载人航天飞行成功”。

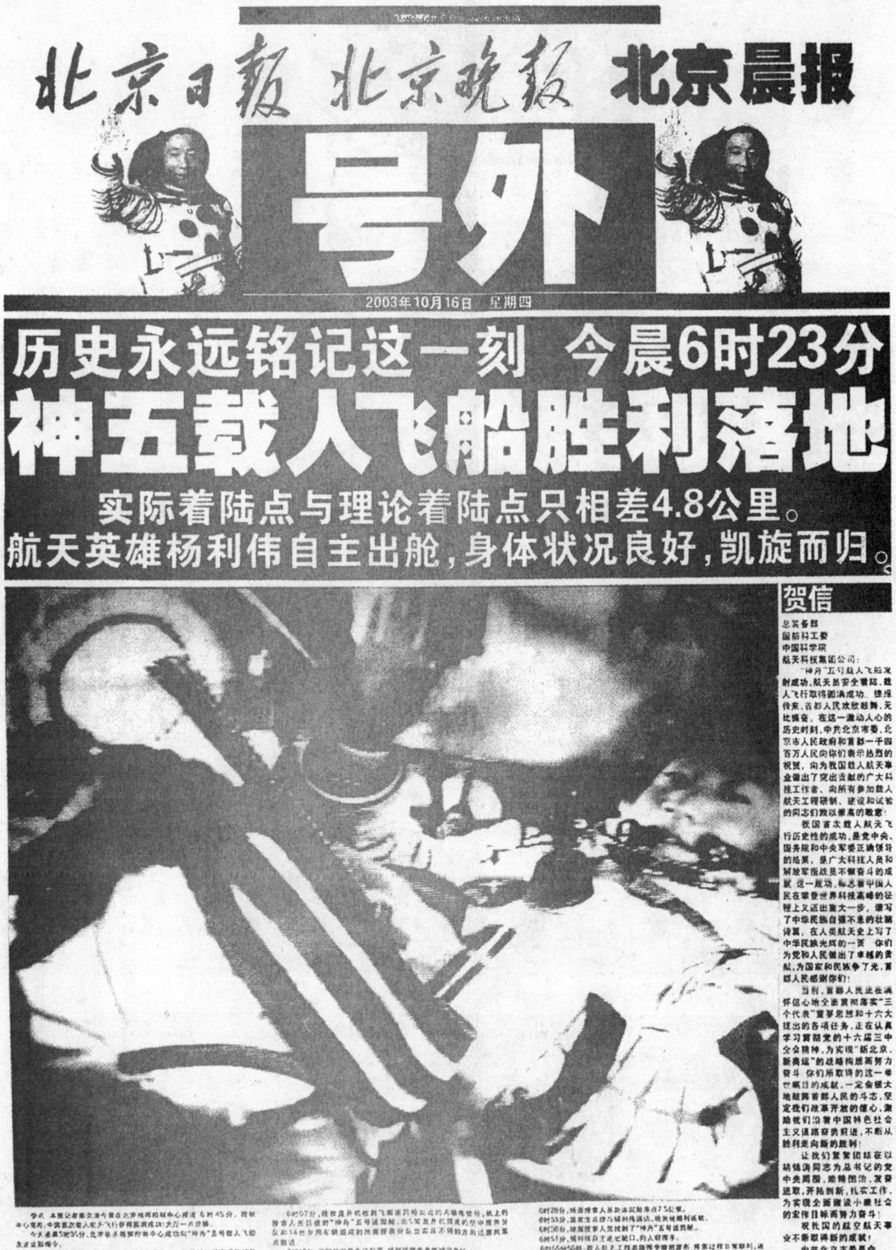

北京日报　北京晚报　北京晨报

号外

2003年10月16日　星期四

历史永远铭记这一刻　今晨6时23分

神五载人飞船胜利落地

实际着陆点与理论着陆点只相差4.8公里。

航天英雄杨利伟自主出舱，身体状况良好，凯旋而归。

贺信

总装备部

国防科工委

中国科学院

航天科技集团公司：

“神舟”五号载人飞船发射成功，航天员安全着陆，载人飞行取得圆满成功。捷报传来，首都人民欢欣鼓舞，无比振奋。在这一激动人心的历史时刻，中共北京市委、北京市人民政府和首都一千四百万人民向你们表示热烈的祝贺，向为我国载人航天事业做出了突出贡献的广大科技工作者、向所有参加载人航天工程研制、建设和试验的同志们致以崇高的敬意！

我国首次载人航天飞行历史性的成功，是党中央、国务院和中央军委正确领导的结果，是广大科技人员和解放军指战员不懈奋斗的成就。这一成功，标志着中国人民在攀登世界科技高峰的征程上又迈出重大一步，谱写了中华民族自强不息的壮丽诗篇，在人类航天史上写了中华民族光辉的一页。你们为党和人民做出了卓越的贡献，为国家和民族争了光，首都人民感谢你们！

当前，首都人民正在满怀信心地全面贯彻落实“三个代表”重要思想和十六大提出的各项任务，正在认真学习贯彻党的十六届三中全会精神，为实现“新北京、新奥运”的战略构想而努力奋斗。你们所取得的这一举世瞩目的成就，一定会极大地鼓舞首都人民的斗志，坚定我们改革开放的信心，激励我们沿着中国特色社会主义道路奋勇前进，不断从胜利走向新的胜利！

让我们紧紧团结在以胡锦涛同志为总书记的党中央周围，解放思想，奋发进取，开拓创新，扎实工作，为实现全面建设小康社会的宏伟目标而努力奋斗！

祝我国的航空航天事业不断取得新的成就！

中共北京市委员会

北京市人民政府

2003年10月16日

历史永远铭记这一刻，2003年10月16日晨6时23分，神五载人飞船胜利落地，实际着陆点与理论着陆点只相差4.8公里。航天英雄杨利伟安全着陆，自主出舱，身体状况良好，凯旋而归。图为《北京日报》、《北京晚报》、《北京晨报》联合出版的号外。

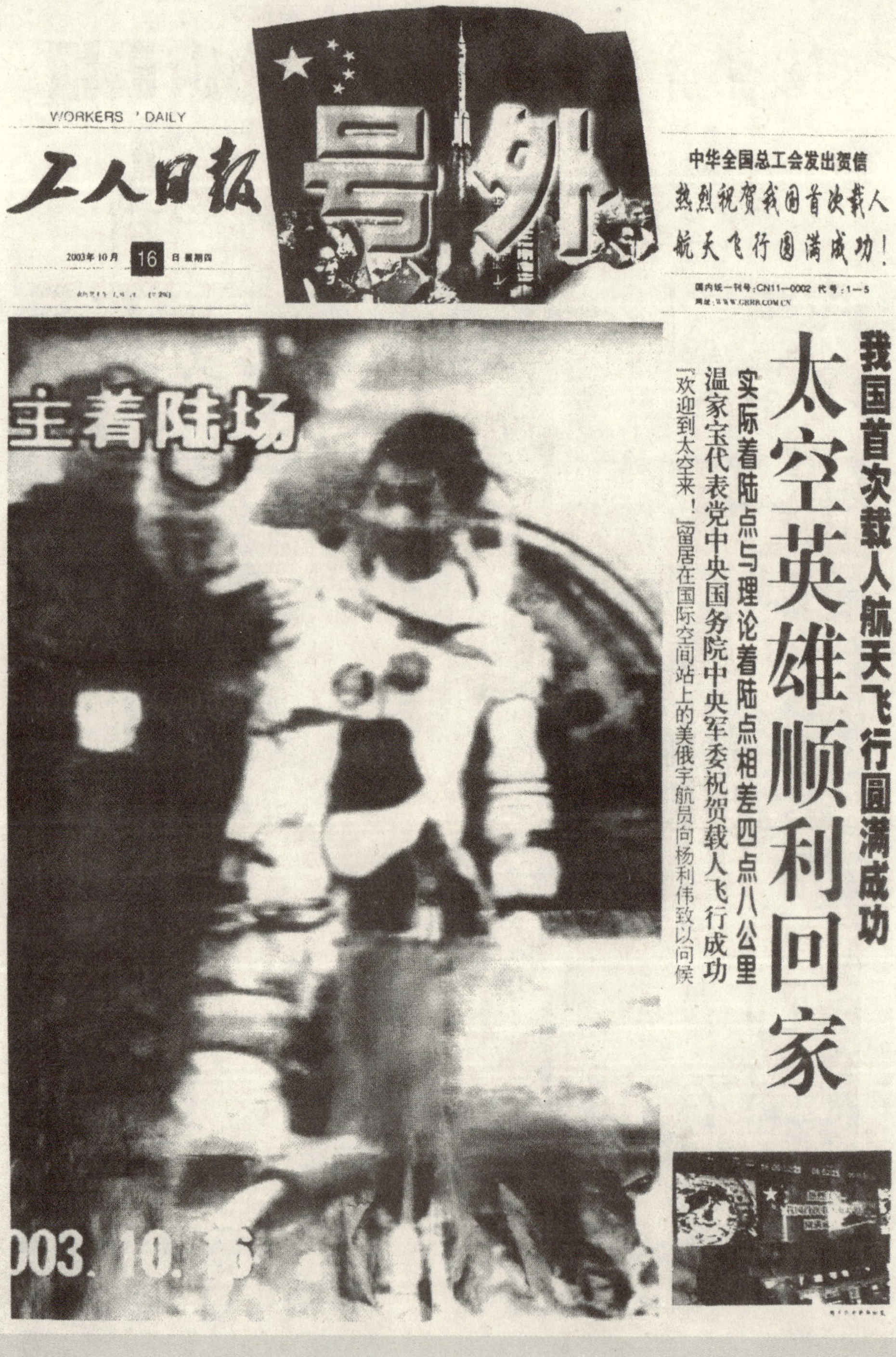

WORKERS' DAILY

工人日报

号外

2003年10月 16 日 星期四

中华全国总工会发出贺信

热烈祝贺我国首次载人航天飞行圆满成功！

国内统一刊号：CN11—0002 代号：1—5

网址：WWW.GRRB.COM.CN

我国首次载人航天飞行圆满成功

太空英雄顺利回家

实际着陆点与理论着陆点相差四点八公里

温家宝代表党中央国务院中央军委祝贺载人飞行成功

『欢迎到太空来！』留居在国际空间站上的美俄宇航员向杨利伟致以问候

太空英雄杨利伟顺利回家。温家宝总理代表党中央、国务院、中央军委祝贺飞船载人飞行成功。图为2003年10月16日出版的《工人日报》号外“太空英雄顺利回家”。

天府早报 [号外]

记住这一刻：
2003年10月16日
清晨6时51分

太空归来

中国首位航天员杨利伟乘“神舟”五号成功着陆，身体状况良好，走出舱门挥手致意

温家宝总理与飞天英雄通话，并祝贺我国载人航天飞行获得圆满成功

中国由此成为世界上继俄美之后第三个有能力将航天员送上太空的国家

《天府早报》在成都出版。图为2003年10月16日出版的《天府早报》号外“记住这一刻：2003年10月16日清晨6时51分”。

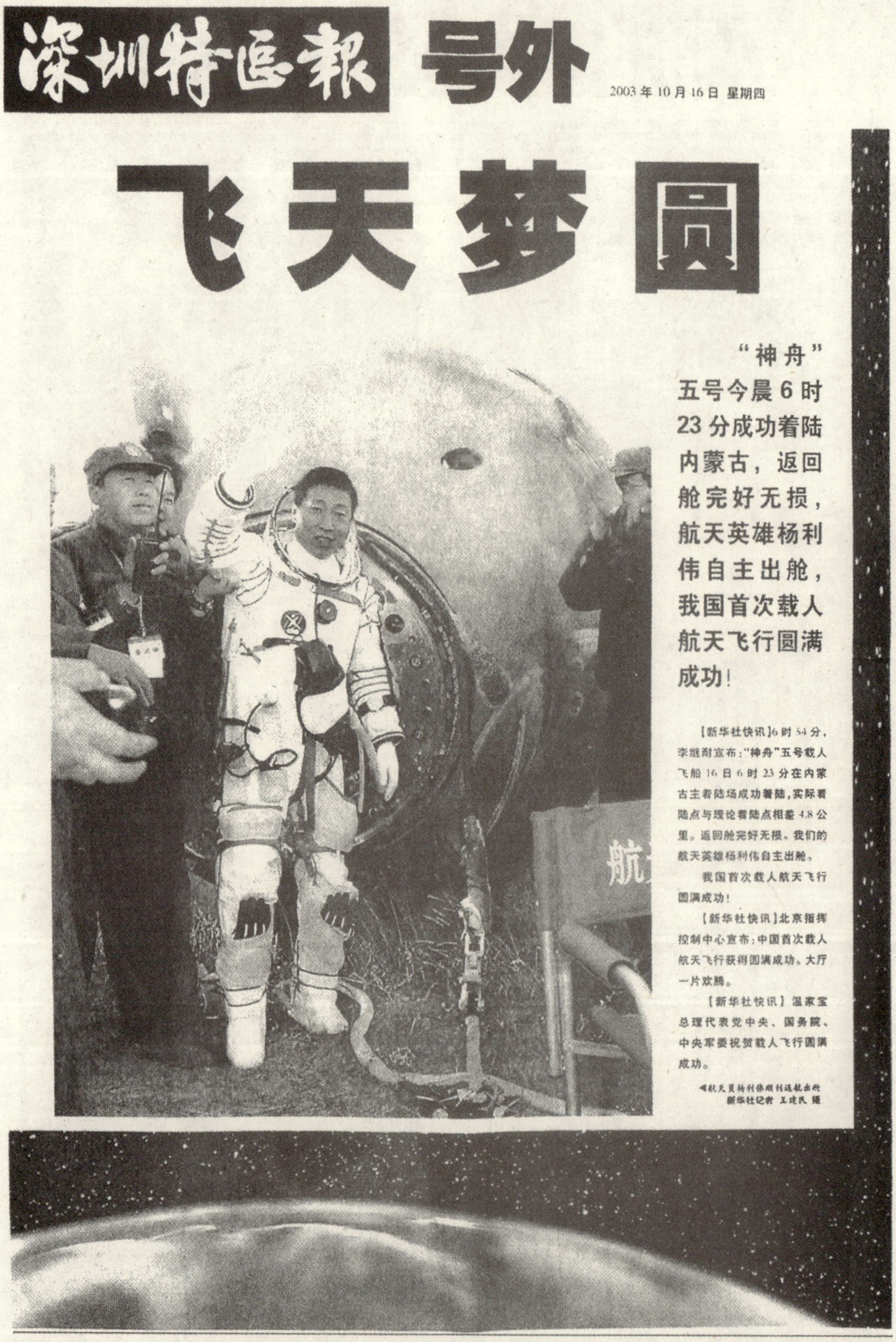

深圳特區報 号外

2003年10月16日 星期四

飞天梦圆

“神舟”五号今晨6时23分成功着陆内蒙古，返回舱完好无损，航天英雄杨利伟自主出舱，我国首次载人航天飞行圆满成功！

【新华社快讯】6时54分，李继耐宣布：“神舟”五号载人飞船16日6时23分在内蒙古主着陆场成功着陆，实际着陆点与理论着陆点相差4.8公里。返回舱完好无损。我们的航天英雄杨利伟自主出舱。

我国首次载人航天飞行圆满成功！

【新华社快讯】北京指挥控制中心宣布：中国首次载人航天飞行获得圆满成功。大厅一片欢腾。

【新华社快讯】温家宝总理代表党中央、国务院、中央军委祝贺载人飞行圆满成功。

◀航天员杨利伟顺利返航出舱 新华社记者 王建民 摄

《深圳特区报》是中共深圳市委机关报。图为2003年10月16日出版的《深圳特区报》号外“飞天梦圆”。

海峡都市报 号外

综合类市民生活报　福建日报报业集团主办　国内统一刊号 CN35-0059　www.hxdsb.com　2003年10月16日　星期四　农历九月廿一　总4版

我回来啦！

■"神五"今晨6:23着陆
■我国首次载人航天飞行成功
■江泽民电话祝贺　温家宝宣读贺电

16日6时23分，"神舟"五号载人飞船成功降落在内蒙古四子王旗主着陆场，我国首位航天员杨利伟神态自若地走出返回舱，沸腾的人们用鲜花和掌声迎接杨利伟，这位航天勇士安全飞行了21小时23分、60万公里，既是飞入太空的中国第一人，也是日行最远的中国第一人。

"飞船着陆成功！"北京航天指挥控制中心第一指挥厅内顿时一片欢腾。中央军委主席江泽民在获悉我国首次载人航天飞行圆满成功后，打电话表示祝贺。专程前来观看飞船回收的中共中央政治局常委、国务院总理温家宝，中共中央政治局常委、国家副主席曾庆红等领导同志，和在场的载人航天工程指挥、技术人员一起热烈鼓掌，共贺我国首次载人航天飞行获得圆满成功。

6时31分，温家宝总理与刚刚安全着陆的航天员杨利伟通话，祝贺他顺利返航。

6时54分，载人航天工程总指挥李继耐宣布我国首次载人航天飞行获得圆满成功。

在热烈的掌声中，温家宝宣读了中共中央、国务院、中央军委的贺电。

上午10时许，北京西郊机场锣鼓喧天，一个盛大的仪式在此举行，欢迎英雄的归来。

综合新华社电

《海峡都市报》由《福建日报》报业集团主办。图为2003年10月16日出版的《海峡都市报》号外"我回来啦！"。

2003年
10月16日
零售价 0.5元

Wuhan Morning Post
武汉晨报

号外

中国首次载人航天飞行

成功着陆

英雄凯旋 见证历史 太空汽车 太空科技 国力比拼 铭记英雄 跻身三强

图为2003年10月16日出版的《武汉晨报》号外“中国首次载人航天飞行成功着陆”。

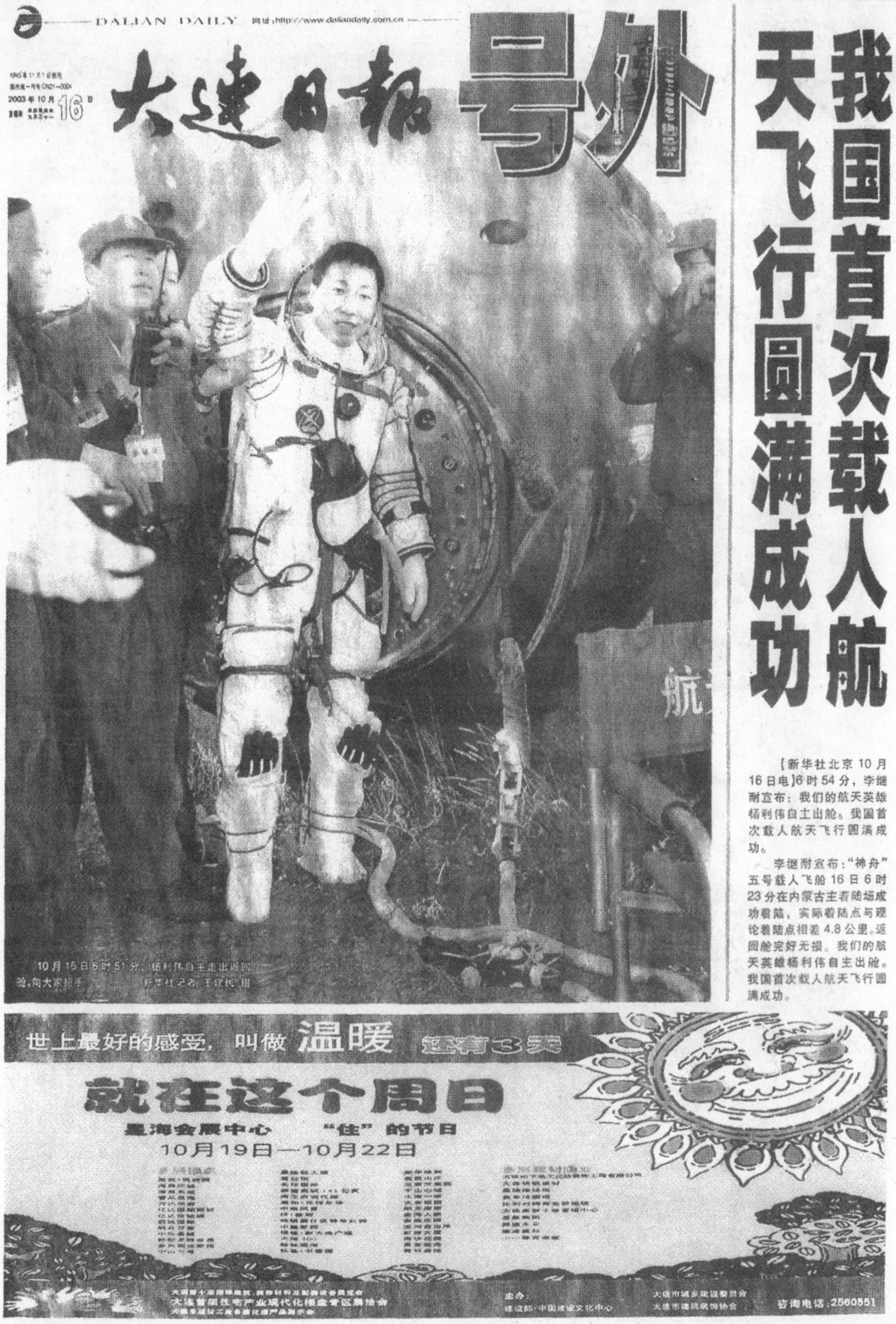

DALIAN DAILY 网址：http://www.daliandaily.com.cn

大連日報 号外

2003年10月16日

我国首次载人航天飞行圆满成功

【新华社北京10月16日电】6时54分，李继耐宣布：我们的航天英雄杨利伟自主出舱。我国首次载人航天飞行圆满成功。

李继耐宣布："神舟"五号载人飞船16日6时23分在内蒙古主着陆场成功着陆，实际着陆点与理论着陆点相差4.8公里。返回舱完好无损。我们的航天英雄杨利伟自主出舱。我国首次载人航天飞行圆满成功。

10月15日6时51分，杨利伟自主走出返回舱，向大家招手 新华社记者 王建民 摄

《大连日报》是中共大连市委机关报。图为2003年10月16日出版的《大连日报》号外"我国首次载人航天飞行圆满成功"。

1 神舟五號號外 大公報 二〇〇三年十月十六日

大公報 號外

Ta Kung Pao

16

楊利偉今晨六時四十分於內蒙草原成功着陸

2003年10月16日，香港《大公报》出版号外“杨利伟今晨六时四十分于内蒙草原成功着陆”。

中國載人航天圓滿成功

號外

文匯報

WEN WEI PO

楊利偉凱旋

溫總理與楊通話表示熱烈祝賀

1.進入返回軌道

2.即將安全降落

飛船歸處 四子王揚名

航天盛譽 世人注目

神舟落處 原是福地

地方守密 老記讚賞

草原旅遊 久負盛名

2003年10月16日，香港《文汇报》出版号外“杨利伟凯旋”。

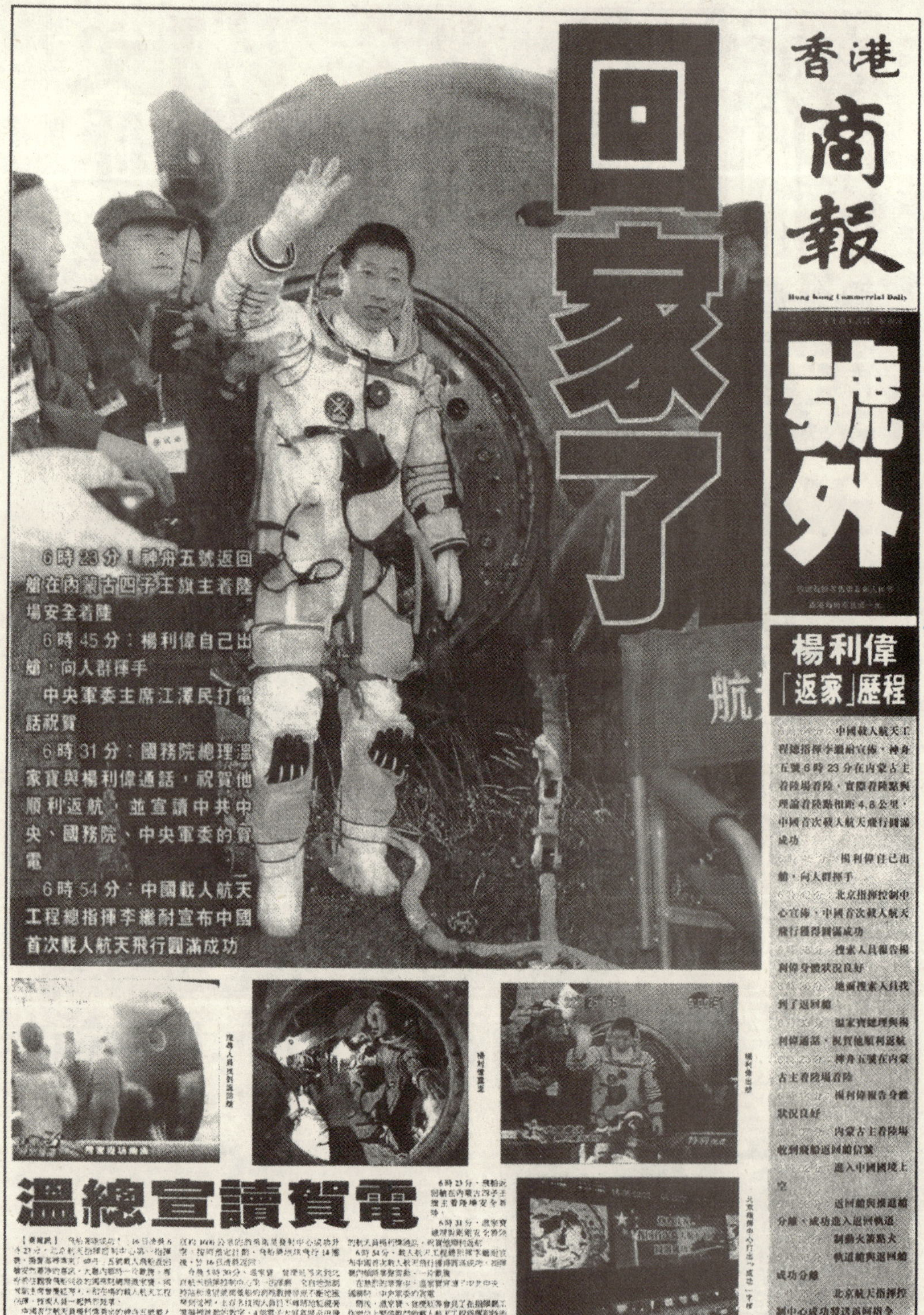

香港商報

Hong Kong Commercial Daily

號外

回家了

6時23分：神舟五號返回艙在內蒙古四子王旗主着陸場安全着陸

6時45分：楊利偉自己出艙，向人群揮手

中央軍委主席江澤民打電話祝賀

6時31分：國務院總理溫家寶與楊利偉通話，祝賀他順利返航，並宣讀中共中央、國務院、中央軍委的賀電

6時54分：中國載人航天工程總指揮李繼耐宣布中國首次載人航天飛行圓滿成功

楊利偉「返家」歷程

中國載人航天工程總指揮李繼耐宣佈，神舟五號6時23分在內蒙古主着陸場着陸，實際着陸點與理論着陸點相距4.8公里，中國首次載人航天飛行圓滿成功

楊利偉自己出艙，向人群揮手

北京指揮控制中心宣佈，中國首次載人航天飛行獲得圓滿成功

搜索人員報告楊利偉身體狀況良好

地面搜索人員找到了返回艙

溫家寶總理與楊利偉通話，祝賀他順利返航

神舟五號在內蒙古主着陸場着陸

楊利偉報告身體狀況良好

內蒙古主着陸場收到飛船返回艙信號

進入中國國境上空

返回艙與推進艙分離，成功進入返回軌道

制動火箭點火

軌道艙與返回艙成功分離

北京航天指揮控制中心成功發送返回指令

溫總宣讀賀電

2003年10月16日，《香港商报》出版号外“回家了”。

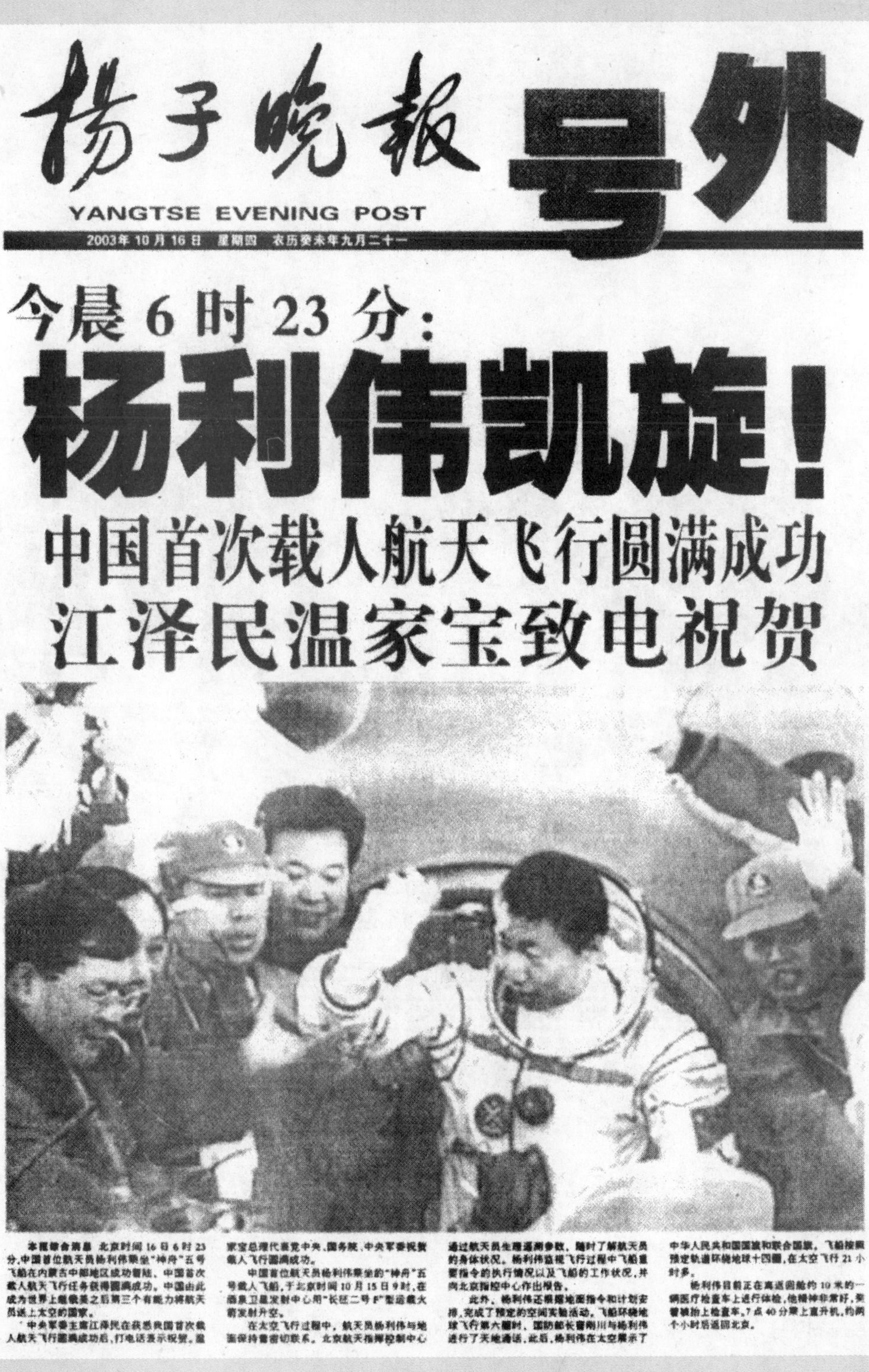

扬子晚报 号外

YANGTSE EVENING POST

2003年10月16日 星期四 农历癸未年九月二十一

今晨6时23分：

杨利伟凯旋！

中国首次载人航天飞行圆满成功
江泽民温家宝致电祝贺

本报综合消息 北京时间16日6时23分，中国首位航天员杨利伟乘坐"神舟"五号飞船在内蒙古中部地区成功着陆。中国首次载人航天飞行任务获得圆满成功。中国由此成为世界上继俄美之后第三个有能力将航天员送上太空的国家。

中央军委主席江泽民在获悉我国首次载人航天飞行圆满成功后，打电话表示祝贺。温家宝总理代表党中央、国务院、中央军委祝贺载人飞行圆满成功。

中国首位航天员杨利伟乘坐的"神舟"五号载人飞船，于北京时间10月15日9时，在酒泉卫星发射中心用"长征二号F"型运载火箭发射升空。

在太空飞行过程中，航天员杨利伟与地面保持着密切联系。北京航天指挥控制中心通过航天员生理遥测参数，随时了解航天员的身体状况。杨利伟监视飞行过程中飞船重要指令的执行情况以及飞船的工作状况，并向北京指控中心作出报告。

此外，杨利伟还根据地面指令和计划安排，完成了预定的空间实验活动。飞船环绕地球飞行第六圈时，国防部长曹刚川与杨利伟进行了天地通话。此后，杨利伟在太空展示了中华人民共和国国旗和联合国旗。飞船按照预定轨道环绕地球十四圈，在太空飞行21小时多。

杨利伟目前正在离返回舱约10米的一辆医疗检查车上进行体检，他精神非常好，要被抬上检查车，7点40分乘上直升机，约两个小时后返回北京。

《扬子晚报》在南京出版。图为2003年10月16日出版的《扬子晚报》号外"杨利伟凯旋！"

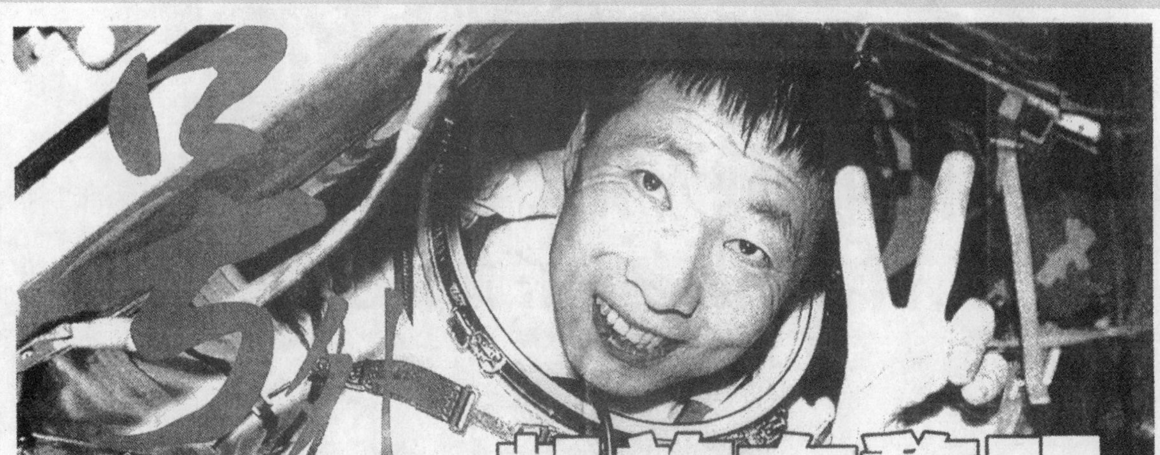

号外

MORNING POST

每日新报

天津日报 报业集团出版 8版

凯旋在黎明

“神舟”五号载人飞船成功发射和安全返回着陆，全国从中央到地方报纸，在第一时间出版号外报的报纸有近百种。图为2003年10月16日出版的《每日新报》号外“凯旋在黎明”。《每日新报》由《天津日报》报业集团主办。

号外

西部商报

2003年12月14日

星期日

国内统一刊号:CN62-0019 邮发代号 53-62 http://www.xbsb.com.cn 电子信箱 xbsb@xbsb.com.cn

新闻热线:(0931)8119000 No.1

萨达姆被捕

图为2003年12月14日出版的《西部商报》号外“萨达姆被捕”。

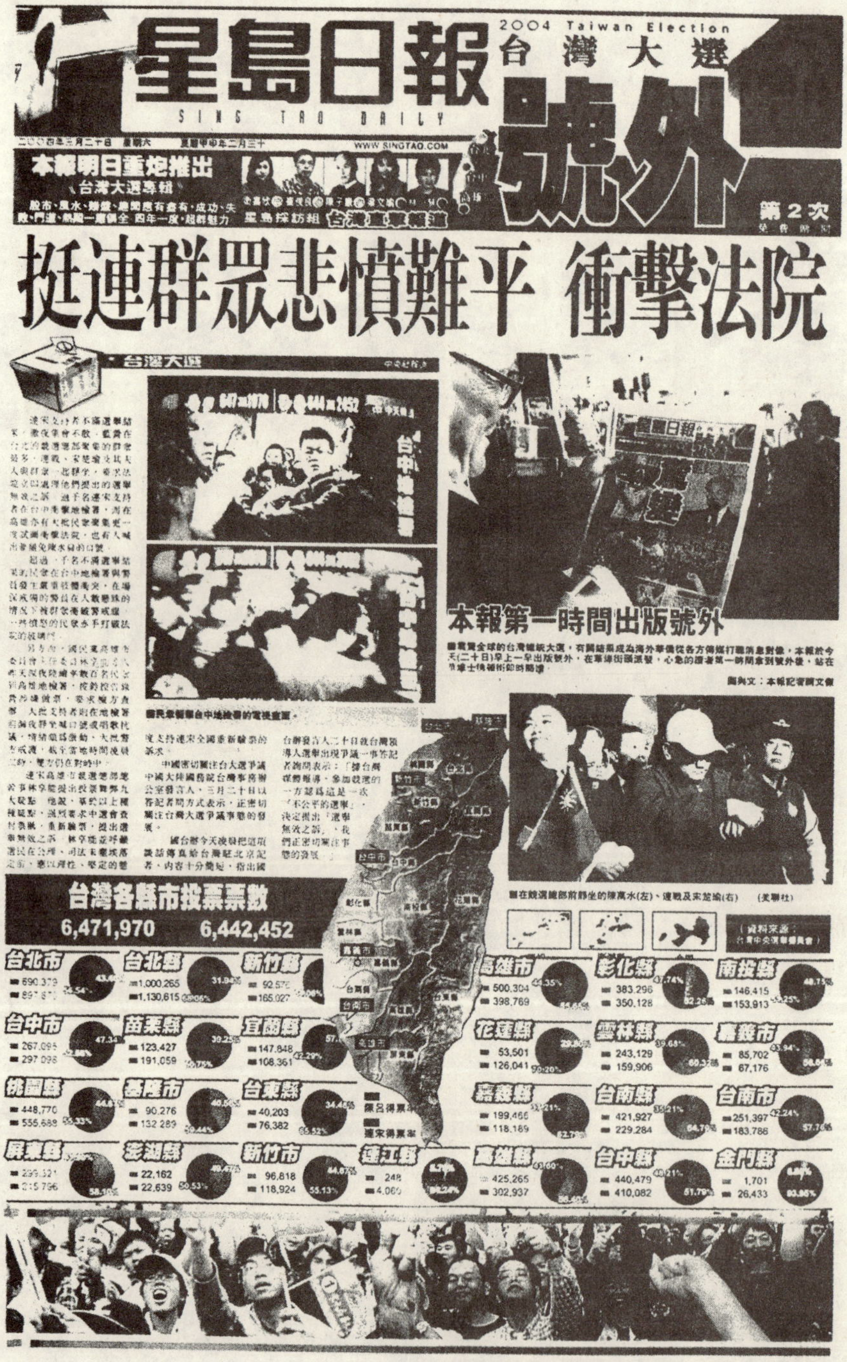

星島日報
SING TAO DAILY
2004 Taiwan Election
台灣大選
號外
第2次
本報明日重炮推出
台灣大選專輯

挺連群眾悲憤難平 衝擊法院

本報第一時間出版號外

圖在競選總部前靜坐的陳萬水(左)、連戰及宋楚瑜(右) (美聯社)

台灣各縣市投票票數

6,471,970 6,442,452

台北市 690,379
台北縣 1,000,265 1,130,615
新竹縣 92,57? 165,027
台中市 267,095 297,098
苗栗縣 123,427 191,059
宜蘭縣 147,848 108,361
桃園縣 448,770 555,689
基隆市 90,276 132,289
台東縣 40,203 76,382
澎湖縣 22,162 22,639
新竹市 96,818 118,924
連江縣 248 4,06?
高雄市 500,304 398,769
彰化縣 383,296 350,128
南投縣 146,415 153,913
花蓮縣 53,501 126,041
雲林縣 243,129 159,906
嘉義市 85,702 67,176
嘉義縣 199,466 118,189
台南縣 421,927 229,284
台南市 251,397 183,786
高雄縣 425,265 302,937
台中縣 440,479 410,082
金門縣 1,701 26,433

（資料來源：台灣中央選舉委員會）

2004年3月，在台湾大选期间，美国《星岛日报》连续出版4种号外。图为2004年3月20日出版的《星岛日报》号外“挺连群众悲愤难平，冲击法院”。

潇湘晨报

XIAO XIANG CHEN BAO

号外

总第01期

神话，当然叫希腊

来得那么直接

你知道卡拉贡内斯吗

2004年6月，在欧锦赛期间，《潇湘晨报》从开赛到结束，连续出版了19种号外。图为2004年6月13日出版的《潇湘晨报》号外“神话，当然叫希腊”。

号外

广州日报

广州申亚成功

动感翡翠绿洲，庆祝广州申亚成功！

住上别墅是每个成功人士的梦想。

广州CBD生活圈都市桃源的高品质山林别墅，

您也可以拥有。

桃源鸣翠 山林别墅

2004年7月1日，亚奥理事会主席萨巴赫先生在第23届亚奥理事会全体代表大会上宣布，广州获得了2010年第16届亚运会的举办权。图为2004年7月1日出版的《广州日报》号外“广州申亚成功”。

南方都市報
号外

告别老白云

今晨7时10分
新机场
首个航班升空

白云北飘

改革开放发展，祖国到处充满生机，新的建设成就捷报频传。2004年8月5日，告别老白云机场，广州现代化新机场建成。早晨7时10分，新机场首个航班升空。图为2004年8月5日出版的《南方都市报》号外“新机场首个航班升空”。

2004年8月13日，第28届奥运会在雅典开幕。当身高2.26米的姚明高举五星红旗带领中国代表团缓缓走来的时候，希腊人感动了。一位志愿者说：“我喜欢中国，我喜欢姚明，因为他的篮球的确打得很棒”。图为2004年8月14日出版的《江西商报》号外。

乌鲁木齐晚报 激游爱琴海

创维电视 奥运特刊

ATHENS 2004

号外

第2期

创维电视 SKYWORTH 创维平板风暴 引擎数字奥运 创维数字引擎

奥运中国日

首日揽得四金

“好家庭”奥运奖牌榜

内页导读

记者头痛三件事

中国射手双星闪耀

“亮晶晶”笑纳双金

神奇的王妖枪

陶璐娜：最重要是心态

平和的心态 不平凡的结果

——雅典赛场首日掀起中国夺金风暴

2004年8月14日，在雅典奥运会第一天，杜丽、王义夫射落两金，中国代表团赢得开门红，首日共揽得4块金牌，掀起中国夺金风暴，金牌总数暂列各国首位。图为2004年8月15日出版的《乌鲁木齐晚报》号外“奥运中国日，首日揽得四金”。

在雅典奥运会期间，《江西商报》先后出版了16种欢乐雅典号外。图为2004年8月17日出版的《江西商报》欢乐雅典号外“中国丰收，希腊分红”。

长春税务学院报

小平百年·号外

中共长春税务学院委员会主办 长春税务学院报社出版

2004年8月22日

一生奋斗 一座丰碑

高举邓小平理论和"三个代表"重要思想伟大旗帜 为实现全面建设小康社会的宏伟目标不懈奋斗

邓小平诞辰百年纪念大会隆重举行

胡锦涛发表重要讲话 江泽民温家宝贾庆林曾庆红黄菊吴官正李长春罗干出席 吴邦国主持

沿着邓小平开辟的道路前进

——纪念邓小平同志诞辰一百周年

邓小平同志光辉一生

2004年8月22日，邓小平诞辰百年纪念大会在北京隆重举行。胡锦涛同志在大会上发表重要讲话：高举邓小平理论和“三个代表”重要思想伟大旗帜，永远沿着邓小平开辟的道路前进。图为2004年8月22日出版的《长春税务学院报》号外。

金牌号外

Athens 2004 奥运第9天

烟台晚报 烟台日报社主办 总第9期 今日8版 零售2角 农历七月初七 2004年8月22日 星期日

唐功红 天下无敌

惊世

KILL裁判

海尔奥运金牌榜

截至今晨5:00

1	美国	19	15	12
2	中国	18	13	10
3	日本	12	5	5
4	澳大利亚	11	6	10
5	德国	9	7	11
6	俄罗斯	6	13	14

《烟台晚报》从雅典奥运会开始到结束，共连续出版17种金牌号外。图为2004年8月22日出版的《烟台晚报》金牌号外“唐功红，天下无敌”。

金牌号外

Athens 2004. 奥运第15天

烟台晚报 烟台日报社主办 总第15期 今日8版 零售2角 农历七月十三 2004年8月28日 星期六

刘翔 跨越世界！

详见5版

邢慧娜：最后的超越 详见2版

他是英雄！他无与伦比！

把世界甩在背后

海尔奥运金牌榜

8月28日，中国田径选手刘翔以12秒91破奥运会记录、平世界记录的惊人成绩，勇夺110米栏金牌，为中国，也为亚洲人实现了直道领跑项目零的突破！雅典奥运会田径赛场上一片欢腾。图为2004年8月28日出版的《烟台晚报》金牌号外。

296票 何厚鏵連任

澳門日報

MACAO DAILY NEWS

號外

2004年8月，澳门特别行政区第二届行政长官选举中，何厚铧以296票获得连选连任。中华人民共和国主席胡锦涛同志祝贺何厚铧连任。图为2004年8月29日出版的《澳门日报》号外“何厚铧连任”。

乌鲁木齐晚报

激游爱琴海

奥运会第9天

ATHENS 2004

第9期

创维电视 奥运特刊

号外

2004年8月29日 星期日

□本刊主编 杨玄圭 □责任编辑：佩荆

百金之举

本报雅典专电 奥运会第9日，中国选手唐功红在奥运会举重女子75公斤以上级比赛中，以305公斤的总成绩夺得金牌，这也是中国代表团在历届夏季和冬季奥运会中夺得的第100枚金牌。

剑道无情

[illegible]

06版 雅典连线

绝代双娇

[illegible]

06版 雅典连线

“好家庭”奥运奖牌榜

（前八名，截至今晨8:00）

	金牌	银牌	铜牌
美国	19	15	12
中国	18	13	10
日本	12	5	5
澳大利亚	11	6	10
德国	9	8	11
俄罗斯	6	13	14
法国	6	7	7
意大利	6	6	5

内页导读

今明看点

19:00 乒乓球女单决赛 CCTV-5

2:00 女子十米跳台跳水 CCTV-5

2:08 体操男子鞍马决赛 CCTV-5

图为2004年8月29日出版的《乌鲁木齐晚报》号外“百金之举”。

2004年8月29日，雅典奥运会闭幕。在本届奥运会上，中国代表团夺得了32枚金牌，列金牌榜第二，实现了我国竞技体育在奥运会上新的历史性突破。图为2004年8月30日出版的《烟台晚报》金牌号外“相聚北京，2008”。

欢乐雅典

Jiangxi economic daily 江西商報 号外

特洛伊第17天

2004年8月30日 星期一

相约北京

定价0.3元

中国联通 CHINA UNICOM

"世界风"领先的网络，3G的享受

"世界风"领先的网络，3G的享受

全国统一销售服务热线：1001拨6

雅典奥运会上，中国金牌雄踞榜眼，完美收官。2008年，相约在北京，中国将办好下届奥运会。中共中央、国务院致电祝贺我国奥运健儿。图为2004年8月30日出版的《江西商报》欢乐雅典号外"相约北京"。

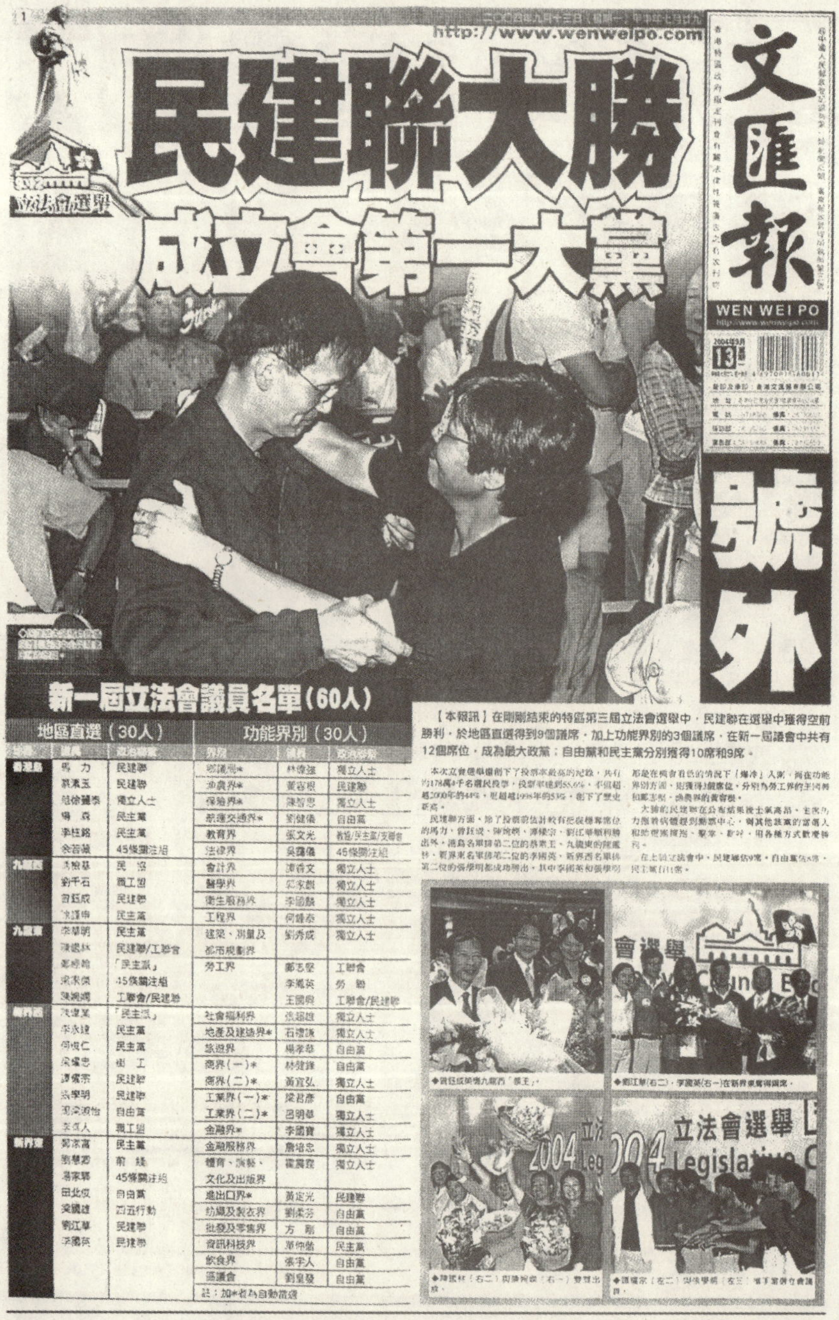

http://www.wenweipo.com

文匯報

WEN WEI PO

號外

2004立法會選舉

民建聯大勝
成立會第一大黨

【本報訊】在剛剛結束的特區第三屆立法會選舉中，民建聯在選舉中獲得空前勝利，於地區直選得到9個議席，加上功能界別的3個議席，在新一屆議會中共有12個席位，成為最大政黨；自由黨和民主黨分別獲得10席和9席。

新一屆立法會議員名單（60人）

地區直選（30人）

地區	議員	政治聯繫
香港島	馬力	民建聯
	蔡素玉	民建聯
	范徐麗泰	獨立人士
	楊森	民主黨
	李柱銘	民主黨
	余若薇	45條關注組
九龍西	馮檢基	民協
	劉千石	職工盟
	曾鈺成	民建聯
	涂謹申	民主黨
九龍東	李華明	民主黨
	陳鑑林	民建聯/工聯會
	鄭家富	「民主派」
	梁家傑	45條關注組
	陳婉嫻	工聯會/民建聯
新界西	陳偉業	「民主派」
	李永達	民主黨
	何俊仁	民主黨
	梁耀忠	街工
	譚耀宗	民建聯
	張學明	民建聯
	周梁淑怡	自由黨
	李卓人	職工盟
新界東	鄭家富	民主黨
	劉慧卿	前綫
	湯家驊	45條關注組
	田北俊	自由黨
	梁國雄	四五行動
	劉江華	民建聯
	李國英	民建聯

功能界別（30人）

界別	議員	政治聯繫
鄉議局*	林偉強	獨立人士
漁農界*	黃容根	民建聯
保險界*	陳智思	獨立人士
航運交通界*	劉健儀	自由黨
教育界	張文光	教協/民主黨/支聯會
法律界	吳靄儀	45條關注組
會計界	譚香文	獨立人士
醫學界	郭家麒	獨立人士
衛生服務界	李國麟	獨立人士
工程界	何鍾泰	獨立人士
建築、測量及都市規劃界	劉秀成	獨立人士
勞工界	鄺志堅	工聯會
	李鳳英	勞聯
	王國興	工聯會/民建聯
社會福利界	張超雄	獨立人士
地產及建造界*	石禮謙	獨立人士
旅遊界	楊孝華	自由黨
商界（一）*	林健鋒	自由黨
商界（二）*	黃宜弘	獨立人士
工業界（一）*	梁君彥	自由黨
工業界（二）*	呂明華	獨立人士
金融界*	李國寶	獨立人士
金融服務界	詹培忠	獨立人士
體育、演藝、文化及出版界	霍震霆	獨立人士
進出口界*	黃定光	民建聯
紡織及製衣界	劉柔芬	自由黨
批發及零售界	方剛	自由黨
資訊科技界	單仲偕	民主黨
飲食界	張宇人	自由黨
區議會	劉皇發	自由黨

註：加*者為自動當選

2004年9月，香港特别行政区第三届立法会选举，民建联在选举中获得空前胜利，在新一届议会中共有12个席位，成为最大政党；自由党和民主党分别获得10席和9席。图为9月13日出版的香港《文汇报》号外“民建联大胜，成立会第一大党”。

2004年10月

7

星期日

宝鸡日报

BAOJI DAILY

号外

今日4版

两个最佳添新彩　生态大业写辉煌

渭河拦河闸昨成功下闸蓄水

杨永茂崔林涛王寿森田源陈效国等出席庆典仪式　吴登昌致词　姚引良主持

丰碑长树天地间

——热烈祝贺渭河拦河闸工程成功蓄水

焰火映碧湖　宝鸡不夜天

本版责编：安文军

中国正在快速发展。我国经济在1997年至2003年间增长率超过了9.4%，人均国内生产总值正在从1000美元向3000美元新目标迈进。全国城乡面貌日新月异。图为2004年10月7日出版的《宝鸡日报》号外“渭河拦河闸昨成功下闸蓄水”。

广西日報

GUANGXI DAILY

号外 EXTRA

CAEXPO 中国－东盟博览会

2004年11月3日 （共2版）

连接中国东盟 Linking China-ASEAN　面向全球市场 Facing Global Markets　放飞合作梦想 Fostering Cooperation Dreams　铸就共同辉煌 Making Achievements Together

中国－东盟博览会今天开幕

CHINA-ASEAN EXPO OPEN TODAY

中国和东盟国家领导人，中国和东盟国家经贸部长，各省、自治区、直辖市代表团，港、澳、台知名人士和重要客商出席开幕式

此次盛会吸引了1万多名中外参会、参展客商和嘉宾，以及600多名中外媒体记者

Leaders of China and the ASEAN countries, economic and trade ministers of China and the ASEAN countries, delegations from all provinces, autonomous regions as well as cities directly under the jurisdiction of the central government, well-known persons from Hong Kong, Macau and Taiwan present at the openning ceremony

The grand congress attracts more than 10,000 vistors, exhibitors and over 600 journalists from China and foreign countries

今日特别提示 Special Reminder For Today:

中国－东盟商务与投资峰会下午举行

China-ASEAN Business & Investment Summit Open In The Afternoon

2004南宁国际民歌艺术节晚上开台

Nanning International Festival Of Arts & Folk Songs 2004 Open In The Evening

2004年，中国的对外贸易额超过了1万亿美元，达1.15万亿美元，与2003年相比增长35.7%。贸易额超过了日本，跃居世界第三，仅次于美国和德国。图为2004年11月3日出版的《广西日报》号外“中国——东盟博览会今天开幕”。